Le Fils du satyre

DE LA MÊME AUTEURE

— La saga de la famille Roxton —

Noces de minuit

Duchesse d'automne

Dair le Diabolique

La Fière Mary

Le fils du satyre

— Série Salt Hendon —

L'Épouse de Salt

Retour à Salt Hendon

« Avec mon lorgnon et ma plume, je pars dans ma chaise à porteurs – le 18e siècle est vraiment génial ! »

QUAND JE NE me balade pas dans le Londres du 18e siècle dans ma chaise à porteurs où que je ne suis pas en train d'échanger des ragots avec des nobles parfumés et bien mis dans les salons dorés de Versailles, j'écris des romances historiques georgiennes primées et des romans à suspense (avec une bonne dose de romance).

Mes livres se déroulent dans l'Angleterre georgienne des années 1700, avec quelques voyages éventuels sur le continent européen. Je m'arrête à la Révolution française durant laquelle je suis morte dans une vie antérieure, guillotinée pour mon mode de vie terriblement hédoniste en tant qu'aristocrate oisive !

lucindabrant@gmail.com | lucindabrant.com

pinterest.com/lucindabrant | twitter.com/lucindabrant

facebook.com/lucindabrantbooks | youtube.com/lucindabrantauthor

MARION GABILLARD

J'AI ADORÉ DÉCOUVRIR, en travaillant sur ces livres, le monde de l'aristocratie du XVIIIe siècle, ses codes, ses coutumes et ses personnages hauts en couleur. J'espère que vous prendrez autant de plaisir que moi à vous plonger dans cette histoire.

marion.gabillard@gmail.com

Le Fils du satyre

UNE ROMANCE HISTORIQUE GEORGIENNE

Saga de la famille Roxton, Livre 5

Lucinda Brant

TRADUIT PAR MARION GABILLARD

Un livre des éditions Sprigleaf
Publié par Sprigleaf Pty Ltd

Il s'agit d'une œuvre de fiction ; les noms, personnages, lieux et évènements sont le produit de l'imagination de l'auteur ou sont utilisés de manière fictive. Toute ressemblance avec des personnes, des entités commerciales, des sociétés, des évènements ou des lieux, passés ou présents, est entièrement fortuite.

Traduction : Marion Gabillard.
Édition : Gaelle Ty R So.
Photographie, visuel et conception : Sprigleaf et GM Studios.
Modèles de couverture : Charlie Hesse et composite masculin fictif.
Bijoux sur mesure : Kimberly Walters, Sign of the Gray Horse, reproduction de bijoux et créations d'inspiration historique.

Le fleuron de L'encrier de Lisa a été conçu par Sprigleaf.
Le visuel à trois feuilles de Sprigleaf est une marque déposée appartenant à Sprigleaf Pty Ltd.
La silhouette d'un couple georgien est une marque déposée appartenant à Lucinda Brant.

Photos de couverture: "*Schloss Pillnitz Englischer Pavillon Dresden*" by Rufus46 (Wikimedia Commons); "*Blenheim Palace 7057958973*", (Wikimedia Commons); scène et feuillage des Royal Botanic Gardens, Kew, par Lucinda Brant (photographies de l'auteur).

Mis en page avec Adobe Garamond Pro.

Également disponible en livres numériques et autres langues.

ISBN 978-1-925614-95-4

10 9 8 7 6 5 4 3 2 1 Studio Art édition de poche (i) I

Pour

Karen
Lucinda P.
et
Mari

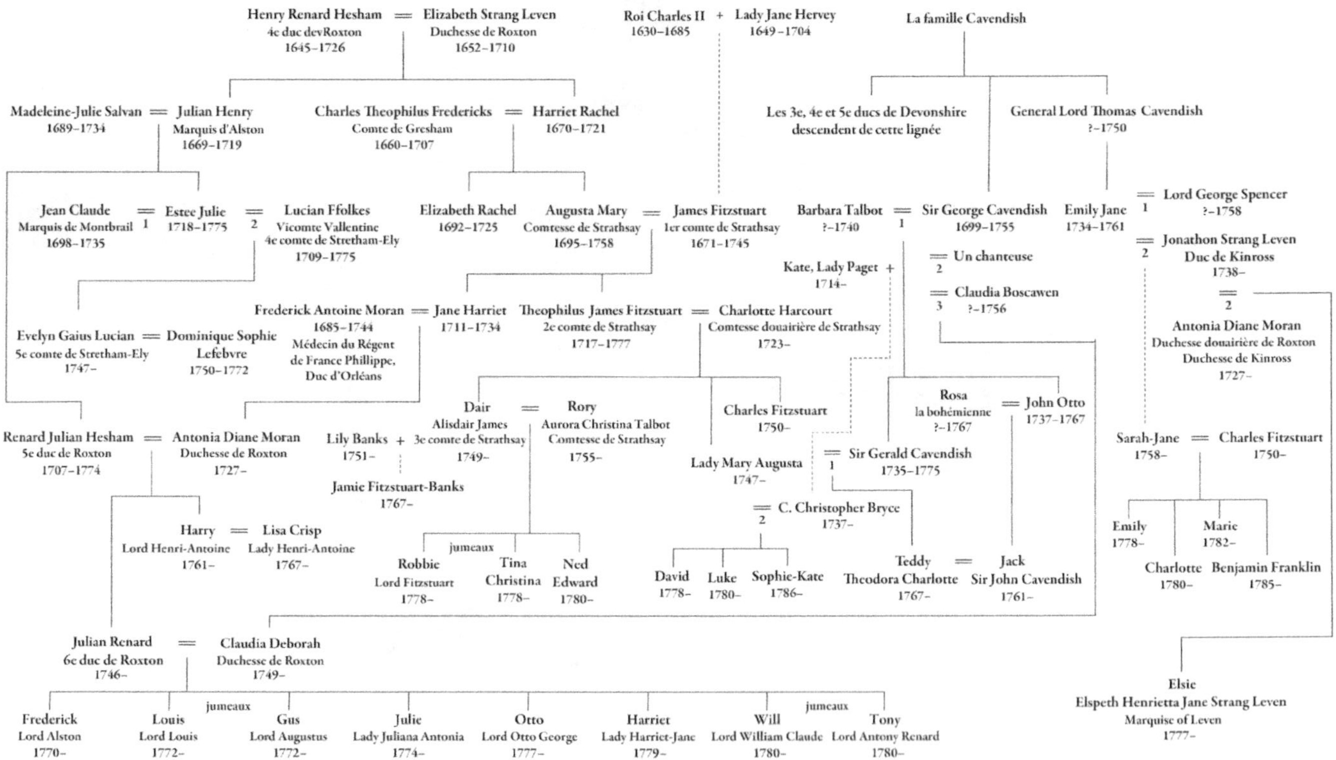

Henry Renard Hesham
4e duc devRoxton
1645–1726
Elizabeth Strang Leven
Duchesse de Roxton
1652–1710
Roi Charles II
1630–1685
Lady Jane Hervey
1649–1704
La famille Cavendish
Madeleine-Julie Salvan
1689–1734
Julian Henry
Marquis d'Alston
1669–1719
Charles Theophilus Fredericks
Comte de Gresham
1660–1707
Harriet Rachel
1670–1721
Les 3e, 4e et 5e ducs de Devonshire
descendent de cette lignée
General Lord Thomas Cavendish
?–1750
Jean Claude
Marquis de Montbrail
1698–1735
Estee Julie
1718–1775
Lucian Ffolkes
Vicomte Vallentine
4e comte de Stretham-Ely
1709–1775
Elizabeth Rachel
1692–1725
Augusta Mary
Comtesse de Strathsay
1695–1758
James Fitzstuart
1er comte de Strathsay
1671–1745
Barbara Talbot
?–1740
Sir George Cavendish
1699–1755
Emily Jane
1734–1761
Lord George Spencer
?–1758
Jonathon Strang Leven
Duc de Kinross
1738–
Un chanteuse
Claudia Boscawen
?–1756
Kate, Lady Paget
1714–
Antonia Diane Moran
Duchesse douairière de Roxton
Duchesse de Kinross
1727–
Frederick Antoine Moran
1685–1744
Médecin du Régent
de France Phillippe,
Duc d'Orléans
Jane Harriet
1711–1734
Theophilus James Fitzstuart
2e comte de Strathsay
1717–1777
Charlotte Harcourt
Comtesse douairière de Strathsay
1723–
Evelyn Gaius Lucian
5e comte de Stretham-Ely
1747–
Dominique Sophie
Lefebvre
1750–1772
Dair
Alisdair James
3e comte de Strathsay
1749–
Rory
Aurora Christina Talbot
Comtesse de Strathsay
1755–
Charles Fitzstuart
1750–
Rosa
la bohémienne
?–1767
John Otto
1737–1767
Renard Julian Hesham
5e duc de Roxton
1707–1774
Antonia Diane Moran
Duchesse de Roxton
1727–
Lily Banks
1751–
Jamie Fitzstuart-Banks
1767–
Lady Mary Augusta
1747–
Sir Gerald Cavendish
1735–1775
C. Christopher Bryce
1737–
Sarah-Jane
1758–
Charles Fitzstuart
1750–
Harry
Lord Henri-Antoine
1761–
Lisa Crisp
Lady Henri-Antoine
1767–
jumeaux
Robbie
Lord Fitzstuart
1778–
Tina
Christina
1778–
Ned
Edward
1780–
David
1778–
Luke
1780–
Sophie-Kate
1786–
Teddy
Theodora Charlotte
1767–
Jack
Sir John Cavendish
1761–
Emily
1778–
Marie
1782–
Charlotte
1780–
Benjamin Franklin
1785–
Julian Renard
6e duc de Roxton
1746–
Claudia Deborah
Duchesse de Roxton
1749–
Elsie
Elspeth Henrietta Jane Strang Leven
Marquise of Leven
1777–
jumeaux
jumeaux
Frederick
Lord Alston
1770–
Louis
Lord Louis
1772–
Gus
Lord Augustus
1772–
Julie
Lady Juliana Antonia
1774–
Otto
Lord Otto George
1777–
Harriet
Lady Harriet-Jane
1779–
Will
Lord William Claude
1780–
Tony
Lord Antony Renard
1780–

PARTIE I

LA VILLE

UN

GERRARD STREET, LONDRES, ÉTÉ 1786

Leicester Square n'était qu'à quelques minutes à pied du dispensaire Warner de Gerrard Street où Miss Lisa Crisp habitait avec le docteur Warner et sa femme. Elle espérait rentrer de sa commission avant que son absence ne soit remarquée. Elle n'avait pas à s'inquiéter. Elle ne manquerait à personne un mercredi après-midi. Cela aurait peut-être été le cas n'importe quel autre jour de la semaine, quand elle aidait au dispensaire, mais pas un mercredi, jour où elle pouvait faire ce qui lui plaisait. Mais n'ayant ni argent ni amis, elle n'avait personne à qui rendre visite et nulle part où aller.

Ce mercredi en particulier serait une exception.

Aux yeux des Warner, la présence de Lisa était comparable à celle d'un meuble ou d'une fille de cuisine, ils pensaient donc rarement à elle. Ce constat était peut-être un peu sévère et relevait sans doute plus du ressenti de Lisa à propos de sa propre situation que de ce que les Warner pensaient d'elle ; ce couple n'avait rien de vindicatif. Simplement, ils ne prêtaient pas attention aux autres. Le Dr Warner était entièrement accaparé par son cabinet médical, ce qui était compréhensible et louable, tandis que Mrs. Warner était tellement absorbée par elle-même qu'elle avait peu de temps à accorder aux autres.

Robert Warner était un éminent médecin et anatomiste. Quand il n'était pas dans son dispensaire, où il s'occupait de ses patients, ou en visite à domicile auprès de ceux qui étaient plus fortunés et avaient des besoins plus grands, il était enfermé dans le grenier de sa maison de ville où il avait installé son école et laboratoire d'anatomie ; il révélait les mystères cachés du corps humain à des étudiants en médecine au teint frais et pleins d'enthousiasme pendant l'automne et l'hiver.

Mrs. Warner donnait à son époux toute la liberté dont il avait besoin pour se concentrer uniquement sur ses compétences médicales, ce qui lui donnait la possibilité de se montrer paresseuse. Elle ne sortait jamais de sa chambre avant midi, une heure très en vogue dans la bonne société, et lisait telle une fanatique le moindre commérage à propos des personnes exceptionnelles qui la constituaient, comme si le simple fait d'absorber tous ces détails sociaux à propos de la noblesse et de leurs habitudes lui donnait le droit d'intégrer leurs rangs sélects. Elle faisait tout son possible pour les singer à tout point de vue.

Le couple recevait régulièrement ; Mrs. Warner encourageait son époux à inviter des convives à leur table pour faire avancer leurs ambitions sociales – surtout les siennes. Son plus grand désir, dont elle ne se cachait pas, était d'être appelée « milady ». Après tout, le Dr Warner était un génie de la médecine qui méritait au moins un titre de baronnet. Son mari était humblement d'accord avec elle. Leurs ambitions sociales étant donc accordées, ils recevaient régulièrement des individus aux liens sociaux opportuns dans leur maison de ville de Gerrard Street.

Lisa ne se joignait pas à eux, ni quand ils dînaient tous les deux, ni quand ils avaient des invités. Elle prenait ses repas dans le petit salon à l'arrière de la maison. Car même si elle n'était pas une domestique, mais une cousine de Mrs. Warner, ses origines indigentes et son passé honteux l'empêchaient de s'asseoir à la même table que des convives aux sensibilités élevées.

Lisa acceptait cela avec philosophie, comme tout ce que la vie avait mis en travers de son chemin depuis qu'elle était devenue orpheline à neuf ans. Puisqu'elle n'aimait pas manger seule, elle s'assurait de prendre un petit-déjeuner copieux afin d'éviter un dîner solitaire. Son souper était systématiquement composé d'une tasse de thé et d'une tranche de pain qu'elle emportait dans sa chambre sur un plateau. Si le fils des Warner était encore réveillé, elle rejoignait sa nurse et l'aidait à consoler le petit George, qui était en train de faire ses dents, jusqu'à ce qu'il s'endorme. Puis elle passait le reste de sa soirée à lire ou à écrire dans son journal intime.

Si Lisa avait décidé d'aller jusqu'à Portsmouth à pied, elle était certaine que les Warner n'auraient remarqué son absence que le lendemain matin au plus tôt ; elle se levait toujours à l'aube pour rejoindre la table du petit-déjeuner et servir de partenaire de conversation au docteur, dans le cas où il baissait son bulletin d'information et voulait se lancer dans de grands discours sur un sujet qu'il trouvait important. Il ne demandait jamais son avis à Lisa. Elle ne savait pas si c'était parce qu'un esprit aussi large la pensait incapable d'avancer un argument logique et donc de lui donner une réponse digne de son intellect, ou si peut-être, en tant que femme, il considérait que son rôle était d'écouter et non de participer.

Peu importe la raison, Lisa s'en moquait, car elle avait soif d'apprendre – ses professeurs l'avaient qualifié d'insatiable. Elle se contentait donc d'écouter le médecin en dégustant ses œufs mollets, son pain et son chocolat chaud. Et le Dr Warner avait beaucoup à dire, que ce soit sur l'état déplorable de l'éducation médicale dans ce pays, sur la ferme opposition religieuse à l'utilisation de cadavres pour faire avancer les connaissances médicales, ou sur les hommes politiques intolérants à qui il fallait ouvrir les yeux pour qu'ils voient que la recherche scientifique était la seule façon de faire avancer la médecine. Il était donc nécessaire de se salir les mains avec le sang et la saleté qui faisaient partie de la vie. « Une époque éclairée exige des actions éclairées, et pas seulement de la réflexion. » Cette phrase maintes fois répétée indiquait généralement la fin de la diatribe matinale. Le Dr Warner disparaissait alors derechef derrière son bulletin, laissant Lisa dans un silence de mort. Elle pouvait alors lire tranquillement les journaux abandonnés par le médecin.

Lisa vivait chaque jour cette même routine depuis deux ans, et si ses rêves n'étaient pas différents de ceux de toute jeune fille de dix-neuf ans – tomber amoureuse, se marier, devenir maîtresse de sa propre maison –, elle avait assez les pieds sur terre pour savoir que de telles idées étaient dignes d'un conte de fées. Tout ce qu'elle pouvait raisonnablement attendre de la vie, c'était d'avoir un toit au-dessus de la tête, du feu dans la cheminée et de la nourriture sur la table. C'était plus que ce que pouvaient espérer une grande majorité des Londoniens, elle était donc reconnaissante d'avoir au moins ces choses-là.

Ainsi, puisque ni le docteur ni Mrs. Warner ne se demanderait où elle se trouvait en cette belle journée estivale, Lisa ne se sentit pas obligée de leur dire, à eux ou aux domestiques, où elle se rendait. Néanmoins, elle fit hausser les sourcils de la cuisinière ; en pleine conversation avec l'intendante, elle s'arrêta au beau milieu d'une phrase pour la regarder traverser la cuisine et sortir par l'entrée des domestiques, vêtue de ses bottines confortables, d'un bonnet à large visière et de mitaines en coton pour éviter à sa peau blanche de foncer au soleil.

Elle sortit par une petite zone de service en dessous du niveau de la rue, mais ouverte sur les odeurs et les bruits de la ville, où l'attendait une certaine Becky Bannister, couturière et assistante d'une mercière. Becky servait les clients au comptoir dans la boutique de sa grand-tante, *Les merceries Humphreys*, à l'angle de Gerrard Street et Princes

Street, et quand on le lui demandait, elle se déplaçait à domicile. Jeune femme bien bâtie aux cheveux foncés et aux joues rosées, elle fit une révérence respectueuse et se prépara à récupérer le panier à ses pieds, impatiente de se mettre en route. Mais Lisa n'était pas encore prête à monter les marches pour rejoindre le bruit et la chaleur de la ville.

Elle repéra des sacs de farine vides qui séchaient sur une pile de cageots, en prit deux, les déposa soigneusement sur l'avant-dernière marche pour éviter de salir leurs jupons et invita Becky à s'asseoir près d'elle. Il fallait qu'elles parlent, à l'ombre et à l'abri du vacarme incessant qui les attendait plus haut. Becky obtempéra sans hésitation, mais son sourire s'affaissa en une moue quand Lisa dit d'un ton ferme :

— Avant que nous n'allions chez Lord Westby, vous feriez mieux de me rappeler ce qu'il s'est passé et ce que vous avez pris.

— Miss, je vous l'ai déjà dit, expliqua Becky. J'ai rien pris, moi. Le livre il est tombé dans mon panier de travail…

— Et vous avez décidé de l'emprunter. Oui. Vous me l'avez dit ce matin, mais j'ai besoin de savoir précisément ce qu'il s'est passé si nous voulons convaincre Sa Seigneurie de ne pas porter plainte pour vol.

Quand la lèvre inférieure de Becky se mit à trembloter, Lisa lui adressa un sourire rassurant et plaça une main sur son avant-bras nu avant de continuer :

— Si vous maintenez que le livre est tombé dans votre panier, je vous crois. Je vous en prie, Becky. Dites-moi tout, depuis le début. J'ai dit que je vous aiderai, et c'est ce que je vais faire.

Becky renifla et hocha la tête, son appréhension en partie apaisée. La veille, quand elle avait récupéré son panier rempli de petits articles en sachant que le livre y était, elle s'était seulement dit qu'elle pourrait l'échanger contre le shilling que lui devait Peggy Markham, la maîtresse de Lord Westby. Mais après une nuit de réflexion, elle ne s'était plus sentie capable d'exécuter un tel plan, et c'était la raison pour laquelle, quand Miss Crisp était entrée dans la boutique pour acheter du fil, elle avait demandé son aide.

Les deux jeunes femmes avaient environ le même âge, mais Miss Crisp avait une maturité naturelle qui donnait l'impression qu'elle était bien plus vieille. Becky avait fini par la considérer, comme tous ceux dans les alentours qui devaient se rendre au dispensaire Warner, comme une personne digne de confiance et efficace en cas de crise. Puisque Miss Crisp savait lire *et* écrire, elle servait d'écrivaine publique au dispensaire, car même si une majorité de Londoniens se targuaient de savoir lire, très peu avaient appris à écrire. Ainsi, pendant qu'un médecin du dispensaire s'occupait d'un malade, un membre de sa famille s'installait avec Miss Crisp, équipée de son écritoire, d'encre et d'une plume, dans un coin dédié de la salle d'attente, où il lui dictait une lettre qu'elle écrivait pour lui. Il s'agissait souvent de lettres destinées à leur famille restée dans un pays lointain, remplies de détails sur leur nouvelle vie dans la capitale. Parfois, il s'agissait de lettres visant à chercher un emploi ou un parrainage. Toutes étaient très personnelles et tous comptaient sur la discrétion de Miss Crisp. Peu importe le contenu de ces lettres, leurs auteurs étaient toujours satisfaits et se sentaient toujours mieux en voyant Miss Crisp coucher leurs mots sur le papier.

Ainsi, Becky savait que ce qu'elle confiait à Miss Crisp serait traité avec respect et resterait entre elles. Mais malgré ses efforts pour dissimuler sa panique, elle s'entendit dans sa voix, bouillonnant juste en dessous de la surface, quand elle raconta sa visite dans une maison de ville de Leicester Square habitée par un certain Lord Westby et où vivait aussi sa maîtresse, la célèbre actrice de tragédies shakespeariennes Mrs. Peggy Markham.

L'actrice avait envoyé quelqu'un à la boutique des Humphreys pour qu'on lui fasse parvenir une sélection de rubans, bas et jarretières. Becky avait donc été déléguée avec un panier contenant plusieurs boîtes des produits désirés, que Mrs. Markham pourrait inspecter. Sa grand-tante avait insisté ; cette fois-ci, elle ne devait rien laisser à Mrs. Markham tant qu'elle n'avait pas signé la facture.

— Ça c'est parce qu'elle a pris trois rubans et elle a refusé de le r'connaître. Elle a dit que j'avais fait une erreur de calcul, expliqua Becky à Lisa. Mais moi je fais jamais d'erreurs, parce que ma tante elle me donnerait une sacrée claque si j'perdais de l'argent sur not' marchandise. Je sais combien y avait de rubans avant que je parte de la boutique, et y en avait pas autant quand j'ai tout remis dans mon panier !

— Et cette fois-ci… ? l'encouragea Lisa quand Becky serra la mâchoire et souffla d'un air énervé.

— Une paire d'jarretières. En soie rose, avec un joli panneau d'fleurs en soie. Valent bien plus que trois rubans. J'ai pas dit à ma tante qu'il manquait ça aussi, maintenant !

— Et Mrs. Markham a refusé d'admettre qu'elle avait les jarretières ?

— Oui. L'a refusé. J'lui ai dit que j'les ajouterai à la facture avec les trois rubans d'la dernière fois, et ça l'a mise en colère…

— Oui, j'imagine, murmura Lisa.

— Et elle m'a dit que j'étais une petite insolente et elle a levé les bras au ciel. Elle a demandé comment j'osais r'mettre en cause sa parole. M'a dit de rassembler ma marchandise et elle a indiqué la porte d'un geste dramatique comme font les actrices. Mais j'ai pas bougé.

— C'était courageux de votre part.

Becky regarda furtivement Lisa et avoua :

— Pas si courageux qu'vous pensez, Miss. J'avais envie de déguerpir plus vite qu'un renard en pleine chasse, mais c'est mes jambes qu'ont pas voulu bouger, à cause de celui qu'était là.

Lisa fronça les sourcils, essayant de comprendre l'histoire de Becky.

— Il y avait quelqu'un… un gentleman… Lord Westby… avec Mrs. Markham ?

Becky secoua la tête.

— Pas lui. Je sais à quoi ressemble Sa Seigneurie comme il était là la première fois que j'suis venue. Cette fois-ci elle recevait un autre m'sieur si vous voyez ce que je veux dire.

— Recev… ? Oh ! Oh ! Je vois. En êtes-vous certaine ?

— J'suis pas née de la dernière pluie. Dans mon métier, j'ai pas la liberté de pouvoir rougir ou quoi que ce soit. Je vais dans des pièces où les autres vont pas. Mais y a personne qui remarque une fille qui vient d'une mercerie, hein ? C'pas comme si j'étais une invitée. C'pas comme si fallait qu'ils s'tiennent bien.

— J'imagine que vous devez avoir raison… Mais ce que je me demandais, c'est si vous étiez bien certaine qu'il s'agissait d'un autre gentleman, et pas de Lord Westby.

— Aussi certaine que j'sais que vous êtes une vraie lady, Miss !

Lisa s'empourpra.

— Comme c'est charmant de votre part de dire ceci, Becky.

— J'suis pas la seule à le dire. Tout le monde dit ça dans l'coin. « Une vraie lady, cette Miss Crisp », qu'ils disent. Et je peux vous assurer que le m'sieur qu'était avec Mrs. Markham c'était pas le même qui lui met un toit au-dessus d'la tête. Il est sorti de la chambre à coucher et il était…

— Merci, Becky. Je n'ai pas besoin de connaître les détails.

— … en bras de chemise, et il avait le livre qu'est dans mon panier maintenant. C'est pour ça que j'parle de lui. Mais je l'ai pas vu tout de suite, le livre, parce que j'observais ce m'sieur… Pas la peine de faire l'effarouchée, Miss. Il était habillé, assura-t-elle à Lisa en jetant un coup d'œil sous la visière de son bonnet de paille quand elle baissa la tête, s'intéressant soudain à ses mains posées sur ses genoux. C'est pas ses vêtements que j'regardais. C'était son visage. Vous allez croire que j'ai d'la fièvre, mais il a une beauté ensorcelante.

— Oh, Becky ! Ensorcelante ? Vraiment ? l'interrompit Lisa en gloussant.

— C'est pas mon genre d'exagérer !

— Bien sûr que non, répondit Lisa, contrite, avant de pincer les lèvres pour réprimer son hilarité incrédule.

— Vous penseriez la même chose si vous le voyiez. Ses yeux et ses cheveux sont plus noirs qu'une mine de charbon. Son nez il ressemble un peu à un bec, mais vous savez ce qu'on dit des m'sieurs qu'ont un gros nez… Enfin, vous devez pas le savoir. Bref, sa bouche rattrapait sacrément son bec. Elle était trop jolie pour un m'sieur.

Elle afficha un grand sourire et avoua :

— Moi tout c'que je voulais, c'était prendre son visage dans mes mains et l'embrasser partout !

Quand Lisa poussa une exclamation de surprise, le visage de Becky s'assombrit.

— C'est pas parce que j'en avais envie que j'le ferais. Je sais où est ma place, et je sais qu'un m'sieur comme lui se retournerait jamais sur Becky Bannister, ou même sur vous, Miss. Pour des filles comme vous et moi, c'est comme s'il habitait sur la Lune. Mais rien nous empêche de rêver, hein ?

— Je ne suis pas vexée, répondit Lisa avec un sourire compréhensif. Je suis d'accord. Moi aussi, je rêvasse. J'étais plus surprise de votre description de ce gentleman que par votre envie de l'embrasser ; n'y voyez aucune réprobation. Il a l'air tout à fait divin, tant et si bien qu'il aurait sa place sur le mont Olympe. Ce qui revient presque à habiter sur la Lune, non ?

— J'connais pas le mont machin-truc, mais vous avez raison. Mrs. Markham elle est du même avis, car il lui a suffi de parler pour qu'elle lui fasse des yeux de biche et oublie que j'étais là. Sa voix pourrait faire défaillir, comme son physique. Elle est chaude et douce, comme du chocolat chaud qui coule dans la gorge…

— Une voix qui ressemble à du chocolat chaud ? Parbleu, Becky, quelle jolie tournure de phrase, la complimenta Lisa, raclant sa gorge soudain asséchée.

— Tante Humphreys elle dit que c'est parce que je rêvasse… beaucoup. Mais j'rêvassais pas dans l'boudoir de Mrs. Markham. Ce m'sieur c'était pas le fruit de mon imagination ! Et même si mes jambes c'était du coton et ma langue elle était toute sèche, mes oreilles elles fonctionnaient encore. Je me souviens de ce qu'il a dit. Il a dit qu'il tolérait les drames que sur scène. Il lui a dit de revenir au lit et de finir ce qu'elle avait commencé. Il devait assister à une vente aux enchères.

Elle hocha la tête, satisfaite d'avoir relayé les propos du beau gentleman, puis elle insista, car Miss Crisp la dévisageait à présent avec la bouche entrouverte :

— Une vente aux enchères. C'est ce qu'il a dit. Il allait à une vente aux enchères.

— Et il est entré dans la pièce avec le livre qui se trouve maintenant dans votre panier… ?

Becky hocha la tête.

— Oui. J'ai même pas remarqué qu'il l'avait au début, j'étais trop occupée à le regarder. Mais après je me suis remise à rassembler les rubans, et alors que je les rangeais, Mrs. Markham s'est levée du tabouret de sa coiffeuse – je vous dis la vérité, que Dieu m'en soit témoin – et elle a enlevé sa chemise et l'a laissée tomber par terre. Comme ça ! Et c'est là que j'ai vu mes jarretières roses qui retenaient ses bas ! Elle les a pris j'vous dis ! Mais lui, vous pouvez pas lui reprocher d'avoir oublié le livre, hein ? Il l'a r'gardée alors qu'elle était nue et il a laissé tomber son livre dans mon panier pendant qu'elle l'aidait à enlever son haut-de-chausses…

— Puis-je voir le livre, Becky ? l'interrompit Lisa en tendant la main.

Elle n'était pas prude, mais elle ne s'immisçait pas dans les affaires des autres. Ce qu'ils faisaient derrière des portes fermées ne regardait qu'eux. Sa stupeur était plus liée au manque de circonspection du couple, à leur mépris des domestiques. Pas étonnant, s'ils agissaient ainsi, que les commérages à propos des membres de la haute société se retrouvent dans les bulletins d'information que sa cousine Minette lisait attentivement en dégustant son thé et ses gâteaux à la crème. Elle était certaine que les domestiques entreprenants parvenaient à se dégager un revenu secondaire en transmettant ces potins graveleux à propos de leurs maîtres aux écrivaillons des journaux mondains.

Elle chassa rapidement Mrs. Markham et son amant inconnu de ses pensées pour revenir à ce qui les préoccupait ; l'après-midi était bien avancé et elles étaient toujours assises dans l'escalier des domestiques sur Gerrard Street. Plus tôt elles rapporteraient le livre chez Lord Westby, plus tôt elles pourraient mettre cet épisode derrière elles.

Le livre était plus grand et plus lourd que ce à quoi elle s'était attendue. Elle l'ouvrit et le frontispice lui indiqua presque tout ce qu'elle avait besoin de savoir. Il s'agissait en réalité d'un catalogue valant la jolie somme de cinq shillings et qui répertoriait tout ce qu'on pouvait trouver au musée de Portland, qui appartenait autrefois à la duchesse douairière de Portland. Elle venait de mourir, ses biens étaient donc vendus par les commissaires-priseurs *Skinner and Co*. Lisa avait lu des comptes-rendus de la vente aux enchères, qui durait un mois, dans un numéro de *The Gentleman's Magazine* appartenant au Dr Warner. La duchesse douairière avait été une grande mécène de l'histoire naturelle et une collectionneuse avide d'un tas d'objets associés à la science ; des coraux, toutes sortes de coquillages, des animaux, des insectes, des fossiles, des plantes, des minéraux et tout ce qui allait avec.

En feuilletant le catalogue, elle remarqua des annotations dans les marges, à côté d'objets à vendre, et en revenant au frontispice, elle s'aperçut que la même main élégante avait inscrit les initiales H et A, séparées par un trait d'union. Ainsi, le catalogue n'appartenait pas à Lord Westby. Ce H-A était peut-être l'amant de Peggy Markham ? L'intérêt de Lisa pour l'amant de l'actrice fut décuplé ; non seulement, selon Becky, ce gentleman était d'une beauté dépassant largement ce qu'on pouvait attendre d'un simple mortel, mais il avait en plus une écriture penchée élégante, et si l'on se fiait aux annotations dans ce catalogue, il avait un intérêt certain pour les vieilles tabatières et les coquillages.

Deux choses traversèrent immédiatement l'esprit de Lisa et firent accélérer les battements de son cœur. Premièrement, le propriétaire de ce catalogue en avait besoin pour avoir accès à la vente aux enchères, et puisqu'il avait fait une croix à côté de certains objets qui n'avaient pas encore été vendus, elle était persuadée qu'il devait forcément chercher son catalogue disparu. Deuxièmement, et c'est ce qui la troublait le plus, puisque le prix du catalogue dépassait un shilling, son vol serait considéré comme un vol de grande envergure et une condamnation pour ce crime entraînerait la mort par pendaison.

Becky n'avait pas besoin de savoir tout cela à cet instant précis, Lisa afficha donc un sourire vaillant dans l'espoir de ne pas trahir ses craintes et lui rendit le catalogue.

— Avez-vous autre chose à me dire à propos de votre visite chez Lord Westby ou de ce catalogue avant d'y aller ?

Quand Becky secoua la tête, Lisa se leva, lissa ses jupons et ajouta d'une voix qui, elle l'espérait, respirait l'assurance :

— Bien. Quand nous arriverons chez Lord Westby, vous feriez mieux de me laisser parler.

Becky hocha la tête, sourit, ramassa son panier, le passa sur son bras et poussa un long soupir de soulagement.

— Merci, Miss. J'savais bien que si quelqu'un pouvait ramener c'livre là-bas sans que j'me retrouve dans un beau bourbier, ça s'rait vous ! (Elle pencha la tête sur le côté quand une idée lui vint.) Vous croyez qu'vous pourriez aussi lui faire régler c'qu'elle nous doit ?

— Un petit miracle à la fois, Becky, dit Lisa avec une allégresse feinte avant de monter les marches pour rejoindre la rue.

Lisa et Becky descendirent Gerrard Street et remontèrent Princes Street, vers le fleuve, en marchant au même rythme. Le vacarme et l'agitation dans la rue empêchaient toute conversation, elles restèrent donc silencieuses, le panier tenu vers l'avant, entre elles. Au milieu du va-et-vient des piétons et des marchands ambulants qui donnaient de la voix, elles restèrent à l'affût des voleurs à la tire. Rapidement, les rues étroites s'ouvrirent sur une grande place pavée entourée d'élégantes maisons de ville. Leicester House, grand manoir où avaient autrefois habité plusieurs membres de la famille royale et qui abritait à présent le musée d'histoire naturelle de Sir Ashton Lever, délimitait la place au nord. Au centre de cette vaste étendue se trouvaient quatre rectangles de pelouse séparés par des allées de gravier et qui encadraient une statue dorée du roi George Ier. Les habitants privilégiés de cette place venaient se promener oisivement dans cet espace délimité par une clôture en métal. Les bonnes d'enfants surveillaient les petits et aidaient certains d'entre eux à apprendre à marcher grâce à des cordons de soutien, tandis que les autres couraient dans tous les sens sous le soleil estival avec leurs cerceaux et leurs cerfs-volants. Des balayeurs de rue travaillaient aux quatre coins de la place, assez large pour que les carrosses, chaises à porteurs, cavaliers à cheval et piétons puissent se croiser sans se gêner.

Jadis le centre de la haute société, la place était toujours habitée par quelques membres vieillissants de la maison royale de Hanovre et ceux qui s'accrochaient à eux, mais elle n'était plus qu'un écho de sa gloire passée. La ville et ses industries avaient tellement empiété sur son élégance que plusieurs maisons de ville abritaient à présent des boutiques et des manufactures, signe d'une époque changeante. Ceux ayant titre, fortune et influence avaient déménagé une décennie auparavant, voire plus tôt encore, pour rejoindre, à l'ouest de la ville, un quartier d'apparence plus rustique où les magnifiques places à l'air plus respirable étaient maintenant encerclées de nouvelles maisons de ville ; ils pouvaient ainsi rester avec leurs semblables. Ceux qui n'avaient pas quitté Leicester Square, que ce soit par manque d'argent ou de prévoyance, avaient vu leur maison écrasée au milieu de toute cette activité industrielle et faisaient de leur mieux pour ne prêter attention ni à ce nouvel environnement, ni à leurs voisins commerçants.

Lord Westby était l'un des résidents de la place. Héritier du duc d'Oborne, Sa Seigneurie habitait dans une maison de ville appartenant à son père, qui avait déménagé depuis bien longtemps dans le quartier plus noble de Westminster, laissant son fils vivre dans une maison haute et étroite, serrée entre une fabrique de tapis et la résidence de la marquise douairière de Fittleworth. Quand Sa Seigneurie sortait de chez lui, il avait l'habitude de toujours regarder vers sa demeure à elle, au nord, et non vers ses voisins commerçants au sud.

Lisa, qui n'avait jamais eu l'occasion de se rendre à Leicester Square, trouvait tout cela fascinant. Elle était si intéressée par la grande variété de piétons et par la parade continue de carrosses et de chaises à porteurs qui allaient et venaient qu'elle en oublia presque pourquoi elle était là, jusqu'à ce que Becky s'arrête devant la résidence de Lord Westby.

— La porte des domestiques est au fond d'la ruelle et…

— Oh non, Becky, dit Lisa en tenant fermement le bras de la jeune fille. Soit nous entrons par la porte d'entrée, soit nous n'entrons pas du tout.

Becky écarquilla les yeux et déglutit. Elle n'était jamais entrée dans une maison par la porte d'entrée, jamais.

Lisa monta sur la petite marche et souleva le heurtoir en argent, mais la porte s'ouvrit brusquement avant qu'elle n'ait eu le temps de frapper, comme si quelqu'un était resté posté à la fenêtre, observant la rue et guettant leur arrivée. Surprise, Lisa recula en trébuchant sur les pavés.

Un petit homme trapu aux yeux globuleux et affublé d'une perruque grisonnante sortit de l'obscurité.

— Vous êtes en retard ! siffla-t-il avant d'ouvrir la porte entièrement. Entrez ! Entrez ! Pressons ! Pressons !

DEUX

Le portier se décala pour les laisser passer, mais Lisa et Becky restèrent immobiles, se remettant de leur choc après avoir reçu un tel accueil, il sortit donc sur le trottoir d'un pas lourd, se précipita derrière elles et agita les mains au niveau de ses genoux fléchis, comme pour faire avancer un troupeau d'oies.

— Entrez ! Entrez ! Ne restez pas plantées là ! Entrez !

Les filles avancèrent en traînant les pieds et regardèrent par-dessus leur épaule pour voir ce que faisait le petit homme. Une fois dans le vestibule, il claqua la porte, ce qui les fit sursauter. Elles s'accrochèrent encore plus fort l'une à l'autre et regardèrent autour d'elles. Mais les chandeliers aux murs manquaient nettement de cire, et après la vive luminosité d'une journée estivale, il fallait du temps à leurs yeux pour s'habituer à l'obscurité. Mais elles n'eurent pas l'occasion de prendre le temps ; un homme grand et maigre comme un clou, au menton avancé et aux sourcils froncés, surgit de l'ombre. Il les dévisagea de très haut avant de regarder par-dessus leur tête et de demander d'un ton impérieux :

— Où sont les autres ?

— L-l-les autres ? bredouilla Lisa en relevant rapidement les yeux de sous la visière de son bonnet.

Mais ce n'était pas à elle qu'il s'était adressé. Il parlait à son associé trapu.

— Il n'y avait pas de carrosse, Mr. Packer. Ces deux-là sont arrivées à pied.

— Pas de carrosse ? À pied ?

Le grand personnage impérieux, à qui Lisa attribua le rôle de majordome des lieux, leva les yeux au ciel et soupira, comme s'il n'avait jamais reçu pire nouvelle. Il vint se placer d'un côté de l'escalier sans laisser le temps à Lisa de s'expliquer et dit d'une voix qui laissait penser qu'il portait tous les soucis du monde sur ses épaules :

— On devra se contenter de vous deux… pour l'instant. Allez, montez. Premier palier. Deuxième porte à gauche. Inutile de frapper, entrez directement.

— Je vous demande pardon, il semble y avoir un malen…

— Ma chère petite. Ne me demandez pas pardon. Ce n'est ni à moi, ni à vous, ni à votre amie aux joues cerise de nous interroger sur le pourquoi du comment. Vous êtes là, non ? Sa Seigneurie et la confrérie Batoni n'ont pas l'habitude d'attendre – pour quoi que ce soit. Montez, maintenant.

— L-la confrérie Ba-Batoni ?

— Vous êtes une sacrée curieuse, vous ! renâcla le majordome en regardant grossièrement Lisa de haut en bas. Suivez mon conseil, mettez-la en veilleuse. Vous n'êtes pas ici pour votre conversation.

Lisa eut un mouvement de recul, choquée qu'on lui parle aussi familièrement, et haussa un sourcil d'un air désapprobateur.

— Ah non ?

— Non, voyons ! Cela dit, si je vous observe… Enfin, vous avez toutes une silhouette et des… hum… talents différents, n'est-ce pas ? Je n'ai pas mon mot à dire…

— Parce que vous n'êtes pas ici pour votre conversation, vous non plus ? lança malicieusement Lisa avec un charmant sourire trompeur.

— Ah ! J'imagine que je l'ai mérité, répondit le majordome avec bonhomie. Si vous êtes assez rapide, vous pourrez peut-être même choisir votre proie avant l'arrivée de vos amies.

Lisa aurait été incapable de dire de quoi il parlait. Elle remonta l'escalier du regard – il était tout aussi mal éclairé que le vestibule – puis elle adressa un sourire rassurant à Becky. Si cette dernière avait eu ne serait-ce qu'une once de confiance dans leur entreprise périlleuse avant d'entrer chez Lord Westby, elle s'était maintenant évaporée. Ses joues avaient perdu leur éclat rosé et son regard était méfiant.

— Nos amies ?

De nouveau, le majordome leva les yeux au ciel et renâcla. Il lança un coup d'œil à Becky.

— Vos amies ou vos camarades féminines, si vous préférez. Montez, maintenant ! insista-t-il en désignant l'escalier du pouce. Vite ! Pressons !

Lisa eut instinctivement envie de tendre le catalogue au majordome bavard en lui disant qu'elle l'avait trouvé dans la rue, puis de prendre la fuite avec Becky sans révéler leur identité. Mais sans qu'elle soit vraiment capable d'expliquer cette décision, quelque chose la poussa à tenir bon ; par curiosité, entêtement, ou impétuosité, elle n'aurait pas su le dire. Elle se dit que monter l'escalier vers l'inconnu, sans craindre les conséquences, pourrait au moins la divertir de la banalité de son présent et de son futur déjà tout tracé, lui faire vivre une aventure qui vaudrait la peine d'être racontée.

C'était ce même côté téméraire – la directrice de Blacklands avait parlé d'impétuosité – qui l'avait poussée à s'éclipser hors de l'enceinte de l'école pour rejoindre un ami dans une célèbre boutique de brioches de Chelsea. C'était la troisième fois qu'elle s'y rendait, mais cette sortie avait été signalée à la directrice et avait causé sa perte. Elle avait été renvoyée à peine six mois avant l'obtention de son diplôme. L'incident des brioches l'avait ternie à jamais aux yeux de l'école et de sa famille. Mais quand elle réfléchissait à ses agissements – et elle avait eu deux ans pour y réfléchir –, elle était certaine que si elle pouvait revenir en arrière, elle n'agirait pas différemment. Et puisque sa réputation était tellement ternie qu'elle ne pourrait plus jamais retrouver son éclat, prendre ce risque ne pourrait pas avoir de lourdes conséquences, n'est-ce pas ?

Mais elle ne voulait surtout pas entraîner Becky dans une mésaventure, elle fit donc de son mieux pour la dissuader de monter à l'étage.

— Donnez-moi le catalogue, Becky, chuchota-t-elle. Vous pouvez rester ici pendant que je…

— Non, Miss. J'viens avec vous !

— Je vous en prie. Je ne sais pas du tout ce qui nous attend là-haut. Nous sommes peut-être attendues par un lord en colère et sa maîtresse. Puisqu'ils ne me connaissent pas, je pourrai peut-être les convaincre de récupérer le catalogue sans plus d'explications. Ainsi, il vaudrait mieux que vous restiez…

— Non, Miss. J'vous d'mande pardon. C'est moi qui vous ai emmenée ici, déclara Becky, entêtée, en serrant le panier contre elle. Soit on monte ensemble, soit on monte pas du tout. C'est mes conditions.

— Très bien. Mais promettez-moi une chose : si j'estime que nous devons partir – peu importe la raison –, nous partirons. Immédiatement.

Quand Becky hocha la tête, Lisa défit les rubans de son bonnet et le tendit au majordome. Il prit cet accessoire féminin entre le pouce et l'index, comme s'il pouvait l'empoisonner, et le donna au portier. Lisa aplatit délicatement les petits cheveux qui s'étaient échappés de ses tresses torsadées, puis elle frotta ses mitaines en coton sur ses bras minces, comme pour se préparer à l'entretien. Enfin, et sans accorder un autre regard au majordome, elle adressa un hochement de tête à Becky et elles montèrent les marches.

Elles suivirent les indications du majordome ; au premier palier, Lisa récupéra une chandelle allumée dans un bougeoir posé sur une table d'angle et s'en servit pour éclairer leur chemin le long du passage sombre. Elles s'arrêtèrent devant la deuxième porte à leur gauche. Instinctivement, Becky resta en retrait, et Lisa lui tendit la chandelle. Elle ne frappa pas pour annoncer son arrivée, mais ouvrit la porte et entra directement.

Même dans leurs rêves les plus fous, elles n'auraient jamais pu imaginer ce qui les attendait.

Quelques heures plus tôt, les membres de la confrérie Batoni s'étaient retrouvés pour leur petite réunion bimestrielle, chez Lord Westby cette fois-ci, car c'était à son tour de les recevoir. La confrérie consistait en un cercle fermé de jeunes gentlemen qui avaient fait le Grand Tour ensemble. Envoyés en voyage par leurs nobles parents et escortés par des tuteurs, valets et domestiques, ils avaient parcouru la France, la Suisse, les États italiens et la Grèce pendant trois ans. Ils étaient rentrés par le littoral méditerranéen avec une meilleure appréciation de leur éducation classique et des malles pleines à craquer d'œuvres d'art, de sculptures, de livres, de vêtements magnifiquement taillés et de tout un tas d'autres antiquités pour lesquelles ils avaient craqué.

Pendant qu'ils étaient à l'étranger, ces fils des familles éminentes de la haute société avaient conclu un pacte : à leur retour, ils se retrouveraient tous les deux mois pour se raconter leurs souvenirs, discuter de leurs collections d'objets d'art, manger un excellent repas et boire jusqu'à rouler sous la table. Ces réunions avaient lieu depuis à peine plus d'un an et elles étaient attendues par les membres de la confrérie avec beaucoup d'impatience.

Mais la confrérie Batoni était sur le point de changer à jamais. Sir John 'Jack' Cavendish allait être le premier des quatre à faire le grand saut dans le mariage. S'ils étaient bien conscients que cette union était inévitable – Jack s'était fiancé à sa future épouse presque immédiatement à son retour du continent –, ils étaient toujours dans le déni. Le mariage était initialement prévu pour le début du printemps, mais il avait été décalé pour que la mère de la mariée ait le temps de se remettre de la naissance de son quatrième enfant.

Cet ajournement convenait très bien à la confrérie. Aucun d'eux ne voulait que les choses changent, même s'ils respectaient le souhait de Jack d'épouser son amour d'enfance. Seulement, c'était la dernière fois qu'ils se réunissaient en étant tous célibataires. Et malgré leur détermination à passer un bon moment, pour Jack, ils ressentaient tous un certain dépit sous-jacent à l'idée qu'il s'agissait peut-être bien de leur dernier rassemblement.

Aucun membre du groupe n'avait exprimé ses inquiétudes à voix haute. Lord Henri-Antoine 'Harry' Hesham, le meilleur ami de Jack, n'avait pas dit un mot, mais il s'agissait d'un comportement typique de sa part. Il gardait ses avis pour lui-même, économisait ses mots et pouvait se montrer très critique.

Les deux autres membres de la confrérie, Lord Sebastian 'Seb' Westby et Mr. Randall 'Bully' Knatchbull, connaissaient Jack et Henri-Antoine depuis Eton. Ils considéraient que Jack était affable, facile à vivre et loyal au possible – un vrai ami sur lequel on pouvait compter. Seb et Bully comprenaient Jack. Henri-Antoine, c'était une tout autre histoire. Il n'était qu'obscurité là où Jack n'était que lumière, et cela avait toujours été le cas. Il était aussi ouvert sur ses sentiments qu'une noix difficile à craquer et aussi avenant qu'une bourrasque de mars. Ils ne l'avaient jamais compris, ni d'ailleurs l'étroite amitié qui liait deux hommes aussi opposés. Jack ne laissait personne dire du mal d'Harry, même quand son meilleur ami s'en prenait à lui avec ses remarques acerbes, ce qui était rare mais arrivait parfois.

Lord Westby et Randall Knatchbull avaient un peu peur de Lord Henri-Antoine Hesham. Il n'avait jamais un geste violent, ne haussait jamais la voix et les aidait quand il fallait les sortir du pétrin. Ils avaient confiance en sa loyauté. Seulement, contrairement à Jack ou aux autres membres de leur cercle étendu d'amis, ils n'étaient jamais totalement à l'aise en sa compagnie, pas assez en tout cas pour faire les imbéciles sans raison ; blaguer dans le seul but de faire rire semblait idiot sous le regard inflexible d'Henri-Antoine. Son silence en disait long et leur donnait des démangeaisons dans la nuque.

Quant au fait d'avancer une opinion sur un sujet sérieux comme la politique, la religion, une question de droit ou la dernière pièce de théâtre, ils y réfléchissaient à deux fois avant de laisser échapper la première chose qui leur passait par la tête en présence d'Henri-Antoine. Tout cela donnait la migraine à Bully.

Ce dernier détestait la confrontation sous toutes ses formes, tout autant qu'il détestait formuler un contre-argument, il n'exprimait donc jamais d'opinion contraire à celle des autres et était d'accord avec tout ce que tout le monde disait, ce qui signifiait qu'il n'était jamais d'accord avec personne.

Par ailleurs, ils se gardaient bien de donner leur avis sur les Français – le nom d'Henri-Antoine était français, et sa mère aussi ; la moitié de son sang venait de l'autre côté de la Manche. À vrai dire, il parlait mieux le français que l'anglais, et ils avaient découvert pendant leur voyage à l'étranger qu'il parlait aussi couramment l'italien, ce qui les avait épatés et leur avait fait lever les yeux au ciel.

Mais le malaise de Lord Westby vis-à-vis d'Henri-Antoine était ancré bien plus profondément. Dissimulée juste sous son apparente convivialité couvait une rancœur qui faisait rage en lui telle une coulée de lave bouillonnante. Westby enviait Henri-Antoine, sa prétention naturelle, et par-dessus tout, l'indépendance que sa grande fortune lui assurait. Bully l'avait dit en des termes plus francs :

Voyez les choses en face, Seb. Harry est beau, arrogant et riche. Vous n'êtes rien de tout cela, et vous ne le serez jamais. Son apparence est impeccable, sa voix donne l'impression d'être enrobée de mélasse et fait fondre les femmes, et son paternel lui a légué une vraie fortune – selon les rumeurs, il s'agirait de cent mille livres. Vous imaginez ? Cent. Mille. Livres. Et il peut en faire ce qu'il veut.

Mais vous, mon cher Seb, vous devez mendier, emprunter et voler auprès de votre paternel, car vous avez des dettes jusqu'au cou, et ce sera toujours le cas. Et si cela ne suffit pas à faire bouillonner votre sang, Harry peut séduire toutes les femmes qu'il veut, ce qu'il fait d'ailleurs. Il lui suffit de regarder dans leur direction et elles se précipitent pour être celle qui l'atteindra en premier. Ce n'est donc pas surprenant, hein, qu'il ait couché avec plus de femmes que toute la confrérie réunie.

Si votre célèbre actrice reste votre maîtresse, c'est uniquement parce que vous – vous, Seb, et non Harry – avez accepté ses conditions. Si vous ne la partagiez pas avec Harry, elle arrêterait de vous voir ! Vous prétendez vous en moquer. Vous dites que dans l'esprit de la confrérie, ce qui vous appartient lui appartient aussi. Mais ce sont des foutaises ! C'est un arrangement misérable, Seb, et vous le savez. Vous le subissez parce que vous préféreriez couper votre petit aveugle plutôt que laisser Harry penser que vous y accordez ne serait-ce qu'un penny d'importance. Pas étonnant que vous le détestiez. Si j'étais à votre place, je le détesterais aussi. Mais au bout du compte, rien de tout cela n'est la faute d'Harry, si ? Et c'est ce qui vous ronge le plus.

Malgré la véracité de la brutale analyse de son ami, Seb se voyait toujours comme la victime. Et s'il parvenait généralement à dissimuler sa jalousie amère pour le bien de la confrérie, il échouait misérablement à le faire quand il était ivre. Et en ce mercredi, puisqu'ils avaient fêté le mariage imminent de Jack avec assez de bordeaux millésimé pour faire flotter un navire, Seb était ivre au point d'en avoir oublié toute circonspection. Pour ce rassemblement de la confrérie, il était déterminé à dire ce qu'il pensait honnêtement – au diable les conséquences, et au diable Henri-Antoine. Il allait profiter de cette journée pour mettre un terme aux conditions imposées par sa maîtresse. Son rival ne caresserait plus jamais ses courbes féminines et plantureuses. Il montrerait à Henri-Antoine qui était le maître de cette maison, et ce n'était pas ce foutu Henri-Antoine Hesham et ses foutus grands airs.

Il devait d'abord se donner du courage en buvant encore quelques verres de bordeaux. Par chance, il venait à peine de se dire cela que son majordome passa son long visage dans la pièce.

— D'autres bouteilles, Packer ! Sans traîner. Et faites débarrasser ce bazar. Ça sent comme à Billingsgate ici. Faudrait pas que les filles de joie d'Harris nous prennent pour des vieux loups de mer…

— Ou des pirates, Seb. Elles pourraient nous prendre pour des pirates.

— Des pirates, Bully ? Bon, ça ne me dérangerait pas d'être pris pour un pirate. Mais quand même. J'ai pas envie d'en avoir l'odeur.

— Certainement pas.

— Les pirates puent le poisson.

— Et les huîtres, Bully. Le poisson, les huîtres et-et les algues.

— Mais si les filles de joie étaient des sirènes, alors là ! Ce serait une tout autre histoire, non ? dit Bully avec assurance. Je parie que dans ce cas, ça leur plairait qu'on sente le poisson.

— Combien ?

— Combien quoi ?

— Combien voulez-vous parier ?

— Parier ?

— Je parie une guinée que les filles de joie s'en moqueront qu'on sente le poisson.

— Et les huîtres, Seb. On sent les huîtres.

— Les huîtres, alors. Je parie une guinée que…

— Les vieux loups de mer et les pirates, c'est la même chose, l'interrompit Lord Henri-Antoine. Et les filles de joie sont payées pour être performantes sans se soucier de votre puanteur. Packer ? Débarrassez ces détritus… Du brandy serait le bienvenu.

— Bien, milord, tout de suite, répondit le majordome.

Packer dit quelque chose par-dessus son épaule et se décala pour laisser passer deux valets de pied qui débarrassèrent les plateaux en argent sur lesquels s'amoncelaient des coquilles d'huîtres, des citrons pressés, des paniers dans lesquels ils ne restaient que des miettes de pain, des piles d'assiettes sales et un amas de bouteilles de vin vides. Tandis qu'on emportait tout cela, il plissa les yeux dans le véritable brouillard que formait la fumée afin de localiser les occupants de la pièce. Il trouva Lord Westby affalé sur un canapé, tout débraillé et enfoui sous un tas de cartes et de guides de voyage ouverts. La cravate de son maître était défaite et il avait un verre de vin vide dans une main et un cheroot fumant dans l'autre.

Les trois amis de Sa Seigneurie étaient dans des positions similaires.

Mr. Knatchbull était affalé sur le tapis aux pieds de Lord Westby, ses épaisses jambes écartées sous une table basse qui croulait sous le poids des restes de leur dégustation d'huîtres. Il lisait attentivement un petit livre, *La Liste d'Harris des ladies de Covent Garden*, qu'il tenait presque à bout de bras. À l'image de son meilleur ami, il était en manches de chemise. Il ne fit aucun effort pour se déplacer afin de moins gêner les valets de pied et continua à lire tandis qu'ils faisaient leur possible pour ne pas lui marcher dessus et ne pas faire tomber sur lui des coquilles d'huîtres ou du jus de citron.

Les autres occupants de la pièce étaient avachis dans des bergères de chaque côté d'une cheminée éteinte. Les boucles cuivrées de Sir John Cavendish, député, lui retombaient sur les yeux, ses longues jambes étaient tendues droit devant lui et ses talons semblaient plantés dans le parquet pour l'empêcher de glisser vers l'avant et tomber du fauteuil. Assis en face de lui, les jambes croisées, se trouvait le seul membre de la confrérie qui portait encore sa redingote, et contrairement à ses congénères, qui avaient libéré leur gorge de leur jabot comme s'ils avaient besoin d'air, sa cravate était toujours soigneusement enroulée autour de son cou. À vrai dire, le majordome ne fut pas surpris de voir que ce gentleman avait une apparence aussi soignée que s'il venait de quitter son valet.

Lord Henri-Antoine était toujours impeccablement vêtu, peu importe le jour de la semaine et l'heure de la journée. Et si les gilets de ses amis portaient les traces de leur festin d'huîtres, le haut-de-chausses de Sa Seigneurie, en laine de mérinos noire, n'avait aucun pli, et son gilet aux broderies complexes et sa redingote étaient immaculés. Il faisait tourner la dernière gorgée de vin dans son verre, la tête posée contre le dossier de son fauteuil, les yeux fermés. Il suffit d'une seule remarque peu judicieuse de l'un de ses congénères pour qu'ils se rendent compte que malgré ses yeux fermés, il était bien attentif à la conversation. Ainsi, le pari d'une guinée entre Seb et Bully fut abandonné avant même d'avoir été placé.

Au vu de leur consommation constante d'alcool sur les quelques dernières heures, le majordome n'était pas surpris que ces gentlemen aient l'air usés. Ils avaient beau annoncer haut et fort l'arrivée imminente de plusieurs cocottes de luxe, la fumée et les bouteilles vides donnaient une indication plus juste de leur forme physique pour une telle entreprise. Il ne doutait pas que leur consommation d'alcool les poussait à largement surestimer leurs futures prouesses sexuelles à venir.

Trois heures pouvaient faire une grande différence. Quand Lord Westby avait donné, plein d'enthousiasme, une liste de noms et d'adresses à son majordome et avait ordonné qu'on ramène les filles de joie d'Harris dans son carrosse, les gentlemen étaient en train de dévorer des huîtres et de se rappeler l'époque où ils avaient voyagé sur le continent. Ils s'étaient esclaffés et avaient ricané pendant un long moment en évoquant un incident survenu dans un bordel de Padoue, et ils s'étaient frotté les mains d'anticipation en proclamant qu'il fallait y retourner. La perspective de recevoir toutes sortes de faveurs sexuelles de la part des meilleures prostituées de la liste d'Harris avait poussé Bully à sauter sur le canapé en levant sa perruque et en récitant une célèbre chanson paillarde. Des rires bruyants avaient éclaté et Packer avait quitté la pièce avec la liste en levant les yeux vers le plafond.

Mais alors qu'il balayait du regard le carnage causé par un après-midi de fête ininterrompue, Packer se demanda si les membres de la confrérie étaient capables de marcher sans aide, et il était certain qu'ils s'apprêtaient à gaspiller les soixante livres qu'ils avaient dépensées pour que les prostituées quittent leur lieu de travail et rejoignent la maison de ville de Lord Westby. Mais ce n'était pas son argent, il n'avait donc pas de commentaire à faire. Il laissa les gentlemen respirer leur air enfumé et envoya un valet de pied chercher plus de bordeaux et une bouteille de brandy à la cave.

TROIS

La porte venait à peine de se refermer derrière le majordome que Jack leva le menton qu'il avait posé sur sa poitrine et regarda son meilleur ami en fronçant les sourcils.

— Pensez-vous que ce soit bien raisonnable ?

Henri-Antoine ne faisant aucun commentaire, Jack haussa la voix :

— Harry ? Harry ! Pensez-vous…

— Je m'efforce de ne *pas* penser.

— … que vous devriez boire du brandy après tant de bouteilles de bordeaux ?

— Vous les avez comptées.

— Non ! Bien sûr que non !

En entendant ce vif démenti, Henri-Antoine ouvrit un œil. La rougeur qui apparut instantanément sur les joues de son meilleur ami trahissait son mensonge. Il fixa Jack assez longtemps pour qu'il comprenne qu'il désapprouvait, puis il referma son œil accusateur.

— Oh, très bien ! Je le reconnais, avoua Jack.

Il croisa les jambes, se pencha vers l'avant et lança un coup d'œil à Seb et Bully, qui étaient maintenant serrés l'un contre l'autre sur le canapé, feuilletant la liste d'Harris. Convaincu qu'ils étaient bien occupés, il ajouta, sur la défensive :

— Vous ne pouvez pas me le reprocher, si ?

— Cela ne vous regarde pas.

— Vous ne me remerciez pas de surveiller vos arrières ?

— C'est de la gratitude que vous voulez ?

— Non ! Oui ! Non ! Bien sûr que non ! Mais vous devriez peut-être faire venir Michel pour qu'il vous ramène chez vous…

— Et gâcher ce splendide rassemblement ? Michel n'est pas là. Il est à la vente aux enchères de Portland, il achète des coquillages.

— Était-ce bien raisonnable ?

— Raisonnable ? De confier à Michel l'achat de coquillages ?

— Ha ! Ha ! Non ! Qu'il soit là-bas, et que vous, vous soyez ici.

Là-dessus, Henri-Antoine ouvrit les deux yeux, non sans effort. Le martèlement au niveau de ses tempes devenait insupportable. Mais il le supporterait et n'y prêterait pas attention, dans l'espoir que cette fois-ci, l'issue serait différente. Il espérait que s'il pouvait contrôler les signes avant-coureurs, tout irait bien. Un espoir bien futile. Malgré tout, il avait bu assez de vin et fumé assez de cheroots pendant les quelques dernières heures pour croire aux fins dignes des contes de fées. Ce qui l'étonnait, c'était d'avoir tenu si longtemps sans que survienne une véritable crise. Il était déterminé à traverser l'après-midi sans incident, car ils fêtaient la fin de la vie de célibataire de son meilleur ami, et cela n'arrivait qu'une seule fois dans une vie. Il fit donc peu de cas de la préoccupation de Jack pour ne pas l'inquiéter davantage et pour dissimuler ce qu'il ressentait :

— Je suis heureux que vous vous mariiez. Il est temps que vous mettiez votre inquiétude à profit, qu'elle serve à quelque chose d'utile et non d'insignifiant.

Jack ne releva pas son sarcasme.

— Vous n'êtes pas insignifiant, Harry, dit-il à voix basse. Vous ne l'avez jamais été, vous ne le serez jamais. Vous auriez dû aller à la vente aux enchères.

— J'y suis allé tous les jours pendant trois semaines. J'ai vu assez de coquillages, minéraux et autres choses mortes pour rendre indifférent le plus fervent des collectionneurs. Mais Elsie aura ses coquillages… Il y en avait un en particulier… Un nautile… J'espère m'en être souvenu correctement… Je crois… Il semblerait que j'aie égaré mon catalogue…

Jack remarqua la grimace d'Henri-Antoine et ne fut pas dupé quand il se reprit rapidement et fit semblant d'enlever des peluches sur les revers de sa redingote en soie lilas brodée de fils métalliques. Il le connaissait trop bien et savait quels signes guetter. Il était le meilleur ami d'Henri-Antoine depuis qu'ils avaient neuf ans et il n'avait jamais trahi sa confiance. Non pas qu'Henri-Antoine se soit confié à lui, mais Jack avait été le témoin du début de plusieurs crises avant d'être éloigné par ses soignants.

L'affection d'Henri-Antoine était restée un secret de Polichinelle au sein de la famille pendant toute son enfance et était traitée comme tel. L'ancien duc de Roxton avait entouré son jeune fils de médecins, nurses, soignants et domestiques. Par ailleurs, il était surveillé par ses parents, son frère, sa famille proche, et on ne l'avait jamais laissé seul de sa vie. Ils avaient consulté, de Londres à Constantinople, tous les spécialistes médicaux qui professaient être experts dans le traitement du mal caduc. Il n'existait aucun remède connu, mais quand Henri-Antoine avait atteint l'adolescence, il avait réussi à convaincre sa mère et son frère que sa maladie avait guéri toute seule.

Il avait menti.

Jack avait joué le jeu, car il savait à quel point il était important pour son meilleur ami d'être vu comme tous les autres garçons de son âge. Quant à la méthode employée pour convaincre le médecin de mentir à son tour, et ce à ses parents ducaux, elle restait un mystère. Henri-Antoine avait même dit à son père qu'il était guéri, et l'ancien duc l'avait gracieusement cru. Mais à présent, Jack soupçonnait l'ancien duc – et il était persuadé qu'Henri-Antoine était du même avis – d'avoir accepté ce mensonge parce qu'il était mourant et que son jeune fils espérait qu'en lui disant qu'il était guéri, cela ferait disparaître son cancer comme par magie. Henri-Antoine aimait tellement son père. Le duc était mort quelques semaines plus tard. Henri-Antoine n'avait plus jamais parlé de lui.

Mais le petit frère profondément secret de l'actuel duc de Roxton se battait toujours contre le haut mal. Il ne faisait plus de crises tous les jours, comme dans son enfance, mais assez souvent pour le pousser à employer tout un clan de domestiques qui l'aidaient à perpétuer le simulacre selon lequel il était aussi vigoureux et en bonne santé que n'importe quel jeune homme de vingt-cinq ans. Et c'était le cas, à tous les égards, s'il mettait de côté la maladie avec laquelle il était né.

Jack comprenait pourquoi Henri-Antoine ressentait le besoin de dissimuler son mal caduc ; cette maladie était la cause d'une grande stigmatisation pour ceux qui en souffraient et pour leur famille. Il se rappelait tout à fait que quand ils étaient petits, son meilleur ami était le sujet de conversations à voix basse et la cible de regards en coin. Des murmures passaient entre les domestiques, ils évoquaient une lignée ternie, affirmaient que c'était la faute du duc, que la maladie de son fils était le prix à payer pour ses péchés passés. Quand un médecin avait laissé entendre qu'Henri-Antoine était peut-être atteint de folie, il avait immédiatement été congédié. Et quand un prêtre papiste avait suggéré qu'il était possédé par un démon et qu'il fallait l'exorciser, il avait été expulsé de l'hôtel particulier parisien du duc sans que ses pieds touchent jamais le parquet lustré. Jack et Henri-Antoine avaient été ravis d'assister à cette expulsion, cachés derrière une large colonne dans la bibliothèque du duc.

Jack savait que la dernière chose que voulait Henri-Antoine, c'était que sa famille soit victime d'un scandale ou ridiculisée à cause de sa maladie, il faisait donc tout ce que sa santé lui permettait pour s'assurer que son haut mal reste un secret bien gardé. Par conséquent, Jack guettait subrepticement les signes de début de crise, de façon presque aussi assidue que ceux qui travaillaient pour son meilleur ami. Mais après quelques verres, son angoisse était décuplée et il était susceptible d'exprimer ses craintes à voix haute, ce qui contrariait beaucoup Henri-Antoine.

— C'est dû autant à la fumée qu'à l'alcool, postula Jack en lançant un nouveau regard furtif à Seb et Bully. Aucun des deux n'est bon pour vous, et quand ils sont combinés…

— Votre préoccupation est touchante, mais inutile.

— Laissez-moi ouvrir une fenêtre, et je vais aller vous chercher de l'eau citronnée bouillie…

— Pour l'amour du Ciel, Jack ! Ne… ne faites pas d'histoire.

Jack se rassit, mais il ne se laissa pas décourager et insista :

— Il est temps de vous confier à Roxton…

— Non.

— … car comme vous l'avez justement fait remarquer, quand je serai marié, j'aurai d'autres préoccupations – une épouse et, dans un futur pas trop éloigné j'espère, des enfants. Je veux avoir des enfants, Harry. Ce qui veut dire que je serai moins présent, et vous avez besoin…

— Ce dont j'ai besoin, c'est que vous… que…

Henri-Antoine s'interrompit et prit une inspiration, s'obligeant à ne pas prêter attention à la douleur. Il se détourna, montrant à Jack son fort profil aquilin, et fixa momentanément la cheminée jonchée des cendres et mégots d'une demi-douzaine de cheroots indiens.

— Qu'avez-vous besoin que je fasse, Harry ? s'enquit Jack dans un murmure accentué, espérant en dépit de tout que comme lui, Henri-Antoine baisserait sa garde à cause de l'alcool et qu'il se confierait à lui, un espoir vain, ce qu'il aurait dû savoir après toutes ces années. Demandez-le-moi. Quoi que ce soit. Vous savez que je suis là pour vous – toujours.

— Si vous pensez que je suis incapable de fonctionner sans vous… détrompez-vous ! dit Henri-Antoine dans un murmure menaçant, ce qui était bien plus efficace que s'il avait haussé la voix, quelque chose qu'il ne faisait jamais. Je ne suis pas votre amant rejeté… Je ne pleure pas à torrents parce que vous me délaissez. Gardez votre préoccupation pour ceux qui la méritent. Vivez votre vie… dans les Cotswolds – où que ce soit – avec votre femme et vos enfants et ne pensez plus jamais à moi. Ma vie… ma vie se… se poursuivra parfaitement sans vous… Ah ! Le brandy ! annonça-t-il d'un ton entièrement différent.

Il tapota la table à côté de lui pour que le valet de pied y mette le plateau en argent sur lequel étaient posés la carafe et les verres. Puis il se mit en mouvement, versa un généreux fond de liquide ambré dans chaque verre et en tendit un à Jack. Quand ce dernier hésita à le prendre, Henri-Antoine leva les yeux vers lui. Son visage avait pris une teinte plus foncée et derrière ses boucles désordonnées, ses yeux étaient vitreux et ses lèvres pincées.

— Prenez-le, Jack, l'encouragea doucement Henri-Antoine avec un rare sourire. Je veux boire à notre amitié.

Jack prit le verre en ravalant la boule qui s'était formée dans sa gorge. Sa voix restait empreinte d'émotion.

— Vous pouvez vraiment être vil parfois, Harry. Le savez-vous ?

— Je n'ai jamais été moins que cela, mon cher. C'est la raison pour laquelle vous êtes mon seul ami. (Il leva son verre.) À Jack. Fiable. Loyal. Responsable. Aimant… Votre future épouse mérite le meilleur, et vous êtes le meilleur, Jack.

Ce dernier arbora un grand sourire penaud, toute irritabilité disparue, et les amis trinquèrent avant de savourer le brandy.

— Merci, Harry. Vous resterez toujours mon meilleur ami. Seulement… C'est juste que…

— Vous avez trouvé la bonne. Ou plutôt, elle vous a trouvé. Je suis extrêmement heureux pour vous deux… J'espère que vous aurez la chance d'avoir une vraie nichée.

— J'aimerais… j'aimerais que vous soyez aussi heureux que moi… Que vous ayez vous aussi trouvé votre âme sœur.

Henri-Antoine fit la grimace.

— *Moi ?* Une âme sœur ? Et les fées sont réelles, pendant que vous y êtes ! J'admets que je suis excessivement bon à marier… Mais… quelle pauvre malheureuse se chargerait volontiers de l'entretien et de l'arrosage d'une créature aussi pathétique ?

— Je suis persuadé qu'il existe une personne qui vous convient. Vraiment, dit honnêtement Jack, les yeux de nouveau vitreux, car avec cette confession, c'était la première fois que son ami se rapprochait autant d'un aveu de la faiblesse que représentait son trouble. Vous ne l'avez tout simplement pas encore trouvée – et elle ne vous a pas trouvé non plus !

— Oh, ne soyez pas abattu, dit Henri-Antoine avec dédain. Je ne suis pas comme vous. Je ne peux concevoir de restreindre mon appétit charnel à une seule femme. Il y a bien trop de beautés qui méritent de profiter de mes… hum… *largesses.* Qu'y a-t-il, Bully ? demanda-t-il d'une voix traînante quand il vit Randall Knatchbull agiter la liste d'Harris au-dessus de sa tête dans une tentative d'attirer l'attention.

— Y a-t-il six ou huit nymphes qui viennent nous divertir, Harry ?

— Huit, répondit Henri-Antoine. Jack pourra choisir en premier…

Le visage de Jack devint cramoisi.

— Pas moi. Plus jamais.

Henri-Antoine regarda le brandy dans son verre avant de relever les yeux et de taquiner Jack impitoyablement :

— Ah non ? ronronna-t-il. Mais… si je me souviens bien… Oui ! C'est exactement ce que vous avez dit quand nous montions difficilement les marches pour entrer dans le lupanar de Frau Dortman à Berne… Vous avez protesté de façon tout aussi lamentable dans le vestibule du bordel de Signora Lucia à Milan. Et quand nous étions à Florence… Ah ! Vos efforts pour résister aux charmes de cette belle rousse étaient peu convaincants, au mieux ! Vous…

— La ferme, Harry ! exigea Jack avec véhémence en se relevant d'un bond. Si vous osez dire un mot de plus…

— Votre souhait est bien noté. Votre pudibonderie également.

— J'ai l'intention d'être un mari fidèle, et vous le savez.

— Oui, répondit Henri-Antoine avec un profond soupir. Malheureusement, la dévotion extrême à son épouse est un défaut familial.

Il but d'une traite le reste de son brandy. Quand Jack resta debout devant lui, les poings serrés, il ferma brièvement les yeux. Si Jack avait bien un défaut – non, deux –, c'était qu'il était honnête au possible et qu'il comprenait rarement, voire jamais, les provocations taquines d'Henri-Antoine. Il ajouta donc pour l'apaiser :

— Je vois que je me montre vil une fois de plus… Je vous demande pardon.

— Jack ? Ne me dites pas qu'Harry demande à choisir sa fleur en premier ? s'écria Seb, heureux d'assister à une rare altercation entre les deux meilleurs amis. Cela dit, il n'y a pas de quoi être surpris, ricana-t-il. Après tout, c'est lui qui a payé pour l'ensemble !

Henri-Antoine, sans le regarder, agita une main vers Seb d'un geste alangui.

— Faites votre choix, Westby. C'est moi qui régale.

— Avez-vous une préférée ? s'enquit Seb. J'imagine que vous avez goûté aux délices des huit beautés qui nous rejoignent ?

— Je ne vais pas relever votre affligeant mélange de métaphores, mais sachez que je ne servirais jamais un plat que je n'ai pas goûté et que je ne puisse moi-même recommander.

Seb tira sur son cheroot et souffla un anneau de fumée vers le plafond, en direction d'Henri-Antoine.

— Une fleur ou un plat, c'est pareil. Je suis sûr qu'elles sont toutes délicieuses autant à l'odeur qu'au goût. Je goûterai peut-être à chacune d'entre elles.

— Faites donc cela, déclara Henri-Antoine d'un ton monotone avant de se tourner derechef vers la cheminée et de fermer les yeux.

— Harry ? Hé, Harry ? Est-ce vous qui avez fait une croix près de la belle Jamaïcaine de Litchfield Street ? s'enquit Bully, sans se rendre compte qu'Henri-Antoine s'était détourné de la conversation, car son nez était de nouveau entre les pages du petit livre. C'est écrit ici qu'elle foule la scène chypriote. C'est écrit qu'elle a les dents blanches et des anglaises brun foncé.

Henri-Antoine lui répondit sans tourner la tête et sans ouvrir les yeux.

— Miss Wilson serait digne de votre temps, Bully.

Randall Knatchbull écarquilla les yeux.

— C'est vrai ? Elle serait digne de mon temps ? Merci. J'ai toujours eu envie d'une beauté à la peau dorée, et c'est écrit ici que…

— Mais aura-t-elle envie de vous, Bully ? l'interrompit Seb en pouffant de dérision. Elle me semble un peu trop exotique pour vos goûts banals. Autant vous en tenir à vos habitudes et à ce qu'elles peuvent tolérer.

Cette remarque acerbe, visant à faire rire les autres aux dépens de Bully, poussa Henri-Antoine à se reprendre et à fixer Lord Westby de ses yeux railleurs.

— Si vous aviez pris la peine de lire l'excellent précis de Miss Wilson, Westby, vous n'auriez pas ouvert la bouche. Maintenant que c'est fait… il m'incombe de souligner que sa… hum… *grotte* ne saurait se satisfaire que d'un amant possédant un *telum* de longueur et de largeur supérieures…

— Le vôtre, j'imagine ? se moqua Seb.

— Naturellement. Je n'aurais pas gaspillé mon argent ou insulté ses talents en lui offrant moins que ce qu'elle exige.

— Harry a raison, Seb, commenta Bully en se décalant sur le canapé pour fourrer la liste d'Harris sous le nez de Lord Westby. Regardez. C'est écrit ici que Miss Wilson peut recevoir les plus larges éléments qu'un gentleman puisse lui offrir, mais pas les plus petits…

— Je ne suis pas intéressé par une prostituée qui a une grotte difforme, l'interrompit Seb avant de saisir brusquement le livre et de le jeter sur le côté. Et je ne veux rien savoir de…

— Elle n'est pas difforme, Bully, assura Henri-Antoine à son ami quand Randall Knatchbull se tourna instantanément vers lui pour être rassuré. Seb cherche à dénigrer la charmante Miss Wilson parce qu'il n'est pas capable de remplir ses conditions.

— Diable, bien sûr que j'en suis capable ! gronda Seb en se relevant d'un bond, son cheroot calé au coin de sa bouche. Si c'est un défi, je le relève volontiers !

— Si vous voulez que la vérité reste cachée dans votre haut-de-chausses, asseyez-vous et restez tranquille.

Chancelant, Seb agita un doigt vers Henri-Antoine.

— Un gars comme vous ose me donner de tels conseils ? Vous avez intérêt à garder le vôtre dans votre haut-de-chausses…

— Justement, Westby, déclara Henri-Antoine d'une voix traînante, sa lèvre supérieure tressautant légèrement, mon gars à moi est superbe et très demandé, comme peut en attester Miss Wilson – et d'autres, mais elles sont trop nombreuses pour les énumérer. Demandez-lui. Mais… si vous savez ce qui est bon pour vous…

— Hein ? Vous osez prétendre que vous savez ce qui est bon pour *moi* ?

— Seb ! Seb ! Cessez vos idioties, siffla Bully en attrapant la manche de chemise de Westby dans une tentative de le tirer sur le canapé. Seb ! Vous ne gagnez jamais contre Harry ! Jamais !

— Fermez votre clapet ! lança Seb d'une voix rageuse en libérant sa manche avec tant de force que Bully perdit l'équilibre et tomba en travers des coussins du canapé.

— Hé ! Vous y allez un peu fort, Seb ! se plaignit Jack. Ne le laissez pas là ! Aidez-le à se relever, Seb !

Mais Seb ne prêta attention ni à Jack ni à Bully qui se débattait sur les coussins du canapé, se concentrant exclusivement sur Henri-Antoine, qui était toujours dans sa bergère, jambes croisées, imperturbable, tenant légèrement son verre de brandy du bout de ses longs doigts. Son ami respirait l'aplomb et l'arrogance. Et pourquoi pas ? Après tout, il avait hérité d'une vraie fortune de son père et pouvait donc vivre comme un sultan dans son propre empire, employant plus de domestiques que la plupart des maisons ducales. Il ne sortait jamais de chez lui sans que deux d'entre eux le suivent constamment comme son ombre. Ils se tournaient les pouces au rez-de-chaussée en ce moment même.

Et comme si la richesse et l'arrogance d'Henri-Antoine ne suffisaient pas à ronger Seb de l'intérieur, il semblait que toutes les filles de joie de ce monde raffolaient du « superbe gars très demandé » d'Harry Hesham. Et la maîtresse de Seb en faisait partie. La veille au soir, elle avait rejeté ses avances et lui avait dit audacieusement, alors qu'elle s'étirait au milieu du lit comme un félin satisfait qui vient de finir un bol de crème, qu'elle était épuisée après avoir passé l'après-midi avec monsieur Priape. Il savait très bien de qui et de quoi elle parlait et il était parti en claquant la porte, son ricanement résonnant dans ses oreilles.

Et alors qu'il continuait à dévisager Henri-Antoine, on pouvait se demander par quel miracle, après toutes ces années de rancœur morbide, ses organes internes n'avaient pas pourri.

— Comment pouvez-vous savoir ce qu'il y a dans mon haut-de-chausses, hein ? cracha enfin Seb. Tant que mes valseuses pourront danser, jamais je ne vous laisserai me dénigrer ! Levez-vous, Hesham ! Réglons cela ici et maintenant ! Jack ! Bully ! Poussez les meubles contre les murs !

— Ce n'est pas de la calomnie si c'est la vérité, dit Henri-Antoine d'une voix traînante et sans bouger un seul muscle face à la menace de Seb.

Il était bien conscient que ses prochains mots provoqueraient son ami au point de le faire craquer, mais il les dit quand même, car Seb était un imbécile qui avait besoin qu'on le secoue verbalement pour le sortir de son asservissement à une actrice médiocre pour qui le meilleur rôle était sous les draps :

— Je sais de source on ne peut plus sûre que je vaux – littéralement – deux fois l'homme que vous êtes.

— Espèce de-de… *fils de chien*, s'emporta Seb, cramoisi, tout en passant par-dessus la table basse pour atteindre sa cible. Je vais vous briser le bec, Hesham. Je vais en faire de la purée et l'étaler sur tout votre visage. Levez-vous ! Levez-vous, j'ai dit !

Il s'élança vers Henri-Antoine comme s'il sautait d'une jetée pour monter à bord d'un bateau, les deux jambes dans les airs et en faisant de grands gestes avec les bras.

Jack l'intercepta, se plaçant juste devant Seb au moment où il atterrissait devant le fauteuil d'Henri-Antoine, qui resta assis et ne fit rien pour se défendre. Mais c'était de toute façon inutile. Seb entra en collision avec Jack et le choc les fit tomber sur le côté.

Jack passa les bras autour de Seb et le plaqua au sol pour l'empêcher de se relever. Ils commencèrent à se battre et en luttant l'un contre l'autre, ils renversèrent la table basse ; les verres et bouteilles qui n'avaient pas été ramassés par les valets de pied s'écrasèrent par terre. Des cheroots, des cartes, des livres et plusieurs petites peintures, le tout empilé à un bout de la table, volèrent dans les airs et s'éparpillèrent de l'autre côté de la pièce.

— Bully ! Bully ! siffla Jack d'une voix rauque, les doigts de Seb s'entortillant dans sa cravate, écrasant sa trachée. Venez… là ! Aidez-moi !

— Lâchez-moi, bon sang ! exigea Seb en se débattant, car Jack l'avait plaqué sur le tapis d'Orient. Arrêtez de jouer au garde du corps ! Il a besoin d'une bonne leçon ! Qu'on lui apprenne de force ce qu'est l'humilité ! Nom de Dieu, Jack !

Jack libéra de force sa gorge des doigts de Seb et prit une profonde inspiration. Alors qu'il était en pleine quinte de toux, Bully se releva tant bien que mal du canapé, le poussant violemment contre la fenêtre. Il traversa précipitamment la pièce, mais loin d'aider ses amis, il resta planté là, les yeux baissés vers eux et les bras croisés, se contentant de les regarder se battre.

— Vous êtes rond comme une queue de pelle, Seb, fit remarquer Bully. Les félines seront bientôt là et si vous avez l'air complètement dérangé, elles seront trop effrayées pour s'approcher de vous.

— Libérez-moi, Bully ! Enlevez-le ! exigea Seb, donnant de grands coups de jambes dans le vide, car Jack était à présent assis sur son torse pour l'empêcher de se relever.

— Désolé, Seb. Ce n'est pas possible. Je ne peux pas vous laisser briser le nez d'Harry. Il n'en a qu'un. Et je crois qu'il l'aime bien, même s'il ressemble à un bec.

Seb fit un petit bruit guttural de dégoût et comprit qu'il ne pouvait compter que sur lui-même. Nourri par une rage alcoolisée, il se rendit compte qu'il avait plus de force que ce qu'il pensait et poussa Jack avec une puissance presque divine. Il réussit son coup. Jack fut éloigné de Seb si violemment qu'il tomba à la renverse et glissa sur les fesses sur le parquet lustré.

— À nous deux, Hesham ! déclara Seb avec satisfaction en se relevant.

Après avoir affronté Jack, il était persuadé de pouvoir s'occuper d'Henri-Antoine et impatient de s'en charger. Mais il avait à peine fait deux pas en avant que Bully se mit en mouvement. Il sauta sur le dos de Seb dans une dernière tentative de l'empêcher de s'en prendre violemment à Henri-Antoine, qui était toujours immobile dans sa bergère, tel un spectateur intéressé de cette mêlée enivrée entre amis.

Bully entoura la taille de Seb de ses jambes, croisa ses chevilles vêtues de bas et, les bras autour du cou de Seb, s'agrippa fermement à lui. Il refusa de le lâcher, peu importe combien de fois Seb se tordit d'un côté puis de l'autre. Enfin, Seb agrippa les poignets de Bully et les écarta violemment. Tandis que son ami agitait les bras, il libéra rapidement sa taille des chevilles de Bully, puis il s'en débarrassa comme s'il enlevait une cape hivernale.

Stupéfait d'être ainsi vaincu, Bully n'eut pas le réflexe de déplier les jambes et heurta le sol dans un bruit sourd. Il poussa un petit cri de douleur.

Henri-Antoine se dit qu'il était temps de mettre un terme à cette mascarade.

D'un seul geste fluide, il décroisa les jambes et se releva de toute sa hauteur. Il dépassait tous les autres dans la pièce, mais il semblait moins grand qu'il ne l'était réellement, car il était mince et sec. Par ailleurs, sa nonchalance élégante et tranquille lui donnait un air presque précieux. Les gilets et redingotes qu'il aimait tant, aux broderies élaborées et dans des tons violet et bleu, dissimulaient son physique, ses qualités athlétiques passaient donc souvent inaperçues. Mais il se tenait toujours à la routine physique quotidienne sur laquelle son père avait insisté quand il était petit pour renforcer sa constitution, dans l'espoir de combattre ses crises à défaut de les guérir.

Ces jours-ci, il se montrait pragmatique. Il ne croyait plus qu'il serait un jour guéri et il avait beau être athlétique et en bonne forme physique, tout cela n'avait plus aucune importance quand le *morbus caducus* s'emparait de lui. Dès le début d'une crise et un certain temps après la fin de celle-ci, il était aussi inconscient qu'un nouveau-né et tout aussi vulnérable. Il employait donc des soignants – ses acolytes, comme il les appelait – qui devaient l'emmener dans un endroit sûr et tranquille et veiller sur lui jusqu'à ce que la crise passe.

Le martèlement dans sa tête et sa soudaine sensibilité à la lumière auraient dû suffire à le mettre en garde, mais entre l'enterrement de vie de célibataire de Jack et sa fierté entêtée, il avait refusé de prêter attention aux signes avant-coureurs et avait continué à boire et à fumer. Et il allait le payer, car à présent, Seb, ivre, était déterminé à lui causer des blessures physiques. Mais s'il partait maintenant, il était sûr de passer pour un lâche et un poltron ; que Dieu l'en garde ! Ainsi, au lieu de prendre congé, il décida de rester, tout en sachant qu'il perdait un peu plus le contrôle à chaque minute qui passait.

Enfin, Seb s'approcha de lui, se jeta en avant et donna un coup de poing. Henri-Antoine se baissa et l'esquiva avec toute la grâce d'un maître d'armes. Le poing de Seb décrivit un large arc de cercle sans jamais rien heurter. Mais il avait mis tant de force dans ce coup enivré qu'il fut entraîné malgré lui dans un tour sur lui-même et perdit l'équilibre. Il tomba de travers sur le fauteuil et ses épaules s'enfoncèrent entre le coussin et le dossier, son postérieur finissant dans les airs.

Henri-Antoine se dit qu'il s'agissait d'une conclusion ignominieuse, mais très adéquate pour un combat à sens unique qui, heureusement, avait pris fin avant même d'avoir commencé. Jack et Bully se précipitèrent vers Seb et baissèrent les yeux vers lui ; il faisait des petits bruits étouffés dans le rembourrage en crin de cheval, mais personne ne fit l'effort de l'aider. Après avoir observé Seb, Jack et Bully se tournèrent l'un vers l'autre et éclatèrent de rire. Henri-Antoine se risqua même à esquisser un sourire.

Enfin, Jack se sécha les yeux et donna un coup de coude à Randall Knatchbull.

— Allez, Bully, aidez-moi à le sortir de là, dit-il en donnant une tape sur le dos de Seb. Vous inquiétez pas, Seb ! On va vous libérer !

— Attendons un peu, Jack, suggéra Bully d'un ton jubilatoire. Si le sang lui monte à la tête, il retrouvera peut-être la raison… Hé ! Harry ? Tout va bien ? demanda-t-il quand Henri-Antoine ferma les yeux et chancela. Jack ! dit-il en lui donnant un coup de coude dans les côtes. Harry est devenu aussi blanc que de la neige fraîche.

En entendant cela, Jack oublia Seb et sa position délicate et se tourna vers Henri-Antoine.

— Venez vous asseoir, Ha…

— *Pas ici*, siffla Henri-Antoine entre ses dents.

— Je vais chercher vos acolytes.

— Allez… y… Mon Dieu, maugréa Henri-Antoine, forçant chaque fibre de son être à ne pas perdre le contrôle, bien qu'il ne puisse rien faire contre la soudaine sensation de froid glacial dans la paume de sa main gauche.

— Jack ! Harry ! Seb s'est libéré ! annonça Bully avec toute la stupéfaction de quelqu'un qui verrait sa première comète. Bravo ! Maintenant, serrez-vous la main avec Harry et présentez vos ex…

— Nous serrer la main ? Lui présenter des *excuses* ? rugit Seb. Alors qu'il vient de me calomnier, et ce sous mon propre toit ? C'est à lui de…

Henri-Antoine se détourna et s'éloigna à grandes enjambées tandis que Seb, retenu par Jack et Bully, clamait haut et fort qu'il l'avait offensé et qu'il devait revenir immédiatement.

Il avait trop attendu. Il n'avait plus mal à la tête. C'était de – très – mauvais augure.

Il ne devait pas paniquer.

Il devait garder la tête sur les épaules jusqu'à ce qu'il soit en sécurité.

Il devait continuer à réfléchir.

Le froid intense était remonté jusqu'à son poignet. Il avait l'impression qu'on avait plongé sa main dans un seau d'eau glacée. Sa langue fourmillait. Parfois, elle gonflait. Il ne savait jamais à quoi s'attendre. Il savait seulement que bientôt, il ne pourrait plus parler du tout, et encore moins se faire comprendre. Il serra la mâchoire.

Il n'appellerait pas à l'aide.

Il ne devait pas faire un seul bruit.

Pas ici. Pas maintenant. Pas devant les autres.

Il avait réussi à arriver jusqu'à vingt-cinq ans sans se déshonorer en public. Il était hors de question que cela arrive maintenant.

Où était passé Jack ? Il fallait qu'il aille chercher ses acolytes. Pourquoi avait-il envoyé Michel à la vente aux enchères de Portland ? Pourquoi y avait-il tant de lumière dans cette pièce ? Quel imbécile il était d'avoir bu le brandy, de ne pas avoir écouté Jack. Jack avait raison. Ce cher Jack…

Il avança jusqu'à la porte en chancelant. Ou en boitant ? Il n'en savait rien.

Il devait absolument fuir la lumière. Il plissa les yeux pour mieux voir. Les murs avaient commencé à bouger.

Le froid glacial avait atteint son épaule. Il n'avait plus de bras gauche. Il avait l'impression qu'il pendillait inutilement sur le côté, mais en vérité, il savait très bien que son bras était dans une position particulière, bien loin de l'impression qu'il avait. Ses muscles se contractèrent, forçant son coude à se plier et son bras à se coller contre son flanc et sa poitrine. Sa main se tordit au niveau du poignet et ses doigts se plièrent vers l'intérieur de sa main. Les muscles d'un côté de son cou réagirent de la même manière, tirant sa tête vers la gauche. Sa bouche se relâcha et il se mit à baver.

La crise ne durerait pas longtemps, mais il ne savait pas pendant combien de temps exactement, car il perdait toujours connaissance, tombait à toute vitesse dans le néant et se retrouvait à la merci des autres. Et tant que cela durait, il n'était qu'une masse déformée – une horreur de la nature –, une forme monstrueuse de celui qu'il était réellement. Et il savait, aussi certainement que le jour succédait à la nuit, qu'il resterait l'esclave de cette maladie pour le restant de ses jours.

Il aperçut la porte. Elle était ouverte. Dieu soit loué.

Il fallait qu'il sorte immédiatement.

Mais il ne pouvait pas partir.

Quelqu'un était sur son chemin. Non. Pas quelqu'un. Une femme. Une jeune femme. Était-ce l'une des filles de joie d'Harris ? Même dans son état second, il se dit que ce n'était sûrement pas le cas. Était-ce un ange ? Une lumière diffuse entourait sa chevelure telle une auréole. Elle avait de grands yeux bleus au milieu d'un visage ovale parfait et l'observait sans ciller, comme si elle le reconnaissait – à moins que ce soit de la crainte ? La connaissait-il ? Non ! Il devait halluciner. Elle n'était qu'une hallucination. Son esprit embrouillé, emmêlé et palpitant confondait cette jeune fille avec les magnifiques femmes aux traits saisissants et aux cheveux flottants peintes par Botticelli dans des tableaux de la Renaissance qu'il avait tant admirés dans les États italiens.

S'il s'agissait bien d'un ange de Botticelli que sa crise avait fait apparaître, il se dit qu'il pouvait tout simplement passer à travers elle, ce qu'il essaya de faire, mais il entra en collision avec de douces courbes féminines. Elle était en chair et en os, finalement. Il ne s'agissait donc pas d'un être céleste.

Elle s'effondra contre lui – il était persuadé qu'elle s'évanouissait d'effroi – et il passa rapidement son bras en état de marche autour de sa taille pour l'empêcher de tomber. Elle se reprit immédiatement et s'écarta de lui. Mais elle l'empêchait toujours de s'enfuir, il approcha donc son visage à quelques centimètres du sien pour exiger qu'elle le laisse passer. Mais il grogna quelque chose d'entièrement différent, et en français :

— J'ai désespérément besoin de faire pipi !

L'ange de Botticelli sortit aussitôt de la pièce à reculons et disparut dans l'obscurité.

Henri-Antoine la suivit et s'effondra immédiatement à ses pieds.

QUATRE

Quand Lisa ouvrit la porte, Becky levant la chandelle dans son dos, elle pénétra dans un salon rempli d'un nuage de fumée de tabac aussi épais que le brouillard d'un matin hivernal. Les larmes lui montèrent instantanément aux yeux et son nez la démangea. Elle avait envie d'éternuer. Il y avait beaucoup de bruit et des hommes criaient, se battaient et se heurtaient contre les meubles. Elle parvint à parcourir rapidement le chaos de la pièce du regard et aperçut un groupe d'hommes en pleine rixe près de la cheminée. Elle se dit que la meilleure chose à faire était de déposer le catalogue sur le fauteuil le plus proche et de prendre la fuite sans plus d'explications.

Mais elle n'eut pas l'opportunité de demander son panier à Becky et encore moins de déposer le catalogue là où ces hommes pourraient le trouver, car l'un d'eux se détourna de ses congénères et s'avança vers elle d'un pas décidé.

Lisa ne se rendit pas compte qu'elle et Becky se tenaient dans l'embrasure de la porte, bloquant la sortie, elle ne pensa donc pas à se décaler. Elle avait les yeux rivés sur l'homme qui s'approchait d'elle. Ce n'était pas lui à proprement parler qu'elle étudiait, car il était impoli de dévisager un inconnu, observant plutôt les courtes basques de son gilet et les revers resserrés et assortis de sa redingote, les deux vêtements en soie lilas étant brodés de fils métalliques et ornés de sequins sur les rabats des poches, les revers et au niveau de l'ourlet. Elle n'avait jamais vu de broderie faite en fil métallique auparavant, ni un homme porter de la soie d'une teinte si douce. Des pierres précieuses à facettes recouvraient les boucles de ses chaussures en cuir noir cirées ; elle était sûre qu'il s'agissait de diamants. Il était l'incarnation même de l'aristocrate.

Puis ce gentleman à la tenue resplendissante se retrouva devant elles. Lisa n'eut pas le temps de se déplacer ; elle n'avait de toute façon nulle part où aller. Il vacilla dans sa direction. Becky poussa un petit cri d'effroi, laissa tomber son panier et s'enfuit dans le couloir, laissant Lisa l'affronter seule. Cette dernière sut instinctivement que Becky l'avait abandonnée, sans avoir besoin de regarder par-dessus son épaule. Et elle n'en avait pas envie. Cet étranger accaparait toute son attention.

Elle paniqua un instant en se disant qu'il lui voulait peut-être du mal, mais cette peur s'évanouit aussi rapidement qu'elle était apparue dans son esprit. Elle n'était pas d'un naturel timide et elle ne s'attendait pas immédiatement au pire de la part des autres. En apportant son aide au dispensaire, elle avait rencontré tant de personnes étranges venant des rues et souffrant de maladies ou de désarrois de degrés différents qu'elle n'était plus facilement surprise, que ce soit par les gens qu'elle soignait ou par ce qui les faisait souffrir. Et si elle avait bien appris une chose des patients du Dr Warner, c'était que la maladie ne faisait aucune distinction entre les pauvres âmes en haillons et les gentlemen comme lui, qui portaient des vêtements raffinés et des diamants. Ils méritaient tous sa compassion, méritaient tous d'être traités avec dignité.

Elle n'avait pas non plus peur de lui. Un rapide diagnostic lui révéla qu'il était incapable de blesser quelqu'un à part lui-même. Il était soit ivre au-delà du raisonnable, soit souffrant, soit affecté par la démence. Peu importe ce qui avait causé le malheureux état dans lequel il se trouvait, il en souffrait. Les traits de son visage, ses doigts contorsionnés et son cou tendu dans son délicat jabot en lin blanc ne révélaient que du tourment. Il avait besoin de soins médicaux, de quelque chose qui pourrait apaiser sa souffrance, et elle se rendit compte trop tard qu'elle ne l'aidait absolument pas en restant figée telle une statue dans l'embrasure de la porte.

Mais elle n'eut pas le temps de bouger ; il s'approcha très près d'elle comme si elle n'était pas là et lui marcha sur le pied.

Elle ne s'y attendait tellement pas qu'elle tomba contre lui, se mordillant la lèvre pour retenir un petit cri de douleur, car un bruit soudain pourrait lui faire peur et le troubler. Le Dr Warner avait averti ses étudiants en médecine que quand ils soignaient quelqu'un qui n'était clairement pas en pleine possession de ses moyens, le moindre geste brusque ou bruit soudain pouvait pousser les aliénés dans une frénésie encore plus grande.

Puis l'étranger la surprit en l'attrapant par la taille. Lisa s'écarta immédiatement pour se dégager et se figea tant elle était choquée d'être ainsi malmenée. Il réagit en plantant son visage juste devant le sien pour aboyer un ordre. Elle ne comprit pas ce qu'il dit tant il avait mangé ses mots, qui étaient presque inintelligibles. Puis elle eut une révélation soudaine : il ne parlait pas anglais, mais français. Elle écarquilla les yeux. Il venait de lui dire qu'il avait besoin d'uriner, sur-le-champ. Quand elle comprit cela, Lisa trébucha sur ses propres jupons en voulant le laisser passer. Mais à peine avait-elle reculé dans le couloir qu'il la suivit en titubant et s'écroula à ses pieds.

QUAND IL VINT HEURTER LE SOL DANS UN BRUIT SOURD, ELLE SE contenta de le fixer, abasourdie, non seulement par sa chute, mais par l'incident dans son entièreté, qui s'était déroulé en quelques secondes seulement.

Il fallut que Becky se précipite vers elle et la tire par le bras pour qu'elle sorte de sa stupeur.

— Venez, Miss ! siffla-t-elle. C'est le moment ou jamais ! J'vais chercher mon panier et on pourra déguerpir…

Lisa libéra son bras et se mit à genoux à côté de l'inconnu.

— Approchez la chandelle. Je dois vérifier qu'il ne s'est pas blessé.

— Le touchez pas, Miss ! Vous savez pas c'qu'il a !

— Il est souffrant et a besoin de notre aide, lui assura Lisa.

Becky obéit, approcha la chandelle par-dessus l'épaule de Lisa et cette dernière plissa les yeux dans la faible lueur de la bougie, qui n'était qu'à quelques centimètres de son visage.

— Approchez encore un peu pour que je puisse voir s'il s'est ouvert le crâne ou s'il s'est blessé ailleurs.

— L'a pas l'air d'avoir toute sa tête !

Becky s'exécuta à contrecœur, sa main tremblante faisant vaciller la flamme de la chandelle. Malgré tout, la faible lueur permit à Lisa d'examiner plus attentivement l'étranger.

Elle se pencha sur lui avec précaution et ramena sa crinière de cheveux noirs ondulés vers l'arrière pour mieux voir son visage tout en se demandant si sa chute ne lui avait pas fait perdre connaissance. Mais ses yeux étaient grands ouverts, ses pupilles dilatées, et il semblait regarder droit devant lui sans rien voir. Il ne réagissait absolument pas à son toucher ou à sa proximité, il ne devait donc pas savoir qu'elle était là. Il tremblait de partout, mais contrairement à Becky qui tremblotait de peur, il n'était pas parcouru de légers frissons ; une série de gestes saccadés agitaient ses membres et son torse, gestes sur lesquels il ne semblait avoir aucun contrôle. Les muscles de son cou restaient tendus et sa tête était penchée sur le côté. Elle aurait voulu défaire sa cravate, mais elle ne savait pas par où commencer tant le nœud dans les plis du lin soyeux était compliqué.

Il était tombé sur son côté droit, sa redingote toute froissée sous lui et ses basques retombant de part et d'autre de son haut-de-chausses noir. Il était loin d'être détendu, ce à quoi elle se serait attendue s'il s'était assommé. Son bras gauche restait plié au niveau de son coude et plaqué à son torse, tandis que ses doigts étaient tordus et agrippaient les jolis boutons de son gilet aux broderies métalliques.

Lisa se demanda, en le voyant ainsi contorsionné, s'il souffrait. Cependant, il ne faisait presque pas de bruit. Elle se pencha en avant et indiqua à Becky d'approcher la lumière pour mieux éclairer son visage. Sa bouche était tordue, tirée sur le côté comme le reste de son corps, et ses lèvres étaient légèrement entrouvertes. Un faible gargouillis s'en échappait, mais aucun mot intelligible.

Elle se redressa, toujours à genoux, et se demanda quoi faire avant d'être distraite par les voix qui s'élevaient dans le salon, dont la porte était toujours grande ouverte. Au moins, les gentilshommes n'étaient plus en train de se hurler dessus et de se heurter aux meubles.

Instinctivement, elle sut que la dernière chose que ce gentleman voudrait, c'était que ses amis le voient aussi affaibli et vulnérable. Il s'agissait sans doute de la raison pour laquelle il avait essayé de quitter la pièce aussi précipitamment. Elle demanda donc à Becky de fermer discrètement la porte, espérant que les gentilshommes étaient trop occupés par leurs propres histoires pour remarquer l'absence de l'un d'entre eux.

Alors qu'il continuait à convulser, Lisa pensa au jeune Joe, un patient du Dr Warner, fils d'une blanchisseuse irlandaise du quartier qui était convaincue que les crises de son fils étaient l'œuvre du diable, qu'il le punissait d'être un bâtard. Le Dr Warner lui avait dit avec véhémence de ne pas être aussi sotte. Joe n'était pas possédé par un démon. Il souffrait du mal caduc, comme beaucoup d'enfants, et ce n'était ni sa faute à elle, ni sa faute à lui. Lors de l'une des nombreuses visites de Joe, Lisa avait assisté à l'une de ses crises. Elle s'était déclenchée soudainement, sans prévenir. Son petit corps mince s'était retrouvé sous l'emprise de spasmes violents qui avaient tordu ses membres et son visage. La crise s'était terminée aussi abruptement qu'elle avait commencé, laissant Joe tout flasque et épuisé, comme si on avait aspiré toute sa force vitale. Elle n'avait jamais vu un adulte faire une crise de ce genre et avait supposé, à tort, que le mal caduc était une maladie infantile. Mais elle était à présent face à ce gentleman, un homme qui semblait être en bonne santé à tout autre égard, mais qui se retrouvait dans le même état diminué que le pauvre Joe. Il n'était donc ni ivre ni fou, il s'agissait seulement d'un autre malade…

Déterminée, elle leva les yeux vers Becky, une main posée sur l'épaule de l'inconnu, comme elle l'avait fait avec Joe, dans l'espoir que son contact puisse le rassurer, lui indiquer qu'il n'était pas seul, même si elle n'avait aucune raison de croire qu'il était conscient de sa présence, exactement comme avec Joe.

— Becky, allez chercher le majordome. Il me faut une couverture, une bassine d'eau chaude et un chiffon propre.

Becky baissa les yeux vers Lisa comme si elle avait autant perdu la tête que le gentleman qui se tortillait par terre.

— Mais… Miss ! C'est lui ! dit-elle d'une voix sifflante. C'est le m'sieur à qui il est le livre. J'l'aurais pas cru, mais en le r'gardant de plus près, j'en suis sûre. Je r'connaîtrais ce nez entre mille. On peut pas rester là…

Lisa dissimula sa stupéfaction et répondit calmement :

— Je ne l'abandonnerai pas. Il a besoin d'aide. Et je compte rester jusqu'à ce qu'il…

— Miss, comment vous pouvez l'aider ? Vaut mieux le laisser au démon qu'a pris possession d'son âme. Pauvre poivrot. Et faut pas qu'on se retrouve…

— Il est malade, pas fou, l'interrompit Lisa avec véhémence. Je vous en prie, faites ce que je vous demande de faire, vous pourrez ensuite partir si c'est ce que vous souhaitez. Je m'en sortirai très bien toute seule. Mettez le catalogue sur la table du palier, là où on le trouvera. Pressez-vous, Becky. Allez-y !

Becky avait à peine disparu dans le couloir pour y déposer le livre et aller chercher le majordome que la porte du salon s'ouvrit violemment. Un gentleman dont les boucles cuivrées étaient en bataille sortit du salon enfumé, cherchant frénétiquement quelque chose du regard. Il ne vit pas Lisa, près du mur, à quelques centimètres de ses pieds. Son regard resta au-dessus d'elle, balayant un côté du couloir, puis l'autre. Lisa espéra d'abord qu'il ne la remarquerait pas, qu'il s'élancerait à la suite de Becky ou retournerait dans la pièce. Mais son visage aimable reflétait quelque chose – une bonté inhérente – qui lui indiqua qu'il s'agissait d'un homme respectable qui ne cherchait pas le gentilhomme étendu près d'elle sans aucune raison ou par malveillance, mais parce qu'il tenait à lui.

— Monsieur, votre ami est là avec moi, dit-elle à voix basse.

Le gentleman bondit, fit volte-face et faillit trébucher sur ses propres pieds, ce qui permit à Lisa de se détendre un instant, puis il se mit à genoux et se pencha sur son ami qui continuait à se tortiller, se tordre et marmonner des mots inintelligibles sous la lumière tamisée de la bougie.

— Harry ? Harry ? C'est Jack. Je suis là, dit-il doucement. Tout va bien. Il n'y a personne d'autre. Juste nous et… s'interrompit-il en lançant un coup d'œil à Lisa, préférant finalement ne pas mentionner sa présence. Je vais chercher vos acolytes…

Cependant, il resta à genoux près de son ami, frappé par un tel mélange d'émotions pénibles que Lisa se sentit obligée de le rassurer, même si elle ne pouvait pas savoir avec certitude si cela allait l'aider ou accentuer sa détresse.

Ils parlèrent à voix basse.

— Monsieur, j'ai envoyé quelqu'un chercher une couverture. Il faut qu'il reste au chaud et je me suis dit que cela aiderait également… à le cacher aux regards indiscrets.

Quand Jack hocha la tête d'un air distrait, elle ajouta :

— Savez-vous combien de temps durent ses crises ?

Jack secoua la tête.

— Non… répondit-il avant de lever les yeux vers Lisa en fronçant les sourcils. Ses convulsions ne vous effraient-elles pas ?

— Je vous demande pardon, monsieur, mais pourquoi serais-je effrayée par la souffrance d'autrui… ?

— Je ne voulais pas… J'espère que ma remarque ne vous a pas offensée. C'est juste que la plupart des gens font tout leur possible pour éviter ceux q-qui… *souffrent.*

— Pas vous. Et moi non plus. Mais j'admets que je suis rassurée de voir que vous n'êtes pas du tout paniqué face à l'état de votre ami. Puis-je donc en déduire que cela arrive régulièrement, qu'il souffre souvent de ces crises ?

— De temps à autre. Pas très souvent, mais suffisamment… répondit Jack de façon évasive avant d'avouer avec un sourire penaud : À vrai dire, je savais qu'il faisait encore des crises, mais je n'avais aucune idée de leur gravité. Je ne l'ai pas vu ainsi depuis… depuis notre enfance…

— Il souffre du mal caduc depuis l'enfance ?

— Oui, depuis sa naissance, répondit Jack en regardant Lisa d'un air étonné. Vous connaissez le nom de sa maladie ? Il s'agit en effet du mal caduc.

— Ce n'est pas la première crise à laquelle j'assiste.

— Ah non ? L'un de vos Corinthiens en souffre-t-il ?

Lisa fronça les sourcils.

— Corinthiens ?

— Clients. Usagers. Habitués. Tout cela revient au même.

— Ah oui ? demanda Lisa en battant des paupières.

Jack eut un mouvement de recul en comprenant qu'elle ne savait absolument pas de quoi il parlait. Il déglutit avec difficulté et l'observa attentivement. Pas de maquillage. Cheveux naturels. Peau nette. Décolleté à l'échancrure haute et agrémenté d'un fichu de décence. Élocution aisée et assurée. Elle n'avait rien d'une séductrice. Il ne s'agissait définitivement pas d'une prostituée. Par ailleurs, elle était jeune. S'il devait émettre une autre hypothèse, c'était qu'il ne s'agissait pas non plus d'une domestique. Alors qui était-elle ?

— Vous n'êtes pas sur la liste d'Harris, si ? laissa-t-il échapper.

— La liste d'Harris ? Je ne sais absolument pas de quoi il s'agit, cela devrait donc répondre à votre question. Mais je peux vous assurer qu'au dispensaire Warner où j'apporte mon aide, je ne panique absolument pas devant les malades, les blessés et leurs souffrances. Je ne suis pas non plus dégoûtée par leurs troubles ou l-leur… liquides organiques. Je ne serais d'aucune utilité au Dr Warner ou à ses patients si cela était le cas. Monsieur, je vous dis cela pour que vous soyez plus tranquille à l'idée de laisser votre ami aux bons soins d'une étrangère – moi – pendant que vous allez chercher les… les *acolytes* ?

— Les acolytes ! Oui ! Merci ! Il faut que j'aille les chercher. C'est le minimum que je puisse faire pour Harry.

Il se releva précipitamment, ferma la porte du salon puis revint vers Lisa et baissa les yeux vers elle en ajoutant :

— Si l'un de ces gentlemen devait sortir de cette pièce et vous trouver ici…

— Je les ramènerais à l'intérieur en faisant de mon mieux pour inventer une bonne excuse pendant votre absence.

Jack soupira de soulagement.

— Merci, Miss… Miss…

— Lisa. Je m'appelle Lisa, dit-elle d'un ton ferme.

Elle ne voulait pas lui révéler son nom de famille, car elle n'avait normalement rien à faire chez Lord Westby, mais aussi parce qu'elle ne voulait pas que son nom ou celui de Becky soient associés au catalogue disparu, dans le cas où des questions seraient posées ultérieurement. Elle lui sourit et voulut lui demander son nom, mais dit plutôt :

— Les acolytes, monsieur… ?

Jack emprunta le même chemin que Becky et croisa un valet de pied qui montait l'escalier avec une couverture, suivi par une jeune fille aux joues roses qui portait une bassine en porcelaine. Il ne s'arrêta pas et quand il revint accompagné de deux hommes robustes,

Henri-Antoine était sous la couverture. Lisa avait surélevé sa tête, qui était posée sur sa cuisse, et essuyait délicatement son visage avec un tissu mouillé, son amie aux joues roses tenant la bassine à côté d'elle.

— Ses tremblements se sont arrêtés et il s'est endormi, indiqua Lisa à Jack dans un murmure quand il s'agenouilla à côté d'elle.

Elle leva les yeux vers les deux hommes qui étaient aussi larges qu'ils étaient grands – elle n'aurait pas été surprise d'apprendre que leur métier précédent consistait à déplacer des arbres abattus.

— Il a prononcé quelques mots, mais pas en anglais, reprit-elle. Votre ami est-il français ?

— Avez-vous été dérangée ? s'enquit-il, évitant la question et désignant la porte du salon d'un geste de la tête.

Lisa secoua la tête sans le regarder, ayant reporté son attention sur son patient.

— Il a commencé à s'agiter quand les tremblements se sont arrêtés, puis il s'est calmé, et c'est à ce moment-là qu'il a parlé français, expliqua-t-elle d'un ton mal assuré. Mais il s'est de nouveau calmé et il a eu l'air de tomber presque immédiatement dans un sommeil profond quand je lui ai assuré que tout allait bien et-et…

Elle marqua une pause, ayant soudain la gorge sèche, et avoua :

— … que j'ai commencé à lui caresser légèrement les cheveux, comme je l'avais fait avec Joe – le garçon au dispensaire qui souffre du mal caduc. Il se calme considérablement quand on lui caresse les cheveux.

— Ah. Vraiment ? C'est bon à savoir, mais ce que je vous demandais, c'est si mes amis dans le salon étaient venus vous déranger… ?

— Oh ! Oh ! Non. Non, ils sont restés dans la pièce. (Elle réprima un sourire.) Mais c'est parce qu'une demi-douzaine de femmes très intéressantes et joyeuses ont rejoint vos amis peu après votre départ pour aller chercher les acolytes. L'une d'elles m'a confié qu'elles avaient été invitées à fêter les dernières semaines de liberté d'un gentleman avant son mariage…

— On croirait que je vais être emprisonné ! l'interrompit Jack en soufflant d'embarras, la chaleur lui montant soudain au visage. Et ce n'est pas moi qui ai eu l'idée de les inviter !

Lisa ne fit aucun commentaire, mais elle ajouta face à l'air toujours gêné de Jack :

— Ils étaient tellement euphoriques qu'ils m'ont à peine remarquée et ils n'ont certainement pas vu votre ami, car il était déjà sous la couverture.

Jack soupira en regardant la porte du salon. Il entendait le crescendo des rires et bavardages féminins, ainsi que les fanfaronnades enivrées de Seb et Bully. Ces deux-là avaient huit prostituées de luxe rien que pour eux, ils devaient sans aucun doute être au septième ciel. Il décida de ne pas prêter attention à ce qu'il se passait là-dedans pour l'instant et se pencha en avant pour inspecter Henri-Antoine une nouvelle fois. Il dormait paisiblement, le visage détourné, la tête confortablement appuyée sur les jupons de la jeune femme comme s'il s'agissait de son oreiller en plumes.

Jack se souvenait qu'après une crise, Henri-Antoine était épuisé et abasourdi, et qu'en fonction de sa sévérité, il pouvait dormir jusqu'à quatre heures d'affilée. Au réveil, il était apathique, irritable et taciturne, parfois pendant plusieurs jours. Mais il était toujours taciturne, pensa-t-il avec un sourire en coin. Son sourire s'évanouit immédiatement quand il se dit que son meilleur ami détesterait, plus que tout, se réveiller devant un public inutile. Il n'apprécierait certainement pas que des étrangers s'occupent de lui ou sachent qu'il souffrait du mal caduc, même si la femme qui lui nettoyait le visage et lui caressait les cheveux sortait de l'ordinaire. En gardant tout ceci en tête, il dit à Lisa, en jetant un coup d'œil à Becky :

— Les acolytes peuvent prendre soin de lui désormais, Miss. Ils ont été formés à cela. Ils vont l'emmener dans un endroit où il sera plus à l'aise et le surveiller jusqu'à ce qu'il retrouve ses esprits. Vous et votre amie pouvez retourner à vos occupations. Merci de lui être venues en aide. Il serait très reconnaissant et vous remercierait lui-même s'il le pouvait.

Lisa sourit et hocha la tête. Elle n'était pas sûre de le croire à propos de la reconnaissance de son ami. Il faisait tout simplement preuve de politesse. Son ami avait des soignants pour s'occuper de lui dans de telles situations, ce qui suggérait qu'ils étaient employés pour éviter que des étrangers s'en mêlent ou assistent à une crise. Elle ne pouvait pas le lui reprocher. Il avait vraiment de la chance d'avoir un ami aussi attentionné et les moyens de rendre sa situation aussi confortable et supportable que possible.

N'ayant plus rien à dire ou à faire, elle abandonna délicatement son rôle d'oreiller, Jack lui venant immédiatement en aide. Elle laissa retomber le chiffon qu'elle avait utilisé pour éponger le visage de l'homme dans la bassine et se releva. Becky suivit le mouvement. Tandis que Lisa secouait ses jupons pour les défroisser, elle ne put résister à l'envie de regarder une dernière fois son patient sous la douce lueur de la bougie. Ses muscles n'étaient plus tendus. La tension dans son cou et sa mâchoire avait disparu et sa bouche avait retrouvé son aspect habituel. Son beau visage au nez proéminent était maintenant au repos, son menton carré blotti dans les plis d'une belle cravate en lin qu'elle avait osé dénouer et desserrer. Sa crinière de cheveux noirs, qu'elle avait délicatement repoussée vers l'arrière pour dégager ses yeux et qu'elle avait caressée en le rassurant, retombait à présent librement sur ses épaules. Elle remarqua qu'il avait également des pommettes saillantes, mais ce fut sur sa bouche que son regard s'attarda le plus longtemps. Ses lèvres avaient une forme magnifique… Becky avait raison. Cette bouche parfaite était vraiment à croquer et cet homme était excessivement beau.

Il lui semblait improbable de revoir un jour un homme comme lui. Si seulement elle avait eu l'opportunité d'entendre sa voix sans qu'il soit agité. Elle était sûre que celle-ci était douce, grave et vibrante, comme l'avait suggéré Becky. Par ailleurs, elle doutait de pouvoir vérifier par elle-même si elle ressemblait vraiment à du chocolat chaud – épaisse, veloutée et un brin pécheresse.

Elle était loin de se douter qu'elle le découvrirait bel et bien, de la façon la plus surprenante qui soit, et ce d'ici la fin de la semaine.

CINQ

À SON RETOUR SUR GERRARD STREET, LISA FUT CONFRONTÉE À une situation inhabituelle : la maison tout entière était au courant de son absence.

Elle passa par l'entrée des domestiques et retrouva les odeurs réconfortantes de la cuisine ; les filles de cuisine pâtissaient et cuisinaient frénétiquement, on sortait des biscuits du four chaud, on faisait tourner plusieurs volailles à la broche et chauffer plusieurs casseroles. La cuisinière aboyait des ordres, assise sur le banc de la cuisine, mais dès qu'elle aperçut Lisa, elle essuya rapidement ses mains pleines de farine sur son tablier et se jeta sur elle, lui annonçant que la maîtresse avait demandé à la voir au moins une heure plus tôt.

La cuisinière la prévint qu'elle avait intérêt à avoir une bonne histoire à raconter et ajouta que l'humeur de Mrs. Warner ne s'était pas améliorée avec l'arrivée de sa petite sœur, Mrs. Cobban, même s'il s'agissait de la première visite de cette dernière depuis son retour de voyage de noces à Paris.

Elle confia ensuite à Lisa une information qu'elle n'avait pas besoin de savoir : la première fournée des biscuits aux amandes que Mrs. Cobban aimait tant avait brûlé et la deuxième fournée était loin d'être assez craquante. La cuisinière n'avait donc pas le choix, elle devait couper des parts du gâteau aux graines de la veille ; elle n'avait pas le temps d'en préparer un autre. Elle continua avec une information que Lisa découvrait : tout le monde savait que le secret d'un bon gâteau aux graines était de battre les ingrédients pendant au moins deux bonnes heures dans un bol chauffé avant de verser la préparation dans un moule graissé et d'enfourner.

Lisa resta dûment solennelle, hocha la tête aux bons moments et alla même jusqu'à affirmer que si elle adorait les biscuits aux amandes de la cuisinière, elle n'avait jamais goûté de gâteau aux graines plus délicieux que le sien, ce qui n'était pas étonnant étant donné l'amour et l'attention qu'elle apportait à sa préparation. Sa cousine Henriette – Mrs. Cobban – ne serait pas déçue. La cuisinière arbora un large sourire et répliqua qu'elle n'était pas sûre d'y avoir mis de l'amour, mais une bonne dose de sueur et de muscles ! Puis elle leva les bras au ciel et s'éloigna pour aller réprimander une fille de cuisine qui ne tournait pas la broche à une allure régulière.

Lisa se dépêcha de sortir de la cuisine, déterminée à se rendre immédiatement dans le boudoir de sa cousine, mais elle fut arrêtée par l'intendante avant d'avoir pu atteindre l'escalier des domestiques. Heureusement, elle ne lui répéta pas ce que la cuisinière lui avait dit, mais lui demanda si elle avait examiné l'état de ses vêtements depuis qu'elle était revenue « d'on ne sait où ».

Elle ne l'avait pas fait. Lisa la remercia de l'avoir prévenue. Ses joues s'empourprèrent sous le regard entendu que l'intendante lança à la large tache humide sur l'avant de ses jupons sobres en lin marron. Toute l'attention de Lisa avait été accaparée par le patient dont elle s'occupait. Apparemment, elle avait voulu aller trop vite pour lui nettoyer le visage, elle n'avait donc pas essoré le chiffon au-dessus de la bassine, mais sur l'avant de sa robe. Elle avait également oublié de remettre correctement ses mitaines, qu'elle avait remontées au-dessus de ses coudes pour ne pas être gênée. Elle garda tout ceci pour elle-même. Après avoir remercié l'intendante une nouvelle fois, elle monta dans sa chambre, changea de jupons, troqua ses bottines contre des chaussons et arrangea ses cheveux dans le miroir qu'elle gardait dans un tiroir du petit bureau près de la fenêtre.

La bonne surmenée de Mrs. Warner lui ouvrit quand elle gratta à la porte et lui indiqua en levant les yeux vers le plafond de façon significative que l'harmonie ne régnait pas entre leur maîtresse et sa sœur. Lisa lui adressa un sourire chaleureux et s'avança vers le boudoir. Elle s'attarda sur le pas de la porte, où elle écouta et attendit qu'on la remarque.

Minette Warner et Henriette Cobban – les sœurs Crespigny – étaient aussi différentes que si elles ne faisaient pas partie de la même famille. Minette était grande, languide et elle avait les cheveux foncés. Sa petite sœur, Henriette, était une petite blonde plantureuse qui pouvait avoir du mal à rester en place. Si elles avaient un point commun, c'était la jolie forme ovale de leur visage, peut-être le seul trait que Lisa partageait avec ses cousines. Par ailleurs, les sœurs étaient toutes les deux persuadées, à tort, que leurs choix vestimentaires étaient les bons.

Minette était étendue sur le canapé et faisait tout son possible pour ressembler à une sultane de l'Empire ottoman dans une robe de chambre ajustée en soie dont la couleur ne pouvait être décrite que comme un orange oriental. Un petit turban était posé sur le dessus de ses cheveux crêpés et ses pieds étaient glissés dans des chaussons en soie qui s'enroulaient sur eux-mêmes au niveau des orteils. Sa sœur Henriette était assise bien droite au bout du canapé dans une chemise à la reine aux couches de mousseline blanche diaphane rassemblées sous sa généreuse poitrine grâce à une épaisse ceinture bleue attachée par un nœud avec lequel elle jouait. À ses pieds, elle portait des mules en soie bleue assorties à sa ceinture.

Lisa se creusait la tête pour déterminer pourquoi ses cousines pouvaient bien vouloir la voir, à part pour la réprimander après son escapade chez Lord Westby, mais elles ne pouvaient pas être au courant. Depuis le jour où Lisa était devenue orpheline, ou presque, Henriette n'avait jamais caché qu'elle n'était pas désirée. Elle avait continué à se montrer hostile quand elles étaient à l'école ensemble, quand elles rentraient à la maison, et aujourd'hui, dès qu'elle rendait visite à sa sœur.

Lisa restait indifférente à cette antipathie, notamment parce qu'elle n'avait rien en commun avec Henriette, dont la conversation tournait presque exclusivement autour de la vie d'autres personnes. À l'instant, elle racontait les derniers commérages qui se propageaient dans les salons parisiens à propos du procès de ceux impliqués dans ce qu'on appelait à présent « l'affaire du collier de la reine ».

Lisa avait suivi, quand *The Gentleman's Magazine* avait commencé à en parler, cette sensationnelle série d'incidents impliquant un cardinal, une intrigante, un mage présumé et un fabuleux collier fait pour la reine de France, dont les pierres s'étaient étrangement retrouvées à Londres. Néanmoins, elle se rappelait avoir été davantage intéressée par un article relatant une nouvelle ascension en ballon, à Édimbourg cette fois-ci. La perspective de s'envoler dans les cieux et d'observer le monde tel un oiseau était bien plus palpitante et fascinante que les machinations d'une bande d'escrocs au sommet de la société française, même si elle savait que ses cousines ne seraient jamais de cet avis.

— Ne restez pas plantée là, Lisa. On va croire que vous écoutez aux portes, se plaignit Minette Warner, lui indiquant de s'avancer en agitant lentement un mouchoir bordé de dentelle qu'elle leva pour que Lisa l'inspecte. Ces petits carrés ne sont-ils pas divins ? Selon Henriette, toutes les personnes éminentes utilisent des mouchoirs carrés à Paris ces jours-ci. Elle m'en a acheté une douzaine.

— Très joli. Ils sont carrés parce que le roi Louis a passé une loi…

— Une loi ? Quelle loi ? Une loi sur les *mouchoirs* ?

Lisa se fraya un chemin sur le tapis jonché d'emballages cadeaux ouverts, faisant bien attention à ne pas marcher sur les couvercles, rubans et papiers de soie déchirés. Heureusement, les cadeaux étaient empilés sur une table basse devant le canapé.

— Oui. Le roi Louis a fait passer une loi pas plus tard que l'année dernière pour que tous les mouchoirs faits en France soient carrés, répondit simplement Lisa avant d'embrasser légèrement la joue fardée et poudrée qu'Henriette lui tendait. Je suis heureuse que vous soyez bien rentrée, Henriette. Avez-vous apprécié votre séjour à Paris, vous et Mr. Cobban ?

— Oh ! Vous savez vraiment des choses absurdes, dit Minette sans animosité avant de remettre le mouchoir dans sa boîte et de la jeter sur la table. Évidemment qu'Henriette a apprécié son séjour à Paris. Comme tout le monde.

— Oui, nous avons apprécié, approuva Henriette. Mr. Cobban est le plus attentionné et le plus généreux des époux, je suis rentrée avec l'équivalent d'un carrosse entier de nouvelles robes et de nécessaires. Il faudra au moins une semaine à ma bonne pour tout déballer.

— Où étiez-vous passée, Lisa ? s'enquit Minette sur le même ton indolent. Cela fait une heure, voire plus, que nous attendons de pouvoir vous parler. Ce n'est pas comme si vous aviez quoi que ce soit d'urgent à faire, si ? Vous ne travaillez pas au dispensaire aujourd'hui, les pauvres ne font donc pas la queue pour que vous leur écriviez des lettres à propos de Dieu-sait-quoi, n'est-ce pas ?

— Continue-t-elle à déranger au dispensaire ? demanda Henriette, surprise, sans regarder Lisa et revenant au français, la langue maternelle des deux sœurs.

— Oh, elle ne dérange pas, répliqua Minette. Ce cher Dr Warner n'a que de bonnes choses à dire à propos de l'aide qu'apporte notre cousine. Il dit qu'elle est très douée pour débarrasser les pièces des miasmes, ce qui est tout ce qui m'importe, et pour veiller à ce que les pauvres restent *disciplinés.* (Elle haussa les épaules.) Il faut bien que quelqu'un s'en charge, autant que ce soit Lisa. Comme je viens de le dire, ce n'est pas comme si elle avait autre chose à faire de son temps. Au moins, ainsi, elle a de quoi s'occuper.

— Il va falloir y mettre un terme, déclara Henriette. Immédiatement. Ses doigts sont tout tachés d'encre, ce qui est déjà terrible en soi, mais les frotter bien fort avec du savon et une pierre ponce devrait suffire. Que ferions-nous si elle attrapait une infection en s'occupant de toute cette crasse ?

— Je n'y avais pas pensé… J'imagine que vous avez raison…

— Et si les pauvres lui donnaient une horrible fièvre, ou des rougeurs ? Mère ne serait pas contente.

— Ah non ? se demanda Minette à voix haute. J'aurais pensé que si Lisa était frappée par un rhume, une grippe ou quelque chose de plus sévère, notre pauvre mère pourrait soupirer de soulagement et refuser l'invitation qu'elle a acceptée pour elle en ayant la conscience tranquille.

Les yeux d'Henriette s'illuminèrent.

— Oh, mais oui ! Cette issue nous arrangerait !

— Mais il est inutile de l'espérer. Lisa n'a jamais été malade de sa vie. N'est-ce pas, Lisa ? ajouta Minette en élevant la voix et en revenant à l'anglais, articulant chaque mot comme si sa cousine était incapable de la comprendre. Vous n'avez jamais été malade de votre vie, n'est-ce pas ?

— En effet, ma cousine. J'ai la chance d'avoir une santé de fer, et l'ouïe fine.

— Vous voyez. Elle est en aussi bonne santé qu'une trayeuse et la vache qu'elle trait, dit Minette Warner à sa sœur, en français.

— Quel dommage, fit remarquer Henriette. Refuser l'invitation à cause d'un problème de santé règlerait tous nos problèmes.

— Oui. Mais comme cela ne risque pas d'arriver, nous devons obéir à notre pauvre mère. Nous lui devons bien cela, ainsi qu'à notre noble patronnesse.

— Une invitation ? Puis-je savoir quelle invitation ma tante de Crespigny a acceptée en mon nom ? les interrompit poliment Lisa en français, esquissant un sourire en coin devant leur tactique pour l'exclure d'une conversation qu'elle pouvait comprendre, ce que ses cousines savaient très bien.

Les sœurs tournèrent la tête vers Lisa d'un air légèrement hostile, car elle avait osé s'immiscer dans leur conversation, et ce en français. Lui parler en anglais alors qu'elles parlaient français entre elles était une de leurs façons de lui imposer leur autorité, à elle, leur pauvre parente qui resterait à jamais un fardeau et une honte pour la famille. De la même manière, elles veillaient à ce qu'elle reste debout au milieu du tapis, sachant très bien qu'elle ne pourrait pas s'asseoir tant qu'elle n'en aurait pas reçu la permission.

Leur cousine démunie avait reçu une invitation pour assister à un mariage – auquel aucun autre membre de la famille de Crespigny n'avait été invité – et passer deux semaines au sein d'un domaine rural, ce qui représentait une entorse fâcheuse à l'étiquette sociale et au mode de vie auquel tous les gens éminents étaient fidèles, et auquel tous leurs partisans aspiraient. Il ne s'agissait pas d'un mariage ordinaire, ni d'un banal domaine rural. La nièce du duc de Roxton allait se marier et la célébration du mariage aurait lieu à Treat, domaine ancestral des ducs de Roxton. Une telle occasion serait sûrement l'événement social phare de l'été. Y assisteraient les membres titrés et riches de la haute société. On en parlerait dans tous les journaux et dans tous les meilleurs salons, où les invitations aux contours dorés seraient fièrement exhibées et mises en évidence sur les nobles manteaux de cheminée, là où tous les invités pourraient les voir et les envier.

Les sœurs trouvaient cela extraordinaire, incompréhensible et troublant que Lisa ait reçu une invitation à un tel mariage. Une orpheline démunie, qui ne connaissait personne et n'allait nulle part, ne recevait pas d'invitation à des événements aussi historiques. Cela n'arrivait tout simplement pas. Et pourtant, c'était arrivé, et les deux sœurs, leur chère mère ou le reste de la famille de Crespigny ne pouvaient rien y faire.

Les deux sœurs se sentaient impuissantes et offensées face à ce retournement de situation surprenant dans la vie de leur cousine et pouvaient seulement montrer leur mécontentement et réaffirmer leur supériorité à cet instant, avant même que leur cousine ne soit consciente de sa bonne fortune ; c'était la raison pour laquelle les deux sœurs montraient un intérêt inhabituel et acerbe pour Lisa, pour la première fois de leur vie égocentrique.

Alors qu'Henriette se montrait encore plus hostile que d'habitude envers sa cousine, Minette se chargea de demander à Lisa où elle était passée pendant l'heure précédente :

— Lisa, vous semblez avoir oublié que vous vivez ici parce que ce cher Dr Warner et moi-même vous avons accueillie quand aucun autre membre de la famille ne voulait de vous. Et tant que vous êtes mineure, je dois parfois prendre les devants pour m'assurer que vous respectez les restrictions qui conviennent à une jeune femme de votre âge et de votre statut. À dix-neuf ans, vous n'avez pas l'autorisation de quitter la maison, et encore moins d'aller vous promener en ville sans ma permission. Permission que vous n'avez pas demandée, ce que vous auriez assurément dû faire.

— Je suis désolée de ne pas vous avoir demandé la permission, cousine Minette, répondit Lisa d'un air contrit. Mais je ne voulais pas vous déranger, et je ne pensais pas…

— Vous n'avez pas assez pensé, voilà qui est sûr ! lui lança Henriette, ne pouvant s'empêcher de contribuer à la réprimande.

— Je ne pensais pas que vous vous opposeriez à ce que je fasse une commission avec Becky Bannister.

— Becky… *Bannister* ? Est-ce que je connais cette personne ?

— Oui, ma cousine. Becky est la nièce et la mercière assistante de la veuve Humphreys aux merceries Humphreys. Elle est venue ici plusieurs fois avec des chutes de tissu et…

Henriette, horrifiée, la regarda avec des yeux ronds.

— Vous avez été vue en compagnie de… de l'*assistante* d'une mercière ?

Elle se tourna vers sa sœur et revint au français :

— Comment pouvons-nous corriger une telle inaptitude sociale en deux semaines seulement ? C'est impossible ! Impossible !

— Je suppose que son infirmité sociale est due au temps qu'elle passe au dispensaire, répondit Minette à contrecœur. Ce cher Dr Warner dit que nous sommes tous égaux face à la maladie – que peu importe notre statut social, la maladie rend visite à tous…

— Minette ! Oubliez les pauvres et les maximes de votre cher médecin pour l'instant, tout ceci est bien plus important, dit sèchement Henriette. La réputation de notre pauvre mère – *notre réputation* – est en jeu. Et si Loulou n'était pas morte, nous ne ferions même pas face à ce dilemme, si ?

— Inutile de nous attarder sur le passé et de nous rendre malades de tristesse, répondit Minette avec un long soupir. Nous devons nous concentrer sur ce qui se trouve devant nous et faire de notre mieux.

Là-dessus, les sœurs se tournèrent de nouveau vers Lisa et l'étudièrent de haut en bas en pensant toutes les deux la même chose : si leur petite sœur Louise – à qui l'on donnait le surnom affectueux de Loulou – n'était pas morte de la scarlatine, Lisa Crisp n'aurait jamais été envoyée au pensionnat pour jeunes filles de Blacklands à sa place. Et si Lisa n'avait pas fréquenté des jeunes filles d'un statut social bien supérieur au sien à Blacklands, les filles et les sœurs d'hommes politiques, de princes du commerce et autres personnes de ce genre, elle n'aurait jamais reçu une invitation au mariage de l'année dans la haute société – un coup de théâtre qu'aucun membre de la famille n'aurait pu prévoir.

— Asseyez-vous. Nous avons quelque chose de très important à vous expliquer, dit Minette en anglais, en désignant un fauteuil sur lequel s'empilaient des emballages cadeaux et des rubans.

Elle attendit que Lisa s'installe tout au bord d'un coussin et place ses mains sur le lin de ses genoux avant d'échanger un regard avec sa sœur, qui prenait le dernier biscuit aux amandes sur l'assiette.

— Je me demande pourquoi le gâteau aux graines n'est toujours pas arrivé… ajouta Minette avant de reporter son attention sur Lisa et de prendre une inspiration, comme si la besogne qui l'attendait la fatiguait d'avance. Pendant qu'elle était à Paris, Henriette a rendu visite à notre mère, et avant que vous ne posiez la question, mère, père et Toinette profitent immensément de leur séjour. Il me semble que Toinette vous a écrit une lettre. Est-ce bien cela, Henriette ?

— Je l'ai donnée… à moins que je ne l'aie laissée sur la table ? Peu importe. Quand votre bonne rangera tout, on la retrouvera. Cette lettre est sans importance. Pleine de bavardages enfantins, sans doute, ajouta Henriette d'un ton dédaigneux envers Toinette, sa petite sœur de douze ans. Père la gâte beaucoup trop, comme toujours. C'est intolérable.

— Elle était tellement impatiente de rendre visite à ses cousins français pour la première fois, dit Lisa avec un sourire.

Mais elle se souvenait également de la crainte de Toinette à l'idée d'être envoyée à Blacklands pour la première fois à son retour en Angleterre. Lisa n'avait rien oublié de ses quelques premiers jours à Blacklands. Elle était arrivée à l'école au milieu du trimestre, alors que toutes les jeunes filles se connaissaient déjà et que personne ne la connaissait, elle. Pire, leurs cousines étant endeuillées par la mort de Loulou, elles ne lui avaient pas donné de nouvelle tenue. Ses vêtements étaient propres, mais ils étaient abîmés, raccommodés et totalement inacceptables pour un tel établissement. Elle avait donc dû porter sa seule robe et ses bottines éraflées pendant ses premiers jours, subissant les regards en coin et les railleries chuchotées de ses camarades, jusqu'à ce qu'on lui confectionne une tenue plus adaptée et que son oncle de Crespigny accepte de payer pour tout l'uniforme indispensable à une pensionnaire de Blacklands. Au moins, Toinette vivrait un meilleur début d'année…

— … vous devez donc bien comprendre que vous ne pouvez pas en vouloir à mère d'avoir gardé ces lettres pour elle, disait Minette. Elle a pensé qu'il valait mieux que vous ne vous attendiez pas à ce que quoi que ce soit découle d'une telle amitié.

Lisa hocha la tête d'un air absent. Elle n'avait pas entendu la première partie de la phrase de sa cousine, elle ne savait donc pas exactement de quoi Minette parlait. Néanmoins, elle sentait à leur attitude défensive – elles avaient relevé le menton, elle en était sûre – que ses cousines s'attendaient à ce qu'elle ait une réaction qui les forcerait à justifier ce qu'avait fait leur mère soi-disant pour son bien, et ce sans qu'elle soit au courant. Mais elle avait entendu Minette parler de lettres, ce qui la surprit tant qu'elle laissa échapper :

— Ma tante a des lettres… des lettres pour *moi* ?

— Ouvrez donc vos oreilles et soyez attentive ! rétorqua Henriette. Comment comptez-vous côtoyer la société et faire en sorte d'être agréable, intéressée par ce qu'il se passe autour de vous et capable d'entretenir une conversation polie si vous n'écoutez pas vos supérieurs ?

— Mère a caché ces lettres autant pour votre bien que le nôtre, expliqua patiemment Minette. Henriette et moi sommes d'accord avec elle. Étant donné la nature choquante de votre renvoi de Blacklands, la décision a été prise de laisser cette période – et toute association avec cette école – derrière vous pour de bon.

Lisa regarda une sœur, puis l'autre, avant de s'adresser aux deux :

— Je ne comprends pas. Quelqu'un de-de *Blacklands* m'a écrit, à moi ?

Henriette leva les yeux au ciel d'un air exaspéré. Elle se dit que Lisa ne péchait pas seulement socialement, mais aussi mentalement, qu'elle ne pouvait pas quitter la maison de sa sœur et encore moins côtoyer ses supérieurs. Peut-être qu'à force de se mélanger aux pauvres, son cerveau avait été touché ?

— Nous étions tout aussi surprises que vous, avoua Minette, qu'une jeune fille veuille rester en contact avec vous après votre départ de l'école dans des circonstances aussi sombres. Mais vous ne pouvez vous en prendre qu'à vous-même, n'est-ce pas ? Et si vous aviez bien voulu révéler le nom du garçon avec qui vous avez osé prendre des libertés derrière cette boutique de Chelsea, la directrice aurait accepté de vous garder…

— *Des libertés ?* s'exclama Lisa avant de pouvoir s'en empêcher, ajoutant plus bas : C'était juste un baiser. C'est tout. Un seul baiser.

— Juste un baiser ? *Juste un baiser ?* N'avez-vous pas *honte* ? murmura Henriette d'un air indigné. Ce *garçon* n'aurait jamais dû ne serait-ce que poser un seul doigt sur vous. Mais qu'il vous ait *embrassée…* Vos lèvres sont réservées à votre futur époux, à personne d'autre.

— Ce n'était qu'un *minuscule* baiser, insista Lisa d'une voix à peine plus audible qu'un murmure, ses joues brûlant de honte. Et ce n'était pas sur les lèvres, mais sur sa joue…

— Ce baiser a mis un terme à votre scolarité et a réduit à néant vos chances d'épouser un homme bon et respectable, répliqua Henriette.

— Blacklands était votre seule chance de devenir quelqu'un, dit Minette avec un profond soupir. Quel dommage que vous n'ayez pas été capable de le comprendre à l'époque. Mais vous devez bien comprendre, *maintenant*, que votre comportement scandaleux à la boutique de brioches n'était pas seulement irréfléchi, mais également égoïste.

— Oui. Oui, vous avez raison, répondit Lisa, ses épaules s'affaissant. C'était irréfléchi et égoïste.

Elle se redressa, regarda une sœur puis l'autre, et dit d'un ton enjoué :

— Mais je n'ai pas perdu espoir qu'il existe un gentleman qui pourrait m'aimer comme je suis…

— *Vous aimer comme vous êtes ?* Ne soyez pas absurde, ne soyez pas *naïve* ! fulmina Henriette avec un renâclement de dérision indigne d'une lady. Même si un tel homme existait et vous pardonnait votre comportement pervers, qu'avez-vous pour vous, à l'exception de votre jeunesse ? Voyez les choses en face : vous n'avez pas de dot. Vous êtes sans le sou, vous n'avez donc rien à offrir à un éventuel mari.

— Mais si ce gentleman m'aimait pour moi, ma situation pécuniaire n'aurait-elle pas aucune importance à ses yeux… ?

Minette et Henriette se regardèrent avec une grimace, puis Henriette se mit à glousser, incrédule face à ce qu'elle considérait être un espoir excentrique.

Les deux sœurs avaient été libres de choisir leur époux, mais c'est avec un pragmatisme inébranlable qu'elles avaient choisi des hommes qui pouvaient avant tout leur offrir une aisance financière et une vie confortable ; l'attirance physique et l'amour étaient des considérations secondaires. Elles étaient toutes les deux jolies, mais c'était surtout grâce à leur dot de deux mille livres chacune qu'elles avaient pu trouver facilement un mari. L'idée que leur cousine démunie puisse épouser un homme qui non seulement lui assurerait une vie confortable, mais qui en plus l'aimerait, était tout bonnement grotesque. D'où l'éclat de rire incrédule d'Henriette.

— Que vous êtes nigaude de penser cela, annonça Henriette après avoir retrouvé le contrôle d'elle-même. Mais nous ne sommes pas là pour écouter vos rêveries fantasques ou pour nous attarder sur vos agissements irréfléchis du passé. Ce qui nous inquiète, c'est votre comportement présent et futur. Ainsi, vous devrez garder à l'esprit les conséquences malheureuses de ce baiser quand vous vous retrouverez au milieu de personnes d'un statut tellement supérieur au vôtre qu'ils pourraient tout autant vivre sur la Lune et vous voir comme une visiteuse importune !

Lisa se risqua à esquisser un sourire quand sa cousine utilisa le mot « lune », une analogie très proche de celle utilisée plus tôt par Becky à propos du propriétaire du catalogue. Après l'avoir vu, elle ne pouvait qu'être d'accord avec elle. Entre sa beauté saisissante et son exquise tenue, il avait presque quelque chose de céleste, comme s'il était l'un des dieux du mont Olympe, un habitant d'un nuage ou bien, en effet, de la Lune. Il n'avait certainement pas sa place au milieu des gens ordinaires et bagarreurs qui déambulaient dans les rues crasseuses de la ville. Elle se demandait où il habitait…

Alors qu'elle réfléchissait à cela, elle fut distraite par une sensation qui s'apparentait à de la nervosité au fond de son estomac. Elle sentit soudain sa tête tourner et le sang lui battre les tempes. Elle souffrait peut-être de sa première fièvre ? Elle qui n'avait jamais été malade, être ainsi submergée par des sensations aussi étranges était perturbant. C'était peut-être parce qu'elle avait vécu plus qu'assez d'aventures pour une seule journée, entre son escapade chez Lord Westby et l'interrogatoire qui l'attendait à son retour à Gerrard Street… Elle n'avait qu'une envie : retourner dans sa chambre et s'allonger. Peut-être qu'elle s'endormirait et rêverait d'un gentleman aux cheveux foncés et aux lèvres à croquer… Oh, Seigneur, elle recommençait à rêver de baisers… Ses cousines seraient certainement furieuses envers elle si elles pouvaient lire dans ses pensées. Elle revint donc difficilement à l'instant présent et dit poliment :

— Vous avez évoqué des lettres, cousine Minette… ?

— En effet, et nous allons vous les donner, même si nous sommes contre, déclara Minette. Si cela ne dépendait que de notre famille, vous ne seriez pas au courant de l'existence de cette correspondance, ni de l'invitation qui vous a été adressée. Une invitation que mère tenait absolument à refuser en votre nom, car nous estimons que votre présence lors d'un événement aussi illustre n'est pas appropriée. Mais…

— Mère a dû se plier à la demande – l'ordre, en vérité – de notre noble patronnesse, qui lui a intimé de s'assurer de votre présence, continua Henriette, interrompant Minette quand elle fit une pause pour soupirer. Sa volonté l'emporte sur celle de mère, il n'y a donc rien que nous puissions faire.

— *Se plier ? L'ordre ?* répéta Lisa, qui ne connaissait toujours pas la nature de cette invitation, ni l'identité de cette noble personne qui, si elle se fiait à l'admiration dans la voix de sa cousine et le fait qu'elle pouvait faire obéir sa tante de Crespigny à ses ordres, était quelqu'un de très important.

— Avez-vous un petit pois à la place du cerveau ? lâcha Henriette d'un ton sec, exaspérée et si agacée qu'elle se pencha vers Lisa en la fusillant du regard. N'avez-vous jamais voulu connaître le nom de notre noble patronnesse, elle qui a gentiment parrainé notre inscription à Blacklands ? En tant que filles d'un marchand, nous n'aurions jamais été acceptées dans un établissement aussi prestigieux sans la faveur de Sa Grâce. Elle a pris sur elle de nous recommander à l'école, telle est l'estime que la duchesse de Roxton et de Kinross accorde à mère. Et bien sûr, l'école nous a acceptées. Qui pourrait s'opposer à Sa Grâce ?

Lisa écarquilla les yeux en apprenant tout cela. Pourquoi n'avait-elle jamais fait le lien ? Tout cela était parfaitement logique. Mais comme la famille avait toujours parlé de « noble patronnesse » à voix basse et avec vénération, sans jamais mettre de nom sur ce titre, elle avait supposé que son identité était un genre de secret de famille. À présent, elle se disait qu'il s'agissait en réalité d'un secret de polichinelle et qu'elle était la seule dans la famille à ne pas être au courant.

Mais ce qu'elle savait, c'était que sa tante était en adoration devant la duchesse de Roxton et de Kinross, auprès de qui elle avait été première femme de chambre pendant presque vingt ans, avant son mariage avec monsieur de Crespigny. En vingt ans de service aux côtés de la duchesse, elle avait accumulé une quantité illimitée d'anecdotes, mais elle prenait bien garde à ne jamais trahir sa confiance, et Lisa était persuadée que si elle racontait certaines histoires à sa famille, elle en taisait deux fois plus.

À l'époque où Lisa passait ses vacances de Noël chez les Crespigny, son moment préféré était celui du souper, quand ils dégustaient du thé et des gâteaux près de la cheminée du salon et écoutaient les histoires racontées par sa tante à propos de la vie qu'elle avait menée dans un palais rempli de domestiques et de pièces éclairées par assez de bougies pour illuminer la nuit. Les récits de sa tante regorgeaient de manoirs magnifiques faits de marbre, de carrosses tirés par des chevaux arabes et de jardins parfumés et parsemés de fontaines et de fabriques. Dans ses histoires, on organisait des bals sous des lustres à la lumière éclatante, des raouts dans des salons dorés, des bals masqués aux centaines d'invités et des pique-niques au bord d'un lac. Au centre de tout cela se trouvait une reine à la beauté délicate – la duchesse –, et la tante de Lisa, à ses côtés, participait à ce conte de fées où évoluaient ducs et duchesses, rois et princes, aristocrates et leurs dames, tous vêtus de soie somptueuse et de parures de diamants qui brillaient de mille feux.

Lisa ne doutait pas que la duchesse appréciait particulièrement sa tante. Elle avait non seulement travaillé pour elle pendant deux décennies, mais elle l'avait en plus aidée à donner naissance à ses nobles enfants, le dernier bébé étant né à peine neuf ans plus tôt, bien après que sa tante eut cessé de travailler pour la duchesse. Elle avait été rappelée au côté de Sa Grâce pour l'accouchement, avait apporté son aide à la nursery pendant les quelques premiers jours et avait occupé une place privilégiée pendant le baptême. Lisa s'en souvenait parfaitement, car c'était arrivé à Noël et sa tante s'était absentée pendant quelques semaines ; c'était le premier Noël que la famille passait sans elle. Mais personne ne lui en voulait d'être allée s'occuper de la duchesse ; aux yeux de tous, c'était un immense honneur. Ainsi, Lisa comprenait que la duchesse ait apporté son aide à sa tante si cette dernière le lui avait demandé et qu'elle ait appuyé l'inscription des filles Crespigny dans un prestigieux pensionnat pour jeunes filles. Elle savait également que sa tante ferait tout ce que la duchesse lui demandait et, aussi surprenant que cela puisse être, il semblait que le souhait de la duchesse était que Lisa reçoive ces lettres et accepte une invitation. Pourquoi donc ? Par ailleurs, elle se demandait pourquoi cette issue déplaisait à sa tante.

— Je ne ferais jamais rien qui pourrait compromettre l'affection que la duchesse porte à ma tante, assura Lisa à ses cousines. Vous devez me croire, Minette, Henriette. Je sais combien votre mère chérit ses années de service auprès de la duchesse… Ce que je ne comprends pas, c'est pourquoi vous pensez que je pourrais…

— Si vous *osez* dire ou-ou faire quoi que ce soit qui pourrait interférer avec le lien spécial qui unit mère et Sa Grâce ou l'abîmer, nous vous *haïrons* pour le restant de votre vie ! cracha Henriette. Est-ce bien clair ?

Lisa hocha la tête, prise de court par la méchanceté de sa cousine. Elle se tourna vers Minette en se demandant si elle était du même avis.

— Si vous ne vous tenez pas bien, si vous causez le moindre tort à mère ou pire, si vous faites quelque chose qui offense Sa Grâce ou un membre de sa famille, nous n'aurons pas d'autre choix que de vous renier, la sermonna Minette. Nous ne voulons pas en arriver là, nous ne voulons pas vous rejeter, mais nous le ferons. Cela a bien failli vous arriver après votre renvoi de Blacklands, mais nous nous sommes ravisés, car nous avons pris en considération votre âge tendre. Mais notre père n'a eu aucun scrupule quand il a ostracisé le vôtre. Toussaint de Crespigny était un voleur et un ivrogne. Il volait sa famille, a bu tout son héritage et vous a laissées croupir dans un hospice, vous et votre mère. Sa seule décision louable a été de changer de nom, de se faire appeler Crisp.

— Nos parents vous ont sauvée d'un hospice. Vous leur devez bien – surtout à mère – de ne pas vous déshonorer devant la duchesse de Roxton et de Kinross et sa famille. Est-ce… bien… clair ? ajouta Henriette, articulant chaque mot d'une voix menaçante.

Lisa hocha derechef la tête, plus vigoureusement cette fois-ci, souffrant d'un mal de ventre soudain et de tremblements après avoir été ainsi vilipendée. Elle voyait bien la fureur d'Henriette et le mécontentement de Minette, mais elle ne comprenait pas pourquoi leur colère était teintée de rancœur et d'amertume.

— Je dois… je dois vraiment être sotte aujourd'hui, car je ne comprends toujours pas pourquoi vous pensez… pourquoi vous semblez penser… que je pourrais causer le moindre désarroi à vos parents… Je n'ai jamais rencontré la duchesse, et il est peu probable que je la rencontre un jour. Je vous en prie. Je ne veux pas contrarier qui que ce soit. Dites-moi… dites-moi ce que je dois faire pour… pour apaiser votre désarroi.

— Vous ne pouvez pas l'apaiser. Ce n'est plus de notre ressort à présent, expliqua Minette. Tout ce que nous pouvons faire, c'est ce qui nous a été demandé, avant votre départ. Bien sûr, pendant votre absence, nous prierons chaque jour pour que vous vous en sortiez sans incident. Mais vous avez le chic pour attirer les ennuis, et donc l'attention… Mais pas cette fois-ci, Lisa. Compris ?

Avant que Lisa ne puisse répondre, Minette se tourna vers sa sœur :

— Donnez-lui l'invitation et les lettres, Henriette, et finissons-en.

— Mais nous n'en aurons pas fini, si ? répliqua Henriette en français, l'amertume toujours évidente dans sa voix. Nous avons été chargées de l'habiller. J'ai quelques vieilles robes de jour que j'allais donner à ma bonne. Nous pourrons facilement faire des retouches ; elle n'a pas de seins ni de hanches, il faudra donc couper beaucoup de tissu. Je ne peux pas me passer d'une de mes domestiques pour lui servir de bonne. Vous pouvez peut-être… ?

— Me passer de l'une de mes domestiques ? Je ne pense pas, non.

— Vous n'aurez toutefois pas à embaucher tout un ensemble de professeurs de danse et de musique. Elle sait chanter et jouer du pianoforte, si jamais on le lui demandait. Blacklands nous a au moins appris cela.

— Oui. Elle a une bonne posture et elle est douée pour les langues, répondit Minette en se rallongeant sur les coussins, une main sur le front. Tout ceci m'a donné la migraine, Henriette…

— Dieu soit loué pour ces maigres consolations. Imaginez un peu si elle ne savait pas parler français, songea Henriette avec ressentiment, sans accorder d'attention à la migraine de sa sœur. Une honte. Toutefois, si elle reste en retrait et ne se met pas en avant, elle n'aura même pas besoin d'ouvrir la bouche dans une quelconque langue.

Minette s'agita une dernière fois.

— *Si elle reste en retrait ?* Je vous en prie, dites-moi comment cela serait possible alors qu'elle est invitée à la campagne pendant deux semaines. Deux semaines, Henriette. Si ce n'était que pour deux jours, il y aurait peut-être un espoir, mais quinze jours… ? Cela revient à chercher les ennuis. Ne répétez pas ce que je viens de dire à mère. Elle est déjà morte d'inquiétude… Donnez l'invitation à Lisa et n'en parlons plus. Mon cher Dr Warner et moi recevons des invités pour le dîner et je dois reposer ma pauvre tête avant de me changer.

Henriette récupéra vivement quelque chose sur la table et l'agita sous le nez de Lisa. Il s'agissait d'une petite pile soignée de lettres au-dessus de laquelle se trouvait un carton d'invitation aux bords dorés, le tout retenu par un ruban en soie noire.

Lisa tendit la main, mais Henriette n'était pas disposée à renoncer au paquet sans révéler la nature de l'invitation, révélation accompagnée d'un dernier sermon méprisant :

— Vous êtes invitée à passer deux semaines à Treat. Cette phrase à elle seule rendrait la plupart des autres jeunes femmes – non ! n'importe quelle autre jeune femme – folles de joie et d'impatience, mais vous n'avez pas la moindre idée de l'honneur qu'on vous accorde. Vous…

— Oh, mais si je le sais, Henriette, lui assura Lisa. Treat est le domaine ancestral des ducs de Roxton. Ma tante en a parlé à de nombreuses reprises. C'est la plus grande maison privée d'Angleterre, il y a tellement de pièces que même ceux qui y vivent peuvent se perdre s'ils se trompent de direction. Il y a aussi un lac, des hectares et des hectares de roses blanches plantées par l'ancien duc pour…

— Oui ! Oui ! Nous avons toutes entendu les histoires de mère, l'interrompit Henriette avec dédain. Votre mission est de ne pas vous faire remarquer pendant les deux semaines. Les quinze jours vont passer comme cela, dit-elle en claquant des doigts. Votre séjour à Treat sera bref, ne durera qu'une fraction de seconde. Et quand il sera terminé, vous devrez redescendre de votre nuage et reprendre votre vie ici. N'oubliez jamais ceci, Lisa : vous êtes pauvre. Vous n'avez nulle part où aller et nous sommes votre seule famille. Votre vie est ici, à Gerrard Street. Tout ce que vous pouvez attendre de la vie, c'est d'être un minimum utile aux misérables avec vos gribouillages et d'aider au dispensaire. Comprenez-vous ?

Lisa hocha docilement la tête, les yeux rivés sur la pile de lettres qu'on agitait devant elle. Elle voulait lui arracher des mains et rejoindre en courant l'intimité de sa chambre, où elle pourrait tirer sur le ruban et lire chaque lettre rapidement, puis les relire le plus lentement possible. Même si on ne lui avait toujours pas révélé l'identité de sa correspondante, ni expliqué pourquoi elle avait reçu une invitation aussi surprenante, elle commençait à s'en faire une vague idée. Cependant, elle n'osait pas espérer, par peur de se tromper. Mais qui d'autre pourrait l'inviter à Treat ? Connaissait-elle quelqu'un d'autre ayant un lien à cet endroit magique, à l'exception de la relation qui existait entre sa tante et la duchesse ?

Enfin, Henriette éclaira sa lanterne, confirmant ses soupçons :

— Il semblerait que toutes vos camarades d'école n'aient pas renoncé à vous. Et il se trouve que celle qui tient à vous a une grande et puissante famille. On ne fait pas plus puissant que le duc de Roxton, l'oncle de Miss Cavendish. Vous rendez-vous compte ? Quelle chance vous avez ! Vous avez été invitée à son mariage, et mère a accepté en votre nom. Vous y assisterez donc. Voici l'invitation, dit-elle en lançant le paquet sur les genoux de Lisa. Elle vous a également écrit quelques lettres. Partez, maintenant, laissez-nous tranquilles.

— Teddy ! Oh, Teddy ! laissa échapper Lisa d'une voix haletante.

Elle était tellement surexcitée qu'elle sortit précipitamment de la pièce sans faire de révérence, écrasant le paquet contre sa poitrine.

Teddy lui avait écrit.

Teddy allait se marier.

Teddy l'avait invitée au mariage.

Teddy ne l'avait pas abandonnée, finalement.

Lisa éclata en sanglots.

SIX

Surexcitée que sa meilleure amie de Blacklands, Miss Theodora Charlotte Cavendish – appelée Teddy par ses amis et sa famille – ne l'ait pas oubliée, Lisa se retrouva dans sa chambre, le dos appuyé contre la porte fermée, sans garder aucun souvenir de comment elle était arrivée là.

Elle s'accorda un instant pour se reprendre, se sécha les joues du dos de sa main tremblotante et prit quelques profondes inspirations, la pile de lettres toujours appuyée contre sa poitrine haletante. Puis elle fut incapable d'attendre une seconde de plus.

Elle enleva ses chaussons, remonta ses jupons et grimpa sur son lit. Elle s'y assit, jambes croisées, et dénoua le ruban noir qui retenait l'invitation et les lettres avec des doigts tremblants. Elle ne jeta qu'un rapide coup d'œil à l'invitation avant de la mettre de côté, impatiente de lire d'abord les lettres. En voyant son nom et son ancienne adresse – Fournier Street, Spitalfields – écrits de la main penchée de son amie d'école, elle laissa échapper un gloussement larmoyant et caressa tendrement l'encre du bout des doigts. Elle reconnaissait, émerveillée, l'écriture de Teddy, ce qui confirmait que les lettres venaient bien d'elle et la renvoya à une époque lointaine…

Combien d'heures avaient-elles passées, assises côte à côte, à s'entraîner sur leurs cahiers jusqu'à adopter l'écriture ronde et cursive d'une écolière de Blacklands ? Combien de lettres officielles avaient-elles recopiées dans ce style, en anglais et en français, pour s'entraîner encore, en prévision du jour où elles seraient des ladies mariées qui auraient tout le temps d'écrire à leur famille et à leurs amis dans leurs boudoirs tapissés ? Teddy ronchonnait avec bonhomie, assurant qu'elle perdait son temps en apprenant la calligraphie, car quand elle serait mariée, elle ne resterait pas assise à écrire des lettres dans un salon, mais elle irait par monts et par vaux sur son cheval, dans l'air frais. Pour Teddy, l'exercice était d'autant plus laborieux qu'elle était gauchère, ce qui était une chose extraordinaire en soi. Toutes les jeunes filles écrivaient de la main droite, et on attachait la main gauche de celles pour qui ce n'était pas le cas jusqu'à ce qu'elles deviennent droitières. Mais une exception était faite pour Teddy. Elle avait l'autorisation d'utiliser sa main gauche tant qu'elle pouvait recopier les lettres exactement comme elles étaient écrites et qu'elle ne laissait pas sa main traîner dans l'encre encore humide.

Lisa s'était demandé à voix haute pourquoi on avait autorisé Teddy à utiliser sa main gauche et cette dernière avait répondu à sa question par une hypothèse : « Oh, c'est sûrement parce que mes proches sont puissants et qu'ils m'aiment, Lisa », avait-elle chuchoté avant de glousser en rentrant la tête dans les épaules. Elle avait dit cela sans aucune once de suffisance, sans aucun sentiment de supériorité, exposant simplement un fait. Un jour, elle avait confié à Lisa à quel point sa famille était puissante. L'un de ses oncles était un duc, un autre était un comte. Sa cousine la plus proche était une double duchesse et sa mère était une lady, la fille d'un comte. Lisa en était restée muette d'admiration. La famille de Teddy n'était pas seulement puissante, elle était au sommet de l'aristocratie. Teddy lui avait fait promettre de garder cela pour elle, de ne pas en parler aux autres élèves. Elle ne voulait pas être vue différemment. Lisa avait promis et lui avait demandé pourquoi elle avait été envoyée à Blacklands si sa famille était noble ; elle aurait dû avoir une gouvernante ou être envoyée dans un séminaire réservé aux filles des aristocrates.

Teddy avait réfléchi, retroussant son nez plein de taches de rousseur, puis elle avait haussé les épaules et dit que sa mère et son beau-père voulaient qu'elle soit dans un environnement où elle se sentait bien et qu'elle apprenne à parler français comme s'il s'agissait de sa langue maternelle – comme toute la famille de sa mère –, mais surtout ils voulaient qu'elle soit heureuse, et ils considéraient que c'était à Blacklands qu'elle serait la plus heureuse. Teddy l'était, heureuse. Lisa s'émerveillait de la joie de vivre de sa meilleure amie, de son assurance, de sa capacité à prendre la vie du bon côté.

Néanmoins, pendant une courte période, juste après son arrivée à

Blacklands, Teddy avait été malheureuse, car sa maison lui manquait, et Lisa l'avait réconfortée.

Lisa était déjà à l'école depuis quatre ans, et puisque c'était une orpheline qui passait seulement les vacances de Noël avec ses cousines, c'était à Blacklands qu'elle était chez elle. Au contraire, Teddy n'avait jamais été séparée de sa famille et de sa mère, et c'était la première fois qu'elle venait à Londres. Et même si Blacklands se trouvait à Chelsea, en périphérie des rues chics de Westminster et donc pratiquement à la campagne, Teddy n'aurait jamais cette impression, car il ne s'agissait pas réellement de la campagne pour elle qui vivait habituellement dans une région reculée du Gloucestershire.

Teddy avait longuement parlé à Lisa de la beauté des Cotswolds, de la forêt magique de Puzzlewood, de ses fées, voyageurs et créatures des bois, de la grande maison en pierres jaunes pleine de coins et de recoins où elle habitait avec sa famille et des fabriques de tissu qui appartenaient à son beau-père. Ce dernier n'était pas seulement un riche marchand, c'était également un écuyer éminent dans son petit coin de l'Angleterre. Par ailleurs, une vraie ménagerie vivait avec eux dans la maison : les chiens de son beau-père, le whippet qu'elle avait adopté – Nera – et plusieurs chats et oiseaux chanteurs. Dehors, dans le reste de la ferme, il y avait sa jument préférée, des poulets, des vaches à lait, des abeilles et des moutons surnommés « lions des Cotswolds » à cause de leur toison épaisse et hirsute.

Lisa pouvait écouter Teddy parler de sa maison et de ses promenades dans la campagne pendant des heures, ce qu'elle faisait par ailleurs. Elle aurait aimé visiter un endroit aussi merveilleux. Lisa n'était jamais sortie de la ville, n'avait jamais été plus loin que Blacklands. Un soir, Teddy lui promit qu'un jour, Lisa viendrait lui rendre visite et rencontrerait sa famille, qui ne comptait pas seulement sa mère, son beau-père, sa grand-mère Kate et ses deux petits frères, mais aussi Fran, la dame de compagnie de grand-mère Kate, ainsi que Silvia et Carlo, qui venaient de Lucques, une ville qui se trouvait quelque part dans les États italiens. Lisa n'avait jamais entendu parler d'un tel endroit. Teddy lui assura qu'il existait et que quand Lisa viendrait lui rendre visite, Silvia lui cuisinerait les meilleurs plats qu'elle avait jamais mangés, notamment des *pasta*, une préparation à base de farine et d'œufs. Et quand Teddy épouserait Jack et s'installerait à Abbeywood Farm, qui était dans le vallon voisin de celui où habitait sa famille, Lisa pourrait venir aussi longtemps qu'elle le souhaiterait.

— Jack ? demanda Lisa, surprise d'apprendre que Teddy savait qui elle allait épouser.

Elles avaient toutes les deux treize ans et Lisa n'avait jamais pensé aux garçons ; elle était loin d'en connaître un qu'elle voudrait un jour épouser.

— Mon cousin. Je l'épouserai quand j'aurai dix-huit ans. Mais j'ai promis à mère que j'irai d'abord à Blacklands pendant quelques années. C'était l'une des conditions, lui confia Teddy. Mère veut que je sois une lady et que je m'ouvre un peu au monde, elle dit que cela me permettra d'être une meilleure épouse pour Jack.

Lisa, intriguée, tourna la tête sur son oreiller pour regarder Teddy sous la lumière de la lune qui s'infiltrait par la fenêtre aux rideaux ouverts et illuminait le lit étroit où elles étaient blotties sous la couverture, pour se tenir chaud et discuter à voix basse sans déranger la nurse de nuit.

Teddy avait dit ceci avec tant de conviction que Lisa se demanda dans un murmure si son union avec Jack était un mariage arrangé. Lisa avait entendu parler d'arrangements de ce genre pour les gens issus de familles puissantes. En réponse à sa question, Teddy secoua la tête et pinça fort les lèvres pour s'empêcher de glousser. Lisa, voyant l'hilarité dans son regard, esquissa un sourire. Elle était soulagée de savoir que Teddy ne serait pas mariée de force. Même à treize ans, c'était déjà une romantique.

— Jack est-il au courant que vous allez l'épouser ?

— Naturellement.

— Et quand avez-vous su… que vous vouliez l'épouser ?

— Quand j'avais dix ans.

— Dix… dix ans ?

Teddy hocha la tête.

— Et je lui ai dit quand j'en avais douze.

Les yeux de Lisa devinrent ronds comme des soucoupes.

— Quand vous aviez douze ans, vous lui avez dit que vous alliez l'épouser ? Était-il surpris ? Qu'a-t-il dit ?

— Il était surpris, oui. Mais il a dit qu'il m'épouserait, même si normalement, c'était au garçon de faire la demande en mariage. Et que si j'étais sincère, je devais le lui reproposer quand je serais plus vieille. Il a dit que je pouvais changer d'avis.

— Pensez-vous changer d'avis ?

Teddy secoua la tête sur l'oreiller.

— Non. Jamais.

— Quel âge a Jack aujourd'hui ?

— Dix-neuf ans.

Il avait donc six ans de plus qu'elles, calcula Lisa. Elle le trouvait très vieux, mais garda cela pour elle.

Teddy prit la fascination de Lisa pour de l'incrédulité.

— Je dis la vérité. Et pendant que je suis ici à Blacklands, Jack part faire le Grand Voyage… Non ! Ce n'est pas le bon nom… Ah ! Il part faire le *Grand Tour*. Oui. C'est bien cela. C'est ce que font les garçons quand ils quittent Oxford, l'université. Mère dit que les garçons partent en groupe, se promènent dans de vieux palais et des ruines, et passent beaucoup de temps à méditer devant de vieilles peintures.

— Ne peut-il pas faire cela ici ? Il doit bien y avoir des tableaux devant lesquels méditer et plein de ruines à explorer en Angleterre.

— Mère dit que les jeunes hommes doivent aller méditer à l'étranger, pour voir l'Ancien Monde. Elle dit que cela leur est bénéfique, car à leur retour ils ne sont plus des garçons et ils veulent se ranger.

— Se ranger… ?

— Se marier, bêtasse.

— Oh ! Combien de temps son tour à l'étranger va-t-il durer ?

— Mère dit qu'il sera absent pendant des années…

— Des *années* ? répéta Lisa, si surprise qu'elle en oublia de chuchoter. Et s'il vous oublie pendant son absence ? ajouta-t-elle d'une voix sifflante.

— S'il m'oublie ? s'enquit Teddy en se redressant sur son coude et en fronçant les sourcils derrière ses cheveux emmêlés. Il ne m'oubliera pas. Il me l'a promis. Et puis, je lui ai donné une mèche de mes cheveux pour qu'il se souvienne de moi.

— Teddy ! s'exclama Lisa en se redressant à son tour sur son coude. Oh, quelle idée merveilleuse !

Teddy afficha un grand sourire en hochant la tête, puis elle se rallongèrent rapidement et se blottirent sous le couvre-lit, car elles entendaient des bruits de pas et des gens parler à voix basse. Elles échangèrent un sourire, puis elles levèrent les yeux vers le plafond éclairé par la lumière de la lune et attendirent, immobiles et silencieuses. Elles attendirent très longtemps que le calme revienne, trop excitées pour dormir. Lisa voulait apprendre encore tant de choses sur la famille de Teddy, sur Jack et sur les choses extraordinaires que les garçons pouvaient faire quand ils quittaient Oxford et partaient à l'étranger.

— Va-t-il vous manquer quand il sera parti ? demanda enfin Lisa en regardant Teddy, qui avait les yeux toujours levés vers le plafond.

— Oui… un peu. Mère dit que ce n'est pas la peine. Que je ne dois pas me… *tracasser*. Que l'absence de Jack me donnera plein de temps pour grandir, moi aussi. Et elle dit que je ne dois pas m'inquiéter pour lui, car il part faire ce tour avec son meilleur ami, Harry. Ils se tiendront compagnie et seront trop occupés pour penser à ce qui les attend à la maison.

— Leurs parents ne sont-ils pas inquiets qu'ils soient loin de chez eux pendant si longtemps ?

— Inquiets ? Pourquoi seraient-ils inquiets ? Mère dit que les riches jeunes hommes font bien meilleure utilisation de leur temps en partant sur le Grand Tour qu'en allant dans des clubs réservés aux gentlemen, où ils jouent à des jeux d'argent, fument et passent leurs journées à boire...

— Votre mère vous a dit cela ? s'enquit Lisa, les yeux tout ronds.

— Non. Enfin, ce n'est pas à moi qu'elle l'a dit. Je l'ai surprise en train d'en parler avec mon beau-père. Et il était d'accord avec elle. Elle disait aussi qu'il y avait peu de chances pour qu'ils s'attirent de trop gros ennuis, car ils voyagent avec une « yeomanry d'accompagnateurs ».

— Qu'est-ce que... ? C'est quoi une « yeomanry d'accompagnateurs » ?

— Grand-mère Kate m'a dit qu'il s'agissait des personnes qui voyagent avec eux.

— Les domestiques qui portent leurs bagages ?

— Oh, non. Bien sûr, ils voyagent avec des domestiques qui portent leurs malles, s'occupent des carrosses et des chevaux et veillent à leur sécurité pendant leurs déplacements. Mais la yeomanry désigne ceux qui s'occupent réellement d'eux pendant leur absence. Ce ne sont pas des domestiques à proprement parler, selon grand-mère Kate. Jack et Harry ont leur propre médecin qui voyage avec eux, mais aussi deux tuteurs, un majordome qui s'occupe d'organiser tout le voyage et de leur trouver un hébergement, et bien sûr ils ont besoin de leur valet pour les aider à s'habiller. Oh ! Et j'ai failli oublier ; deux de leurs amis d'école viennent aussi avec eux, et ils voyagent avec leur propre yeomanry.

Les yeux de Lisa n'auraient pas pu être plus ronds. Elle était jalouse de telles conditions de voyage et regrettait de ne pas être un garçon riche pour elle aussi faire partie d'une si grande aventure.

— Imaginez Jack, Harry, leurs amis et tous ces hommes, dans leurs carrosses et à cheval, traversant la campagne et les villes, murmura Lisa avec enthousiasme. En voyant passer une procession aussi étonnante, les gens du coin doivent sûrement s'arrêter pour les regarder et leurs enfants doivent leur faire de grands signes et sautiller sur place. Ne voudriez-vous pas en faire partie ? Visiter d'anciennes villes, voir de vieilles peintures, rencontrer des gens ?

Teddy haussa les épaules, moins enthousiaste.

— Je suis heureuse ici… Enfin, pas *ici*, mais à la maison. Quand Jack rentrera et que nous nous marierons, nous ne quitterons plus jamais les Cotswolds.

— *Plus jamais ?*

— Sauf quand Jack viendra à Londres pour le Parlement. Mon oncle Roxton va faire de lui un parlementaire quand il reviendra de l'étranger, Jack dit qu'il devra donc passer quelques mois de l'année à Londres, où il fera ce que les membres du Parlement font ; je ne sais pas quoi exactement. Et c'est la raison pour laquelle mère dit que je dois apprendre à être une lady, pour être une bonne compagne pour Jack, confia Teddy. Je ne sais pas comment je suis censée l'aider en étant à l'école, mais je ferai de mon mieux. Mère dit que si je reste occupée en m'instruisant, je ne penserai pas à l'absence de Jack et le temps passera très vite. Mais même si je l'écoute et que je fais de mon mieux, je ne peux pas m'empêcher de penser à ma famille… Mère me manque tous les jours, et mon beau-père aussi, et… Avez-vous des frères et sœurs, Lisa ?

Lisa chercha la main de Teddy et la prit dans la sienne, car elle sentait que son amie était au bord des larmes.

— Non. Et mes deux parents sont morts. J'ai des cousines… mais elles peuvent compter les unes sur les autres… Je sais que si j'avais une mère comme la vôtre, une famille comme la vôtre, ils me manqueraient beaucoup. Pouvez-vous me parler de votre famille ? Je veux absolument tout savoir. N'omettez *rien*. Dites-moi *tout* sur eux.

Teddy chassa ses larmes en battant des paupières, esquissa un sourire et se pelotonna sous la couverture, sa main confortablement placée dans celle de Lisa.

— J'ai deux frères, ils sont encore bébés. Ce sont mes *demi*-frères, car mère s'est remariée et a fondé une deuxième famille. Père est mort quand j'avais huit ans, puis mère a épousé oncle Bryce – mon beau-père. Le plus grand de mes petits frères s'appelle David, il a deux ans. Il a les cheveux roux, exactement comme moi. Grand-mère Kate dit que c'est son petit filou. Mon autre petit frère a tout juste six mois, il s'appelle Luke. Il a les cheveux noirs comme mon oncle Dair, le frère de mère. Mais il est trop petit, nous ne savons donc pas encore s'il sera un petit filou, lui aussi. Il rigole beaucoup cependant, c'est un bébé heureux, grand-mère Kate et moi on pense donc qu'il pourrait être exactement comme David. Je n'ai pas de sœur – pas encore. J'ai demandé à mère si son prochain bébé pouvait être une fille et elle m'a dit qu'elle ferait de son mieux… Lisa ! Je viens d'avoir une idée formidable. Vous n'avez pas de frères et sœurs, et je n'ai pas de sœur… Nous pourrions être sœurs, toutes les deux ! Êtes-vous d'accord ? Êtes-vous d'accord pour que je sois votre sœur… ?

— Oh, Teddy, vous m'avez tellement, *tellement* manqué, murmura Lisa dans un sanglot, l'écriture de Teddy ravivant les souvenirs impérissables des confidences enfantines entre elle et sa meilleure amie.

Cette époque avait été tellement heureuse, ces souvenirs étaient tellement précieux… Des larmes douces-amères roulèrent sur ses joues et son cœur se gonfla de chaleur alors qu'elle fermait brièvement les yeux, toujours abasourdie de se dire qu'elle avait non seulement reçu des lettres de son amie d'école, mais également une invitation à son mariage, et mieux encore, qu'elle et Teddy seraient bientôt réunies.

En attendant, elle resta allongée sur son lit, lisant et relisant les lettres de Teddy ; il y en avait six et elles s'étalaient sur les deux années qui s'étaient écoulées depuis que Lisa avait quitté Blacklands. Puis elle fixa l'invitation pendant très longtemps, un immense sourire aux lèvres. Ainsi, Teddy épousait enfin son cher Jack – ou plutôt, Sir John George Cavendish, baronnet – comme elle l'avait prévu, non pas à son dix-huitième anniversaire, mais alors qu'elle approchait de ses dix-neuf ans ; Teddy lui avait écrit, dans sa dernière lettre, que tel était le souhait de ses parents. Elle transmettait également à Lisa la nouvelle surprenante que sa mère lui avait enfin, après toutes ces années, donné une sœur – Sophie-Kate. Teddy avait écrit sa dernière lettre à Lisa tout juste une semaine après la naissance du bébé, au début du printemps. Après cette annonce réjouissante, Teddy avait ajouté en post-scriptum qu'elle avait fait appel à la cousine de sa mère, la duchesse de Kinross, pour s'assurer que Lisa recevrait bien cette lettre et l'invitation. Elle tenait à ce que sa sœur de Blacklands soit présente à son mariage, et la duchesse avait promis de faire de son mieux pour que cela arrive.

Lisa était impressionnée que Teddy se soit donné autant de mal pour la recontacter. Qu'elle ait sollicité l'aide d'une duchesse frôlait le rêve. Mais elle avait bien la lettre et l'invitation en main, ainsi que – enfin – les autres lettres de Teddy. Tout cela était donc bien réel, et dans deux semaines, elle partirait pour le Hampshire où elle retrouverait Teddy, rencontrerait sa famille et participerait à la célébration de son mariage. Et elle pourrait remercier en personne la duchesse de Kinross de s'être donné tant de mal pour elle.

Ces deux semaines ne passeraient jamais assez vite aux yeux de Lisa. Mais il y avait beaucoup de choses à régler d'ici là, à commencer par l'essayage de robes, de chaussures et de sous-vêtements, ainsi que de colifichets tels que des éventails, des poches et des fichus en dentelle délicate ; Lisa n'avait jamais rien possédé de la sorte auparavant. Mais tout cela ne signifiait pas qu'elle pouvait manquer à son devoir au dispensaire ; Mrs. Warner la sermonna à ce propos le lundi matin, au petit-déjeuner.

Lisa hocha la tête sans rien dire, car elle était très surprise de voir que sa cousine était déjà levée et qu'elle se trouvait dans la pièce où ils prenaient le petit-déjeuner. Mais elle était bien là, et à en juger par sa robe, son maquillage et sa coiffure soignée, elle avait prévu de sortir.

Minette Warner lui annonça que ses parents et sa sœur étaient rentrés de Paris et qu'elle serait donc chez eux, sur Fournier Street, toute la journée pour les accueillir et tenir sa mère au courant des préparatifs de Lisa pour son séjour dans le Hampshire. Sa mère avait besoin d'être rassurée, de savoir que tout était fait pour s'assurer que Lisa ferait honneur à la famille de Crespigny. Ce qui était sûr, c'est qu'elle aurait des tenues correspondant aux diverses occasions pendant son séjour de deux semaines ; la famille s'était assurée que ses vêtements soient d'une assez bonne qualité pour être portés dans le cadre exceptionnel de Treat. Quant à la façon dont elle se comporterait en une compagnie aussi illustre, c'était un point sur lequel ils n'avaient aucun contrôle, mais qui dépendait entièrement de Lisa. Le comprenait-elle ?

— Oui, ma cousine, répondit gravement Lisa, redressant instinctivement son dos déjà bien droit sous le regard appuyé de Mrs. Warner.

Sa cousine, depuis que Lisa avait reçu l'invitation au mariage de Teddy, ne manquait jamais une occasion de répéter son mantra : Lisa devait adopter un comportement exemplaire, ne jamais se mettre en avant et ne surtout pas se faire remarquer. Si elle n'agissait pas avec circonspection et humilité, si elle se faisait remarquer pour une quelconque infraction sociale, sa tante serait mortifiée et sa famille ne le lui pardonnerait jamais. La situation était délicate pour tous ceux qui étaient concernés. Les nerfs étaient à vif. Réputations et amitiés étaient sur le fil du rasoir. Comment en étaient-ils arrivés là ? se demanda-t-elle à voix haute en poussant un soupir.

Lisa écouta le monologue de sa cousine sur la bonne conduite et les conséquences de ses actions sans broncher et prit garde à tempérer son enthousiasme et son bonheur, disant avec un sourire :

— Je vous en prie, transmettez mes meilleurs vœux à ma tante et à mon oncle, ainsi qu'à Toinette. Souhaitez-leur un bon retour. Et remerciez-les de ma part d'avoir fourni le tissu pour mes robes. Et vous pourrez dire à ma tante que nous avons économisé les services d'une bonne, car Becky Bannister a accepté de m'accompagner à…

— Oui. Oui, je leur dirai, l'interrompit Minette Warner en soupirant, comme s'il s'agissait de la tâche la plus pénible de sa longue journée, qui n'avait pourtant pas encore commencé. Au moins, cette Becky Bannister manie parfaitement l'aiguille, ce qui m'évite de faire appel à ma couturière. J'admets que c'est un coup de chance… Oh ! Pendant mon absence aujourd'hui, vous ne devez en aucun cas sortir de la maison. Il ne faudrait surtout pas qu'il vous arrive quelque chose à moins d'une semaine de votre voyage, après toutes nos dépenses et tous nos efforts !

— Le petit groupe qui attend déjà devant la porte semble indiquer que Lisa sera pleinement occupée au dispensaire toute la journée, mon cœur, assura le Dr Warner à sa femme.

Il écoutait la conversation d'une oreille et avait levé les yeux, pardessus la monture métallique de ses lunettes, d'une lettre qui accaparait toutes ses pensées. Il avait même abandonné son habituelle inspection matinale des journaux.

— J'espère que c'est une bonne nouvelle ? s'enquit Mrs. Warner en buvant son thé et en baissant les yeux vers la lettre qu'il tenait.

— Une bonne nouvelle ? Non. Diantre, répondit le Dr Warner d'un ton sévère inhabituel. Ce n'est pas une bonne nouvelle, ma chère. Je n'aurais pas pu recevoir pire nouvelle !

— Allons bon, dit Mrs. Warner avec une moue. Je n'aime vraiment pas vous voir aussi énervé, Robert. Cela me donne la migraine.

— Pardonnez-moi, très chère. Mais je crains que mon humeur ait peu de chances de changer pendant un petit moment…

— Dans ce cas, c'est une bonne chose que je sois absente pour la journée.

Le regard de Lisa passa de Mrs. Warner, qui avait baissé les yeux sur sa tasse de thé, au Dr Warner, qui avait reporté son attention sur sa lettre. Elle demanda, rompant le silence :

— Voudriez-vous bien nous faire part de cette nouvelle, si décevante soit-elle, monsieur ?

Mrs. Warner aurait pu donner un coup dans le tibia de sa cousine pour avoir posé la question, mais elle esquissa un sourire forcé, ne dit rien et leva une tartine de pain recouverte d'une généreuse couche de confiture. Lisa se pencha vers le médecin en le regardant, l'air d'attendre quelque chose ; il n'avait pas besoin de plus d'encouragement pour partager sa frustration.

La lettre, qu'il agita avant de la laisser tomber sur la pile de journaux, venait de la fondation Fournier. Les oreilles de Lisa et de Mrs. Warner se dressèrent en entendant cela, car c'était sur Fournier Street que se trouvait la maison de famille des Crespigny, et c'était là qu'avait prévu de se rendre Mrs. Warner après le petit-déjeuner. Son époux confirma qu'il s'agissait bien de la même rue. Le président du conseil d'administration de la fondation vivait sur Fournier Street ; un vieux médecin du nom de Bailey. C'était à cette adresse que le conseil se réunissait pour décider à qui attribuer des financements ; une certaine quantité de fonds était définie chaque année.

La fondation versait des subventions à ceux qui, dans la profession médicale, s'occupaient des pauvres, mais aussi, plus important encore, aux médecins qui menaient des recherches anatomiques. Il y avait des critères stricts à respecter, et si la demande d'un candidat passait la première sélection, les administrateurs de la fondation visitaient ses locaux, organisaient des rencontres avec les directeurs et évaluaient le mérite de l'établissement et de la recherche qu'on y menait. Et comme le financement durait trois ans, avec des comptes-rendus annuels et des objectifs à atteindre, tous les médecins de Londres et des alentours en faisaient la demande. Chaque année, seulement trois dispensaires et écoles d'anatomie recevaient des subventions. Par ailleurs, la fondation prévoyait d'accorder des bourses aux cinq étudiants en médecine les plus prometteurs de l'année, qui recevraient alors de l'argent pour les aider à terminer leur éducation et leur formation médicale sans les difficultés que connaissaient habituellement les étudiants. Et après avoir réussi leur examen devant la Compagnie des chirurgiens, ces boursiers feraient un apprentissage qui couvrirait les trois premières années de leur carrière et pendant lequel ils traiteraient les malades démunis.

— Le travail de cette fondation est… commença Lisa, avant d'être interrompue par sa cousine, qui était loin d'avoir le même point de vue qu'elle.

— … coûteux.

— … extrêmement louable, finit Lisa, son enthousiasme la poussant à interrompre à son tour sa cousine. Assurément, fournir à ces jeunes hommes brillants les fonds dont ils ont besoin pour se concentrer sur leurs recherches anatomiques sans que leur esprit soit troublé par des préoccupations matérielles telles que l'endettement – sans qu'ils aient à se demander s'ils doivent dépenser leur maigre allocation en livres ou en pain – leur permettrait de rester mieux concentrer sur leurs études, n'est-ce pas ?

— Tout à fait, approuva le Dr Warner avec un sourire, le réel intérêt de Lisa le soulageant d'une partie de la morosité qui pesait sur ses épaules suite à la conclusion déprimante de sa lettre.

— Ce Dr Bailey doit vraiment être un gentleman très riche, ajouta Mrs. Warner, pour qui les considérations monétaires étaient plus intéressantes. Les bourses et les financements dont ont besoin les dispensaires doivent s'élever à plusieurs centaines de livres, voire plus de mille livres par an.

— Le Dr Bailey n'est que la figure de proue de la fondation, très chère, expliqua le Dr Warner. Et si c'est bien le conseil d'administration qui valide et alloue les financements, l'origine initiale des fonds et la personne qui a créé la fondation Fournier restent un mystère, autant pour moi que pour mes confrères. Et il y a peu de chances pour que nous ayons un jour une réponse, car le gentleman en question, qui distribue généreusement ses largesses pour aider cette entreprise bénéfique, souhaite rester dans l'ombre. Nous ne sommes même pas sûrs que le Dr Bailey connaisse l'identité de cet homme. Mais vous avez raison, ma chère, l'aide caritative de la fondation doit s'élever à plusieurs centaines, voire un millier de livres par an.

— Et vous avez écrit à cette fondation pour demander un financement pour vos projets, dit Mrs. Warner avec un sourire éclatant.

— Oui, répondit-il, moins enthousiaste que sa femme, qui s'attendait à une issue favorable. J'ai demandé des sommes d'argent visant à embaucher un professeur d'anatomie et un pathologiste. Le premier allègerait ma charge d'enseignement et le deuxième pourrait fabriquer les modèles en cire des spécimens nécessaires à l'instruction. Il existe une nouvelle technique qui utilise des cires de différentes couleurs correspondant aux diverses tailles des injections. Il est nécessaire de liquéfier l'injection en la chauffant, sans pour autant la faire bouillir, ce qui pourrait endommager les vaisseaux qui la reçoivent…

Ce fut à cet instant que le cher médecin perdit toute l'attention de sa femme, qui n'écoutait plus la conversation que d'une oreille et rêvassait en songeant au mystérieux bienfaiteur de la fondation Fournier. Elle se demandait s'il était célibataire ou marié, s'il s'agissait d'un marchand qui avait fait sa fortune en multipliant les entreprises commerciales, ou peut-être un bienveillant aristocrate âgé et sans enfant qui pouvait dépenser son héritage sans restriction et le mettre à bon usage, ailleurs que sur son domaine…

Puisqu'elle rêvassait, Mrs. Warner ne réagit pas immédiatement quand son cher docteur lui révéla, les coins de la bouche tirés vers le bas, que sa candidature avait été rejetée, car la fondation avait atteint son quota annuel. On avait poliment suggéré au Dr Warner de candidater de nouveau lors du prochain cycle de financement ; il fallait attendre une année entière. D'ici là, il perdrait du temps précieux et des opportunités d'acquérir des ressources anatomiques uniques – Lisa savait que le médecin parlait de spécimens humains. Par ailleurs, il s'agissait de sa deuxième candidature et sa première avait été rejetée pour la même raison, le Dr Warner soupçonnait donc la fondation de ne pas mettre sa demande entre les bonnes mains.

— Vous voulez parler des mains du Dr Bailey, monsieur ? s'enquit Lisa, qui avait été captivée par la description riche en détails superflus que le médecin avait faite de la méthode qui visait à mélanger les colorants pour injecter différents spécimens anatomiques.

Le Dr Warner donna un coup du plat de sa main sur le bord de la table, ce qui sortit sa femme inattentive de ses rêveries privées dans un sursaut. Il sourit à Lisa.

— Précisément ! C'est en effet de ses mains à lui que je parle.

— Diantre, Dr Warner ! Vous m'avez fait une peur bleue, se plaignit Mrs. Warner. Je pense que vous avez contrarié ma digestion, ajouta-t-elle avec une moue digne d'une petite fille pour masquer son manque d'attention.

— Je vous demande pardon, ma chère, répondit le médecin d'un air penaud en repoussant l'assiette d'œufs et de tartines de pain qu'il n'avait pas terminée.

— Peut-être que si vous invitiez le Dr Bailey à dîner, monsieur, vous pourriez en profiter pour lui montrer la salle de dissection et vos travaux anatomiques ? suggéra Lisa dans le silence qui s'étirait entre les deux époux, son regard faisant l'aller-retour entre sa cousine et le médecin. En tant que confrère, il ne pourra qu'être impressionné par votre excellent travail, non ?

— Une excellente idée, que j'ai déjà…

— Mais oui, pourquoi n'avons-nous jamais invité le Dr Bailey à dîner, Robert ? l'interrompit Mrs. Warner, perturbée que ce soit Lisa qui se charge de faire une telle suggestion. Je n'ai jamais entendu parler de cette fondation Fournier avant aujourd'hui, et peut-être que si nous avions invité les administrateurs plus tôt, vous auriez pu espérer une réponse différente à votre candidature ?

— J'avais envoyé une invitation au Dr Bailey, qu'il a malheureusement déclinée, expliqua patiemment le Dr Warner. Je ne voulais pas vous importuner avec cette déception, ma chère…

— Comme toujours, vous êtes prévenant envers mes sentiments, mon cher Dr Warner, dit gentiment sa femme. Il ne refuserait sûrement pas une seconde fois, pas si nous invitions certains de vos confrères que le Dr Bailey et ses administrateurs pourraient connaître. J'ai toujours considéré qu'il était bien plus facile de persuader et d'influencer les hommes après un bon repas, même si la persuasion ne mène pas toujours à l'action…

— Oui. Oui. Bien. Bien. Nous n'aurons pas cette opportunité pour le moment, fulmina le Dr Warner en toussant dans son poing, les joues rouges, car Lisa écoutait attentivement une conversation qui, selon lui, n'était à présent plus convenable pour les oreilles d'une jeune fille de dix-neuf ans et autour du petit-déjeuner, même s'il n'avait jamais considéré les discussions détaillées autour de sujets médicaux de la même manière. Je vais faire ce que vous suggérez, ma chère, et lui envoyer une deuxième invitation, qu'il acceptera, je l'espère, en dépit du rejet de ma candidature.

— Il considérera peut-être cette invitation comme un geste de bonne foi ? Un signe que vous ne lui en voulez pas, même s'il a rejeté votre candidature ? suggéra Lisa, reposant rapidement sa tasse de chocolat chaud et sa serviette et reculant sa chaise quand sa cousine se leva de table. Il ne pourrait alors pas, en toute conscience, refuser l'invitation.

Le Dr Warner, qui s'était levé également, adressa un grand sourire à Lisa.

— Par Jupiter, c'est exactement ainsi qu'il verra cette invitation ! Vous m'avez convaincu. J'écrirai au Dr Bailey dès ce soir.

Minette Warner regarda Lisa avec un petit sourire.

— Moi qui pensais que le petit-déjeuner était un moment ennuyeux pour vous… Il semblerait que je me sois trompée. Il faudra reconsidérer cela quand vous reviendrez du Hampshire. Partez, maintenant ; j'aimerais discuter en privé avec le Dr Warner. Et vous devez avoir mille et une choses à faire pour ce cher médecin avant qu'il ne reçoive ses premiers patients de la matinée.

Lisa fit une révérence sans discuter et quitta la pièce, abandonnant la tasse de chocolat chaud qu'elle était en train de savourer. Elle récupéra son écritoire contenant ses plumes, son encre et son papier, et traversa le couloir menant au dispensaire, qui occupait, au rez-de-chaussée, les pièces se trouvant à l'avant de la maison georgienne. Elle déposa son écritoire dans son coin habituel, où elle offrait ses services d'écrivaine publique à tous ceux qui en avaient besoin, récupéra son tablier sur son crochet et l'enfila rapidement par-dessus sa robe. Après avoir vérifié les épingles qui retenaient son bonnet en dentelle sur le dessus de sa tête, elle se mit à accomplir ses tâches – elle vérifia les flacons d'onguent et les petits bouquets odorants, puis s'assura que les cruches étaient remplies d'eau et que chaque cabine de soin fermée par un rideau avait assez de savon, de pierres ponces et de serviettes – en veillant à ne pas déranger les assistants médicaux qui se préparaient à accueillir la première vague de patients.

Tandis qu'on déverrouillait la porte du dispensaire pour laisser entrer les premiers patients de la journée, Lisa ne pensait qu'à la semaine suivante ; dans une semaine, elle serait en route pour aller voir

Teddy, dans un endroit si différent de celui-ci qu'elle avait même du mal à l'imaginer. De la même manière, cinq jours plus tôt à peine, quand elle et Becky s'étaient rendues à Leicester Square, elle aurait difficilement pu imaginer ce qu'il se passerait chez Lord Westby. Cet incident lui était sorti de la tête depuis qu'elle avait reçu les lettres de Teddy, mais il lui revint brusquement en mémoire quand, cinq minutes seulement après l'ouverture du dispensaire, la foule dut s'écarter pour laisser deux hommes à la carrure colossale entrer dans la salle d'attente avant tout le monde.

Ils détonnaient tellement que Lisa cligna des yeux avant de sursauter en les reconnaissant. Il s'agissait des « acolytes », les deux domestiques venus aider le gentleman dont elle s'était occupée chez Lord Westby. Ils ne pouvaient pas être là en chair et en os, elle les avait sûrement imaginés ; comment auraient-ils su où la trouver ? Ils parcoururent rapidement la pièce déjà bondée du regard avant de la repérer, et elle comprit qu'ils l'avaient aussi reconnue. Lisa, qui ne battit pas en retraite, n'avait plus qu'à attendre qu'ils viennent à elle.

En plus d'être larges d'épaules et de dépasser tous ceux qui les entouraient d'une tête, ils étaient en bonne santé, se tenaient bien droits et se déplaçaient aisément, ce qui contrastait nettement avec ceux qui les suivaient en traînant les pieds. Leur taille et leur vigueur garantissaient qu'on s'écartait de leur chemin, mais c'étaient leurs vêtements qui expliquaient pourquoi on les dévisageait. Ils portaient une livrée de tissu noir orné de laçages argentés complexes et de boutons en argent, une tenue qui proclamait la richesse et l'importance de leur maître et qui leur donnait le droit de faire et dire ce qu'ils voulaient ; leur hauteur et la taille de leurs poings ne faisaient que renforcer ce droit.

Les deux acolytes s'approchèrent directement de Lisa. En arrivant devant elle, ils ne prirent pas la parole, mais s'écartèrent pour permettre à un gentleman qu'elle n'avait pas vu, car il était jusque-là caché par ces deux armoires à glace, de s'avancer vers elle et de s'incliner. Elle retint son souffle et son cœur fit un petit bond des plus étranges ; elle espéra pendant un instant qu'il s'agissait du beau gentleman qu'elle avait aidé chez Lord Westby. Puis son pouls s'accéléra, mais pas pour de bonnes raisons ; elle se demanda s'il était venu les chercher, elle et Becky, au sujet du catalogue perdu de la vente aux enchères de Portland. Puis le gentleman abaissa le mouchoir parfumé qu'il tenait devant son nez et elle soupira, autant de soulagement que de déception. Elle n'avait jamais vu cet homme.

L'inconnu haussa les sourcils d'un geste impérieux et demanda :

— Êtes-vous Lisa ?

Elle hocha la tête et fit une révérence polie. Puis elle ajouta, car il continuait à la fixer comme s'il attendait autre chose de sa part :

— Lisa Crisp.

Il inclina la tête pour la remercier de lui avoir fourni cette information, puis il lui dit, avant de tourner les talons, s'attendant à ce qu'elle lui obéisse :

— Suivez-moi, Miss Crisp. Mon maître souhaite s'entretenir en privé avec vous dans son carrosse.

SEPT

— ELLE… *REFUSE* ?

— Oui, milord.

Lord Henri-Antoine dévisagea son majordome par la fenêtre du carrosse comme s'il parlait une langue qu'il ne comprenait pas, et il en comprenait au moins cinq. Il attendait une explication supplémentaire.

— Miss Crisp ne peut pas quitter les locaux.

— Elle ne peut pas ?

— Non, milord.

— Est-elle infirme depuis peu ?

— Elle n'est pas infirme.

— Dans ce cas, ce n'est pas qu'elle ne peut pas, c'est qu'elle ne *veut* pas.

Michel Gallet osa esquisser un sourire.

— Je lui ai fait remarquer cette nuance. Néanmoins, elle refuse de changer d'avis.

— Alors faites-la porter jusqu'ici.

— Elle va se débattre et crier…

— Elle n'est pas du genre à crier…

— Ah non, milord… ?

Henri-Antoine ne fut pas dupé par le ton léger de son majordome. Il grinça des dents et attendit que ce dernier baisse les yeux et efface son sourire.

— Mes excuses, milord… Que voudriez-vous que je fasse ?

Henri-Antoine regarda, par-dessus l'épaule gauche de son majordome, la petite foule rassemblée sur le trottoir près des marches qui menaient au dispensaire Warner. Ces gens étaient en haillons, avaient des visages sales et fatigués, et leur intérêt pour la berline noire, laquée et brillante tirée par quatre gris assortis était teinté de méfiance ; ils se demandaient sans doute ce qu'un véhicule aussi impressionnant faisait dans cette partie de la ville à une heure aussi matinale.

Il s'aventurait rarement dans ce quartier de Londres – il n'avait rien à y faire, et quand il venait par ici, c'était pour se rendre chez Westby. Et il ne venait jamais en voiture, il employait des porteurs robustes qui le déplaçaient dans sa propre chaise. Sa maison de ville de Park Street n'était qu'à trente minutes à l'ouest quand il utilisait ce moyen de transport, mais le dispensaire Warner de Gerrard Street était à mille lieues des maisons élégantes, des rues larges et des piétons disciplinés et bien habillés qui habitaient son quartier exceptionnel de Westminster. Un tel moyen de transport ne convenait cependant pas pour un entretien en privé avec Miss Lisa Crisp. Il n'envisagea pas une seule seconde que ce n'était pas tant son élégante voiture de ville qui attirait l'attention, mais ses quatre postillons en livrée, ses acolytes aux épaules larges et, plus important encore, son estimée personne.

Il appuya les épaules contre le siège en velours en poussant un soupir agacé. Il avait bien envie de tapoter le dossier de ses doigts gantés pour se remettre en route. Que faisait-il là, au juste ? Il ne devait rien à Miss Lisa Crisp. Et si elle n'était pas assez polie pour sortir afin qu'il puisse avoir une discussion courtoise avec elle – après tout, c'était lui qui s'était déplacé –, alors il était inutile de faire plus d'efforts. Il n'en ferait pas. Venir jusqu'ici était une marque suffisante de sa reconnaissance après sa bonne action envers lui.

Et pourtant, quelque chose – il n'aurait pas su dire *quoi* exactement, mais cela le troublait immensément – l'empêcha de donner à son cocher le signal qu'il pouvait repartir. C'était en partie de la galanterie, qu'on lui avait inculquée depuis le berceau – il devait bien faire, agir comme un gentleman et la remercier en personne – et en partie de la curiosité – il voulait mettre un visage sur le nom de la jeune femme qui lui était venu en aide quand il était dans un état des plus pitoyables, nom que Jack lui avait donné. Et s'il se fiait à ce qu'il lui avait dit, Miss Lisa Crisp était une femme bien singulière – calme, compétente, enjouée, et pas le moins du monde dégoûtée par son état. Son travail auprès des malades démunis expliquait sans doute cela. Quoi qu'il en soit, il voulait la voir de ses propres yeux. Il voulait savoir si elle ressemblait à l'ange de Botticelli qui lui était apparu dans son délire épileptique alors qu'il sortait en titubant du salon de Westby. Mais plus que tout, il voulait que ce sentiment de trouble et de nervosité, un sentiment qui le rendait anxieux sans raison apparente, disparaisse immédiatement. Et pour une raison mystérieuse, ce sentiment était étroitement lié à l'imperturbable Miss Crisp.

Il se pencha vers son majordome, qui était toujours à la fenêtre, perché sur la petite marche du carrosse où il attendait patiemment des instructions supplémentaires.

— Je ne vais pas rentrer là-dedans ! lâcha-t-il, ce qui était plus révélateur de ses pensées troublées que de la situation délicate dans laquelle il se trouvait.

— Une décision raisonnable, milord. Cet endroit est plein à craquer de racaille malade et l'odeur y est fétide.

— Et pourtant, Miss Crisp est à l'intérieur, au milieu de cette racaille. Est-elle fétide, Michel ? demanda-t-il, espérant une réponse affirmative qui lui donnerait une excuse pour partir sur-le-champ.

— Non, milord. Bien au contraire. Elle est telle une fleur printanière qui éclot au milieu des déchets en décomposition.

— Bien évidemment, marmonna Henri-Antoine.

— Devrais-je réessayer de lui faire entendre raison… ?

Henri-Antoine hocha la tête en fronçant ses sourcils foncés, les yeux posés sur la porte d'entrée du dispensaire que l'on ouvrait et refermait à une régularité alarmante.

— Faites donc cela, dit-il avant d'ajouter dans un revirement total : Et vous avez plutôt intérêt à faire tout votre possible, car si vous n'arrivez pas à la convaincre et qu'elle refuse encore de sortir, je serai obligé d'aller à sa rencontre.

— Est-ce bien raisonnable, milord ? La quantité de miasmes dans un endroit comme un dispensaire doit dépasser ce que n'importe quel homme en bonne santé et qui n'a pas l'habitude d'être entouré par tant de malades peut tolérer. Respirer un tel air mettrait sûrement en péril votre santé, je vous déconseille de vous mettre face à un tel danger.

Voilà que ce fichu mot – raisonnable – revenait encore, celui que Jack, ses domestiques et tous ceux qui l'entouraient utilisaient bien trop souvent. S'il avait été raisonnable, il n'aurait pas trop bu et fumé assez de cheroots pour lui brûler la gorge. S'il avait été raisonnable, il aurait quitté le salon de Westby bien avant le début de sa crise. S'il avait été raisonnable, il ne se serait pas retrouvé là, devant un hôtel-Dieu londonien.

— Dans ce cas, vous avez tout intérêt à vous montrer très persuasif, déclara-t-il avant de tirer le store, se dissimulant à la vue de son majordome et de la foule de badauds.

• • •

Michel Gallet rapporta une bonne nouvelle au carrosse : Miss Crisp pouvait accorder quelques minutes de son temps à Sa Seigneurie. Elle comprenait la réticence de son maître à respirer des miasmes qui pourraient lui faire du mal, mais elle ne pouvait pas sortir pour rejoindre le carrosse, elle était catégorique sur ce point. En revanche, elle proposait un compromis : ils pouvaient se retrouver dans le cabinet de consultation privé du Dr Warner, séparé du dispensaire par le vestibule. On pouvait entrer dans le cabinet par une porte qui donnait sur la rue et dont l'usage était réservé aux patients privés. Le maître de monsieur Gallet pouvait passer par cette porte sans entrer en contact avec les miasmes imprégnant l'air du dispensaire.

Cependant, il fallait d'abord qu'elle se prépare, car le Dr Warner tenait à certaines règles que lui, ses assistants médicaux, ses étudiants et Lisa avaient tous l'obligation de respecter quand ils quittaient l'enceinte du dispensaire. Ils devaient enlever leur tablier et leurs manchettes, puis se laver les mains et se frotter les ongles avec du savon pour se débarrasser de toute odeur des malades et des mourants. Pour terminer, ils appliquaient quelques gouttes de l'onguent breveté de Warner sur leur peau pour faciliter ce processus.

L'un de ses acolytes pouvait peut-être attendre près de l'entrée privée ? Quand elle serait prête, Miss Crisp déverrouillerait la porte du cabinet de consultation et il pourrait alors en informer son maître.

— Tant de préparatifs complexes pour une conversation de deux minutes, commenta Henri-Antoine d'une voix traînante, la tête appuyée contre le siège et les yeux fermés.

Quelque chose lui traversa soudain l'esprit ; il ouvrit un œil et regarda Michel, qui était toujours à la fenêtre du carrosse.

— Avez-vous bien pris garde de ne pas mentionner mon nom ?

— Je ne le lui ai pas dit et elle ne me l'a pas demandé, milord.

Lisa se tenait près du bureau du cabinet de consultation, dont la porte qui donnait sur le couloir était restée grande ouverte pour qu'elle ait une vue dégagée sur l'escalier menant au logement privé où elle vivait avec le Dr Warner et sa femme. Derrière l'escalier, plus loin dans le vestibule, se trouvait une porte fermée sur lequel le mot *Dispensaire* avait été peint au-dessus de la traverse supérieure. Joseph, un domestique âgé qui travaillait pour le médecin depuis son premier mariage, était assis à côté de cette porte ; il avait à présent un rôle de portier, quand il n'était pas en train de somnoler sur sa chaise.

Elle avait laissé la porte du cabinet de consultation grande ouverte pour que Joseph puisse voir dans la pièce et qu'elle puisse le voir, car les jeunes femmes ne recevaient pas d'hommes seules, à moins qu'il ne s'agisse d'un parent direct ou d'un tuteur. Mais l'idée même que ce gentleman soit venu lui rendre visite était si absurde que c'en était risible. Et même si elle avait dit à l'un des assistants du dispensaire où elle allait et qu'elle serait revenue dans la demi-heure, elle savait que sa cousine Minette ne serait pas du tout contente qu'elle ait accepté cette rencontre sans que le Dr Warner soit au courant et sans qu'il ait donné son accord.

Mais elle n'était pas nerveuse comme elle l'avait été quand elle et Becky étaient entrées dans la résidence de Lord Westby, où on les avait prises pour des filles de joie. Il s'agissait d'une nervosité d'un autre genre, qui faisait battre son cœur d'anticipation. Elle se surprit à s'inquiéter à propos de ses cheveux, de la position de son bonnet en dentelle, du fait qu'elle portait une simple robe en lin pour son côté pratique et ses bottines confortables. Peu importe pendant combien de temps ou avec quelle force elle frottait ses mains, les taches d'encre, résultat des heures qu'elle passait à servir d'écrivaine publique aux pauvres, ne pouvaient pas être effacées. Rien de tout cela ne l'avait jamais dérangée auparavant, et cela n'aurait pas dû la déranger à présent, mais c'était le cas.

Elle avait l'impression de ne pas être à la hauteur, d'être insignifiante, ordinaire. Puis la porte s'ouvrit, et rien de tout cela n'eut plus aucune importance.

L'un des acolytes bien bâtis en livrée fut le premier à entrer dans la pièce, qu'il parcourut du regard avant d'ouvrir plus grand la porte pour laisser entrer son maître, qui était suivi de l'autre acolyte. Ce dernier ferma la porte et resta près d'elle, tandis que son jumeau vint se placer près de la porte ouverte sur le couloir. Ils bloquaient à présent les deux sorties, piégeant Lisa avec son visiteur. Non pas qu'elle se sente prise au piège. Légèrement troublée par la présence de tels mastodontes, oui, mais son attention fut rapidement détournée par son visiteur, qui faisait lentement le tour de la pièce.

Il s'arrêta devant elle, assez près pour pouvoir l'examiner, s'il le voulait, en baissant seulement les yeux et sans fournir aucun effort. Puis il planta sa canne sur le sol, juste au bout de sa chaussure, et l'inclina vers l'avant. Il tenait le pommeau en ivoire incrusté de diamants d'une main gantée et posa les doigts de sa main gauche sur sa hanche. Il se présenta ainsi, le menton relevé et le regard franc, et attendit, ce qui était son droit, de recevoir la reconnaissance qu'elle lui devait.

Lisa resta immobile, incapable de bouger. Elle était trop émue et pouvait seulement le regarder bouche bée, comme s'il s'agissait d'un acteur de théâtre. Elle n'était jamais allée au théâtre ou à l'opéra, mais elle avait lu des reportages à ce sujet et écouté ses cousines parler pendant des heures des gens qu'elles avaient vus dans les loges de Drury Lane, la représentation étant d'une importance secondaire par rapport aux illustres personnages présents.

Oh, il était réellement splendide !

Elle avait imaginé à quoi il pourrait ressembler si elle avait un jour l'opportunité de le voir comme il voulait être vu par les autres, et il correspondait parfaitement à ses attentes : grand, mince et anguleux, ses épais cheveux noirs ébouriffés coiffés vers l'arrière et son nez puissant tout aussi aquilin et droit que dans ses souvenirs. Quant à sa bouche… elle était toujours autant à croquer. La petite fossette horizontale dans son menton carré la surprit ; elle ne l'avait pas remarquée quand elle avait caressé ses cheveux dans l'espoir d'apaiser ses souffrances. Son menton lui paraissait également plus imposant, mais c'était peut-être parce qu'il était à présent blotti dans les plis d'une cravate en lin blanche attachée par un nœud soigné. Tandis qu'il portait de la soie lilas chez Lord Westby, sa tenue était cette fois-ci faite de lin d'un bleu ciel clair. L'avant de son gilet était brodé de vignes et de fleurs qui s'entremêlaient et orné de boutons recouverts de tissu assorti. Par-dessus ce gilet, il portait une redingote taillée à la perfection et faite du même lin de qualité, avec un col montant, des manchettes resserrées et de courtes basques. Des broderies assorties ornaient les boutons et les rabats des poches.

Elle supposa que son haut-de-chausses noir ajusté était également en lin d'été, et que les pierres incrustées dans les boucles de ses chaussures en cuir noires étaient des diamants, mais comme elle avait déjà osé s'attarder plus longtemps que le voulait la politesse sur une telle virilité exaltante et somptueusement vêtue, elle releva à contrecœur ses yeux admiratifs pour aller croiser son regard, arborant une expression qui, elle l'espérait, ne trahissait pas ce qu'elle pensait.

Deux yeux noirs la regardaient ouvertement et sans ciller. Sa gorge fut soudain inexplicablement sèche. Elle pinça les lèvres, déglutit et se força à respirer. Avec ce regard, il pouvait attirer toutes les femmes qui lui plaisaient – ce qu'il faisait sans doute fréquemment –, exprimer son mécontentement sans avoir à prononcer un seul mot et jauger une femme de la tête aux pieds sans révéler ce qu'il pensait.

C'était exactement ce qu'il était en train de faire, il la jaugeait *elle*.

Elle se demanda pourquoi. Il essayait peut-être de déterminer s'il se souvenait d'elle après leur brève rencontre dans le couloir de la maison de ville de Lord Westby, ou alors c'était parce qu'il n'avait jamais eu à prendre la peine de remarquer ceux d'un statut inférieur au sien. Puis elle aperçut un tic chez lui, soulevant le coin de sa lèvre supérieure. Il s'agissait d'un mouvement infinitésimal, dont il n'était peut-être lui-même pas conscient, mais elle n'avait aucun doute quant à sa signification. Son regard inflexible ne trahissait peut-être pas ses pensées, mais son tic facial s'en chargeait assurément. Il savait qu'elle était en train de l'admirer à l'instant et cela l'amusait.

Elle était si surprise d'avoir été percée à jour qu'elle posa inconsciemment une main à plat sur le bureau, comme si elle avait besoin de soutien pour empêcher ses genoux de se dérober. Faisait-il soudain chaud dans cette pièce ? Pourtant, aucun feu ne brûlait dans la cheminée, qui n'était allumée que les mardis, quand le Dr Warner recevait ses patients privés.

Puis elle se réprimanda d'être aussi naïve. Être la cible de regards admiratifs et aguicheurs de la part des femmes était une évidence pour lui, quelque chose d'aussi naturel que respirer. Tout cela faisait partie des rapports sociaux de son monde. Mais elle n'en faisait pas partie, et il n'était définitivement pas dans son élément à Gerrard Street. Ainsi, il était peut-être amusé de constater qu'une inférieure sociale l'admirait. Alors que faisait-il ici, et pourquoi avait-il voulu la voir ? Elle pensa au catalogue de Portland, mais s'il était bel et bien convaincu qu'elle et Becky avaient un lien avec sa disparition, il leur aurait sûrement envoyé des huissiers et ne se serait pas déplacé en personne pour l'accuser de vol, si ?

Soudain, elle se rendit compte qu'il lui avait parlé ; elle n'avait pas entendu sa question, mais la devina, reconnaissante d'avoir toujours une main appuyée sur le bureau. Car si sa personne avait rendu ses jambes instables, sa voix – une voix qui était en effet aussi intense et veloutée qu'un chocolat chaud – avait de quoi la faire tomber raide sur une méridienne. Mais puisque la méridienne la plus proche se trouvait dans le boudoir de sa cousine, elle resta bien droite et, elle l'espérait, assez indifférente pour lui répondre d'une voix calme.

— Lisa Crisp, monsieur, déclara-t-elle, s'éloignant du bureau quand elle retrouva enfin ses manières et fit une révérence, les yeux respectueusement baissés vers l'avant brodé de son gilet.

— Je connais votre nom, Miss Crisp. Je vous ai demandé votre âge.

— Pourquoi voulez-vous connaître mon âge, monsieur ? demanda-t-elle en relevant les yeux vers son visage, perplexe.

— Pourquoi ne voudriez-vous pas me le dire ? s'enquit-il, déconcerté qu'elle s'oppose à lui.

— Je n'ai aucune raison particulière de vous cacher cette information. Simplement… il s'agit d'une question très banale… de votre part.

— Banale ? *De ma part ?* Quelle question attendiez-vous de moi ?

Elle sourit en le voyant froncer les sourcils et se détendit un peu. Son regard inflexible avait disparu, remplacé par une expression perplexe qui lui donnait un air bien plus abordable. Après l'avoir ainsi troublé, elle ne put s'empêcher d'ajouter d'un ton taquin :

— Je n'avais pas de question précise en tête. Peut-être en trouverez-vous une avant de partir ?

— En trouver une… ?

Son franc-parler le déroutait. Il avait seulement envisagé un bref entretien. Il s'était donné beaucoup de peine pour la retrouver en se basant sur les informations limitées que Jack lui avait fournies. À présent, il voulait la remercier de l'aide qu'elle lui avait apportée quand il en avait eu besoin et repartir. Mais le petit discours de remerciement qu'il avait préparé avait disparu telle une bulle de savon qui éclate à l'instant où il était entré dans la pièce et l'avait vue debout près du bureau. Au lieu de cela, il lui avait demandé son âge. Pourquoi diable ? Puis elle avait eu l'impertinence de ne pas lui répondre. Il fallait qu'il reprenne immédiatement le dessus, avant qu'elle ne le prenne encore de court. Il n'aurait pas dû être surpris quand elle contrecarra une fois encore ses plans, mais ce fut le cas.

— Miss Crisp, j'aurais préféré que cette conversation ait lieu dans mon carrosse, ce qui aurait évité d'attirer une attention excessive sur nous.

— Mais cela doit assurément être impossible pour vous, non ?

— Impossible ? Pourquoi donc ?

Lisa le regarda en battant des paupières et sa surprise fut telle qu'elle fit un pas vers l'avant en se demandant s'il était ironique. Il fallait qu'elle lui pose la question :

— Êtes-vous en train de plaisanter, monsieur ?

Il était maintenant mal à l'aise en plus d'être déconcerté. Il serra la mâchoire et son regard inflexible réapparut.

— Je vous assure, Miss Crisp, que je ne *plaisante* jamais – avec personne.

— Ah non ? Jamais ?

Agacé, il se demanda si elle était simple d'esprit. Mais il n'eut qu'à croiser son regard bleu pour savoir que son incrédulité était sincère. Il ne savait pas s'il devait être énervé ou flatté.

— Dites-moi, Miss Crisp, susurra-t-il, pourquoi me serait-il impossible de ne pas attirer l'attention ?

Lisa déglutit.

— Vous voulez que je vous le dise ?

— Oui.

— Très bien. S'il le faut. Mais je suis persuadée que vous connaissez déjà la réponse.

— Non. Et j'espère que votre réponse, contrairement à ma question, ne sera pas banale.

Les yeux bleus de Lisa pétillèrent et elle sourit.

— Alors ? demanda-t-il quand elle ne lui donna pas une réponse immédiate.

— Oh ! Vous voulez réellement que je vous le dise ?

Il leva furtivement les yeux au ciel avant de reporter son regard sur elle. Il resta silencieux, attendant sa réponse, le sourire de Lisa s'effaça donc et elle sentit la chaleur monter dans sa gorge. Elle n'avait plus le choix. Elle devait lui dire.

— Vous êtes extrêmement beau, il semble donc évident que vous attiriez un public partout où vous vous déplacez.

Le silence s'étira entre eux et il hocha gravement la tête. Seule la couleur qui teintait soudain ses joues minces trahissait un quelconque embarras causé par son jugement honnête.

— C'est ce que l'on me dit. Mais je viens d'une famille à la beauté exceptionnelle. Je suis l'épine dans leur pied.

Lisa poussa une exclamation de surprise et gloussa en se disant que sa réponse était absurde. Ce n'était pas qu'elle ne le croyait pas, elle avait simplement du mal à croire qu'il pouvait être l'épine dans le pied de n'importe quelle famille. Elle leva rapidement une main devant sa bouche après avoir réagi de façon aussi impolie, mais elle ne put empêcher ses épaules de tressauter.

— Je vous demande pardon, Miss Crisp, ajouta-t-il d'une voix traînante et offensée. J'étais parfaitement sincère.

Lisa hocha la tête, essuya rapidement ses yeux humides et pinça les lèvres avant de prendre une inspiration et de dire d'une voix tremblotante :

— Je ne voulais pas vous offenser, monsieur. C'est juste que vous n'avez rien d'une épine, peu importe la beauté des autres membres de votre famille.

Il leva une main gantée vers le ciel, rejetant son appréciation honnête.

— Vous le pensez peut-être. Dans cet environnement capiteux, toute personne ayant deux yeux en état de marche et un dos droit est sûrement considérée comme une rose digne d'une peinture à l'huile.

Le sourire de Lisa s'effaça et ses yeux bleus s'assombrirent, sa bonne humeur s'évanouissant quand elle entendit sa raillerie. Il avait peut-être voulu faire un commentaire désinvolte pour dissimuler son embarras après avoir été complimenté sur sa beauté, mais cela ne lui donnait pas le droit de dénigrer autrui, et sa pique la blessa.

— Je me suis peut-être trompée, dit-elle à voix basse, mais d'un ton ferme. Vous êtes peut-être une épine. La beauté véritable ne porte pas de masque. C'est dans le cœur qu'elle brille, peu importe où se trouve ce cœur sur les points cardinaux. (Elle fit une révérence.) Je suis soulagée que vous vous portiez si bien après votre récente crise, monsieur. Maintenant, si vous voulez bien m'excuser, je suis attendue ailleurs.

HUIT

LORD HENRI-ANTOINE DEVINT ÉCARLATE.

Elle l'avait réprimandé, *lui*, avant de le congédier comme s'il n'était qu'un laquais. Cette jeune femme qui portait une simple robe et des chaussures éraflées, aux doigts tachés d'encre, aux ongles coupés trop court et à la peau abîmée par le travail, dont la famille n'était sûrement pas loin de vivre dans la rue, avait osé le critiquer, lui, fils d'un duc et d'une double duchesse, frère du duc le plus puissant du royaume.

Il était scandalisé. Il serra les dents pour contenir sa colère. Il ne put qu'agripper fermement sa canne et compter jusqu'à cinq pour s'empêcher de tourner les talons et de quitter la pièce. Puis, tout aussi rapidement, sa colère s'apaisa et ses émotions laissèrent place à la raison. Il se rappela, comme toujours quand la situation l'exigeait, les mots pleins de sagesse de son père : « Contrôlez toujours vos émotions en public. L'amour et l'hilarité sont réservés à quelques privilégiés. L'arrogance est la prérogative des nobles, mais un véritable gentleman choisit l'humilité quand les circonstances le demandent. N'oubliez jamais que vous êtes mon fils, les autres ne l'oublieront pas. »

Il méritait ces reproches.

Il avait laissé son hybris obscurcir son bon sens, il s'était montré impoli. Il avait souligné leurs conditions disparates en faisant fi du milieu de Miss Crisp et des gens qu'elle y côtoyait, lui qui était un invité chez elle. Il avait manqué de galanterie en lui donnant une réponse arrogante et insolente. Son père aurait été horrifié. Malgré toute son arrogance ducale, monsieur le duc de Roxton n'aurait jamais dit une telle chose. Il devait se faire pardonner après un tel solécisme social.

Selon Jack, si cette jeune femme ne lui avait pas sauvé la vie, elle avait au moins sauvé sa dignité. Elle avait pris soin de lui, l'avait caché aux regards curieux, l'avait apaisé, elle lui avait même lavé le visage, pour l'amour du Ciel… Il avait dû faire peine à voir… Et Jack lui avait dit qu'elle n'avait pas bronché, ne l'avait pas abandonné. Il avait refusé de le croire, même s'il savait qu'il disait la vérité, car il trouvait que cette jeune fille était trop bonne pour être vraie. Puis il avait découvert où elle habitait et qu'elle donnait de son temps à un dispensaire, ce qui appuyait tout ce que Jack lui avait dit. Et il y avait autre chose, quelque chose qui s'était produit immédiatement après sa crise ; il savait que Jack n'avait pas été présent, mais c'était son cas à elle. Il s'agissait de quelque chose de si profondément personnel qu'il regrettait, de chaque fibre de son être, de ne pas avoir été seul, qu'elle ait été là avec lui. Quoi qu'il en soit, elle avait été présente et elle était au courant, les regrets étaient donc inutiles, car il ne pouvait à présent plus rien y faire.

Entre le fait qu'elle était au courant de cela et l'arrogance détestable dont il venait de faire preuve, sa détermination à se racheter ne fut que renforcée. Le plus tôt serait le mieux. Il pourrait ensuite rentrer à Park Street et laisser cette jeune femme derrière lui avec l'étrange malaise qu'elle provoquait en lui. Sa vie retrouverait son rythme contrôlé et il pourrait remettre bien fermement en place, ni vu ni connu, son masque qui laissait penser qu'il était débarrassé de ses crises.

Mais en ce qui concernait Miss Crisp, il apprendrait rapidement que les plans les mieux préparés étaient destinés à aller de travers.

— Miss Crisp… un instant je vous prie, demanda-t-il d'un ton apaisant.

Lisa se retourna vers l'intérieur de la pièce. De toute façon, elle n'aurait pas pu partir, même si elle l'avait voulu. Le robuste domestique lui barrait le passage et il ne se décalerait certainement pas pour la laisser passer tant qu'il n'en aurait pas reçu l'ordre. Mais elle resta plantée sur place, il s'approcha donc d'elle et s'inclina.

— Je me suis montré impoli, veuillez accepter mes plus humbles excuses. Mon commentaire sur cet endroit et les gens qui s'y trouvent était inexcusable. Vous avez raison. Je porte bel et bien un masque, et vous… vous m'avez percé à jour.

— Vous parlez de votre affection.

— Oui. Je reste une épine, avec ou sans mon masque, ajouta-t-il d'un ton léger, son tic refaisant son apparition. J'ai un tempérament épineux, ma famille vous le dira. Mais ce qu'ils ne pourront pas vous dire, c'est ce qui se trouve derrière mon masque, car ils n'en savent rien.

Lisa fit un pas en avant, la tête penchée sur le côté d'un air curieux.

— Comment peuvent-ils ne pas le savoir ? Vous souffrez du mal caduc depuis la naissance. C'est ce que m'a confié votre ami.

Henri-Antoine eut d'abord envie de maudire Jack pour ses confidences décontractées, de lever une main au ciel et d'esquiver sa question. Il résista à cette envie. Elle lui était venue en aide, elle méritait donc son honnêteté. Il voulait s'ouvrir à elle, lui qui ne s'ouvrait jamais à personne.

— Je préfère que ma famille ne s'inquiète pas pour ma santé. Je me donne donc beaucoup de mal pour m'assurer, autant que je le peux, qu'ils n'interfèrent pas et que tout le monde reste dans l'ignorance.

— Vous pouvez compter sur ma discrétion, monsieur, lui assura sincèrement Lisa. Bien que je ne connaisse absolument pas votre famille et qu'ils ne me connaissent pas non plus, ajouta-t-elle avec un sourire en coin. Quoi qu'il en soit, je ne trahirais jamais votre confiance.

— Merci. Vous n'avez pas mentionné le… hum… l'incident au médecin chez qui vous habitez, si ?

— Non, monsieur. Je n'en ai parlé à personne. Cela dit, je ne comprends pas pourquoi vous ne voudriez pas du soutien de votre famille.

— Croyez-moi, Miss Crisp, répondit-il d'une voix traînante. J'ai reçu assez de soutien pendant mon enfance pour une dizaine de vies.

Elle lui adressa un sourire compréhensif.

— Les enfants aiment être couvés. Pas les hommes… Enfin, ajouta-t-elle avec un sourire timide, pas directement.

— Couvés, oui. Étouffés, non, lança-t-il malicieusement, puis son observation perspicace pénétra sa conscience et il la regarda intensément en fronçant ses sourcils noirs. Vous disiez avoir quel âge ?

Le sourire de Lisa s'élargit et elle leva le menton, une lueur malicieuse dans ses yeux bleus.

— Je ne l'ai pas dit, monsieur.

— Votre réticence à me dire votre âge est fatigante, se plaignit-il. Bien qu'il ne me soit pas nécessaire de connaître votre âge pour comprendre que vous n'avez pas grandi ici, sur Gerrard Street.

Elle écarquilla les yeux de surprise.

— C'est vrai, je n'ai pas grandi ici. À partir de neuf ans, je suis allée dans un pensionnat pour jeunes filles à Chelsea. Comment l'avez-vous deviné ?

— Un pensionnat pour jeunes filles à Chelsea ? répéta-t-il d'un ton détaché qui dissimulait sa surprise. Évidemment, marmonna-t-il.

Il n'appréciait pas du tout cette révélation, car il aurait été bien plus simple pour sa conscience de la rejeter si elle n'avait pas été éduquée et élevée avec soin, comme les jeunes filles censées se marier et vivre toute une vie d'épouse et de mère dans le confort, si ce n'est dans la richesse. Mais quelque chose lui avait révélé, dès qu'il avait posé les yeux sur elle, qu'elle n'était pas une simple domestique du docteur Warner. Il n'y avait rien de servile ou de coquet dans son attitude. Elle semblait pleine d'assurance et polie, bien qu'un peu directe. Il doutait qu'elle sache comment séduire, ce dont il se réjouissait orgueilleusement. Il n'aimait pas l'imaginer en train de séduire qui que ce soit.

Il se demandait pourquoi on l'avait envoyée dans un pensionnat si jeune. Il savait tout ce qu'il y avait à savoir sur les pensionnats. Il avait détesté chaque minute passée à Eton. Il n'avait rien laissé paraître, car ce n'était pas digne d'un homme de pleurnicher parce qu'on était loin de ses parents et qu'il voulait absolument qu'on le considère comme les autres garçons. Son mal caduc empêchait cela, le mettait toujours à l'écart. En revanche, c'était seulement quand il était à Eton qu'il avait vu ses crises comme une bénédiction. S'il faisait trop de crises dans le même mois, son médecin personnel, qui le suivait partout, faisait appeler son père. Monsieur le duc de Roxton arrivait alors dans son imposant carrosse noir tiré par six beaux chevaux pour le ramener à la maison. Tous les garçons et les maîtres étaient en admiration devant ce vieil aristocrate qui régnait sur son propre territoire. Puis, un jour, son père lui avait annoncé qu'il ne retournerait pas à Eton. Lui et Jack termineraient leur éducation à la maison. Cela avait été l'un des plus beaux jours de sa vie, mais aussi l'un des plus tristes. Ce même jour, il était tombé sur sa mère qui sanglotait, à bout de souffle. Les médecins de son père, rassemblés autour d'elle, venaient de lui annoncer qu'il n'y avait plus d'espoir, que monsieur le duc, son mari, le père d'Henri-Antoine, allait mourir…

— Monsieur ? Comment savez-vous que je n'ai pas grandi sur Gerrard Street ? répéta Lisa en faisant un nouveau pas en avant quand il ne répondit pas immédiatement.

— Comment… ? demanda-t-il, se tirant du passé pour se concentrer sur elle, une expérience bien plus agréable et apaisante que de revivre les douloureux souvenirs de son enfance.

Elle avait un sourire charmant et ses yeux bleu foncé étaient brillants et grands ouverts. Il était persuadé qu'elle n'avait pas une once de fourberie en elle. Elle était trop mince et avait une poitrine presque inexistante, ce qui n'enlevait rien à sa beauté. Son agréable visage ovale, ses membres graciles, son cou élégant et sa posture étaient très séduisants. Et si sa beauté n'était pas à couper le souffle, elle sortait assez de l'ordinaire pour être mémorable. Il se demandait si sa minceur excessive était liée aux soins qu'elle prodiguait aux malades. Qui donc pouvait bien manger, et même avaler quoi que ce soit, après une journée entière auprès des plus pauvres avec leurs maladies, souffrances et affections ? Il était même curieux de savoir comment elle faisait pour rester en bonne santé et si pleine de vie malgré son quotidien.

— Dites-moi, Miss Crisp, demanda-t-il d'un ton plus sec que prévu, car il n'appréciait guère l'idée qu'une jeune femme aussi brillante gaspille ses journées dans un dispensaire à l'air chargé de miasmes. Depuis combien de temps travaillez-vous au dispensaire ?

Il lui fallut un instant pour lui répondre, car elle s'était attendue à ce qu'il lui explique comment il savait qu'elle n'avait pas grandi sur Gerrard Street. Par ailleurs, sa colère soudaine la prit de court.

— Deux ans, peut-être un peu plus…

— Deux *ans* ?

Il était estomaqué. Quand elle hocha la tête, il ajouta :

— Et pendant ces deux années, combien de fois avez-vous été frappée par la maladie ou infectée par ces gens ?

— Jamais. Je n'ai jamais…

— *Jamais ?* Vous n'avez jamais eu un rhume, de la fièvre, n'avez jamais attrapé le moindre coup de froid ?

— Non, monsieur.

— N'avez-vous jamais eu la variole, la consomption, la fièvre infantile, ou toute autre maladie contagieuse ?

Lisa secoua la tête.

— Non, monsieur. Je n'ai jamais été malade de ma vie.

Ce fut au tour d'Henri-Antoine de faire un pas en avant. Il s'autorisa à la parcourir du regard avec une transparence inhabituelle. Entre sa peau éclatante et lisse, ses cheveux brillants et ses dents blanches, il se dit qu'il ne devait jamais avoir eu le privilège de rencontrer quelqu'un en meilleure santé. Mais il restait incrédule, comme s'il lui était impossible de croire qu'il avait fait une trouvaille aussi rare dans un lieu aussi improbable.

— Fascinant.

Lisa fit un pas en arrière, prenant son émerveillement pour du scepticisme.

— C'est la vérité, monsieur. Le Dr Warner en attestera. Selon lui, je mériterais un examen approfondi.

Il hocha la tête et marmonna, avant de pouvoir s'en empêcher :

— En effet, vous êtes méritante, Miss Crisp.

— Vraiment ?

Elle ne savait toujours pas avec certitude si elle devait être flattée ou alarmée. Et puisqu'il la regardait d'une façon qu'elle trouvait troublante, elle ajouta pour rompre le silence :

— Le Dr Warner n'est jamais malade non plus, alors qu'il passe bien plus d'heures que moi enfermé avec ses patients et dans le grenier où se trouve sa salle de dissection.

En évoquant la salle de dissection, elle piqua sa curiosité et le tira de sa préoccupation.

— Il y a une salle de dissection à l'étage ?

— Il y a aussi un amphithéâtre d'anatomie et une salle de préparation.

— Le Dr Warner est bien équipé. Vos missions s'étendent-elles en dehors du dispensaire, assistez-vous également le médecin dans ces domaines ?

Lisa sourit comme s'il avait dit quelque chose d'extrêmement amusant.

— Seuls les étudiants en médecine et les enseignants *assistent* le Dr Warner. Et, vous devez vous en douter, ce sont uniquement des hommes.

— Mais vous vous rendez bien là-haut ?

— Pour changer les tissus parfumés et les petits bouquets de fleurs odorantes. J'y apporte de nouvelles bougies et du savon, et je m'assure que les vêtements sales soient ramassés pour être lavés. Tout cela fait partie des tâches que j'accomplis au dispensaire et à l'étage.

Il haussa un sourcil.

— Diantre, vous avez vraiment une santé de fer, Miss Crisp. Je suis sûr que la puanteur à elle seule doit être affreuse, sans parler de la vision d'horreur que doivent représenter ces sinistres dons que nos prodiges de la médecine inspectent, dissèquent et injectent. Par ailleurs, vous devez mettre leur capacité de concentration à rude épreuve en virevoltant au milieu des cadavres avec votre parfum et vos fleurs.

Le dos de Lisa se raidit et elle serra les mains devant elle.

— Je vous assure, monsieur, que je prends mon rôle très au sérieux. Le Dr Warner est un excellent médecin, mais aussi un brillant professeur, et ses recherches sont exceptionnelles. Je ne *virevolte* pas et je ne chercherais jamais à distraire…

Il leva une main gantée.

— Miss Crisp, je n'en doute pas. Je n'étais pas en train de dénigrer votre dévouement ou l'expertise du bon médecin. J'étais seulement en train de… Comment avez-vous dit ? De *plaisanter*.

— Oh ? Oh ! Oui, je vois. En effet, répondit-elle avec un sourire timide, mais une étincelle malicieuse dans le regard. Une bonne première tentative, mais vous aurez besoin de vous entraîner si vous voulez faire sourire les autres.

Plus tard, il aurait du mal à définir ce qui l'avait poussé à dire cela, mais que ce soit à cause de son sourire timide ou de l'étincelle dans ses yeux bleus, il exprima ce qu'il pensait à voix haute :

— Faire sourire les autres ne m'intéresse pas. Mais vous, si…

— Moi ?

Il se réveilla de sa transe et jeta un coup d'œil à l'écran nacré de sa montre à gousset en or qu'il avait sortie d'une poche de son gilet le temps de retrouver ses esprits. Quand il releva les yeux vers elle, il aurait été incapable de dire l'heure qu'il était.

— Et pour répondre à votre question précédente, continua-t-il avec douceur, je sais que vous n'avez pas grandi ici, sur Gerrard Street, car vous n'avez pas la même intonation que vos congénères. Il n'y a presque aucune trace de jargon dans votre discours, voire aucune. Vous avez une façon de parler savante, que vous tenez de vos jours à l'école, peut-être ? Vous le faites très bien, et peu de gens le remarqueraient. Je l'entends, car j'ai une excellente oreille linguistique que j'ai acquise en passant mon enfance allongé sur un canapé, tout ouïe.

— Comme c'est intrigant. Je suis moi-même une linguiste, en quelque sorte. J'ai appris l'italien à l'école, et j'ai d'abord parlé français, et non anglais, quand j'étais petite, ce qui explique peut-être que mon apprentissage de l'anglais se soit fait sans aucun jargon. Je viens d'une famille d'émigrés français. Est-ce également en restant allongé sur un canapé que vous avez appris à parler français couramment ?

Elle était seulement en train de faire poliment la conversation. C'était ce qu'il essayait de se dire. Mais quand elle mentionna que sa langue maternelle était le français, il changea complètement d'attitude. Il se demanda si elle lui disait cela en guise de référence masquée à l'incident profondément personnel qui s'était produit alors qu'elle s'occupait de lui chez Westby. Il espérait, bien qu'il ne puisse en être certain, qu'il s'agissait d'une remarque innocente qui s'intégrait à la conversation et sans aucun sens caché. Quoi qu'il en soit, il s'agissait d'un rappel qui arrivait à point nommé de la raison pour laquelle il s'était déplacé au dispensaire Warner en premier lieu. Il n'était pas venu pour un échange de politesses ou pour en apprendre plus que nécessaire sur cette jeune femme, mais pour la remercier de lui être venue en aide. Maintenant qu'il avait accompli sa mission, il pouvait prendre congé et ne plus jamais repenser ni à cet incident embarrassant, ni à elle.

Il ignora donc sa question. Cependant, en s'inclinant devant elle et en la regardant dans les yeux, il ne put ignorer la sensation d'oppression sur sa poitrine, comme si sa cravate était nouée trop fermement autour de sa gorge. Il fallait qu'il mette un terme à cet entretien et qu'il parte immédiatement, avant de se retrouver coincé dans quelque chose qui ne relèverait plus de lui, sur lequel il n'aurait aucun contrôle.

— Merci de m'être venue en aide, déclara-t-il solennellement avant de soulever très légèrement sa canne pour signaler qu'il était prêt à partir, ce qui poussa les deux acolytes à venir se placer côte à côte près de la porte de sortie. Que vous ayez assisté aux convulsions anormales de mon corps brisé et malade est une circonstance malheureuse que je…

— Je vous en prie, monsieur, vous n'avez pas à vous excuser, l'interrompit Lisa. Le mal caduc ne m'est pas inconnu, et si cela peut vous rassurer, j'ai vu de bien pires souffrances et maladies ici, au dispensaire, peut-être même pires que ce que vous pouvez imaginer.

— Ma chère petite, je ne comptais pas vous présenter mes excuses, rétorqua-t-il. Si vous n'étiez pas entrées sans autorisation chez Lord Westby, si vous ne vous étiez pas mises dans une telle situation, vous et votre amie n'auriez jamais eu à vous occuper de ma-ma… de ce qui, très franchement, ne vous regardait en rien. Je n'ose même pas imaginer ce que vous faisiez là-bas à une telle heure. Les domestiques de Westby vous ont prises pour des filles de joie ! Ah ! Au moins, votre interférence lors de mon malaise…

— *Interférence ?* s'exclama Lisa.

— … vous a évité de vous retrouver dans une situation qui, très certainement, dépassait largement votre domaine d'expertise.

— Je vous demande pardon, monsieur, mais je ne comprends pas. Qu'ai-je dit pour vous mettre en colère ? Que… ?

— Au revoir, Miss Crisp… Laissez-moi sortir d'ici ! grogna-t-il à ses soignants en tournant les talons, les courtes basques de sa redingote bruissant contre ses cuisses, le pommeau incrusté de diamants de sa canne levée désignant la porte.

Lisa le suivit, mais il était déjà dehors, un domestique devant lui et l'autre derrière. Elle s'arrêta sur le pas de la porte, spectatrice silencieuse de ce départ abrupt.

Il parcourut rapidement la courte distance qui le séparait de sa berline. Les postillons en livrée veillaient à ce que la foule reste bien à l'écart et son majordome l'attendait sur le trottoir, près des marches dépliées.

— Pas un mot !

Michel Gallet inclina la tête et suivit silencieusement son maître dans le carrosse.

Lord Henri-Antoine appuya sa tête contre le dossier rembourré et ferma les yeux. Son sentiment de trouble et de nervosité, le sentiment qui l'avait rendu anxieux sans raison apparente depuis sa crise d'épilepsie chez Westby, ce sentiment qui, il l'avait espéré, s'évanouirait après avoir rencontré et remercié Miss Lisa Crisp, n'avait pas du tout disparu. Au contraire, il était maintenant dix fois pire. Et quand il fermait les yeux, la même vision apparaissait toujours dans son esprit – celle d'une nymphe de Botticelli. Seulement maintenant, cette nymphe avait un nom.

NEUF

Henri-Antoine leva les yeux de la page qu'il était en train de lire quand un valet de pied ouvrit la porte de la bibliothèque pour laisser entrer Jack. Son meilleur ami traversa l'épais tapis et s'affala dans le fauteuil en face de lui, près de la cheminée. Il fronçait les sourcils, quelque chose que Jack faisait rarement, voire jamais.

— Café ? lui demanda doucement Henri-Antoine en reposant son livre ouvert sur son genou vêtu de soie avant de poser sa tasse sur la table d'appoint et de se pencher vers l'avant pour lever la cafetière en argent de son réchaud. À moins que vous ayez besoin de quelque chose de plus fort… ?

Jack ne répondit pas immédiatement, Henri-Antoine adressa donc un petit signe de tête au valet de pied et ajouta :

— Du brandy…

— Non. Non. Il est trop tôt. Un café m'irait très bien, répondit Jack en se redressant et en se passant les doigts dans les cheveux pour se dégager les yeux, bien que ses sourcils restent froncés. S'installer dans une maison est une entreprise compliquée, n'est-ce pas ?

— Oui, quand on veut bien faire.

— Il y a trop de choix à faire pour… tout. La couleur de la peinture. Le bois. Le type de moquette. Malheur à celui qui choisit une couleur pour les murs qui n'est pas bien assortie aux rideaux. Quant aux différents tissus pour les meubles… Argh. J'ai la migraine.

Henri-Antoine ajouta une goutte de lait dans le café et utilisa les pinces en argent pour y faire tomber un petit morceau de sucre ; c'était exactement ainsi que Jack l'aimait. Il mélangea le liquide et lui tendit la tasse en porcelaine sur sa soucoupe.

— Vous avez donc réussi à régler le problème du papier peint ? demanda-t-il en se reculant dans son fauteuil avec sa tasse après avoir fermé le livre et l'avoir mis de côté. La décision est-elle en attente… ? demanda-t-il en observant Jack boire sa boisson d'une traite, sans même en sentir le goût.

Jack, qui avait fini son café sans se rendre compte qu'il l'avait bu, tint la tasse vide comme une chope de bière en se penchant vers l'avant, s'appuyant sur le côté rembourré de la bergère confortable.

— Est-ce que la décision est en attente ? Ah ! Il n'y a même pas de décision ! répondit Jack en soufflant et en laissant son regard se promener dans la bibliothèque, ayant une nouvelle appréciation pour la décoration intérieure depuis qu'on lui avait confié la tâche de décorer et de meubler la maison de ville qu'il partagerait avec Teddy quand ils seraient mariés. Si seulement j'avais été plus attentif quand vous vous êtes installé, ajouta-t-il alors que son regard s'attardait sur les bibliothèques en acajou qui s'étiraient du sol au plafond.

Les volumes qui remplissaient les étagères avaient des couvertures en cuir souple de différentes couleurs : noir pour les titres en anglais ; bleu pour la littérature française ; les œuvres des auteurs italiens avaient une couverture jaune ; les textes classiques grecs et romains étaient reliés en vert ; et les volumes en cuir rouge correspondaient à divers textes qui allaient de l'histoire naturelle aux pharmacopées, en passant par des traités médicaux.

À l'image de cette pièce, toutes les autres dans cette maison de ville élégante et spacieuse avaient été aménagées par des architectes, décorateurs d'intérieur et fabricants de meubles qui n'avaient eu aucune limite de budget. Néanmoins, toute cette opulence avait une élégance sobre et de bon goût. Maintenant qu'il comprenait mieux les efforts et les difficultés qui accompagnaient l'ameublement et la décoration d'une maison dans les règles de l'art, Jack voyait les efforts de son meilleur ami d'un nouvel œil. Cette maison de ville de Park Street donnait une impression globale de simplicité harmonieuse et de confort de vie, et ce grâce aux bons goûts et à la virtuosité d'Henri-Antoine. Il espérait que les efforts qu'il fournissait pour aménager leur maison, à lui et Teddy, seraient à moitié autant couronnés de succès.

— Vous avez un regard expert pour les couleurs et les détails, Harry, dit Jack en soupirant d'admiration. Le tissu des canapés et des fauteuils. Les rideaux à embrasses. Les tapis qui recouvrent le parquet. Le tout forme un ensemble. Vous avez pensé à tout, n'est-ce pas ? Je parie que vous n'avez rien laissé au hasard, que vous avez choisi la peinture pour les boiseries dans l'office de votre majordome et même dans la chambre de l'intendante.

— Merci pour ce compliment. Quant à votre supposition, vous allez être déçu. J'ai donné à mes domestiques de haut statut la permission de choisir la couleur de la peinture pour le lambris dans les pièces qui leur sont réservées. Caldwell a un faible pour la couleur puce. Le lilas rend Mrs. Quigley très heureuse. Ce ne sont pas des couleurs que je vous conseille d'utiliser chez vous, peu importe la pièce, mais un majordome heureux et une intendante satisfaite font l'harmonie d'une maison. Je vous conseille d'en faire autant, vous et Teddy.

Jack eut une idée soudaine et regarda son meilleur ami d'un air légèrement paniqué, mais teinté d'une pointe d'espoir.

— Vous pourriez peut-être passer à Mount Street et me donner votre avis d'expert sur la tapisserie pour la salle du petit déjeuner et pour le salon de Teddy. Il y a aussi les rideaux pour sa chambre à coucher…

— Des lits séparés, Jack ? s'enquit Henri-Antoine avant de se rétracter immédiatement. Pardonnez-moi, mon cher ami. Oubliez ce que j'ai dit…

— Ce n'est pas ce que je veux, et j'espère que ce n'est pas non plus ce qu'elle veut. Mais ce ne serait pas correct de ma part de supposer quoi que ce soit, n'est-ce pas ? répondit Jack sincèrement. La décision lui appartient. Je fais ce que ferait n'importe quel gentleman.

— En effet, répondit Henri-Antoine d'un ton qu'il espérait convaincant.

S'il épousait une femme qu'il aimait, il ne serait jamais question de lits séparés – jamais. S'il était poussé hors du lit conjugal pour une infraction quelconque, cela lui servirait de leçon et une nuit blanche sur la méridienne de sa garde-robe serait assurément une punition suffisante. Ses parents n'avaient jamais passé une seule nuit séparés, et encore moins eu chacun un lit, et ce n'est pas comme s'il n'avaient pas eu un large choix. Treat comptait vingt-cinq chambres réservées aux invités, sans parler de celles pour la famille proche. L'un de ses premiers souvenirs était d'être emmené dans les appartements de ses parents par sa nurse ; il grimpait les marches qui menaient au lit et se hissait sur le matelas tout seul – même s'il était persuadé que sa nurse devait être juste derrière lui – sous les applaudissements de sa mère, puis son père le prenait dans ses bras et le levait très haut au-dessus de sa tête, ce qui le faisait rire. Ensuite, il se blottissait entre eux, au milieu des oreillers, pendant qu'ils buvaient leur chocolat chaud matinal et qu'il avalait la même boisson grâce au bec de sa tasse en argent gravée de ses initiales et équipée de deux anses. Il devait avoir environ trois ans…

— Qu'en dites-vous ? Harry ? s'enquit Jack. Que diriez-vous de venir à Mount Street avec moi… ?

— Mount Street… ? répéta Henri-Antoine en s'efforçant de libérer son esprit de ses souvenirs d'enfance.

Il n'avait pas pensé à ces matins pendant lesquels il buvait du chocolat chaud dans le lit de ses parents depuis très longtemps. Qu'est-ce qui avait poussé ce souvenir à refaire surface ? Peut-être que c'était le mariage imminent de Jack qui était à l'origine de tant de sentimentalité ?

— Teddy ne s'intéresse-t-elle pas à l'aménagement de sa nouvelle maison ? demanda-t-il.

— Vous avez oublié, n'est-ce pas ? Je vous ai parlé de l'accord que Teddy et moi avons passé à propos de la maison de Mount Street et d'Abbeywood Farm.

— Rappelez-le-moi… dit Henri-Antoine en s'appuyant contre le dossier et en attendant que Jack s'exécute, ce qu'il fit sans rancœur.

— Je vivrai à Abbeywood Farm en l'état, selon les goûts de Teddy, et elle vivra dans la maison de Mount Street comme elle la trouvera, selon mes goûts à moi, expliqua Jack avant d'esquisser un sourire penaud. Vous connaissez Teddy. Elle ne s'intéresse pas vraiment aux tapisseries, aux nuanciers de tissu, ni à la couleur des peintures, d'ailleurs. Mais interrogez-la sur la production de laine, sur l'abattage du taillis pour prévoir du bois pour le feu ou sur les rations de cidre pour les coupeurs de foin au moment des récoltes, et elle est entièrement à votre disposition. Ce qui tombe très bien, car l'un de nous deux doit être capable de discuter de la gestion de la ferme avec le régisseur. Je suis simplement reconnaissant que son beau-père ait bien voulu lui apprendre ce qu'il y avait à savoir sur son domaine familial.

— *Votre* domaine familial, Jack, déclara Henri-Antoine à voix basse. N'oubliez jamais que quand vous avez hérité du titre à la mort du père de Teddy, vous avez également hérité d'Abbeywood. Peu importe qu'elle y ait grandi. De la même manière, je n'ai aucune prétention sur la maison dans laquelle j'ai grandi, ce qui est normal pour un fils cadet. Treat appartient à Roxton de son vivant, puis le domaine reviendra à Freddy. Abbeywood vous appartient jusqu'à ce que la ferme revienne au fils que, si Dieu le veut, Teddy vous donnera. Ce qui est inhabituel dans votre cas, mais pas inédit dans nos cercles, c'est que vous épousez la fille de votre prédécesseur, et qu'elle se trouve également être votre cousine germaine. Toutes les personnes impliquées et les deux familles peuvent se réjouir d'une union aussi satisfaisante, et Teddy n'aura jamais besoin de quitter son foyer, ce qui est l'accomplissement de son rêve le plus cher.

Jack baissa les yeux vers sa tasse, se rendit compte qu'elle était vide et la posa sur le plateau en argent contenant le nécessaire pour le café. Il prit ensuite le temps de se réinstaller correctement afin de reprendre ses esprits et d'apaiser son agacement. Il croisa enfin le regard d'Henri-Antoine avec un sourire en coin.

— Vous souvenez-vous du moment où vous m'avez déconseillé d'épouser Teddy… ?

— Jack, mon sermon sur votre domaine ancestral n'était pas une tentative masquée de vous faire tout annuler au dernier moment. Loin de là. Vous et Teddy êtes faits l'un pour l'autre et j'ai compris mon erreur il y a bien longtemps de cela. Ne vous l'ai-je pas déjà dit, à de nombreuses reprises ?

— Mais cette première fois, vous rappelez-vous avoir remis en cause non pas mon amour pour Teddy, mais l'amour de Teddy pour moi ? Vous disiez que son grand amour était Abbeywood, que je passerais toujours après son amour pour le domaine. Vous disiez que si je l'épousais, je devais être prêt à accepter cela. Mais ce que vous…

— Je m'en souviens, et je regrette de l'avoir dit. Ma seule préoccupation était et a toujours été votre bonheur. Nous sommes meilleurs amis depuis nos neuf ans. À l'exception de ma famille, personne n'a autant d'importance à mes yeux que vous, Jack. Naturellement, je veux également le bonheur de Teddy. Je veux que vous soyez tous les deux heureux, ensemble.

— Je le sais. Et j'apprécie énormément votre soutien – nous l'apprécions tous les deux. Je pense que je ne pourrais pas être totalement heureux à la perspective d'épouser Teddy si vous vous opposiez à notre union. Mais ce que vous ne semblez pas comprendre, ce dont peut-être je n'ai pas réussi à vous convaincre, c'est que je suis parfaitement tranquille à l'idée de toujours passer après Abbeywood dans le cœur de Teddy. Je vous en prie ! Écoutez-moi, ajouta Jack d'un ton bourru, sa colère n'allant jamais plus loin que cela, quand Henri-Antoine voulut l'interrompre. Cela me convient, car il y a assez de place dans le cœur de Teddy pour Abbeywood et moi. À vrai dire, c'est une course serrée, car si vous ajoutez les Cotswolds à l'ensemble, nous nous retrouvons tous les trois à l'étroit là-dedans. Mais Teddy a un grand cœur et elle ne serait pas elle-même sans Abbeywood. Et je veux qu'elle soit elle-même ; je ne sais pas si ce que je dis a le moindre sens. Elle a les Cotswolds dans le sang, contrairement à moi. Je pense qu'elle ne quitterait jamais le Gloucestershire si elle avait son mot à dire. Je suis heureux qu'elle ait accepté de venir à Londres avec moi pendant les sessions du Parlement. Ce ne sera peut-être pas toujours le cas, surtout quand nous aurons des enfants. Elle veut qu'ils grandissent sur le domaine, pas ici, à

Londres. Et je suis d'accord avec elle. Je ne sais pas encore si elle les y laissera pour venir me rejoindre pendant les sessions ou si elle restera là-bas avec eux, mais il s'agit d'une discussion que nous aurons en temps voulu.

— Diantre. Comme tout cela est civilisé et conciliant. Roxton va faire de vous un vrai parlementaire. Et Teddy a vraiment de la chance d'épouser un type aussi compréhensif et souple.

— Ah ! Elle n'est pas gagnante sur tous les tableaux. C'est surtout cela que je veux vous faire comprendre à propos de Teddy et moi. Il semble équitable que je sois compréhensif à propos de son amour pour Abbeywood, car mon premier amour était et sera toujours ma musique. Teddy le sait et l'accepte. Cela lui convient parfaitement que je passe mon temps à composer et à jouer de l'alto et du pianoforte, ici à Londres quand je ne suis pas pris par mes devoirs parlementaires ou dans la nature des Cotswolds, pendant qu'elle passe ses journées à s'occuper de la ferme, que ce soit avec le régisseur ou avec ses parents dans le vallon voisin, ou à vadrouiller dans la campagne, là où elle est la plus heureuse. Elle sait que mon cœur est aussi grand que le sien, assez grand pour l'accueillir elle, avec nos enfants, et ma musique. Vous voyez, vous n'avez pas à vous inquiéter pour moi, pour Teddy, ou pour notre mariage.

Henri-Antoine fronça les sourcils et fit la grimace en entendant cette confession.

— Tout cela est très adulte. Je ne suis qu'un nourrisson en comparaison, dit-il en regardant intensément Jack. Et ce pacte vous rend heureux tous les deux ? Car c'est de cela qu'il s'agit, n'est-ce pas ? Un pacte.

Quand Jack hocha la tête avec un immense sourire, il leva un bras au ciel.

— Très bien. Dans ce cas, je serai heureux aussi. En revanche, ajouta-t-il d'un ton irrité, car Jack arborait toujours un large sourire, je ne sais pas pourquoi vous me fixez tel un interné de Bedlam, comme si cette situation avait quelque chose de drôle qui m'échappait… Est-ce que quelque chose m'échappe ?

— Non. Rien ne vous a échappé. Simplement… C'est juste que, je ne suis pas comme vous, Harry.

— Comme moi ? répéta Henri-Antoine en se redressant et en fronçant les sourcils. Dieu soit loué, vous n'êtes pas comme moi. Certainement pas. Je ne m'entendrais pas du tout avec moi-même. Mais je ne comprends toujours pas ce qui vous fait sourire ainsi…

— Je ne suis pas aussi intelligent, sage ou malin que vous. Je ne l'ai jamais été, ne le serai jamais. Par ailleurs, je ne vous égalerai jamais en élégance vestimentaire, en danse ou en escrime. Quant à votre réputation avec les femmes, je ne possède certainement pas votre sang-froid…

— Ne me faites pas rougir, marmonna Henri-Antoine en levant les yeux au ciel.

— Mais j'excelle en musique, et je vous connais mieux que quiconque…

— Vous avez raison sur ces deux points.

— Je vous connais peut-être mieux que vous vous connaissez vous-même…

— Balivernes !

— Un tel pacte ne vous conviendrait pas. Vous l'acceptez car vous voulez notre bonheur, à Teddy et à moi, mais vous ne le comprenez pas vraiment, et c'est la raison pour laquelle je souris ainsi. Cela m'amuse que ce soit le musicien qui soit le plus pragmatique en ce qui concerne les affaires de cœur, tandis que c'est vous, qui proclamez ne pas être bon pour le mariage, le romantique incorrigible.

Henri-Antoine, sous le choc, lança un regard noir à Jack et pâlit.

— Ne dites pas n'importe quoi !

Comme Jack continuait à le regarder d'un air étrange, il décroisa les jambes et se leva de sa bergère pour aller remuer le charbon dans l'âtre à l'aide d'un tisonnier.

Jack le rejoignit, croisa les bras et appuya une épaule contre le manteau de la cheminée.

— Vous voulez notre bonheur et je veux le vôtre, lui dit Jack à voix basse. Vous pouvez essayer de vous convaincre et de convaincre les autres que vous ne croyez pas aux âmes sœurs…

— Nous avons eu cette même conversation chez Westby pas plus tard que la semaine dernière… répondit Henri-Antoine sans détacher son regard des charbons ardents.

— Nous étions tous les deux ivres, ce qui n'est pas le cas maintenant… Je ne vous importunerai plus à ce sujet…

— Voilà au moins de quoi se réjouir.

— … mais je reste persuadé qu'il existe une personne faite pour vous et qu'elle sera le grand amour de votre vie, car c'est de cela que vous avez besoin, Harry. C'est ce que vous méritez. Et comme vous êtes un romantique, je sais que quand vous tomberez amoureux, vous *tomberez* réellement, comme si vous tombiez du haut d'une falaise. Et quand cela arrivera, vous ne devrez pas vous y opposer, mais saisir cette occasion. Voilà ! Je n'en dis pas plus. Et vous avez ma parole, je n'en reparlerai plus jamais.

Henri-Antoine se tourna pour faire face à Jack.

— Vous savez ce que je crois, Jack ? Je crois que votre mariage imminent a encrassé votre esprit d'absurdités romantiques.

Quand Jack se mit à rire en secouant la tête, Henri-Antoine lui accorda l'un de ses rares sourires et lui donna une tape affectueuse sur l'épaule.

— Merci, reprit Henri-Antoine. Je ne connais pas d'homme plus gentil que vous. Mais vous avez quand même le cerveau en bouillie. Revenons à des problèmes plus immédiats : le choix de la tapisserie pour Mount Street.

Les yeux de Jack s'illuminèrent et il poussa un soupir de soulagement.

— Vous voulez bien m'aider ? Cela ne devrait pas vous prendre plus d'une heure.

— Une heure ? répéta Henri-Antoine avec une grimace. Ne soyez pas ridicule. Si vous voulez que la maison soit parfaite pour votre épouse, vous avez tout intérêt à bloquer une demi-journée pour me montrer ce que vous avez déjà choisi, et je passerai l'autre moitié de la journée à rectifier vos choix.

— Si vous le dites.

— Mais je le ferai seulement si vous me promettez que vous ne direz pas à Teddy que j'ai participé à quoi que ce soit. Votre épouse doit penser que vous vous êtes chargé de préparer votre nid douillet tout seul.

— Marché conclu. Néanmoins, je dois vous avouer qu'il y a quelque chose que je n'ai pas pu lui cacher… Teddy sait que la maison de Mount Street est un cadeau de mariage de votre part.

— Jack ! Vous m'aviez donné votre parole.

— Non, j'ai refusé de vous la donner. Vous avez menacé de me défier en duel si je lui disais et vous pensiez que cela suffirait pour que j'accepte vos conditions. Ce n'était pas le cas, mon ami. Je vous l'ai dit, je vous connais mieux que vous-même. Pour commencer, vous ne me défieriez jamais, et en plus de cela, puisque vous êtes un romantique, vous voulez que Teddy et moi vivions heureux et ayons beaucoup d'enfants. Ce qui n'arrivera pas si vous me défiez en duel et me tuez. Et vous me tueriez, car vous maniez bien mieux l'épée que moi.

» Par ailleurs, conclut Jack en haussant les épaules, je n'avais pas d'autre choix que de lui dire. Je ne pourrais jamais me permettre de louer une maison sur Mount Street, et posséder une telle résidence à une telle adresse ne sera jamais à ma portée. Teddy le sait. Nous mènerons une vie confortable à Abbeywood. Entre les revenus de la ferme et sa dot, nous ne manquerons de rien. Mais nous ne sommes pas aussi riches que vous. Vous pouvez satisfaire le moindre de vos caprices extravagants, mais nous devons toujours réfléchir à la façon dont nous dépensons notre argent. Imaginez donc si je l'emmenais dans une spacieuse maison de ville de Mount Street peinte, tapissée et meublée selon les dernières modes, à cinq minutes à pied d'ici, et lui disait qu'il s'agissait de notre maison londonienne. Elle refuserait légitimement d'y entrer, car elle se dirait, à juste titre, que je nous aurais endettés en dépensant bien au-delà de nos moyens.

— Vous êtes tous les deux tellement pragmatiques que c'en est agaçant, dit Henri-Antoine d'une voix traînante, sans animosité.

— Oui. Sûrement.

— J'espère que Teddy a accepté ce cadeau de mariage sans que vous ayez besoin de la convaincre ?

— Oui, et elle a affirmé que votre cadeau était trop généreux, qu'il s'agissait d'un grand geste romantique, et que s'il venait de quelqu'un d'autre, elle l'aurait refusé. Mais puisqu'il vient de vous, elle vous remerciera d'un baiser la prochaine fois qu'elle vous verra. Et si vous vous y opposez, elle dira à tous les invités du repas de mariage que vous nous avez offert un vase, ou un coquillage, quelque chose d'une qualité tellement inférieure qu'on vous considérera comme un ladre. Je vous conseille donc de la laisser vous remercier d'un baiser.

— Dites à Teddy que j'accepterai son baiser, malgré sa menace de chantage, mais que mon cadeau avait des motivations purement égoïstes. Je ne veux pas que vous déménagiez trop loin.

— Ah ! C'est ce qu'elle m'a dit.

— Vraiment ? Eh bien, elle a raison. Mais j'espère que vous lui avez assuré que je ne vous importunerai pas à moins que vous ne vouliez être importunés… ?

— Vous ne pourriez pas nous importuner même si vous le vouliez, Harry, dit Jack, soudain tellement submergé par l'émotion qu'il sentit les larmes lui monter aux yeux.

Il se demandait pourquoi, après tout ce qu'ils venaient de se dire, c'était maintenant qu'il était sur le point de s'effondrer. Il se détourna rapidement, se passa une main sur le visage et se versa une autre tasse de café.

— Pourriez-vous venir à Mount Street avec moi dès demain ? demanda-t-il d'un ton qu'il espérait léger.

— Il faudra que vous attendiez après-demain, répondit Henri-Antoine.

Il se rassit en soulevant les basques de sa redingote d'un petit geste et secoua la tête quand Jack lui proposa du café.

— Nous nous réunissons avec les administrateurs de la fondation Fournier demain, expliqua-t-il.

— Ah bon ? s'enquit Jack, surpris. Je pensais que toutes les attributions de financement avaient été validées ? Les visites des quelques établissements médicaux qui ont eu la chance d'être sélectionnés ne doivent-elles pas commencer qu'à l'automne, au début de l'année universitaire ?

— C'est ce qui avait été décidé, mais Bailey a reçu une demande spéciale de la part du mécène de la fondation, il n'a d'autre choix que d'y répondre.

Jack but son café, à peine tiède, à petites gorgées.

— Ah. Dans ce cas, nous avons tout intérêt à honorer cette demande. De quoi s'agit-il ?

Henri-Antoine ouvrit *La guerre du Péloponnèse* de Thucydide à la page qu'il était en train de lire quand Jack était entré dans la pièce et en sortit une lettre qui lui servait de marque-page et qu'il tendit à Jack. Elle était de la part du Dr Bailey, le directeur de la fondation.

— Bailey et ses administrateurs sont invités à dîner et à visiter les locaux du dispensaire Warner de Gerrard Street.

Jack, qui inspectait la courte missive, releva les yeux.

— Le dispensaire Warner ? N'avions-nous pas rejeté la candidature du Dr Warner… ? Je ne me souviens pas pourquoi…

— Je ne suis pas surpris. Nous avons reçu plus d'une douzaine de candidatures. Nous lui avons proposé de refaire une demande au prochain cycle.

Jack eut un sursaut et reposa précipitamment sa tasse de café.

— Harry ! Le dispensaire Warner. Gerrard Street. Je savais bien qu'il y avait quelque chose à propos de cette jeune femme ! Enfin, pas la jeune femme en elle-même, mais quand elle a mentionné le dispensaire Warner, une lumière s'est allumée là-dedans, dit-il en se tapotant la tempe. Je n'arrivais pas à retrouver où j'avais entendu ce nom. Et pour être honnête, je m'inquiétais plus pour vous et… Cette coïncidence vous a-t-elle surpris, vous aussi ? Nous allons inspecter le dispensaire où trime l'ange qui s'est occupé de vous !

— Oui, cela m'a surpris. Si j'avais reçu la lettre de Bailey plus tôt, je n'aurais pas pris la peine de me déplacer, je l'aurais remerciée demain.

— Vous lui avez donc rendu visite ?

— Il y a quelques jours de cela.

— Et… ? l'encouragea Jack quand Henri-Antoine ne rentra pas dans les détails.

Henri-Antoine regarda son ami avec une expression neutre.

— Et quoi ?

— L'avez-vous vue ? L'avez-vous remerciée ? Qu'avez-vous pensé d'elle ?

— Pour répondre aux deux premières questions : oui. Quant à la troisième, vous pourrez vous faire votre propre avis demain.

— Je n'y manquerai pas. Mais je vous ai demandé ce que vous, vous avez pensé d'elle.

— Je ne peux pas vous répondre, dit Henri-Antoine en haussant les épaules.

Jack le dévisagea, puis leva les bras au ciel d'un geste signifiant qu'il abandonnait.

— Très bien. Comme vous voulez. Je sais quand il vaut mieux ne pas insister en ce qui concerne les femmes…

— Je ne peux pas vous répondre, car je ne sais pas quoi penser de Miss Crisp, articula froidement Henri-Antoine, d'une voix plus chargée en émotion que prévu.

Il était honnête. Il ne savait pas quoi penser d'elle. En vérité, il voulait éviter de penser à Miss Crisp. Elle provoquait en lui des émotions qu'il préférait ne pas explorer, des réactions inhabituelles et indésirables. Tout cela le troublait, l'agaçait, le mettait mal à l'aise.

Son départ en trombe du dispensaire avait été indigne d'un gentleman. Il avait été persuadé qu'il n'avait plus aucune obligation auprès de Miss Crisp et qu'il n'aurait plus jamais à penser à elle. Néanmoins, sur un coup de tête, il avait regardé par la fenêtre quand le carrosse s'était mis en route, à l'instant précis où le véhicule passait lentement devant elle ; l'image d'elle, dans l'embrasure de la porte, était à présent gravée dans son esprit. Il la voyait à chaque fois qu'il fermait les yeux. Ses bras graciles positionnés à angle droit et ses mains jointes sous sa poitrine élégante. Ses pieds serrés, le bout éraflé de ses bottines dépassant à peine de l'ourlet de sa simple robe. La mèche bouclée qui s'était détachée de ses épingles, qu'elle avait ramenée derrière son oreille et qui chatouillait sa gorge blanche. La confusion qui envahissait tout son joli visage. Mais tous ces détails semblaient insignifiants comparés à ce qu'il s'était passé ensuite. Elle l'avait vu en train de regarder par la fenêtre de son carrosse et ses yeux bleus s'étaient illuminés quand elle l'avait reconnu. Son sourire avait éclairé tout son visage. Elle était rayonnante. Seigneur, qu'elle était jolie. Il avait souhaité, à cet instant, que ce regard bleu et ce sourire ne soient que pour lui. Son souhait avait été exaucé. Absorbé par l'instant, il ne s'était pas rendu compte qu'elle le regardait directement, ce qui était pourtant le cas.

Et comment avait-il réagi ? Il n'avait pas brièvement hoché la tête pour la saluer avant de tirer le store, ce qui aurait été la réaction la plus polie, la seule réaction qu'il lui devait. Mais non. Il n'avait pas fait cela. Il avait réagi lâchement, de façon tout à fait inhabituelle. Il s'était brusquement reculé contre le dossier, dans l'ombre du carrosse, où elle ne pouvait plus le voir. Le cœur battant la chamade et le visage brûlant, il avait eu l'impression d'être pris sur le fait en plein acte odieux. Il avait eu l'impression d'être bizarre, ridicule. Il en avait oublié de respirer.

Il s'était dit que ce n'était pas sa faute, qu'il ne lui devait rien.

Ce n'était pas à lui de se préoccuper d'elle. Pour se calmer, il s'était répété cela encore et encore. Il ne pouvait rien faire pour l'aider, non pas qu'elle lui ait demandé de l'aide, ou même qu'elle en veuille. Elle semblait fière de ses efforts pour aider les malades sans le sou. Mais elle lui avait donné l'impression qu'il devait faire quelque chose, n'importe quoi, pour améliorer sa situation. Elle avait reçu une bonne éducation, avait tout d'une femme qui avait le droit de s'attendre à vivre une vie très différente de celle qu'elle menait, au milieu des malades et des opprimés. Pourquoi ? Pourquoi avait-il cette impression ? Uniquement parce qu'elle lui était venue en aide ? Ou y avait-il une autre raison ? Une raison qu'il n'avait aucune envie d'accepter, d'explorer ? Il s'était dit qu'il ne s'autoriserait pas à s'impliquer dans quelque chose dont, il en était certain, il ne pourrait pas s'extirper sans en payer le prix personnellement et émotionnellement. Et après tout, que représentait-elle à ses yeux ? Elle n'était pas sous sa responsabilité.

Et pourtant, tous les soirs depuis qu'il s'était lâchement caché dans l'ombre de son carrosse, il la voyait, tout en souhaitant ne pas la voir. Il fallait donc qu'il y remédie, pour son propre bien. Il allait y remédier d'une façon purement égoïste, certain que cela effacerait Miss Lisa Crisp de son esprit et le sortirait du précipice dans lequel l'incertitude l'avait poussé. Sa vie reprendrait son cours normal, où sa position prééminente dans la société en tant que fils d'un duc n'était jamais remise en cause. Ainsi, quand il verrait Miss Lisa Crisp, et il savait qu'il la verrait quand les administrateurs de la fondation Fournier visiteraient le dispensaire Warner, il la verrait comme tous les autres la voyaient : une jeune fille issue d'une famille ordinaire et qui était tellement inférieure à lui sur l'échelle sociale qu'il n'avait même pas à lui prêter attention.

— Vous sortez ce soir ? s'enquit Jack pour qu'Henri-Antoine arrête de broyer du noir.

Il avait remarqué que son meilleur ami ne portait pas la même redingote et le même gilet que quand ils avaient déjeuné ensemble plus tôt ce jour-là, mais qu'il avait revêtu un ensemble en soie noire orné d'une profusion de broderies argentées et de sequins bleu saphir. Cette tenue était destinée à être portée en public et serait splendide dans le flamboiement de plusieurs bougies.

— Comment ?

Cette question détachée avait eu l'effet escompté, sortant Henri-Antoine de sa préoccupation. Ce fut à cet instant seulement qu'il se rendit compte qu'il s'était levé de son fauteuil, qu'il avait sa montre à gousset en or dans la main et qu'il en regardait le cadran en nacre. Il n'avait aucune idée de l'heure qu'il était.

— Vous sortez ? répéta Jack.

— Je suis attendu à l'opéra. Mrs. Markham a quelque chose qui…

— J'aimerais que vous vous trouviez une autre obsession, et Seb aussi, se plaignit Jack.

— Laissez-moi finir… Mrs. Markham a quelque chose qui m'appartient. Je ne sais pas comment, mais elle s'est retrouvée en possession de mon catalogue de Portland…

— Je pense pouvoir deviner comment c'est arrivé, murmura Jack, blasé.

— … et elle ne me le rendra que si je prends une loge à l'opéra. Si cela vous permet de dormir sur vos deux oreilles ce soir, sachez que je ne compte pas être revu en sa compagnie après cela, que ce soit en public ou en privé. Les facéties clownesques de Seb l'autre soir ont suffi à me faire comprendre que peu importe mes efforts pour lui faire entendre raison, il tient à elle.

— Bien sûr qu'il tient à Peggy Markham. Je vous l'ai dit de nombreuses fois. Il est amoureux d'elle.

— Quel imbécile. Mais je m'en rends compte à présent…

— Comprenez-vous également pourquoi il a réagi ainsi à votre provocation ? l'interrompit Jack.

Henri-Antoine le fixa du regard.

— Épargnez-moi votre indignation morale. Vous me connaissez assez pour savoir que je ne me mettrais jamais en travers d'un couple amoureux. Seb est peut-être amoureux de Peggy, mais elle n'est pas amoureuse de lui. Cela ne changera pas, même si je m'éloigne d'elle. Mais Seb, malgré sa jalousie et son amertume, reste un ami, et je ne veux pas lui faire de mal. Elle s'en chargera très bien toute seule.

On frappa à la porte et quand Henri-Antoine hocha la tête, le valet de pied l'ouvrit pour laisser entrer l'un des acolytes qui le suivaient comme une ombre dès qu'il mettait un pied en dehors de chez lui.

— Le carrosse vous attend, milord.

— Deux minutes, dit Henri-Antoine en se tournant vers Jack, toujours affalé dans un fauteuil près du feu. Je reviendrai demain matin. Peut-être après le petit déjeuner. Ne paniquez pas. Michel sait où me trouver et je serai rentré à temps pour que Kyte m'habille pour la visite du dispensaire.

— Michel ne vient pas avec vous ?

— Pas ce soir. Il faut au moins un titre de baronnet pour passer les portes de ces bains.

Jack haussa les sourcils, surpris. Il savait à quels bains turcs Henri-Antoine faisait allusion. Il s'agissait des bains les plus exclusifs de Londres, et les plus chers. Mais le sang bleu n'était pas suffisant pour y entrer. Il fallait être un descendant direct d'un noble, posséder une marge de crédit digne d'un sultan et, selon les rumeurs, un membre tout aussi impressionnant.

— Vous allez chez Burke.

Il ne s'agissait pas d'une question.

— En effet.

— Et les acolytes ? Comment sont-ils censés garder un œil sur vous là-bas ?

— Leur rôle n'est pas de garder un œil sur moi, Jack.

— Vous voyez ce que je veux dire.

Henri-Antoine poussa un soupir las.

— Vous vous inquiétez trop des détails prosaïques, mon cher ami.

— Mais, et si vous aviez besoin d'eux ?

— Il ne seront pas loin…

— Ils vont rôder dans les couloirs, une oreille appuyée contre les minces cloisons ? demanda Jack en soufflant. Pas le choix, j'imagine.

Henri-Antoine resta impassible, mais son tic refit surface.

— Quel dommage que vous ne m'ayez pas laissé vous parrainer. Ainsi, vous sauriez qu'il n'y a pas de cloison à l'intérieur des bains Burke. Il y a des colonnades. Des bassins chauds et froids. Des alcôves de rencontre à foison. N'hésitez pas à venir avec moi… dit-il pour taquiner son ami. En souvenir du bon vieux temps… ?

— Seigneur, c'est hors de question ! Je n'ai rien à cacher, mais je ne suis pas assez arrogant pour me pavaner dans un endroit qui renferme plus de taureaux que les marchés de Smithfield. Mais vous, si. Cependant, je doute que vous trouviez ce que vous cherchez dans un tel endroit.

Henri-Antoine, qui était dans l'embrasure de la porte, fit demi-tour en fronçant les sourcils.

— Que voulez-vous dire par là ?

Jack haussa les épaules.

— Pour être parfaitement honnête, je n'en suis pas sûr. Mais j'aimerais pouvoir trouver cette chose pour vous.

— Par moments, Jack Cavendish, je vous trouve vraiment énigmatique. Bonne nuit, mon cher ami, conclut-il en français.

Jack le suivit sur le premier palier, où il demeura pendant qu'en bas, dans le grand vestibule, on aidait son meilleur ami à boucler son épée et son écharpe et à enfiler ses gants en cuir souple, avant de lui donner sa canne surmontée de diamants. En l'observant avec un sourire affectueux, Jack pensa à l'ancien duc de Roxton, le père d'Henri-Antoine, à qui il ressemblait beaucoup. De profil, il était le portrait craché du vieil aristocrate. Les tableaux, les bustes de marbre et l'impressionnante statue funéraire représentant monsieur le duc dans le mausolée des Roxton pouvaient en attester, ainsi que les souvenirs que Jack gardait de lui. Quand ils étaient petits, lui et Henri-Antoine passaient la tête entre les barreaux de la balustrade pour observer le duc et la duchesse se préparer à partir au théâtre, à l'opéra, à un bal ou un autre. Le duc était toujours austère et imposant, tandis que la duchesse était un vrai tourbillon de paillettes et de lumière.

Il se demandait si la ressemblance frappante – autant au niveau de son physique que dans ses manières – entre Henri-Antoine et un aristocrate aussi froid et puissant n'était pas un fardeau inutile sur les épaules de son meilleur ami, d'autant plus lourd parce qu'il souffrait du mal caduc. Même si Jack attendait avec impatience la prochaine étape de sa vie avec Teddy, il ne pouvait pas nier que la compagnie d'Henri-Antoine lui manquerait terriblement. Ils étaient inséparables depuis seize ans, ce qui représentait plus de la moitié de leur vie. Ils avaient toujours été là l'un pour l'autre. Il se souvenait à peine de l'époque ayant précédé Henri-Antoine et il avait du mal à imaginer sa vie sans lui.

Mais avec Teddy et avec la famille qu'ils fonderaient un jour, il allait ouvrir un nouveau chapitre de sa vie, dans lequel il serait heureux. Henri-Antoine n'avait pas encore trouvé son âme sœur et Jack s'inquiétait à l'idée qu'il ne la trouve jamais. Ou peut-être que comme l'ancien duc, il la trouverait trop tard, puis il mourrait avant son heure, avant que sa famille ne soit prête à lui dire au revoir. La mort de monsieur le duc avait eu un effet considérable sur tout le monde, et Henri-Antoine ne s'était jamais réellement remis de la perte de son père, Jack en était convaincu.

Il ne voulait pas que son meilleur ami reste seul toute sa vie, qu'il se batte contre sa maladie sans l'amour et le soutien d'une famille, qu'il passe son temps dans des déserts émotionnels comme les bains Burke. Henri-Antoine avait le droit de suivre son propre chemin, mais c'était l'endroit où menait ce chemin qui inquiétait profondément Jack.

Il observa Henri-Antoine sortir dans la rue sans se retourner et monter dans son carrosse, ses acolytes toujours derrière lui, le suivant comme son ombre. Ils grimpèrent dans la voiture après lui et la porte se referma. Jack resta appuyé sur la balustrade avec les yeux dans le vide pendant un long moment après que le portier fut rentré dans le vestibule et que le majordome eut disparu dans les entrailles de l'aile des domestiques. Puis il se dirigea vers ses appartements en priant silencieusement pour que le chemin de vie sur lequel Henri-Antoine marchait actuellement le mène au bord d'un précipice, où il rencontrerait une jeune femme, et que tous deux sauteraient ensemble du haut de la falaise.

DIX

Le foyer des Warner était en émoi depuis que le Dr Warner avait reçu une lettre de la fondation Fournier l'informant que les administrateurs souhaitaient programmer une visite de son dispensaire et de son école d'anatomie avant la fin de la semaine. Le directeur, le Dr Bailey, écrivait qu'il s'agissait d'une étape inhabituelle et qu'ils le prévenaient au dernier moment, mais que si le Dr Warner souhaitait que sa candidature soit étudiée pour l'actuel cycle de financement, il fallait que la visite ait lieu presque immédiatement. Il n'y avait aucune disposition particulière à prévoir, la seule stipulation étant que la visite devrait avoir lieu un jour où le dispensaire était fermé aux malades, ce qui était délibéré. En l'absence des patients, les administrateurs auraient la liberté de mouvement nécessaire à l'inspection des locaux et pourraient s'entretenir avec le Dr Warner et ses employés sans interruption.

Le Dr Warner envoya une réponse dans l'heure, acceptant toutes les conditions stipulées. Il avoua à son épouse qu'il regrettait que les administrateurs n'aient pas l'opportunité de voir l'efficacité avec laquelle le dispensaire était géré, mais il admit que sans les patients, les salles de consultation pourraient être débarrassées de leurs odeurs toxiques puis parfumées, réduisant ainsi le risque que les administrateurs respirent l'air malodorant des souffrants et tombent malades à leur tour. Sa femme était du même avis et ajouta qu'il s'agissait sûrement d'un bon signe, que les administrateurs veuillent avoir le temps de s'entretenir avec son cher médecin ; il allait assurément les impressionner avec ses connaissances et ses projets. Par ailleurs, leur proposer un repas dans une ambiance décontractée ne pourrait qu'aider.

Les bonnes furent donc chargées de dépoussiérer, frotter, polir et parfumer chaque surface du dispensaire et de leur logement, des parquets à la soupière en argent, tandis que Mrs. Warner et l'intendante concevaient un menu composé de plusieurs plats qui conviendrait à ces invités distingués. La cuisinière envoya, dès l'aube, ses subordonnés se procurer les produits les plus frais qui soient au marché et le soir précédant la visite, on pâtissa et on fit rôtir certaines viandes tandis que d'autres cuisaient dans leur jus.

Tandis que ces préparatifs ménagers se poursuivaient à toute allure, le docteur et son équipe médicale entreprirent d'organiser l'amphithéâtre anatomique et la salle de préparation. Ils exposèrent plusieurs spécimens, instruments médicaux et appareils scientifiques utilisés pendant les cours qu'il donnait à ses élèves. Ils ouvrirent également plusieurs journaux de bord de ses recherches et études de cas de ses patients pour que les administrateurs puissent les consulter. Le Dr Warner espérait que tout cela suffirait à impressionner ses visiteurs.

Le médecin et son épouse étaient également profondément conscients qu'ils devaient faire bonne impression lors du repas, le couple s'habilla donc soigneusement pour l'occasion.

— Je ne sais toujours pas comment je suis censée m'adresser aux autres gentilshommes, Robert, se plaignit Minette Warner en jetant un dernier coup d'œil critique à son reflet et en tirant sur la dentelle qui entourait ses coudes pour en lisser les plis. Le Dr Bailey, le directeur, et deux des administrateurs sont des hommes de médecine, et vous me disiez qu'ils étaient identifiés dans la lettre… ?

— En effet. Le Dr Willan est médecin au Fever Hospital et le Dr Blizard est chirurgien consultant au London Hospital. Je ne connais aucun des deux personnellement, puisqu'ils ont débuté leur carrière dix ans après moi, mais je connais bien le travail de Willan au dispensaire de Carey Street.

— Mais, et les autres gentlemen, ceux qui ne sont pas des hommes de médecine ? Dans sa lettre, le Dr Bailey disait que l'identité des trois autres administrateurs devait rester anonyme pendant toute la durée de leur visite, même quand ils dîneront avec nous. Mais alors, comment suis-je censée m'adresser à eux, Robert ? C'est tout à fait inhabituel et troublant de ne pas connaître le statut social des hommes à ma propre table.

— C'est tout à fait inhabituel, mon cœur, consentit le Dr Warner. Mais si je veux obtenir leur considération, nous devons nous plier aux règles de leur visite. Le Dr Bailey a joint ces consignes à sa brève missive, dit-il en sortant de la poche de sa redingote une lettre qu'il déplia. Nous devons appeler « monsieur » les administrateurs dont nous ne connaissons pas le nom, sans autre appellation. Nous ne devons leur demander ni leur nom, ni leur métier, ni leur statut social. Ils viennent en priorité examiner et évaluer le mérite médical de mon travail. Le fait que le Dr Bailey et les administrateurs aient accepté de rester dîner est vraiment un honneur. En revanche, je crains que vous trouviez le repas bien ennuyeux, ma chère, ajouta-t-il d'un air qu'il espérait déçu. Vous aurez peu d'opportunités, voire aucune, de mener la conversation dans une autre direction que celle qu'ils auront choisie. Et je devrai les suivre dans cette direction. Je ne vous en voudrai pas si vous ne souhaitez pas vous joindre à nous…

— Ne pas me joindre à vous ? répéta Minette Warner, offensée. Mais… Robert… Quand n'ai-je pas assumé le rôle d'hôtesse pour un repas à ma propre table ? Quand ne vous ai-je pas soutenu dans vos entreprises… ?

— Je sais, mon cœur, et votre aide m'est précieuse. C'est juste que cette fois-ci, nous ne connaissons pas les convives et leur compagnie ne sera peut-être pas des plus chaleureuses. À vrai dire, je suis assez nerveux à l'idée de recevoir des gentlemen dont les noms et la réputation restent un secret bien gardé. Mais moi, au moins, je pourrai discuter avec eux de sujets médicaux…

— Vous ne pouvez pas en être certain, Robert. Ces gentlemen anonymes sont-ils des hommes de médecine ? Si c'était le cas, ils auraient certainement révélé leur identité comme le Dr Willan et le Dr Blizard, non ?

Elle se détourna de son reflet dans le miroir avec un sourire satisfait ; elle avait fait tout son possible pour que son apparence soit exemplaire. Sa robe à la polonaise en soie jaune tournesol, somptueusement ornée de petits nœuds couleur bleuet au niveau du corsage et des coudes, était à la pointe de la mode. Les rubans en soie passés dans ses cheveux relevés et ses chaussures en soie, de la même couleur que les nœuds de sa robe, complétaient parfaitement la tenue. Elle plaçait tant de confiance en ses préparatifs et en sa tenue qu'elle était convaincue que tous les gentilshommes installés à sa table seraient ensorcelés et que peut-être ils s'éloigneraient des sujets médicaux pour la laisser contribuer à la conversation.

— Je suspecte les gentlemen anonymes de n'avoir aucun lien avec la médecine, déclara Minette Warner, exprimant à voix haute son vœu pieux en récupérant son éventail sur sa coiffeuse. Raison de plus pour que je prenne ma place habituelle autour de notre table et que je fasse de mon mieux pour paraître intéressée par tout ce qu'ils diront – pour vous, cher Robert.

Le Dr Warner plia rapidement la lettre, chassa d'un sourire son appréhension que sa jeune épouse puisse trouver le déroulement de la conversation incompréhensible et déposa un baiser sur sa tempe.

— Merci, mon cœur. C'est tout ce que je peux vous demander.

Le couple descendit dans le salon pour attendre confortablement leurs invités. Malgré leur nervosité, ils étaient intérieurement convaincus qu'ils étaient plus prêts que jamais pour la visite des administrateurs de la fondation Fournier. Et tandis que leur personnel continuait à s'affairer autour d'eux, de la cuisine à la nursery, une seule personne n'avait pas du tout été chargée d'aider : Lisa. Sa cousine lui avait donné l'ordre de rester dans sa chambre pendant toute la visite, de n'en sortir que si on le lui demandait ou si la maison était dévorée par les flammes autour d'elle. Le couple, et plus particulièrement Mrs. Warner, fut donc stupéfait quand, dès leur arrivée et juste après les présentations, l'un des administrateurs demanda où se trouvait Miss Crisp.

Lisa avait accepté les directives de sa cousine comme elle acceptait tout le reste chez les Warner : placidement et de bonne grâce. Par ailleurs, elle n'avait aucune raison d'être présente ; qu'avait-elle à offrir aux administrateurs ? De plus, Becky Bannister devait légèrement retoucher la longueur, la coupe et le retombé des robes, jupons, corsets et vestes qu'elle emporterait avec elle pour son séjour dans le Hampshire. Ces vêtements seraient ensuite placés dans la malle de voyage qui était ouverte contre le mur. La malle serait descendue dans le vestibule après le départ des visiteurs, prête pour le voyage. La petite malle de Becky était déjà rangée dans un coin de l'arrière-cuisine avec son manteau et son chapeau, car elle allait dormir sur un petit lit dans la chambre de Lisa.

On réveillerait les deux filles en pleine nuit et elles prendraient un fiacre qui les mènerait devant l'auberge animée de Bell Savage sur les hauteurs de Ludgate Hill. Des coches, chariots et diligences partaient de cette auberge, direction les comtés du sud, à toute heure du jour et de la nuit et tous les jours de la semaine sauf le dimanche. Lisa et Becky prendraient la diligence qui partait pour Alston dans le Hampshire à quatre heures du matin. Elles voyageraient sur la route qui reliait Londres à Portsmouth ; la diligence s'arrêterait à de nombreuses reprises pour déposer des voyageurs et en reprendre d'autres voyageant vers Southampton, sur la côte. À Guildford, on changerait les chevaux, ce qui laisserait le temps aux passagers de se rafraîchir, puis le véhicule prendrait la direction de Winchester.

Lisa et Becky descendraient à l'auberge Swan dans la grand-rue de la ville d'Alston. Elles y seraient récupérées par un carrosse privatisé qui devait les attendre à leur arrivée et dans lequel elles parcourraient, à travers la campagne, les huit derniers kilomètres les séparant du domaine ducal de Treat. En tout, cela représentait un périple de presque soixante-cinq kilomètres. Il y avait peu de chances pour qu'elles atteignent leur destination avant la fin de l'après-midi, après avoir passé près de treize heures sur la route.

L'enthousiasme de Becky n'était pas amoindri à la perspective d'être enfermée dans une diligence avec plusieurs étrangers et d'être ballottée pendant de longues heures. Jamais, même dans ses rêves les plus fous, elle n'aurait imaginé qu'elle s'aventurerait dans la campagne ; voyager à une telle distance de Londres représenterait la plus grande aventure de sa vie de jeune femme. Elle avait passé ses vingt premières années sur Gerrard Street et dans les environs, et elle ne s'était jamais autant approchée de personnes titrées que lorsqu'elle s'était rendue chez Lord Westby pour s'occuper de la maîtresse de l'aristocrate. Accompagner Lisa au mariage de la nièce d'un duc pour lui servir de femme de chambre, à elle toute seule, était quelque chose qui lui semblait sortir tout droit d'un rêve.

Lisa était heureuse de pouvoir profiter de la compagnie de Becky, car même en sachant qu'elle verrait Teddy à la fin de son périple, elle était rassurée de savoir qu'elle voyagerait avec quelqu'un qu'elle connaissait et qui serait avec elle à Treat, dans un environnement aussi étranger pour elle que pour Becky. Cet arrangement lui convenait bien mieux que si sa cousine avait engagé une inconnue pour lui servir de bonne. Non seulement Becky était une âme joviale, mais elle était également pragmatique et très bonne couturière. Avec sa grand-tante et deux couturières employées par la veuve Humphreys, elles avaient fait des miracles, donnant un coup de jeune aux quatre vieilles robes que Lisa avait récupérées de ses cousines. Elles avaient non seulement réussi à créer des tenues qui mettaient en valeur la silhouette élancée de Lisa, mais avec les chutes de tissu, elles lui avaient également fait des paires de mitaines assorties et avaient demandé au cordonnier de recouvrir deux de ses paires de chaussures.

Elles n'avaient pas eu à utiliser le tissu fourni par son oncle et sa tante, ce qui plaisait à Lisa qui estimait que le brocart était un tissu trop lourd pour l'été et que les broderies argentées étaient bien trop somptueuses pour elle. Minette Warner était si contente qu'elles n'aient pas touché à ce tissu coûteux qu'elle accepta d'avancer la moitié du salaire de Becky ; elle recevrait l'autre moitié en rentrant du Hampshire. Grâce à cette pièce, Becky put rembourser sa grand-tante pour la perte des rubans et des jarretières que Mrs. Markham avait volés. Ce geste améliora l'humeur de la veuve Humphreys et l'aida à accepter le fait qu'elle devrait se passer des services de Becky à la boutique pendant ses deux semaines d'absence.

— Vous avez jamais été plus jolie, Miss, annonça fièrement Becky.

Étant jusque-là à genoux, elle se releva et recula pour inspecter l'ourlet de la robe à l'anglaise en coton indien de Lisa, sur laquelle elle venait de faire les dernières modifications. Becky avait épinglé puis cousu une petite partie de l'ourlet qui avait été oubliée dans la précipitation pour que les robes de Lisa soient prêtes à temps.

— Il vous manquait plus qu'une robe bien ajustée avec un joli motif à fleurs, et maintenant y a pas de doute, vous feriez tourner la tête d'un duc, croyez-moi.

Lisa rougit et fit une révérence.

— Eh bien, merci. C'est entièrement grâce à vos talents pour manier l'aiguille, Becky. Je ne pensais pas qu'il serait possible de récupérer autant de tissu sur des robes aussi abîmées et de les transformer en tenues qui me vont, et encore moins qui semblent à la mode.

Becky arbora un immense sourire en entendant cet éloge.

— Faut dire que vous êtes pas bien grosse, il fallait pas beaucoup de tissu.

— C'est vrai, admit Lisa avec un sourire en passant ses mains sur le corsage moulant avant de descendre sur ses hanches minces.

Elle essaya de regarder, par-dessus son épaule, le tissu froncé qui formait un *V* dans le creux de son dos étroit ; si seulement elle avait accès à un miroir pour voir de ses propres yeux comment la robe lui allait. Elle avait assurément l'impression d'être plus jolie, vêtue de ces tissus délicats et colorés qui représentaient un changement agréable par rapport à ses robes en lin fonctionnelles, dans des teintes marron et bleues sans intérêt. Elle espérait seulement que ces tenues conviendraient pour son séjour à Treat. Mais comme elle ne pouvait rien faire à ce sujet, elle ne passa pas plus de temps à s'inquiéter pour rien. Il faudrait que la famille de Teddy l'accepte comme elle était et elle ferait de son mieux pour rester en retrait ; avec un peu de chance, personne ne remarquerait sa présence ou les vêtements sur son dos.

— C'est mieux comme ça, non ? continua Becky en parcourant la robe et le tissu d'un œil critique, déterminée à exprimer son opinion sur la fausse générosité des cousines de Lisa. Si vous voulez mon avis, ces robes ont connu des jours meilleurs et même une fille de cuisine devrait pas porter ça, et vous encore moins…

— Je ne vous ai pas demandé votre avis, répondit Lisa avec le même sourire. Je suis très reconnaissante envers mes cousines, car elles m'ont offert de quoi m'habiller, et envers vous et Mrs. Humphreys pour ce que vous avez fait pour moi. N'oubliez jamais que même si j'habite dans cette maison, je suis plus pauvre que Tina. Au moins, la fille de cuisine est payée pour ses services.

Becky s'apprêtait à répondre quand on frappa à la porte, ce qui les surprit toutes les deux. Une bonne entra et annonça à Lisa qu'elle était attendue dans le salon. Cette dernière demanda à la bonne de se répéter, car sa cousine lui avait expressément demandé de rester dans sa chambre.

— C'est pas madame qui vous demande, Miss, dit la bonne. C'est l'un des gentlemen qui sont venus voir les salles médicales du maître.

— L'un des membres de la fondation Fournier ? s'enquit Lisa, perplexe d'être appelée pour parler à l'un des administrateurs.

— Oui, Miss. Ils sont tous arrivés ensemble, mais quand les autres sont allés dans le dispensaire, ce gentleman est resté derrière. Il n'a pas donné son nom. Il vous a juste demandée, Miss. L'est très beau ce gentleman, il a…

— Merci, Ann. Je ne vous ai demandé ni votre avis sur lui, ni sa description, dit Lisa en se tournant pour dire à Becky : Dépêchez-vous. Je dois me changer et…

— Non, Miss, répondit résolument Becky. Vous devriez descendre dans l'salon comme ça. L'est temps que vous preniez l'habitude de porter d'jolies choses. Et puis, vous allez porter ces vêtements pendant les deux semaines qu'arrivent, vous pouvez commencer à les porter maintenant, avec le visiteur.

— Dois-je donc lui dire… ? commença Ann, restée dans l'embrasure de la porte, avant d'être interrompue.

— Inutile. Je vais venir directement.

Ainsi, Lisa entra silencieusement dans le salon, mal à l'aise dans sa nouvelle robe en coton, portant également un fichu bordé de dentelle glissé dans son décolleté et un petit bonnet, bordé de dentelle également et épinglé sur le sommet de son crâne. Sa tenue laissait néanmoins à désirer sur un point : ses chaussures. N'ayant pas prévu de sortir et ses nouvelles chaussures étant déjà dans sa malle de voyage, elle n'avait que ses bottines à portée de main ; elles étaient à côté de son lit, prêtes pour le trajet. Elle avait donc gardé ses mules d'intérieur en cuir sur ses pieds vêtus de bas. Si elle s'était risquée à baisser les yeux, elle aurait compris qu'elles détonnaient totalement avec sa robe en coton.

Mais son appréhension lui fit oublier ce qu'elle portait aux pieds, et même de quoi elle avait l'air dans sa nouvelle robe, car elle était plongée dans ses pensées, à se demander pourquoi elle avait été convoquée par un membre de la fondation Fournier. Y avait-il un problème qu'elle devait justifier au dispensaire ? Il s'agissait peut-être des boîtes parfumées, ou alors elle n'avait pas disposé assez de petits bouquets pour couvrir les odeurs ? Et pourtant, toutes les surfaces devaient avoir été frottées jusqu'à ce que les odeurs disparaissent, non ? Elle espérait n'avoir causé aucun embarras au Dr Warner… Peut-être qu'elle s'inquiétait pour rien, qu'on l'appelait seulement pour lui poser des questions d'ordre général… ?

Elle avait déjà traversé la pièce quand elle se rendit compte que quelqu'un s'y trouvait, qu'elle n'était pas seule. Elle ne le comprit pas en sentant la présence de quelqu'un d'autre, mais quand on s'adressa à elle, ce qui la coupa dans son élan. Elle fut très surprise, pas tant qu'on lui parle, abrégeant ses rêveries privées, mais par la voix en elle-même. Elle sut immédiatement à qui elle appartenait. Elle était tellement heureuse qu'il soit de retour à Gerrard Street – après son départ en trombe, elle ne s'était pas attendue à le revoir un jour – qu'elle n'envisagea même pas de faire semblant. Elle se tourna vers lui avec un sourire éclatant.

Henri-Antoine lui rendit son sourire. Il ne put s'en empêcher.

La joie naturelle qu'elle affichait causa sa perte.

Une demi-heure plus tôt, quelques minutes avant de sortir de son carrosse pour rejoindre les autres administrateurs qui s'activaient sur le trottoir devant le dispensaire Warner, Henri-Antoine avait hésité, se demandant une nouvelle fois ce qu'il faisait là. Mais il connaissait très bien la réponse à cette interrogation et il s'était mis lui-même dans cette situation. De retour à cet endroit, il doutait cependant de lui, ce qui n'arrivait pourtant jamais.

Pourquoi avait-il orchestré cette rencontre alors qu'il aurait dû garder ses distances et, pour le dire simplement, laisser Miss Crisp tranquille ? Le Dr Warner aurait posé une nouvelle candidature en temps voulu, et peut-être que la fondation aurait accordé toute son attention à cette troisième demande et qu'ils se seraient retrouvés là de toute façon. Mais cela n'aurait eu lieu que bien plus tard, dans six à huit mois.

Il était donc intervenu et Bailey s'était montré obligeant, comme toujours. Il fallait à tout prix que l'inspection ait lieu avant que lui et Jack ne quittent Londres pour se rendre à Treat. Il serait loin de la ville pendant un mois, peut-être deux. « Quelle différence deux mois peuvent-ils faire ? » se demanda-t-il. Miss Crisp serait toujours là à son retour. Avait-elle un autre endroit où aller ? La question n'était pas de savoir si elle serait encore là, mais pourquoi cela avait la moindre importance pour lui. Et cette question l'ennuyait assez pour le pousser à douter de lui-même.

— Nous devrions peut-être nous joindre à eux, milord ? demanda Michel Gallet dans le lourd silence en lançant un coup d'œil à Sir John, qui avait toujours les yeux rivés sur Lord Henri-Antoine.

— Accordez-nous un instant, Michel, dit Jack à voix basse, attendant que le majordome soit descendu et que la porte du carrosse soit fermée pour reprendre : Je vous ai entendu rentrer la nuit dernière.

— Ah oui… ?

— J'étais encore debout. Dans la salle de musique. J'avais une composition coincée dans la tête depuis des semaines, il fallait que je l'extériorise, que je l'écrive et que je la joue avant notre départ pour Treat.

Henri-Antoine ne fit aucun commentaire, Jack ajouta donc d'un ton qu'il espérait insouciant :

— Avec tout ce qu'il se passera là-bas – les réceptions avant le mariage, le match de cricket, le feu d'artifice, le jour du mariage et le bal le soir même – et comme l'endroit grouillera de membres de la famille, d'amis et d'enfants trop nombreux pour les compter, je n'aurai que très peu de temps à consacrer à mes gribouillis musicaux, n'est-ce pas ? Je doute d'avoir la moindre occasion de jouer de l'alto. Non pas que cela me dérange. C'est juste que je devais poser cette composition par écrit…

— Et alors… l'avez-vous écrite ?

— Oui… Il était trois heures du matin environ quand je vous ai entendu rentrer.

— Trois heures ? Vous vous êtes récemment rendu chez Toulmin & Gale, non ?

Cette question déconcerta Jack.

— La boutique sur New Bond Street qui vend des articles de voyage et autres objets de ce genre ? Il y a une papeterie juste à côté. J'ai acheté une nouvelle plume et Bully voulait une boîte de voyage pour son frère.

— J'imagine que mon encre et mon papier doivent bien venir de quelque part, songea Henri-Antoine à voix haute. Michel doit le savoir… Toulmin & Gale a une excellente vitrine que j'ai remarquée en allant à l'opéra… J'ai eu une discussion tout à fait éclairante avec le propriétaire de la boutique à propos des encriers de voyage. Il existe un nouveau genre de bouchon qui empêche l'encre de fuir – c'est très ingénieux…

Jack regarda le paquet attaché par un ruban noir posé sur le siège à côté d'Henri-Antoine. Il faisait environ la même taille et la même épaisseur qu'un gros livre. Mais il ne pensait pas qu'il s'agissait d'un livre. Il se demandait si ce qui se trouvait à l'intérieur avait été acheté chez Toulmin & Gale.

— Est-ce ce qu'il y a dans le paquet ? Un encrier ?

Henri-Antoine regarda Jack.

— Pas du tout.

Il frotta légèrement la manche de sa redingote en lin crème et ajouta :

— Je ne suis jamais arrivé à l'opéra.

— Vous avez fait faux bond à Mrs. M. ?

Jack était au comble du bonheur, mais il poussa un long sifflement et secoua la tête.

— Une rupture on ne peut plus publique, commenta-t-il.

— Il n'y avait rien à rompre. Mais tout de même. Il va sûrement être compliqué de récupérer mon catalogue de Portland, mais je fais entièrement confiance à Michel.

— Ah ! Comment l'avez-vous persuadé d'y aller ? Mrs. M. est connue pour ses accès de colère et elle vous en voudra d'envoyer Michel à votre place. Des brosses à cheveux vont voler.

— Je lui accorde un congé pour qu'il aille rendre visite à son jumeau pendant que nous serons dans le Hampshire.

Jack fronça les sourcils, confus.

— Son frère est également dans le Hampshire. Le frère de Michel, Marc, est le majordome de votre mère.

— Oui. Tout tombe plutôt très bien.

Jack partit d'un éclat de rire tonitruant et demanda, aussi nonchalamment que possible, quand Henri-Antoine récupéra le paquet :

— Et êtes-vous arrivé jusqu'aux bains Burke ? Ou avez-vous passé toute la soirée à discuter encriers ?

— J'y suis arrivé – chez Burke. Ce qui répond à votre deuxième question, dit-il en tapotant légèrement la porte du carrosse de sa canne. Ne faisons pas attendre nos estimés collègues. Je suis sûr qu'ils pensent plus au dîner qui suivra qu'aux fascinants spécimens qui nous attendent dans des bocaux dans le grenier de Warner. Plus tôt la visite sera terminée, plus tôt nous pourrons passer aux choses sérieuses.

Un valet de pied ouvrit la porte du carrosse en grand et un deuxième déplia les marches. L'un des acolytes apparut dans l'encadrement de la porte et Henri-Antoine lui tendit le paquet. Puis il hésita, sentant qu'il avait contrarié Jack. Un regard par-dessus son épaule confirma son intuition. Jack ne souriait plus.

— Vous êtes déçu que je sois allé chez Burke.

Il soutint le regard de son meilleur ami en taisant ce qu'il pensait et ajouta à voix basse :

— Cela vous apportera peut-être un brin de réconfort d'apprendre que je me déçois moi-même. Souvent.

— Et le paquet… ?

— Ah. Il s'agit de mon premier ordre du jour, et il ne vous concerne pas.

Henri-Antoine déposa le paquet sur le canapé avant de le déplacer sur la table basse, puis de le bouger une nouvelle fois en attendant l'arrivée imminente de Miss Crisp. Les administrateurs étaient partis dans le dispensaire vide où les associés médicaux du Dr Warner les attendaient pour leur faire visiter les lieux. Mrs. Warner avait préféré ne pas se joindre à eux et attendre le retour des gentlemen dans le confort de son salon. Henri-Antoine avait deviné à ses manières, sa tenue et son utilisation généreuse de cosmétiques qu'elle se rendait rarement, voire jamais, dans le dispensaire de son mari. Il lui avait suffi d'un coup d'œil à son majordome pour que Michel sache ce qu'il voulait. Mrs. Warner s'était rapidement retrouvée engagée dans une conversation. Elle était devenue si captivée par le sujet que Michel avait choisi d'aborder qu'elle avait quitté la pièce avec lui, empruntant le même chemin que les administrateurs. La porte s'était refermée et Henri-Antoine s'était retrouvé seul avec son paquet et le choix de l'endroit où il devait le mettre.

Quand Lisa entra dans la pièce, le paquet était de retour sur la table basse et Henri-Antoine se tenait près de la fenêtre. Il regardait, dans la rue, la foule qui s'était formée et qui était à présent en train de se disperser, car sa voiture de ville se mettait en mouvement pour retourner d'où elle venait.

Il se tourna quand la porte s'ouvrit et observa Lisa traverser la pièce d'une démarche résolue mais légère, les coudes plaqués contre les côtes et les mains jointes sous sa poitrine, posture qu'elle avait dû adopter au pensionnat et qui était tellement enracinée qu'elle était devenue habituelle. Il aimait bien sa façon de se déplacer, son maintien. Il fut surpris par l'effet qu'elle avait sur lui, vêtue d'une simple robe en coton indien. Mais il ne se laissa pas le temps de ruminer là-dessus, préférant lui adresser la parole pour qu'elle sache où il se trouvait, car elle ne semblait pas avoir remarqué que la pièce n'était pas vide.

Quand elle se tourna vers lui en souriant au son de sa voix, il sentit, pour la première fois de sa vie, un immense sourire apparaître tout seul sur son visage. Il ne put rien faire pour l'empêcher et se sentit complètement ridicule. Seuls les aliénés souriaient ainsi de toutes leurs dents. Pas les gens sains d'esprit – pas lui. Il restait toujours maître de lui-même et de ses émotions, car parfois – quand il était victime de son affection – il perdait tout contrôle. Et pourtant, pour la première fois de sa vie, il s'en moquait, ce qui était inédit pour lui.

— Oh ! Bonjour, dit-elle en faisant une révérence de bienvenue. Votre visite est-elle une coïncidence, ou êtes-vous réellement un administrateur de la fondation Fournier ?

— Je suis *réellement* un administrateur de la fondation.

Puisqu'il semblait incapable de s'éloigner de la fenêtre et que sa canne était plantée sur le sol, elle s'approcha de lui.

— Oh ? Vraiment ? laissa-t-elle échapper tant sa surprise était grande, avant de lui présenter immédiatement des excuses : Pardonnez-moi. Je ne sais pas pourquoi cela devrait m'étonner. Bien sûr, c'est tout à fait possible. Simplement, j'avais l'impression qu'il s'agissait d'une coïncidence…

— Car vous espériez que j'étais venu vous voir ?

Elle sourit et s'empourpra, mais n'eut aucune hésitation.

— Oui. Comment l'avez-vous deviné ?

Cette réponse le fit rire. Seigneur ! Qu'est-ce qui clochait chez lui ? Il avait souri comme un imbécile, et voilà que maintenant, il riait aux éclats. La nouveauté de cette expérience lui donna soudain le tournis.

Les joues de Lisa prirent une couleur encore plus foncée. Il avait un charmant sourire éclatant quand il riait, qui donnait envie à Lisa de se jeter à son cou et de l'embrasser. Elle s'abstint, bien sûr. Elle garda les coudes contre elle et les mains jointes, baissa le menton et lui tourna le dos pour se diriger vers l'ensemble que formaient le canapé et les fauteuils. Elle désigna le canapé et lui dit, espérant faire preuve de nonchalance, alors qu'elle était tout sauf calme :

— Voudriez-vous vous asseoir ? Voudriez-vous que je fasse venir du thé ? Voudriez-vous… ?

— … m'expliquer comment vous vous êtes retrouvé administrateur de la fondation Fournier ? C'est ce que vous voulez savoir, n'est-ce pas, Miss Crisp ? répondit-il en la rejoignant.

Il releva les basques de sa redingote et s'assit à un bout du canapé, un pied légèrement avancé, sa canne entre les genoux. Il désigna ensuite le reste du canapé.

— Je vous en prie, asseyez-vous, et je vous le dirai.

Elle s'installa, tournée vers lui, mais pas à l'autre bout du canapé ;

elle s'assit sur les coussins du milieu, pour rester proche de lui. Pas proche au point de paraître cavalière, mais pas éloignée au point de passer pour une demoiselle froide. Puis elle posa les mains sur ses genoux et attendit.

— Si vous êtes d'accord, je souhaiterais vous parler dans ma langue maternelle.

Elle prit une soudaine inspiration en l'entendant parler français et ses yeux bleus s'écarquillèrent.

— Le français est votre langue maternelle, à vous aussi ?

Elle n'aurait pas dû être surprise, mais c'était pourtant le cas. Cette révélation ouvrait une boîte de Pandore remplie de questions, mais elle n'en posa aucune. Au lieu de cela, elle sourit et lui répondit dans la langue de Molière :

— J'ai très envie que nous parlions français. Mais il faudra m'excuser, car je ne suis autorisée à parler qu'en anglais ici, à la maison. Je serai donc en mesure de comprendre ce que vous me direz, mais je suis un peu rouillée au niveau de l'expression dans cette langue.

— Tout ce dont vous avez besoin, c'est d'entraînement et de confiance en vous. J'espère que plus nous converserons, plus vous trouverez cela facile. D'accord ?

Elle hocha la tête avec un sourire, mais ne répondit pas immédiatement. Non parce qu'elle ne le comprenait pas ou ne pouvait pas lui répondre, mais parce qu'elle avait besoin d'un instant pour se ressaisir. L'écouter et l'observer quand il parlait français avec aisance et de sa voix suave l'emplissait de sensations qu'elle ne comprenait pas et qu'elle aurait été incapable de décrire clairement si on le lui avait demandé. Tout ce qu'elle voulait, c'était s'allonger sur les coussins, fermer les yeux et le laisser parler encore et encore pour que ses mots la submergent, que son exquise conversation déferle sur elle telle une chaude couverture. Un mot lui vint en tête pour décrire ce sentiment : l'euphorie.

— Vous avez raison. Plus je parlerai en français, plus j'aurai confiance en moi pour continuer… avec vous, convint-elle, son euphorie se manifestant sous forme d'idiotie.

Elle serra ses doigts un peu trop fort, comme pour s'empêcher de tomber un peu plus bas dans une sorte de stupeur ridicule.

— Que vouliez-vous me demander ? Oh ! Non ! Vous d'abord, ajouta-t-elle en riant légèrement de sa propre petite erreur avant de se pencher vers l'avant. Vous avez proposé de m'expliquer comment vous vous êtes retrouvé administrateur de la fondation Fournier…

Il imita inconsciemment son geste, se penchant vers elle, et répondit :

— Je constate que mon rôle d'administrateur vous plaît.

Elle ne s'en était pas cachée, mais elle fut assaillie par un mélange d'émotions : elle était surprise qu'il ait remarqué sa satisfaction, pourtant évidente sur son visage, soulagée qu'il pense que cette satisfaction était liée à un intérêt commun pour l'avancée des connaissances médicales, et elle se sentait coupable de ne pas du tout avoir la fondation en tête, mais d'être égoïstement absorbée par ce qu'il lui faisait ressentir.

— En effet, monsieur. Je ne suis pas surprise que vous vous intéressiez à la médecine, car ce serait le cas de n'importe qui souffrant de votre affection. Toute recherche dévoilant les secrets et les merveilles du corps humain doit vous donner, à vous et aux autres, l'espoir qu'un jour, les médecins seront en mesure de vous proposer un traitement efficace, à défaut d'un remède.

— Aucun remède ne sera trouvé pour le mal caduc de mon vivant, Miss Crisp.

— Ce qui rend votre implication dans la fondation d'autant plus admirable.

— Vraiment ? On pourrait tout à fait considérer que mon implication est motivée par mon intérêt personnel.

— Dans quelle mesure ?

— Je m'intéresse à l'avancée de la médecine pour des raisons égoïstes. Les autres – et vous me pardonnerez de dire cela, j'en suis sûr – peuvent bien aller brûler en enfer avec leurs souffrances, ils n'ont aucune importance à mes yeux.

Lisa prit sa défense de façon tellement catégorique que le rouge monta aux joues d'Henri-Antoine.

— Si c'était vrai, un gentleman avec vos moyens n'aurait qu'à attendre que la médecine progresse sans lever le petit doigt. Après tout, vous avez la chance de pouvoir gérer votre maladie de la façon la plus civilisée qui soit et dans tout le confort possible. Vous n'avez pas besoin de vous impliquer personnellement dans le milieu médical, et encore moins dans la gestion d'une fondation charitable qui cherche à soulager, gratuitement, les pauvres du fardeau de leur maladie. Par ailleurs, palabra-t-elle, prenant ses aises sur le sujet et parce qu'il la regardait toujours droit dans les yeux, un gentleman comme vous n'a absolument pas besoin de montrer le moindre intérêt envers les malades démunis. Il existe un grand nombre d'organisations charitables auxquelles vous pourriez accorder votre temps, votre attention et votre richesse et qui n'ont aucun lien ni avec l'assistance aux pauvres, ni avec la médecine. Et pourtant, vous voilà administrateur de la fondation Fournier. Je ne crois donc absolument pas que vous condamneriez quiconque à aller brûler en enfer, et encore moins les pauvres, monsieur.

— Quant à moi, je crois que vous n'avez pas à vous inquiéter en ce qui concerne vos compétences en français, Miss Crisp. Avec un peu d'entraînement, je pourrais vous faire parler comme une vraie Française, si bien que même ma mère serait incapable de deviner que vous venez de ce côté-ci de la Manche, et non de l'autre.

— Oh ? Je n'ai pas à m'inquiéter ? Vous feriez cela ? Votre mère est française ? demanda-t-elle précipitamment.

Elle se sentit soudain timide, à cause de son éloge, parce qu'en mentionnant sa mère il avait rendu leur conversation d'autant plus personnelle, mais également parce qu'elle lui avait posé trois questions à la suite. Elle s'aperçut que sa réaction était absurde, se mit à rire derrière sa main et avoua :

— Vous trouverez peut-être que cela fait de moi une mauvaise élève, monsieur, mais je préférerais vous écouter.

— Mais… à l'évidence, le mauvais élève est celui qui n'écoute rien… ?

Il continua à froncer les sourcils, elle rougit donc et dit d'une petite voix, avant de baisser les yeux vers ses mains :

— Très juste. Ce n'est pas du tout ce que je voulais dire…

Un silence tellement long s'installa entre eux qu'elle s'efforça de relever les yeux vers lui. Elle vit qu'il la regardait intensément et sut qu'il comprenait la véritable signification de son aveu. Il esquissa un petit sourire et quelque chose brilla dans ses yeux foncés.

— Nous devrions peut-être créer un club d'admirateurs des locuteurs français… pour deux personnes ?

Elle lui rendit son sourire et lui dit avec espièglerie :

— J'adhérerai au club. À condition que vous soyez le seul à parler.

Il se mit à rire et leva instantanément un poing devant sa bouche pour s'arrêter.

— Pouvez-vous me dire ce qui vous a attiré dans la fondation Fournier ? demanda-t-elle à voix basse.

Son regard avait suivi la main d'Henri-Antoine jusqu'à sa bouche et elle remarqua pour la première fois qu'il avait retiré ses gants. Ses doigts étaient longs et effilés, ses ongles manucurés et il portait, sur l'auriculaire, une lourde chevalière en or ornée d'une intaille en cornaline dans laquelle étaient gravées ses armoiries.

— Au risque de vous ennuyer…

— Je vous demande pardon, monsieur, mais vous ne pouvez pas m'ennuyer, l'interrompit-elle sans s'en rendre compte, son attention toujours fixée sur sa chevalière et sur la signification de ces armoiries.

Quand il bougea la main et reposa son bras le long du dossier du canapé, vers elle, elle se ressaisit et reprit d'un ton sérieux qui contrastait avec la lueur dans son regard :

— Puisque nous sommes à présent les membres d'un tout nouveau club dédié aux locuteurs du français et que j'ai rejoint le club à condition et dans l'espoir que vous soyez le seul à parler, je dois donc écouter tout ce que vous avez à dire. Voyez, je ne m'ennuierai donc pas. Par ailleurs, continua-t-elle en sachant qu'elle palabrait – mais sans pouvoir s'arrêter, car il la regardait d'une drôle de façon qui la rendait à la fois heureuse et nerveuse –, vous avez une voix tellement agréable que vous pourriez parler de n'importe quoi que je vous écouterais, peu importe la langue. Mais je suis certaine que ce n'est pas nouveau pour vous, d'être ainsi complimenté. Et même si je ne vous ai entendu parler qu'en anglais et en français, je suis persuadée que vous devez également parler d'autres langues. Vous parlez trop bien pour vous être limité à deux langues. À Blacklands, j'ai aussi appris à lire, à écrire et à parler la langue de Dante. Mais depuis que j'habite avec les Warner, j'ai encore moins d'entraînement dans cette langue qu'en français. Mais vous… je pourrais vous écouter parler français toute la journée…

Une fois encore, le silence s'étira, mais cette fois-ci, elle ne put se résoudre à lever les yeux pour voir sa réaction tant elle était embarrassée de s'être autorisée à bavasser ainsi. Mais il lui semblait si facile de bavasser en français et avec lui. Elle n'aurait certainement pas été aussi expansive et sincère en anglais. Elle garda les yeux rivés sur l'avant brodé de son gilet en lin, observant les gerbes de muguet et les boutons recouverts d'un tissu assorti, attendant qu'il prenne la parole. Après tout, elle lui avait donné la permission de parler sans qu'il ait besoin d'aucune contribution de sa part.

Il accepta sa proposition.

— Je ne me souviens pas d'une époque où je ne me serais pas intéressé à la médecine, commença-t-il, en pleine réflexion. Peut-être qu'au début, ma curiosité a été piquée à cause de mon affection et du fait que presque depuis la naissance, je suis constamment entouré de médecins. Le placard près de ma chambre était une véritable pharmacopée. J'ai eu un médecin personnel jusqu'à mon adolescence et je ne me suis jamais déplacé, n'ai jamais rien fait sans mes ombres. J'en ai trois. La mienne et celles de mes acolytes, un nom bien plus sympathique pour les soignants qui me suivent partout. Et tout comme mon ombre, j'ai appris à les accepter comme partie intégrante de ma vie. Leur présence me donne une certaine particularité au sein de la société. Une existence aussi égocentrique est aussi libératrice qu'elle est restrictive.

» J'ai la chance d'avoir les moyens de ne rien me refuser. Les autres – la plupart des autres – n'auront jamais autant de liberté. Je suis incapable d'imaginer comment font les pauvres diminués par le mal caduc, qui doivent en subir les stigmates toute leur vie, pour fonctionner dans notre société en gardant un minimum de dignité… Mais la raison d'être de la fondation est de financer l'avancée de la médecine. Il s'agit d'un crédit charitable pour les médecins, apothicaires, chirurgiens et chercheurs, et pour leurs apprentis. Je crois – les administrateurs croient – que l'avancement des connaissances dans le domaine des sciences médicales est le seul moyen d'envisager un soulagement des souffrances, non seulement pour les pauvres, mais pour l'humanité tout entière.

» Mais je me rends bien compte que mes obligations en tant qu'administrateur ne représentent qu'un infime effort par rapport à ceux qui dédient leur vie à traiter les malades et ceux qui passent leurs journées à travailler dur dans les conditions les plus barbares qui soient, jusqu'aux coudes dans des dépouilles humaines avec pour seul objectif une meilleure compréhension du corps humain. Mes efforts ne peuvent pas non plus être comparés au réconfort que vous apportez à ces malheureux qui se rendent au dispensaire dans l'espoir d'être soulagés, à défaut d'être guéris, de leurs souffrances. Un sourire et un mot gentil doivent sûrement soulager leur douleur, ne serait-ce que pour ce bref instant. Et pour beaucoup, savoir qu'on pense à eux et qu'on les croit à propos de leur maladie suffit à les faire tenir, même s'ils sont trop concentrés sur eux-mêmes, comme je l'étais dans mon enfance, pour apprécier votre sourire et votre mot gentil à leur juste valeur.

— Monsieur, vous êtes trop bon…

— Je ne suis jamais *trop bon*, Miss Crisp. Et vous ne devriez pas être aussi modeste. Je reconnais le mérite de quelqu'un quand c'est justifié – en tout cas, je suis bien plus doué pour cela aujourd'hui… maintenant que je ne suis plus un petit garçon grognon et trop gâté.

— Grognon ? Jamais ! Trop gâté ? Oui, acquiesça-t-elle, la tête penchée sur le côté, le sourire aux lèvres et les yeux plongés dans ceux d'Henri-Antoine. Je veux bien croire que même quand vous étiez un petit garçon, vous aviez un avantage certain sur vos semblables, ce qui veut dire non seulement que vos parents et vos frères et sœurs vous gâtaient, mais également, j'en suis sûre, que tous ceux avec qui vous entriez en contact n'étaient que trop disposés à obéir à vos ordres sur-le-champ. D'ailleurs, je serais prête à parier que même votre médecin, vos nurses et vos ombres répondaient docilement à vos demandes enfantines.

Henri-Antoine fit la grimace, mais il n'était pas agacé, malgré son ton râleur qui laissait penser le contraire :

— Un avantage certain ? Des demandes enfantines ? Parbleu, Miss Crisp, où donc voulez-vous en venir ?

— Oh, je vous en prie, monsieur ! Vous plaisantez sûrement. Je vous l'ai déjà dit.

— Je ne vois pas du tout ce que vous insinuez, dit-il en haussant les épaules, les traits de son visage demeurant, il l'espérait, impassibles. Et pourtant, je suis le fier propriétaire de trois miroirs en pied et d'au moins cinq coiffeuses équipées de psychés.

Quand Lisa gloussa derrière sa main, il ajouta doucement en se penchant vers elle :

— J'exige que vous expliquiez plus clairement vos propos.

Son ton était taquin, mais l'intensité de son regard la mit soudain sur ses gardes. Elle frissonna, déglutit et détourna les yeux.

— Je vous en prie… par pitié, ne m'y obligez pas, répondit-elle en anglais.

Le charme fut rompu.

Il comprit immédiatement que leur joute verbale était allée trop loin pour elle ; elle restait, après tout, assez jeune et innocente, en dépit de ses dehors expérimentés et de sa maturité quand il s'agissait de s'occuper des patients du dispensaire ou de lui, dans les affres d'une crise d'épilepsie. Pour la deuxième fois en autant de semaines, il avait perdu pied et dépassé les limites, ce qui était inexcusable ; elle avait le pouvoir de le désarçonner. Il se rappela qu'ils étaient seuls et qu'il était un invité dans la maison de son tuteur. Si elle avait été une jeune femme célibataire de son propre milieu, on ne l'aurait jamais, sous aucun prétexte, laissée seule avec lui, et cela aurait été justifié.

Il se recula, laissa son bras retomber sur son genou et se souvint du paquet. Mais il ne lui semblait pas approprié de le lui donner à cet instant, car elle pourrait mal interpréter ses intentions. Il se donna donc du mal pour faire la conversation dans l'espoir de la mettre à l'aise et pour qu'elle se sente de nouveau en confiance avec lui. Il suivit son exemple et repassa à l'anglais :

— Mon grand-père maternel, chevalier de son état, était un médecin parisien. C'est peut-être de là que je tiens mon intérêt pour la médecine… C'est peut-être héréditaire ? se demanda-t-il, les yeux posés sur le pommeau incrusté de diamants de sa canne. C'était un guérisseur talentueux et, au grand désespoir de ses nobles parents, il a choisi d'étudier la médecine et non le droit. Pire, après avoir obtenu son diplôme, il n'a pas travaillé dans un cabinet privé où il aurait soigné les gens de sa propre classe sociale, mais il a utilisé ses dons de guérisseur pour aider les plus miséreux dans un hôpital appelé « La Salpêtrière », où les femmes de mauvaise réputation, les aliénés et ceux qui souffraient du mal caduc étaient incarcérés. Ce qui n'a rien de surprenant, car beaucoup pensent que les épileptiques ne sont qu'à un pas de la folie…

— C'est un préjugé sans fondement, le Dr Warner vous le dira.

— Dans ce cas, c'est l'un de nos hommes de médecine les plus éclairés.

— En effet, monsieur. Mais pardonnez-moi. Je vous ai interrompu alors que vous me parliez de votre grand-père…

— Je ne vais pas vous ennuyer avec les détails de sa carrière médicale, même si je sais que vous trouveriez de tels détails fascinants. Mon grand-père a attiré l'attention de la Cour de France et a été désigné médecin personnel de Philippe d'Orléans, régent de France pendant la minorité de Louis xv. Mes arrière-grands-parents ont vécu assez longtemps pour assister à cette consécration, mais heureusement, ils ont pu mourir en paix, avant la chute de leur fils… Permettez-moi de faire un bond dans le temps, jusqu'à un incident en particulier… Une dame de la Cour, une princesse allemande qui avait épousé un noble français, a accouché prématurément. Mon grand-père s'est occupé d'elle, mais hélas, l'enfant, un petit garçon, est mort. Cette mort a ruiné sa carrière. Il a été obligé de quitter la France. Il s'est retiré dans les États italiens, où il a continué à pratiquer la médecine tout en élevant ma mère seul, jusqu'à sa mort à cinquante-neuf ans. Ma mère pense – quand elle revient sur son enfance et sur certains épisodes pendant lesquels son père se renfermait – qu'il dissimulait son affection…

Lisa prit une petite inspiration et ses yeux bleus s'écarquillèrent.

— Votre grand-père souffrait du mal caduc, lui aussi ?

— C'est ce qu'affirme ma mère. Incidemment, on m'a donné l'un de ses prénoms… Mes parents n'auraient pas pu prévoir, à ma naissance, que je serais atteint de la même maladie…

Henri-Antoine s'interrompit, pensif, puis il reprit, avec une note d'émerveillement dans la voix et en détachant son regard de sa canne pour croiser celui de Lisa :

— Je n'ai pas parlé de mon grand-père depuis de longues années – à personne… Et je n'ai pas agi comme devrait agir un gentleman quand j'ai pris congé de vous, continua-t-il en douceur en constatant qu'elle était de nouveau à l'aise en sa compagnie. Je vous demande d'accepter ce petit quelque chose pour m'excuser de ma discourtoisie inhabituelle et pour vous remercier de m'être venue en aide chez Lord Westby.

Il prit le paquet posé sur la table basse et le déposa entre eux sur les coussins du canapé.

— C'est p-pour *moi* ?

— Pour vous.

Lisa regarda le paquet attaché par un ruban noir en fronçant les sourcils.

— Je vous en prie, attendez de l'avoir ouvert pour froncer les sourcils. Il pourrait ne pas vous convenir.

Le froncement de sourcils de Lisa disparut et elle sourit en le regardant dans les yeux.

— Je suis sûre que je l'aimerai, car il vient de vous. Puis-je le déballer ?

Henri-Antoine agita une main d'un geste alangui et soupira, même s'il était secrètement ravi de sa joie non dissimulée et anormalement inquiet de la réaction qu'elle aurait à son cadeau.

— Je vous en prie. Il ne peut pas se déballer tout seul.

— Très bien, dans ce cas, dit-elle en tirant sur le nœud. Mais je dois vous prévenir, je n'ai pas l'habitude de recevoir des cadeaux…

— Ce n'est qu'un petit quelque chose.

— … de quelque nature que ce soit. Il se pourrait que je verse une larme ou deux.

— Merci de me prévenir. Je vais préparer mon mouchoir.

Lisa gloussa, puis elle accorda toute son attention au paquet tandis que le ruban se défaisait et que le tissu retombait, révélant une boîte en bois rectangulaire. Elle était si éloignée de l'ordinaire qu'elle en devenait extraordinaire. À tel point que Lisa se figea, interdite.

ONZE

Lisa resta immobile et silencieuse, Henri-Antoine se pencha donc vers l'avant en fronçant les sourcils.

— N'est-elle pas à votre goût, Miss Crisp ?

Lisa secoua la tête et déglutit. Elle n'avait jamais vu plus bel objet. Même si on ne lui avait pas encore dit ou montré à quoi il servait, elle supposa qu'il s'agissait d'une écritoire en voyant le couvercle penché et les poignées rabattables de chaque côté. Elle avait vu quelques écritoires de belle facture quand elle était à Blacklands et avait envié ces jeunes filles qui avaient la chance de les posséder. En échange de leçons de lecture et d'écriture que Lisa avait données à son fils, l'un des menuisiers de l'école lui avait fabriqué la sienne, dont elle se servait encore. Cette simple boîte avait été construite à partir de chutes de bois. La partie penchée sur laquelle elle écrivait était recouverte de cuir de seconde main et les charnières étaient faites d'un métal quelconque. Elle avait été reconnaissante envers le menuisier de lui avoir fabriqué cette écritoire, car elle n'aurait pas eu les moyens de s'en acheter une elle-même.

Mais cette écritoire posée sur le canapé de sa cousine… c'était une vraie merveille. Un objet aussi beau que fonctionnel. Une œuvre d'art conçue avec soin, destinée à être admirée autant qu'utilisée. Elle avait sa place dans le boudoir d'une grande dame, qui pourrait l'emporter avec elle quand elle voyagerait dans un splendide carrosse tiré par quatre chevaux, avec peut-être un valet de pied en livrée qui serait employé dans le but précis de transporter un tel trésor et d'en prendre soin.

La vénération de Lisa était telle qu'elle hésita d'abord à caresser le couvercle, ce qu'elle fit ensuite délicatement, passant le bout de ses doigts sur le bois de palissandre d'un rouge chaud et reluisant, sur les incrustations de nacre bordant l'écritoire et sur les détails représentant du feuillage, sculptés et polis d'une main experte. La face avant était décorée d'incrustations similaires et équipée d'un verrou en laiton poli. Elle se demanda où se trouvait la clé, car elle était impatiente de l'ouvrir pour voir si l'intérieur était aussi magnifique que l'extérieur.

Comme si elle sentait qu'Henri-Antoine tenait la clé, elle releva les yeux vers lui, sa vision brouillée par les larmes. Il avait bel et bien la clé dans la main, mais il la mit de côté afin de chercher son mouchoir dans une poche de sa redingote et de le tendre à Lisa.

— M-mer-ci, bredouilla-t-elle en déglutissant avec difficulté avant de se sécher les yeux et les joues en les tapotant. J-je suis désolée. Elle est magnifique et elle a dû vous coûter cher, je suis donc légèrement bouleversée, autant par l'écritoire que par vous, car vous me l'avez offerte. Je ne m'attendais certainement pas à une quelconque rétribution après vous avoir apporté mon aide dans un moment de détresse…

— Et je ne vous insulterais pas en vous rétribuant, Miss Crisp. Quant au prix, il n'a que peu d'importance pour un homme aux moyens aussi extravagants que les miens. Par ailleurs, cette écritoire n'était pas la plus coûteuse de la sélection, mais c'était la plus raffinée. J'espère que vous me pardonnerez cette présomption, mais j'ai pensé qu'elle serait parfaite pour vous. Enfin, c'est le moindre de mes soucis. Ce qui me préoccupe, c'est de me réhabiliter à vos yeux, ce qui n'a pas de prix, dit-il d'une voix traînante et d'un ton on ne peut plus supérieur. J'insiste donc pour que vous acceptiez ce petit quelque chose, ce qui m'aiderait à me sentir mieux.

Son tic le trahit ; Lisa sourit et secoua la tête, loin d'être dupée par son air arrogant. Elle comprit qu'il faisait tout son possible pour la mettre à l'aise.

— Très bien, monsieur. Je ne voudrais pas provoquer le moindre malaise chez vous. J'accepte donc votre cadeau – pardon, votre *petit quelque chose* – avec toute ma gratitude. Cependant, je me demande comment vous avez pu savoir que j'écris beaucoup de lettres. Peut-être qu'au cours de vos recherches sur le dispensaire du Dr Warner, vous avez découvert mon rôle d'écrivaine publique pour les pauvres ?

— Une écrivaine publique pour les pauvres… ? Eh bien ! Vous ne cesserez jamais de me surprendre, Miss Crisp. Non. Je ne le savais pas. Et pourquoi les pauvres ont-ils besoin de vos services de scribe ?

Quand elle lui répondit, elle n'aurait pas su dire ce qui le surprit le plus ; qu'elle assure un tel service ou d'apprendre que la plupart des personnes qui venaient au dispensaire, si elles savaient lire, ne savaient pas écrire. Il lui prêtait une oreille tellement attentive qu'elle poursuivit, lui racontant qu'elle s'installait dans son coin avec son écritoire et que les pauvres faisaient la queue pour bénéficier de ses services ; ils lui dictaient les lettres qu'ils ne pouvaient pas écrire eux-mêmes.

— Voyez, cette belle écritoire sera donc utilisée à bon escient, et j'en prendrai bien soin, lui dit-elle joyeusement en laissant ses doigts la parcourir une nouvelle fois, comme si elle avait besoin de s'assurer qu'elle était bien là, qu'elle lui appartenait.

Il voyait bien que son cadeau la rendait très heureuse, ce qui l'emplissait de satisfaction. L'appréhension indésirable qu'il avait ressentie en se demandant si l'écritoire lui plairait s'évanouit quand il suivit du regard les doigts de Lisa qui caressaient le bois de palissandre poli et les incrustations en nacre.

— Je l'ai deviné en voyant vos doigts, avoua-t-il doucement. Les taches d'encre… Les taches d'encre sur vos doigts m'ont révélé que vous écriviez des lettres… Non ! Ne les cachez pas, dit-il d'un ton plus sévère que prévu quand elle retira vivement ses mains et serra les poings sur ses genoux. Vous ne devriez jamais avoir honte des signes révélateurs d'un travail honnête. Ils constituent une sorte de médaille d'honneur, n'est-ce pas ? Et maintenant que vous m'avez parlé des services que vous fournissez en tant qu'écrivaine publique auprès des pauvres, je suis plus que jamais enchanté de moi-même ; je vous ai offert un cadeau – pardon, un *petit quelque chose* – très approprié.

— « Enchanté de moi-même » ? répéta-t-elle en poussant une petite exclamation de surprise, cette déclaration orgueilleuse la faisant glousser. Comment faites-vous, monsieur, pour savoir exactement quoi dire pour me mettre à l'aise ? demanda-t-elle avec douceur.

Henri-Antoine haussa les épaules, comme s'il n'en avait aucune idée. Mais sa tentative de nonchalance échoua, car il ne pouvait s'empêcher de sourire face à son bonheur non dissimulé.

— Ah. C'est maintenant que je devrais vous dire que j'ai passé des années à cultiver l'insouciance sociale. Mais je sais que cela ne vous impressionnera pas…

— Vous avez raison. Je ne suis pas impressionnée.

— … je dois donc admettre que je ne peux pas vous donner de réponse en ce qui vous concerne.

— Ah non ?

Lisa fit la moue, incapable de dissimuler sa déception, et Henri-Antoine se surprit, une nouvelle fois, à arborer un immense sourire. Seulement cette fois-ci, il oublia de se réprimander mentalement pour ce comportement relâché et lui demanda d'un ton léger :

— Voulez-vous que je vous montre le mécanisme de votre écritoire, ou voulez-vous découvrir par vous-même ce que… ?

— Oh, oui ! Oui ! S'il vous plaît, montrez-moi… *tout*, l'interrompit-elle, impatiente.

Elle descendit du canapé, retira ses mules pour s'asseoir sur ses talons et, en prenant garde de ne pas écraser les jupons de sa robe, elle s'installa devant lui, sur le tapis. Il n'eut pas le temps de mettre sa canne de côté qu'elle était déjà installée, le dos droit, les mains posées sur les genoux, le menton relevé et les yeux brillants, dans l'attente de ses explications.

— Voudriez-vous me faire cet honneur ? demanda-t-il en lui tendant la clé.

Lisa hocha la tête et se releva sur les genoux pour faire tourner la clé en laiton, petite mais étonnamment lourde, dans le verrou. Quand il ouvrit le couvercle jusqu'à ce que les charnières en laiton poli soient à plat, elle se pencha légèrement vers l'avant, un sourire en coin se dessinant sur sa bouche quand elle découvrit, ébahie, que ce que l'écritoire cachait était encore plus luxueux que son revêtement extérieur. Les deux moitiés de l'écritoire étant à présent à plat, la surface penchée réservée à l'écriture était évidente. Cette partie était recouverte de cuir rouge vif délimité par un cadre ouvragé et orné de gravures en or. Elle pourrait placer une feuille de papier à cet endroit et écrire confortablement. Cette surface de cuir rouge était placée dans une structure au revêtement d'ébène incrusté de décorations nacrées en filigrane. D'un côté se trouvait un long espace de rangement divisé en plusieurs compartiments ; un pour les plumes, un pour les pointes des plumes et autre matériel, et de chaque côté, un emplacement réservé à un encrier. Il y en avait d'ailleurs deux, en verre taillé et fermés par des bouchons en argent.

Henri-Antoine en sortit un de son emplacement pour montrer à Lisa comment fonctionnait le mécanisme du bouchon en argent pour empêcher l'encre de fuir et lui apprendre à le dévisser. Il lui donna ensuite pour qu'elle essaye, ce qu'elle fit sans aucune difficulté. Mais quand il tendit la main pour récupérer l'encrier et le remettre à sa place, elle hésita et leva les yeux vers lui d'un air curieux. Sa voix se fit à peine plus audible qu'un murmure :

— Vous avez fait graver mes initiales sur les couvercles.

— Oui. Aviez-vous quelqu'un d'autre en tête… ?

Elle secoua la tête, trop bouleversée pour en dire plus, et rendit la petite bouteille à Henri-Antoine.

Ensuite, il tira délicatement sur une petite languette en cuir rouge située au milieu du bord supérieur de la surface d'écriture, et toute la moitié de l'écritoire se souleva tel un deuxième couvercle, révélant un autre compartiment en dessous.

— Vous pourrez ranger votre papier à cet endroit, lui indiqua-t-il. Mais ce n'est pas fini ! Permettez-moi de vous stupéfier encore plus…

— Est-ce possible ? J'en ai déjà perdu l'usage de la parole.

— J'ai remarqué… lança-t-il malicieusement.

Il remit le couvercle à sa place, tira sur une deuxième languette de l'autre côté, devant le compartiment réservé aux plumes et aux encriers, et souleva la surface d'écriture comme il l'avait fait précédemment. Cette moitié-là révéla également un compartiment. Il fit signe à Lisa d'approcher et de faire bien attention à ce qu'il faisait. Il fit glisser ses doigts le long du panneau en palissandre sous le compartiment et juste à l'instant où Lisa cligna des yeux, le panneau se détacha. Lisa prit une inspiration, surprise, et ses yeux s'écarquillèrent encore un peu, si toutefois cela était possible, quand il retira entièrement le panneau et lui montra le loquet à ressort en laiton qui le maintenait en place. Il suffisait d'appuyer à un endroit en particulier pour que le loquet se relâche, libérant ainsi le panneau. Elle s'apprêtait à demander à quoi cela servait quand, une fois le panneau enlevé, tout lui fut révélé.

— Il y a trois tiroirs secrets avec des poignées en os, soigneusement cachés sous le panneau en bois. Ils sont petits, mais assez grands pour contenir de petites notes ou des souvenirs. Vous serez la seule à savoir qu'ils sont là…

— Avec vous, dit-elle en lui souriant.

Elle tendit la main pour ouvrir l'un des tiroirs, puis le deuxième, et enfin elle fit coulisser le troisième.

— Oh, dit-elle en jetant un coup d'œil dans chaque tiroir avec un soupir de déception feint. Je pensais… Je pensais que peut-être, vous m'auriez laissé un petit mot…

— Un petit mot ? Vraiment ? Cette écritoire ne suffit-elle pas… ? Oh ! Ah ! Je vois, murmura-t-il, comprenant trop tard, quand elle plaqua une main sur sa bouche pour cacher son sourire, qu'elle le taquinait.

Mais il se reprit rapidement et continua d'une voix traînante qui contrastait avec l'étincelle d'hilarité dans son regard :

— Si je n'avais pas fait graver ces bouchons en argent, j'envisagerais de rapporter l'écritoire, espèce de misérable ingrate…

— Alors ça, non ! dit-elle avec véhémence, les mains avidement posées sur le cuir de la surface d'écriture.

Puis elle pensa soudain à quelque chose, se rassit sur ses talons en relevant le menton et dit avec dédain :

— Je vous en prie, monsieur. Prenez-la. Mais je vous mets en garde, en faisant cela vous perdrez tout avantage que vous pouviez avoir et vous cesserez de vous sentir mieux. *Par ailleurs*, insista-t-elle quand il voulut prendre la parole et poursuivant quand il pinça les lèvres dans une tentative évidente de réprimer un sourire, je ne peux tirer qu'une seule conclusion d'un châtiment aussi mesquin. Vous avez beau affirmer le contraire, vous êtes aussi grognon et gâté que quand vous étiez petit. Je suis certaine que ce n'est pas l'impression que vous souhaitez me donner, si ?

Il secoua sagement la tête avant de changer d'avis et de la hocher ; elle poussa une exclamation de surprise et se releva une nouvelle fois sur ses genoux, feignant d'être offensée. Mais son petit numéro tomba à plat quand elle perdit l'équilibre et tomba vers l'avant. Il l'attrapa par le haut des bras et ne la lâcha pas immédiatement, tout en veillant à la tenir à distance. Il observa son visage empourpré, toute hilarité ayant disparu.

— Il me semble juste de vous prévenir, Miss Crisp, dit-il à voix basse. Être grognon et agir tel un garnement trop gâté sont deux de mes plus grandes qualités.

Elle soutint son regard.

— Je ne vous crois pas.

Il la lâcha et se recula sur le canapé en évitant à tout prix de la regarder. Elle resta silencieuse et immobile, la sensation de ses doigts autour de ses bras s'attardant un long moment, au point de ne plus être agréable. Puis elle se reprit, soudain consciente du temps qui passait. Ils étaient seuls dans le salon depuis tellement longtemps qu'elle était persuadée que les administrateurs avaient eu le temps non seulement de faire une visite complète du dispensaire, mais également de monter inspecter l'amphithéâtre d'anatomie et la salle de préparation. Quant à lui, quelle que soit son identité, car il ne lui avait pas encore confié son nom et elle ne lui avait jamais demandé, il brillait sûrement par son absence.

L'écritoire était toujours ouverte et démontée. Quand elle voulut la réassembler, il se mit en mouvement et lui proposa son aide. Ses gestes et sa voix ne laissaient rien paraître de ce qu'il pensait. Elle lui demanda de lui montrer comment faire fonctionner le loquet à ressort pour qu'elle puisse retirer le panneau qui dissimulait les tiroirs secrets par elle-même. Il s'exécuta et lui fit répéter la manœuvre plusieurs fois, jusqu'à ce qu'elle la maîtrise parfaitement. Cet intermède leur laissa, à tous les deux, le temps et l'opportunité de retrouver l'aisance dont ils avaient joui en compagnie l'un de l'autre. Tant et si bien que quand on ouvrit délicatement la porte du salon pour y faire entrer un administrateur, Henri-Antoine et Lisa étaient tellement captivés par l'écritoire et l'un par l'autre qu'ils en avaient oublié tout le reste.

Lisa était à genoux, penchée sur l'écritoire, s'entraînant une dernière fois à libérer le loquet à ressort tandis qu'Henri-Antoine était si proche d'elle qu'il aurait pu compter chacun des cils foncés encadrant ses yeux bleus. Et si lui était parfaitement conscient de sa présence, il était persuadé qu'elle avait de son côté oublié la sienne. Elle se concentrait sur le loquet, apprenait à s'en servir pour s'assurer qu'elle pourrait révéler les tiroirs cachés et replacer correctement le panneau. Il reporta rapidement son attention sur la tâche qui la préoccupait et rapidement, ils rapprochèrent leurs têtes afin d'inspecter chaque coin et recoin de l'écritoire. En même temps, il se surprit à lui raconter sa visite chez Toulmin & Gale sur New Bond Street, lui expliquant qu'il y était revenu plus tard ce même soir pour récupérer l'écritoire après que les bouchons en argent des encriers avaient été gravés. Le propriétaire n'avait été que trop heureux de garder sa boutique ouverte jusque très tard dans la nuit pour s'assurer que l'écritoire conviendrait à son client.

Il ne fut donc pas surprenant que tous deux sursautent et se tournent en même temps vers la porte quand on s'adressa à eux.

— Désolé de vous interrompre, mais nous sommes attendus à l'étage, dit familièrement Jack à Henri-Antoine.

Il avait attendu que son meilleur ami ait fini de raconter sa visite chez Toulmin & Gale, ce qui lui avait également permis d'observer la jeune fille à genoux sur le tapis aux pieds d'Henri-Antoine. Il ne l'aurait pas reconnue après leur brève rencontre dans le couloir de la maison de ville de Westby. Il avait été trop distrait par l'état de santé diminué d'Henri-Antoine pour prêter vraiment attention à elle ; il avait seulement remarqué qu'elle était jeune et jolie et qu'elle faisait preuve de bien trop de sang-froid pour une fille se retrouvant dans une telle situation, sang-froid qui lui avait rappelé sa tante Deb. Il n'aurait jamais pensé rencontrer une autre femme comme la duchesse de Roxton.

À la lumière du jour, ses joues légèrement empourprées et ses yeux brillants, vêtue d'une simple robe en coton au motif floral et ajustée au niveau de ses longs et minces bras et sur sa silhouette élancée, cette jeune fille était encore plus jolie que ce qu'il avait d'abord pensé. Puis elle lui sourit quand elle le reconnut, son charmant sourire illuminant son visage. Il se corrigea intérieurement : elle n'était pas jolie, elle était belle, aussi belle et ensoleillée qu'une journée de printemps.

— Bonjour, dit-elle en se relevant, autorisant Henri-Antoine à l'aider.

Elle lissa ses jupons, chercha ses mules du regard, les glissa sur ses pieds vêtus de bas et traversa la pièce avant de se baisser en une simple révérence pour le saluer.

— Cette journée est pleine de surprises. Êtes-vous un administrateur, vous aussi ?

Jack s'inclina devant elle et ne put s'empêcher de sourire.

— Oui. Seulement, et j'en suis désolé, selon les conditions de notre visite, je ne peux pas me présenter à vous dans les règles, Miss… Miss… ?

— Miss Crisp. Peu importe. Votre ami Harry ne s'est pas présenté non plus…

— Que diable… ! s'exclama Henri-Antoine, incapable de contenir son incrédulité.

Il était sidéré. Le grand sourire imbécile de Jack n'améliora pas son humeur. Il les rejoignit à grandes enjambées et, sans prêter attention à Jack, demanda à Lisa :

— Depuis combien de temps connaissez-vous… ?

— Votre nom ? Depuis ma visite chez Lord Westby. Jack… commença-t-elle en se tournant vers ce dernier. Vous vous appelez bien Jack, n'est-ce pas, monsieur ?

Quand il hocha la tête, elle continua :

— Jack vous a appelé Harry ce soir-là, j'ai donc supposé qu'il s'agissait de votre nom.

Pour des raisons qu'il ne comprenait pas, il n'appréciait pas de l'entendre prononcer son nom et celui de Jack avec autant de familiarité. Même s'il avait été à l'aise avec elle quand ils n'étaient que tous les deux, le simple fait de penser à cet écart de conduite suffisait à le mettre mal à l'aise. Par ailleurs, il était agacé que Jack les ait interrompus et qu'elle mette en péril ses facultés de discernement. Il tenta donc de rétablir un certain ordre – car dans sa vie, l'ordre régnait – et échoua misérablement.

— Ce n'est pas mon nom, articula-t-il froidement. C'est ainsi que *lui* m'appelle. Et il ne s'appelle pas Jack. C'est ainsi que *moi*, je l'appelle. Effacez donc ce sourire satisfait et sachez que non, vous ne pouvez pas vous adresser à nous de façon aussi familière…

— Attendez un peu, Harry, dit Jack en prenant rapidement la défense de la jeune femme. Tout le monde m'appelle Jack. Et je ne suis pas le seul à vous appeler Harry. C'est le cas de la plupart des membres de la famille, à l'exception de votre mère, et…

— Restez en dehors de cela ! lança sèchement Henri-Antoine sans détacher son regard de Lisa.

Jack leva les bras au ciel et fit deux pas en arrière. Ce n'était de toute façon pas la peine qu'il prenne la défense de Lisa, car elle était loin d'être contrariée. D'ailleurs, s'il s'était senti comme un intrus en entrant dans la pièce, cette impression fut confirmée quand il assista à la joute verbale entre ces deux-là. Mais tandis qu'il en appréciait chaque minute, Henri-Antoine était un peu plus gêné à chaque seconde qui passait. Si quelqu'un avait raconté cette scène à Jack, il n'y aurait pas cru, n'aurait pas cru cela possible d'Henri-Antoine, qui semblait toujours tout savoir mieux que tout le monde… Apparemment, Jack s'était trompé.

— Vous êtes agacé, car vous vouliez me dire votre nom vous-même, et cela n'est maintenant plus possible, répondit Lisa à Henri-Antoine. Mais je ne sais pas pourquoi vous voulez que votre nom reste secret… Et vous ne pouvez pas utiliser les consignes de la fondation Fournier comme excuse. Il s'agit de votre deuxième visite ici. Et j'ai eu l'obligeance de vous dire mon nom dès la première fois…

— Mais pas votre âge. Vous ne m'avez toujours pas dit quel âge vous avez. Il n'y a pas de quoi sourire ainsi, grommela-t-il. Je suis totalement sérieux.

Lisa fit un pas en avant pour que Jack ne puisse pas l'entendre.

— Oui, je le vois bien. Ce n'est pas en faisant appel à deux de vos « plus grandes qualités » que vous m'inciterez à me plier à vos demandes. Je refuse d'être contrainte de façon aussi sournoise.

Malgré son intention de rester sérieux, il comprit rapidement qu'il ne trouverait pas de quoi se défendre contre elle.

— Miss Crisp, vous êtes une petite effrontée, dit-il à voix basse et d'un ton traînant en baissant les yeux sur son visage souriant et penché vers l'arrière. Et vous ne pourrez pas me contraindre, moi, avec votre douceur et votre lumière. Je me suis brûlé bien trop de fois, ces ruses féminines n'ont plus d'effet sur moi.

— Je ne suis pas entièrement sûre de comprendre ce que vous voulez dire, monsieur, lui dit Lisa en battant des paupières.

Il la croyait. Et il risquait fortement de se brûler les ailes s'il restait encore longtemps près de sa flamme. Il avait tellement envie de la prendre dans ses bras et de l'embrasser… Cette pensée le sortit de sa rêverie. Il reprit conscience de ce qui les entourait et de la raison pour laquelle ils étaient là, mais il continua à se sentir légèrement enivré. Il se sentait tellement faible d'esprit et désorienté qu'il se demanda s'il n'était pas victime d'un début de crise. Mais cette sensation était différente de tout ce qu'il avait jamais connu, et c'était ce qui le perturbait le plus, tant et si bien qu'il se détourna et s'approcha de la fenêtre ; il avait besoin de temps et d'espace pour savoir s'il devait prendre congé et envoyer chercher les acolytes.

On ouvrit la porte du salon pour laisser entrer Minette Warner, accompagnée de Michel Gallet. Elle agitait son éventail et répondait au majordome par-dessus son épaule. Mais quand elle se tourna vers la pièce et se retrouva face à sa cousine et à deux gentilshommes, son sourire s'effaça. La couleur envahit son visage et elle pinça les lèvres. Elle examina Lisa, lança un coup d'œil à Jack, puis à Henri-Antoine, et enfin son regard se posa sur le canapé, sur la jolie boîte en bois filigranée posée sur du tissu et sur un long ruban noir.

— Quelle surprise de vous trouver en train de recevoir nos invités en mon absence, Lisa, dit Minette Warner avec un sourire pincé. Vous pouvez retourner dans votre chambre, où on vous avait dit de rester, et finir de préparer vos bagages. Et assurez-vous d'enlever cette robe. Vous ne voudriez pas l'abîmer avant même d'arriver à destination. Le coton est fragile et très fin, puisqu'il a déjà été porté à de nombreuses reprises par Henriette. Vous auriez très bien pu déjà faire des trous dans le tissu.

Lisa fit une révérence, embarrassée d'avoir été prise sur le fait par sa cousine, même si elle n'avait rien fait de mal, et mortifiée qu'elle évoque sa robe de seconde main aussi ouvertement et devant un gentleman qui était toujours vêtu avec une telle élégance qu'il donnait l'impression d'aller au bal. Cependant, tout ce qu'elle aurait pu dire aurait semblé mesquin et par ailleurs, elle était sous le toit de sa cousine et c'était grâce à la générosité des Warner qu'elle pouvait rester chez eux. Elle resta donc silencieuse et voulut récupérer son écritoire sur le canapé.

— Laissez-la. Elle ne peut certainement pas vous appartenir…

— Pardonnez-moi de vous interrompre, madame, dit Henri-Antoine avec une politesse glaciale.

Il n'aurait pas su dire ce qui faisait le plus bouillonner son sang ; le ton condescendant avec lequel cette femme s'était adressée à une jeune fille qui vivait sous son toit et qui n'était clairement pas une domestique, ou de voir la lumière s'éteindre dans les yeux de Lisa quand on l'avait réprimandée.

— L'écritoire appartient bel et bien à Miss Crisp, continua-t-il. Elle en fera certainement bon usage en tant qu'écrivaine publique…

Minette Warner était si surprise qu'elle en oublia ses manières et lança d'un ton moqueur :

— Je doute fortement que la rédaction de lettres pour les pauvres nécessite du matériel d'écriture aussi coûteux et ornementé. Et je suis certaine que vous ne m'en voudrez pas de dire cela ; Lisa étant mineure, elle n'a pas à accepter de cadeaux de la part d'une personne que son tuteur ne connaît pas.

Henri-Antoine inclina la tête d'un geste d'une extrême politesse et esquissa un mince sourire. Jack n'aimait pas du tout ce sourire, et il attendit que son meilleur ami attaque. Et s'il ne le faisait pas, lui-même se chargerait volontiers de remettre cette créature à sa place.

— Je reconnais… commença Henri-Antoine avant d'être grossièrement interrompu.

— Voilà, Lisa. Maintenant, filez.

— Je reconnais que vous n'avez pas dû réfléchir à votre réponse, reprit Henri-Antoine. Et je ne vous excuse pas de déclarer des évidences, ni d'insinuer que ce cadeau avait quoi que ce soit d'inapproprié.

Tandis que Minette Warner ouvrait et refermait la bouche, essayant de trouver les bons mots pour répondre à un tel dénigrement, il se tourna vers Lisa et lui dit doucement :

— Quand vous aurez rangé votre écritoire, Miss Crisp, revenez ici et joignez-vous à nous pour le dîner. Les administrateurs auront peut-être des questions à vous poser concernant vos missions dans le dispensaire.

Lisa s'arrêta devant lui en serrant contre sa poitrine l'écritoire qu'elle avait rapidement emballée.

— En venant ici, je me suis déjà attiré assez d'ennuis que je ne saurais aisément expliquer, murmura-t-elle.

— Vous seriez-vous attiré les mêmes ennuis si vous étiez venue à mon carrosse quand je vous ai rendu visite pour la première fois ?

Lisa hocha la tête.

— Vous ne feriez que les aggraver en me faisant assister à un dîner auquel je ne suis pas conviée.

— J'invoque mon droit de requête en tant qu'administrateur. Et si ce cher médecin et sa dragonne de femme veulent que la fondation finance ses projets, ils ne s'opposeront pas à votre présence lors du repas.

— Monsieur, c'est une bataille que je vous demande d'abandonner, insista Lisa. Ne me demandez pas de participer au repas. Il y aurait des… conséquences… Demain, je pars en voyage, ce qui donnera au moins à ma cousine le temps de pardonner mon infraction, à défaut de l'oublier.

Henri-Antoine la regarda droit dans les yeux. Elle ne cilla pas et ne détourna pas le regard.

— Si c'est ce que vous souhaitez.

— C'est ce que je souhaite.

— Très bien. Dans ce cas, je renoncerai à votre compagnie… Partez-vous longtemps ?

— Pendant deux semaines.

— Ces deux semaines seront-elles agréables ?

Le sourire de Lisa refit surface.

— Oui. Je vais assister au mariage d'une amie.

— Quelle coïncidence. Moi aussi. Il va se passer la corde au cou, dit-il en désignant Jack d'un geste de la tête.

Lisa se tourna vers Jack, puis elle reporta son attention sur Henri-Antoine, les yeux écarquillés et les lèvres entrouvertes, comme si elle venait de penser à quelque chose de trop beau pour être vrai. Le tic d'Henri-Antoine refit surface tandis qu'il l'observait. Ils se regardèrent et Lisa sut qu'ils pensaient à la même chose. L'exprimer à voix haute était inutile. Leurs regards pleins d'allégresse suffisaient à communiquer cette pensée étrange : ne s'agirait-il pas de la plus merveilleuse des coïncidences s'ils se rendaient au même mariage ?

Ils étaient loin de se douter que leur souhait était sur le point de se réaliser, leur apportant des réjouissances et des tribulations qu'aucun d'eux n'aurait pu anticiper, mais qui finiraient par changer leur vie à jamais.

DOUZE

Il faisait encore nuit quand on réveilla Lisa et Becky pour qu'elles se préparent avant d'être emmenées à l'auberge Bell Savage sur Ludgate Hill, où elles monteraient à bord de la diligence qui partait en direction de Southampton et dans laquelle elles voyageraient jusque dans le Hampshire. Un fiacre sur lequel on avait déjà attaché leurs bagages les attendait dans la rue. Elles se dépêchèrent donc de s'asperger le visage d'eau froide, d'arranger leurs cheveux et de s'habiller. Après avoir enfilé leurs capes, bonnets et gants, elles descendirent l'escalier et montèrent dans le fiacre. Elles découvrirent que le Dr Warner les y attendait ; il donna au cocher l'ordre de se mettre en route.

— Je… enfin, nous, Mrs. Warner et moi, ne pouvions pas, en toute conscience, vous laisser partir toutes seules, avoua-t-il. Nos esprits seront bien plus tranquilles si je vous vois de mes propres yeux monter dans la diligence et vous installer sur un siège intérieur pour lequel nous avons payé et si je m'assure que vous avez tout ce qu'il vous faut pour que le trajet soit agréable.

— Merci, monsieur. C'est très gentil, répondit Lisa en réprimant un bâillement dans son poing ganté et en s'efforçant d'avoir l'air plus éveillée que ce qu'elle était réellement. Je dois bien avouer que j'appréhende le voyage, mais encore plus de nous orienter à l'auberge. J'apprécie donc votre prévenance. Je suis certaine que nous pourrons nous détendre quand nous serons installées dans la diligence et que nous pourrons admirer le paysage quand le soleil sera levé. Y aura-t-il beaucoup de monde à Bell Savage à cette heure-ci ?

— Beaucoup de monde ? Je peux vous garantir qu'il y en aura énormément, du monde, répondit gravement le médecin, prêt à tout lui expliquer. À cette heure-ci, les véhicules de nuit arrivent dans la cour tandis que ceux de jour, tirés par de nouveaux chevaux, partent dans toutes les directions. L'auberge en elle-même est un établissement assez grand qui annonce disposer de quarante chambres et pouvoir recevoir plus d'une centaine de chevaux dans ses écuries. Il y a non seulement des coches qui vont et viennent, mais aussi des chariots qui transportent tout un tas de marchandises dans les comtés. Elles s'empilent si haut que les chariots doivent être tirés par un attelage de huit chevaux. Et il y a ceux qui ont plus d'argent que de bon sens et qui louent leurs propres véhicules privés pour les emmener où ils veulent…

Lisa se demanda comment faisait le médecin pour être aussi alerte ; il devait avoir très peu dormi après avoir passé tout l'après-midi et le dîner avec les administrateurs de la fondation Fournier. De plus, elle savait qu'il dédiait chaque soir quelques heures à la rédaction de ses notes et à la conception d'une expérience ou d'une autre dans le laboratoire du grenier. Et voilà qu'à trois heures du matin, il donnait l'impression que c'était le milieu de la journée, se montrant aussi verbeux que d'habitude avec elle. Elle fit de son mieux pour se concentrer sur ce qu'il lui disait.

— Et comme si tout cela ne suffisait pas à attaquer les yeux et les oreilles des voyageurs les plus blasés, dit-il, poursuivant sa description de l'auberge Bell Savage, des garçons d'écurie se crient dessus d'un bout à l'autre de la cour en passant à l'action quand un véhicule arrive, et il y a aussi les employés de l'auberge qui font des allers-retours avec des bagages et des rafraîchissements pour les voyageurs et les cochers. Il y a aussi tout un groupe de garçons qui, pour une petite pièce, s'empressent d'accompagner les gens à leur véhicule, aident à porter leurs grosses valises s'ils en ont l'autorisation et essayent de leur vendre une orange pour la route à un prix exorbitant, alors que les vendeurs d'oranges, de pommes, de tartes toutes chaudes et de pain vendent leurs produits à la criée dans la rue pour moitié moins cher ! (Il resta pensif un instant.) Cet endroit est tellement bondé et bruyant que ce n'est pas étonnant que les accidents soient fréquents… Il y a bien longtemps, avant mon mariage avec la deuxième Mrs. Warner et alors que je ne vivais pas encore sur Gerrard Street, j'avais un cabinet sur Ludgate Hill… Un jour, j'ai reçu le cadavre encore chaud d'un garçon qui venait de Bell Savage. Il s'était retrouvé coincé entre un mur et un chariot lourdement chargé qui quittait la cour. Il a été écrasé sous le porche… Le bas de son torse a été aplati, ses deux jambes brisées et ses pieds ont été sectionnés par les roues… Il est mort presque sur le coup. Dieu soit loué. Ils m'ont dit qu'il avait dix ans, qu'il était petit pour son âge, mais selon moi il ne pouvait pas avoir plus de six ans. Son crâne était parfait. Ses dents de lait, en excellent état, n'étaient même pas encore tombées, sa deuxième rangée de dents était encore dans sa mâchoire. Le crâne du jeune William m'assiste encore dans mes leçons à ce jour…

— La visite des administrateurs et le dîner se sont-ils bien passés, monsieur ? Pensez-vous les avoir convenablement impressionnés… ? demanda Lisa, espérant changer de sujet et les éloigner des cadavres et des crânes parfaits.

Elle était habituée à discuter de telles choses au petit déjeuner, mais ce n'était pas le cas de Becky. Cette dernière écarquillait les yeux, horrifiée, et n'avait plus du tout le même air endormi que quand le fiacre s'était mis en route.

— La visite ? Le dîner ? Les administrateurs ? Ah, oui ! répondit le Dr Warner, Lisa ayant réussi à détourner son attention. J'ai eu une conversation tout à fait fructueuse avec mes confrères, le Dr Willan et le Dr Blizard. J'ai bien vu qu'ils enviaient plus qu'un peu les locaux que je propose à mes étudiants en anatomie. Ce qui est de bon augure pour leur rapport. Quant au Dr Bailey, c'est un médecin des plus distingués qui a les manières d'un gentleman. C'est ce que j'avais entendu à son propos, et être en présence de l'homme en personne a prouvé que les rumeurs disaient vrai. Et il n'y a rien d'étonnant à cela ! Dans le passé, il était le médecin personnel de nul autre que le glorieux cinquième duc de Roxton, un vieil aristocrate absolument formidable…

— L'époux de la duchesse de Roxton, dont ma tante a été la femme de chambre ?

— Celui-là même. Comme vous pouvez vous en douter, Mrs. Warner était ravie de l'apprendre. Nous étions tous les deux très honorés qu'un gentleman qui connaît bien la famille de Sa Grâce dîne à notre table. Naturellement, il est resté circonspect à propos des années qu'il a passées auprès du duc et a refusé d'en dire plus à ce sujet – il était même très réservé –, malgré les efforts de Mrs. Warner pour le pousser à nous raconter une ou deux petites anecdotes.

— Je suis sûre que ma cousine a fait tout son possible, monsieur, dit Lisa avec tout le sérieux dont elle était capable et en s'empêchant de lever les yeux au ciel en imaginant les efforts de sa cousine pendant le repas pour inciter le Dr Bailey à parler des années pendant lesquelles il avait été médecin auprès d'un duc, et pas n'importe quel duc, mais celui que la mère de sa cousine avait servi.

Minette avait sans aucun doute trouvé un moment approprié pour leur raconter, à lui et aux autres administrateurs, qu'elle avait elle-même un lien avec cette maison ducale. Cette information n'avait pas dû la rendre plus sympathique aux yeux des autres convives.

Le Dr Warner se pencha vers l'avant en souriant.

— Et je dois vous révéler quelque chose à propos de l'honorable jeune homme qui a le profil de Jules César et qui a pris l'initiative de discuter avec vous dans le salon. Je suis sûr que vous serez aussi impressionnée que moi.

— Oui, monsieur ? Qu'avez-vous appris ? s'enquit Lisa avec un nouvel effort pour garder son sérieux.

Cette fois-ci, cependant, c'était parce qu'elle sentait son visage se réchauffer à la mention de celui qui ne lui avait pas encore révélé son nom, même si elle savait que Jack l'appelait Harry. Le Dr Warner n'avait quand même pas découvert son nom…

— Seulement qu'il a rencontré le *Dottore* Lazzaro Spallanzani en personne !

Lisa fut déçue, puis perplexe.

— Le *Dottore*… Spallan… Spallanzani… ?

— En personne ! Vous imaginez ?

— J'aimerais en être capable, monsieur. Il faut que vous m'en disiez plus sur lui.

— Spallanzani est un professeur on ne peut plus brillant, c'est l'un des plus grands esprits de notre époque. Sa théorie sur la production spontanée de microbes est tout à fait instructive. Mais ses plus grands travaux sont dans les domaines de la fécondation et de la digestion humaine. Il a été fait membre de la Royal Society pour sa contribution à la science.

— Il semblerait que cet honneur soit tout à fait mérité, au vu de ses travaux scientifiques, répondit Lisa, incapable d'enrichir la conversation de la moindre connaissance scientifique.

Elle lança un coup d'œil à Becky, qui semblait dégoûtée d'entendre parler de « digestion humaine », et dut réprimer un sourire avant de reprendre :

— Vous disiez que l'un des administrateurs avait eu l'honneur de le rencontrer ?

— Pas un, mais deux administrateurs. Pendant leur Grand Tour, les deux jeunes gentlemen ont rendu visite au cher *dottore*. Mais c'est celui qui a un visage digne d'une pièce de monnaie romaine qui était à l'initiative de cette visite. Il s'intéresse vivement à la science et à la médecine.

— C'est peut-être la raison pour laquelle il est devenu administrateur de la fondation Fournier… ?

— En effet ! Oui ! Sans doute, répondit le médecin avec entrain avant de prendre soudain un air sérieux, de se pencher vers l'avant et de lui demander avec un air de conspirateur : Il ne vous aurait pas dit son nom, à tout hasard… ?

Quand Lisa secoua la tête, il ajouta avec un hochement de la sienne :

— Je ne le pensais pas… Mais Mrs. Warner se posait la question et m'a demandé de vous interroger… Elle a remarqué qu'il portait une bague…

— Ornée d'une intaille de cornaline sur laquelle sont gravées des armoiries.

— Celle-là même ! Mrs. Warner a immédiatement reconnu les armoiries de la famille Hesham, dont le duc de Roxton est à la tête. Elle a dit qu'elle les reconnaîtrait entre mille, car elles étaient peintes sur les portes du carrosse de la duchesse de Roxton, qui rendait visite à sa mère à l'occasion…

— Il fait partie de la famille du duc de Roxton ! laissa échapper Lisa avant de pouvoir s'en empêcher.

— C'est la raison la plus plausible pour expliquer qu'il porte une telle bague. Qui, à l'exception d'un membre de la famille, oserait la porter ? Si c'est bien le cas, cela explique qu'il connaisse le Dr Bailey, ce qui lui aurait donné une raison de devenir administrateur de la fondation… Ah ! Nous sommes arrivés ! Avant de descendre, prenez donc ceci, dit-il en tendant à Lisa un paquet qu'il avait posé sur le siège à côté de lui et qu'elle n'avait pas remarqué. Votre nouvelle écritoire…

— Ma nouvelle écritoire ? l'interrompit Lisa, toujours abasourdie par ce qu'elle venait d'apprendre à propos de celui à qui appartenait la bague à la cornaline et en se demandant la nature exacte de sa relation avec la famille Hesham. Pardonnez-moi, monsieur, mais Mrs. Warner a dit que je devais la laisser à Gerrard Street, car il s'agit d'un objet de valeur…

— C'est vrai. Mais je me suis opposé à sa décision, car ce n'était pas la bonne. Ce cadeau vous appartient, il doit vous revenir. C'est un magnifique accessoire d'écriture et par ailleurs, ce voyage est l'occasion rêvée de vous en servir. J'ai pris la liberté d'y mettre quelques feuilles de papier, vos plumes et de remplir les encriers… Ah ! Que se passe-t-il ! Ça alors ! Diantre ! Il ne faut pas se mettre dans un état pareil, ma très chère petite, dit-il avec un petit rire nerveux quand Lisa se jeta à son cou pour l'étreindre, ses remerciements étant étouffés dans le col remonté de son manteau.

Il lui tapota l'épaule, se recula, plaça l'écritoire enveloppée dans un sac en tissu dans ses mains gantées et ajouta avec un sourire :

— Ne pleurez pas, Lisa. Vous devez profiter de ces moments que vous allez passer avec votre amie d'école. Compris ?

Quand elle hocha la tête en reniflant, il donna une chiquenaude à sa joue rouge avant de plonger la main dans une poche de son manteau. Il glissa une petite bourse en velours dans la main de Lisa.

— Vous aurez peut-être besoin de ceci pendant votre voyage. Servez-vous-en sagement. Et rangez-la rapidement, dans une poche sous vos jupons si vous en portez une…

— Monsieur, c'est beaucoup trop, dit Lisa d'une petite voix quand elle sentit le poids de la bourse.

Il agita une main gantée et elle chercha rapidement, sous sa cape, la fente dans ses jupons qui permettait d'accéder à la poche nouée autour de sa taille. Elle rangea la bourse, ressortit sa main pour agripper l'écritoire et dit avec un sourire larmoyant :

— Merci, monsieur. Vous êtes trop gentil et trop généreux.

Le Dr Warner se pencha en avant pour lui murmurer à l'oreille :

— Vous avez environ quinze shillings et quelques pence. Donnez un pourboire au cocher et au garde selon le taux en vigueur, un peu plus s'ils sont vraiment gentils avec vous. Achetez des rafraîchissements pour vous deux…

— Mais, monsieur, la cuisinière nous a donné des pommes et des oranges et nous avons aussi du pain, des biscuits aux amandes et du gâteau à l'orange. Tout est dans la sacoche de Becky. Nous n'aurons pas besoin de…

— Si vous n'en avez pas besoin dans l'immédiat, vous en aurez peut-être besoin plus tard…

Lisa, les larmes aux yeux, le regarda en battant des paupières.

— C'est trop, monsieur.

Il sourit et sa réponse la surprit.

— C'est loin d'être assez pour toutes les heures que vous passez dans mon dispensaire à aider et réconforter mes patients. Ne pensez surtout pas que vos efforts passent inaperçus. Non seulement dans le dispensaire, ajouta-t-il en ricanant alors qu'on ouvrait la porte de la diligence, mais aussi lors du petit déjeuner, quand je suis le plus loquace ! Maintenant, laissez-moi vous accompagner jusqu'à la diligence qui va vers Southampton.

La cour du Bell Savage était aussi bruyante et bondée que l'avait prédit le médecin. Le bruit était encore plus retentissant et discordant que prévu, tandis que le mouvement des animaux, des gens et des véhicules était plus chaotique et frénétique encore qu'annoncé, si toutefois cela était possible. On les avait déposés au milieu de la cour de l'auberge. Les deux jeunes filles levèrent immédiatement la tête vers les hauts bâtiments parcourus de galeries ouvertes sur deux étages, et ce des deux côtés. Dans la faible lueur d'une centaine de chandelles, des gens allaient et venaient le long de ces galeries et les clients se penchaient par-dessus les balustrades pour observer l'agitation en dessous d'eux.

Elles étaient tellement fascinées qu'elles se seraient perdues si le Dr Warner n'avait pas attrapé le bras de Lisa ; à son tour, elle prit celui de Becky. Puis ils serpentèrent dans le tourbillon d'agitation provoqué par les passagers et domestiques qui semblaient aller dans toutes les directions. Ils suivirent quatre jeunes garçons qui portaient les malles de Lisa et Becky entre eux, créant un passage en avançant et hurlant à pleins poumons : « Laissez passer ! Laissez passer ! ».

Rapidement, ils se retrouvèrent devant une grande diligence. Des bagages étaient attachés sur le toit à l'aide de sangles et les passagers extérieurs s'agglutinaient autour du véhicule, impatients de monter à bord. On s'occupait des chevaux et le siège du cocher était toujours vide, les deux jeunes filles avaient donc encore le temps de s'installer. Trois individus étaient déjà assis à l'intérieur, un mari et sa femme encadrant un jeune garçon qui ne devait pas être beaucoup plus vieux que le pauvre jeune William quand il avait perdu la vie et que son crâne était devenu un accessoire d'enseignement pour le Dr Warner.

Le médecin parlait au bagagiste en chef qui l'écoutait d'un air grave, comme si c'était un duc qui s'adressait à lui. Il lança un coup d'œil à Lisa et Becky qui se tenaient à côté du médecin, hocha la tête, puis Lisa vit le Dr Warner glisser quelque chose dans la main de cet homme – sans doute une petite pièce pour le remercier de sa coopération. Ce dernier hocha derechef la tête, sourit et se découvrit d'un geste indiquant qu'il comprenait. Ensuite, on fit monter les malles de Lisa et Becky à bord, pas sur le toit avec le reste des bagages, mais à l'intérieur de la diligence, sous les sièges où elles allaient s'installer. Après qu'on eut rangé leurs bagages et remit leurs sièges en place, on invita Lisa et Becky à monter. Bientôt, le cocher prendrait sa place sur son siège et les passagers extérieurs s'installeraient ; leur voyage allait pouvoir commencer.

Becky grimpa à l'intérieur et Lisa se tourna vers le Dr Warner et l'étreignit une nouvelle fois pour le remercier.

— Je vous écrirai pour vous dire que nous sommes bien arrivées.

— D'accord, ma chère. Si vous avez le temps. Mais ne le perdez pas à nous écrire. Profitez de chaque minute de votre séjour. Vous n'aurez peut-être plus jamais l'occasion de côtoyer des cercles aussi glorieux et de visiter un endroit comme Treat qui, si les descriptions de Mrs. de Crespigny sont fidèles à la réalité, est vraiment merveilleux. Mémorisez tout ce que vous voyez, tout ce que vous faites. Écrivez tout. Vous pourrez tout partager avec nous à votre retour. Mrs. Warner est impatiente que vous lui racontiez tout cela.

Lisa hocha la tête avec un sourire, embrassa rapidement sa joue et, après avoir tourné la tête pour jeter un bref coup d'œil derrière son épaule, elle grimpa dans le véhicule. On referma la porte dans son dos avant même qu'elle n'ait eu le temps de s'asseoir. Elle déposa son écritoire, dans son sac en tissu, sur le siège entre elle et Becky. Il n'y aurait pas d'autre passager intérieur, elles avaient donc de la place ; Lisa savait que le cher médecin était à l'origine d'un tel luxe. Elle adressa un petit signe de la tête au couple et à leur fils et ils répondirent de la même manière, mais ils avaient une mine renfrognée et elle était trop fatiguée et agitée pour engager la conversation, elle resta donc silencieuse. Elle se concentra plutôt sur ce qu'il se passait à l'extérieur ; elle et Becky sursautèrent toutes les deux d'effroi quand les passagers commencèrent à grimper sur le toit, faisant balancer la diligence d'un côté puis de l'autre. Le couple en face d'elles leur sourit d'un air entendu et sans rien dire, comme s'ils avaient l'habitude.

Lisa chercha le Dr Warner du regard, mais il avait disparu dans la foule qui se bousculait, entre les passagers impatients de monter à bord et ceux qu'on venait de déposer et qui s'éloignaient. Le médecin voulait sans doute rentrer le plus rapidement possible, retrouver son petit déjeuner, ses journaux et sa journée au dispensaire, peut-être même avant que sa femme ne sache où il était. Lisa était persuadée qu'il les avait accompagnées sans que sa cousine Minette soit au courant, et elle lui en serait à jamais reconnaissante. Elle se demandait quand il saurait si sa demande de financement avait été approuvée ou rejetée. Cette interrogation la fit penser au beau gentleman qui avait le profil de Jules César et à sa relation avec la famille Hesham. Elle n'était pas surprise d'apprendre qu'il faisait partie d'une famille ducale. Il avait l'allure, les manières et l'assurance arrogante d'un duc – et si elle se fiait à ses vêtements et accessoires, il en avait aussi la richesse. Mais le duc de Roxton était le duc le plus important du royaume. Il n'avait pas seulement richesse et pouvoir, il était l'incarnation même de ces deux choses. Le mystère autour du lien qui unissait son gentleman à un aristocrate aussi illustre s'épaississait. Mais plus que tout, elle se demandait si elle le reverrait un jour. Comme si elle voulait une preuve tangible qu'il viendrait à sa recherche, elle posa une main sur son écritoire, ce qui la réconforta légèrement ; elle se dit qu'elle le reverrait.

Mais tandis qu'on terminait les préparations sur les chevaux, le véhicule et le cocher, ce furent ses retrouvailles avec Teddy qui prirent le plus de place dans son esprit. Elle avait toujours l'impression qu'il s'agissait d'un rêve, même si elle était à présent assise dans une diligence, prête à quitter Bell Savage. Ceci la fit sourire, puis elle se blottit dans son petit coin, toujours consciente du vacarme et de l'agitation dans la cour bondée, mais le tout se réduisant peu à peu à un bourdonnement homogène. Les bruits sourds avaient cessé au-dessus de sa tête, les passagers extérieurs étaient donc prêts à partir, eux aussi. Enfin, le mouvement de la diligence se fit sentir quand les chevaux se mirent en route. Le véhicule fit une embardée quand le cocher manœuvra les chevaux, les faisant passer derrière une file de carrosses qui attendaient de pouvoir passer sous le porche. Ils prendraient tous une direction différente, s'éparpillant sur Ludgate Hill, puis dans les rues d'une ville qui ne dormait jamais. La diligence en direction de Southampton irait vers le sud-ouest, vers une campagne que les deux jeunes femmes étaient impatientes de découvrir.

Enfin, Lisa et Becky étaient en route.

QUAND LISA SE RÉVEILLA, LA DILIGENCE AVAIT QUITTÉ LA VILLE. Elle aurait été incapable de dire combien de temps elle avait dormi, même si elle avait été vaguement consciente de plusieurs arrêts du véhicule, de bruits sourds au-dessus de sa tête et de passagers qui étaient descendus et remontés. Mais elle avait été trop fatiguée et endormie pour se réveiller entièrement. Becky dormait toujours dans son coin, mais le couple en face d'elles était bien réveillé ; le garçon était appuyé contre sa mère qui avait passé un bras autour de lui et il avait les yeux fermés.

Lisa était toujours fatiguée, mais elle était à présent assez réveillée pour jeter un coup d'œil par la fenêtre et observer le ciel matinal, strié de nuages effilés. Ce beau ciel ensoleillé était de bon augure ; ils pourraient voyager sur des routes sèches et les passagers qui tenaient bon sur le toit au-dessus d'elle resteraient au sec, sans que leur trajet en plein air soit rendu encore plus pénible par la pluie.

Le vert frais de l'été était visible partout le long de la route ; dans les haies, dans les collines ondoyantes qui formaient de grands espaces ouverts et dans les forêts, au loin. À la surprise de Lisa, les routes n'étaient pas désertes, ce qui était pourtant tout à fait logique ; la diligence cheminait sur la route qui reliait Londres à Portsmouth, l'une des artères les plus fréquentées du royaume, et resterait sur cette route jusqu'à Guildford, où on changerait de chevaux. Cette ville-là était encore à plusieurs heures de trajet. La plupart des voyageurs qu'ils croisaient étaient à pied et se dirigeaient vers la ville. Ils avaient possiblement marché toute la nuit. Ils croisèrent quelques hommes à cheval.

Puis la diligence se décala pour doubler un chariot ouvert tiré lentement par huit chevaux et rempli d'hommes qui faisaient ribote.

— Des marins qui rejoignent leur bateau, déclara la femme en réponse au froncement de sourcils interrogateur de Lisa quand elle se réadossa à son siège. Il leur faudra au moins trois jours avant d'atteindre le port, et quand ils monteront à bord, ce sera pour prendre la mer pendant plusieurs mois.

— Merci. Je comprends qu'ils profitent d'être encore sur terre…

Il y eut un long silence, mais Lisa sentait que la femme l'observait toujours, comme si elle essayait de la jauger. Elle sut que c'était bel et bien le cas quand elle lui demanda :

— Si cela ne vous dérange pas de discuter, voyagez-vous jusqu'à Southampton, avec votre amie ?

— Non. Nous descendons à Alston.

— Alston ? Un bien joli village, dans un joli coin du Hampshire. N'est-ce pas, très cher ? ajouta-t-elle en haussant la voix, sans aucune considération pour son fils ou pour Becky, qui dormaient toujours, ni pour son mari qui, s'il somnolait jusque-là, était maintenant bien réveillé. Alston… c'est un joli village.

— Exact. Très joli. L'église, notamment, avec son carillon, mérite bien une visite. Et ce n'est pas très loin de Treat, le siège du duc de Roxton. Je crois que le guide Paterson donne la distance exacte entre les deux.

— Un bâtiment aussi grandiose que celui dans lequel vit Sa Grâce doit être dans tous les guides du pays, fit remarquer sa femme. S'il avait été construit du temps du roi Henri, celui-ci aurait trouvé une excuse pour le confisquer et se l'approprier, soyez-en sûrs. Il n'aurait pas apprécié que l'un de ses nobles le surpasse. Il aurait peut-être même fait enfermer le duc pour trahison.

— Mais pas le duc actuel, très chère. Sa Grâce est un homme de famille dévot, tout comme Sa Majesté. Il est humble, par-dessus le marché, et est parfois venu boire une chope à The Crown. N'est-ce pas vrai, très chère ? Je parie que le roi Henri aurait été ami avec lui.

— Je suis d'accord avec vous, très cher. Mais le roi Henri aurait été jaloux de savoir que le duc avait un foyer plus grand que tous les siens. Et il aurait aussi envié Sa Grâce, car il a engendré huit enfants, dont six fils en bonne santé. Imaginez ! déclara l'épouse, de plus en plus à l'aise sur le sujet. Cela dit, il n'égale pas les quinze enfants de Sa Majesté. Notre roi actuel n'a donc pas de quoi être jaloux. Ma grand-mère est devenue propriétaire de The Crown à Alston après la mort de mon grand-père, confia-t-elle à Lisa. Puis nous l'avons repris pendant un certain temps, n'est-ce pas, très cher ? C'est pour cela que mon mari peut affirmer que le duc est un noble humble et dévot, car c'est lui qui était chargé de remplir sa chope. Hein ?

Puis elle dit à Lisa avec un sourire supérieur :

— C'est la raison pour laquelle nous en savons tant sur Sa Grâce et sur Alston, voyez-vous. Une si jolie ville…

— Tenez, très chère. J'ai marqué la page dans le guide de Paterson. Laissez-moi vous la lire, dit le mari après avoir fouillé dans une poche de son manteau, dont il avait sorti *Le guide britannique de Paterson*, qu'il feuilleta. Treat se trouve entre les nobles domaines de Traine et de Trebursey. Et il apparaît aussi sur la carte.

Il retira ensuite une feuille de papier pliée qui lui servait de marque-page, regarda sa femme et dit à Lisa :

— Le guide de Paterson ne donne pas une bonne description de ces endroits raffinés et nobles. Il indique seulement où ils se trouvent. Mais ce papier les décrit bien, je l'ai donc gardé en me disant que j'aimerais bien visiter le domaine un jour. Car même si nous ne vivions qu'à quelques kilomètres seulement de Treat, nous n'y sommes jamais allés. Hein, très chère ? Nous pensions avoir tout le temps… Puis nous avons eu le garçon, et il n'est pas toujours en forme…

— L'air de la mer. Le médecin a dit qu'il en avait besoin, intervint l'épouse. Un de ces jours, il sera en pleine forme.

— … nous avons donc déménagé à Southampton, termina l'époux. Nous sommes propriétaires d'une pension de famille sur Canute Road…

— C'est dans un quartier chic de la ville. Nous avons toujours des réservations sur plusieurs semaines à venir. Un établissement très respectable. Nous servons le petit déjeuner et le dîner tous les jours, et un dîner spécial le dimanche.

— Nous nous arrêtons à Winchester à l'aller et au retour pour rendre visite à notre fille Sally, qui a épousé un vicaire. Notre fille aînée, Molly, s'occupe de notre pension avec son mari Fred pendant que nous emmenons le garçon à Londres pour voir ce que ses médecins peuvent faire pour lui…

— Mais il n'y a aucun changement. Ce qui est bon signe, selon les médecins. Son état ne s'est pas amélioré, mais il n'a pas empiré non plus.

— Quand il fait assez chaud, je l'emmène se baigner dans la mer, dit le mari. Je n'aime pas trop l'eau salée, mais lui, il adore…

— Et l'odeur du sel. Il laisserait la fenêtre ouverte toute la nuit, même en plein hiver, si on le laissait faire…

Lisa regarda le garçon avec un doux sourire. Il avait l'air de dormir, ce qui ne la surprenait pas vu leur départ matinal, mais elle se demanda si peut-être il était réveillé et les écoutait, préférant rester dans l'étreinte chaude et réconfortante de sa mère, surtout s'il était malade. Les à-coups de la diligence ne devaient pas l'aider à se sentir mieux. Les parents, en la voyant froncer les sourcils, crurent qu'elle s'inquiétait pour elle-même, il se dépêchèrent donc de la rassurer.

— Le médecin dit qu'on ne peut pas attraper ce qu'il a.

— Voyons, très chère. Ce n'est pas entièrement vrai. L'un de ses médecins dit qu'on peut bel et bien l'attraper, et un autre dit que c'est impossible, car tout est dans sa tête. Non pas que son problème sorte de son imagination, mais il viendrait de son cerveau. Pour tout vous dire, je crois que même eux, ils ne savent pas pourquoi il souffre de telles migraines. Mais c'est le cas. Et ce que je peux vous assurer, c'est que nous ne les avons jamais attrapées, Sally, Molly et leurs familles non plus… Et aucun de nos clients ne s'est jamais plaint d'évanouissement ou de choses dans ce genre. Non pas qu'il voie beaucoup les clients…

— Si vous me permettez de vous poser la question, votre fils souffre-t-il de migraines infantiles, ou ses symptômes se rapprochent-ils plutôt du mal caduc… ?

La mère et le père se regardèrent avant de se tourner vers Lisa. Leur air étonné et méfiant indiquait qu'ils se demandaient comment elle pouvait, à son jeune âge, savoir ce genre de choses.

Lisa se sentit obligée de leur parler rapidement du dispensaire et du Dr Warner, ajoutant avec un sourire rassurant :

— Voyez, je ne suis pas du tout inquiète pour ma santé, ni pour celle de mon amie. Et j'aimerais beaucoup savoir ce que cette feuille de papier raconte sur le domaine du duc de Roxton…

— Oui ! Oui ! Le papier, dit le mari en détachant son regard de Lisa.

Il se dit que cette jeune femme avait une confiance en elle extraordinaire, et qu'il était fort dommage de gâcher une telle beauté en la faisant s'occuper des malades nécessiteux. Cependant, s'il avait été souffrant, il n'aurait pas pu espérer mieux que cet ange gardien pour s'occuper de ses malheurs. Après s'être dit cela, il se racla rapidement la gorge et lut à voix haute la description du foyer ancestral des ducs de Roxton :

— Treat. Siège des ducs de Roxton. À huit kilomètres au sud-ouest d'Alston, dans le comté du Hampshire. Considérable maison de maître conçue dans le style palladien par l'architecte William Kent. Il s'agirait du plus grand domicile privé d'Angleterre. À l'origine, c'était un manoir élisabéthain. Henry, quatrième duc de Roxton, le « duc architecte », y a apporté de nombreuses modifications au début du siècle, et

Renard, cinquième duc de Roxton, a ajouté quelques éléments qui complètent sa gloire. La grande galerie renferme une excellente sélection de tableaux peints par de célèbres artistes allant d'Holbein à Kneller, ainsi que d'immenses portraits de la large famille, dont, notamment, le portrait en pied de la cinquième duchesse par l'artiste français Jean-Honoré Fragonard. La bibliothèque s'étend sur deux niveaux et n'aurait pas d'égal dans tout le royaume. Une immense salle de bal équipée de trois chandeliers, une salle de musique dorée et plusieurs salles de réception sont ouvertes au public certains jours.

» Le terrain a beaucoup changé depuis l'époque de la reine Anne. Les jardins, le lac et le parc qui entoure directement la maison sont l'œuvre de Capability Brown. Plusieurs fabriques élaborées et aux divers styles architecturaux sont réparties sur l'immense domaine et celles qui ne sont pas verrouillées peuvent être visitées par le public. Le lac artificiel, d'une ampleur considérable, peut être traversé à plusieurs endroits, en empruntant l'un des trois ponts en pierre. Il y a de nombreuses petites îles, la plus grande d'entre elles étant Swan Island, où habitait autrefois un ermite. L'île serait hantée par son fantôme. Le magnifique mausolée familial vaut le détour ; il s'agit de la dernière demeure des ducs de Roxton et de plusieurs membres de la famille Hesham. Construit sur le point culminant du domaine, ce mausolée a un toit en dôme très haut dans lequel a été percé un oculus en verre. Poste d'observation privilégié sur la campagne environnante, il sert de repère aux voyageurs, car il est visible à des kilomètres. L'intérieur est dominé par une statue très réaliste du cinquième duc. Il n'est pas ouvert au public, sauf le jour de la fête nationale. Une faible rétribution de l'intendante sera demandée pour visiter les pièces publiques à l'intérieur de la maison. Quand la famille n'est pas en résidence, il faut se rendre au Gatehouse Lodge, au niveau de l'entrée nord, pour visiter le parc. Crecy Hall, un manoir élisabéthain rénové, et son parc jouxtent la rive est du lac et faisaient autrefois partie du domaine des Roxton. Il s'agit actuellement de la résidence anglaise du duc écossais de Kinross et cet endroit est strictement interdit d'accès toute l'année. Sans exception.

— Oh, regardez ! s'exclama l'épouse avant que Lisa n'ait eu le temps de remercier son mari d'avoir lu cette description tout à fait informative de sa destination ou de faire le moindre commentaire. Là ! ajouta-t-elle en désignant la fenêtre, son mari et Lisa suivant son doigt tendu. Là-bas, entre les arbres. Le voyez-vous ?

Ils voyaient bien l'imposant bâtiment avec un portique tout aussi grandiose, soutenu par quatre larges colonnes. Il s'élevait fièrement en haut d'une colline, au milieu d'une pelouse ondoyante, dépassant largement les arbres qui l'entouraient, on l'apercevait donc facilement de la route, et sans doute à des kilomètres à la ronde. Mari et femme donnèrent plus d'explications à Lisa sur ce manoir et son histoire tandis qu'elle continuait à le regarder par la fenêtre :

— Il s'agit de Claremont…

— Un manoir construit par un riche nabab. Comment s'appelait-il ?

— Clive. Robert Clive.

— Ah ! C'est vrai ! Il a fait fortune sur le sous-continent, il est revenu avec et il a construit cette maison.

— On dit que du dernier étage, on peut voir jusqu'à la cathédrale Saint-Paul de Londres…

— Jusqu'à Saint-Paul ?

— Jusqu'à Saint-Paul, très chère. Ce n'est pas moi que vous devez croire sur parole, c'est l'oncle de Fred qui le dit. Vous pourrez lui demander si c'est vrai ou pas quand nous rentrerons. Mais malgré tout, je ne pense pas que le manoir de Clive puisse être comparé à celui de Sa Grâce de Roxton.

Lisa se détourna de la fenêtre avec un sourire, le manoir disparaissant derrière un bosquet alors que la diligence tournait dans un virage.

— D'après la description que vous avez lue, je vous crois sur parole, monsieur. Le siège du duc de Roxton dépasse tout ce que je peux imaginer.

— Si vous en avez le temps et l'opportunité, et de quoi payer l'intendante, je suis certain que cela vaudrait vraiment la peine de se déplacer. Vous ne le regretteriez pas.

— Oh, vous avez sans doute raison, monsieur. J'irai, et je ne le regretterai pas.

Le voyage entre Claremont, qui se trouvait tout près d'Esher, et la ville de Guildford, le prochain arrêt, donna aux passagers de la diligence largement assez de temps pour faire mieux connaissance. Lisa et Becky partagèrent leurs fruits, tranches de gâteau à l'orange et biscuits aux amandes avec le mari et sa femme, qui se présentèrent dans les règles ; Mr. et Mrs. Fuller voyageaient avec leur fils, monsieur Samuel. Les Fuller participèrent à ce festin en proposant du pain, du fromage, du chutney et quelques fruits également. Puis Samuel et Becky jouèrent plusieurs parties de bataille avec des cartes à jouer que le garçon avait achetées à Londres avec son argent de poche. Pendant ce temps, le couple s'assoupit et Lisa admira la vue avant de s'endormir à son tour, bercée par le balancement du véhicule.

À son réveil, la diligence s'était arrêtée devant l'auberge White

Hart, à Guildford, pour changer de chevaux, mais aussi déposer des voyageurs et en prendre d'autres qui allaient vers le sud. Tous les passagers descendirent pour utiliser les commodités, s'installer pour manger et faire une promenade le long de la grand-rue, où ils se dégourdirent les jambes avant d'escalader une nouvelle fois le véhicule pour s'asseoir sur le toit ou, pour les Fuller, Lisa et Becky, retrouver leur siège dans le confort relatif de l'intérieur de la diligence.

Néanmoins, l'entente amicale que les filles et la famille Fuller avaient formée après avoir partagé de nombreuses heures de voyage dans un espace aussi confiné fut chamboulée quand, en remontant dans la diligence, ils découvrirent que quelqu'un s'y trouvait, un gentleman assis dans un coin, le col de son manteau relevé autour de ses oreilles et un chapeau en feutre baissé sur les yeux. Le menton posé sur la poitrine, il avait l'air de dormir.

Les filles et les Fuller se regardèrent les uns les autres et Mrs. Fuller marmonna ce que tout le monde pensait :

— Bigre. Comme c'est dommage.

Les Fuller retrouvèrent leur place et Lisa laissa Becky s'installer près de la fenêtre, prenant le siège du milieu, à côté du gentleman endormi. Même les bruits sourds au-dessus de leurs têtes, alors que les passagers extérieurs grimpaient sur le toit et tentaient d'y trouver une place, ne suffirent pas à déranger le gentleman dans son coin. Puis Lisa pensa soudain à quelque chose qui lui retourna l'estomac et son cœur se mit à battre la chamade.

— Mon écritoire ! Becky ! Je l'avais laissée sur le siège. Elle… elle n'est plus là !

— Elle doit bien être quelque part, Miss, dit Becky. Personne oserait y toucher.

Tous, à l'exception de l'inconnu, se mirent à s'agiter sur leurs sièges à la recherche de l'objet en question, même s'il semblait improbable que l'un d'eux se soit assis sur quelque chose qui, à l'évidence, était assez gros pour être évité. Alors que Lisa commençait à se sentir démunie et à se demander comment elle pourrait bien expliquer une telle perte à la personne qui lui avait offert ce cadeau, l'étranger se redressa et sortit de sous son bras le sac en tissu dans lequel se trouvait l'écritoire en palissandre de Lisa.

— Oh, merci ! s'exclama Lisa en adressant un sourire au gentleman et en serrant l'écritoire contre son corsage.

Il baissa l'avant de son chapeau et voulut se rendormir sans un mot. Mais cela aurait été impossible, car à peine avait-il baissé le menton que des bruits qu'ils ne pouvaient pas ignorer s'amplifièrent dans la cour. Des garçons d'écurie couraient dans tous les sens en hurlant des ordres, beaucoup de passagers sur le toit de la diligence se déplacèrent pour mieux voir, ébranlant l'équilibre précaire de l'ensemble, et le cocher dut faire appel à toute sa force et toutes ses compétences pour tenir fermement les rênes de ses six chevaux, perturbés par cette nouvelle arrivée inattendue.

Un carrosse haut et élégant tiré par quatre purs-sangs et accompagné de six éclaireurs en livrée entra dans la cour, sa vitesse et son arrivée en grande pompe le faisant passer avant tout le reste et tous les autres. Le cocher, les éclaireurs et les passagers de ce véhicule ne semblèrent pas s'apercevoir qu'ils arrivaient en trombe à côté d'une diligence qui s'apprêtait à repartir. Tout, dans cette arrivée tardive à l'auberge White Hart, proclamait qu'il s'agissait d'un maître possédant richesse et statut social : le carrosse construit selon les dernières technologies, sa caisse légère appuyée sur des suspensions qui rendaient les déplacements plus agréables, les panneaux noirs, laqués et décorés de peinture dorée et d'enjolivures, les chevaux, de splendides gris assortis et équipés d'harnachements en laiton polis à l'extrême, et les éclaireurs, resplendissants dans leur livrée noire et argentée. Tout cela expliquait pourquoi les passagers de la diligence se penchaient vers l'avant pour mieux voir le carrosse et les chevaux, et surtout pour découvrir qui voyageait dans la campagne d'une telle manière.

Les passagers sur le toit de la diligence avaient une meilleure vue que ceux qui se trouvaient à l'intérieur, car même si le carrosse était passé entre leur véhicule et l'auberge, il s'était arrêté un peu plus loin ; la famille Fuller, Lisa, Becky et l'étranger, qui s'était redressé, observèrent par la fenêtre les éclaireurs descendre de cheval avant de s'éloigner. En même temps, la diligence fut lentement tirée hors de la cour de l'auberge pour rejoindre la route qui partait vers le sud, en direction de Winchester. Ils n'eurent pas l'occasion de voir qui venait d'arriver, car ils partirent de l'autre côté. Néanmoins, ils entendirent les éclats de rire des passagers qui rejoignaient la terre ferme à l'autre bout de la cour, mais leur hilarité se perdit rapidement dans le bruit que faisait la diligence en mouvement.

Tous les passagers à l'intérieur de la diligence se rappuyèrent contre leurs sièges, déçus. Mais Lisa n'avait pas besoin de voir ces nouveaux venus pour se douter de l'identité du propriétaire de ce carrosse. Elle avait reconnu deux des éclaireurs, ainsi que leur livrée. Il s'agissait des deux valets de pied aux allures d'ours qui avaient accompagné le gentleman qui lui avait offert sa magnifique écritoire quand il était venu sur Gerrard Street. Elle ne se trompait pas et elle commença à se demander si son souhait allait bel et bien se réaliser, si peut-être ils se rendaient au même mariage. Pour quelle autre raison voyagerait-il sur cette même route, en direction d'Alston, avec ses domestiques ? Par ailleurs, Mrs. Warner n'avait-elle pas reconnu les armoiries du duc de Roxton dans son intaille de cornaline ? S'il faisait partie de sa famille, il semblait donc logique qu'il assiste au mariage de la meilleure amie de Lisa, Teddy. Et comme c'était son ami qui se « passait la corde au cou », cet ami ne devait être nul autre que Sir John Cavendish, le fiancé de Teddy. Il avait dit qu'il s'appelait Jack… Elle avait rencontré le futur époux de Teddy. Lisa écarquilla les yeux d'émerveillement et de stupeur quand elle comprit cette coïncidence improbable. Elle se tourna pour regarder par l'autre fenêtre, de peur que les Fuller pensent qu'elle les fixait.

Et alors qu'elle ne pensait pas pouvoir être plus surprise maintenant que la diligence avait quitté l'auberge et avançait lentement sur la route, l'inconnu retira son chapeau et s'ébouriffa les cheveux afin qu'ils ne soient plus plaqués sur son crâne. Le regard de Lisa se détacha du paysage pour aller se poser sur l'épaisse chevelure de l'étranger, d'un roux vif et cuivré, la même couleur que les cheveux de Teddy. Lisa avait dû l'observer un peu trop intensément, car il se tourna et son regard se posa directement sur elle ; elle reçut un nouveau choc. Il avait non seulement la même couleur de cheveux que Teddy, mais aussi le même petit nez droit, trop féminin pour un homme, de l'avis de Lisa, mais qui allait très bien à Teddy. Quoi qu'il en soit, sa meilleure amie avait le même nez et les mêmes cheveux que ce gentleman qui, si l'estimation de Lisa était correcte, avait entre trente-cinq et quarante ans. Il devait avoir un lien de parenté avec Teddy. Elle en était tellement persuadée, et tellement stupéfaite, qu'elle lui posa directement la question :

— Pardonnez mon audace, monsieur, mais je dois vous le demander : êtes-vous en route pour assister au mariage de Miss Cavendish et de Sir John Cavendish ?

TREIZE

L'ÉTRANGER SURSAUTA, SURPRIS QU'ON LUI ADRESSE LA PAROLE aussi directement. Il jeta un coup d'œil aux autres passagers et vit que le couple s'était penché en avant en entendant la question de la jeune fille.

Lisa attendait sa réponse. Quand il haussa les épaules avec une grimace, elle comprit qu'il était sur le point de nier toute connaissance du mariage et de Miss Cavendish, même si elle avait bien vu son air surpris en entendant sa question. Il évita de lui répondre en prétendant ne pas avoir compris un traître mot de ce qu'elle avait dit :

— Excusez-moi, mademoiselle, dit-il en français. Je ne comprends pas l'anglais.

Plus que jamais, Lisa était convaincue qu'il savait exactement ce qu'elle lui avait demandé. De plus, quand elle s'était exclamée qu'elle avait perdu son écritoire, il l'avait rapidement retrouvée à côté de lui, sur son siège. Et quand elle l'avait remercié, il lui avait répondu en baissant son chapeau. Il comprenait donc assez l'anglais pour avoir compris sa question. Il se montrait peut-être prudent, car il ne voulait pas discuter de sa vie privée devant des inconnus. Après tout, il ne la connaissait pas, et il ne connaissait certainement pas les Fuller. Elle était certaine que même si ces derniers parlaient un peu français, ils ne devaient pas le parler aussi couramment qu'elle, elle insista donc auprès de l'inconnu en lui parlant dans sa langue. Elle se dit que si elle se montrait ouverte et honnête avec lui, il lui rendrait peut-être la pareille.

— Dans ce cas, j'espère que vous ne m'en voudrez pas d'insister et de vous reposer ma question dans votre langue de prédilection, répondit-elle en français avant de continuer avec aisance, comme si elle n'avait pas vu son air surpris, ni qu'il la regardait intensément. Je vous ai demandé si vous vous rendiez au mariage de Miss Cavendish, car j'y vais moi-même. Pardonnez-moi. Je m'appelle Miss Crisp. J'ai fréquenté la même école que Miss Cavendish – Teddy – et je ne l'ai pas vue depuis deux ans. Mais j'ai une excellente mémoire des noms et des visages. Et je me souviens que Teddy m'avait parlé d'un de ses oncles qui vivait en France. Elle m'a dit qu'elle ne l'avait jamais rencontré, mais que sa mère lui avait parlé de ce frère aux cheveux de la même couleur que les leurs. Elle a appelé cette couleur « le feu des Fitzstuart ». Elle m'a aussi parlé d'une bague familiale, « Feu et Glace », sur laquelle le feu est représenté par un rubis et la glace par un diamant. Veuillez m'excuser, je palabre. Et si vous n'êtes pas l'oncle français de Teddy, vous devez me prendre pour une écervelée, ou au minimum une femme qui est bien audacieuse de vous parler aussi ouvertement. Vous pourriez me rabrouer, ce qui serait tout à fait justifié.

L'inconnu continua à observer Lisa pendant plusieurs secondes, puis après avoir jeté un nouveau coup d'œil aux autres, qui étaient en train de somnoler ou d'observer le paysage, il lui répondit en français, l'ombre d'un sourire se dessinant sur ses lèvres :

— Vous avez une mémoire remarquable, Miss Crisp. Aussi remarquable que vos compétences en français. Je me réjouis de constater que Teddy a fréquenté une école qui proposait un apprentissage des langues d'une telle excellence.

— C'était le cas. Mais cela ne veut pas dire que toutes les filles profitaient de ce qui était proposé, ou même qu'elles avaient une disposition naturelle pour les langues. Ce qui est mon cas. Je ne dis pas cela par arrogance, mais parce que c'est vrai, monsieur. Mais si vous connaissez bel et bien Teddy, vous savez que ses intérêts se trouvent loin des salles de classe.

L'étranger laissa échapper un éclat de rire involontaire, mais il maîtrisa rapidement son expression et dit seulement :

— Si vous voulez bien m'excuser, Miss Crisp, je vais garder le silence jusqu'à ce que nous arrivions à Alston. J'ai fait un long et pénible voyage depuis Cheltenham, où j'ai rendu visite à ma mère souffrante, que je n'avais pas vue depuis de nombreuses années. Mais si vous souhaitez ensuite poursuivre notre conversation jusqu'à notre destination, je vous obligerai.

Lisa se conforma à son souhait et laissa l'inconnu dormir, ce qu'il fit dans son coin et sans un bruit jusqu'à leur arrivée à Alston. Les Fuller avaient raison, il s'agissait d'un petit village pittoresque.

On fit descendre Lisa et Becky, avec leurs malles, ainsi que l'étranger avec sa sacoche, devant l'auberge Swan sur la grand-rue. Les filles dirent adieu aux Fuller et à Sam, qui étreignit soudain Becky et lui fit promettre de lui rendre visite à Southampton. Puis les Fuller donnèrent leur carte de visite à Lisa, cette dernière les remercia et Becky ajouta qu'elle leur écrirait. Leur départ fut ensuite précipité, ce qui convenait très bien à Lisa, car elle n'aurait pas su comment répondre aux Fuller s'ils lui avaient demandé pourquoi elle ne leur avait pas révélé leur destination quand ils avaient évoqué le domaine du duc de Roxton.

En effet, Lisa et Becky avaient à peine dit au revoir aux Fuller qu'elles furent approchées par un gentleman qui portait la sombre tenue d'un domestique de haut statut, suivi de deux valets de pied en livrée. Les Fuller surent immédiatement à qui appartenait cette livrée et ils regardèrent Lisa et Becky d'un œil nouveau en les voyant accueillies par des domestiques du duc de Roxton. Un carrosse attendait les filles dans la cour de l'auberge, prêt à les conduire jusqu'à Treat.

Lisa proposa à l'inconnu de se joindre à elles, ce qu'il accepta volontiers, sans pour autant révéler son nom ni à elle ni au domestique de haut statut en entrant dans le carrosse pour s'asseoir une fois de plus dans un coin. Tandis qu'ils s'installaient, le domestique, qui se présenta comme étant le secrétaire adjoint de Sa Grâce de Roxton, sans révéler son nom, commença à donner de nombreuses informations à Lisa sur son séjour au domaine et sur le mariage imminent entre Miss Cavendish et Sir John Cavendish. Elle avait dû observer un peu trop l'intérieur du carrosse, un véhicule compact mais joliment et entièrement équipé, avec des coussins en velours bleu foncé, des boutons en satin dans la tapisserie et des stores en soie décorés de franges délicates, car le secrétaire adjoint se sentit obligé de faire un commentaire :

— Il s'agit du carrosse dont la duchesse se sert pour de courts trajets, que ce soit sur le domaine, pour se rendre au village les jours de fête, à l'école locale d'Alston certains jours particuliers – Sa Grâce est patronnesse de l'école – ou pour rendre visite à certaines personnes dans les environs que Sa Grâce estime dignes de son temps.

— Ce véhicule est très joliment aménagé, répondit Lisa avec un sourire, ses mains gantées posées sur ses genoux. Et il permet un voyage très agréable.

— C'est la route qui est très agréable, lança malicieusement l'étranger dans le coin et dans un anglais parfait, sans ouvrir les yeux.

Personne ne fit de commentaire, mais Lisa eut du mal à empêcher son sourire de s'élargir. Puis le secrétaire adjoint donna un paquet scellé à Lisa et lui dit qu'elle n'était pas obligée de l'ouvrir immédiatement, mais qu'il lui serait bénéfique de tout lire et de se familiariser avec le protocole et les deux cartes dès qu'elle en aurait l'occasion en arrivant au Gatehouse Lodge, où elle serait hébergée pendant toute la durée de son séjour.

Lisa observa l'épais paquet et son sceau en cire, puis elle releva les yeux vers le secrétaire adjoint.

— Un protocole ? Des cartes ? s'enquit-elle, réclamant plus d'explications pour comprendre de quoi il parlait. Veuillez m'excuser. La journée a été longue et je suis un peu fatiguée.

Le secrétaire adjoint toussa dans sa main gantée et lui expliqua :

— Une feuille détaillant le protocole est un instrument très instructif et nécessaire pour quelqu'un qui ne connaît pas bien les… hum… subtilités des mœurs, l'ordre de préséance et les vétilles des interactions quotidiennes entre personnes haut placées sur un large domaine, en particulier celui d'un duc dont la mère est une double duchesse et dont le beau-père est également un duc à part entière. Je suis sûr que vous pourrez comprendre, Miss Crisp, que quand la nièce d'un duc se marie, les invités forment une longue liste de parents et amis titrés. Ils se connaîtront tous, il est donc utile pour ceux qui ont peu, voire aucune… *interactions*… avec des personnes aussi glorieuses, de connaître la différence qui existe quand on s'adresse, disons, à un comte ou à un vicomte…

— C'est utile en effet, mais vous ne donnez pas de bons exemples, déclara l'inconnu en ouvrant les yeux. Qu'il s'agisse du comte Gros Bras ou du vicomte Tête Brûlée, il faut appeler les deux « milord ». Alors comment pourrait-elle les différencier ? Ce serait impossible pour tout le monde, sauf ceux directement liés aux Lord Gros Bras et Lord Tête Brûlée en question.

Lisa plaqua une main sur sa bouche pour s'empêcher d'éclater de rire, mais elle ne put faire disparaître l'étincelle dans son regard. L'inconnu, assis en face d'elle, lui adressa un sourire et un clin d'œil avant de retrouver un air sérieux et de dire au secrétaire adjoint offensé :

— Je vous en prie, ne me laissez pas interrompre votre instruction. Je me permettrais néanmoins d'ajouter, pour le bien de Miss Crisp et pour qu'elle puisse se sentir plus à l'aise, qu'il s'agit d'un mariage familial et que le duc de Roxton est un homme de famille avant d'être un aristocrate, il ne fera donc pas de manières avec ses invités, en dépit du comte Gros Bras et du vicomte Tête Brûlée. S'il y a bien quelque chose que je sais de cet homme, c'est qu'il accorde plus d'importance aux bonnes manières et à l'honnêteté qu'à la préséance et au cabotinage.

— Et il est vrai que vous connaissez bien Sa Grâce, n'est-ce pas, monsieur ? demanda sèchement le secrétaire adjoint, sans attendre de réponse.

— J'espère bien. Je suis son petit-cousin germain.

L'adjoint le regarda avec des yeux ronds puis, ayant compris son manque de manières, il baissa rapidement le regard sur ses mains. Il y eut un long silence, pendant lequel l'étranger se tourna pour regarder par la fenêtre, puis l'adjoint dit à Lisa d'un ton mal assuré :

— Vous trouverez également un guide quotidien dans le paquet, détaillant les événements organisés pendant la période précédant la cérémonie de mariage, le banquet et le bal. Les invités n'ont aucune obligation d'y participer, mais n'hésitez pas à prendre part aux activités quand ce sera possible, ou même à venir assister à certains événements en tant que spectatrice, comme le match de cricket des gentlemen. Vous verrez qu'on a attiré votre attention sur un ou deux événements en particulier, auxquels vous devrez assister en tant qu'invitée de la mariée.

» Le paquet contient également deux cartes qui, je l'espère, vous seront utiles. L'une d'elles représente les environs immédiats du domaine ; l'accent a été mis sur plusieurs points de repère, fabriques et autres éléments de ce genre. Vous pourrez les visiter si vous avez le temps pendant votre séjour. Vous avez également un plan de la maison principale ; c'est ainsi que la famille appelle la maison occupée par Sa Grâce et sa famille, pour la différencier de…

— … la maison mineure ? suggéra l'inconnu d'une voix qui indiqua à Lisa et à l'adjoint stressé qu'il se montrait facétieux.

— … Crecy Hall, résidence de la mère de Sa Grâce, la duchesse de Kinross, et de son époux le duc de Kinross, continua le secrétaire adjoint comme si l'étranger n'avait rien dit. La carte représente les pièces de la maison principale qui sont accessibles aux invités ; ainsi, si vous vous perdez ou que vous rencontrez des difficultés pour vous repérer, la carte vous sera très utile.

— Comment ? demanda l'étranger. Qu'est-il arrivé à l'armée de valets de pied ? Roxton s'est-il résolu à employer uniquement des types muets à ces postes ?

— Pas du tout, monsieur. Il a été envisagé que peut-être, certains invités seraient moins intimidés d'avoir une carte pour se repérer plutôt que d'avoir à demander leur chemin à l'un des valets de pied, qui ne doivent pas quitter leur poste.

— Oh, oui, ces cartes sont une excellente idée. Merci, dit Lisa en ayant l'impression qu'elle devait apprécier à leur juste valeur les heures qui avaient dû être dédiées à la préparation et à la conception de telles cartes pour tous les invités qui ne connaissaient pas bien le domaine. Vous avez raison, aborder un élégant valet de pied serait une expérience déconcertante. Et si je puis me permettre, ajouta-t-elle avec un sourire malicieux et un coup d'œil à l'étranger, je suis sûre que s'ils n'étaient pas des invités réguliers de Sa Grâce, Lord Gros Bras et son ami Lord Tête Brûlée trouveraient également ces cartes utiles.

L'étranger pouffa de rire.

— Pour pouvoir errer dans le palais en feignant de bien connaître les lieux ? s'exclama-t-il avant de se pencher vers Lisa et de lui confier : Le problème c'est que même les membres de la famille se perdent parfois dans cet endroit colossal, il n'y a donc aucune honte à se promener en tenant sa carte aux yeux de tous. Avez-vous autre chose à dire à Miss Crisp ? demanda-t-il en se tournant vers le secrétaire adjoint.

— Non, monsieur. Tous les détails sont dans le paquet.

— Bien. Quel est votre niveau de français ?

— Je vous demande pardon, monsieur ? Mon niveau de français ?

— Parlez-vous cette langue ?

— Un peu.

— Mais pas bien ?

— Pas très bien, monsieur.

— Dans ce cas, vous devrez nous excuser, Miss Crisp et moi, pendant un petit moment, dit-il avant de se tourner vers Lisa et de lui parler exclusivement en français : Je vous demande pardon de ne pas avoir été plus bavard dans la diligence. Je ne sais pas de quoi Teddy est au courant, ni ce qu'elle vous a dit à propos de son oncle français ; vous auriez peut-être la gentillesse de me dire ce qu'on vous a raconté, afin que j'évite de me répéter. J'apprécierais votre sincérité, Miss Crisp.

— Très bien, monsieur. Teddy et moi n'avions aucun secret l'une pour l'autre à l'école. Elle savait uniquement ce que sa mère avait décidé de lui dire. Ainsi, j'ai appris que vous aviez la même couleur de cheveux et que vous viviez en France. (Lisa croisa son regard inflexible.) Sa mère soutenait catégoriquement que vous n'aviez p-pas… *trahi* votre conscience, et ce en dépit de vos activités… *traîtresses* à l'égard de Sa Majesté pendant la guerre dans les colonies américaines. Elle disait aussi que vous aviez été gracié pendant votre absence, après la signature du traité de Paris, car selon Teddy, vous avez un lien de parenté avec pratiquement tous les membres du gouvernement.

— Merci. Ce dernier point n'est pas entièrement vrai. J'ai bien été gracié après avoir apporté mon aide à la cause américaine, mais je n'ai un lien de parenté qu'avec la moitié du gouvernement, et la plupart de ces hommes sont des étrangers pour moi.

Lisa fronça les sourcils, pensive.

— Vous n'avez aucune obligation de me répondre si vous n'en avez pas envie, mais si vous avez été gracié, pourquoi donnez-vous l'impression de vous cacher, ou en tout cas de voyager discrètement dans le pays ?

— Comme vous êtes perspicace, Miss Crisp. Il s'agit d'une vieille habitude. Enfin, ce n'est pas toute la vérité. Il y a encore des membres du gouvernement qui me veulent du mal, car à leurs yeux, je resterai à jamais un traître à cause du soutien que j'ai apporté aux colons. Je ne ferai jamais changer ces hommes d'avis. Ce que je ne cherche d'ailleurs pas à faire. À vrai dire, quand j'ai quitté l'Angleterre pour la France il y a dix ans de cela, je n'avais ni l'envie ni l'espoir de revenir. Ce sont ma cousine et mon beau-père qui m'ont convaincu de revenir lors de leur récent séjour en France.

— Pour le mariage de Teddy ?

— Oui. C'est l'occasion parfaite de voir toute la famille avant d'emmener la mienne vivre de manière permanente dans les nouveaux États américains, mais aussi de voir ma mère une dernière fois – elle est très souffrante –, de retrouver ma sœur, de faire la paix avec mon frère…

— Le héros de la guerre d'indépendance ?

— Ah. Ainsi, vous connaissez bel et bien l'histoire de ma famille ! Oui. Je veux également rencontrer leurs familles. Je vous dirais bien comment je m'appelle, s'excusa-t-il, mais si je vous dis mon nom, j'ai peur qu'il soit rapidement communiqué – non par vous –, que sa seule mention alerte les autres oreilles de cet espace confiné, puis monsieur le duc, mon cousin. Je veux leur faire la surprise.

— Vous avez bien raison, monsieur, dit Lisa avec un sourire. Assurément, le mariage de Teddy sera une occasion mémorable pour tout le monde.

— Tout à fait, Miss Crisp, dit l'oncle de Teddy en repassant à l'anglais.

Après avoir jeté un coup d'œil par la fenêtre, il surprit les passagers en frappant le panneau au-dessus de sa tête, indiquant au cocher d'arrêter les chevaux. Il récupéra sa sacoche, enfonça son chapeau sur sa tête rousse et dit à Lisa :

— Un peu plus loin, le carrosse va quitter l'avenue bordée d'arbres et tourner à gauche pour vous conduire au Gatehouse Lodge. Si vous regardez par la fenêtre de droite, vous aurez une vue dégagée sur la maison principale de l'autre côté du lac. C'est une vue à couper le souffle et dont on ne se lasse jamais. Je vous envie de découvrir Treat pour la première fois. Peu importe ce que vous avez lu et ce qu'on vous a dit, rien ne peut vraiment vous préparer à l'ampleur colossale de cet endroit. C'est au-delà de tout ce qu'on peut imaginer, et c'est un homme qui a vécu pendant les neuf dernières années juste à côté du château de Versailles qui vous le dit. Ah, si Louis pouvait voir comment vit le duc de Roxton ! Nous nous reverrons très bientôt, Miss Crisp, dit-il en baissant l'avant de son chapeau.

Sur ce, l'oncle de Teddy sortit du carrosse et disparut entre les arbres, de l'autre côté de la route. Le secrétaire adjoint donna un nouveau petit coup afin que le cocher reparte. Lisa ne voulait pas rater la première fois où elle verrait la maison principale, mais elle continua à regarder par la fenêtre de gauche et exprima ce qu'elle pensait à voix haute, sans s'attendre à ce qu'on lui réponde :

— Je me demande où il va…

— Il y a un chemin communal juste derrière ces arbres, il longe le haut du ha-ha qui entoure le domaine voisin de Crecy Hall, lui expliqua le secrétaire adjoint. C'est là qu'habitent le duc et la duchesse de Kinross…

— Oh ! Oh ! Miss ! Miss ! Regardez ! *Regardez !* s'exclama Becky en prenant une profonde inspiration.

Elle glissa le long du siège puis vint s'asseoir sur celui en face de Lisa afin d'avoir, elle aussi, une superbe vue sur le paysage par la fenêtre de droite.

Les deux filles appuyèrent leur nez contre la vitre, fascinées. C'était exactement comme l'avait décrit l'oncle de Teddy, et pourtant sa description semblait insuffisante comparée à la vue qui s'offrait à elles. Le carrosse prit un virage à gauche, quittant l'avenue bordée d'arbres qui continuait vers le lac, puis avança lentement sur une allée de gravier, leur offrant une vue dégagée sur l'immense pelouse ondoyante qui descendait jusqu'à la grande étendue d'eau bleue. De l'autre côté du lac, la pelouse reprenait, grimpant une colline sur laquelle était perché un palais. Car il s'agissait bien d'un palais : un immense bâtiment central, de style palladien, avec d'énormes et épaisses colonnes qui, en haut d'un grand escalier qui faisait presque la largeur de l'édifice, s'élançaient dans les airs sur trois étages et soutenaient un impressionnant fronton dans lequel des statues avaient été sculptées et qui occupait fièrement le centre d'un colossal ensemble de bâtiments s'étirant de part et d'autre de cette imposante structure centrale. Des rangées et des rangées de fenêtres, sur trois étages également, semblaient se poursuivre à l'infini avant de bifurquer et de continuer sur une autre façade, aussi loin que portait le regard de Lisa. Son champ de vision fut soudain envahi par une deuxième rangée d'arbres ; à présent, elle entrapercevait seulement le palais en haut de sa colline entre les feuilles vertes. Puis le carrosse traversa un pont en pierre, prit un virage, franchit un portail et s'avança dans une allée circulaire bordée de rosiers blancs. Il s'arrêta devant un pavillon d'entrée élisabéthain à l'allure pittoresque – après avoir aperçu le palais de Treat, tout leur semblerait pittoresque – qui s'élevait sur deux étages et était agrémenté de cheminées en colonnes à motifs spiralés et de gargouilles perchées sur les remparts fantaisistes.

Leur carrosse n'était pas le seul véhicule à s'être arrêté devant l'entrée du Gatehouse Lodge. Un boguet ouvert tiré par deux chevaux et occupé par un cocher à l'avant et deux valets de pied en livrée à l'arrière attendait patiemment ses passagers.

On déposa Lisa et Becky derrière ce véhicule avec leurs malles, puis elles attendirent, observant leur carrosse repartir. Il avait déjà presque franchi le portail d'entrée avant que l'intérieur du pavillon ne s'anime. Puis il se passa beaucoup de choses en peu de temps ; Lisa et Becky, fatiguées et silencieuses, furent les spectatrices fascinées d'un départ familial.

Un garçon à la tignasse de boucles rousses sortit en trombe de la maison, plongea dans la lumière du soleil et grimpa dans le boguet en attente, glissant jusqu'à l'autre bout du siège. Un deuxième garçon, plus jeune et aux boucles noires, suivit le premier seulement quelques secondes plus tard et essaya tant bien que mal de monter à bord. En le voyant en difficulté, le garçon plus âgé glissa de nouveau sur le siège, tendit la main et hissa le plus jeune garçon à côté de lui en poussant des grognements exagérés qui visaient à impressionner son frère. Les deux garçons ne s'assirent pas, mais restèrent debout, tournés vers la maison avec les yeux écarquillés et pleins d'enthousiasme, comme si leur groupe incomplet partait pour une grande aventure.

Puis un domestique apparut avec deux petites sacoches en cuir qu'il plaça derrière le siège, au pied des hommes en livrée ; un autre domestique suivit le premier avec une sacoche plus grande qui rejoignit les deux premières. Le prochain à sortir de la maison fut un grand gentleman bien bâti, d'âge moyen, vêtu d'une simple redingote en lin et de bottes hautes. Il leva une main vers les deux garçons qui sautaient sur place d'excitation et qui criaient à leur père de se dépêcher ! De se dé-pê-cher ! Mais leur père ne les rejoignit pas immédiatement. Il se tourna vers la maison et attendit une petite femme à la chevelure cuivrée épaisse et brillante, qui portait un enfant sur sa hanche. Il embrassa la joue rosée du bébé puis une de ses mains potelées tendue vers lui, avant d'embrasser délicatement le front de la femme puis de se pencher pour l'embrasser sur la bouche. Le baiser se prolongea et Lisa sentit le rouge lui monter aux joues. Elle n'osa pas regarder Becky et ne put détourner le regard de ce couple qui était à l'évidence très amoureux.

— Deux nuits dans une tente au milieu des bois, déclara le gentleman avec un sourire et en secouant la tête. Je n'arrive pas à croire que

Roxton et Strathsay aient réussi à me convaincre. Je ne sais pas qui est le plus enthousiaste, eux ou les sept garnements que nous avons à nous trois. Vous savez où je préférerais être.

— Oui. Mais cela ne veut pas dire que vous n'en apprécierez pas chaque minute, autant que Roxton et mon frère, lui lança la femme en riant et en lui touchant la joue. Et vous ne pouviez pas décevoir vos fils. Ils ne parlent presque que de cela depuis des jours. Soyez prudents. Et rentrez s'il y a la moindre averse. Je ne supporterais pas que l'un de vous attrape froid juste avant le grand jour de Teddy. Allons, embrassez votre fille une dernière fois et allez-y avant que David et Luke ne tombent du boguet à force de sauter.

Le gentleman leva la petite à bout de bras ; elle poussa un cri de surprise et gloussa. Puis il la fit redescendre pour embrasser sa joue rebondie avant de la rendre à sa mère. Il ignora les cris de ses fils et dit à sa femme :

— Savez-vous qu'il s'agira des premières nuits où nous serons séparés depuis… ?

— Notre mariage. Oui, je le sais, répondit-elle doucement avant de se hisser sur la pointe des pieds pour l'embrasser sur la joue. Je vais être perdue.

Puis elle le dépassa en l'effleurant et s'approcha du boguet pour vérifier que ses fils s'installaient correctement. Le bébé dans ses bras poussa des cris de joie quand ses frères firent la grimace pour l'amuser.

Tous se tournèrent vers la maison et levèrent les yeux vers le premier étage en entendant le bruit soudain d'une fenêtre qu'on ouvrait avec force. Une jeune femme aux yeux pétillants et au sourire plus éclatant encore, ses longs cheveux roux retombant en boucles entremêlées autour de son visage, sortit le haut de son corps par la fenêtre ouverte et agita les bras en l'air pour attirer l'attention de ceux qui se trouvaient en contrebas.

— Père ! David ! Luke ! s'écria-t-elle, répétant leurs noms une nouvelle fois pour qu'ils regardent tous dans sa direction. Passez un moment absolument merveilleux ! Ne fermez pas l'œil de la nuit ! Je vous aime ! Vous allez tous me manquer !

Les deux garçons agitèrent les bras dans sa direction et lui répondirent en hurlant. Le gentleman lui envoya un baiser. Sa toute jeune sœur gloussa, regardant toujours ses frères qui faisaient de drôles de têtes. La petite lady qui portait le bébé prit une profonde inspiration et sourit sans rien dire.

Le boguet disparut dans l'allée de gravier et le calme redescendit sur le Gatehouse Lodge. La fille aux longs cheveux roux resta à la fenêtre, les bras croisés sur le rebord, le menton posé sur son poing, et regarda le paysage.

Personne n'avait remarqué Lisa et Becky pendant toute la durée de ces adieux familiaux ; elles étaient restées silencieuses, le dos appuyé contre le mur, leurs malles à leurs pieds. Mais elles ne restèrent pas invisibles très longtemps. La mère de David et Luke s'était à peine détournée pour rentrer dans la maison avec sa petite fille qu'elle remarqua les deux jeunes filles épuisées par leur voyage. Lisa observait la fille à la fenêtre. Becky observait la belle petite lady dans ses jupons à motif floral avec le joyeux bébé dans ses bras.

Puis la fille à la fenêtre, qui s'apprêtait à la refermer, baissa par hasard les yeux ; son regard se posa directement sur le visage souriant et penché vers l'arrière de sa meilleure amie de Blacklands, qui lui adressait un signe de la main. Elle n'en croyait pas ses yeux. Elle releva le châssis de la fenêtre et se pencha vers l'extérieur.

— Lisa ! Lisa ! Lisa ! Vous voilà enfin ! Mère ! Mère ! C'est Lisa Crisp ! C'est Lisa ! Attendez ! J'arrive tout de suite.

PARTIE II

LA CAMPAGNE

QUATORZE

TREAT, FOYER ANCESTRAL DES DUCS DE ROXTON

— Oh, Seigneur. Êtes-vous là depuis longtemps ? demanda Lady Mary en présentant ses excuses et en s'avançant pour saluer Lisa. Ainsi, vous êtes Lisa Crisp, dit-elle avec un sourire. Vous voilà enfin. Avez-vous fait bon voyage ?

Lisa se baissa en une révérence respectueuse ; elle avait rapidement compris, quand Teddy s'était mise à crier par la fenêtre, que cette fascinante petite lady était sa mère, et elle se rappela qu'elle était la fille d'un comte. Becky suivit son exemple.

— Pas depuis longtemps, milady, répondit Lisa. Et oui, nous avons fait bon voyage. Merci.

— Laissez vos malles et votre sac ici avec votre bonne – l'intendante prendra bien soin d'elle – et entrez donc.

— Je vous demande pardon, milady, dit Lisa poliment mais fermement en restant près de Becky quand Lady Mary commença à se détourner, mais Becky n'est pas ma bonne au sens strict du terme. C'est une couturière qui a accepté de m'accompagner pendant mon séjour et de-de… m'aider.

— Oh ? Je vois, répondit Lady Mary en jetant un coup d'œil à Becky. Dans ce cas, nous avons intérêt à trouver une bonne qui pourra aider Becky à vous aider. Elle pourrait peut-être quand même rester ici avec les malles jusqu'à l'arrivée de l'intendante ? Elle lui montrera tout ce dont elle aura besoin pour être à son aise et pour vous assister pendant votre séjour.

— Ça m'dérange pas d'être la bonne de Miss Crisp pendant l'séjour, intervint Becky, car elle se disait qu'il fallait qu'elle dise quelque chose puisque Lisa avait bien fait comprendre qu'elle n'était pas une domestique « au sens strict du terme ». C'est tout nouveau pour moi, mais j'suis juste contente d'être là.

Lady Mary, qui n'avait pas l'habitude qu'une domestique à qui elle n'avait pas d'abord parlé lui adresse la parole, battit des paupières, mais elle esquissa ensuite un sourire et dit d'un ton neutre :

— Oui, je le vois bien…

Puis elle dit à Lisa, en remontant le bébé sur sa hanche :

— J'ai beaucoup entendu parler de vous, Miss Crisp.

— Vraiment, milady ? répondit poliment Lisa.

Elle confia le sac en tissu contenant son écritoire aux bons soins de Becky et suivit rapidement Lady Mary, qui s'était détournée pour rentrer à l'intérieur.

— Tout venait de Teddy, bien sûr, et tout était très flatteur. Ma fille dit qu'elle n'aurait pas survécu à Blacklands sans votre amitié. Rien que pour cela, je vous serai éternellement reconnaissante. Elle vous a toujours considéré comme sa sœur de Blacklands…

— Et maintenant, elle a réellement une sœur.

— Oui ! Une surprise pour nous tous, mais une surprise vraiment merveilleuse. Je vous présente Sophie-Kate, elle a tout juste cinq mois.

— C'est un très beau bébé, milady.

— Oui… Oui, elle est très belle, dit Lady Mary en soupirant de bonheur avant de se tourner vers l'intendante qui venait d'arriver sous le portique, suivie par un domestique. Mrs. Rogers, voici Miss Crisp, qui est enfin arrivée. Son amie Becky l'a accompagnée pour lui servir de bonne. Si vous voulez bien prendre Becky en main et lui trouver une bonne – Meg pourrait convenir – qui pourra l'accompagner, lui dire ce qu'elle a à faire et lui montrer où se trouve tout ce dont elle a besoin, cela nous aiderait tous beaucoup.

Mrs. Rogers parcourut Lisa du regard, de ses bottines à son bonnet à bord étroit, puis elle se tourna vers Becky, qui patientait sagement à côté de leurs deux malles qui avaient connu des jours meilleurs. Elle adressa un hochement de tête à sa maîtresse en gardant un visage impassible, mais Lisa remarqua la désapprobation dans son regard.

Elle sentit sa gorge se serrer après avoir été jaugée et méprisée aussi rapidement. Mais son sentiment de malaise s'évanouit à l'instant où elle entra dans le petit vestibule derrière Lady Mary et aperçut Teddy qui descendait l'escalier incurvé à toute allure. Elle était tellement heureuse de la voir qu'elle sentit les larmes lui monter aux yeux.

Teddy prit Lisa dans ses bras et les deux amies s'étreignirent, pleurèrent et s'étreignirent encore, enfin réunies après deux ans de séparation. Il n'y avait pas un seul œil sec dans le vestibule et Lady Mary arbora un sourire larmoyant en voyant sa fille aussi heureuse. Elle confia son bébé à sa nurse, qui avait également la larme à l'œil.

— Puis-je monter dans ma chambre avec Lisa avant le souper, mère ? demanda Teddy en tenant la main de son amie. Nous avons tant de choses à nous dire et je dois lui raconter…

— Laissez peut-être Miss Crisp…

— Lisa. Mère, vous devez l'appeler Lisa, c'est ma sœur de Blacklands, après tout. N'est-ce pas, Lisa ?

— Très bien. Lisa a fait un long voyage en une seule journée, répondit patiemment Lady Mary. Vous devriez peut-être avoir la gentillesse de la laisser se rafraîchir, et peut-être de boire une tasse de thé…

— Nous pouvons faire tout cela dans ma chambre…

— C'est ce que j'allais suggérer, mais…

Teddy embrassa la joue de sa mère.

— Vous êtes la meilleure mère de la terre entière !

— Merci, ma chérie. Mais n'épuisez pas Lisa dès son premier jour. Vous aurez bien assez de temps pour vous retrouver. Et ne descendez pas trop tard pour le souper. Vous savez que grand-mère Kate tient à la ponctualité et qu'elle est impatiente de rencontrer votre amie d'école.

— C'est promis ! annonça Teddy en souriant à Lisa. Venez, ma sœur de Blacklands ! J'ai tant de choses à vous dire ! Mais d'abord, ajouta-t-elle après avoir mené Lisa en haut de l'étroit escalier incurvé et ouvert la première porte à droite sur le palier, qui menait à ses appartements, je veux savoir tout ce que vous avez fait depuis la dernière fois que nous nous sommes vues. Et par « tout », j'entends absolument tout.

Lisa parvint à se laver les mains et le visage, à arranger ses cheveux et à savourer une tasse de thé et une part de gâteau aux graines tout en faisant à Teddy un compte rendu de ses deux dernières années passées avec les Warner sur Gerrard Street. Teddy se blottit sur le cous-siège et l'écouta attentivement. Quoi qu'elle pensât du fait que sa meilleure amie apporte son aide dans un dispensaire pour les malades démunis, ce fut pour la vie dans une grande ville qu'elle exprima le plus d'aversion, incapable de concevoir qu'on puisse habiter dans un endroit ayant si peu de grands espaces verts, où il y avait tant de gens qu'il était tout simplement impossible d'échapper à la foule et où il y avait plus de bâtiments que d'arbres. Elle avait trouvé qu'il y avait trop de monde à Chelsea et avait été impatiente de retrouver le calme, la tranquillité et le rythme des Cotswolds.

Ce fut grand-mère Kate, la formidable mère du beau-père de Teddy, qui s'intéressa aux responsabilités de Lisa au dispensaire. Elle lui posa toutes sortes de questions lors du souper, très impressionnée par son rôle d'écrivaine publique auprès des pauvres. Lisa comprenait cet intérêt ; grand-mère Kate était aveugle, elle avait donc besoin que quelqu'un lui lise ses lettres à voix haute et les écrive. Elle dit à Lisa qu'elle dictait toutes ses lettres à sa dame de compagnie, qui lui lisait également les réponses qu'elle recevait, et que Teddy se chargeait de cette tâche dès qu'on le lui demandait.

— Mais on ne me donne à lire que les lettres que mère, père et Fran – la dame de compagnie de grand-mère – m'autorisent à lire, révéla Teddy. Elles sont toutes très intéressantes, mais pas aussi intéressantes que celles qui arrivent de la part des correspondants spéciaux de grand-mère, avec qui elle échange des anecdotes de jeunesse scandaleuses. D'après mère, ces histoires ne conviennent pas aux yeux d'une jeune lady.

— Votre mère a entièrement raison, Teddy, répondit grand-mère Kate d'un ton pincé. Mais je pense que vous finirez par vous apercevoir que ce n'est pas tant votre mère qui est vieux jeu, mais votre beau-père. Il m'a avertie que ces correspondances et ces anecdotes devaient être réservées à mes oreilles et que vos yeux devaient à tout prix les éviter.

— Mais s'il s'agit d'anecdotes de votre jeunesse, grand-mère, cela signifie que vous deviez être une jeune lady quand vous avez agi de façon aussi scandaleuse.

Grand-mère Kate gloussa et ne put répondre à cela. Lady Mary non plus.

— Teddy, il est temps que cette conversation prenne une autre direction, lui suggéra gentiment sa mère.

Elle reposa son couteau et sa fourchette en argent et repoussa son assiette. Elle adressa un hochement de tête au majordome pour lui indiquer qu'il était l'heure de débarrasser la table et d'apporter le café.

— Je ne sais pas ce qui vous surprend le plus, Teddy, dit grand-mère Kate en riant et sans prêter attention à la directive de sa belle-fille, que j'aie un jour été jeune ou que j'aie pu avoir un comportement scandaleux.

Teddy serra les doigts de la vieille dame, l'embrassa sur la joue et lui chuchota à l'oreille :

— Je veux bien croire aux deux. (Elle se recula et mit sa serviette de côté.) Et un jour, après mon mariage, je n'accepterai plus de refus de votre part et vous serez obligée de tout me dire. Pouvons-nous être excusées, mère ? Lisa a eu une longue journée, elle est épuisée, et nous avons encore beaucoup de choses à nous dire… J'espère que cela ne vous dérange pas de partager mon lit, dit-elle à Lisa quand elles furent de retour à l'étage, prêtes à se coucher.

Une bonne avait réchauffé les draps à l'aide d'une bassinoire en cuivre, des flammes crépitaient dans la cheminée, même s'il s'agissait du premier mois de l'été, et on avait placé un plateau contenant deux grandes tasses de lait chaud sur le coussiège. Les deux filles portaient leur chemise de nuit et leur robe de chambre et Teddy se tenait devant sa coiffeuse, où elle démêlait ses cheveux.

— Pourquoi est-ce que cela me dérangerait ? répondit Lisa avec un sourire, assise sur le bord du lit à baldaquin d'où elle regardait Teddy brosser puis tresser ses cheveux. Ce sera comme au bon vieux temps, même si ce lit est bien plus large que les petits lits dans lesquels nous dormions à l'école. Seulement, je suis désolée de vous importuner à ce point.

— Vous ne m'importunez pas. C'est juste que cette maison est tellement petite…

— Ah bon ?

— Il s'agit d'un pavillon d'entrée, réservé à un gardien. La structure entière serait engloutie par une seule aile de la maison de père et Abbeywood doit faire trois fois cette taille. Mais ce n'est pas la taille qui compte. Ce qui compte, c'est que nous séjournions tous ici en famille, et je voulais que vous soyez ici avec nous. C'est la raison pour laquelle nous partageons tous ce pavillon. Le reste de la famille élargie et les autres invités séjournent à la maison principale. La maison principale ! s'exclama Teddy en pouffant de rire. Il s'agit plus d'un immense palais que d'une simple maison ! C'est ce que vous avez aussi dû vous dire quand vous l'avez vue pour la première fois. Je suis persuadée que si je montais dans l'une des montgolfières de *Signore* Lunardi et baissais les yeux vers la terre, Treat serait la plus énorme des structures sur des kilomètres et des kilomètres ! Je suis impatiente que vous découvriez l'intérieur du palais d'oncle Roxton ! Rien que la lumière scintillante des lustres de la salle de bal suffira à vous aveugler tant elle vous éblouira.

— Je suis déjà éblouie, alors que je n'ai vu le palais que depuis l'autre côté du lac. La salle de bal me rendra sans aucun doute muette d'admiration.

— Oh, c'est sûr. Mais il ne faut pas que vous soyez trop bouleversée, car j'attends de vous que vous vous leviez pour danser avec tous les gentilshommes qui vous le proposeront.

— C'est très gentil de votre part de penser qu'on me le proposera. Mais je manque tellement d'entraînement…

— Dans ce cas, nous ferons en sorte que vous vous entraîniez avant le bal. Je refuse que vous restiez assise dans un coin, Lisa Crisp, alors que vous serez la plus intelligente et la plus jolie de l'assemblée ! À votre tour, déclara-t-elle en lâchant sa brosse à cheveux sur la coiffeuse et en tirant le tabouret avant d'en tapoter l'assise rembourrée pour que Lisa vienne s'asseoir dessus. Venez, sinon notre lait va refroidir. Oh ! J'ai une meilleure idée, dit-elle en apportant le plateau jusqu'à la coiffeuse. Nous le boirons pendant que je vous brosse les cheveux.

Lisa s'assit docilement devant le miroir et Teddy retira le petit bonnet en dentelle de son amie avant d'enlever les nombreuses épingles qui retenaient ses longues mèches bouclées. Elle s'interrompit soudain et regarda le reflet de Lisa. Les lèvres de son amie tremblaient toutes seules et elle avait baissé les yeux, ses cils foncés cachant son regard.

— N'avez-vous pas envie que je vous brosse les cheveux ? s'enquit Teddy, curieuse.

Lisa secoua la tête, puis elle fut incapable de retenir plus longtemps les émotions que lui inspiraient ces retrouvailles tant attendues. Elle cacha son visage dans ses mains et se mit à pleurer. Ce geste pourtant si simple – Teddy qui lui brossait les cheveux – lui rappelait tellement leur amitié d'écolières qu'il avait une importance capitale à ses yeux. Elle renifla, releva la tête, regarda Teddy dans le miroir et fit de son mieux pour sourire.

— Si, dit-elle avec un sourire larmoyant. J'en ai vraiment très envie… C'est juste que… personne ne m'a… personne ne m'a brossé les cheveux depuis l'école, depuis *vous*, et… Pardonnez-moi, s'excusa-t-elle en baissant les yeux. Je suis sotte… Je dois être fatiguée…

Teddy reposa la brosse, se mit à genoux près du tabouret, prit Lisa dans ses bras et la serra bien fort. Elle l'embrassa, se recula et sourit.

— Vous n'êtes jamais sotte, très chère Lisa. Je me souviens qu'une fois, vous m'aviez dit que vous ne receviez jamais de baisers et de câlins quand vous étiez petite.

— Pas avant de vous rencontrer, et plus depuis que nous nous sommes séparées, ma chère Teddy.

Elles restèrent ainsi pendant encore quelques instants, puis Lisa se sécha le visage avec un mouchoir que Teddy lui avait tendu, elles burent toutes les deux quelques gorgées de lait chaud et Teddy entreprit de brosser les cheveux de Lisa. Tandis que la brosse en poils descendait lentement et régulièrement le long des cheveux châtains de Lisa, Teddy lui raconta ce qu'elle avait fait de son temps depuis qu'elle avait quitté Blacklands, quelque dix-huit mois plus tôt. Elle ajouta avec un soupir :

— Ma vie est loin d'être aussi palpitante ou intéressante que la vôtre, vous qui aidez un médecin dans un dispensaire, n'est-ce pas ? De plus, je pensais épouser Jack dès la fin de l'école. Je ne voyais aucune raison d'attendre. Pour quoi faire ? Jack était revenu de l'étranger et il était prêt à se ranger…

— Après avoir passé des années à méditer devant des tableaux… ? demanda Lisa d'un ton léger avec un sourire espiègle et entendu.

Teddy battit des paupières et poussa une exclamation de surprise en immobilisant la brosse au milieu d'une mèche. Puis elle éclata de rire.

— Oh, grands dieux ! C'est bien votre genre de vous rappeler ce que mère m'avait dit et que je vous avais rapporté ! Étions-nous naïves au point de penser que les garçons étaient impatients de fuir à l'étranger dans le seul but de rester plantés devant de vieux tableaux poussiéreux ?

Elle renâcla d'incrédulité et reprit son brossage des cheveux de Lisa en ajoutant :

— Si Jack Cavendish s'est livré à la moindre méditation, ce n'était pas dans une galerie d'art. Surtout s'il était avec Harry. Je serais prête à parier qu'Harry a dépensé plus d'argent dans les bordels de France, d'Italie, et de tous les pays visités entre les deux, que n'importe quel autre garçon de son âge.

Ce fut au tour de Lisa de pousser une exclamation de surprise.

— Teddy ! Comment pouvez-vous dire… ?

— Parce que je connais Jack, et je connais Harry. Ce n'est pas pour rien qu'Harry a gagné le surnom de « fils du satyre ». Ce n'est pas seulement parce qu'il ressemble beaucoup à son défunt père. Sa conduite salace avec des actrices et les maîtresses d'autres hommes, ainsi que son comportement quand il était à l'étranger, laissent penser qu'il compte bien égaler les mœurs légendaires et scandaleuses de monsieur le duc avant son mariage avec ma cousine la duchesse.

— Co-comment pouvez-vous savoir tout cela ?

Teddy soutint, dans le miroir, le regard de Lisa qui fronçait les sourcils d'un air pensif, puis elle haussa les épaules et dit :

— Vous pensez qu'en tant que future mariée, je ne devrais pas connaître les mœurs des jeunes hommes virils ? Qu'en vivant dans la campagne des Cotswolds, où il y a peu de gens, je ne pourrais pas savoir comment se comportent les garçons quand ils deviennent enfin des jeunes hommes ?

— Nous savons quelque chose des jeunes hommes et de leurs mœurs, je ne le nie pas. Et je ne suis pas aveugle. Je vois bien les pauvres filles qui cherchent bruyamment à s'attirer leurs faveurs dans la rue. Et j'ai lu des articles dans les journaux qui parlent d'hommes titrés et de leurs maîtresses. Mais j'avoue ne rien connaître du tout du-du… processus…

Elle regarda Teddy entre ses cils et ajouta, les oreilles en feu :

— Un jour, vous m'avez dit que comme vous aviez grandi dans une ferme, vous saviez comment la vie… *commence.* Donc non, je ne vous pense pas ignare. Cela dit, j'imagine qu'en tant que jeune lady, vous êtes censée détourner les yeux face à un tel *processus…*

— En tant que jeune lady, oui. Mais quelle piètre fermière je serais si je faisais cela ! Un fermier doit comprendre comment se reproduisent ses animaux – ses taureaux de concours, ses béliers, ses étalons –, au même titre qu'il – et dans mon cas, *elle* – doit savoir quand et quoi planter dans les champs.

— Vous avez toujours été tellement pragmatique, Teddy.

— Et vous, Lisa Crisp, vous avez toujours été une vraie romantique.

Les deux filles sourirent et gloussèrent, et puisque les cheveux de Lisa étaient à présent tressés et attachés par un ruban, elles grimpèrent dans le grand lit à baldaquin et se blottirent sous les couvertures. Seuls le feu de cheminée et une unique chandelle, dans un bougeoir en argent posé sur la table de chevet, éclairaient la pièce chaude et calme. Heureuses de se retrouver allongées l'une en face de l'autre, elles se délectèrent de leurs retrouvailles et de la poursuite d'une amitié qui remontait à leurs douze ans.

— La nuit de noces ne vous inquiète-t-elle donc pas du tout ? demanda Lisa, rompant le silence.

— Je ne suis pas inquiète, non. Mais je suis nerveuse. Je n'ose imaginer l'état dans lequel je serais si je ne savais rien de tout cela. La perspective de cette première nuit serait alors insupportable. Et je serais très inquiète si Jack n'avait pas « médité » sur le continent. Mère dit qu'il est important pour les époux de savoir ce qu'ils font pendant l'acte d'amour…

— Vous avez parlé de cela… avec votre *mère* ?

Lisa était stupéfaite. Elle n'arrivait pas à imaginer Lady Mary, qui semblait toujours maîtresse d'elle-même, parler de quelque chose d'aussi intime que les ébats amoureux, et ce avec sa fille.

— À qui d'autre pourrais-je poser mes questions ? s'enquit Teddy, impassible. Mère dit que je peux tout lui demander, c'est donc ce que je fais.

— Oh, je trouve que votre mère est une personne vraiment merveilleuse, Teddy. Vous avez beaucoup de chance.

— Oui, répondit Teddy avec un large sourire. Je ne pourrais rêver meilleure mère.

Puis elle retrouva son sérieux et dit d'une voix mesurée :

— Mère dit qu'il est important pour un époux de savoir comment donner du plaisir à sa femme, et comment sa femme peut lui en donner en retour. Elle dit que je ne dois pas m'inquiéter si tout ne se passe pas comme prévu le premier soir, que si Jack et moi sommes honnêtes et doux l'un avec l'autre, tout finira par se mettre en place. Elle dit que la première fois qu'on fait l'amour, c'est comme la première fois qu'on fait un gâteau.

— Un-un *gâteau* ?

— Oui. Elle dit qu'on a beau avoir tous les bons ingrédients et suivre la recette du plus merveilleux des gâteaux, le résultat ne correspond pas forcément à nos attentes. Qu'il ne faut pas être déçu, car un gâteau reste un gâteau. Que pour en faire un qui est délicieux, il faut parfois s'entraîner, et qu'une fois qu'on a les ingrédients et la recette parfaite, il est délicieux à chaque fois. Elle dit que la chose la plus importante, c'est d'apprécier le fait de préparer ce gâteau ensemble.

Lisa réfléchit à cela pendant un instant, puis elle fronça les sourcils et avoua :

— Je ne sais pas du tout comment faire un gâteau, ni comment faire l'amour d'ailleurs, mais je suis sûre que les conseils de votre mère sont très sages. Et même si je ne l'ai vue que très furtivement avec votre beau-père, quand lui et vos frères sont partis pour leur expédition dans les bois, j'ai bien vu qu'ils s'aimaient beaucoup.

— Beaucoup. Et ils ont apparemment trouvé la recette parfaite pour leur gâteau, car j'ai maintenant deux petits frères et une petite sœur.

Les filles gloussèrent, retapèrent leur oreiller en duvet et s'installèrent de nouveau dessus. Après un long silence, Teddy murmura :

— Êtes-vous toujours réveillée ?

— Oui.

— Je ne vous empêche pas de dormir, si ? Je sais que votre journée a été très longue…

— Je veux rester éveillée le plus longtemps possible pour que nous passions un maximum de temps ensemble. Sinon, les deux semaines vont passer bien trop vite.

— Ne vous inquiétez pas à ce sujet pour l'instant, la rassura Teddy. J'ai quelque chose à vous dire, mais il faut d'abord que je discute de mon plan avec Jack. Et maintenant que mère vous a rencontrée, elle pense que cela pourrait fonctionner…

— Un plan ? Fonctionner ? À propos de *moi* ?

— Oui. Je suis certaine que Jack sera d'accord. Il est tellement gentil, aimant, et son âme est tellement douce.

— N'êtes-vous pas ébahie que tout ce que vous m'avez dit quand nous étions à l'école se soit déroulé comme vous l'aviez prévu ? Vous disiez que vous épouseriez Jack, et voilà que vous êtes sur le point de le faire ! Je suis tellement heureuse pour vous, Teddy. Vous le savez, hein ?

— Oui. Vous savez plus que n'importe qui à quel point je voulais que tout cela se concrétise, dit Teddy avant de glousser dans son oreiller. Heureusement que j'aime aussi sa façon d'embrasser, sinon je ne serais peut-être pas aussi heureuse.

Lisa se redressa sur son coude.

— Sa façon d'embrasser ? Vous avez embrassé Jack ? Quand ? Oh ! Ne répondez pas ! Pardonnez-moi. Je n'aurais pas dû vous poser cette…

— Bien sûr que nous nous sommes embrassés, bêtasse. Mais vous serez peut-être choquée d'apprendre quand nous nous sommes embrassés pour la première fois… Je ne vous l'ai pas dit quand nous étions à l'école, car je savais que vous me trouveriez effrontée.

— Oh ? Pourquoi vous aurais-je trouvée effrontée ? demanda Lisa d'une petite voix en se rallongeant sur son coussin.

— Parce que vous, ma très chère sœur de Blacklands, vous avez toujours tenu à faire ce qui est correct. Vous suivez les règles et vous ne faites jamais rien qui pourrait contrarier qui que ce soit.

— Vous voulez dire que j'étais vraiment la fille la moins intéressante de la classe.

— Mais la plus intelligente, et la plus belle de nous toutes.

— Teddy, c'est la deuxième fois que vous me dites cela ce soir, et je vous adore d'autant plus, et vous me le disiez également à l'école. Mais vous êtes ma meilleure amie, et les meilleures amies se trouvent belles, comme moi je vous trouve belle. Mais personne d'autre ne me l'a jamais dit, jamais.

— Mère l'a dit. Ce soir, d'ailleurs. Je l'ai entendue vous décrire à grand-mère Kate. Elle a dit que vous étiez belle et que votre visage sortait de l'ordinaire. Que vous aviez le genre de visage qui lui rappelle un tableau qu'elle a vu un jour dans la galerie de la maison principale. Un visage qui mérite d'être peint.

— C'est vraiment charmant de sa part ! Je crois que je devrais demander à votre mère de m'adopter. Mais je vous en prie, nous ne parlions pas de moi, mais de votre premier baiser avec Jack.

— J'avais quatorze ans…

— *Quatorze ?*

— Je le savais ! Vous êtes bel et bien choquée.

— Pas du tout… Oh ! Très bien. Je suis choquée. Mais seulement parce que je croyais que le premier garçon que vous aviez embrassé était Jamie Banks, derrière la boutique de brioches de Chelsea.

— Jamie ? demanda Teddy, surprise et perplexe, en se redressant à son tour sur son coude. Jamie Banks ? Qu'est-ce qui vous a fait penser que j'ai embrassé Jamie ? Vous en pinciez pour lui.

— Nous aimions parler science ensemble, et il me parlait de son souhait d'étudier la médecine à l'université. Nous parlions également de son apprentissage au jardin botanique. Des sujets de conversation qui vous auraient ennuyée à mourir, Teddy.

— Il vous appréciait énormément, Lisa.

— Et je l'appréciais aussi. Je l'ai bêtement embrassé sur la joue…

— Violet me l'a dit.

— Vraiment ?

— Mais la personne qui vous a dit que j'ai embrassé Jamie derrière la boutique de brioches de Chelsea a menti. Je ne pourrais pas embrasser Jamie comme j'embrasse Jack, au même titre que je ne pourrais pas embrasser mon propre frère s'il avait le même âge. Ce serait tout simplement ignoble. J'apprécie Jamie, mais c'est mon cousin…

— Je sais. C'est le fils naturel de votre oncle Dair. Je me souviens que vous m'aviez parlé de lui avant de nous présenter, ce jour où nous étions à la boutique de brioches, où il était aussi avec ses camarades d'école. Mais Teddy, Jack est aussi votre cousin, et vous êtes sur le point de l'épouser.

— Mais c'est différent avec Jack. Je l'aime depuis mes dix ans – s'il est possible pour une fille de dix ans de savoir qu'elle est amoureuse. En tout cas, je le savais quand j'avais quatorze ans. Quant à Jamie, c'est comme un frère pour moi. Pourquoi aurais-je embrassé Jamie alors que j'étais amoureuse de Jack ? Me pensiez-vous capable de lui faire une telle chose ?

— Non. Cela me paraissait impossible… Mais je me souviens que vous étiez bouleversée quand il vous a parlé de son projet de partir à l'étranger, quand il vous a dit qu'il serait absent pendant des années et des années. Et Jamie est beau…

— Oui. Très. Mais je ne souhaite quand même pas l'embrasser *de cette façon.*

Lisa tendit la main vers Teddy et elles entrelacèrent leurs doigts.

— Je n'y aurais pas cru si je ne l'avais pas appris par quelqu'un de confiance. Mais en repensant à cet épisode, ce que j'ai fait tellement de fois que c'en est sûrement malsain, je me dis qu'en fait, on m'a dit cela pour me donner l'impression que le baiser que j'avais échangé avec Jamie n'avait aucune valeur. Voyez-vous ce que je veux dire ?

— Oui. Les filles peuvent être des créatures vraiment méchantes quand elles sont jalouses. Quand je pense qu'une vipère a parlé de votre baiser à la directrice… J'ai eu beaucoup de chagrin quand on vous a forcée à quitter Blacklands. Savez-vous que j'ai essayé de vous retrouver après votre départ ?

— J'ai reçu toutes vos lettres, à présent, et je les ai lues à de nombreuses reprises. Merci d'avoir persisté. Merci de m'avoir trouvée.

— Ce n'est pas moi qui vous ai trouvée. C'est la duchesse – la cousine de ma mère – qui vous a retrouvée pour moi. C'est la fée marraine la plus aimante et au plus grand cœur du monde entier, et vous serez d'accord avec moi quand vous la rencontrerez. Elle est impatiente de faire votre connaissance.

— Je suis impatiente de la remercier de m'avoir trouvée ; je suis persuadée que sans ses efforts, nous n'aurions peut-être jamais pu nous revoir. Et je ne serais pas avec vous en ce moment même, sur le point d'assister, enfin, à votre mariage avec Jack.

— Comment aurais-je pu épouser Jack sans que vous soyez auprès de moi, très chère Lisa ? Vous êtes mon amie la plus proche, vous avez pris soin de moi à l'école et je n'aurais jamais réussi un seul examen sans vos cours particuliers. Si on autorisait les filles à utiliser leur cerveau de la même manière que les garçons, vous auriez pu accomplir les mêmes choses que Jamie. Il va bientôt partir à l'université pour commencer ses études de médecine. Si seulement vous aviez pu partir étudier avec lui.

— Je suis très heureuse pour lui. Et merci de me penser intelligente. Mais après avoir apporté mon aide au dispensaire, je ne pense pas que je pourrais être médecin. Je prête une oreille sympathique aux problèmes des autres, oui, mais je ne possède pas le courage qu'il faut pour la dissection…

— Jamie est venu assister au mariage. Il fait partie des invités de Jack. Je sais qu'il est impatient de vous revoir.

— C'est vrai ? répondit calmement Lisa.

Quand Teddy haussa les sourcils en souriant, elle ne lui rendit pas son sourire, mais dit sérieusement :

— Je veux le voir, moi aussi. Mais je vous en prie, Teddy, vous devez me promettre que vous n'essayerez pas de nous mettre ensemble. Votre cousin n'a toujours été qu'un ami pour moi, il ne sera jamais plus. Et je suis certaine qu'il est du même avis.

— Comme vous voudrez. Mais j'ai tellement envie de vous voir tomber amoureuse et vous marier, Lisa Crisp. De vous voir aussi heureuse que moi.

— J'en ai envie aussi. Mais je crains que ce soit une chimère plus qu'une issue probable.

— Pourquoi dites-vous cela ? Quand vous tomberez amoureuse et vous marierez, nous pourrons nous confier l'une à l'autre, comme quand nous étions à l'école, mais en tant que femmes mariées, et parler de nos époux, de nos bébés et…

— Je peux souhaiter me marier un jour, et cela arrivera peut-être, mais je crains que vous soyez la seule qui puisse envisager d'avoir des bébés, très chère…

Un nouveau silence s'installa entre elles, puis Teddy dit d'une petite voix :

— N'avez-vous subi aucun changement depuis l'école ?

— Aucun.

Après un autre silence, Teddy soupira, serra les doigts de Lisa et lui dit avec un entrain qu'elle était loin de ressentir :

— Dans un sens, cela vous rend encore plus unique. Les menstrues sont abominables et je ne comprends pas pourquoi les humaines doivent endurer quelque chose d'aussi épouvantable, alors que ce n'est pas le cas des femelles chez les animaux. Mais je les endure, car je veux avoir des enfants…

— Et je veux que vous en ayez ; ainsi je deviendrais tante – en quelque sorte.

— Oh, oui ! Et marraine. Je ferai de vous la marraine du bébé.

— Ce serait merveilleux, et un honneur. Merci.

— Alors, quelle affreuse vipère vous a dit que j'avais embrassé Jamie ? demanda Teddy en se disant qu'il valait mieux ne pas s'éterniser sur le sujet des bébés, sachant qu'il y avait très peu de chances pour que Lisa puisse en avoir un, même si Teddy ne perdait pas espoir que cela arrive un jour, quand elle aurait trouvé un gentleman à épouser.

Lisa roula sur le dos et leva les yeux vers le baldaquin plissé. Elle hésita à répondre, car la vérité révélerait le fait que cette colporteuse était également une menteuse. Et cette menteuse était l'une des amies de Teddy, Violet Knatchbull. Elle et Margaret Medway avaient empoisonné la vie de Lisa à l'école, pour la simple et bonne raison qu'elles ne la pensaient pas digne de leur amitié et encore moins de celle de Theodora Cavendish, nièce d'un duc. Et puisque Teddy niait avoir embrassé Jamie, Lisa était à présent persuadée que Violet avait inventé ce baiser dans l'espoir de briser l'amitié entre elle et Teddy.

Presque dès son premier jour à Blacklands, Violet s'était donné pour mission de séparer Teddy et Lisa, ce qu'elle n'avait pas réussi à faire avant leur dernière année, quand elle avait surpris Lisa en train d'embrasser la joue de Jamie Banks, ce qu'elle avait rapporté à la directrice. Lisa savait cela, car Violet s'était gaussée d'avoir été à l'origine de son renvoi.

Lisa était sûre que Violet et Margaret seraient au mariage, voire qu'elles étaient déjà présentes pour assister aux deux semaines de festivités, il était donc inutile de révéler que Violet était une menteuse ; elle ne voulait pas jeter une ombre sur les noces de Teddy. Elle réprima donc un bâillement, ferma les yeux et se pelotonna sous la couverture dans l'espoir que Teddy en déduirait qu'elle était trop fatiguée pour échanger d'autres confidences ce soir-là.

Elle préférait se concentrer sur le lendemain, sur le début des deux semaines magiques qu'elle allait passer dans cet endroit magique. Rapidement, elle sombra dans le sommeil, ne rêvant pas de palais et de salles de bal, mais d'une écritoire en bois de palissandre et du magnifique gentleman aux beaux yeux foncés qui la lui avait offerte. Quand il la regardait d'une certaine façon, il la rendait plus heureuse qu'elle ne l'aurait jamais cru possible. Elle espérait que les Jack et Harry qu'elle avait rencontrés dans la maison de ville de Lord Westby et qui avaient visité le dispensaire de Gerrard Street étaient les mêmes que ceux dont Teddy parlait et qui seraient présents à Treat ; Jack, l'homme que Teddy allait épouser et Harry, son meilleur ami à la voix de velours et au visage digne d'une pièce de monnaie romaine, que Lisa rêvait d'embrasser et de qui, elle en était persuadée, elle était en train de tomber amoureuse.

Si seulement les rêves pouvaient devenir réalité…

QUINZE

LISA SE RÉVEILLA TARD. ELLE N'AVAIT JAMAIS DORMI AUSSI profondément et ne s'était jamais réveillée alors que le soleil était aussi haut dans le ciel. Elle se souvenait vaguement avoir entendu Teddy se lever, puis un bruit d'eau qu'on aspergeait et des femmes qui parlaient à voix basse. Elle avait ensuite entendu, au loin, des portes s'ouvrir et se fermer et du mouvement à l'extérieur, dans l'allée de gravier. Un carrosse était arrivé, puis reparti. Mais elle avait l'impression que tout cela s'était passé des heures plus tôt.

Quand elle avança à pas feutrés dans la petite garde-robe, elle trouva ses vêtements disposés sur la méridienne ; l'une des robes à fleurs retouchées par la main experte de Becky, un corset, des jupons, des mitaines assorties à sa robe et ses bottines, qui avaient été cirées et à côté desquelles on avait disposé une paire de bas tout propres. On lui avait également préparé des accessoires qui étaient nouveaux pour elle : un léger tablier blanc en lin très fin, un chapeau de paille à large bord et un éventail. Elle n'avait jamais possédé d'éventail auparavant, bien qu'elle ait appris à se servir de cet accessoire féminin essentiel quand elle était à l'école. Les autres filles s'étaient réjouies de s'entraîner à agiter un éventail telles des ladies. Lisa avait trouvé qu'il s'agissait d'une immense perte de temps. À présent, elle était bien contente d'avoir au moins été attentive.

— Z'êtes debout, Miss ! annonça Becky en entrant par la porte des domestiques avec un seau d'eau chaude dans les bras.

Elle se décala pour laisser entrer une fille affublée d'une charlotte, qui avait environ le même âge que Becky et qui portait un seau similaire.

— J'vous présente Meg, elle m'aide beaucoup. Y a une baignoire derrière ce paravent, dans vot' dos, Miss. Une fois qu'on vous aura lavée et habillée, j'irai chercher vot' petit déjeuner, qu'vous prendrez dans vot' chambre, vu l'heure. Miss Cavendish dit qu'c'est pas grave si vous avez dormi tard. Elle voulait qu'vous vous r'posiez. L'est partie à la maison principale avec sa mère et sa grand-mère pour accueillir de nouveaux v'nus. Allons, on va vous préparer. Vous avez une longue journée d'vant vous.

— Êtes-vous certaine que Lady Mary a dit que ce serait au pavillon ? demanda Lisa à Becky tandis qu'elles remontaient lentement une allée arborée reliant le Gatehouse Lodge au domaine de Crecy Hall, qui appartenait aux Kinross.

— Certaine, Miss, déclara Becky sans hésitation. Tout ce qu'on m'a dit, c'était d'suivre ce ch'min jusqu'au bout et qu'on saurait où aller à partir d'là. Est-ce que c'est pas le plus joli ch'min qu'vous avez jamais vu ? ajouta-t-elle avec un soupir en regardant au-dessus et autour d'elles, admirant les immenses hêtres qui encadraient l'allée. J'ai jamais rien vu d'pareil. Mais en même temps, tout c'que j'vois ici, je l'avais jamais vu avant.

— Ce chemin est très joli, il a quelque chose de magique, reconnut Lisa avec un sourire, ignorant sa nervosité à l'idée d'assister à son premier événement public, préférant profiter de l'instant.

C'était une journée d'été parfaite, avec un ciel bleu pastel strié de quelques nuages blancs effilés. Une légère brise venant du lac agitait les feuilles vert vif des fines branches noires des hêtres ; les filles étaient à l'ombre, seulement tachetées par la lumière du soleil brûlant.

Lisa se dit qu'elle n'aurait pas été aussi nerveuse si Becky ne lui avait pas dit que tard la nuit précédente, quand elle et Meg avaient entrepris de vider sa malle, la femme de chambre de Lady Mary les avait interrompues et avait inspecté tout ce qui se trouvait dans la malle avant d'aller dire à sa maîtresse, d'un pas décidé, qu'elle trouvait que certains éléments laissaient à désirer. C'était la raison pour laquelle on lui avait prêté le chapeau de paille, à présent posé sur ses cheveux fraîchement lavés et tressés, le tablier léger qui recouvrait l'avant de sa robe à fleurs, et l'éventail, qui était suspendu à sa cordelette autour de son poignet. On lui prêterait d'autres accessoires et, selon Becky, la femme de chambre de Lady Mary s'était montrée très critique envers la robe que

Lisa avait prévu de porter pour le mariage et le bal. Elle ne conviendrait jamais, il fallait faire quelque chose.

Lisa espérait au moins que contrairement à sa garde-robe, elle ne décevrait pas trop la famille et les amis de Teddy. Mais l'émerveillement contagieux de Becky la poussa rapidement à reléguer ces appréhensions dans un coin de sa tête. Elles arrivèrent au bout de l'allée et s'avancèrent dans un immense espace ouvert. De là où elles étaient, elles avaient une superbe vue sur un magnifique manoir élisabéthain, ses rangées de fenêtres à meneaux miroitant au soleil. Le manoir, avec ses cheminées semblant s'enrouler sur elles-mêmes et ses gargouilles fantaisistes disposées à chaque coin de l'édifice, était une version élargie du Gatehouse Lodge, ou plutôt, le pavillon d'entrée était un modèle réduit de ce robuste manoir construit en haut de jardins en terrasses odorants avec vue sur le lac. Quand Lisa et Becky émergèrent de l'avenue bordée d'arbres et s'approchèrent, elles découvrirent une pelouse verte qui s'étirait à perte de vue et descendait en ondoyant vers le bord de l'eau ; des barques flottaient au niveau d'une jetée.

Lisa et Becky se tournèrent l'une vers l'autre, comme si elles avaient besoin de la confirmation qu'elles voyaient bien la même scène idyllique. Elles sortirent de l'ombre partielle des hêtres et s'avancèrent dans le soleil ; leur émerveillement s'amplifia quand un joli pavillon d'été apparut dans leur champ de vision. Perché au sommet d'une petite colline et donnant sur le lac, il avait un haut toit en dôme soutenu par des colonnes en marbre et un large escalier ouvert aux éléments qui menait au vaste intérieur.

— Soyez pas nerveuse, Miss, dit Becky à Lisa d'un ton encourageant quand cette dernière s'arrêta au milieu de la pelouse, prit une inspiration et redressa les épaules. Vous êtes magnifique. Personne pourrait dire le contraire.

— Merci, Becky. Si nous pouvons surmonter ce premier jour de présentations, je suis sûre que nous nous amuserons d'autant plus. Voyons voir qui nous attend…

Mais quand elles arrivèrent au pavillon, elles se rendirent compte qu'il n'y avait aucun invité et aucun membre de la famille, que seuls des domestiques étaient présents pour décorer les larges colonnes avec des rubans et pour mettre en place les tables et les chaises. Lisa et Becky en profitèrent pour admirer le joli pavillon depuis son escalier ; elles levèrent les yeux vers le plafond peint avant d'observer le sol en marbre, la méridienne et les chaises recouvertes de tissu coûteux et, d'un côté du pavillon, les larges coussins éparpillés autour d'une table basse en acajou poli. Elles finirent par se demander où étaient les invités du pique-nique et si peut-être elles étaient arrivées bien trop en avance.

— M'dame a bien dit que c'était au pavillon, répéta Becky avant que Lisa ne puisse lui poser la question. Peut-être que tout le monde est encore à l'intérieur d'la maison ?

— Oui, peut-être. Restez à l'ombre, je vais avancer jusqu'à la maison. Je croiserai peut-être d'autres invités qui se promènent. Si des gens commencent à arriver ici, venez me trouver. Sinon, je reviendrai rapidement.

Becky n'était pas très à l'aise à l'idée de s'asseoir sur l'une des chaises ou sur la méridienne ; tous les meubles lui semblaient trop grandioses, et que ferait-elle si un invité arrivait et la trouvait assise là ? Elle attendit donc que Lisa se soit élancée sur la pelouse pour s'asseoir sur la plus haute marche, le dos appuyé contre une épaisse colonne. Elle ne prêta pas attention au groupe de domestiques qui vaquaient à leurs occupations, préférant admirer la vue. Elle avait bien l'intention de tout graver dans sa mémoire pour en faire la description à sa tante Humphreys quand elle reviendrait en ville.

Tandis que Becky observait les cygnes glisser à la surface du lac et les canards nager autour de la jetée et des barques qui s'agitaient sur l'eau, Lisa traversa la pelouse pour rejoindre les jardins en terrasses, au milieu desquels serpentaient des marches en pierre jusqu'à la maison. Mais quelque chose la poussa à tourner le dos aux marches et à continuer à avancer le long des jardins jusqu'à arriver devant un large chêne, à mi-chemin entre les jardins et le lac. Cet arbre majestueux semblait très vieux et une cabane qui ressemblait à la plage arrière d'un navire à voiles avait été construite sur ses branches épaisses les plus basses. Elle fut tellement fascinée par cette cabane qu'elle s'avança sous les branches du chêne afin de l'observer de plus près. Son chapeau de paille lui bloquant partiellement la vue, elle le retira et le laissa pendre à son côté par ses rubans. Elle avait déjà fait la moitié du tour de l'arbre avec le menton en l'air quand elle s'aperçut qu'elle n'était pas seule.

Une petite fille l'observait. Elle était debout près d'une balançoire et tenait l'une des deux cordes qui étaient fixées de chaque côté d'un siège damassé et à une branche très haute du chêne. Elle resta immobile et ne fit rien pour saluer Lisa. Elle avait même froncé les sourcils, et son regard était solennel. Cette enfant était très jolie, elle avait de grands yeux marron et légèrement obliques, comme ceux d'un chat, et des lèvres en bouton de rose dans un visage en forme de cœur et encadré par des anglaises d'un blond foncé et dans lesquelles on avait fait passer d'épais rubans en soie. Mais en dépit de sa beauté, ce fut sur sa tenue que Lisa se concentra. Elle portait une robe ample en coton de premier choix et décorée de détails aux couleurs vives représentant des fleurs de cerisier et des petits oiseaux chanteurs. Sous sa robe apparaissaient des jupons en coton d'un blanc éclatant, bordés de fine dentelle, et elle portait des souliers assortis à sa robe, recouverts du même tissu et attachés par des nœuds en soie de la même couleur que les rubans dans ses cheveux. Elle semblait avoir été habillée pour une grande occasion, mais Lisa soupçonnait que les enfants qui vivaient dans un endroit aussi magique devaient porter ce genre de tenues exquises tous les jours.

Lisa s'approcha d'elle.

— Bonjour. Je m'appelle Lisa.

— Bonjour.

— Comment vous appelez-vous ?

— Ne savez-vous pas qui je suis ?

— Non. Mais je devrais le savoir, n'est-ce pas ?

— Tout le monde me connaît.

— Ah oui ? Tout le monde sauf moi, visiblement.

La petite fille parcourut Lisa du regard.

— Êtes-vous une femme de chambre ?

— Non. Je suis une invitée, je séjourne au Gatehouse Lodge. Je suis arrivée hier pour le mariage de Miss Cavendish.

— Je n'ai jamais rencontré quelqu'un qui ne sait pas qui je suis.

— J'ai beaucoup de chance d'être la première étrangère que vous rencontrez, répondit Lisa avec un sourire en faisant tout son possible pour ne pas être troublée par l'air solennel et interrogateur de la petite fille.

Elle avait connu bien pire au dispensaire, quand les enfants malades ou blessés ne voulaient surtout pas être approchés par quelqu'un qui pouvait éventuellement les faire souffrir encore plus. Elle se demandait pourquoi la petite fille était seule ; à l'évidence, une enfant qui avait une assurance aussi noble et qui portait les habits exquis des quelques privilégiés aurait dû être entourée par une véritable armée de nurses et de bonnes.

— Vouliez-vous être ici toute seule ou des amis vont-ils vous rejoindre à la balançoire ? demanda-t-elle.

La petite fille la surprit en choisissant de lui répondre en français, ce qui poussa Lisa à se dire que peut-être, quand elle était grognon, cette enfant parlait la langue qui était pour elle comme une seconde nature.

— Je voulais être seule, car je ne le suis jamais. Et donc, je me suis enfuie.

Lisa resta impassible quand la petite fille déclara qu'elle s'était enfuie. Dans ce paradis, il ne semblait pas y avoir un seul endroit où elle pourrait s'enfuir sans être facilement retrouvée. À moins de nager jusqu'à l'île au milieu du lac, ou d'y aller toute seule à la rame.

— Dans ce cas, je vais vous laisser tranquille, répondit Lisa en français et d'une voix mesurée avant de se tourner vers le pavillon d'été.

— Attendez ! Ne partez pas !

Lisa fit demi-tour et attendit.

— J'aimerais que vous restiez… s'il vous plaît.

Elle regarda Lisa d'un air curieux et demanda une nouvelle fois :

— Vous ne savez *vraiment pas* qui je suis ?

— Vraiment pas, répondit Lisa en souriant. Vous êtes peut-être une princesse féerique qui vit sous ce chêne. Et comme on ne m'a jamais officiellement présentée à une princesse féerique, je ne sais pas si la politesse exige que je fasse une révérence ou si peut-être je devrais également vous faire un baise-main.

Quelque chose dans la réponse de Lisa fit glousser la petite fille. Elle secoua la tête, puis avec le menton relevé et un sourire supérieur et plein de malice, elle dit :

— Je ne vis pas sous un-un *arbre*. Je vis là-bas, dans cette maison.

— Bien sûr. C'est une très belle maison. Une princesse féerique pourrait vivre dans un tel endroit.

— Mais je ne suis pas une princesse féerique. Je suis une *marquise*, et un jour je deviendrai duchesse.

Lisa espérait que cela ne se voyait pas, mais elle était stupéfaite de rencontrer une petite fille de sept ou huit ans tout au plus qui non seulement était anoblie, mais qui était par ailleurs parfaitement consciente de son statut. Cependant, sa déclaration n'avait rien de suffisant. Elle avait simplement énoncé un fait, comme quand elle était partie du principe que tout le monde devait savoir qui elle était.

— C'est formidable, répondit Lisa avec un sourire qui dissimulait sa stupéfaction.

Avec des gestes exagérés, elle mit son chapeau de paille à large bord et son éventail de côté, souleva ses jupons au-dessus de ses chevilles pour pouvoir s'accroupir dans l'herbe et leva les yeux vers la petite fille en reprenant :

— Voudriez-vous vous asseoir avec moi ? Venez, asseyez-vous sur ma robe pour ne pas ruiner vos jolis jupons. J'imagine qu'en tant que marquise qui deviendra un jour duchesse, vous devez quand même avoir un prénom, non ? ajouta-t-elle quand la petite accepta volontiers sa proposition. Vous accepteriez peut-être de me le révéler, maintenant que nous ne sommes plus des étrangères… ?

L'enfant considéra cela pendant un long moment, d'un air tellement solennel que Lisa dut rapidement réprimer un sourire pour que la petite ne pense pas qu'elle n'était pas sincère ou qu'elle se moquait d'elle. Elle voyait bien qu'elle essayait de déterminer si elle pouvait faire confiance à cette inconnue et lui confier une information que tout le monde, dans son milieu, connaissait forcément. Mais quand elle décida qu'elle pouvait faire confiance à Lisa, ses confidences se déversèrent sans retenue. C'était comme si elle avait besoin d'oraliser son explication pour la comprendre elle-même. Lisa était certaine qu'elle n'avait jamais eu à réfléchir profondément à ses liens de parenté avant ce jour ; ces liens, comme le soleil et la lune, existaient, tout simplement, et tous ceux qui faisaient partie de son milieu le savaient. Mais maintenant qu'elle y réfléchissait et qu'elle essayait de les expliquer à quelqu'un d'autre, elle se rendait compte qu'un étranger ne les comprendrait peut-être pas du tout. Elle fit donc de son mieux et Lisa l'écouta patiemment, accordant à cette explication alambiquée le sérieux qui lui était dû. Étonnamment, à la fin, tout sembla clair pour elles deux.

— J'ai trois prénoms, déclara la petite. Elspeth. Henrietta. Jane. Mes parents m'appellent Elsie. Mes grands frères aussi. J'en ai deux. Roxton est bien plus vieux que moi. C'est un duc. Henri-Antoine est mon frère le plus jeune, mais il est bien plus âgé que moi, lui aussi. Et j'ai aussi une grande sœur, elle s'appelle Sarah-Jane. Mais ce n'est pas la sœur de Roxton et Henri-Antoine. C'est la fille de père, mais pas de mère. Elle habite en France et elle a quatre enfants, trois filles et un garçon. Son mari, cousin Charles, est là pour le mariage de Teddy. Mais Sarah-Jane n'a pas pu venir, car elle allaite encore son bébé. Il s'appelle Benjamin Franklin Fitzstuart. Père dit que le bébé porte le nom d'un homme très important, que ce Benjamin Franklin est encore plus important que lui, même si père est aussi un duc. Et tout le monde sait qu'après le roi et ses ministres, les ducs sont les hommes les plus importants du pays.

Elle se pencha vers Lisa et lui dit sur le ton de la confidence :

— Mère dit qu'elle correspond avec Benjamin Franklin – le vieil homme, pas le bébé. Et que malgré la grandeur de Benjamin Franklin dans le monde entier, père restera toujours l'homme le plus important du monde pour nous.

— C'est bien naturel, répondit sincèrement Lisa sans rien ajouter, car elle sentait que la petite avait d'autres choses à dire.

— Quand nous étions en France au printemps, mère, père et moi séjournions dans une maison près de celle de Sarah-Jane et Charles, et chaque jour nous remontions l'avenue pour leur rendre visite. Là-bas, les maisons ont des volets bleus aux fenêtres et de hauts porches voûtés sous lesquels les cochers peuvent passer pour avancer juste devant la porte, qui ne se trouve pas à l'avant de la maison, mais sur le côté, dans la cour. Leur maison est proche du palais où vit le roi de France et où cousin Charles a un travail important pour son nouveau pays. Mère a vécu au palais à une époque, mais c'était il y a très longtemps, quand un autre roi gouvernait la France.

» Nous sommes allés en France pour que père puisse rencontrer ses petits-enfants et pour que je puisse rencontrer ma sœur. Père a pleuré quand il a vu Sarah-Jane, ce qui m'a fait pleurer, moi aussi. Mais père a dit qu'il pleurait de bonheur et qu'il ne fallait pas que je sois triste. Il m'a dit que la dernière fois qu'il avait vu Sarah-Jane, je n'étais pas encore née. C'est étrange d'avoir un père qui est aussi un grand-père, alors qu'il n'a pas du tout l'air d'en être un. Il n'a pas de cheveux gris, même si mère en a beaucoup. Mais les siens sont argentés. Et elle est grand-mère depuis la naissance de Freddie, qui a deux fois mon âge.

» Sarah-Jane et Charles m'appellent Elsie. Les enfants de Roxton aussi. Ils vivent dans la maison principale. Mère dit que comme la plupart des enfants de mon grand frère sont nés des années avant moi, la politesse veut que je les laisse m'appeler Elsie, et non tante Elsie. Mère vivait dans la maison principale quand mes frères étaient petits comme moi, quand elle était duchesse de Roxton. Mais maintenant elle est duchesse de Kinross et nous habitons donc ici, même si parfois nous habitons à Londres, et d'autres fois nous allons dans une grande maison avec des tourelles, au bord d'un lac qu'on appelle *loch*, dans un pays très lointain qui s'appelle l'Écosse. Mais cette maison n'est pas aussi grande que celle dans laquelle habite Roxton. Je préfère la maison où on habite ici, même s'il y a de bien meilleures cachettes dans la maison principale. Henri-Antoine les connaît toutes, et Jack aussi. Vous pouvez m'appeler Elsie, vous aussi, car nous ne sommes plus des étrangères. Et parce que j'aimerais que vous soyez mon amie… Aimeriez-vous être mon amie… ?

— Merci. J'aimerais beaucoup être votre amie, Elsie. Et puisque nous sommes amies, vous pouvez m'appeler Lisa. Merci de m'avoir parlé de votre famille, que je trouve fascinante, car je n'ai moi-même pas de famille…

— Pas de famille ? s'enquit Elsie, intriguée, les yeux grands ouverts. Pas du tout ?

— Je n'ai ni frère, ni sœur, ni mère, ni père. Mes parents sont morts quand j'avais environ votre âge…

— J'ai huit ans et six mois.

— C'est bien cela, j'avais à peu près votre âge.

— Et des cousins ? Avez-vous des cousins ?

— J'ai trois cousines. Deux sont mariées et la plus jeune a douze ans…

— Julie a douze ans et elle aussi, elle veut devenir duchesse un jour. C'est la raison pour laquelle elle n'est pas toujours gentille avec moi.

Mère dit que c'est parce que moi, je deviendrai duchesse, peu importe qui j'épouse, mais Julie doit trouver un duc qui l'épousera. Je pense qu'elle se trouvera un duc, car Julie est très jolie et ressemble beaucoup à ma mère, tout le monde le dit.

— Dans ce cas, je suis sûre qu'un duc voudra l'épouser.

— Êtes-vous triste de n'avoir ni frère, ni sœur, ni parents ?

— J'étais triste quand j'avais votre âge. Mais je ne le suis plus, car je m'occupe en aidant les autres et j'ai des amis. Ma meilleure amie du monde entier, c'est Miss Theodora Cavendish. Je suis sûre que vous la connaissez.

— Teddy ? demanda Elsie avant de sourire et de hocher la tête. Oui, je la connais ! J'aime beaucoup Teddy. Elle me fait rire.

— Moi aussi. Elle est toujours heureuse. Vous voyez, j'ai la chance d'avoir une merveilleuse amie et vous avez la chance d'avoir des parents, deux frères, une sœur et de nombreux cousins. Ils doivent tous beaucoup vous aimer. Je suis impatiente de tous les rencontrer.

Il y avait notamment un membre de la famille d'Elsie qu'elle était impatiente de revoir et qui, elle en était plus que jamais convaincue, lui avait délibérément caché sa noblesse, pour des raisons qu'elle ne pouvait que supposer. Peut-être que comme Elsie, il s'était attendu à ce qu'elle sache qui il était sans avoir besoin de lui dire. Peut-être n'avait-il pas ressenti le besoin de révéler son identité à quelqu'un d'inférieur à lui socialement. Peut-être s'était-il tout simplement joué d'elle… Mais elle avait l'intuition que ces excuses sonnaient faux, qu'il l'appréciait bel et bien, autant qu'elle l'appréciait lui. Ses efforts pour rester anonyme devaient donc avoir une autre explication. Peu importe ses raisons, elle n'essayerait plus de les deviner et attendrait qu'il les lui donne lui-même… Elle lança un coup d'œil à la balançoire.

— Maintenant que nous sommes amies, voudriez-vous que je vous pousse sur la balançoire ?

— Je n'ai pas le droit d'en faire toute seule. Deux de mes bonnes et un valet de pied doivent être avec moi.

Lisa, sans même s'en rendre compte, fit la grimace en entendant qu'on la surprotégeait avec de telles règles. Elsie remarqua sa grimace et gloussa.

— Henri-Antoine et père font parfois la grimace, eux aussi. Mais ils ne laissent pas mère les voir, car ils ne veulent pas la contrarier. Quand ils sont avec elle, ils font ce qu'on leur dit de faire…

— Mais quand elle n'est pas là, ils se montrent parfois un peu indisciplinés ?

Elsie posa un doigt sur sa bouche et répondit dans un murmure feint :

— Je ne dois rien dire…

Puis elle arbora un large sourire, hocha la tête et ajouta :

— Très indisciplinés.

— Je ne sais pas combien de temps il nous reste avant d'être découvertes… mais peut-être pourrions-nous être un peu indisciplinées, nous aussi ? proposa Lisa avec désinvolture en lançant un regard en coin éloquent à la balançoire.

Elsie se releva des jupons de Lisa, mais au lieu de se tourner vers la balançoire, elle se précipita vers le tronc du chêne et ramassa deux poupées appuyées contre l'arbre, que Lisa n'avait pas remarquées. Elles portaient toutes les deux des robes de cour en soie brodées de sequins qui auraient fait pâlir d'envie n'importe quelle femme adulte. L'une des poupées avait les cheveux noirs et une robe en brocart prune, tandis que l'autre était blonde et portait une robe en soie ivoire. Elles étaient toutes les deux très aimées.

— Voici mademoiselle Yvette, dit Elsie en levant la poupée aux cheveux blonds. Et elle, dit-elle en levant la poupée aux cheveux noirs, c'est *Signorina* Simonetta.

— Je suis enchantée de rencontrer vos deux amies, dit Lisa avec une révérence. Voulez-vous les asseoir juste ici, devant la balançoire où elles pourront vous regarder, ou voulez-vous qu'elles vous accompagnent tour à tour ?

— Elles vont monter avec moi chacune leur tour. Mademoiselle Yvette en premier, car c'est ma nouvelle poupée et que Simonetta a déjà fait de la balançoire de nombreuses fois.

— Cela me semble juste.

Elsie assit *Signorina* Simonetta à quelques mètres devant la balançoire, repositionnant la robe de la poupée pour qu'elle recouvre ses jambes vêtues de bas et plaçant ses mains sur ses genoux. Puis elle retourna auprès de Lisa, qui tenait mademoiselle Yvette. Après s'être assurée qu'Elsie était bien assise sur le siège damassé et rembourré de la balançoire, qu'elle ne risquait pas de glisser et qu'elle serrait fermement les cordes recouvertes de ruban, Lisa plaça la poupée près d'Elsie, prenant garde à bien la coincer sous une large quantité des jupons en coton de la petite fille.

Elles eurent le temps de faire monter *Signorina* Simonetta après mademoiselle Yvette sur la balançoire avec Elsie, et lors du troisième tour, les deux poupées observèrent Elsie monter plus haut que jamais. Elle était tellement surexcitée qu'elle ressemblait à n'importe quel autre enfant, appréciant le vent dans ses cheveux et le frisson qui la parcourait quand elle montait si haut dans les airs que le bout de ses souliers effleurait le bleu du ciel. Le cœur battant la chamade, elle retenait son souffle en sachant qu'en un clin d'œil, la balançoire redescendrait. À chaque fois, elle ressentait la sensation de chute au plus profond de son ventre et poussait une exclamation de surprise.

Lisa passa devant la balançoire, la laissant ralentir toute seule, s'assit en tailleur dans la pelouse avec les deux poupées sur les genoux et observa Elsie savourer sa liberté. Puisqu'elle faisait face à la balançoire, elle ne remarqua pas l'agitation dans son dos. Si Elsie avait vu le bataillon de femmes qui se dirigeaient vers elle, elle préféra ne pas leur prêter attention, bien décidée à rester sur la balançoire le plus longtemps possible, faisant de son mieux pour prolonger elle-même le balancement par le mouvement de ses jambes, maintenant que plus personne ne la poussait.

Lisa était tellement captivée par Elsie, qui s'amusait sans se soucier de rien, qu'elle comprit qu'elles n'étaient plus seules uniquement quand un nuage – elle avait en tout cas l'impression qu'il s'agissait d'un nuage – cacha la lumière du soleil dans son dos et la plongea dans l'ombre. En réalité, quelqu'un était venu se placer directement derrière elle, faisant obstacle aux rayons du soleil. Puis, avant qu'elle ne puisse se tourner pour voir qui lui faisait de l'ombre, une vague de femmes déferla de chaque côté d'elle ; paniquées, elles avançaient en faisant bruisser leurs jupons et en jacassant en français d'un ton inquiet.

Lisa se releva précipitamment, aidée par une main qui agrippa fermement le haut de son bras. Quand on la relâcha, elle lissa ses jupons avant de se tourner et de relever les yeux pour se retrouver face au gentleman qui consumait ses rêves et n'était jamais loin dans ses pensées.

— Bonjour, dit-il de sa voix grave et vibrante si particulière et d'un ton légèrement espiègle, semblable à celui qu'elle avait employé pour le saluer à Gerrard Street le jour où il était venu en tant qu'administrateur de la fondation Fournier.

S'il était surpris de la voir ici, au sein de son domaine familial, il faisait un effort herculéen pour ne rien laisser paraître.

— Bonjour, dit-elle à son tour.

Elle resta également calme et maîtresse d'elle-même, en grande partie parce qu'elle n'était pas du tout surprise de le voir ici. Cependant, en se retrouvant ainsi en sa présence et aussi proche de lui, elle ne put rien dire de plus. Elle s'autorisa donc à le parcourir furtivement du regard, de son jabot en lin jusqu'à ses bottes hautes.

Elle avait admiré sa splendeur vestimentaire – ses redingotes et gilets aux riches broderies – dans un cadre urbain, mais dans l'air frais de la campagne, au milieu de la verdure et des arbres, il semblait détendu et son visage mince avait bonne mine. Il semblait être parfaitement dans son élément et en dépit de sa tenue confortable – un haut-de-chausses ajusté en peau de chamois, une chemise blanche, un simple jabot et un gilet jaune citron pâle –, il n'en était pas moins splendide. Mais ce furent ses cheveux relâchés qui firent monter la chaleur dans la gorge de Lisa. Coiffés sans brillantine et sans ruban, ils retombaient librement sur son front et ses épaules. Un tel manque de retenue aurait donné à n'importe quel autre homme un côté légèrement efféminé, mais sur lui, cette coiffure faisait étinceler sa masculinité.

— S'agit-il d'une heureuse manigance, Miss Crisp ? demanda-t-il d'une voix traînante. Ou bien d'une spectaculaire coïncidence ? Êtes-vous invitée au mariage Cavendish ?

— Je le suis, répondit-elle d'un ton assuré, bien consciente qu'il la taquinait.

Les mains dans le dos, elle avait le menton relevé et souriait en regardant droit dans ses yeux noirs. S'ils n'avaient pas été entourés par d'autres personnes, elle l'aurait embrassé sur-le-champ.

— Le destin ne peut pas être forcé, n'est-ce pas ? ajouta-t-elle.

— Le destin ? répéta-t-il en faisant un pas vers elle. Je suis tenté de penser que vous pratiquez la magie noire et que vous êtes une sorcière.

— Une sorcière ? Et pourtant, c'est vous qui habitez dans un monde magique que seule la sorcellerie aurait pu créer. N'êtes-vous donc pas un sorcier ?

— Touché. Rappelez-moi votre âge… ?

Le sourire de Lisa s'élargit.

— Et rappelez-moi par quel nom je dois vous appeler… milord ?

Il ne broncha pas.

— Si vous savez quel titre utiliser, murmura-t-il, alors vous savez le reste, *sorcière.*

Lisa réprima un immense sourire et haussa les sourcils d'un air perplexe, mais elle ne put dissimuler l'éclat triomphal dans ses yeux bleus.

— Mais la chose la plus prudente serait de confirmer qu'on m'a bien transmis une information correcte. Même si je suis persuadée que ma source est infaillible.

— J'aurais fini par vous le dire… un jour, dit-il d'un ton qui avait perdu son entrain.

Elle continua à le taquiner :

— Ici ? Ou ailleurs ? Et quand ?

— C'est vous, la sorcière. À vous de me le dire.

— Ah, mais en tant que sorcier vous devriez avoir les réponses.

Elle vit sa lèvre supérieure tressauter et détacha son regard de ses yeux foncés pour le baisser vers sa bouche. Cette bouche qu'elle avait tant envie d'embrasser. Elle l'embrasserait. Il le fallait. Ce n'était pas un désir, mais un besoin. Elle releva derechef les yeux vers ceux d'Henri-Antoine et prit une inspiration. Il avait l'air de brûler de désir tout autant qu'elle. Ils avaient les mêmes idées diaboliques. Au lieu d'être choquée, elle était folle de joie.

— Je ne savais pas que vous seriez là, avoua-t-il. Mais j'avais osé placer mon espoir dans ce vœu pieux.

— C'est le destin.

Ils firent un pas l'un vers l'autre, à présent séparés d'une distance pas plus large qu'une main, parfaitement conscients l'un de l'autre tout en gardant à l'esprit le fait qu'ils étaient en public. Elsie s'immisça dans leur rêverie privée, les faisant retomber dans l'instant présent, quand elle se libéra de ses nurses et bonnes qui la dorlotaient. Elle confia vivement ses poupées à l'une d'elles et se précipita vers le couple, glissant sa main entre les doigts de son frère.

Ce contact le poussa à détacher son regard de Lisa et à baisser les yeux vers sa sœur.

— Henri-Antoine, je vous présente ma nouvelle amie, Lisa. Je veux qu'elle participe au pique-nique de mère dans le pavillon.

— En tant qu'invitée, il est déjà prévu qu'elle y participe, mon petit chou, répondit-il gentiment.

— Restez-vous pique-niquer ? demanda-t-elle, pleine d'espoir.

Quand les femmes s'approchèrent de l'enfant sous leur responsabilité, Henri-Antoine les arrêta d'un regard noir et elles battirent rapidement en retraite près du chêne, où elles attendirent que Sa Seigneurie soit disposée à les laisser approcher. Ses deux ombres omniprésentes étaient également sous l'arbre, à une distance respectueuse. Henri-Antoine s'accroupit devant sa sœur, pas le moins du monde préoccupé par la présence de Lisa, qui pourrait entendre chacun de ses mots. Il s'adressa à Elsie en français, leur langue de prédilection.

— Le pique-nique organisé par mère est réservé aux femmes, pour toutes les amies et parentes de Teddy, ce qui bien sûr, t'inclut aussi.

— Mais mère vous autoriserait à rester si vous le lui demandiez. Père est à la maison.

— C'est vrai. Mais ton père va obéir à ses instructions et rester très loin du pavillon d'été pendant toute la durée du pique-nique. Moi aussi, je dois respecter les souhaits de mère. Te souviens-tu de sa menace au petit déjeuner ?

Elsie gloussa.

— Mère ne ferait jamais dormir père dans sa garde-robe, bêta. Il n'y a pas de lit dedans.

— Je pense que c'était une menace en l'air, moi aussi, dit-il avant d'embrasser le dos de sa main. Plus que n'importe qui, je comprends ton souhait d'être toute seule, mon petit chou. Mais quand tu t'enfuis sans rien dire à personne et que tes dames n'arrivent pas à te trouver, mère se met dans tous ses états. Je sais que la dernière chose que tu voudrais, c'est la contrarier.

— Je ne veux pas que mère soit contrariée et j'essaye de faire comme vous m'avez dit, de les ignorer, dit-elle en lançant un coup d'œil par-dessus son épaule à la demi-douzaine de femmes qui attendaient sagement près du tronc d'arbre. Mais elles me couvent trop. Je leur dis d'arrêter, mais elles ne m'écoutent pas. Je me suis donc enfuie pour respirer un peu. Vous devez le faire comprendre à mère.

— Elle essaye vraiment de te laisser respirer, ma chérie. Tu es ce qu'il y a de plus précieux au monde pour tes parents. Tu es la seule fille de mère et la seule héritière de ton père. C'est pour cela que tes dames te protègent au point de t'étouffer. Mais j'en reparlerai à mère, et à ton père, et peut-être pourrons-nous faire en sorte que tu respires plus facilement, d'accord ? Tout ce que mère demande, c'est que tu le lui dises, ou que tu le dises à quelqu'un – n'importe qui – quand tu souhaites t'enfuir.

— Mais alors je ne m'enfuirais pas vraiment si je le disais à quelqu'un, si ? Le disiez-vous à mère quand vous vous enfuyiez et vous cachiez dans la maison principale ?

Henri-Antoine ne put s'empêcher de sourire. Il secoua la tête.

— Non. Mais Jack était toujours avec moi, mère n'était donc pas inquiète. Elle savait que si quelque chose devait m'arriver, Jack pouvait donner l'alerte. Si tu pars toute seule, qui pourra s'en charger ?

— Mais vous étiez un petit garçon très malade, Henri-Antoine. C'est ce que mère m'a dit. Elle avait donc de quoi s'inquiéter. Je ne suis pas malade, moi. Père dit que je suis meilleure nageuse que Sarah-Jane ne l'a jamais été. Il dit que j'ai le cœur d'un tigre ! Mais vous, vous ne ramez même pas sur le lac sans que vos ours soient dans votre dos…

— Mes ours ? demanda-t-il en donnant une chiquenaude à sa joue empourprée. Est-ce à cela que mes acolytes ressemblent, selon toi ?

Elsie hocha la tête en souriant.

— Mais ils ne dansent pas comme les ours que j'ai vus à Paris.

— Ils le feraient si je le leur demandais, dit-il avec un clin d'œil.

Elsie gloussa, mais elle secoua la tête juste après.

— Vous ne le leur demanderiez pas. Mère dit que vos acolytes l'aident à mieux respirer.

— Oui. Cela fait au moins une bonne raison de les avoir dans mon ombre.

— Et au cas où vous retomberiez malade, n'est-ce pas ?

— Oui. Au cas où je devrais retomber malade.

— Je ne vous ai jamais vu sans eux, sauf à table, quand ils attendent à l'extérieur. Je veux qu'ils restent à vos côtés, car ils prennent soin de vous, mais n'aimeriez-vous pas, parfois, pouvoir respirer sans eux ?

Henri-Antoine se releva en soupirant, les yeux toujours posés sur sa sœur.

— C'est ce que je souhaitais tous les jours quand j'avais ton âge, mon petit chou. Mais maintenant, je suis assez vieux pour connaître la vérité : je ne peux pas respirer sans eux, et notre mère non plus. Je les accepte donc et je fais de mon mieux pour ignorer leur présence. Mais ta vie sera très différente de la mienne. Parole d'honneur. Un jour, tu seras assez vieille pour faire ce qu'il te plaît et plus personne ne pourra t'empêcher de sortir de l'ombre de tes dames. Pour l'instant – pour mère et pour ton père –, tu dois faire tout ton possible pour ignorer tes ombres, sans en devenir cruelle ou méchante, car c'est dans ton intérêt qu'elles agissent, et elles ne font qu'obéir aux ordres. Si tu acceptes que c'est ainsi que ta vie doit être jusqu'à ce que tu sois plus grande, tu verras qu'un jour elles disparaîtront, comme cela, dit-il en claquant des doigts. Elles seront encore là, mais tu ne les verras plus, comme par magie. Comprends-tu cela ?

Elsie pencha la tête sur le côté et plissa les yeux en réfléchissant.

— Vous voulez dire, comme les valets de pied qui ouvrent toutes les portes, les bonnes qui nettoient les cheminées avant le lever du soleil et les blanchisseuses qui lavent notre linge, tous ces gens que je ne vois pas du tout, mais qui sont là tous les jours et qui, selon mère, sont indispensables à notre confort et méritent notre gratitude.

Henri-Antoine tapota légèrement le bout du petit nez d'Elsie et le remua doucement.

— Je vois que tu as bien compris.

Elsie sourit, attrapa la main de son frère et l'appuya contre sa joue.

— J'aimerais que vous restiez pour le pique-nique.

Henri-Antoine lança un coup d'œil à Lisa, mais dit à sa sœur :

— J'aimerais rester aussi. Mais Jack, Freddie et les jumeaux m'attendent à la maison principale. Nous allons faire notre propre… hum… pique-nique, dans la salle de billard. (Il regarda les bonnes d'Elsie et leur adressa un signe de tête pour leur indiquer qu'elles pouvaient approcher.) Mais je te verrai dans un jour ou deux… Je suis désolé, ma petite, mais Miss Crisp doit rester ici, ajouta-t-il quand Elsie prit la main de Lisa, ses dames prêtes à la ramener à sa mère. Je ne vais pas la retenir très longtemps. Ensuite, elle pourra te rejoindre au pavillon.

— Promis ?

— Promis.

Il observa Elsie récupérer ses poupées des mains d'une de ses bonnes et s'élancer sur la pelouse, suivie de près par sa suite féminine. Puis il indiqua aux acolytes, qui faisaient toujours le pied de grue près du chêne, de se déplacer près des saules au bord de l'eau, ce qu'ils firent. Ils étaient arrivés à Crecy Hall en esquif la veille et retourneraient à la maison principale de la même façon. Son valet Kyte et son petit sac de voyage étaient déjà repartis à cheval. Il savait que Jack et ses trois neveux devaient être en train de l'attendre avec Seb et Bully, mais il avait d'abord des choses à régler avec Miss Crisp, qui ne pouvaient pas attendre, contrairement à eux.

— Venez avec moi, ordonna-t-il en prenant sa main et en avançant vers le chêne à grands pas.

— Vous vous rendez bien compte, milord, que quand Elsie dira que je suis ici avec vous et que nous sommes seuls, des questions seront posées. On pourrait me demander de me justifier, ce qui me mettrait dans une position bien embarrassante.

Nullement découragé, il continua à avancer et passa de l'autre côté de l'arbre gigantesque en regardant autour de lui comme s'il avait perdu quelque chose, ne lâchant jamais sa main.

— Vous retrouver dans une position embarrassante ne semblait pas vous gêner quand vous avez décidé d'entrer chez Westby, n'est-ce pas ?

Lisa resta bouche bée dans son dos. Elle ouvrit et ferma la bouche pendant quelques secondes, puis elle laissa précipitamment échapper, d'un ton coupable :

— Je vous demande pardon, milord, mais…

— Milord ? Non, non, non, Miss Crisp. Cela ne conviendra pas. Je préférais largement quand vous m'appeliez monsieur…

— … la situation était totalement différente… Oh ? Vraiment ?

— Vraiment. Mais je préférerais également que vous ne m'appeliez pas monsieur. Et vous avez raison. Votre intrusion chez Westby était une situation totalement différente. Votre amie a volé quelque chose qui m'appartient…

— Volé ? Elle n'a rien fait de tel ! Distrait, vous avez fait tomber votre catalogue dans son panier. Elle ne l'avait pas remarqué et je lui ai proposé de l'aider à vous le restituer avant qu'elle ne soit accusée de vol à tort… (Lisa battit des cils.) Si je ne dois vous appeler ni milord ni monsieur, alors comment dois-je m'adresser à vous ?

Il lâcha sa main, certain qu'on ne pouvait plus les voir, que ce soit de la maison ou en venant du pavillon. Il fit un pas vers elle et elle recula, heurtant brusquement le tronc de l'arbre. Il sourit pour lui-même. Il l'avait attirée exactement où il voulait.

— Distrait ? demanda-t-il en fronçant les sourcils d'incompréhension. Que voulez-vous dire, Miss Crisp ?

Lisa se dit que ce n'était pas le moment de lui cacher quoi que ce soit. Elle croisa ouvertement son regard.

— Ce n'est pas surprenant que vous ayez laissé tomber votre catalogue dans le panier de Becky, si votre maîtresse se tenait devant vous, nue à l'exception d'une paire de bas retenus par des jarretières roses…

— Elles étaient roses ?

Il fit un nouveau pas en avant.

— Oui ! Elles étaient roses et votre maîtresse les a volées à Becky…

— Ce n'est pas ma maîtresse.

— Je vous demande pardon. C'est vrai. C'est la maîtresse de Lord Westby, et votre amante.

— C'est à mon tour de vous demander pardon. Elle n'est plus mon amante.

— Oh ? Je vois.

— Je ne pense pas que vous voyiez.

— Je suis peut-être ignare dans beaucoup de domaines, mais je sais que les gentilshommes – les nobles – ont des maîtresses et des amantes et que cela ne me regarde en rien, milo… monsieur…

— Henri-Antoine. C'est mon prénom. Et j'aimerais que vous m'appeliez ainsi.

— Je ne peux pas vous appeler par votre prénom !

— Pourquoi pas ? Si je vous appelle Lisa en privé, vous pouvez assurément m'appeler Henri-Antoine.

Lisa secoua inconsciemment la tête, puis elle ferma les yeux avec un soupir pendant un instant très bref, en l'entendant prononcer son prénom. Elle aurait aimé qu'il le répète pour qu'elle sache que c'était bien réel, qu'il l'avait bel et bien dit, que ce n'était pas sa proximité qui l'avait soudain enivrée. Il avait posé une main sur le tronc et la fixait de ses yeux devant lesquels retombaient ses cheveux. Elle était sûre que son cœur battait plus vite, que son sang circulait trop rapidement, tambourinant dans ses oreilles. Becky lui dirait qu'elle avait de la fièvre. Qu'avait dit Becky ? Qu'il avait une… « beauté ensorcelante » ? C'était le cas, et bien plus encore. Et si elle ne s'éloignait pas immédiatement de son orbite, elle était sûre de faire quelque chose qu'elle regretterait plus tard. Mais à l'instant, elle ne pensait ni au futur, ni à ses éventuels regrets, ni aux conséquences. Elle était loin de penser rationnellement. Elle savait seulement que si elle n'écoutait pas cette impulsion, si elle ne répondait pas à ce besoin, elle pourrait très bien perdre la tête. Dans une ultime tentative d'échapper à la ruine sociale, elle déglutit difficilement et lui demanda avec curiosité :

— Qu'entendez-vous par « je ne pense pas que vous voyiez » ?

— Je n'ai actuellement pas de maîtresse et je n'ai pas eu d'amante depuis le jour où vous et votre amie, l'assistante de la mercière, avez rapporté le catalogue qu'elle n'a pas volé...

— Becky n'a pas volé... Oh ! C'est ce que vous avez dit. (Elle le regarda en battant des paupières et résista à son envie de dégager les cheveux de ses yeux.) Pourquoi... pourquoi me dites-vous cela ?

Il se rapprocha.

— Parce que tout est votre faute, Lisa Crisp.

— Ma faute ? demanda-t-elle, déroutée.

Il hocha lentement la tête, son regard fixé sur celui de Lisa. Il sentit sa lèvre supérieure tressauter et sa bouche s'entrouvrit légèrement alors qu'il essayait de réprimer un sourire, car Lisa ne comprenait absolument pas ce qu'il voulait dire. Il tenta de paraître inconsolable et poussa un soupir feint pour faire bonne mesure.

— Que vais-je faire de vous ?

— Faire ? Faire de moi ?

Elle savait ce qu'elle voulait faire de lui : embrasser cette bouche parfaite, au diable les conséquences. Il n'y avait rien d'étonnant à ce que sa maîtresse – qui n'était plus sa maîtresse – se soit déshabillée devant lui séance tenante. Cela la stupéfiait, mais elle avait une envie irrésistible de faire exactement la même chose, sur-le-champ. Mais elle se contenterait d'un baiser. Un baiser en vaudrait la peine, peu importe les conséquences – elle les découvrirait bien assez rapidement –, ne serait-ce que pour mettre un terme à ce désir dévorant qui menaçait de la submerger corps et âme.

C'est alors que cela arriva. La raison succomba au désir, comme par magie – dans cet endroit magique, ils étaient tous les deux des sorciers. En un geste fluide, elle glissa ses bras autour de son cou et s'appuya contre lui. Sur la pointe des pieds, son corps écrasé contre le sien comme si elle avait besoin d'être soutenue, elle pencha la tête en arrière, ferma les yeux et laissa ses lèvres trouver les siennes.

Elle s'abandonna à lui.

SEIZE

Il était rarement surpris, voire jamais, mais elle, elle le surprenait, et ce depuis qu'il l'avait rencontrée sur Gerrard Street. Et voilà qu'elle avait fait le premier pas !

Il avait eu la ferme intention de l'embrasser. C'était la raison pour laquelle il l'avait emmenée de l'autre côté du chêne, loin des potentiels regards curieux des invitées et domestiques réunis au pavillon pour le pique-nique. Mais cette intention l'avait presque paralysé. Il avait voulu que leur premier baiser, que tout dans cet instant, soit parfait. C'était un souvenir qu'ils chériraient. Mais elle lui avait volé l'initiative en l'embrassant.

Stupéfait, il mit du temps à réagir, non seulement car son baiser était inattendu et contrariait ce qu'il avait prévu, mais aussi parce que personne n'avait jamais pris l'initiative de l'embrasser, jamais sur la bouche et jamais de manière aussi spontanée, quelque peu gauche, de la façon dont, il l'imaginait, s'embrassaient pour la première fois deux amoureux qui n'avaient jamais embrassé personne. Elle appuya à peine ses lèvres contre les siennes, d'un geste hésitant, et il se demanda si elle avait déjà été embrassée ; il supposa que non. Il supposait qu'elle était également innocente en ce qui concernait les plaisirs charnels de la chambre à coucher. C'était pour cela qu'il avait hésité, qu'il avait ainsi planifié le déroulement de leur premier baiser.

Puis il se surprit lui-même. Car s'il se pensait un amant attentif et expérimenté, il suivait certaines règles qui expliquaient aussi son hésitation. Il n'avait jamais ressenti le besoin d'embrasser ses partenaires sur la bouche, un acte qu'il jugeait extravagant et trop personnel. Et jusque-là, aucune émotion intense n'était intervenue dans la satisfaction de son appétit charnel. Ainsi, ce moment avec Miss Lisa Crisp avait une importance toute particulière à ses yeux. Il ne voulait pas seulement l'embrasser, il en avait besoin et, de façon presque révérencieuse, il voulait qu'elle prenne autant de plaisir que lui, mais aussi qu'elle ait un aperçu de la profondeur de ses sentiments.

Il se surprit un peu plus encore quand il comprit qu'il avait été très égoïste en regrettant qu'elle lui ait volé l'initiative. Elle avait fait preuve de beaucoup de courage en faisant le premier pas, en mettant ainsi ses sentiments à nu. Ce faisant, elle lui avait donné le choix d'accepter ses avances ou de la repousser, sans aucunes conséquences pour lui-même, car elle ne faisait pas partie de son monde. Dans son monde, les filles ne se retrouvaient pas seules avec un homme et ne laissaient jamais un homme les embrasser, à moins qu'ils soient fiancés ou qu'ils soient dans le même cas que Jack et Teddy ; une promesse de fiançailles entre cousins était à l'horizon depuis des années, les deux familles s'en réjouissaient, ils ne pouvaient plus revenir en arrière.

Mais il n'était pas dans cette situation. Il était totalement libre. Il pouvait embrasser qui il voulait, au diable les conséquences, surtout dans le cas d'une fille comme Lisa, qui n'avait aucune famille, aucune ascendance et rien à lui offrir. Elle ne pouvait rien attendre de lui en retour, certainement pas une demande en mariage. Son honneur ne l'obligeait pas à lui offrir son nom. Dans son monde, il n'y avait pas une seule femme qui ne voudrait pas épouser le fils d'un duc ; pas n'importe quel duc, et lui pas n'importe quel fils. Son frère était un duc, son neveu serait un duc, son beau-père était un duc, sa demi-sœur serait un jour une duchesse à part entière, et bien sûr il y avait sa mère, une double duchesse. Il trempait autant que possible dans le privilège aristocratique et il pouvait légitimement convaincre n'importe quelle femme de partager son lit, si elle faisait partie de cette communauté de prostituées de luxe qui répondaient aux besoins des hommes comme lui, ou de l'épouser, s'il s'agissait de la fille d'un noble ayant une ascendance aussi prestigieuse que la sienne. Mais il ne voulait ni attirer de prostituées dans son lit, ni épouser la fille d'un noble. Il avait fait son choix. Personne ne lui conviendrait à l'exception de Miss Lisa Crisp de Gerrard Street, à Soho…

Tout ceci traversa précipitamment son esprit tandis qu'elle laissait retomber ses bras, libérant son cou, avant de faire un pas en arrière et de se rendre compte qu'elle n'avait nulle part où aller, qu'elle était coincée entre le chêne dans son dos et lui, qui se tenait si proche d'elle. Il aperçut la confusion et la peine dans ses yeux bleus quand elle baissa les cils et le menton. Son cou et ses joues teintés d'une rougeur embarrassante, elle dit d'une petite voix :

— Le-le pique-nique… Ils doivent se demander où je…

— Lisa, votre…

— Vous n'avez pas à dire qu-quoi que ce soit. C'est moi qui ai supposé…

— … votre baiser était exquis.

Elle releva immédiatement les yeux vers lui et découvrit qu'il la regardait en souriant. Ce tendre sourire adoucissait tout son visage ; elle sentit son cœur faire le plus étrange des bonds. Son visage s'éclaircit, la peine s'évanouissant de ses traits pour laisser place à un sourire hésitant.

— Oh ? V-vraiment ?

Il hocha la tête.

— Je suis un empoté ; j'ai hésité.

— Pourquoi ?

Il souffla, arbora un grand sourire et secoua la tête.

Le sourire de Lisa disparut.

— N'aurais-je pas dû vous poser la question ? Était-ce impoli de ma part ? Pardonnez-moi de ne pas connaître les règles, de ne pas savoir précisément comment je dois me comporter. Je suis arrivée hier seulement et j'ai encore tant à apprendre…

— Ne doutez jamais de vous-même. Comme votre baiser, vous êtes exquise. Je veux que vous soyez vous-même et rien d'autre. (Il caressa sa joue du dos de ses doigts.) Miss Crisp, actuellement de Gerrard Street et précédemment de l'école pour jeunes filles de Blacklands, où j'imagine que vous êtes devenue amie avec Teddy… ?

Quand elle sursauta et répondit par une évidence, il sourit de toutes ses dents.

— Oui. Nous sommes meilleures amies.

— Naturellement.

— Mais comment pouvez-vous le… ?

— … savoir ? Inutile d'avoir un cerveau de la taille de la lune pour reconstituer les pièces du puzzle après avoir entendu de votre bouche que vous aviez fréquenté une école pour jeunes filles à Chelsea. Un seul pensionnat correspondait – Blacklands. Et une seule fille, qui est aussi allée à Blacklands et qui a environ votre âge – selon mes déductions, vous devez avoir dix-huit ou dix-neuf ans – fête son mariage imminent à la campagne : Theodora Cavendish, l'irrépressible Teddy.

— Je suis vraiment soulagée que vous sachiez pour Blacklands et pour mon amitié avec Teddy, car même si mon cerveau ne fait même pas la taille d-d'un ballon, et encore moins de la lune, je me demandais si le futur mari de Teddy était également votre meilleur ami. Voyez-vous, je crois au destin, même si cela me fait passer pour une sorcière à vos yeux.

— Vous m'avez ensorcelé !

— Vraiment ?

Il se mit de nouveau à rire en entendant l'émerveillement dans sa voix et il lui donna une chiquenaude sous le menton.

— Comment pouvez-vous penser le contraire ? Peut-être que maintenant, vous accepteriez de me révéler votre âge ?

Elle plissa son petit nez.

— À l'évidence, c'est inutile, car en tant que sorcier qui a un cerveau qui fait presque la taille de la lune, vous possédez déjà cette information.

Il inclina la tête en entendant son raisonnement.

— Très bien. Vous pouvez au moins satisfaire ma curiosité et apaiser mon esprit en me confirmant que vous avez dix-neuf ans, ou que vous êtes plus proche de vos dix-neuf que de vos dix-huit ans.

— Je fais jeune pour mon âge…

— Comment ? s'exclama-t-il avec un sursaut dramatique et en posant une main sur sa poitrine d'un air faussement choqué. Ne me dites rien ! Vous avez trente-cinq ans !

Lisa laissa échapper un pouffement de rire indigne d'une lady et baissa la tête.

— Il n'y a pas de quoi rire, Miss Crisp ! Si vous êtes en réalité une femme d'âge mûr, alors c'est que vous êtes bel et bien une sorcière qui m'a jeté un sort…

— Avec des verrues sur les mains et sur le nez ! s'exclama-t-elle avant de retrouver son sérieux. Teddy a dix-neuf ans et Jack doit avoir votre âge…

— J'ai trente-huit ans. Moi aussi, je fais jeune pour mon âge.

— Ne soyez pas ridicule. Si vous étiez un sorcier et que vous m'aviez dit avoir cent trente-huit ans, je vous aurais cru. Mais trente-huit ans ? Je ne suis pas convaincue. Jack a vingt-cinq ans, vous devez avoir le même âge.

— Cela vous aurait-il dérangé si j'avais trente-huit ans ? demanda-t-il en fronçant les sourcils avant de secouer la tête en levant une main. Vous n'avez pas à répondre à cela. Je suis vraiment ridicule.

— Il s'agit de l'âge qu'avait votre père quand il est tombé amoureux de votre mère et l'a épousée, n'est-ce pas ?

Il ne lui demanda pas comment elle savait cela, présumant que Teddy le lui avait dit. Il hocha la tête et pour une raison qui lui échappait, même ce simple geste lui noua la gorge d'émotion.

— Il… il est mort trop tôt et elle… elle était trop jeune…

Elle le vit déglutir difficilement et sentit qu'il n'était pas facile pour lui de parler de ses parents, et en particulier de son père.

— Quelle importance à l'âge – ou n'importe quel autre obstacle – quand deux personnes tombent amoureuses ? Tout ce qui importe, c'est que ces deux personnes soient ensemble.

Il la fixa intensément et fut pris de court par l'intensité de son expression.

— Un espoir égoïste qui ne tient pas compte des conséquences.

— Ils ne pouvaient pas prédire l'avenir quand ils sont tombés amoureux. Ils songeaient seulement – que ce soit égoïste ou non, bien que je ne pense pas qu'il soit égoïste de capituler face au destin – à leur bonheur futur en compagnie l'un de l'autre.

Il perdit toute sévérité et lui pinça le menton.

— Revoilà ce mot, dit-il avec un soupir. Le destin. Alors, avez-vous dix-neuf ans ? demanda-t-il en la regardant.

Quand elle leva les yeux au ciel face à tant d'insistance, il éclata de rire. Elle poussa à son tour un soupir factice.

— Si c'est ce qu'il faut pour que vous arrêtiez d'insister à ce sujet, alors oui, j'ai bel et bien dix-neuf ans, mais je suis mature pour mon âge. Le Dr Warner dit que j'ai une tête âgée sur de jeunes épaules.

— Bigre, dit-il d'une voix traînante en faisant un pas en arrière et en laissant son regard la parcourir de ses bottines à ses tresses torsadées, si c'est à cela que ressemble une tête âgée, alors je suis impatient de découvrir ce qui m'attend en dessous de vos belles épaules… Mon Dieu. J'ai dit cela à voix haute, grommela-t-il en français quand elle plaqua une main sur sa bouche, stupéfaite de l'entendre exprimer ainsi son désir.

Il se mordit la lèvre et son visage prit une teinte cramoisie. Pour la première fois de sa vie, il avait l'impression d'être aussi gauche qu'un marin enivré.

— Pardonnez-moi… reprit-il. Je n'aurais pas dû…

— … dire la vérité ?

— … agir tel un rustre obsédé.

— Me faire part du désir que vous ressentez pour moi fait-il de vous un rustre ? Car à l'évidence, je pourrais faire la même chose avec vous. Je vous trouve exquis, à tout point de vue, ajouta-t-elle timidement et avec un sourire.

— C'est vrai, vous avez une tête âgée sur de jeunes épaules, lança-t-il malicieusement, soulagé de ne pas l'avoir choquée. On ne m'a jamais dit que j'étais exquis. J'accepte votre compliment, car il est exprimé avec sincérité et sans artifices.

— Vous m'avez dit d'être moi-même, après tout, le taquina-t-elle. Il faudra donc également que vous acceptiez mes compliments.

Elle pencha la tête sur le côté et lui demanda d'un ton songeur :

— Vous aussi, vous resterez toujours vous-même avec moi, n'est-ce pas ?

Il croisa ouvertement son regard. Il savait qu'elle parlait de ses crises d'épilepsie. Il savait aussi que depuis qu'il l'avait prise par la main pour l'emmener derrière le chêne, il ne pouvait plus revenir en arrière. Il lui répondit donc sans hésiter.

— Je ferai de mon mieux. Il me faudra du temps, car je suis de nature distante. Et je fais mon maximum pour cacher mes crises à ma famille, et ce depuis des années. Ne pas vous les cacher, à vous, me demandera une période d'adaptation. Curieusement, je me rends compte que je n'ai rien envie de vous cacher.

Elle fit de nouveau un pas vers l'avant et posa légèrement les paumes de ses mains sur l'avant de son gilet en lin. Elle était convaincue que les larmes guettaient.

— Merci. Merci d'être honnête et de me faire confiance. Cela me rend très heureuse…

Il leva son menton de son doigt courbé et plongea son regard dans ses yeux bleus remplis de larmes.

— Et vous, Lisa Crisp, vous me rendez heureux. S'agit-il de larmes de bonheur… ?

Elle hocha la tête et esquissa un sourire tremblotant.

— Alors pourquoi… pourquoi avez-vous hésité à m'embrasser ?

Il se pencha vers l'avant et elle sentit son souffle lui chatouiller les lèvres quand il murmura :

— Car je voulais que ce baiser soit parfait.

— Parfait ? répéta-t-elle doucement. Vous avez une bouche à croquer, comment vos baisers pourraient-ils ne pas être parfaits ?

— À croquer ? Vraiment ? susurra-t-il en prenant délicatement le visage de Lisa entre ses mains et en approchant sa bouche de la sienne. Dans ce cas, voyons si je suis à la hauteur de vos attentes…

Ils n'avaient conscience ni du temps qui passait ni de l'endroit où ils se trouvaient, mais seulement l'un de l'autre. Ils restèrent protégés, cachés par le large tronc du vieux chêne, leurs corps appuyés l'un contre l'autre, Lisa dans l'étreinte d'Henri-Antoine, ses bras de nouveau passés autour de son cou. Après avoir savouré un premier baiser timide, la tendresse et l'hésitation laissèrent place à la satisfaction de leur désir. Le couple céda à une passion ardente qui bouillonnait depuis la première visite d'Henri-Antoine au dispensaire, et rien ni personne ne les empêcherait de profiter de cet instant. Et quand il ouvrit doucement sa bouche sur celle de Lisa et qu'elle suivit son exemple, un étrange pic de plaisir survint au plus profond d'elle-même, si puissant qu'elle ne pouvait le comparer qu'à un supplice. Elle n'avait jamais rien ressenti de tel et crut qu'elle allait s'évanouir.

Il la sentit frissonner contre lui et si elle n'avait pas été encore dans le feu de l'action, appréciant autant que lui ce merveilleux baiser par lequel ils se découvraient, il se serait immédiatement éloigné, se disant qu'il était peut-être allé trop loin pour leur premier baiser. Ou peut-être s'était-elle rendu compte qu'ils n'étaient plus vraiment seuls, que son superbe gars lui faisait savoir que même s'il savait qu'il n'y aurait aucun soulagement pour lui sous ce chêne, il était bien vivant, fier et fort, et ce en dépit de sa piètre performance aux bains Burke, où il avait échoué à montrer le moindre intérêt pour les beautés exotiques offertes à lui. Henri-Antoine s'était sérieusement demandé s'il n'avait pas un problème.

Il ne pouvait s'en prendre qu'à lui-même. C'était par pur entêtement qu'il s'était rendu chez Burke après sa visite imprévue à la boutique où il avait acheté l'écritoire en palissandre. Comment avait-il pu croire qu'il pourrait satisfaire son appétit charnel alors que ses pensées avaient été conquises par une fille dans une simple robe en lin et aux doigts tachés d'encre ? Il avait mis cela sur le compte de son irréductible fierté. Il avait passé les portes des bains, on lui avait proposé une sélection des beautés de la soirée et il s'était déjà à moitié déshabillé quand ses pensées s'étaient égarées vers la gravure des initiales de cette fille sur les bouchons en argent des encriers ; il était impatient de lui donner son cadeau et espérait qu'il lui ferait plaisir. Et voilà. Il avait perdu tout intérêt pour les bains, pour la satisfaction de ses besoins ou ceux d'une cohorte de belles prostituées, peu importe leurs talents. Il s'était rhabillé et avait quitté l'établissement, surprenant ses acolytes qui s'étaient installés pour ce qu'ils pensaient être une longue nuit et qui s'étaient précipités à sa suite quand il s'était élancé à pied dans la rue pour s'éclaircir les idées. Et comme si le tort causé à son orgueil ne suffisait pas, il s'était réveillé le lendemain matin en se rendant compte que Miss Lisa Crisp avait envahi ses rêves et son superbe gars lui avait fait comprendre, dans toute sa gloire volumineuse, que le problème ne venait pas de lui.

Embrasser la créature tout à fait délicieuse dans ses bras était la première de nombreuses étapes avant qu'elle ne lui appartienne, corps et âme. Il n'avait jamais rencontré quelqu'un comme elle et il était persuadé que cela ne se reproduirait jamais. En quelques semaines seulement, elle avait réussi à l'énerver, l'exaspérer, l'agacer, le charmer et le fasciner, pour enfin envahir son esprit chaque minute qu'il était éveillé. Il était temps qu'il reprenne le contrôle, sans quoi il perdrait la tête, et il avait trouvé une solution parfaite qui leur conviendrait à tous les deux.

— Si j'avais mon mot à dire, je resterais sous ce chêne avec vous jusqu'à l'apparition des étoiles, lui dit-il en appuyant son front contre le sien et en la regardant dans les yeux avec un sourire aux lèvres. Mais pendant quelque temps, jusqu'à ce que Jack et Teddy soient mariés, nous allons devoir nous plier aux règles des autres. Après, nos journées nous appartiendront.

— Vraiment ? demanda-t-elle mollement.

Elle se sortit de force de l'état second dans lequel le sentiment le plus merveilleux qu'elle avait jamais ressenti l'avait plongée. Assurément, ses lèvres devaient être gonflées. En tout cas, elles fourmillaient. Tout en elle fourmillait.

— Oui, lui assura-t-il. J'ai beaucoup pensé à votre situation…

— Ma situation ?

— … au fait que vous vivez dans cette maison avec ces gens. Cela ne vous dérangerait pas d'abandonner tout cela, si ?

— Abandonner tout cela ? Quoi donc ? demanda-t-elle, sortant enfin entièrement de son délicieux brouillard.

Elle s'appuya contre l'arbre, les mains passées dans le dos, et prit une profonde inspiration. Elle se secoua pour essayer de comprendre ce qu'il lui disait.

— Je… je ne comprends pas, ajouta-t-elle.

— Aider au dispensaire. Travailler en tant qu'écrivaine publique auprès des pauvres. Cela ne vous dérangerait pas de ne plus faire tout cela, si ?

— Pourquoi arrêterais-je ? Si, cela me dérangerait.

— Je comprends…

— Je ne pense pas que vous compreniez. L'aide que j'apporte au dispensaire me donne une raison d'être. C'est ma seule raison d'être. L'éducation que j'ai reçue à Blacklands, pour être honnête, convenait parfaitement aux filles qui épouseront et assisteront donc des marchands, des banquiers ou d-des diplomates. Ou, si mes cousines m'avaient donné leur accord, pour assumer un rôle de gouvernante. Mais parler couramment le français et l'italien ne sert à rien quand on n'est rien…

— Ne dites jamais cela, l'interrompit-il froidement. Si vous voulez poursuivre vos projets, je m'assurerai que ce soit possible, mais vous devrez le faire à un degré supérieur, ne plus avoir à gérer les activités quotidiennes d'un dispensaire.

— Oh ? Serait-ce possible ?

— Assurément. Il reste encore à identifier les dispensaires où les patients ont besoin des services d'un scribe. Lors de ma… de *notre* visite au dispensaire Warner, les avantages d'un accès des malades démunis aux services d'un écrivain public nous ont semblé évidents. Warner attache beaucoup d'importance au pouvoir de l'esprit dans le processus de guérison des patients. Si les malades se sentent mieux mentalement, ils ont plus de chances de réagir au traitement et de guérir bien plus rapidement.

— Je suis d'accord. Les malades sans le sou peuvent à peine se payer à manger et ils ne peuvent certainement pas payer pour leurs soins médicaux, comment pourraient-ils engager un scribe ? Mais ils le disent eux-mêmes, envoyer une lettre à un être cher ou à un membre de leur famille qui habite loin leur fait du bien. Je l'ai constaté à de nombreuses reprises. C'est un petit service que je leur rends, mais qui a tant d'importance à leurs yeux.

— Sans vous, Warner n'aurait pas cru cela possible et il n'aurait pas fait ces observations à propos du pouvoir de l'esprit dans le processus de guérison. Il l'a volontiers admis lors du dîner.

— Vraiment ?

— Vraiment. Mais c'est bien normal. C'est un excellent observateur qui est dédié à sa vocation.

— Vous pensez beaucoup au sort des malades démunis, vous aussi.

— Cela vous surprend. Est-ce parce que je suis un aristocrate ?

— Je n'ai pas de préjugés. Le mépris égoïste des autres n'est pas réservé à votre classe sociale, dit-elle avec un sourire espiègle qui éclaircit immédiatement le visage d'Henri-Antoine. Mes cousines sont totalement égocentriques. C'est avec peu d'estime pour sa profession que Minette a épousé le Dr Warner, qui dédie sa vie aux malades démunis et à leurs souffrances. Mais il est riche et très respecté et elle voulait une vie confortable.

— Je ne la condamne pas sur ce point. Mais je condamne sa malveillance envers vous.

— C'est la plus gentille de mes deux cousines. Elle essaye de modérer sa méchanceté et sa jalousie, contrairement à Henriette.

Elle sortit ses cousines de sa tête, ne voulant pas qu'elles gâchent son séjour dans cet endroit magique, et dit plutôt :

— Vous pouvez faire en sorte que ces scribes soient payés…

— Grâce à ma… grâce à la fondation Fournier.

— Et je pourrais vous aider, aider la fondation, dans ce projet ?

— Oui. Il y a beaucoup à faire et je… et les administrateurs ont beaucoup de projets qu'ils aimeraient financer à l'étude. Je me disais que peut-être vous aimeriez être impliquée… ?

— Mais si je n'apporte plus mon aide au dispensaire du Dr Warner, où et comment pourrais-je m'impliquer dans l'action caritative de votre… de la fondation ?

— Depuis Bath.

Lisa se redressa, abasourdie.

— *Bath ?* Pourquoi Bath ?

— Je possède un petit domaine aux abords de la ville. Une pittoresque maison de style Queen Anne au milieu d'un parc. Il y a un ruisseau au fond du jardin, la maison est entourée d'une forêt et plusieurs hectares de terres cultivables lui sont rattachées. Des métayers vivent sur ces terres.

— Tout ceci semble charmant, mais pourquoi faudrait-il que j'aille à Bath ?

Il croisa ouvertement son regard et dit d'un ton neutre :

— Vous ne pourriez pas rester à Londres. Je ne veux pas que vous soyez victime de commérages. Ce n'est pas le genre de vie que je souhaite…

— Le genre de vie ?

— … pour ma maîtresse.

Voilà, il avait révélé ses intentions au grand jour. Son honnêteté permettait à Lisa d'envisager un avenir. À quoi d'autre pouvait-elle s'attendre de sa part ? Une demande en mariage ? Peut-être que pendant le plus bref des instants, elle avait espéré qu'il demanderait sa main. Mais elle était assez lucide pour savoir que cette issue était impossible. Mais tout de même, l'entendre le dire… S'il l'avait demandée en mariage, cela aurait prouvé la profondeur de ses sentiments pour elle. Mais quoi qu'il arrive, elle n'aurait pas pu accepter en toute conscience, il aurait fallu qu'elle lui dise non, ce qui n'aurait pas été facile, ni pour elle, ni pour lui.

Elle était à la fois ravie et déçue, mais finalement, elle était heureuse, car sa proposition était ce qui se rapprochait le plus de ce qu'une moins-que-rien orpheline, sans le sou et sans famille pouvait espérer comme déclaration d'amour et d'engagement de la part d'un riche beau parti qui était le fils cadet d'un duc, dans l'une des familles les plus anciennes d'Angleterre.

Plus que tout, elle voulait être avec lui, et si pour cela elle devait devenir sa maîtresse et vivre dans une pittoresque maison de style Queen Anne aux abords de Bath, ainsi soit-il. Sa seule inquiétude était l'annonce de cette nouvelle à Teddy ; en apprenant cela, voudrait-elle encore lui adresser la parole ? Sans aucun doute, Jack et Henri-Antoine resteraient meilleurs amis, mais Lady Cavendish, la nièce d'un duc, pourrait-elle être amie avec la maîtresse du meilleur ami de son époux ? La perspective de perdre Teddy alors qu'elle venait de la retrouver lui fit de nouveau monter les larmes aux yeux. Elle les ravala rapidement et tenta de sourire. Ce n'était pas le moment de penser à Teddy, ce dilemme pouvait attendre un autre jour, peut-être même après son mariage. Elle ne gâcherait ni les festivités, ni le grand jour de Teddy et Jack en annonçant qu'elle tomberait bientôt en disgrâce. Henri-Antoine attendait sans doute une réponse à sa proposition, elle interrompit donc ses ruminations, leva les yeux vers lui et fut stupéfaite.

Son visage avait considérablement pâli. Il était blanc comme un linge. Elle se demanda s'il était victime du début d'une crise. Mais il semblait maître de lui-même, peut-être même trop. Il serrait fermement la mâchoire et la regardait, sans ciller, de ses yeux foncés. C'était comme s'il s'efforçait de rester calme, alors qu'il était loin de l'être. À vrai dire, il avait l'air terrifié. Avec une perspicacité soudaine, elle comprit que l'attente de sa réponse le pétrifiait. Il avait peur qu'elle refuse son offre… Il tenait réellement, profondément à elle. C'était écrit en grosses lettres sur son visage. Impétueusement, elle l'embrassa sur la joue.

— Et vous viendrez me voir dans cette maison pittoresque aux abords de la ville, dit-elle avec entrain.

Il soupira de soulagement et ferma brièvement les yeux en passant une main sur son beau visage. Il hocha la tête.

— J'espère que vous viendrez souvent me voir, dit-elle dans le silence, car il restait trop ému pour parler.

Il plaça ses mains sur sa taille et l'approcha de lui. Son visage reprit des couleurs. Il l'embrassa sur le front.

— Tellement souvent que vous aurez l'impression que nous ne vivons pas séparément, mais ensemble dans cette maison. Je compte rester plusieurs semaines à la fois…

— Quand vous ne serez pas demandé ici, auprès de votre famille, ou à Londres ?

Il hocha la tête.

— Nous formerons un couple dans tous les sens du terme.

— Dans tous les sens du terme ? demanda-t-elle, curieuse.

— Tous ceux qui importent.

— Oh ! Oui, je vois…

— Vous aurez besoin d'argent, dit-il, commençant à prévoir leur avenir.

— Ah oui ?

— Oui. Vous recevrez une allocation, ainsi vous aurez votre propre argent.

— Et c'est vous qui me donnerez cette allocation… cet argent ?

— Oui.

Elle en économiserait le plus possible pour prévoir le jour où il ne viendrait plus. Car un gentleman de son ascendance devait faire un bon mariage et un jour il voudrait avoir sa propre famille…

— Vous aurez aussi une allocation pour vos robes, déclara-t-il. Vous pourrez avoir autant de robes que vous le souhaitez. J'aimerais vous voir porter du satin et de la soie.

— Ce serait charmant.

Bien. Elle économiserait également une grande partie de cet argent-là. De combien de robes aurait-elle besoin à la campagne ? Peut-être que si elle économisait assez, elle pourrait voyager sur le continent ? Elle avait toujours rêvé de visiter Constantinople, une ville merveilleuse à la limite du monde civilisé, un endroit où florissaient l'éducation et les miracles médicaux, selon le Dr Warner.

— Il vous faudra aussi une femme de chambre.

— Je n'ai jamais eu de femme de chambre. Peut-être que je pourrais aussi avoir une dame de compagnie ? Pour les moments où vous ne serez pas avec moi…

— Une dame de compagnie. Une femme de chambre. Une bonne. Un majordome. Une intendante. Une cuisinière. Et un valet de pied. Je serais ravi de dépenser ma fortune pour vous.

— Votre générosité est étourdissante… dit-elle en le regardant intensément. Mais le pensez-vous, quand vous me proposez de participer au travail de la fondation Fournier ? Car il me faudra quelque chose pour m'occuper à Bath et j'ai beaucoup d'idées à partager avec vous et avec la fondation pour subvenir au mieux aux besoins des dispensaires et des médecins…

— En recevant mon offre, n'importe quelle femme que je connais se lancerait dans des calculs pour déterminer la meilleure façon de dépenser ma fortune pour elles-mêmes, mais pas Miss Crisp, l'interrompit-il.

La pointe d'hésitation dans la voix de Lisa et son air incertain le firent sourire. Il effleura délicatement son nez avec le bout du sien.

— Elle se demande comment elle pourrait au mieux aider ma fondation et m'aider à distribuer ma richesse aux malades démunis.

— Est-ce une si mauvaise chose ? demanda-t-elle d'une voix toujours hésitante, car il la regardait d'une façon qu'elle n'arrivait pas à interpréter précisément.

Il secoua la tête.

— Non. C'est parfait… Tout est parfait, chez vous…

Elle sourit et l'embrassa sur la bouche, il la prit dans ses bras et ils échangèrent un long baiser qui conclut leur marché. Puis il la relâcha et elle s'éloigna un peu du chêne en lissant son léger tablier et ses jupons et en arrangeant sa coiffure, comme si ces gestes banals pouvaient la calmer. Elle venait de prendre la décision la plus capitale de sa jeune vie. Peut-être que dans cet endroit magique, ils étaient bel et bien des sorciers, car quand elle était encore à Londres, jamais elle n'aurait pu imaginer qu'elle accepterait la proposition scandaleuse d'un aristocrate qui voulait faire d'elle sa maîtresse.

Mais il était hors de question de ne pas honorer sa parole. Elle ne l'envisagea pas, pas même quand il se séparèrent, quand Henri-Antoine se dirigea vers la jetée et qu'elle fit un détour par les jardins en terrasses pour rejoindre le pavillon. Chaque pas qui la rapprochait du pavillon et des bavardages féminins l'éloignait de lui. Elle aurait tellement voulu rester dans ses bras, avec lui sous le chêne jusqu'à ce que les étoiles apparaissent.

DIX-SEPT

Le joli pavillon était décoré d'une profusion de rubans en soie dans des tons pastel roses, jaunes et bleus. Les épaisses colonnes en marbre étaient enveloppées d'écharpes nouées par de larges nœuds ; les chaises étaient décorées de façon similaire, ainsi que les grands bacs qui débordaient de couleurs et du parfum entêtant des fleurs estivales. Les ladies portaient des robes flottantes en coton peint par-dessus plusieurs couches de jupons diaphanes et de la délicate dentelle retombait en cascade sur leurs avant-bras. Elles étaient étendues sur des chaises ou sur des ottomanes tapissées, agitant leurs éventails d'un geste alangui pour diriger l'air frais du lac vers la pâleur de leurs décolletés tout en discutant avec leur voisine la plus proche. La table basse en acajou avait disparu sous le poids des paniers de fruits de saison et des jolis petits gâteaux, macarons et pâtisseries concoctés par un grand chef pâtissier. Le tout était servi sur des assiettes en porcelaine au bord doré, décorées des armoiries des ducs de Kinross.

En bas des marches, à l'ombre, on avait étendu une couverture sur laquelle des coussins étaient éparpillés. Elsie et trois petites filles qui avaient environ le même âge qu'elle y étaient installées avec leurs poupées. Les enfants et les poupées portaient leurs plus belles tenues d'été ; avec leurs robes et leurs épais cheveux brillants, elles étaient des versions miniatures de leurs mères, tantes et cousines dans le pavillon. Elles dégustaient leur propre festin dans de petites assiettes et tasses assorties au service en porcelaine des Kinross, surveillées par des nurses, bonnes et gouvernantes qui restaient à une distance discrète – pas trop près, mais assez pour être appelées au besoin.

Enfin, un petit bataillon de valets de pied en livrée, qui portaient leur redingote caractéristique en laine bleu canard ornée de boutons et de tressages argentés, serpentaient, dans le pavillon et sur la pelouse, entre ces femmes choyées et privilégiées, leur proposant des plateaux de mets délicats, des gobelets de jus de fruits et des glaces parfumées. Ils faisaient des allers-retours réguliers entre le pavillon et la maison en haut des jardins en terrasses en portant à manger et à boire, telles des fourmis allant et venant depuis leur fourmilière.

Lisa les croisa en arrivant par le chemin qui traversait le deuxième niveau des jardins, passant entre les haies et les parterres entretenus. Elle resta en retrait pendant que plusieurs valets de pied montaient précipitamment les marches en pierre pour aller chercher plus de glace dans la glacière. Quand la voie fut libre, elle descendit les marches en pierre vers la pelouse, où plusieurs autres valets de pied portant des plateaux vides attendaient qu'elle passe.

Elle garda la tête baissée, contente de porter son chapeau de paille à large bord qui couvrait ses cheveux ébouriffés et protégeait son visage du soleil et des coups d'œil furtifs des valets de pied et des bonnes. Elle se demanda si sa bouche était gonflée et contusionnée, car c'était l'impression qu'elle avait. Elle fourmillait encore des baisers d'Henri-Antoine. Elle pinça les lèvres, espérant cacher à la fois sa bouche et les signes révélateurs de sa conduite indécente, un geste parfaitement idiot ; elle rougit de sa propre naïveté. Quelle importance avait un baiser passionné derrière un arbre alors qu'elle venait d'accepter une relation immorale avec Henri-Antoine Hesham ?

Soudain assoiffée, elle espéra qu'un des nombreux valets de pied lui offrirait un gobelet d'eau fraîche et citronnée. Elle trouverait ensuite un endroit où s'asseoir au fond du pavillon, où personne ne la remarquerait et personne n'engagerait la conversation avec elle. De son petit coin, elle pourrait observer le spectacle éblouissant offert par les beautés à la peau de porcelaine éclatante, vêtues de tissus somptueux au coût incalculable et aux cheveux tressés avec de la soie et des perles. Elles portaient également, comme s'il s'agissait de quelque chose de banal, des perles autour de leurs poignets et de leur gorge, mais aussi cousues sur leurs corsages et souliers en soie. De plus, entre leurs poignets qui agitaient des éventails en ivoire, en perle et en écaille d'un geste élégant et décontracté et leur cou comparable à ceux des cygnes, Lisa avait l'impression d'assister à une pièce de théâtre chorégraphiée avec soin illustrant les privilèges et la richesse de l'aristocratie.

Ce qu'elle n'aurait pas pu prévoir, c'était que la petite fille avec qui elle s'était liée d'amitié à la balançoire attendait et guettait son arrivée. Elle comprit rapidement qu'être la nouvelle meilleure amie de la petite fille la plus importante de la fête, en plus d'être la meilleure amie de la future mariée, avait des conséquences ; elle se retrouva, bien malgré elle, au centre de l'attention. Toutes les conversations s'interrompirent et tous les yeux se braquèrent sur elle.

DÈS QU'ELSIE APERÇUT LISA DESCENDRE LES MARCHES, ELLE MIT ses poupées de côté et se releva d'un bond. Elle s'élança en courant sur la pelouse tout en lissant ses jupons froissés et faillit tomber la tête la première dans l'herbe tant elle était surexcitée. Ses trois jeunes parentes regardèrent autour d'elle pour savoir ce qu'il se passait et sa première dame d'honneur envoya deux de ses bonnes lui courir après. Dans le pavillon, on ne remarqua pas immédiatement sa fuite, mais une des trois petites filles se leva à son tour, non pour suivre Elsie, mais pour monter dans le bâtiment ouvert à la recherche de sa mère, Deborah, duchesse de Roxton, pour lui annoncer l'arrivée de cette nouvelle venue avant que quelqu'un d'autre n'ait l'occasion de faire cette annonce.

— Je vous ai attendue très longtemps, déclara Elsie, debout devant Lisa en fronçant les sourcils d'un air inquiet. Vous êtes-vous perdue ?

— Oui. Un peu, mentit Lisa en espérant que son sourire, au moins, semblait sincère. Je suis désolée de vous avoir fait attendre. J'ai dû tourner à droite au lieu d'aller à gauche dans les jardins. Je n'ai jamais eu un bon sens de l'orientation.

Elsie accepta cette explication, prit la main de Lisa et l'accompagna sur la pelouse.

— On a mangé de la glace à la pistache et il y a plein de gâteaux. Julie a mangé deux parts de gâteau à la vanille. Tina préfère la tarte au citron. Elle a huit ans. Harriet a six ans. Elle a renversé du jus de fraise sur sa robe et elle a pleuré, car c'est sa plus jolie robe. Voulez-vous une part de gâteau au chocolat, ou préférez-vous celui à la vanille, comme Julie ?

— J'aimerais d'abord boire quelque chose. Marcher dans les jardins sous ce soleil m'a assoiffée.

Elle baissa les yeux vers Elsie et lui dit d'un ton conspirateur et en redressant brièvement les épaules :

— Je prendrai peut-être une part de chaque.

Cette réponse fit sourire Elsie. Elle mena Lisa jusqu'au bord de la couverture et lui présenta Lady Christina Fitzstuart, que tout le monde appelait Tina, et Lady Harriet Hesham, qu'on appelait tout simplement Harriet. Elle ne savait pas où était partie Lady Juliana. Tina le savait. Elle annonça que Julie était dans le pavillon, ajoutant en guise d'explication pour Lisa, qui avait un visage si joli que Tina était persuadée que lui confier ceci ne pourrait pas faire de mal :

— Julie n'aime pas s'asseoir avec nous. Elle dit que jouer à la poupée, c'est pour les bébés et que maintenant qu'elle a douze ans, c'est une adulte. Elle dit que sa mère la fait asseoir ici parce qu'elle n'est pas encore vraiment adulte…

— Mère dit qu'elle doit garder un œil sur moi, car je suis sa petite sœur, ajouta Harriet, qui regardait Lisa en plissant les yeux.

— Et elle joue avec nos poupées, dit Elsie pour appuyer les propos de Tina et Harriet. Même si vous êtes une adulte, vous pouvez vous asseoir avec nous pour boire votre jus de fruits, n'est-ce pas, Lisa ? Teddy le fait.

Lisa fut surprise par deux valets de pied qui apparurent soudain près d'elle. L'un d'eux portait un plateau sur lequel étaient posés des gobelets et un pichet de jus de fruits, tandis que l'autre était là pour verser la boisson dans un gobelet et le lui donner. Elle avait tellement soif qu'elle but une première gorgée de jus de fruits sans vraiment en apprécier le goût, engourdissant partiellement sa langue et ses lèvres ; quand elle regarda dans le gobelet, elle s'aperçut que de la glace pilée y flottait. Elle n'avait jamais bu une boisson avec de la glace dedans. D'ailleurs, elle n'avait jamais goûté à la glace parfumée ou à la crème glacée. Sa cousine Minette avait reçu en cadeau de mariage un seau à glace des plus exotiques dans lequel elle pouvait conserver de la crème glacée. Elle avait dit à Lisa que la crème glacée, la glace parfumée et les glaçons qu'on rajoutait aux boissons pendant l'été faisaient fureur auprès des nobles, qui construisaient des glacières sur leurs domaines pour y conserver la glace. Lisa était certaine que ce domaine-ci devait posséder une glacière, et la maison principale de l'autre côté du lac devait certainement en avoir une également. Elle s'assura de savourer cette nouvelle expérience en buvant lentement le reste de sa boisson délicieusement rafraîchissante. C'était exactement ce dont elle avait besoin après avoir traversé les jardins en terrasses et pour l'aider à se calmer après sa rencontre avec Henri-Antoine.

Et puisque le large bord de son chapeau de paille dissimulait son visage, elle garda le menton baissé pour éviter de croiser le regard de celles qui occupaient le pavillon, espérant pouvoir passer un peu de temps avec Elsie et ses jeunes parentes pour rattraper son retard. Mais elle n'eut pas l'occasion d'accepter la proposition d'Elsie de manger du gâteau avec elle sur la couverture, car Teddy, qui avait descendu les marches à toute vitesse, se jeta sur Lisa et passa les bras autour d'elle.

— Vous voilà ! Nous pensions que vous vous étiez perdue, nous nous apprêtions à envoyer du personnel à votre recherche.

Elle dénoua les rubans qui retenaient le chapeau de paille de Lisa, l'enleva, arrangea rapidement ses cheveux en rattachant quelques mèches qui s'étaient échappées de leurs épingles et expliqua :

— Il faut que vous apparaissiez sous votre meilleur jour pour rencontrer ma cousine la duchesse, tante Deb et tante Rory. Ensuite, j'ai une autre surprise pour vous.

Elle se tourna vers Elsie, se pencha devant elle, la prit dans ses bras et lui dit gentiment :

— Merci de me laisser emprunter ta nouvelle amie pendant un petit moment. Je veux qu'elle rencontre ta mère. Et peut-être que quand toutes les présentations seront faites, tu pourras venir dans le pavillon et t'asseoir avec nous pendant que nous prendrons le café ? Julie y est déjà.

Avant qu'Elsie n'ait le temps de donner son accord d'un hochement de tête, Teddy l'embrassa rapidement sur la joue et emmena Lisa avec elle ; elles montèrent les marches et entrèrent dans le pavillon, où Teddy allait lui présenter les femmes de sa famille.

Tout ceci se déroula en quelques minutes seulement, sans que Lisa ait le temps de réfléchir trop profondément ou de se préparer à rencontrer la personne qui avait fait une si grande différence dans sa vie. Non seulement la duchesse de Kinross avait parrainé son inscription à Blacklands, mais elle s'était également donné du mal pour la retrouver et elle avait fait promettre à sa tante que Lisa assisterait au mariage de Teddy. Que fallait-il dire à une femme aussi merveilleuse ? Un simple « merci » semblait totalement insuffisant. Et comme si tout cela ne suffisait pas à rendre Lisa nerveuse, elle avait passé des années à écouter les histoires de sa tante de Crespigny à propos du monde digne d'un conte de fées qu'elle avait fréquenté en tant que femme de chambre de cette aristocrate absolument magnifique, douce et aimante, histoires qui avaient élevé madame la duchesse au rang de mythe dans le foyer des Crespigny. Et voilà que Lisa allait lui être présentée, elle qui n'aurait jamais pensé savoir un jour à quoi ressemblait une telle créature, et encore moins se retrouver en sa présence.

— La voilà, ma cousine la duchesse ! annonça gaiement Teddy en menant Lisa devant quatre femmes et une jeune fille, toutes assises proches les unes des autres dans des fauteuils et sur une méridienne confortables.

Lisa parvint à faire une révérence sans vaciller, mais elle ne savait pas vers quelle aristocrate elle était censée se tourner. L'avertissement de ses cousines résonna dans ses oreilles, lui faisant totalement perdre l'usage de la parole : « Si vous osez dire ou faire quoi que ce soit qui pourrait interférer avec le lien spécial qui unit mère et Sa Grâce ou l'abîmer, nous vous haïrons pour le restant de votre vie. »

Lisa reconnaissait uniquement la mère de Teddy. Lady Mary était assise d'un côté d'une méridienne recouverte de soie, un coussin soutenant le bras avec lequel elle tenait sa petite fille contre son sein. Lisa la fixa du regard avant de rapidement baisser les yeux vers le couffin près des souliers en soie de Lady Mary. Ce n'était pas parce qu'elle n'avait jamais vu de bébé téter le sein auparavant – les femmes qui venaient au dispensaire avaient souvent un enfant accroché à leurs jupons et un bébé accroché à leur sein –, mais parce qu'elle ne s'était pas attendue à ce qu'une aristocrate vêtue de plusieurs couches de soie coûteuse ouvre son corsage pour allaiter son enfant, et ce à un événement public.

Lisa releva les yeux des souliers en soie de Lady Mary quand Teddy la rassura en lui serrant la main, avant de faire les présentations nécessaires :

— Voici ma fée marraine, madame la duchesse de Kinross. C'est la marraine la plus gentille et la plus aimante dont une fille pourrait rêver et je ne pourrai jamais assez la remercier pour tout ce qu'elle a fait pour moi, et surtout de vous avoir retrouvée, très chère Lisa.

Quand Antonia Kinross lui envoya un baiser, Teddy lui répondit de la même manière, un immense sourire aux lèvres. Lisa parcourut la duchesse du regard ; elle était étendue sur des coussins de l'autre côté de la méridienne dans un nuage de jupons en coton, un caraco en coton décolleté fermé sur sa poitrine généreuse grâce à des boutons. Ses épais cheveux couleur miel étaient striés de nombreuses mèches argentées, qui se remarquaient notamment au niveau de ses tempes, et ses beaux yeux verts lui rappelaient ceux d'Elsie, au moins dans leur forme. Mais ce fut sa bouche – la forme arquée de sa lèvre supérieure – qui attira surtout le regard de Lisa. C'était de là que venait la forme féminine de la bouche vraiment à croquer d'Henri-Antoine.

— Vous avez déjà rencontré la plus merveilleuse des mamans, oh ! et Sophie-Kate, bien sûr, continua Teddy, poussant Lisa à rapidement détourner les yeux de la duchesse de Kinross pour être présentée à la deuxième duchesse du groupe. Voici ma tante Deb, duchesse de Roxton. C'est aussi la tante de Jack, ce qui la rend d'autant plus spéciale. Elle et mon oncle Roxton ont huit enfants. Vous imaginez ! *Huit.* C'est presque assez pour former une équipe de cricket…

— Pas tout à fait, ma chère Teddy, dit Deb Roxton avec un petit rire.

— Et je suis Lady Juliana Antonia, la plus âgée des filles, intervint une très belle petite fille, appuyée contre le fauteuil de la duchesse de

Roxton. Tout le monde m'appelle Julie. Vous pouvez m'appeler ainsi, vous aussi.

Elle avait les mêmes cheveux couleur miel et les mêmes yeux verts que sa grand-mère et elle portait une robe volumineuse en soie rose pâle. Elle avait le nez de sa mère, mais à tout autre égard, c'était la version miniature d'Antonia Kinross.

Lisa fit une révérence et parvint à répondre d'une voix stable :

— Merci, Julie.

Lisa lança un coup d'œil à la mère de Julie et se dit que les yeux pleins de gentillesse de cette duchesse aux magnifiques cheveux d'un roux foncé lui étaient légèrement familiers ; elle se souvint alors que Teddy avait mentionné que sa tante Deb était également la tante de Jack – bien qu'elle semble trop jeune pour que ce soit vrai –, qui avait les mêmes yeux. Elle avait du mal à croire qu'une femme aussi majestueuse et qui avait aussi bonne mine soit la mère de huit enfants.

— Ce que vous devriez dire, ma belle-fille chérie, c'est que vous n'avez pas tout à fait assez d'enfants pour former une équipe de cricket *pour l'instant*, lança malicieusement Antonia Kinross, une étincelle espiègle dans ses yeux verts. Je suis persuadée que mon fils Julian a l'intention d'avoir une équipe de cricket au complet, et il n'y a rien que vous puissiez faire pour l'en dissuader, ma très chère Deborah. Ce qui doit arriver arrivera.

Cette remarque fit glousser les autres nobles derrière leurs éventails et Deb Roxton ouvrit la bouche pour répondre avant de se raviser et de pincer les lèvres en s'empourprant.

— Quant à cette jolie fée, il s'agit de ma tante Rory, dit Teddy en se tournant vers une aristocrate aux cheveux blond platine, aux traits délicats et aux yeux bleus chaleureux.

Elle portait de la soie jaune citron et agitait un éventail. Lisa avait l'impression que des ananas y étaient peints et l'examiner de plus près lui aurait donné raison.

— Tante Rory, c'est Lady Strathsay, elle est mariée à mon oncle Dair, continua Teddy. On pense qu'oncle Dair l'a cueillie dans son jardin, car je n'ai réellement jamais vu de plus jolie fleur.

— Et vous êtes ma nièce préférée du monde entier, chère Teddy, répondit la comtesse de Strathsay avec un sourire en attrapant sa main pour serrer ses doigts, car c'était elle qui était assise le plus près de Teddy. Je… Nous sommes tous très heureux que madame la duchesse ait pu retrouver votre amie à temps pour le mariage.

Toutes ces aristocrates – y compris Lady Mary, qui avait relevé les yeux, car sa petite fille s'était endormie en tétant – dirigèrent leur regard vers Lisa et se turent avec un sourire bienveillant. Elles attendaient certainement que Lisa leur donne une réponse appropriée, mais elle resta silencieuse, même si elle avait répondu à Lady Juliana. Ce n'était pas seulement parce qu'elle était nerveuse à l'idée de rencontrer deux duchesses, une comtesse, la fille d'une duchesse et la fille d'un comte – elle n'aurait jamais pu prédire qu'elle rencontrerait autant d'aristocrates au cours de sa vie entière, et encore moins en une seule fois –, mais aussi parce que ces femmes semblaient douces, gentilles et modestes. Leur position prééminente au sommet de la société leur donnait certainement toute l'assurance dont elles avaient besoin pour être elles-mêmes et pour s'attendre à être traitées avec le respect et la déférence que leur statut exigeait. Mais Lisa fut touchée par leur sincérité plus que par leur statut. Peu de femmes dans sa vie étaient humbles, et elle en connaissait encore moins qui s'étaient montrées réellement chaleureuses et gentilles avec elle : Teddy était l'une de ces femmes, l'autre était Becky. En pensant à cela, des larmes de bonheur douces-amères lui montèrent aux yeux.

Lisa n'arrivait même pas à concevoir qu'on puisse faire partie d'un tel monde. Rester à sa périphérie en tant qu'observatrice était déjà une expérience exquise. Elle était reconnaissante d'en avoir un aperçu, même bref. Elle en garderait assez de souvenirs pour une vie entière et en profiterait pour apprendre les bases au sujet de la famille d'Henri-Antoine, pour le cas où il voudrait en parler quand il viendrait lui rendre visite dans sa maison de style Queen Anne aux abords de Bath.

À présent, elle savait ce qu'Henri-Antoine avait voulu dire quand il avait affirmé qu'il venait d'une famille à la beauté exceptionnelle. Ce n'était pas étonnant qu'il se soit senti offensé quand elle avait gloussé parce qu'elle trouvait sa réponse absurde. Son affirmation n'était pas déraisonnable. Il n'avait pas exagéré à propos des femmes de sa famille. Mais elle ne le prenait toujours pas pour une épine dans leur pied. À présent, elle était impatiente de rencontrer les maris, pères, frères et cousins de ces femmes pour voir si leurs homologues masculins méritaient tout autant qu'elles d'habiter dans ce conte de fées.

La préoccupation de Lisa ne dura que quelques secondes dans le silence qui s'étirait. Teddy s'apprêtait à prendre la parole pour son amie muette quand Antonia s'adressa à Lisa en anglais, avec son fort accent français :

— Avez-vous fait bon voyage, chère petite ?

En entendant cela, Lisa releva les yeux sur le visage de la duchesse et les écarquilla momentanément, surprise que le regard d'Antonia soit aussi direct. La douceur dans la voix de la duchesse et la gentillesse dans son sourire étaient authentiques, mais elles dissimulaient un dessein ; Lisa était certaine que la mère d'Henri-Antoine était en train de l'examiner minutieusement. Elle se demanda si cet examen cachait autre chose que la simple envie de savoir avec quel genre de fille, précisément, sa filleule Teddy était devenue amie à Blacklands. Elle se demanda également si sa tante de Crespigny avait parlé d'elle et, si oui, ce qu'elle avait dit de véridique ou d'erroné. Plus inquiétant encore, elle se demandait si la duchesse avait la moindre idée que son fils s'intéressait à elle ; elle n'aurait pas été surprise d'apprendre qu'Elsie avait dit à sa mère qu'elle avait laissé son frère en pleine conversation avec sa nouvelle amie. Cette éventualité décupla la nervosité de Lisa. Elle déglutit avec difficulté pour dégager sa gorge, ce qui la rendit encore plus essoufflée que prévu :

— Merci… merci, madame la duchesse, j'ai… j'ai fait très bon voyage, répondit Lisa d'un ton hésitant, bien qu'elle fasse tout son possible pour contenir son malaise.

Elle fit une nouvelle révérence, son regard hésitant croisa une nouvelle fois celui vert et inflexible de la duchesse et elle baissa poliment les cils. Elle avait les joues brûlantes, ce qui n'avait rien à voir avec la chaleur estivale.

— Teddy nous a dit que vous aviez fait le trajet en diligence publique, Miss Crisp, dit la duchesse de Roxton de sa façon directe mais agréable.

— Comment ? Ce n'est pas possible ! s'exclama Antonia en revenant à sa langue maternelle. Comment avez-vous pu vous retrouver dans les transports publics alors que j'avais spécifiquement demandé à votre tante Gabrielle de louer un véhicule pour vous conduire jusqu'ici ?

— Je vous assure, madame la duchesse, que cela ne nous a pas dérangées de prendre la diligence publique, répondit Lisa en français et avec diplomatie.

— Mais n'était-elle pas bondée de tout un tas de voyageurs ? s'enquit la duchesse de Roxton d'un air inquiet. Les diligences que je vois sur la route qui mène à Londres sont tellement pleines que certaines personnes s'installent sur le toit, où elles ne peuvent tout de même pas être en sécurité.

— Pardonnez-moi, Votre Grâce, mais les passagers qui s'installent sur le toit le font soit parce qu'il s'agit du seul billet qu'ils peuvent s'offrir, soit par choix, car cela coûte deux fois plus cher d'être installé à l'intérieur du véhicule.

— Grands dieux. Je n'en avais aucune idée, répondit la duchesse de Roxton, réellement surprise.

— Gabrielle n'aurait pas dû vous faire voyager en diligence

publique, rien ne peut l'excuser, grommela Antonia. Je suis même étonnée qu'elle ne vous ait pas fait asseoir sur le toit !

Lisa réprima un sourire.

— Pour la défense de ma tante, je ne pense pas qu'elle ait participé à l'organisation de mon voyage, madame la duchesse.

— Je veux bien le croire, ma petite ! rétorqua Antonia. Elle a sans doute confié cette tâche à ses filles.

— Oui, madame la duchesse, répondit Lisa, sa nervosité s'évaporant face à l'indignation que la duchesse ressentait pour elle. Voyager à l'extérieur, sur le dessus du véhicule, aurait été une expérience palpitante pendant cinq minutes tout au plus, mais les treize heures restantes auraient été terrifiantes. Je suis donc reconnaissante envers le Dr Warner de nous avoir obtenu des sièges à l'intérieur.

Antonia se pencha vers l'avant, les mains posées sur ses nombreuses couches de jupons en coton, ses yeux verts écarquillés d'un air horrifié.

— *Treize* heures ? Mon Dieu ! Mais c'est épouvantable !

Teddy gloussa face à l'air dégoûté d'Antonia.

— Pour vous peut-être, ma cousine, car vous possédez les carrosses les plus luxueux du royaume. Les sièges du carrosse de madame la duchesse, confia-t-elle à Lisa, peuvent se transformer non pas en un, mais en deux lits ! J'adorerais voyager sur le toit d'une diligence au moins une fois, annonça-t-elle. C'est très excitant de se dire qu'à tout moment, dans n'importe quel virage, la diligence peut se renverser et envoyer tout le monde dans les buissons !

— Avec des os brisés, le crâne fracturé, ou plus de crâne du tout, déclara Lady Mary avec un frisson. N'est-ce pas, Miss Cr… Lisa ? demanda-t-elle.

— C'est vrai, milady, reconnut Lisa avant d'attraper la main de Teddy pour l'inciter à se tourner vers elle. Promettez-nous, à moi, votre mère, votre marraine et vos tantes, que vous ne voyagerez jamais en diligence publique, et *jamais* sur le toit.

Teddy leva les yeux au ciel d'un air entêté, puis elle sourit et embrassa la joue de Lisa avant de se tourner vers ses parentes plus âgées et de faire une révérence.

— Je vous le promets, je vous le promets même deux fois !

Tandis que toutes poussaient un soupir de soulagement, Teddy dit à Lisa :

— Ma cousine la duchesse n'a peut-être jamais voyagé sur le toit d'une diligence, mais elle a vécu quelque chose de plus palpitant encore – des bandits de grand chemin l'ont attaquée et lui ont tiré dessus ! C'est vrai, n'est-ce pas, madame la duchesse ?

— Oui, c'est vrai. Mais c'était il y a très longtemps.

— Elle avait à peine *dix-sept* ans…

— Presque dix-huit, l'interrompit Antonia.

— *Presque* dix-huit ans, se corrigea Teddy, s'interrompant à peine pour reprendre son souffle. Des bandits de grand chemin ont attaqué le carrosse de monsieur le duc sur la route qui mène à Versailles. Et ils ont tiré sur ma cousine, juste ici, dit-elle en plaçant la paume de sa main contre sa clavicule. Monsieur le duc a dû arrêter le saignement et l'emmener à Paris le plus rapidement possible pour qu'un médecin puisse retirer la balle.

— Cela a dû être terrifiant pour vous, madame la duchesse, dit Lisa, à bout de souffle, les yeux écarquillés tant elle avait du mal à y croire.

— C'était terrifiant, oui, admit Antonia avant de surprendre Lisa en haussant les épaules avec un sourire. Mais j'ai été terrifiée seulement après avoir été touchée. Avant cela, quand les bandits nous ont attaqués, je me disais que c'était la chose la plus excitante qu'il m'était jamais arrivée ! Et bien sûr, je n'étais pas du tout inquiète, car j'étais avec monseigneur…

— Qui a tué ces brutes en leur tirant dessus ! s'exclama Teddy avec délectation. Ils le méritaient bien.

— Comme vous êtes sanguinaire, Teddy, lui reprocha Antonia sans animosité.

Elle releva rapidement son éventail pour dissimuler son sourire de plus en plus large, mais elle ne put cacher l'étincelle dans son regard.

— Maintenant, je comprends d'où elle tient son goût pour l'aventure, commenta Lady Mary d'un ton factuel. J'espère que vous ne m'en voulez pas d'avoir parlé de votre mésaventure à Teddy, ma cousine.

— Pas du tout, Mary, lui assura Antonia en révélant son sourire, les yeux toujours pétillants. J'imagine que monsieur le duc vous a raconté cette histoire quand vous étiez petite et qu'elle vous fascinait tout autant que Teddy. Même si vous, vous ne vous êtes peut-être pas immédiatement dit que vous aimeriez vous faire attaquer par des bandits de grand chemin.

— En effet, ma cousine. Mais je suis sûre que c'est la première chose que Teddy s'est dite.

— Mère ! Comment pouvez-vous dire cela ? se plaignit Teddy avec une moue, avant de rire derrière sa main et d'avouer : C'est la *deuxième* chose à laquelle j'ai pensé. D'abord, je me suis dit que j'aurais bien aimé être enlevée du château de Versailles par monsieur le duc de Roxton !

Antonia leva les yeux au ciel et soupira.

— Combien de fois cette histoire a-t-elle été racontée et combien de fois devrais-je la corriger ? Je…

— « … n'ai pas été enlevée par monseigneur, j'ai moi-même fait en sorte que monseigneur m'enlève », récitèrent Deb Roxton, Lady Mary et Lady Strathsay à l'unisson.

Leur réponse synchronisée les fit sursauter et pousser une petite exclamation de surprise, puis elles éclatèrent de rire. Ses joues de porcelaine se teintant de couleur, Antonia esquissa un sourire satisfait en entendant ses propres paroles, bien que son attitude n'ait rien d'orgueilleux.

— Bon. Voilà la vérité.

L'hilarité de ces doyennes de la société poussa les groupes de femmes qui discutaient dans le pavillon à s'interrompre pour tendre l'oreille et essayer d'entendre ce qui se disait autour de la méridienne de la duchesse de Kinross. Leur curiosité avait déjà été piquée par l'arrivée de l'amie d'école de Theodora Cavendish, une fille dont elles ne connaissaient ni le visage ni le nom, ses liens familiaux restant donc un mystère. Cette situation était à la fois inédite et déroutante. Mais deux d'entre elles, d'autres amies d'école de Teddy, pouvaient nommer cette inconnue. Et tandis que Teddy présentait Lisa à sa famille, elles avaient entrepris de raconter tout ce qu'elles savaient sur Miss Lisa Crisp à n'importe qui voulait l'entendre : toutes les femmes assises autour d'elles.

Ainsi, quand la duchesse de Kinross demanda à Lisa si elle avait fait bon voyage jusqu'à Treat, toutes les oreilles du pavillon écoutaient attentivement cette nouvelle venue et tous les yeux la jugeaient, de ses simples bottines à ses jupons à fleurs usés, en passant par ses cheveux coiffés sans ornements et la vision stupéfiante qu'offraient les taches d'encre sur les doigts de sa main droite. De plus, toutes ces femmes venaient d'apprendre que Miss Lisa Crisp était une orpheline qui n'avait pas vraiment de famille et, si on se fiait aux deux camarades d'école de Teddy, elle avait quitté Blacklands en disgrâce. Il ne pouvait y avoir qu'une seule explication à l'amitié qui unissait Miss Cavendish et une telle fille : Teddy avait dû devenir amie avec elle par charité, ce qui était louable. Néanmoins, la présence de Lisa Crisp dans leur cercle les troublait. Heureusement, sa peau était saine, propre et sans impuretés et elle avait une beauté au-dessus de la moyenne, ce qui apaisa en partie leur malaise. En revanche, ce jugement mitigé agaça les deux amies d'école de Teddy, car même si elles étaient satisfaites d'avoir propagé des commérages au sujet de Lisa Crisp, elles n'appréciaient pas qu'on la décrive comme étant « étonnamment jolie et agréablement robuste pour une fille pauvre » alors que le coût des parures dans leurs cheveux, à elles deux seulement, pourrait permettre à Lisa Crisp de s'offrir un toit et de la nourriture pour toute une année.

ANTONIA REPORTA SON ATTENTION SUR LISA ET LUI DEMANDA, toujours inquiète à propos de son voyage :

— Rassurez-moi, les nombreuses heures que vous avez passées à bord de la diligence publique se sont déroulées sans accroc, n'est-ce pas ?

— Oui, madame la duchesse, répondit Lisa, plus à l'aise depuis que ces illustres ladies étaient parties en fou rire après avoir répété en chœur les propos de la duchesse de Kinross au sujet de son enlèvement sur la route qui menait à Versailles. Je ne suis jamais allée plus loin que Chelsea, tout ce que j'ai vu en chemin m'a donc captivée.

— J'espère que vous et votre dame de compagnie n'avez pas été trop gênées de partager votre véhicule avec d'autres personnes ?

— Pas du tout. Il n'y avait qu'un couple et leur jeune fils avec nous, madame la duchesse. Ils retournaient à Southampton après avoir emmené leur fils voir ses médecins à Londres.

— Cela fait un sacré voyage pour aller voir un médecin.

— Oui, madame la duchesse. Mais si mon expérience limitée m'a appris quelque chose, c'est que les parents dévoués feraient n'importe quoi dans l'espoir qu'un médecin puisse proposer un remède pour l'affection de leur enfant, ou au moins lui apporter un certain soulagement grâce à des médicaments…

— L'affection ?

— Le petit garçon souffre de migraines, expliqua Lisa. Ses médecins n'en sont pas certains, mais ils pensent que ses maux de tête sont peut-être un autre symptôme du mal caduc.

Antonia se redressa, ses doigts serrant fermement son éventail fermé.

— S'il s'agit du mal caduc, je les plains, car il n'existe aucun remède, déclara-t-elle sans ménagement. Même s'ils vont jusqu'à Constantinople, les médecins de là-bas ne savent pas plus que les médecins d'ici comment traiter une maladie aussi affreuse.

Lisa croisa ouvertement son regard, envisageant la possibilité que la duchesse, qui venait de déclarer qu'il n'existait aucun remède, puisse être tout à fait au courant que son fils souffrait toujours de crises d'épilepsie, et ce malgré ses précautions pour les cacher à sa famille, et en particulier à sa mère. Et maintenant qu'elle y réfléchissait, comment est-ce qu'elle, une mère aimante, pourrait ne pas être au courant ? L'aristocratie était assistée par une armée de domestiques qui satisfaisaient leurs moindres envies et caprices. Il suffisait qu'un seul d'entre eux ait trahi la confiance de son maître pour que sa mère soit au courant. Et si la duchesse ne laissait pas respirer sa plus jeune fille – comme l'avait expliqué Elsie en se plaignant de la surprotection de sa mère –, elle serait certainement tout aussi inquiète et protectrice d'un fils qui souffrait d'une maladie chronique, même si elle le faisait en gardant ses distances maintenant qu'il était adulte.

Lisa décida de mettre ses suppositions à l'épreuve, ajoutant à voix basse tout en soutenant le regard d'Antonia :

— J'imagine qu'en tant que parent, il doit être déchirant de voir son enfant souffrir de telles crises et terriblement difficile de rester un témoin silencieux quand cet enfant décide de souffrir seul…

Antonia immobilisa son éventail en plein geste, ses yeux verts rivés sur Lisa. Si elle était prise de court par la référence indirecte à la maladie d'Henri-Antoine, elle était encore plus surprise de découvrir que Lisa en avait une connaissance intime. Malgré tout, elle s'efforça de rester impassible. Ainsi, quand elle reprit la parole, son timbre de voix n'avait subi aucun changement. Elle détourna rapidement et habilement la conversation sur un autre sujet :

— C'est très vrai. Vous parlez très bien français. J'imagine qu'à Blacklands, vous avez eu d'excellents professeurs de cette langue, puisqu'il s'agit d'un pensionnat français.

— En effet, madame la duchesse, répondit Lisa. J'aimerais vous redire à quel point je vous suis reconnaissante de m'avoir parrainée et… et… de-de m'avoir trouvée… ajouta-t-elle, en prenant une grande respiration tremblotante et en chassant ses larmes.

Antonia se pencha avec un sourire.

— J'espère que ce sont des larmes de bonheur, ma petite. Maintenant, cessez de me remercier et profitez de votre séjour ici… Teddy, ma chérie, dit-elle à Teddy qui tenait sa petite sœur contre son épaule, vos amies d'école doivent être impatientes de retrouver Mlle Crisp, non ?

— Oh, oui ! Venez, Lisa. J'ai une surprise pour vous ! répondit Teddy en rendant Sophie-Kate à leur mère.

Elle envoya un baiser aux femmes du cercle et fit demi-tour en prenant Lisa par la main. Elle la guida dans la foule en se faufilant entre les ottomanes, fauteuils et petits regroupements d'invitées, jeunes et plus âgées, qui savouraient les petits gâteaux, confiseries et boissons glacées proposés sur des plateaux. Ces femmes étaient installées plus loin dans le pavillon, où il faisait plus frais et où la brise qui venait du lac s'infiltrait entre les épaisses colonnes. Enfin, elle s'arrêta devant une matrone qui portait un grand bonnet à volants et qui était assise avec deux jeunes femmes de l'âge de Teddy.

Lisa connaissait ces deux-là : l'honorable Violet Knatchbull et l'honorable Margaret Medway. Celles que l'on appelait « Les Honorables » à l'école étaient secrètement surnommées « Les Horribles » par Lisa. Elle n'était pas surprise qu'elles aient été invitées au mariage de Teddy, même si une petite partie d'elle-même avait espéré qu'elles ne pourraient pas venir afin de ne pas gâcher son séjour. Elle fit de son mieux pour dissimuler sa déception ; s'il y avait bien deux filles qui lui avaient causé du tort à Blacklands, c'étaient Vi et Meg. Ces deux filles de diplomates de carrière qui travaillaient à l'étranger avaient fini à Blacklands parce qu'aucun autre séminaire pour jeunes filles n'avait voulu d'elles. Ces cousines éloignées étaient des fauteuses de trouble qui avaient fait tout leur possible pour cacher leur nature acerbe et leur antipathie envers Lisa à Teddy. Et puisque cette dernière ne possédait pas une once de méchanceté, elle n'avait pas vu la vraie nature des Horribles. Lisa serait la dernière personne à révéler à Teddy que Violet et Meg étaient les colporteuses qui avaient dit à la directrice qu'elles avaient vu Lisa embrasser l'apprenti d'un apothicaire derrière la boutique de brioches de Chelsea.

Elle se disait qu'il valait mieux ne pas espérer qu'en deux ans et demi, période écoulée depuis qu'elle avait quitté Blacklands, les Horribles puissent avoir connu un changement positif. En quelques minutes de conversation seulement, Lisa sut que cet espoir était vain. Elle essaya au mieux d'ignorer leurs remarques sarcastiques. Elle n'allait quand même pas les laisser gâcher son séjour.

— Quelle surprise de vous revoir, Lisa. Teddy nous a dit qu'on vous avait retrouvée, dit Violet Knatchbull avec un sourire glacial. Meg et moi avons eu du mal à y croire quand Teddy nous a écrit pour nous annoncer la nouvelle ! Londres est une ville tellement grande, vous auriez pu vivre dans n'importe quelle ruelle, à faire on ne sait quoi, sans que personne vous revoie jamais. Mais vous voilà !

— Je ne vis pas dans une ruelle, mais dans un dispensaire pour les malades démunis.

— Grands… dieux ! s'exclama Violet avec un sursaut en posant une main sur sa poitrine d'un air choqué. Vous n'êtes pas contagieuse, si ?

— Comment ? Lisa, malade ? railla Teddy. Elle n'a jamais été malade, jamais. Non, bêtasse. Lisa apporte son aide au médecin du dispensaire.

Violet et Meg fixèrent Teddy du regard, bouche bée, avant de se tourner vers Lisa. Violet retrouva l'usage de la parole et dit d'une voix de velours :

— Travailler avec les pauvres ne vous a fait aucun mal. Vous n'avez pas du tout changé, même au niveau vestimentaire. Je suis sûre que cette robe était votre tenue du dimanche quand nous étions à l'école. Non ?

— Vous n'avez pas changé non plus, Violet, commenta Lisa en gardant son sérieux, n'esquissant qu'un bref sourire. Votre robe est très jolie, elle est d'un vert parfait. Le vert a toujours été votre couleur.

Meg réprima un éclat de rire derrière sa main en entendant ce compliment ambigu et donna un coup de coude à Violet avant de dire à sa tante, qui examinait Lisa de haut en bas à travers son lorgnon :

— C'est la pauvre fille dont je vous parlais, ma tante. Elle était à Blacklands avec Vi, Teddy et moi. On disait de Miss Crisp que c'était la fille la plus intelligente de l'école, mais j'imagine que si on y réfléchit, étant pauvre et n'ayant rien de mieux à faire de son temps que de se remplir la tête des absurdités qu'on nous apprenait, cela devait être vrai…

— L'intelligence ne mène jamais les filles là où il faut, annonça la matrone d'une voix stridente en regardant Lisa de son œil agrandi. Ce que nous devons nous demander, c'est comment une pauvre a pu entrer dans une institution aussi réputée.

— De la même manière que tout le monde, répondit joyeusement Lisa. Par la porte d'entrée.

La matrone sursauta en prenant une inspiration et Violet et Meg retinrent également leur souffle, espérant que Miss Lisa Crisp recevrait ce qu'elle méritait après avoir répondu de façon aussi impertinente à quelqu'un qui tenait autant à l'étiquette que la marquise douairière de Fittleworth. Mais celle-ci éclata de rire. Son rire était si sincère et joyeux que Lisa se dit que la tante, contrairement à ses nièces, devait être aussi authentique que son rire ; elle l'apprécia soudain bien plus.

— Ha, ha, ha, ha ! Par la porte d'entrée ! Ha, ha, ha, ha ! J'apprécie les jeunes filles qui ont le sens de l'humour !

Lisa sourit et fit une révérence devant la marquise douairière. Ayant trouvé l'excuse parfaite pour s'éloigner des nièces grimaçantes de la matrone, elle dit à Teddy :

— Veuillez m'excuser, très chère. J'aperçois Becky, je dois m'assurer qu'on s'occupe bien d'elle…

Elle s'élança donc, le dos droit et les mains jointes sous sa petite poitrine, au milieu de la foule, traversant le pavillon pour rejoindre l'endroit où les bonnes, nurses et valets de pied étaient rassemblés en attendant de pouvoir servir ou se rendre utiles. Quand elle agita une main en direction de Becky et que cette dernière lui répondit, Violet et Meg n'en crurent pas leurs yeux ; Lisa Crisp préférait la compagnie de domestiques à la leur. Elles espéraient toutes les deux que la marquise douairière remarquerait également ce solécisme social, mais à leur grande frustration, leur tante avait laissé retomber son lorgnon au bout de son ruban et discutait avec Teddy.

— J'espérais que votre grand-mère serait là, Teddy. Je ne l'ai pas vue à la maison principale. Mais cela dit, cet endroit est si grand qu'on pourrait ne croiser aucun autre invité pendant toute une semaine ! À moins qu'elle n'arrive dans les jours qui viennent ?

— Grand-mère ne viendra pas à mon mariage, milady, expliqua Teddy d'un ton neutre.

Lady Fittleworth se redressa.

— Comment ? La comtesse douairière de Strathsay ne vas pas assister au mariage de sa petite-fille ? Mais, c'est l'événement de la Saison ! Est-elle souffrante ?

— Non. Ou plutôt, elle n'est pas souffrante au point de ne pas pouvoir faire l'effort de venir.

— Qu'en dit votre mère ? demanda Lady Fittleworth d'une voix stridente. Plus important encore, qu'en dit Sa Grâce de Roxton ? Qu'en dit sa mère, à lui ? Quelle excuse Charlotte Strathsay a bien pu trouver pour justifier son absence ?

— Grand-mère insiste pour que j'arrive à l'autel au bras d'oncle Dair, car en tant que comte de Strathsay, il est à la tête de ma famille. Et si ce n'est pas oncle Dair, alors ce devrait être oncle Roxton, car il est à la tête de toutes nos familles. Grand-mère dit que si l'homme qui m'accompagne a un rang inférieur à celui d'un comte ou d'un duc, cela signifierait que je ne traite pas notre union et nos invités avec le respect dû à notre lignée et à la leur. En tout cas, je *crois* que c'est ce qu'elle a dit dans une lettre de réclamation qu'elle a envoyée à mère pour se plaindre, ainsi qu'à mon oncle Roxton et à mon oncle Dair.

— Et qu'ont-ils répondu à une lettre de réclamation aussi sévère ? s'enquit Lady Fittleworth avant de pousser un grognement irrévérencieux et de répondre à sa propre question : Je peux deviner ce que lui a dit votre oncle Dair. En tant qu'ancien commandant militaire, il s'est sûrement montré direct au point de frôler l'impolitesse. Quant à votre oncle Roxton, s'il s'est probablement montré plus diplomate, il a dû remettre Charlotte à sa place.

— Tout à fait, répondit Teddy avec un sourire. Surtout que grand-mère tient mère pour responsable de mon choix, alors que cette décision m'appartenait. Après tout, c'est moi qui me marie !

— Bien sûr, mon enfant. Alors, au bras de qui allez-vous remonter l'allée centrale jusqu'à l'autel ?

— Mon beau-père, bien sûr. Oncle Dair et oncle Roxton s'accordent à dire qu'il devrait avoir cet honneur. Bien sûr, c'est aussi ce que pensent mère et Jack. Et c'est tout ce qui compte.

— C'est tout ce qui compte, approuva Lady Fittleworth avec un sourire avant de regarder autour d'elle de manière exagérée, comme si elle avait perdu quelque chose ou quelqu'un. Je ne vois pas votre grand-mère Kate...

— Oh ! Maintenant que j'y pense, milady, l'interrompit Teddy, grand-mère Kate est là, mais elle n'est pas venue au pique-nique, car elle n'apprécie pas trop les foules ces jours-ci. Mais elle a très envie que vous lui rendiez visite. Je dois donc vous inviter à dîner au Gatehouse Lodge demain soir. Silvia cuisinera ses plats typiques et grand-mère Kate m'a dit que vous adoriez tout ce qui est italien, et en particulier la cuisine, et que vous viviez autrefois à Livourne...

— Les meilleures années de ma vie ! s'exclama Lady Fittleworth avec un soupir en joignant les mains. Merci, mon enfant. J'accepte cette invitation avec grand plaisir. Si mes souvenirs sont bons, votre grand-mère Kate est une hôtesse charmante. Et quand Fittleworth était consul à Florence, nous la recevions souvent.

Elle attrapa la main de Teddy, la rapprocha d'elle et lui dit sur le ton de la confidence :

— N'interprétez pas ce que je vais vous dire de travers, ma chère ; j'apprécie les rassemblements exclusivement féminins de temps à autre, mais l'absence totale de compagnie masculine aujourd'hui rend cette petite fête bien insipide, surtout pour mes nièces. Il leur faut profiter de toutes les opportunités qui s'offrent à elle pour rencontrer des prétendants convenables et faire bonne impression. Elles sont assez jolies, mais elles peuvent être acerbes et malheureusement pour elles, elles ne possèdent aucune caractéristique particulière – comme vos magnifiques boucles rousses ou la beauté de Miss Crisp. Votre amie est peut-être pauvre, mais elle a un visage que n'importe quel peintre voudrait immortaliser de son pinceau. Et j'apprécie sa franchise ; les hommes aussi, j'en suis sûre.

— Ma tante ! C'est très cruel de votre part ! pleurnicha Meg Medway en s'empourprant. Contrairement à Miss Crisp qui, j'en suis persuadée, n'a jamais reçu aucune demande en mariage malgré sa-sa *beauté* – comment les pauvres pourraient-elles recevoir la moindre proposition si elles n'ont rien à offrir ? –, j'en ai reçu une pas plus tard que la semaine dernière...

— Et vous auriez dû l'accepter, déclara Lady Fittleworth sans ménagement. Knatchbull n'est pas la chandelle la plus lumineuse du candélabre – après tout, c'est à vous qu'il a fait sa demande –, mais il a un revenu de mille livres par an et il héritera très certainement du tas de pierres de son père, même s'il a désespérément besoin de réparations ; le vent au Pays de Galles est violent autant pour les hommes que pour les animaux et les bâtisses !

Meg fit une grimace de dégoût.

— Épouser le frère de Vi ? Je peux faire mieux que Bully Knatchbull.

Violet lança un regard noir à son amie.

— Vous ne m'aviez pas dit que Bully avait demandé votre main. Je suis contente que vous n'ayez pas accepté. Bully peut faire mieux. Bien mieux.

— Assez, les guêpes ! exigea Lady Fittleworth en tapotant légèrement les mains des deux filles de son éventail fermé.

Elle se tourna vers Teddy, à qui elle dit en levant les yeux au ciel :

— Je ne pourrai jamais comprendre comment vous avez pu supporter ces deux-là à l'école ! Mais ayez de la compassion pour moi, car j'ai reçu l'ordre de les marier avant le retour de leurs parents de l'étranger à la nouvelle année. J'espère donc que Roxton et les autres pères sont revenus de leur expédition dans les bois avec leurs petits, afin que tous les gentilshommes puissent se joindre aux dames pour les autres activités prévues cette semaine, avant la cérémonie de mariage et le bal… ?

Teddy sourit à Violet et Meg, leur air renfrogné disparaissant devant la perspective que des hommes soient présents lors des prochains événements sociaux. Elle les rassura, elles et leur tante :

— Il s'agit aujourd'hui du seul événement exclusivement féminin, soyez-en sûres toutes les deux. À partir de demain, tous les hommes et les garçons se joindront à nous pour les activités organisées, et puisque vous séjournez à la maison principale, vous pourrez peut-être même les croiser lors du petit déjeuner, et assurément à tous les dîners.

— J'ai entendu parler d'un match de cricket… ? s'enquit Violet, pleine d'espoir.

— Entre l'équipe du duc et celle des invités, leur dit Teddy.

— Vi espère que Lord Henri-Antoine sera de la partie.

— Il jouera avec Jack dans l'équipe du duc, dit Teddy à Meg.

— Entendez-vous cela, Vi ? la railla Meg en ricanant. Lord Henri-Antoine jouera au cricket. Il vous demandera peut-être en mariage après le match ?

Violet s'empourpra, mais l'embarras ne l'empêcha pas de rétorquer :

— Peut-être, oui ! Il y a plus de chances pour qu'il me fasse une demande à moi qu'à vous !

— Westby dit que si Lord Henri-Antoine nous propose quoi que ce soit, il faut dire non, car c'est la ruine assurée, répliqua Meg. Et que vous n'allez certainement pas finir avec son nom de famille…

— Enfin, les filles ! Assez, exigea Lady Fittleworth. Quelles que soient les propensions dégoûtantes de Lord Henri-Antoine, ce n'est ni le lieu ni le moment pour les répandre ! Vous oubliez que vous êtes à portée de voix de sa chère mère et de ses tantes, et que Teddy est sa cousine.

— Merci pour votre considération, milady. Mais ce que dit Meg est vrai, déclara Teddy franchement et sans rancune. Henri-Antoine n'est pas du genre à se marier et s'il se range un jour, cela n'arrivera pas tant qu'il n'aura pas un âge un peu plus avancé, comme son père avant lui.

— J'ai essayé de vous mettre en garde, dit Meg pour narguer Violet. Vous avez autant de chances que le frère de Roxton vous demande en mariage que… oh ! que n'importe quelle femme en Angleterre… D'ailleurs, même la pauvre Lisa Crisp a autant de chances que vous de se voir demandée en mariage par Lord Henri-Antoine…

— Lisa Crisp, autant de chances que moi ? répéta Violet, offensée, avant de ricaner. Parfois, Meg, vous faites vraiment les déclarations les plus excentriques qui soient. Votre cerveau doit faire la taille d-d'un *grain de poivre*. Au moins, Lord Henri-Antoine sait qui je suis. Quant à Lisa Crisp, il ne saurait même pas la différencier d'un… d'un *hérisson* ! Il n'a certainement aucune idée de son existence.

L'affirmation véhémente de Violet Knatchbull fut mise à l'épreuve le lendemain soir, quand Henri-Antoine, Jack et Lady Fittleworth furent invités à dîner au Gatehouse Lodge. Mais de tous les convives qui dégustèrent les excellents plats italiens de Silvia, personne n'aurait pu prévoir que les événements de cette soirée mèneraient à une confrontation lors du match de cricket le lendemain, confrontation qui aurait des conséquences retentissantes pour Lisa, Henri-Antoine, Teddy, Jack et le mariage imminent du couple.

DIX-HUIT

Le retour de Mr. Bryce et de ses jeunes fils après deux jours et deux nuits dans les bois marqua la fin du calme et du silence au Gatehouse Lodge. Des domestiques masculins et féminins montèrent et descendirent les escaliers à toute vitesse afin de remplir les baignoires sabots d'eau savonneuse. Les nurses frottèrent les corps fatigués et courbaturés des petits garçons dont elles s'occupaient jusqu'à ce qu'ils soient tout propres, tandis que leur père profitait d'un moment de répit dans la baignoire de sa garde-robe. Dans la cuisine, Silvia et ses assistantes préparaient un festin italien tandis que des valets de pied, sous la direction du majordome, essayaient au mieux de placer le nombre de chaises demandé et de disposer le service en porcelaine, l'argenterie et les verres autour d'une table de salle à manger qui recevait habituellement moitié moins de monde. Ce problème fut en partie réglé quand la dame de compagnie de grand-mère Kate, Fran, partit se coucher tôt et que Lady Mary décida que ses fils avaient vécu assez d'aventures ces deux derniers jours pour le reste de l'année. Les garçons mangeraient leur repas dans leur chambre et seraient directement mis au lit. Après un bain et un repas bien chauds, ils s'endormiraient bien avant l'arrivée des convives.

— Puis-je aussi prendre congé, milady ? demanda Christopher pour taquiner son épouse quand elle lui dit que leurs fils étaient couchés et qu'ils avaient mangé une énorme portion des pâtes de Silvia. J'aimerais bien que vous me bordiez, moi aussi.

Lady Mary l'embrassa et sourit. Elle était venue dans sa garde-robe pour vérifier qu'il ne s'était pas endormi dans son bain et l'avait trouvé en manches de chemise, ses boucles auburn trempées et ébouriffées retombant sur ses épaules, son ruban à cheveux dans la main. Elle prit le ruban et attacha ses boucles vers l'arrière.

— Vous semblez fatigué. Mais non, vous ne pouvez pas prendre congé. Nous recevons des invités pour le dîner.

— Êtes-vous surprise que je sois fatigué après deux nuits blanches avec une meute de marmots qui ne dorment jamais ? Roxton et votre frère s'en sont bien mieux sortis que moi…

— Ils sont plus jeunes que vous…

— Merci de me le rappeler, chérie. Mais sachez que la deuxième nuit, j'ai tenu plus longtemps qu'eux deux et c'est moi qui ai entretenu le feu.

— Bien sûr, répondit Lady Mary en l'embrassant de nouveau quand il l'attira dans ses bras. Et je suis sûre qu'ils se sont tous les deux endormis dans leur bain…

— Dair, peut-être, mais pas Roxton, dit Christopher en pouffant de rire. Une vraie tempête l'attendait chez lui. Ses trois aînés ont fait la fête toute la nuit avec Jack, Harry et leurs amis. Ils se sont surpassés, ils ont bu et fumé jusqu'à s'en rendre malades.

— C'est ce que font un garçon de seize ans et ses deux frères de quatorze ans ! Mais Frederick m'étonne. Il a toujours été un fils aîné raisonnable.

— Il l'est probablement encore. Mais même Roxton a été jeune ! Frederick a fumé tant de cheroots qu'il n'a plus de voix et les jumeaux… eh bien, l'un d'eux a tellement bu qu'il a tourné de l'œil dans un coin, disparaissant pendant plusieurs heures, et l'autre a tout rendu sur le billard de son père.

— Oh, Seigneur. Pauvre Roxton. Pauvre Deb…

Christopher attrapa sa redingote en lin marron que son valet avait placée sur une chaise.

— Deborah nous a dit combien de bouteilles de vin et de bon brandy ils ont vidées ; Jack, Harry et leurs amis doivent avoir une sacrée migraine aujourd'hui.

— C'est ce qu'ils méritent, mais ils ont intérêt à être de bonne compagnie ce soir. Teddy est tellement impatiente de voir Jack, elle et son amie d'école ont passé tout l'après-midi à choisir leurs robes.

— C'est un vrai revirement pour Teddy et vous devez vous en réjouir, car elle a rarement le temps de s'intéresser à ces frivolités féminines quand elle est à la maison.

Mary prit la redingote des mains de Christopher et l'aida à l'enfiler.

— J'aimerais pouvoir dire que j'ai joué un rôle là-dedans, mais c'est entièrement grâce à l'influence de Lisa. Teddy est déterminée à lui faire porter une tenue à la hauteur de sa beauté. Cette pauvre enfant est venue avec des robes qu'aucune bonne qui se respecte ne porterait. Elles doivent être au moins de troisième main. Mais elle semble reconnaissante de les avoir, ce qui me pousse à me demander à quoi ressemblaient les jolies robes qu'elle avait à sa disposition à Londres, et même si elle en avait.

Christopher se tourna vers sa femme.

— Ai-je bien entendu Teddy dire que cette fille apporte son aide, dans une certaine mesure, dans le cabinet de consultation d'un médecin ?

— Dans un dispensaire pour les malades sans argent. J'imagine que ce n'est pas étonnant qu'elle ne possède pas de robe qui vaille la peine d'être portée.

— Dans ce cas, vous devez approuver la décision de Teddy concernant l'avenir de son amie, non ?

— Oh ? Vous êtes au courant ? s'enquit Lady Mary, surprise. Teddy m'en a seulement parlé hier soir et vous étiez dans les bois.

Quand Christopher lui sourit et se pencha pour embrasser légèrement son front, elle poussa un petit soupir.

— Bien sûr, elle vous en a parlé en premier, avant moi et même avant Jack. C'est bien. Tout va bien. Je suis heureuse qu'elle se confie à vous. Et elle s'inquiétait sûrement de ce que j'en penserais, ce qui explique pourquoi elle vous en a parlé en premier.

— Oui. Et vous veniez d'avoir Sophie-Kate… Mais elle s'inquiétait surtout de ce que Jack en penserait.

— Vraiment ? Jack a toujours voulu faire le bonheur de Teddy. Elle a beaucoup de chance sur ce point.

— Et sur tous les autres. Jack fera un mari dévoué, un excellent gendre et, en temps voulu, un père merveilleux. Nous n'aurions pas pu rêver meilleur compagnon pour notre fille.

Lady Mary hocha la tête et se mit à arranger machinalement le nœud du jabot de son époux, l'esprit préoccupé.

— Je sais. J'espère juste… Ils seront jeunes mariés… J'espère juste que l'idée que Teddy a eue pour Miss Crisp conviendra à cette période-là…

— Je n'ai pas encore rencontré cette beauté en haillons, mais je ne manquerai pas de partager mes réserves avec Teddy, si j'en ai. Jack doit passer en premier dans tous les domaines et leur mariage est ce qu'il y a de plus important. En revanche, ajouta-t-il en attrapant les doigts de sa femme et en déposant un baiser sur le dos de sa main, j'ai moi-même quelque chose de bien plus important en tête en ce moment même…

— J'aimerais beaucoup me glisser sous les draps avec vous, Mr. Bryce, mais nous avons un dîner à…

Christopher feignit un air satisfait et suffisant.

— Ma chère Lady Mary, je me réjouis de votre ardeur, mais pour une fois, c'est un tout autre organe qui s'exprime. Je suis affamé.

Lady Mary leva les yeux au ciel et le poussa gentiment.

— Les hommes ! Quand ce n'est pas un organe qui s'exprime, c'est l'autre !

Elle s'avança vers la porte, se retourna et dit :

— Ai-je mentionné qu'en plus de votre futur gendre et Harry, votre mère a invité Lady Fittleworth à dîner ?

Christopher fronça les sourcils.

— Fittleworth ? J'ai déjà entendu ce nom quelque part…

— Son époux était consul à Florence… Ils vous rendaient visite, à vous et votre mère, quand vous habitiez Livourne…

Lady Mary, les joues rouges, réprima un sourire en constatant que Christopher ne s'en souvenait pas. Kate lui avait parlé des Fittleworth et en particulier de Fanny Fittleworth, qui s'était entichée d'un Christopher bien plus jeune, ce que Kate trouvait absolument hilarant. Mary pouvait prédire que la réaction de son époux serait aux antipodes de celle de sa mère et elle observa avec satisfaction son visage se vider de son sang quand il fit enfin le lien. Elle referma rapidement la porte sur son chapelet de jurons.

LISA ET TEDDY AVAIENT PASSÉ L'APRÈS-MIDI DANS LA CHAMBRE DE cette dernière, où Lisa avait enfilé et enlevé toute une sélection de robes. Elle avait l'impression qu'elles étaient apparues comme par magie, mais elles venaient en réalité des armoires de la duchesse de Roxton, de la comtesse de Strathsay et de Teddy, qui faisaient toutes à peu près la même taille que Lisa. Les robes étaient faites du plus pur des cotons et de la plus légère des soies, dans des nuances de couleurs lumineuses comme elle n'en avait jamais vu et ornées de délicates broderies en sequins et fils métalliques sur les manches, corsages et ourlets. Par ailleurs, chaque robe était constituée de tant de tissu que Lisa était sûre que dans n'importe quel autre foyer, on aurait fait trois robes avec le tissu d'une seule d'entre elles. Ces robes étaient accompagnées d'un assortiment de jupons assortis, de délicates engageantes en dentelle blanche, de pièces d'estomac décorées d'échelles en soie et de plusieurs chemises bordées de dentelle et destinées à être portées sous un décolleté plongeant dont elles dépasseraient légèrement.

Teddy insista pour que Lisa choisisse trois robes qui seraient ajustées à sa fine taille. La plus élaborée, celle qui était décorée de sequins, serait mise de côté pour le mariage et le bal qui suivrait le banquet ; une deuxième serait portée immédiatement, lors du dîner ; une troisième, en coton léger, serait parfaite pour le match de cricket du lendemain. Quand Teddy et Lisa eurent fait leur sélection de robes, elles firent venir Lady Mary et sa femme de chambre pour avoir leur approbation. Ensuite, Becky put se mettre au travail avec ses épingles, son aiguille, son fil et son expertise.

Quand Becky termina de retoucher et coudre une première robe, il était temps pour Lisa de l'enfiler. Exactement comme pour les vieilles tenues de ses cousines, Becky avait modifié cette robe à l'anglaise couleur chocolat pour qu'elle soit parfaitement ajustée sur la silhouette svelte de Lisa, que les manches mi-longues moulent ses longs bras fins et pour que le corsage étreigne son dos étroit et sa petite poitrine, le fin bord en dentelle blanche de sa chemise à peine visible le long du décolleté, contre sa peau blanche. Grâce à l'ajout de volants en dentelle et de nœuds en soie bleus au niveau de ses coudes ainsi que d'une pièce d'estomac recouverte de nœuds assortis, Lisa ressemblait vraiment à la meilleure amie de la nièce d'un duc.

Elle était nerveuse à l'idée de se joindre à la famille pour un festin italien. Il s'agirait de son premier grand dîner, de la première fois, depuis ses repas dans la salle commune de l'école, qu'elle ne mangerait pas toute seule dans le petit salon à l'arrière de la maison de Gerrard Street. Il s'agirait également de son premier dîner avec des gentlemen et des invités. Elle appréhendait notamment sa rencontre avec le beau-père de Teddy, non seulement parce qu'elle avait beaucoup entendu parlé de ce Mr. Bryce, un écuyer austère qui avait osé s'élever au-dessus de son propre milieu pour épouser la fille d'un comte, ce que la grand-mère de Teddy n'avait pas du tout vu d'un bon œil, mais aussi parce qu'elle savait que Teddy l'aimait comme s'il était vraiment son père. Mais sa nervosité avait empiré quand elle avait appris que Jack et Henri-Antoine assisteraient au dîner. Elle se demandait quel accueil lui réserverait le premier et comment elle se conduirait avec le deuxième et ce qu'il penserait d'elle, ainsi vêtue de soieries.

Teddy perçut la nervosité de Lisa et prit son bras, elles descendirent donc l'escalier et arrivèrent dans le salon bras dessus bras dessous. Lisa ne se souvenait pas avoir jamais entendu, dans un salon, des adultes rire ainsi ou bavarder de façon aussi incessante. Ils étaient tous en train de boire avant le repas et ils ne parlaient ni anglais, ni français, mais italien.

— Ne vous inquiétez pas, je ne parle pas cette langue aussi bien que je le devrais, même si je comprends maintenant bien mieux ce qui se dit, confia Teddy à l'oreille de Lisa. Si je me souviens bien, vous vous entraîniez à parler italien avec le professeur de dessin. Oh ! Et voilà Jack. Il parlera anglais avec vous. Il parle moins bien italien que moi, et lui n'a aucune excuse puisqu'il a fait le Grand Tour.

Son sourire s'évanouit quand elle vit la fatigue dans les yeux de son promis. Elle fit un pas vers lui en fronçant les sourcils et lui dit :

— Vous avez le teint verdâtre, Sir John.

Il s'inclina devant elle et lui fit un baise-main.

— En effet, Theodora, mais je ne mérite aucune compassion. Hier soir, Harry, Seb, Bully et les autres ont réussi à me faire boire au point de finir ivre comme un matelot.

Teddy déposa un rapide baiser sur sa joue.

— Dans ce cas, vous n'aurez certainement pas de compassion de ma part, ni de celle de Miss Crisp. La voilà, dit-elle en se tournant vers Lisa, sans lâcher la main de Jack. Ne vous inquiétez pas, ce n'est pas parce que nous nous adressons l'un à l'autre de manière formelle que vous devez en faire autant. C'est juste que comme tout le monde nous appelle Jack et Teddy, nous nous sommes dit que nous pourrions nous appeler Sir John et Theodora entre nous. Et comme je n'autorise personne d'autre à m'appeler par cet affreux prénom, le fait que Jack m'appelle ainsi est spécial. Mais vous êtes ma meilleure amie et je suis certaine qu'il sera d'accord pour que vous l'appeliez Jack. Quant à vous, ajouta-t-elle en se tournant derechef vers son fiancé, qui regardait Lisa en souriant, mon cher Sir John, vous pourrez l'appeler Lisa quand vous vous connaîtrez mieux.

— Miss Crisp ! Quel immense plaisir de vous voir ici ! annonça Jack en s'inclinant devant elle. Quand Harry m'a dit que la Miss Crisp de Gerrard Street à Soho et la meilleure amie de ma Theodora étaient la même personne, je me suis dit que c'était lui qui devait être ivre ! Je ne saurais exprimer à quel point je suis heureux pour vous deux. Et que vous assistiez à notre mariage.

— J'en suis très heureuse également, Sir John, répondit Lisa avec un sourire et une révérence. Être ici avec Teddy… La voir vous épouser… Partager votre bonheur… C'est un rêve devenu réalité pour…

— … pour nous tous ! conclut Teddy. J'espère que vous êtes venu avec votre alto ? demanda-t-elle à Jack. Il faut absolument qu'il y ait de la danse après dîner et j'ai très envie que Lisa vous entende jouer. C'est un merveilleux musicien, dit-elle à son amie. Il a composé un morceau tout spécialement pour moi, que je n'ai pas le droit d'entendre avant le jour de notre mariage.

— Ce ne serait plus un cadeau de mariage si vous l'entendiez avant le grand jour, n'est-ce pas ? dit Jack avec un immense sourire. De plus, j'ai toujours mon alto avec moi.

Il regarda Lisa, jeta un coup d'œil à Teddy et exprima ce qu'il pensait :

— J'espère que cela ne vous dérangera pas que je vous le dise, Miss Crisp, mais cette nuance de marron met vraiment vos cheveux en valeur. Et les rubans bleus sont parfaitement assortis à vos yeux.

Lisa, débordante de bonheur, le remercia pour ce compliment. Cette journée avait été aussi merveilleuse que la veille. Elle l'avait passée avec Teddy, avait fait partie de sa famille, l'avait vue avec Jack, eux qui étaient si heureux ensemble, et il y avait à présent ce rassemblement pour le dîner. Elle n'aurait pas vraiment su dire si c'était grâce à l'accueil chaleureux qu'elle avait reçu et à l'amour et la générosité de Teddy ou si c'était grâce à cette robe et à la sensation de la soie entre ses doigts, mais elle se sentit soudain spéciale, presque belle, et le compliment de Jack fit gonfler son cœur de joie. Pour que tout soit parfait, il ne manquait plus qu'elle soit assise à côté d'Henri-Antoine pour le dîner.

— Vous voyez, Lisa ! s'exclama Teddy d'un air triomphant. Je vous avais bien dit que le marron et le bleu vous allaient parfaitement. Elle est vraiment divine dans cette soie chocolat, n'est-ce pas, Sir John ?

— Divine, admit Jack avant de se pencher vers l'oreille de Teddy et de lui dire dans un murmure : Mais pour moi, rien ne surpassera jamais vos tresses couleur rubis et les taches de rousseur sur votre nez.

Teddy tourna la tête et le regarda dans les yeux.

— Encore cinq nuits. Les comptez-vous, vous aussi ?

Il hocha la tête. Ils se seraient embrassés si Lisa ne les avait pas interrompus sans le vouloir : ils s'écartèrent quand elle dit gaiement, avec une nouvelle révérence :

— Merci, Sir John…

— Jack. Vous devez m'appeler Jack, l'interrompit-il en se redressant.

Il chercha la pièce du regard à la recherche d'Henri-Antoine, puis il dit à Lisa avec un sourire :

— J'insiste. Vous faites pratiquement partie de la famille, n'est-ce pas, Theodora ?

— Oui, mais ne dites rien de plus à ce sujet, sinon vous allez gâcher la surprise, lui dit Teddy avec véhémence et un doigt sur les lèvres en regardant Lisa d'un air entendu.

Cependant, elle n'avait pas à s'inquiéter que sa meilleure amie entende sa mise en garde, car sa mère s'était approchée avec son beau-père et faisait les présentations.

Jack regarda de nouveau autour de lui pour voir où Henri-Antoine était parti, car il était près de lui quand les deux filles étaient entrées par la porte, puis il s'était volatilisé. Jack aurait tellement voulu voir sa réaction devant Miss Crisp dans sa robe en soie. Elle était déjà jolie dans les jupons à fleurs qu'elle portait quand les membres de la fondation Fournier étaient venus à Gerrard Street, mais cette robe-ci mettait en valeur sa charmante silhouette et révélait qu'elle n'était pas juste jolie, mais d'une beauté à couper le souffle.

Ce fut seulement quand tous passèrent dans la salle à manger et furent installés à table qu'Henri-Antoine réapparut, suivi d'un de ses acolytes qui portait un large paquet semblable dans sa forme à un cadre et qui était enveloppé dans du tissu. On appuya le paquet contre le mur, à côté d'un buffet, où personne ne pourrait l'abîmer, et sans aucun commentaire, on indiqua à Henri-Antoine de s'asseoir à droite de Lisa, tandis qu'à sa gauche se trouvait Lady Fittleworth. Teddy et Jack étaient assis en face d'elle avec grand-mère Kate et une chaise restait vide à droite de Lady Mary. Lisa n'eut pas le temps de regarder en direction d'Henri-Antoine, car tandis que tout le monde prenait place, Jack resta debout et attendit que les conversations se taisent. Quand il eut l'attention de tout le monde, il regarda Christopher Bryce à l'autre bout de la table, qui lui adressa un hochement de tête. Jack annonça alors aux convives :

— Je sais que nous sommes tous impatients de goûter aux délicieux plats de Silvia, je vais donc être bref, dit-il en parcourant la table du regard. En revanche, je ne serai pas responsable des conséquences de ce discours, j'ai donc présenté mes excuses à Silvia à l'avance, car nous pourrions avoir besoin d'un instant pour nous calmer et retrouver notre appétit. Et je vous présente également mes excuses, ma chère tante Mary, ma très chère Teddy et grand-mère Kate, ainsi que celles d'oncle Bryce et Harry, car nous savons quelque chose que vous ignorez, quelque chose que nous vous cachons depuis trois jours. Mais je suis certain que rien de tout cela n'aura d'importance quand la surprise sera révélée.

— La surprise ? l'interrompit Teddy en écarquillant les yeux. Oh, j'adore les surprises. Est-ce un animal ou un légume ? Pouvons-nous tous essayer de deviner ?

— C'est inutile, Teddy, lui dit doucement son beau-père. Jack, vous voulez peut-être poser une simple question à madame… ?

— Oui, monsieur, dit Jack en se tournant vers Lady Mary. Ma tante Mary, vous dites depuis des mois qu'il ne manque plus qu'une chose pour que notre fête de mariage soit parfaite. De quoi s'agit-il ?

Lady Mary remonta la table des yeux, les posa sur son mari, puis sur sa fille, et enfin elle les releva vers Jack et répondit sans hésitation :

— Que mon frère – l'oncle Charles de Teddy – soit ici avec nous.

Un silence s'installa dans la pièce. Tous restèrent immobiles et muets. Tous, à l'exception de Lady Mary, regardaient, par-dessus l'épaule de celle-ci, la porte qui se trouvait dans son dos. En entendant le nom de son frère, un valet de pied ouvrit cette porte et un homme de taille moyenne entra dans la pièce. Ses cheveux flamboyants servaient d'indication sur ses liens de parenté. Par ailleurs, il avait le même nez que sa grande sœur, on ne pouvait donc pas se tromper. Cet homme était celui qui avait partagé un carrosse – sans pour autant partager son nom – avec Lisa entre Alston et Treat, qui était descendu avant le portail en fer noir et doré et avait pris la direction de Crecy Hall.

— Mary ?

Teddy se releva d'un bond en même temps que le nom de Lady Mary fut prononcé. Mais elle n'avança pas. Il s'agissait avant tout de retrouvailles entre un frère et une sœur, et personne ne voulait gâcher ce moment.

Les yeux écarquillés, toute tremblotante, Lady Mary pivota sur sa chaise en entendant une voix bien-aimée, qu'elle ne pensait plus jamais entendre, prononcer son nom. Elle se figea quand elle vit le gentleman qui se tenait dans l'embrasure de la porte. Elle n'y croyait pas. Mais quand il lui sourit et fit un pas vers l'avant, elle se releva tellement brusquement que sa chaise bascula vers l'arrière et vint heurter le sol. Elle se précipita vers lui, se jeta à son cou et retrouva l'étreinte affectueuse de son frère.

Elle pleura à chaudes larmes et il accepta sans broncher cette effusion de joie, de soulagement et d'incrédulité, bouleversé par cet accueil bien plus émotif que ses retrouvailles avec son frère aîné, le comte de Strathsay, et avec son cousin le duc de Roxton, au cours desquelles il avait également rencontré pour la première fois son beau-frère, Mr. Christopher Bryce. Les trois hommes avaient jubilé. C'était la première fois que son frère et son cousin revoyaient Charles depuis presque dix ans et Christopher était heureux de rencontrer enfin son beau-frère. Mais ils avaient tempéré leurs sentiments les plus exacerbés, entre eux et devant les autres – car c'était ce que faisaient les hommes –, en particulier parce que leurs jeunes fils étaient présents, tous blottis les uns contre les autres près du feu de camp dans les bois, un public de sept petits garçons aux yeux ronds.

Christopher Bryce s'avança, serra la main de Charles et tendit son mouchoir à sa femme. Lady Mary était encore tellement bouleversée de voir son petit frère qu'elle accepta volontiers d'être réconfortée par son époux. Au même instant, Teddy s'avança précipitamment pour qu'on lui présente son oncle, dont on lui avait beaucoup parlé, mais qu'elle n'avait jamais rencontré. Rapidement après l'arrivée surprise de Charles Fitzstuart au Gatehouse Lodge, on le fit asseoir à côté de sa sœur, on plaça le dîner sur la table et tous purent déguster les délicieux plats de Silvia.

Le frère et la sœur se retrouvèrent et partagèrent tout ce qu'ils ne s'étaient pas dit par lettre pendant toutes ces années, tout ce qu'ils n'avaient pas encore écrit, tout en se tenant les mains. Lady Mary touchait occasionnellement la joue de Charles, tandis qu'il serrait ses doigts ou embrassait le dos de sa main, comme s'ils avaient besoin de ces contacts pour s'assurer qu'ils ne rêvaient pas, qu'ils étaient bel et bien ensemble dans la même pièce. Ils étaient tous les deux incapables d'arrêter de sourire.

On les laissa tranquilles, tous les autres continuant à boire, manger et discuter entre eux. Henri-Antoine profita des bavardages qui avaient envahi toute la tablée – Lady Fittleworth racontait une anecdote à propos d'un mariage auquel elle et grand-mère Kate avaient assisté au consulat de Florence –, ainsi que des allées et venues des valets de pied qui portaient des plats recouverts de cloches et remplissaient les verres de vin, pour se tourner enfin vers Lisa et engager la conversation avec elle. Il avait posé ses couverts en argent sur son assiette et l'avait mise de côté.

Lisa avait été captivée par les retrouvailles entre le frère et la sœur, comme tous les autres convives, mais maintenant que tout le monde avait commencé à manger et à discuter, elle était de nouveau parfaitement consciente qu'Henri-Antoine était assis à sa droite. Elle feignit de s'intéresser à la nourriture dans son assiette, mais il lui suffit d'un regard en coin dans sa direction pour perdre tout son appétit pour les pâtes fourrées aux champignons. À en juger par les revers des manches de sa redingote en soie lavande, il portait une tenue splendide. La soie était décorée d'une broderie complexe représentant du chèvrefeuille, des feuilles de vigne et de petites abeilles, tandis que les ruches en dentelle qui entouraient ses poignets étaient d'une finesse extrême et délicate. Ainsi, quand elle se tourna vers lui en entendant son nom, ses yeux étaient toujours baissés, elle remarqua donc que les pans et les boutons de sa redingote étaient ornés des mêmes broderies et que le jabot en dentelle noué sous son menton carré était assorti aux ruches de ses poignets. Puis elle ne put s'empêcher de poser les yeux sur sa bouche quand il tapota brièvement une serviette en lin sur ses lèvres.

— Vous me fixez sans ciller, Miss Crisp, observa-t-il en reposant sa serviette. Je me demande donc… si je n'aurais pas de l'épinard coincé entre les dents ?

Les yeux de Lisa remontèrent d'un coup vers ceux d'Henri-Antoine et elle plaqua une main sur sa bouche pour étouffer un gloussement. Il sourit et lui adressa un clin d'œil.

— C'est mieux. Je préfère quand vous me regardez dans les yeux. Cela me permet d'admirer votre beau regard. Et maintenant, je constate qu'en effet, ils sont du même bleu que les nœuds en soie de votre robe. Qui, d'ailleurs, est très jolie.

— Teddy et sa mère se sont montrées très généreuses.

— Et c'est aussi grâce à l'expertise de leur couturière. J'ignorais que votre chute de reins était aussi étroite…

— Milord ! Vous ne pouvez pas dire…

— Je viens de le faire. Ne bondissez pas. Donnez-moi votre main.

Il glissa la sienne sous la table et elle suivit son exemple. Quand ils cherchèrent à tâtons puis trouvèrent les doigts de l'autre et se prirent la main, ils ne purent retenir un sourire. Et tandis qu'il explorait sa main, il s'assura de se tourner de l'autre côté et de lever son verre pour qu'un valet de pied le remplisse. Il reposa leurs doigts entremêlés sur les basques de sa redingote qui couvraient sa cuisse vêtue de soie, reposa son verre après avoir bu une gorgée et se tourna vers elle, son expression laissant penser qu'ils étaient de simples connaissances.

Avant qu'il ne puisse dire quoi que ce soit, elle lança malicieusement :

— Vous faites cela très bien. Tellement bien, d'ailleurs, que je vous suspecte d'avoir déjà fait ce genre de chose. Peut-être pas avec une jeune fille comme moi, mais avec une maîtresse, ou la femme d'un autre homme… ?

Pris de court, il recracha presque son vin sur la table, parvenant à l'avaler difficilement au dernier moment avant de tousser dans son poing et de prendre une profonde inspiration. Il but une nouvelle gorgée de vin pour se calmer, serra ses doigts et, ayant retrouvé l'usage de la parole, lui dit sèchement :

— Ne soyez pas absurde ! Je n'ai jamais…

— Bien. C'est gratifiant.

Elle fronça les sourcils, serra ses doigts à son tour et le regarda d'un air tellement sérieux qu'il se demanda quel était le problème.

— Maintenant que nous nous sommes embrassés, je suis attristée de vous imaginer en train de tenir la main de quelqu'un d'autre, expliqua-t-elle.

— Ah oui ? demanda-t-il d'une voix traînante, maîtrisant les traits de son visage pour garder une expression neutre, bien qu'il ne puisse éviter le vertige qui s'empara soudain de lui en entendant cet aveu.

Il se demanda s'il ressentait toujours les effets de la veille ; même s'il avait modéré sa consommation d'alcool et de cheroots pour s'assurer de rester vaillant, il n'était allé se coucher qu'à l'aube, puis il avait passé une bonne partie de la journée à dormir. Mais il se rendit compte que cette sensation n'avait rien à voir ni avec sa soirée passée dans une pièce enfumée, ni avec le fait qu'il s'était couché très tard, mais tout à voir avec Miss Lisa Crisp. Puisqu'elle l'observait toujours en fronçant les sourcils, il lui dit doucement :

— J'aimerais que vous ne soyez jamais triste. Vous le savez, n'est-ce pas ?

Elle hocha la tête et son visage s'éclaircit. Elle parcourut rapidement la table du regard, constata que tous les autres convives étaient occupés et dit d'un ton enjoué :

— C'est peut-être le vin qui me rend triste, heureuse, les deux. J'en ai peut-être bu un peu trop, trop rapidement. Ce n'est pas pareil que de boire du thé, du café ou du jus de fruits, n'est-ce pas ?

— N'aviez-vous pas le droit de boire du vin à Gerrard Street ?

— Je n'avais pas l'occasion d'en boire. Je ne dînais jamais dans la salle à manger. Et j'imagine que les Warner ne voulaient pas que je boive du vin toute seule.

— Vous dîniez toute seule ?

Quand elle hocha la tête, il fronça à son tour les sourcils, mais comme elle, son expression s'apaisa rapidement. Il se réjouissait trop de lui tenir la main pour laisser la colère qu'il ressentait envers les Warner et la vie qu'elle menait chez eux gâcher leur soirée. Il se pencha sur le côté en récupérant son verre, espérant que ce geste dissimulerait son intention de se confier à elle, et lui dit en regardant de l'autre côté de la table, et non vers elle :

— Votre compagnie m'a manqué aujourd'hui.

Elle bougea ses doigts dans ceux d'Henri-Antoine, ce qui le poussa à se tourner vers elle. Elle sourit et lui avoua :

— Vous m'avez manqué aussi… J'espérais que vous seriez à Crecy pour le déjeuner.

— C'était mon intention. Mais je ne peux pas organiser mes journées comme je l'entends tant qu'il y a des invités pour le mariage. Elsie était déçue que je sois absent, mais votre présence a atténué sa déception. Elle vous apprécie.

— Je l'apprécie également. Et elle vous aime beaucoup. Vous êtes un frère dévoué.

— C'est ma sœur. Comment pourrais-je ne pas l'aimer ?

Lisa regarda Lady Mary et Charles Fitzstuart, en pleine conversation de l'autre côté de la table. Ils avaient rapproché leurs têtes pour regarder un portrait miniature dans un cadre en or. Trois portraits similaires étaient posés devant eux sur la table. Lisa supposa qu'il s'agissait de ses enfants, qu'il avait laissés en France avec leur mère. Elle se tourna vers Henri-Antoine en souriant.

— Je n'ai pas encore rencontré votre grand frère, mais j'imagine que vous êtes proches, vous aussi.

— En sentiment sinon en âge. Il a quinze ans de plus que moi et j'ai quinze ans de plus qu'Elsie. De bien des manières, nous avons grandi comme vous.

— Comme moi ?

— En tant qu'enfants uniques.

— Votre écart d'âge a permis à votre mère de se consacrer individuellement à la prime enfance de chacun de vous. Mais peu importe cet écart, vous serez toujours là les uns pour les autres.

— Je suis allé voir Elsie avant de venir ici ce soir pour m'excuser de ne pas être venu déjeuner. Elle était impatiente de me raconter votre bonne action.

— Ma bonne action ?

— Vous avez proposé vos services de scribe à Simone, sa nurse de nuit.

— Cela devait rester entre Simone, Elsie et moi-même.

— Ma sœur ne cache rien ni à ses parents, ni à ses frères.

Lisa inclina la tête en entendant cela.

— Je ne m'attendais pas vraiment à ce qu'elle garde le secret, mais j'aurais aimé qu'elle le fasse pour le bien de Simone. La pauvre est terrifiée à l'idée de perdre son poste dans le foyer de votre mère et d'être renvoyée en France…

— Pourquoi donc ? Parce qu'elle ne sait pas écrire ? Ma mère ne ferait jamais quelque chose d'aussi cruel pour cette seule raison. Simone devrait le savoir, comme tout le personnel de ma mère.

— Mais Simone sait l'importance que votre mère et le père d'Elsie attachent à l'éducation, en particulier celle de leur fille, qui deviendra un jour duchesse. Elle sait aussi qu'Elsie est entourée de personnes qui peuvent être bénéfiques pour son éducation. En tant que personne qui sait lire, mais qui ne sait pas écrire, elle se sent inadaptée.

— Ma mère et Kinross accordent beaucoup d'importance à l'éducation, c'est vrai, mais l'honnêteté, la loyauté et-et la sympathie sont des qualités tout aussi importantes pour eux. Quelle valeur a l'éducation d'une personne si cette personne ment, triche et a un cœur de pierre ? Mais n'ayez pas l'air aussi inquiète. Ma mère veillera à ce que Simone apprenne à écrire, ainsi elle pourra correspondre avec sa famille et elle se sentira plus à l'aise.

Il but une gorgée de vin et ajouta, incapable de cacher son sourire :

— Elsie a tout particulièrement aimé votre jolie écritoire. Merci de lui avoir montrée. Maintenant, elle en veut une aussi, et elle doit être tout aussi jolie et cacher tout autant de tiroirs secrets que celle de son amie Lisa.

— Elle en recevra peut-être une pour son neuvième anniversaire… ? Après tout, pourquoi n'en voudrait-elle pas une ? C'est la plus jolie écritoire de toute l'Angleterre et je la chérirai à jamais, car ce cadeau…

— C'était juste un petit quelque chose.

— … venait de vous, conclut-elle en serrant ses doigts plus fort que prévu ; il tressaillit de surprise, ce qui la fit glousser. Pardonnez-moi, mais il s'agit d'un cadeau, qui n'avait rien de *petit* !

— Ma chère Miss Crisp, je crois que vous m'avez abîmé les doigts, moi qui suis censé être lanceur au match de cricket…

— Vous lancez de la main gauche ? Teddy est gauchère, elle aussi.

— Je vois que vous vous inquiétez plus de savoir quelle est ma main dominante que du fait que vous m'avez fait des bleus sur les doigts.

— Balivernes ! répliqua-t-elle avec une moue. Vous avez des mains charmantes, mais vos doigts sont quand même bien plus forts que les miens, et donc…

— Des mains charmantes ? Aussi charmantes que ma bouche à croquer… ?

Lisa sentit son visage s'enflammer sous son regard inflexible, elle lui montra donc son profil, le menton relevé.

— Je n'encouragerai pas votre vanité, peu importe que vous soyez une épine ou non !

Loin de s'offusquer, il rit aux éclats avant de pouvoir s'en empêcher et siffla à son oreille :

— Sorcière ! Plus tôt je pourrai vous emmener à Bath, mieux ce sera !

Elle tourna la tête vers lui en entendant cela et ils se retrouvèrent tellement proches que leurs nez se touchaient presque. Ils se fixèrent en retenant leur souffle et elle murmura quelque chose qui le dérouta et éveilla sa curiosité :

— À Bath, je suis impatiente de…

— Harry ? Harry !

C'était Jack qui l'appelait et il n'était pas le seul autour de la table à regarder Henri-Antoine et Lisa en attendant d'avoir leur attention. On avait servi et débarrassé le dessert et on avait tout enlevé sur la table à l'exception de la cafetière et des tasses sur leurs soucoupes. En entendant Jack, ils s'éloignèrent brusquement l'un de l'autre et leurs doigts se séparèrent, mais ils gardèrent tous les deux la main sous la table, comme si les montrer soudain serait un signe révélateur que jusque-là, ils se tenaient la main en cachette.

— Oncle Bryce dit que vous avez une annonce à faire, déclara Jack en adressant un sourire penaud au couple. Autant la faire maintenant, car après le café, nous retournerons tous dans le salon. Apparemment, il y aura de la danse et je devrai m'entraîner à danser le menuet…

— Pour le bal, l'interrompit Teddy. Grand-mère Kate et père se sont portés volontaires pour nous servir d'orchestre. En revanche, je pense – et mère est de mon avis – qu'il vaudrait mieux que je danse d'abord un menuet avec père, pour que Jack voie comment il faut faire.

— Ah oui ? Suis-je un si mauvais danseur ? s'enquit Jack, indigné.

Henri-Antoine recula sa chaise et se leva.

— Oui, Jack. Vous avez deux pieds gauches. Mr. Bryce pourrait vous donner quelques conseils.

— Merci ! Merci *beaucoup* ! s'exclama Jack sans animosité, mais d'un air tellement offensé qu'il fit rire tout le monde.

— Qu'avez-vous là, Harry ? s'enquit Teddy, intriguée, quand Henri-Antoine souleva le large paquet enroulé dans du tissu qu'un de ses acolytes avait apporté plus tôt dans la pièce et le posa sur une chaise, face à la table. S'agit-il d'une autre surprise ?

— Oui. C'est une autre surprise. (Tous oublièrent instantanément les deux pieds gauches de Jack.) Mais c'est une petite surprise. Rien ne peut égaler l'apparition de mon cousin Charles.

— C'est très vrai, approuva Teddy en se penchant pour embrasser rapidement la joue de son oncle. Rien ne pourra plus jamais nous surprendre autant, oncle Charles. N'est-ce pas, mère ?

Lady Mary sourit et secoua la tête.

— Non. Rien, ma chérie… Mais j'ai de la peine pour le pauvre Harry…

— Oh, ne vous inquiétez pas pour le *pauvre* Harry ! railla Jack. Apparemment, c'est *moi* qui ne sais pas danser !

Tous éclatèrent de rire, ce qui détendit considérablement l'atmosphère, puis l'attention générale se tourna derechef vers le paquet emballé. Henri-Antoine regarda Teddy.

— C'est pour vous deux, mais surtout pour vous, Teddy. Et je suis sûr que Jack va vous laisser l'honneur de le déballer.

Teddy et Jack se regardèrent, puis se tournèrent derechef vers Henri-Antoine. Teddy exprima ce que Jack pensait également :

— Mais vous avez déjà été trop généreux, Harry. À tel point que

Jack et moi ne pourrons jamais vous remercier assez de tout ce que vous avez fait pour nous. Assurément, ce cadeau est de trop.

— Ce n'est qu'un petit quelque chose…

— Sa Seigneurie n'offre que de petits quelque chose, jamais de cadeaux, lança malicieusement Lisa.

Ce fut seulement après avoir parlé, quand un lourd silence s'installa et que tous les yeux se posèrent sur elle, surpris, que Lisa comprit qu'elle avait exprimé sa taquinerie à voix haute. Elle qui ne voulait pas attirer l'attention et rester en retrait, comme le lui avaient demandé ses cousines. Que penserait Henri-Antoine de son audace ? Qu'en penserait la famille de Teddy ? Elle n'osait pas regarder son voisin. Mortifiée, les joues en feu, elle baissa les yeux vers ses mains posées sur ses genoux.

— C'est tout à fait vrai, Miss Crisp, approuva gaiement Jack, rompant le silence.

Dans l'espoir de la remettre à l'aise et de donner l'impression que cet emportement était banal, il ajouta avec un grand sourire en regardant son meilleur ami :

— Que vous les appeliez « petits quelque chose » ou « cadeaux », vous avez toujours été un homme on ne peut plus loyal et généreux, Harry. Je lève ma tasse en votre honneur.

Henri-Antoine s'inclina légèrement.

— Vous devriez peut-être attendre de voir ce qui se trouve sous le tissu. Mais avant que vous ne l'ouvriez, j'ai une requête. Vous devez l'accrocher dans la maison de ville de Mount Street. (Il se tourna vers Teddy qui était venue se placer près de lui.) Ce n'est pas pour vous donner le mal du pays, Teddy, mais pour que vous vous y sentiez plus chez vous.

Tous se penchèrent vers l'avant sur leurs chaises quand Teddy, avec l'aide d'Henri-Antoine, dénoua délicatement la corde et fit glisser l'emballage en velours. Elle révéla un tableau dans un épais cadre doré. Il s'agissait d'un paysage, une scène matinale ; une utilisation spectaculaire du contraste entre la lumière et l'obscurité avait saisi l'éclat de l'aube. La lumière d'un début de printemps passait entre les feuilles des arbres et éclairait les collines ondoyantes de la campagne des Cotswolds, attirant le regard sur un manoir élisabéthain en pierres jaunes régionales qui semblait rayonner.

Grand-mère Kate, en grommelant, demanda qu'on lui décrive ce que peu de personnes autour de la table ne reconnaissaient pas :

— Est-ce que quelqu'un pourrait dire à cette vieille dame aveugle ce que nous avons sous les yeux ?

Christopher lui présenta rapidement ses excuses et lui décrivit le tableau à voix basse tandis que Teddy, se remettant du choc qu'elle avait d'abord ressenti en découvrant la plus belle œuvre d'art qu'elle avait jamais vue, se jetait au cou d'Henri-Antoine. Jack se leva de sa chaise et en fit autant. Ils se posaient tous les deux tellement de questions, comme tous les convives attablés, qu'on encouragea Henri-Antoine à leur raconter l'histoire de ce tableau. Teddy regarda son beau-père, sa mère et enfin Henri-Antoine avant de dire avec un rire entendu :

— Ah ! Ce gentleman qu'on m'a présenté comme un arpenteur qui venait vérifier les limites du terrain et travailler pour vous à Brycecomb Hall n'était pas du tout un arpenteur, n'est-ce pas ?

Christopher esquissa un sourire en jetant un coup d'œil à Lady Mary.

— Non, en effet. Je me disais que peut-être vous finiriez par vous demander pourquoi un arpenteur portait un flamboyant chapeau en feutre noir, se déplaçait avec son carnet de croquis et sans son odomètre. Dans mes souvenirs, vous avez été assez impolie avec lui quand il a installé son chevalet et sa peinture.

— Il ne voulait pas me montrer ce qu'il faisait, répliqua Teddy avec une moue avant de regarder Henri-Antoine. Est-ce vous qui avez envoyé ce type au chapeau noir peindre Abbeywood ?

— C'est moi qui ai engagé Joseph Wright, oui, lui dit Henri-Antoine.

— Bonté… divine ! s'exclama Jack. Joseph Wright of Derby était à Abbeywood ? C'est trop. Beaucoup, beaucoup trop, Harry, marmonna-t-il en secouant la tête, les yeux toujours rivés sur le tableau.

— C'est fait, à présent. Et le résultat est plutôt satisfaisant, répondit Henri-Antoine, les pointes de couleur sur ses joues étant les seuls signes révélateurs de sa gêne face à une réaction aussi expansive à son cadeau. Et Jack a trouvé un endroit parfait où l'accrocher, Teddy. Dans la salle du petit déjeuner, où vous pourrez le voir dès le réveil. La palette de couleurs est parfaitement assortie aux rideaux et au papier peint choisis par Jack.

— Ah oui ? C'est vrai ? Je les ai choisis ?

Quand toute la famille se mit à rire, bien consciente qu'Harry avait très certainement plus participé que Jack à la décoration de la maison de ville de Mount Street, il fanfaronna :

— Oui ! Oui ! L'endroit parfait ! L'endroit parfait pour cette merveilleuse création.

Il se pencha vers son meilleur ami et lui dit tout bas :

— Maintenant, je sais pourquoi vous m'avez demandé de laisser de la place au-dessus du buffet…

Teddy n'entendit pas cet aparté, car elle s'était rapprochée de Lisa.

Elle l'aida à se lever de sa chaise et la mena avec elle devant le tableau, une main autour de sa taille pour qu'elle reste près d'elle.

Tous les membres de la famille suivirent son exemple et tous, à l'exception de Lady Fittleworth qui préféra rester en retrait avec grand-mère Kate et lui faire le commentaire de la scène en buvant son thé, formaient à présent un demi-cercle devant la peinture qu'ils admiraient.

— Que pensez-vous de notre tableau, Lisa ? s'enquit Teddy.

Lisa observa le paysage peint à l'huile.

— Il est magnifique, Teddy. Mr. Wright est un peintre très talentueux. Je comprends mieux, en voyant ce tableau, pourquoi vous aimez autant Abbeywood. C'est un endroit tout aussi magique que Treat, mais d'une manière différente – un endroit indompté, qui est resté comme Dieu l'a créé.

— Bien dit, Miss Crisp, approuva Christopher Bryce. C'est tout à fait vrai.

Teddy haussa les sourcils et sourit à Lisa, un sourire que cette dernière connaissait bien depuis leurs années d'école et qui indiquait qu'elle était sur le point de dire ou de faire quelque chose d'extravagant. Lisa, sur le qui-vive, sentit son sourire s'élargir d'anticipation.

— Ce Joseph Wright of Derby est-il un peintre renommé ? demanda Teddy en feignant l'émerveillement. Je vois bien qu'il maîtrise superbement son art, mais j'adore Abbeywood, tout ce qui touche à Abbeywood est donc merveilleux à mes yeux et je suis la première à admettre que je n'y connais rien en peinture, je ne suis donc pas la mieux placée pour juger de la qualité de ce tableau, n'est-ce pas ?

— Un peintre renommé ? répéta Jack d'une voix presque stridente. Theodora ! Cet homme a exposé ses œuvres à la Royal Academy ! Il a peint les tableaux *Philosophe faisant un exposé sur le planétaire*, *Une expérience sur un oiseau dans la pompe à air* et…

— Celui-ci a l'air effroyable, commenta Teddy en frissonnant.

— À mon avis, ajouta Jack, ravi de ce sujet de conversation, il n'existe actuellement pas de meilleur représentant du clair-obscur ! N'êtes-vous pas de cet avis, Harry ?

— Si, Jack.

— Clair… *obscur*, Jack ? s'enquit Teddy en lançant un nouveau regard en coin malicieux à Lisa. Que peut donc bien être le clair-obscur ?

— C'est un terme de peinture qui désigne une technique d'utilisation par l'artiste de la lumière et de l'obscurité pour mettre l'accent sur le sujet de son œuvre, expliqua Jack sérieusement.

Visiblement il était le seul à ne pas s'être rendu compte que Teddy le taquinait. Même grand-mère Kate avait entendu l'intonation dans la voix de Teddy qui trahissait son côté taquin.

— Si vous regardez par ici, continua-t-il, la façon dont il a réussi à saisir le contraste entre l'ombre et la lumière sur les pierres…

— Bigre, Sir John Cavendish, l'interrompit Teddy. Je suis très impressionnée. Toutes ces années passées à l'étranger vous ont servi à quelque chose, finalement. Vous avez bel et bien médité devant des tableaux, moi qui pensais tout ce temps que vous…

— Teddy ! l'interrompit sa mère d'une voix stridente.

— Quoi ? Que pensiez-vous ? s'enquit Jack, son visage s'enflammant face au sourire de plus en plus large de Teddy. Qu'avez-vous écrit dans les lettres que vous avez envoyées chez vous ? demanda-t-il à Harry.

— Mon cher ami, commença Henri-Antoine d'une voix traînante, l'air offensé malgré le tressautement de sa lèvre supérieure, je n'ai aucune idée de ce que vous ou Teddy voulez dire.

Teddy et Lisa partirent en fou-rire en voyant le visage rouge d'embarras de Jack, puis elles s'étreignirent. Elles ne pouvaient pas s'en empêcher. Mais cela ne dérangeait personne. Au contraire, tous avaient le sourire aux lèvres face au bonheur de ces deux amies. Les filles se calmèrent rapidement et se séchèrent les yeux.

Christopher Bryce suggéra qu'ils se retirent tous dans le salon, où les meubles avaient été poussés contre les murs et où le tapis avait été roulé pour permettre aux invités de danser.

Teddy attrapa la main de Jack.

— Faisons notre annonce maintenant, à elle et à tous les autres, avant de danser.

Jack hocha la tête en souriant.

— Si c'est ce que vous souhaitez.

— Jack et moi avons une dernière surprise pour vous, déclara Teddy.

Elle attendit que le silence se fasse et que sa famille se tourne vers elle, puis elle attrapa la main de Lisa et l'attira près d'elle. Elle passa son bras dans celui de Jack et après avoir relevé les yeux vers lui avec un sourire, elle annonça, coincée entre son futur mari et sa meilleure amie :

— Jack et moi avons pris cette décision ensemble et nous voulons que vous l'acceptiez tous. Nous espérons sincèrement que cela ne surprendra personne et qu'après avoir bien réfléchi à notre décision, vous comprendrez qu'il s'agit de la meilleure issue pour nous tous.

Elle sourit à Lisa et s'adressa de nouveau à sa famille :

— Jack et moi avons décidé de commencer notre vie conjugale en la partageant avec quelqu'un d'autre, ma sœur à tous les égards, sauf par le sang. Lisa va venir vivre avec nous, faire partie de notre vie et partager tout ce que nous ferons. Elle ne vivra pas avec nous en qualité de dame de compagnie, de domestique ou de personne à charge, mais elle fera partie de notre famille. (Elle se tourna vers Jack et l'embrassa impulsivement sur la joue.) De tous les cadeaux de mariage que Jack aurait pu me faire, c'était celui que je voulais le plus. Nous espérons que vous le verrez ainsi, vous aussi.

DIX-NEUF

Il faisait un temps radieux ce jour-là. Aucun nuage n'était visible dans le ciel. L'air était frais. Une légère brise agitait la cime des arbres. Des cygnes glissaient à la surface du lac. Les enfants, hilares, couraient et jouaient sur les douces pentes de la pelouse, surveillés par leurs nurses et autres domestiques, tandis que leurs parents restaient assis à l'ombre des chapiteaux. Les domestiques qui n'avaient pas tiré la courte paille pour s'occuper de leurs maîtres avaient le loisir de savourer un pique-nique sous leur propre chapiteau. Tout le monde était concentré sur le match de cricket en cours sur la pelouse sud. L'équipe du duc, dont son fils héritier était capitaine et qui était composée de membres de la famille et du personnel, était éparpillée sur le terrain tandis que l'équipe des gentlemen, menée par Lord Strathsay et composée de nobles invités, avait été désignée première à la batte à pile ou face.

Quand on annonça que le déjeuner était servi, les meilleurs batteurs de l'équipe des gentlemen, Jamie Fitzstuart-Banks et Bully Knatchbull venaient de totaliser cinquante courses. Les deux équipes quittèrent le terrain sous un tonnerre d'applaudissements et se joignirent aux spectateurs pour un festin bien mérité et pour profiter d'un instant de répit bienvenu à l'ombre.

Lisa et Teddy, installées sous le chapiteau le plus proche du terrain, furent rapidement rejointes par les membres de l'équipe des gentlemen – Lord Westby, Bully Knatchbull, Jamie Fitzstuart-Banks et plusieurs autres de leurs équipiers. Les deux amies d'école de Teddy, Vi et Meg, firent irruption et redoublèrent d'efforts pour monopoliser l'attention des gentilshommes qu'elles considéraient comme dignes de leur intérêt. L'absence de Jack et Henri-Antoine de ce groupe était notable ; même s'ils faisaient partie de l'équipe adverse, Teddy pensait que son fiancé viendrait la trouver et Lisa avait espéré qu'Henri-Antoine en ferait autant avec elle, car elle n'avait pas eu l'occasion de lui parler depuis l'annonce choquante de Teddy à sa famille la veille au soir.

Lisa avait été profondément stupéfaite. Elle n'avait pas trouvé les mots face à la générosité de Teddy et Jack, face à la réaction de leur famille, qui avait volontiers accepté qu'elle fasse partie de leur vie, mais surtout, elle n'avait absolument pas su quoi dire à Henri-Antoine. Elle n'avait même pas eu le temps de se tourner vers lui ; tous s'étaient avancés vers elle pour l'accueillir au sein de la famille et il avait disparu dans la nuit.

Elle ne se rappelait pas avoir dansé ni avec Mr. Bryce ni avec Jack, ce qu'elle avait pourtant fait. Elle avait également dansé avec l'oncle Charles de Teddy. Les rires et la musique à foison avaient reflété l'immense bonheur de tous.

Plus tard ce soir-là, alors qu'elle et Teddy étaient sur le point de s'endormir, blotties dans le lit de Teddy, son amie avait exprimé tant d'enthousiasme pour un avenir qui incluait à présent Lisa dans tous les domaines que cette dernière n'avait pas eu à cœur de doucher son exaltation. Incapable de prédire ce que lui réservait l'avenir, elle s'était retrouvée dans un état d'immense agitation émotionnelle.

On l'avait mise dans une situation délicate et elle ne savait ni quoi faire ni quoi dire, car tout ce qu'elle pourrait faire ou dire serait assurément mal interprété.

Elle avait espéré qu'une bonne nuit de sommeil lui apporterait plus de clarté, l'aiderait à être rationnelle et à élaborer un plan. Mais le lendemain matin ne lui avait apporté ni clarté ni soulagement et elle avait rapidement été emportée dans le sillage du bonheur de Teddy. Elle ne pouvait pour l'heure que se taire et se joindre à elle en espérant qu'une réponse se présenterait après la cérémonie de mariage, car pour rien au monde elle ne gâcherait le grand jour de Teddy et Jack. Résolue, elle faisait de son mieux pour s'impliquer et pour ne surtout pas oublier où elle se trouvait et avec qui. Le ciel était dégagé, la vue sur la maison palladienne monolithique qui servait de toile de fond à cette journée estivale et idyllique avait quelque chose de magique et, tout bien considéré, elle ne s'était jamais sentie plus jolie que dans sa nouvelle robe à fleurs, ni plus heureuse qu'entourée de ces gens qui tenaient à elle.

Elle venait de donner son assiette à un valet de pied et d'accepter un gobelet de punch glacé quand un grand jeune homme au large torse et aux boucles noir charbon qui retombaient autour de son beau visage anguleux la tira de ses rêveries. Elle avait l'impression de l'avoir déjà vu quelque part… Elle sursauta. Elle savait de qui il s'agissait, et même si on lui avait indiqué qui il était lorsqu'il était en position de batteur au milieu du terrain, ce n'était que maintenant qu'il se tenait devant elle qu'elle reconnaissait enfin l'ami qu'elle s'était fait pendant sa scolarité à Chelsea. Elle était très heureuse de le voir.

— Mr. Banks ! J'ai failli ne pas vous reconnaître. Les garçons deviennent des hommes tellement rapidement !

Jamie Fitzstuart-Banks sourit, s'empourpra et s'inclina légèrement devant elle.

— Tout le plaisir est pour moi, Miss Crisp. Vous n'avez pas changé d'un pouce.

— Oh, Seigneur ! s'exclama Lisa en riant. Devrais-je m'inquiéter ? demanda-t-elle d'un ton taquin.

— J'ai toujours trouvé que vous étiez la plus jolie fille à jamais avoir franchi le portail de Blacklands, déclara-t-il. Plus important encore à mes yeux, vous étiez la plus intelligente de toutes.

Fidèle à lui-même, il était franc et ni ses mots ni son attitude ne suggéraient le moindre soupçon de séduction. Il l'appréciait pour ce qu'elle était et ne l'avait jamais définie par son genre. Elle était simplement quelqu'un à qui il pouvait parler de ses centres d'intérêt, et c'était peut-être pour cette raison qu'elle s'était toujours sentie à l'aise en sa compagnie.

— Voudriez-vous aller vous promener, Miss Crisp ?

Elle se dit qu'une promenade avec lui ne causerait de tort à personne, maintenant que le déjeuner était terminé et que Teddy était en pleine conversation avec les Horribles et quelques autres invités que Lisa n'avait pas encore rencontrés. Par ailleurs, elle voulait tout savoir de sa vie depuis Chelsea et ils ne pourraient pas discuter librement si Vi et Meg étaient à portée de voix.

— J'aimerais beaucoup. Laissez-moi juste récupérer mon chapeau.

Ils sortirent de sous le chapiteau sans un mot et sans un regard pour les autres jeunes gens rassemblés à l'ombre. Lisa noua les rubans en soie de son chapeau de paille à large bord en un nœud sur sa nuque, près de ses tresses torsadées. Elle tenait son gobelet de punch contre son corsage et Jamie marchait près d'elle avec les mains jointes dans le dos, les manches de sa chemise retroussées jusqu'aux coudes et son gilet déboutonné et grand ouvert, car il ressentait encore les effets de la chaleur estivale après son passage à la batte.

Ils commencèrent à faire le tour du terrain de cricket et rapidement, ils furent tellement absorbés par leur conversation, se remémorant leurs années d'école et les fois où ils se rendaient à la boutique de brioches de Chelsea, qu'aucun d'eux ne remarqua à quel point ils s'étaient éloignés du chapiteau, ni que le match allait bientôt reprendre et que Jamie allait devoir retourner sur le terrain pour retrouver sa position de batteur avec Bully Knatchbull. Ils ne remarquèrent pas non plus l'attention qu'ils attiraient, non seulement sous le chapiteau où leurs amis communs comméraient entre eux, mais aussi chez les membres plus importants de la famille Roxton. L'un d'eux en particulier, dont le silence soucieux n'avait rien de nouveau pour sa famille, se préoccupait de Miss Lisa Crisp, une attitude que son frère et sa mère, mais également son meilleur ami, surveillaient attentivement.

— JE DOIS AVOUER, COMMENÇA JAMIE AVEC UN SOURIRE TIMIDE, que quand Teddy m'a écrit pour me dire que vous aviez été retrouvée, j'ai été fou de joie autant pour vous deux que pour moi-même. Vous étiez partie sans me dire au revoir. D'ailleurs, votre disparition de Blacklands a été tellement totale que c'était comme si vous n'aviez jamais été là.

— Je suis désolée de ne pas avoir pu vous dire adieu, répondit Lisa, contrite. On ne m'avait pas donné l'autorisation de vous laisser une lettre. J'ai envisagé de vous écrire chez les Banks. Je savais que votre famille vous transmettrait une lettre de ma part, mais… j'ai pensé qu'il valait mieux pour vous que je coupe les ponts.

Il s'arrêta à l'ombre d'un bosquet et baissa les yeux vers elle. Ne pouvant voir son visage, il plia les genoux pour regarder sous le rebord de son chapeau.

— Mais… Miss Crisp…

— Lisa. Et je vous ai toujours appelé Jamie quand nous étions des écoliers. Cela n'a pas à changer maintenant que nous sommes plus vieux, si ?

— Non, bien sûr. Lisa. Pourquoi avez-vous estimé que couper les ponts serait la meilleure solution pour moi ? Nous étions de bons amis. Non ! Nous étions les meilleurs des amis. Je n'en ai jamais eu d'autres comme vous. À l'exception de ma mère, qui m'écoute comme seules les mères savent écouter, vous étiez la seule autre personne qui m'encourageait dans mon rêve de devenir médecin. Avez-vous pensé que votre renvoi de Blacklands changerait quoi que ce soit à notre amitié ?

Elle secoua la tête et leva le menton pour qu'il puisse toujours voir son visage en se redressant.

— Non. Mais je savais que si vous découvriez la raison de mon renvoi, vous auriez tenté quelque chose de chevaleresque, ce qui aurait été idiot. Je ne pouvais pas vous laisser compromettre votre éducation.

Vous êtes, de loin, le garçon – pardonnez-moi, le *jeune homme* – le plus intelligent que je connaisse. Et vous devez réaliser votre rêve de devenir médecin. Dites-moi : vous avez obtenu votre diplôme après votre apprentissage au jardin botanique, n'est-ce pas ?

Il sourit.

— Oui. Et mes efforts ont été récompensés, poursuivit-il, son sourire s'élargissant. Je sais que vous comprendrez ce que cela implique… J'ai reçu la médaille Hans Sloane.

— Oh, Jamie ! C'est une merveilleuse nouvelle ! Vraiment merveilleuse. (Elle posa son gobelet à ses pieds, frappa dans ses mains et serra impulsivement le bras de son ami.) Je suis tellement fière de vous !

Il attrapa sa main et la tint un instant.

— Je savais que vous vous réjouiriez pour moi. Merci.

— Vos parents doivent être très fiers, eux aussi.

— Oui. Je crois que je suis le premier dans la famille de ma mère à être diplômé. Quant à mon père… Sa Seigneurie a ri aux éclats. Pas de façon dénigrante, car il m'a toujours soutenu dans mes entreprises scientifiques, mais parce que comme il le dit, lui aurait reçu une médaille s'il avait réussi à se tenir tranquille dans une salle de classe pendant plus de cinq minutes.

— Et votre beau-père, le botaniste ? Il doit se réjouir d'avoir un autre scientifique dans la famille.

— Oui. Deux de mes frères ont suivi mon exemple et sont aujourd'hui apprentis au jardin botanique. Mais la personne qui a montré autant d'enthousiasme que vous, c'est ma belle-mère…

— Lady Strathsay ?

Jamie hocha la tête.

— Vous souvenez-vous quand je vous avais dit qu'elle cultivait des ananas ? Je pense qu'elle espérait secrètement que je poursuivrais mes études en botanique et que je m'occuperais de sa serre.

— Ne serait-ce que pour être plus proche de votre père et mieux connaître vos demi-frères et demi-sœurs, peut-être ?

Jamie sembla y réfléchir.

— Je n'y avais pas pensé… Il y a peut-être une part de vérité là-dedans…

— Et maintenant que vous avez terminé votre apprentissage, j'ai entendu dire que vous aviez l'intention de poursuivre vos études en médecine ?

— Mon objectif reste le même. Et j'ai le plaisir de vous annoncer que j'ai été accepté à la faculté de médecine de l'université de Glasgow. Je pars dans le nord à l'automne.

— Je suis très heureuse pour vous. Je sais à quel point vous en rêviez. J'espère que votre famille a fini par accepter votre vocation et vous soutient ?

— Oui. Et même si père était un héros militaire, il ne veut surtout pas que ses fils partent à l'armée. Mais je ne suis pas convaincu qu'il considère la médecine comme la vocation idéale pour le fils d'un noble, en dépit de mes origines troubles. Il aurait préféré que je travaille dans le droit, pour l'Église, ou même pour le ministère des Affaires étrangères. Par ailleurs, il lui aurait sans doute suffi d'un mot pour me faire entrer n'importe où. Mais il ne s'oppose pas à mon choix et il a accepté de financer mes études.

— Je suis contente pour vous, lui assura Lisa. Il y a tant de travail dans toutes les branches de la médecine, il ne faudrait pas gâcher votre esprit scientifique dans un autre domaine de connaissance, ajouta-t-elle sérieusement, prenant le sujet à cœur. Et j'espère qu'avec un fils qui étudie la médecine, Lord Strathsay s'intéressera plus amplement aux sciences médicales, de même que vos proches dans la famille Roxton. De grandes choses pourraient être accomplies si seulement les personnes de pouvoir et d'influence, celles qui ont les moyens, décidaient de parrainer tous ces projets médicaux si louables.

— Bien dit, Miss… Lisa ! Aider les moins fortunés que nous vous a toujours tenu à cœur.

— Oh, pardonnez-moi, je ne voulais pas vous sermonner, s'excusa Lisa avec un rire léger. Je suppose que c'est parce que je sais d'expérience ce que c'est de se priver de certaines choses. Et j'ai personnellement entendu parler des fonds pitoyables accordés à la recherche médicale lors des discours matinaux du Dr Warner.

— Quand Teddy m'a confié que vous apportiez votre aide au dispensaire Warner pour les malades démunis, j'avoue que je n'ai pas été surpris. Entre votre préoccupation pour les difficultés que subissent les pauvres et votre intérêt pour la vocation que j'ai choisi de poursuivre, j'ai souvent souhaité que vous puissiez étudier à la faculté de médecine avec moi.

— Vous ferez un bien meilleur médecin que je ne l'aurais été. Comme je le disais à Teddy, je ne pourrais pas supporter les dissections, tandis que si mes souvenirs sont bons, vous m'aviez raconté avec beaucoup d'enthousiasme que vous aviez étudié les organes internes d'une vache que votre grand-père venait d'abattre…

— Ah ! Oui ! C'était un mouton. Votre visage était tout vert, mais vous aviez fait l'effort de rester intéressée. Je devais être ennuyeux à mourir par moments.

— Jamais. Mais j'aurais pu me passer de votre description de l'acte. Vous m'avez dit que vous aviez tiré sur ses entrailles alors qu'elles étaient encore chaudes avant d'explorer le contenu de son estomac.

Ils se mirent à rire et Jamie, heureux de retrouver la franche camaraderie qui lui avait manqué depuis leurs années d'école et parce qu'il l'avait toujours vue comme une sœur, lui avoua :

— Vous pouvez déplorer le fait que nos supérieurs sociaux ne parrainent pas suffisamment les sciences médicales, mais vous devriez vous réjouir d'apprendre que certains membres de ma noble famille montrent déjà un certain intérêt pour les avancées dans ce domaine. On m'a fait promettre de garder le secret, mais je vais le trahir auprès de vous, car je sais à quel point cela aura de l'importance à vos yeux. Lors de mon inscription pour mes études médicales, on m'a offert un poste d'administrateur à la fondation Fournier, une fondation qui…

— … alloue des fonds aux médecins qui s'occupent des malades démunis et aux écoles d'anatomie. Oui, je connais bien le travail de cette fondation. Le Dr Warner a fait une demande pour obtenir ces fonds et j'ai eu l'occasion de rencontrer certains des administrateurs.

— Dans ce cas, vous devez savoir que la fondation est entièrement financée par le frère du duc de Roxton…

— Lord Henri-Antoine ? l'interrompit Lisa en espérant que sa voix n'avait pas trahi sa surprise. J'avais des doutes… mais je ne savais pas que seule sa fortune assurait le fonctionnement de la fondation.

— Sa Seigneurie a reçu un héritage colossal de la part de son père. Certains disent que c'est parce qu'il savait que son fils ne pourrait jamais se lancer dans l'une des carrières habituellement choisies par les fils cadets, à cause de son affection. Êtes-vous au courant… ?

— Oui.

— Bien. En tant qu'amie de Teddy, je me disais que vous deviez le savoir. C'est le secret de polichinelle de la famille. Tout le monde est au courant, mais personne n'en parle. Je me souviens, étant petit, avoir demandé pourquoi Sa Seigneurie était suivie partout par deux monstres aux airs de Goliath, et pourquoi personne d'autre ne semblait remarquer qu'ils rôdaient constamment dans l'ombre. Je pensais que j'hallucinais ! Père m'a tout expliqué.

— Et Sa Seigneurie s'est confiée à vous à propos de son rôle dans la fondation Fournier… ?

— Oui. Récemment seulement, quand il a appris que je partais à Glasgow. J'imagine qu'il voulait s'assurer que j'avais sérieusement envie de poursuivre une carrière dans le milieu médical.

— Je suis ravie qu'il ait fait cela. Avoir un étudiant au conseil d'administration est une excellente idée. Quel meilleur moyen pour les administrateurs de connaître les difficultés que traversent les étudiants en médecine qu'en les entendant de la bouche d'un étudiant en personne ?

— C'est drôle, c'est exactement ce qu'il… ce que Lord Henri-Antoine a dit ! Il a eu l'idée d'accorder des bourses aux étudiants en médecine les plus prometteurs rencontrant des difficultés à payer leur formation. À la fin de leurs études, ils s'engageraient auprès d'un dispensaire ou d'un hôpital pendant plusieurs années afin de repayer la fondation pour son aide financière. Je connais moi-même quelques étudiants pour qui ce système serait vraiment bénéfique.

Lisa sourit, hocha la tête, et fut soudain inexplicablement émue d'apprendre qu'Henri-Antoine avait mis en place un tel programme.

— C'est… Il s'agit vraiment d'une utilisation très louable de l'argent de la fondation… Je suis… je suis vraiment heureuse d'en entendre parler. J'espère… j'espère qu'il trouvera les fonds nécessaires à la mise en place de telles bourses…

— Oh, ne vous inquiétez pas à ce sujet ! dit Jamie avec un large sourire. Les intérêts des capitaux investis, à eux seuls, rapportent plus de deux mille livres par an à la fondation. Et c'est sans compter les intérêts sur les capitaux dans lesquels il peut lui-même puiser pour vivre. Je pense que Lord Henri-Antoine pourra bien faire ce qu'il veut sans aucune difficulté, pas vous ?

Lisa écarquilla les yeux. Elle réussissait à peine à concevoir une quantité d'intérêts aussi ahurissante, elle était donc incapable de calculer le capital investi, et n'en avait d'ailleurs pas vraiment envie. Elle avait deviné qu'Henri-Antoine était fortuné, mais elle ne savait pas à quel point. D'une certaine manière, il semblait impoli de s'attarder sur de tels éléments, qui avaient quelque chose de trop personnel. Cependant, elle se demandait comment Jamie avait bien pu obtenir ces chiffres, ce qu'il lui révéla sans qu'elle ait à lui poser la question.

— Bonté divine ! marmonna-t-elle. Je n'en avais aucune idée…

— Peu de gens le savent. Ce n'est pas de lui que je l'ai appris. Pourquoi me dirait-il une telle chose ? J'ai surpris mon père et Sa Grâce en pleine discussion à propos de la fondation et bien sûr, mes oreilles se sont dressées. Je sais que vous ne trahiriez jamais un secret…

— Jamais… dit-elle en relevant les yeux vers lui. Je pense qu'il vaut mieux que vous ne disiez à personne que nous avons discuté de la fondation, ou que vous savez quoi que ce soit des finances personnelles de Lord Henri-Antoine. Pour son bien autant que le vôtre…

Il s'inclina légèrement devant elle.

— Vous avez ma parole.

Elle hocha la tête en souriant.

— Nous devrions peut-être y retourner… ? N'allez-vous pas bientôt être appelé pour reprendre la partie ?

— Oui ! Oui ! Nous devons y retourner ! J'avais complètement oublié le match.

Il ramassa le gobelet vide et le garda en main pour qu'elle n'ait pas à le porter. Ils firent demi-tour et commencèrent à revenir sur leurs pas. Jamie resta à droite de Lisa pour la protéger du soleil.

— Vous ne pouvez pas savoir combien de fois je me suis rendu à la boutique de brioches en souhaitant vous y trouver, avoua-t-il. Je me disais que vous pourriez apparaître par un heureux hasard. J'ai acheté un nombre incalculable de brioches dans l'espoir de…

— J'ai moi aussi souhaité me rendre à la boutique de Chelsea à de nombreuses reprises, uniquement pour voir si vous y étiez. Mais, vous devez me croire, il valait mieux que je garde mes distances.

Ils continuèrent à marcher dans un silence agréable et alors qu'ils n'étaient qu'à quelques mètres de l'ombre du chapiteau, Jamie se plaça face à Lisa, le dos tourné au petit groupe de personnes qui les observaient attentivement.

— Je me demandais si vous me feriez l'honneur de m'autoriser à vous écrire de Glasgow.

— Cela me ferait très plaisir.

— Vous ne comptez pas me dire ce qu'il s'est passé pour que vous soyez obligée de quitter Blacklands, si ?

Lisa dénoua les rubans de son chapeau de paille, l'enleva et lui dit en lui adressant un sourire et en secouant la tête :

— Cela n'a aucune importance. Ce qui compte, c'est que nous nous soyons retrouvés et que nous puissions poursuivre notre amitié.

— Hé ! Banks !

Bully Knatchbull était sorti de l'ombre du chapiteau avec une batte de cricket sous chaque bras. Il salua Lisa d'une révérence rapide et tendit vivement l'une des battes à Jamie.

— Venez ! Le match nous attend et notre capitaine a un mot à nous dire…

Plusieurs invitées, dont Violet Knatchbull et Meg Medway, suivirent les joueurs jusqu'au bord du terrain, où on se préparait à reprendre la partie, juste devant le chapiteau sous lequel étaient installés les membres les plus éminents de la famille Roxton. Tandis qu'elles agitaient leur éventail sous le soleil estival et discutaient entre elles en feignant un désintérêt total pour le match, elles lançaient, de sous leur chapeau de paille, des regards en coin admiratifs aux deux équipes, proches l'une de l'autre. Les nombreux corps virils apparaissaient sous leur meilleur jour dans des hauts-de-chausses tricotés et des chemises sans jabot aux manches retroussées jusqu'aux coudes, laissant entrevoir beaucoup de peau et accélérant le rythme des éventails.

Bully Knatchbull et Jamie Fitzstuart-Banks étaient en pleine conversation avec Lord Strathsay tandis que Jack, qui avait la balle, discutait avec son capitaine, Freddy, Lord Alston. Vi et Meg jetèrent donc leur dévolu sur Lord Westby et Henri-Antoine, qui se préparaient à l'écart du groupe. Lord Westby les encouragea à approcher, non parce qu'il était intéressé à l'idée de badiner avec l'une d'entre elles, mais parce qu'il comptait bien se servir d'elles pour prendre sa revanche sur Lord Henri-Antoine. Il attendait cette opportunité depuis très longtemps et il était certain qu'il avait à présent les moyens de causer à son ami le genre de mal-être qu'il avait lui-même ressenti quand l'aventure éhontée d'Henri-Antoine avec Peggy Markham avait fait de lui un cocu.

Il avait remarqué Lisa presque dès l'instant où elle était apparue au match de cricket et s'était renseigné sur cette charmante petite beauté. Mais son plan d'action avait été déclenché par ce que Vi et Meg racontaient sur cette fille à qui voulait bien l'entendre, ainsi que par l'intérêt qu'Henri-Antoine lui témoignait – il avait passé le déjeuner à observer, dans un sombre silence, Jamie Fitzstuart-Banks et Miss Crisp se promener autour du terrain. Il lança un coup d'œil à Henri-Antoine qui, sans surprise, avait les yeux rivés sur cette fille – il savait reconnaître une personne amourachée quand il en voyait une ! Sachant que Vi et Meg étaient à portée de voix, il demanda à voix haute et d'un ton évasif :

— Jack ! Dites donc ! Qui est ce joli brin de fille qui discute avec votre future épouse ?

Jack, qui inspectait jusqu'alors la balle de cricket, releva la tête, confia la balle à Freddy et se joignit à Henri-Antoine et Seb Westby. Il suivit le regard de ce dernier jusqu'à Teddy et Lisa, mais avant qu'il ne puisse lui demander de répéter sa question, Violet Knatchbull répondit :

— Je vous l'ai déjà dit, Westby. C'est la pauvre fille qui était à Blacklands avec nous…

— … et qui s'est fait renvoyer, ajouta Meg Medway en ricanant.

— Comment s'est-elle débrouillée ? s'enquit Westby en feignant la surprise et en lançant un coup d'œil à Henri-Antoine. Elle n'a pas l'air du genre à chercher les ennuis. Et en tant que pauvresse, elle ne pouvait certainement pas se le permettre, si ? Tandis que vous, ma chère Vi, ajouta-t-il d'une voix traînante en lançant un clin d'œil à la sœur de

Bully Knatchbull, vous causez tout un tas d'ennuis avec Meg. Par ailleurs, vous devez coûter une jolie somme à vos pères quand ils doivent vous sortir du pétrin.

Les deux filles gloussèrent et prirent un air pudique derrière les éventails qu'elles agitaient.

— Vous perdez votre temps avec elle, déclara Henri-Antoine d'un ton monotone en détachant son regard de Lisa et en feignant d'ajuster la boucle incrustée de diamants qui fermait sa chemise.

— Vraiment, Harry ? s'enquit Westby en haussant les sourcils. Et… comment le savez-vous ?

— Jamie Fitzstuart-Banks ne semble pas du même avis, intervint Meg avec un sourire suffisant.

Quand Henri-Antoine lui lança un regard noir, son sourire disparut et elle baissa les yeux.

— Pourquoi Banks ne serait-il pas… ? commença Westby avant d'être interrompu.

— Vous devenez vraiment rasoir, Westby, articula froidement Henri-Antoine.

Le regard de Jack fit des allers-retours entre Henri-Antoine et Seb, et il chuchota à l'oreille de son meilleur ami :

— Que se passe-t-il ? Quelle pauvresse ? Qui a été renvoyé d'où ?

— Peu importe, répondit Henri-Antoine avec la mâchoire serrée. Laissez tomber.

— Je l'ai surprise en train d'embrasser Jamie Banks derrière la boutique de brioches de Chelsea ! s'exclama Violet bien plus fort que prévu, avant de partir d'un petit rire nerveux.

— Vraiment, Vi ? ronronna Westby en l'encourageant d'un haussement de sourcils.

— Le choc de ma vie, et pareil pour la directrice. Et pensez-vous que cette fière petite pauvresse aurait nié ? Oh que non ! Elle a tout avoué. C'était sacrément audacieux. Et ensuite elle a refusé de le dénoncer pour sauver sa peau. Elle serait restée à Blacklands si seulement elle avait révélé son nom. Quelle sotte !

— Bigre, Vi, commenta Westby d'une voix traînante, avant de pousser un long soupir d'une sincérité feinte. Une vraie sotte, en effet.

— Je ne sais pas à propos de qui vous racontez de telles histoires, mais cela ne me plaît pas du tout, grommela Jack.

— Et le pire, c'est que c'est arrivé plus d'une fois, ajouta Vi dans un murmure essoufflé, ignorant la réprimande de Jack maintenant que plusieurs paires d'yeux masculins étaient posés sur elle, dont le regard inflexible de Lord Henri-Antoine. Nous les avons vus derrière la boutique tant de fois que nous avons arrêté de compter. N'est-ce pas, Meg ?

Meg observa les visages silencieux autour d'elle avant de se tourner vers son amie qui la fusillait du regard pour lui indiquer qu'elle avait intérêt à appuyer ses propos, sans quoi elle devrait subir les conséquences de son mécontentement plus tard.

— Oui ! Oui ! Tout est vrai. Tout ce qu'elle a dit.

Elle hocha la tête, geste qu'elle répéta avant d'ajouter en reniflant d'un air méprisant :

— Et ce n'est pas une brioche qu'ils partageaient derrière la boutique, si vous voyez ce que je veux dire.

— Eh bien ! s'exclama Westby en exagérant sa réaction, avant d'ajouter d'un ton on ne peut plus ironique en lançant un nouveau coup d'œil à Henri-Antoine : Il semblerait que le héros du jour ne sache pas seulement manier la batte, mais aussi sa langue…

— La ferme, Westby ! dit Henri-Antoine d'un ton brusque en regardant Vi et Meg. Quant à vous deux…

Vi et Meg esquissèrent un sourire insolent, se rapprochèrent et firent une révérence. Enhardies par le commentaire déplacé de Lord Westby, elles furent folles de joie quand le frère du duc de Roxton, le célibataire le plus fortuné d'Angleterre, leur accorda enfin toute son attention. Elles se méprenaient cependant complètement sur son humeur et furent donc d'autant plus abattues quand il s'en prit directement à elles.

— Vous êtes une garce, dit-il en fixant Meg. Et vous, continua-t-il en se tournant vers Vi et sans cacher son dégoût, vous êtes encore pire que cela. Vous êtes une garce et une colporteuse. Que la peste vous étouffe, toutes les deux !

Meg Medway et Violet Knatchbull éclatèrent en sanglots et prirent la fuite, remontant la pelouse vers les chapiteaux en hurlant toujours.

— Parbleu, Harry, ceci était sûrement injustifié, non ? se plaignit Westby en secouant tristement la tête alors qu'intérieurement, il savourait chaque instant de la gêne de son ami. À moins, le provoqua-t-il, que comme notre héros Banks, vous ayez déjà fait *l'expérience* des talents oraux de Miss Crisp et que vous souhaitiez nous en faire part…

— Assez, Westby… gronda Henri-Antoine en s'approchant de lui, les poings serrés.

Mais en entendant le nom de Lisa, Jack s'anima, dépassa Henri-Antoine en le poussant de l'épaule et se plaça devant Lord Westby.

— Personne n'a rien à dire à propos de Miss Crisp, bouillonna-t-il en lançant un regard furieux à Westby et en faisant un grand geste menaçant dans sa direction. Personne. Ni maintenant ni jamais. Sinon, vous aurez des comptes à me rendre. Compris ?

Un silence de mort tomba sur le groupe, contrastant fortement avec le bruit et l'agitation qui les entouraient. Puis, tandis que Teddy et Lisa annonçaient leur arrivée, les joues rouges et le sourire aux lèvres, Henri-Antoine se tourna vers Jack avec un rictus, les poings toujours serrés.

— Compris ? Ce qui est sûr, c'est que nous avons bien compris vos intentions, Jack Cavendish.

Jack battit des paupières et devint cramoisi devant l'insinuation d'Henri-Antoine. Quand ce dernier voulut se détourner, il l'attrapa par le bras et le tourna derechef vers lui.

— Je n'aime pas votre ton !

— Je m'en moque pas mal !

— Retirez ce que vous venez de dire ! Tout de suite !

— Soyez maudit ! s'écria Henri-Antoine en libérant son bras.

Il partit en trombe. Jack voulut le suivre, mais Teddy le retint par le bras. Ce fut Lisa qui s'élança derrière Henri-Antoine. Elle souleva ses jupons et traversa précipitamment la pelouse tandis qu'il s'avançait vers le centre du terrain. Elle parvint à le rattraper seulement quand il s'arrêta soudain, leva la tête vers le ciel, ferma les yeux et prit une profonde inspiration. Il resta figé comme une statue pendant plusieurs secondes, le soleil réchauffant son visage, avant de sentir une présence derrière lui. Il baissa le menton et expira.

— Partez ! Allez au diable ! Laissez-moi tranquille !

VINGT

— Je partirai si c'est ce que vous souhaitez. Mais d'abord, il faut que nous parlions.

Henri-Antoine pivota pour faire face à Lisa. S'il était surpris de découvrir que c'était elle qui l'avait suivi, il n'en montra rien. Il la fixa d'ailleurs, les lèvres pincées et ses yeux foncés dénués de toute expression, comme s'il ne la connaissait pas. Il ne comptait pas être celui qui engagerait la conversation, pas avec elle.

Elle ravala sa nervosité, refusant de battre en retraite. Il était temps de faire preuve de courage. Elle se rapprocha donc, lâcha ses jupons, se redressa et joignit les mains contre son corsage. Elle espérait qu'en feignant la retenue, elle pourrait rester maîtresse d'elle-même et empêcher ses sentiments de faire surface et de la submerger. Finalement, la froideur dont il faisait preuve l'aidait légèrement ; habituée à l'intransigeance de ses cousines, elle était résistante aux attaques et se laissait rarement abattre.

— Vous êtes parti tôt du dîner. J'espère que ce n'était pas à cause de moi ou parce que vous étiez souffrant.

Il la fixa pendant tellement longtemps qu'elle crut qu'il n'allait pas répondre. Et quand il répondit, elle sentit sa détermination s'effriter. Elle refusait pourtant de le laisser voir à quel point il la contrariait.

— Je suis parti car je n'avais aucune raison de rester.

— Oh ? Observer Jack danser avec ses deux pieds gauches et rester près de moi n'étaient pas des raisons suffisantes ?

— Non.

— J'aurais aimé que vous restiez.

Une fois encore, il se tut et une fois encore, elle patienta. Ils se tenaient à quelques mètres l'un de l'autre ; ils avaient tous les deux tant de choses à dire, mais restaient pourtant muets. Ils ne se rendaient pas compte qu'ils étaient devenus les acteurs d'une pièce profondément personnelle qu'ils jouaient dans un théâtre à ciel ouvert devant un public captivé. Tout le monde, des joueurs de cricket rassemblés au bord du terrain aux membres de la famille et aux invités sous les chapiteaux en haut de la colline, en passant par les quelques domestiques de haut statut derrière les fenêtres et ceux sous leur propre chapiteau, les jardiniers qui se reposaient à l'ombre et les métayers du coin qui étaient venus à pied avec leur famille pour participer à cette journée à l'invitation du duc, tous avaient les yeux rivés sur le frère énigmatique du duc de Roxton et la pauvre fille de Soho.

Ce fut Lisa qui brisa le silence.

— Vous êtes en colère contre moi. Je ne sais pas pour quelle raison, car je…

— Épargnez-moi votre indignation, Miss Crisp. Je n'ai ni l'envie ni la patience de vous entendre baragouiner des excuses.

— Ba-baragouiner des… excuses ? Je ne vois absolument pas quelles excuses, baragouinées ou non, vous attendez de ma part.

— Mettons un terme à ceci ici et maintenant. Pour le dire simplement, vous avez accepté une meilleure proposition.

— J'ai accepté une meilleure… *proposition* ?

Il leva les yeux au ciel et serra la mâchoire.

— Avez-vous l'intention de répéter tout ce que je dis ?

— Je me vois dans l'obligation de répéter vos propos, car je ne comprends pas ce que vous racontez.

— Comme vous venez de le dire, Miss Crisp…

— Je ne suis plus Lisa à vos yeux ?

— Vous n'êtes plus rien à mes yeux, Miss Crisp, dit-il d'une voix glaciale.

À son tour, elle pinça les lèvres, mais c'était pour réprimer un sanglot. Elle tenta de dissimuler la blessure profonde que provoquaient ses paroles, mais elle ne put cacher le désespoir dans ses yeux, qui se remplirent instantanément de larmes. Elle essaya de les chasser en battant des cils et en prenant une profonde inspiration, mais elle ne put les empêcher de glisser le long de ses joues. Elle continua à fixer la petite boucle en forme de cœur incrustée de diamants qu'il portait sur le torse.

— Sa Seigneurie est-elle en train de-de… rétracter son offre de maison à la campagne, d'argent alloué et de dame de compagnie ? demanda-t-elle d'un ton qu'elle espérait léger avec un reniflement larmoyant. Sa Seigneurie oublie-t-elle qu'elle m'a fait cette offre et que je l'ai acceptée en toute bonne foi ?

Il fit un pas vers elle.

— Rétracter ? *En toute bonne foi ?* Vous osez imaginer que vous êtes la partie lésée dans cette affaire ? Admettez la vérité. Vous avez reçu et accepté une offre plus intéressante.

— Non. J-je n'admettrai rien de tel. Vous ne pouvez pas me forcer à dire ce que… ce qui n'est pas vrai.

Frustré, il leva un bras au ciel. Il avait soudain la bouche sèche et le soleil brûlant lui donnait mal aux yeux et faisait battre ses tempes. Les larmes de Lisa empiraient les choses ; il se détestait de la rendre aussi malheureuse. Mais la condition physique dans laquelle il se trouvait et le fait inaltérable qu'elle lui avait été arrachée le poussèrent à dire sèchement :

— Pour l'amour du Ciel ! Faites-vous semblant de ne pas l'avoir su ? De n'avoir eu aucune idée de ce qu'il se passerait hier soir ? D'avoir vécu cette annonce comme si vous aviez soudain été frappée par la foudre ? Vous ne pouvez tout de même pas penser que je suis bête à ce point-là !

— C'est exactement ce qu'il s'est passé ! J'ai eu l'impression d-d'être *frappée* par la foudre, comme vous, vous avez dû être frappé, soudainement et sans prévenir. Cette annonce a représenté un vrai choc pour moi. Et ce n'était *pas* une proposition. Comment pourrait-il s'agir d'une proposition si je n'ai pas eu mon mot à dire ?

Il grogna d'incrédulité.

— Vous ne vous y êtes pas opposée.

Elle releva brusquement les yeux vers ceux d'Henri-Antoine et chassa ses larmes en battant des paupières. Elle répondit d'une voix claire, assurée et pleine d'indignation :

— Et d'après Sa Seigneurie, comment aurais-je pu m'y opposer ? J'étais sous le choc. Et ce n'était ni le moment ni l'endroit. Teddy, Jack et leur famille étaient tellement heureux. Vous devez bien comprendre cela, non ?

Il le comprenait bien et ce qu'elle disait était parfaitement logique, mais il ne voulait rien comprendre et plus rien n'avait aucune logique à ses yeux. Il avait lui-même été sous le choc. Il avait lui-même eu l'impression d'être frappé par la foudre en entendant l'annonce de Teddy. Un instant, il avait envisagé un avenir dans lequel il partagerait un manoir à la campagne avec Lisa et l'instant d'après, on lui avait arraché à la fois cet avenir et Lisa, et il s'était retrouvé démuni. Il se sentait roulé dans la farine et le petit démon sur son épaule ne voulait pas qu'il la croie entièrement innocente, voulait lui faire croire qu'elle devait avoir eu une idée de ce que Teddy allait annoncer – après tout, elles étaient meilleures amies. Il avait donc laissé le démon le convaincre qu'elle l'avait mené en bateau, qu'elle était exactement comme toutes les femmes d'un statut social inférieur qui se jetaient sur lui. Elles ne pensaient qu'à ce qu'elles pouvaient tirer de lui. Elles ne le voulaient pas pour ce qu'il était et elles ne voudraient certainement pas de lui si elles savaient qu'il souffrait du mal caduc. Sans son statut et sa fortune, que serait-il et qui voudrait de lui ? Mais il restait pragmatique. Lui aussi avait voulu d'elles pour ce qu'elles pouvaient lui offrir, et cela apaisait parfaitement, à l'époque, ses appétits charnels.

Mais Lisa… Il la pensait différente à tout point de vue…

Son intuition, son bon sens, ses sentiments les plus profonds, tout lui avait indiqué que le démon se trompait. Mais après avoir entendu ces commérages salaces à propos de Lisa et Jamie Banks – commérages qu'il aurait jugés infondés s'il ne venait pas de passer une sombre demi-heure à les observer se promener ensemble –, il était enclin à penser que ces racontars n'étaient peut-être pas entièrement dénués de vérité. Ils s'étaient promenés proches l'un de l'autre, elle lui avait touché le bras à plusieurs reprises et lui avait touché le sien, ils avaient parlé encore et encore sans prendre le temps de respirer et Jamie avait porté son gobelet pour elle. C'était un jeune homme bien bâti, comme son père, et il était tout aussi beau. Connaissant leur histoire à tous les deux, Henri-Antoine était persuadé qu'ils devaient partager un intérêt commun pour les sciences médicales.

Entre la détérioration de son état de santé, l'annonce choquante de Teddy au dîner de la veille et l'image mentale de Lisa en pleine conversation amicale avec le robuste Jamie Fitzstuart-Banks, il s'engagea sur la voie de l'autodestruction. Il laissa le démon obtenir gain de cause.

— Bravo, Miss Crisp. Votre performance m'a presque convaincu, comme j'ai été convaincu sous le chêne, quand vous m'avez poussé à croire que vous n'aviez jamais embrassé personne d'autre. Là encore, je me suis fait avoir.

Lisa, mortifiée, le regarda en battant des paupières.

— Vous pensez… Vous pensez que j'ai déjà em-*embrassé* quelqu'un comme je vous ai embrassé, vous ?

— Est-ce le cas ?

— Cette question est-elle nécessaire ?

Il leva le menton.

— Votre hésitation est-elle nécessaire ? Soit c'est le cas, soit ce n'est pas le cas.

Elle déglutit, ses épaules s'affaissant de tristesse. Elle laissa les larmes rouler sur ses joues. Elle répondit d'une voix à peine plus audible qu'un murmure :

— Ce n'est pas le cas, monsieur.

Il haussa les sourcils, surpris.

— Vraiment ? Ce n'est peut-être pas arrivé sous un chêne, mais derrière la boutique de brioches de Chelsea… ?

— Derrière la… commença-t-elle, ses yeux remontant une nouvelle fois brusquement vers ceux d'Henri-Antoine, sa gorge s'asséchant instantanément. Vous me reprochez un unique baiser entre une fille et un garçon qui se voient comme un frère et une sœur ?

— Un frère et-et une *sœur* ? Je vous ai vue vous promener avec notre héros à la batte – comme tous ceux présents aujourd'hui. Je doute que qui que ce soit ait pensé « regardez, un frère et sa sœur »…

— Je me moque de savoir ce que pensent les autres… Tout ce qui m'importe, c'est ce que *vous* vous pensez.

Il ricana. Les mots de Lisa ne réussirent pas à apaiser sa jalousie, même s'il savait, dans son subconscient, que cette jalousie était d'un ridicule extrême. Au contraire, il fut encore plus malheureux à cause de ses propres affirmations abracadabrantes dont il l'accablait. Quel était son problème ? Pourquoi agissait-il comme un vrai serpent superficiel ? La prise de conscience de son comportement affligeant envers elle ne l'empêcha pas de continuer sur cette voie.

— Vous auriez peut-être dû penser à *moi* avant d'aller vous promener avec *lui*.

— Je ne savais pas que j'avais besoin de votre permission p-pour faire… oh ! n'importe quoi ! Mais je suis contente que cela ait éclaté au grand jour, car je compte bien continuer à voir Jamie – oui, je l'appelle Jamie et il m'appelle Lisa – puisque c'est un très bon ami à moi…

— Que vous avez embrassé derrière la boutique de Chelsea. Belle amitié.

— J'avais dix-sept ans, il avait le même âge, et je l'ai embrassé sur la joue. Il n'était – il n'est encore – qu'un garçon…

— Si vous tenez tant à ce que je sache tout de cette « amitié » entre vous, dites-moi pourquoi vous avez refusé de donner son nom à la directrice de Blacklands.

Lisa renifla et fouilla dans ses jupons à la recherche de la poche nouée autour de sa taille dans laquelle se trouvait son mouchoir. Elle se tamponna les yeux et se sécha les joues avec avant de continuer :

— Vous semblez estimer que je devrais avoir honte de quelque chose. Ce n'est pas le cas. Si j'avais révélé son nom, Jamie aurait très certainement perdu son apprentissage chez un apothicaire. Les apprentis du jardin botanique et les filles de Blacklands avaient l'interdiction de se fréquenter, peu importe dans quelle mesure. Voilà pourquoi, quand nous nous retrouvions certains dimanches, nous achetions une brioche à la boutique de Chelsea avant de nous installer dans l'allée derrière le bâtiment, de partager la brioche et de discuter de… oh ! tout un tas de choses, mais surtout de science.

Henri-Antoine, incrédule, la regarda en fronçant les sourcils.

— Vous n'avez pas hésité à sacrifier votre éducation – à être renvoyée – pour éviter un renvoi à Jamie ?

Le visage de Lisa devint écarlate, non seulement parce qu'il ne la croyait pas, mais aussi parce que le ton de sa voix laissait penser qu'il était loin de trouver son geste noble, le jugeant plutôt imprudent.

— Oui. C'était la bonne chose à faire et je ne regrette pas ma décision. Jamie deviendra un médecin brillant un jour. Je l'ai toujours pensé.

— Je suis d'accord. C'est également un jeune homme excessivement beau.

Lisa résista à son envie de lever les yeux au ciel face à tant de ténacité masculine à mettre en avant les qualités physiques de Jamie ; elle se dit que tout cela devait faire partie de son raisonnement d'homme pour expliquer pourquoi elle voudrait être amie avec lui. Elle envisagea de souligner que quand elle avait rencontré Jamie cinq ans plus tôt, ses épaules étaient toutes fines et il avait des boutons sur le visage. Au lieu de cela, elle fit de son mieux pour le sortir de son humeur maussade en l'amadouant, espérant qu'il finirait par se calmer et entendre enfin raison si elle le taquinait avec légèreté. C'était seulement en gardant la tête froide qu'ils pourraient discuter d'une solution à la situation délicate dans laquelle ils se trouvaient depuis l'annonce de Teddy la veille au soir.

— Je ne vais pas vous contredire, mais… (Elle l'observa en levant le menton avec un sourire tremblotant.) il n'a pas une bouche à croquer. Je n'ai aucune envie qu'il m'embrasse comme vous m'avez embrassée… Je me demande… puisqu'à présent vous savez qui j'ai embrassé, vous pourriez peut-être me révéler le nom des femmes que vous avez embrassées au fil des ans ?

Il la fixa, outré, comme si une deuxième tête venait de lui pousser.

— Ne soyez pas absurde !

— Vous ne pouvez pas me le dire ou vous ne le voulez pas ?

— Je ne veux pas.

— Mais vous vous souvenez de leurs noms… ?

— Je n'ai jamais considéré qu'embrasser quelqu'un était un acte banal. Bien sûr que je m'en souviens.

— J'imagine que faire l'amour est un acte encore moins banal. Du moins, c'est ce que j'espérais découvrir… avec vous. Mais vous avez eu de nombreuses conquêtes, n'est-ce pas ?

— Si vous vous attendez à ce que je vous donne leurs noms, vous allez être très déçue !

— Oh ? Parce qu'elles sont trop peu nombreuses, ou trop nombreuses ?

Il sentit sa mâchoire se décrocher et la fixa d'un air stupéfait, outré qu'elle ose faire une telle suggestion. Elle sentit un éclat de rire monter dans sa gorge et leva rapidement une main devant sa bouche pour étouffer ses gloussements.

Son hilarité était contagieuse ; il se surprit à sourire. Elle avait un rire vraiment exquis. Et un sourire exquis. Et des yeux magnifiques. Elle était intelligente, noble, et représentait tout ce que le monde faisait de meilleur. Il voulait la prendre dans ses bras, la sentir dans son étreinte, la couvrir de baisers. Par ailleurs, elle avait un don pour prendre sa colère et sa frustration, les renverser et lui faire ainsi comprendre à quel point il était irascible, mesquin et totalement excessif. Tout ce qu'il voulait, c'était rire avec elle.

Mais convaincu qu'elle s'en sortirait mieux sans lui, que la proposition de Teddy était celle qui lui conviendrait le plus, il devait agir pour rectifier la situation dans laquelle ils se trouvaient. Car malgré son choc, sa colère, sa souffrance et son amertume à l'idée de la perdre, il avait passé toute la nuit précédente à chercher difficilement une seule raison pour laquelle elle refuserait de vivre avec Teddy et Jack. Et puisqu'il avait décidé que c'était ainsi qu'elle devait mener sa vie, ce qui allait à l'encontre de ce qu'il voulait lui, il devait faire quelque chose, à l'instant, pour qu'elle s'éloigne de lui et qu'elle soit persuadée qu'elle avait pris la bonne décision. Ainsi, il pourrait arrêter de s'apitoyer sur son propre sort et, plus important encore, il pourrait arrêter de ressentir quoi que ce soit pour elle.

— Visiblement, avoir une vaste expérience des femmes n'immunise pas les hommes contre les ruses d'une prédatrice, surtout si cette dernière est jolie et manque d'expérience, dit-il d'une voix traînante en évitant de la regarder. C'est cela, sans doute, qui a causé ma perte. Je me suis éloigné de mes préférences habituelles, j'ai perdu la tête et je vous ai fait une proposition que je n'aurais jamais faite si j'avais réfléchi avec ma tête.

Le sourire de Lisa s'effaça.

— Je ne suis pas entièrement sûre de ce que vous voulez dire, mais j'ai comme l'impression que vous estimez que je vous ai incité par la ruse à me proposer une maison à la campagne où je pourrais vivre et être votre maîtresse.

Son brusque résumé donnait l'impression que ce qu'il racontait était absurde ; et c'était absurde, en effet, mais il s'autorisa à laisser son amertume nourrir son démon. Il hocha la tête et renforça l'absurdité de ces propos en ajoutant avec un reniflement dédaigneux :

— Pour quelqu'un comme vous, mon titre, mon ascendance et ma fortune ont dû être tels des objets brillants qu'on agiterait devant un chat ; des choses irrésistibles que vous vouliez à tout prix capturer.

— Quelqu'un comme moi... ? Oh ! Vous voulez dire une pauvresse orpheline qui survit grâce à la charité de sa famille. Quant à ces choses que vous pensez irrésistibles et que je voudrais à tout prix capturer, dit-elle en devenant écarlate, furieuse qu'il affirme quelque chose d'aussi monstrueux, je ne sais pas ce qui m'attriste le plus : que vous me pensiez tellement superficielle que j'aurais accepté de devenir votre maîtresse uniquement parce que je suis éblouie par votre fortune et vos privilèges, ou que vous soyez tellement superficiel que vous vous sentiez obligé de renforcer votre suffisance en proclamant haut et fort que vous êtes le fils d'un duc. Et pour ce qui est de votre fortune, elle est pour moi, très franchement, tout à fait inimaginable. J'ai, en tout et pour tout, quinze shillings à mon nom, et c'est le Dr Warner qui me les a généreusement donnés. En vérité, je n'ai donc pas une seule pièce qui m'appartienne.

Se contredisant lui-même, il dit d'un ton glacial :

— Lors de notre première rencontre, je n'ai mentionné, ou *proclamé* comme vous le dites, ni mon nom, ni mon statut. D'ailleurs, vous ne saviez même pas qui j'étais.

— Lors de notre première rencontre, lui rappela-t-elle doucement, vous n'étiez pas en mesure de me dire quoi que ce soit.

À son tour, il devint écarlate. Elle avait raison. Ils ne s'étaient pas rencontrés pour la première fois au dispensaire Warner, où elle avait refusé d'avancer jusqu'à son carrosse, mais chez Westby, quand il était à l'agonie à cause d'une violente crise d'épilepsie. Elle méritait ses remerciements et sa gratitude après avoir pris soin de lui, mais entre l'état d'esprit destructeur dans lequel il se trouvait, le soleil qui lui brûlait les yeux et sa gorge qui s'asséchait un peu plus à chaque minute qui passait, il s'autorisa à redevenir brusquement celui qu'il était avant la mort de son père : un garçon renfrogné et colérique, plein de rancœur et de suffisance, qui voulait secrètement et désespérément être comme tous les autres petits garçons, mais surtout comme son meilleur ami Jack, et qui savait avec une amère certitude que cela était impossible.

— Ah ! Voilà ! Vous l'avez enfin dit ! Je me demandais quand Miss Crisp, l'assistante du dispensaire qui n'a jamais été malade, trouverait le bon moment pour me rappeler que malgré mon statut de fils d'un duc et malgré ma fortune, qu'elle n'arrive même pas à appréhender, il me manque quelque chose, que je suis loin d'être sain. Je suis fréquemment victime de moments de monstruosité et de folie que je ne peux pas contrôler, que je ne pourrai jamais contrôler, et je resterai toute ma vie l'esclave de mon affection. Et sans mon illustre famille, j'aurais déjà été interné et je serais enchaîné avec les aliénés de Bedlam où on me laisserait pourrir et où les visiteurs curieux pourraient, contre une petite pièce, venir voir la bête de foire que je suis. Merci, Miss Crisp. Merci beaucoup pour ce rappel qui tombe à point nommé. Vous pouvez vous en servir comme clause de sortie. Vous pouvez pousser un soupir de soulagement en sachant que vous avez accepté la meilleure proposition. La vie que vous mènerez avec Teddy et Jack sera entièrement différente de la vie que je vous aurais fait subir et vous pourrez vivre sans…

— Vous vous apitoyez inutilement sur votre sort et je ne vous laisserai pas vous déshonorer ou me déshonorer avec de telles absurdités !

La clairvoyance de Lisa lui donna envie de rire de sa propre irrationalité et ses pleurs le désolèrent. Il voulait tomber à genoux, fondre en larmes à ses pieds et implorer son pardon après avoir adopté un comportement aussi infantile et ridicule. Il aurait été incapable de dire ce qui l'avait pris, pourquoi il s'était autorisé à exprimer ses sentiments de façon aussi brutale. Son comportement n'était pas seulement puéril et honteux, mais impardonnable. Elle, de son côté, agissait toujours de façon aussi convenable et digne. Peut-être qu'il avait bel et bien sa place à Bedlam. Au minimum, il fallait qu'il soit enfermé loin de la bonne société et, surtout, loin, très loin d'elle. Il ne la méritait pas et elle méritait assurément mieux que lui. Les tempes battantes, les yeux brûlants et en proie à un sentiment de panique qui menaçait de le submerger, car il sentait qu'il pouvait perdre le contrôle à tout instant, il parvint à se convaincre qu'il l'avait perdue à jamais et il continua à avancer sur le chemin de l'autodestruction.

— Vous devriez être flattée d'avoir reçu deux propositions en autant de jours. Je n'ai jamais proposé à aucune femme ce que je vous ai offert, et Teddy ne proposerait certainement à aucune autre femme ce qu'elle et Jack sont prêts à vous offrir.

— Vous ne pouvez pas comparer les deux.

Il la parcourut du regard et posa les yeux sur le petit rebord en dentelle de sa chemise, qui dépassait à peine de sous son corsage décolleté, une invitation à caresser sa petite poitrine parfaite du regard. Il ricana et planta ses yeux dans ceux de Lisa avec une lubricité non dissimulée.

— Vous avez raison. Teddy ne vous demanderait pas de faire la bête à deux dos.

Son raisonnement vulgaire n'eut pas l'effet escompté.

— Faire la-la bête… *à deux dos*… ?

Oh, Seigneur. Comment avait-il pu tomber aussi bas, se montrer aussi grossier avec elle ? Il n'aurait jamais été aussi vulgaire avec une prostituée. C'était un monstre. Ce qui était sûr, c'est qu'il n'avait rien d'un gentleman. Il se sentait nauséeux, pitoyable et complètement désarmé. Cette dernière impression n'était pas tant liée à elle qu'à sa détérioration physique. Conscient de cela, il fit ce que son père lui avait toujours dit de faire quand il était sous le regard du public. Rester calme. Indiquer qu'il avait besoin d'aide de la façon qu'il avait apprise. Respirer. Bientôt, il serait en sécurité, à l'abri des regards curieux, hors de danger.

Du coin de l'œil, il remarqua qu'ils avaient de la compagnie et il crut d'abord que c'étaient ses acolytes qui venaient le chercher. Mais il ne les avait pas encore appelés. Sa confrontation avec Lisa fut brusquement interrompue. Soudain, sans prévenir, Jack s'avança vers eux. Il attrapa Henri-Antoine par le col et le poussa vers l'arrière, l'éloignant autant qu'il le pouvait de Lisa sans les faire trébucher et finir par terre tous les deux. Elle les suivit et tenta de fournir une explication, mais Jack n'était pas d'humeur à écouter qui que ce soit.

— Je ne pensais jamais entendre de telles obscénités sortir de la bouche d'un gentleman, gronda Jack à l'oreille d'Henri-Antoine. Mon Dieu ! Vous vous êtes surpassé cette fois-ci, Harry ! Vous êtes tombé dans la fosse à purin !

L'ÉQUIPE DU DUC S'ÉTAIT DÉPLOYÉE SUR LE TERRAIN. Les batteurs de l'équipe adverse, Bully et Jamie, balançaient leurs battes au niveau du *crease*, prêts à jouer. Mr. Frew, qui servait d'arbitre, était du côté du lanceur, derrière le guichet. Marc Gallet tenait la balle, prêt à la lancer. On n'attendait plus que Lord Henri-Antoine et Miss Crisp s'éloignent de l'endroit où ils se trouvaient, où ils pourraient facilement être frappés par une balle, pour reprendre la partie. On désigna Jack pour mettre un terme à leur dispute houleuse. Il s'était avancé avant que les autres joueurs ne se mettent en place pour les prévenir non seulement qu'ils alimentaient les commérages et qu'ils inquiétaient la famille, mais également qu'on les attendait pour reprendre le match de cricket.

Il arriva à hauteur du couple juste à temps pour entendre la fin de la diatribe véhémente d'Henri-Antoine, suivie par la réponse mesurée de Miss Crisp. Il s'avança pour annoncer sa présence quand il entendit quelque chose sortir de la bouche de son meilleur ami ; il n'aurait jamais cru entendre un gentleman dire une telle chose à une femme, et encore moins à la meilleure amie de Teddy. Lisa Crisp n'était peut-être pas née de nobles parents, elle n'était peut-être pas la fille d'un gentleman, ou même d'un écuyer, mais selon Jack, elle avait tout d'une lady et son comportement était même plus exemplaire que celui de certaines femmes nées avec un titre.

Le couple était clairement en pleine querelle d'amoureux, ce qui ouvrit grand ses yeux ; il était même prêt à leur accorder une certaine latitude, attendant donc pendant quelques instants une pause dans leur échange. Mais l'insinuation totalement déplacée d'Henri-Antoine le poussa à agir, et s'il n'était pas déjà assez en colère que Miss Crisp soit victime de commérages infondés à cause d'une dispute qui avait lieu à la vue de tous, son visage baigné de larmes et sa détresse évidente firent bouillir le sang de Jack.

Ainsi, ce qui était jusque-là une dispute de couple houleuse au milieu d'un terrain de cricket avait soudain enflé en une altercation furieuse entre deux meilleurs amis que Miss Crisp observa, impuissante et mortifiée d'être le sujet de ce violent désaccord qui avait lieu là, au milieu du terrain, en plein match de cricket, poussant leurs familles et amis, les domestiques et les métayers à quitter l'ombre et le confort des chapiteaux pour affluer tous ensemble le long du terrain, vers Jack, Henri-Antoine et Lisa Crisp, pour mieux voir ce qu'il se passait et dans l'espoir d'entendre de quoi il retournait. Seuls les enfants ratèrent cette diversion impromptue ; la duchesse de Roxton eut la présence d'esprit d'ordonner aux nurses et bonnes de rassembler tous les petits de douze ans ou moins et de les faire rentrer pour leur proposer de la crème glacée et du gâteau.

Henri-Antoine s'extirpa de la poigne de Jack et le poussa.

— Si vous n'aviez pas fourré votre nez là où cela ne vous regarde pas, mes propos dignes d'une fosse à purin vous auraient épargné ! Partez, Jack, se plaignit Henri-Antoine. Je ne veux pas de vous ici. Cette histoire est – était – entre Miss Crisp et moi, elle ne vous regarde en rien. Déguerpissez…

— Soyez damné si vous pensez qu'elle ne me regarde en rien ! souffla Jack.

Il s'avança juste devant Henri-Antoine et lui dit à voix basse, dans l'espoir que Lisa ne l'entendrait pas :

— Vous avez intérêt à me dire quelles sont vos intentions envers Miss Crisp.

— Mes intentions ? répéta Henri-Antoine en haussant les épaules. Je n'en ai aucune.

— Bien. Dans ce cas, gardez vos distances.

Dans un revirement, Henri-Antoine fixa Jack avec stupéfaction.

— *Vous*, vous me dites à *moi* de garder mes distances par rapport à *elle* ?

— Oh que oui !

Henri-Antoine lança un coup d'œil à Lisa qui, bouleversée, se tenait quelques mètres plus loin, étreignant sa fine silhouette ; dans un moment de clarté aveuglante, il vit en Jack le moyen d'anéantir sa bonne réputation afin de couper entièrement les ponts avec Miss Lisa Crisp. Il provoqua Jack dans un murmure dégoulinant d'arrogance :

— C'est un peu tard pour faire preuve de galanterie envers elle. Elle a accepté de devenir ma maîtresse. Je vais l'installer dans ma maison de Bath. De bons moments en perspective, hein, Jack ?

— Vous brûlerez en enfer avant que cela n'arrive !

Henri-Antoine fit la grimace et répondit d'une voix traînante :

— Oui, je brûlerai sûrement en enfer. Mais en attendant, j'aurai une charmante fille à retrouver quand j'irai dans ma maison de campagne.

— Je ne vous laisserai pas faire !

— Ah non ? Et pourquoi pas ? Ouvrez les yeux, Jack ! C'est une orpheline sans le sou dont la famille a servi la mienne. C'est plus que ce que la plupart des domestiques peuvent attendre de la vie. Ne vous inquiétez pas. Je prendrai soin d'elle. Des vêtements. Des accessoires. Un tour en ville de temps à autre. (Il esquissa un sourire suffisant.) Tant qu'elle fera ce que je lui dirai de faire et qu'elle continuera à me satisfaire…

— Vous êtes un minable égocentrique. Êtes-vous au courant ?

— Oui. C'est vrai. Et vous l'avez toujours su. Et alors ?

— C'est la meilleure amie de Teddy, pour l'amour du Ciel !

— Vous allez épouser Teddy et je vais faire de la meilleure amie de Teddy ma maîtresse. Ces deux choses ne sont pas incompatibles. Si Teddy veut lui écrire, je ne m'y opposerai pas.

— Moi, si !

— Et vous pensez que Teddy vous obéira ? Bonne chance là-dessus !

Quand Henri-Antoine lui tourna le dos avec un geste de la main comme s'il le congédiait, Jack fit deux grands pas vers l'avant, l'attrapa par la chemise et lui fit faire demi-tour. Avant qu'Henri-Antoine ne puisse se libérer, il agrippa l'avant de sa chemise et l'attira contre lui. Les deux hommes étaient nez à nez, les yeux dans les yeux.

Jack reprit d'une voix grave, menaçante et monotone :

— Si vous croyez une seule seconde que je vais laisser cette fille rejoindre votre lit pour que vous puissiez tout simplement satisfaire vos envies charnelles égoïstes, vous vous fourrez le doigt dans l'œil.

— Cette décision ne vous revient pas, si ?

— Nous ne sommes plus au Moyen-Âge. Parce qu'elle est pauvre, sans famille et que ses ancêtres étaient des vassaux des ducs de Roxton, vous considérez qu'elle n'est bonne qu'à vous servir de concubine ? Vous devriez avoir honte. Honte !

— Avez-vous terminé de me faire la morale ? s'enquit Henri-Antoine d'une voix traînante.

Pour faire bonne mesure, il leva les yeux au ciel et soupira. Il feignit de s'intéresser à sa tenue et pleurnicha :

— Vous avez abîmé les fibres de ma chemise et peut-être écrasé la boucle que la direction du Burke m'a offerte pour me remercier de mon parrainage *assidu*.

Jack afficha une moue répugnée.

— Vous pensez qu'être le fils du satyre est quelque chose dont vous devez vous vanter ? J'en ai fini avec vous. Et je ne sais même pas pourquoi nous nous disputons. La décision a été prise. Elle va venir vivre avec Teddy et moi. Et il n'y a foutrement rien que vous puissiez y faire. Et à moins que vous ne la traitiez avec respect et acceptiez qu'elle fait partie de *ma* famille, vous ne serez pas le bienvenu à Abbeywood. Jamais.

Quand Jack le relâcha en le poussant d'un geste méprisant avant d'ouvrir grand les mains, comme s'il ne voulait surtout pas le toucher, Henri-Antoine sourit pour lui-même et donna le coup de grâce verbal qui causerait sa propre perte :

— Bien, bien, bien. Jack Cavendish. Espèce de fin renard ! Je vous tire mon chapeau et je m'incline bien humblement devant votre habileté libidineuse. Pas une, mais *deux* vierges pour vous tenir chaud la nuit. Alors, qui est le satyre… ?

Jack envoya son poing dans la figure de son meilleur ami.

VINGT-ET-UN

On abandonna le match de cricket quand les deux meilleurs amis commencèrent à se battre à coups de poing. Les joueurs accoururent pour assister au spectacle et furent rapidement rejoints par les invités et la famille, qui traversèrent précipitamment le terrain. Tandis que certaines ladies restaient en retrait pour éviter de voir ces deux jeunes hommes en plein différend se comporter de façon bestiale, les gentlemen et les garçons s'attroupèrent avec les joueurs de cricket qui avaient formé un cercle serré autour de la bagarre et criaient des encouragements à chaque grand geste du bras, chaque gifle, chaque coup de poing.

Lisa, oubliée sur la touche, était horrifiée. Elle avait détourné les yeux à l'instant où Jack avait donné un premier coup écœurant, le sang coulant instantanément du nez d'Henri-Antoine.

Enfin, Lord Strathsay, le duc de Roxton et Christopher Bryce mirent un terme à la bagarre. On sépara Jack et Henri-Antoine, à bout de souffle, et on les retint de part et d'autre du cercle. Jack restait agressif tandis qu'Henri-Antoine baissait la tête, son sang coulant dans l'herbe. Le duc donna l'ordre aux joueurs et aux spectateurs, déçus, et aux membres de la famille, soulagés, de retourner sous les chapiteaux, où on leur servirait le thé de l'après-midi avant qu'ils n'aillent se changer pour le dîner et une soirée musicale. Son armée de domestiques lui vint en aide pour disperser la foule et former une barrière entre les curieux et les boxeurs. Rapidement, les invités, joueurs de cricket et membres de la famille retraversèrent le terrain, ne parlant que de la prise de bec entre le marié et son garçon d'honneur et des événements qui l'avaient précédée. Tout le monde se demandait quel serait l'impact sur le mariage imminent.

Quand Teddy arriva, elle regarda rapidement la chemise tachée de sang de Jack et sa lèvre fendue, et après s'être assurée qu'il n'était pas gravement blessé, elle se détourna, dégoûtée, pour attirer une Lisa complètement bouleversée dans ses bras. Dans l'étreinte rassurante de Teddy, Lisa se risqua à lancer un coup d'œil à Henri-Antoine. Sa chemise était également ensanglantée et il avait du sang qui luisait au niveau de ses narines et de sa bouche, qui était étrangement bleutée. Sa lèvre supérieure était fendue et semblait gonfler à vue d'œil.

Lisa, qui n'était pas du genre à défaillir à la vue du sang, des blessés ou des malades et qu'on considérait comme efficace en cas de crise au dispensaire Warner, était à bout de nerfs et étrangement sensible à la vue du sang d'Henri-Antoine. Il lui suffit d'un seul coup d'œil à sa lèvre éclatée pour s'évanouir, glissant entre les bras de Teddy et s'écroulant dans l'herbe.

Lord Strathsay, qui aidait le duc à soutenir Henri-Antoine, rejoignit immédiatement Teddy pour l'aider avec Lisa. Il prit cette dernière dans ses bras et, accompagné de sa nièce, s'élança vers les chapiteaux, à la recherche d'ombre et de rafraîchissements. Il espérait y trouver sa comtesse, qui était également connue pour être efficace en période de crise.

L'évanouissement de Lisa inquiéta la famille, mais divertit efficacement les invités qui traînaient toujours dans les parages : ils tournèrent le dos à Henri-Antoine pour observer le comte emmener la jeune fille, n'assistant donc pas au malaise de Sa Seigneurie. Henri-Antoine s'était tourné vers sa mère bouleversée pour lui assurer qu'elle n'avait pas à s'inquiéter, qu'il n'était pas trop blessé. Mais la duchesse ne le croyait pas. Elle était arrivée dans un tourbillon de jupons en soie, considérablement agitée, ce qui signifiait qu'elle s'exprimait dans un français précipité que personne à l'exception de ses fils ne pouvait comprendre. Elle exigea que les deux bagarreurs soient immédiatement emmenés à la maison principale pour être auscultés par le médecin personnel de Roxton. Henri-Antoine était en train de s'y opposer, d'assurer que c'était inutile, quand son corps se raidit. Il perdit connaissance et bascula vers l'avant.

Le duc l'attrapa avant qu'il ne s'étale de tout son long et l'allongea dans l'herbe aux pieds de sa mère, qui s'agenouilla auprès de lui et posa une main froide sur son front. Le duc avait pu empêcher son frère de tomber, mais il n'y avait à présent plus rien qu'il pouvait faire à part observer, impuissant, le corps entier d'Henri-Antoine convulser et se tortiller devant eux. Quand Antonia leva la tête vers son fils aîné, il sentit ses propres yeux se remplir de larmes face aux pleurs angoissés de sa mère.

Il s'agissait de la première crise d'épilepsie à laquelle la mère et le fils assistaient depuis plus d'une décennie. Antonia se pensait préparée à une telle éventualité. Après tout, elle savait que son fils cadet souffrait encore de crises occasionnelles, même si elle avait toujours prétendu ne pas être au courant, permettant à son fils de conserver sa dignité. Elle restait informée grâce à des demandes discrètes et à des rapports secrets et réguliers de la part de loyaux domestiques qui la tenaient au courant. Quel genre de mère serait-elle si elle ne restait pas attentive à la vie de tous ses enfants, et en particulier d'un fils qu'elle avait aidé, de sa naissance à ses treize ans, à traverser tant de crises qu'ils avaient entretenu l'idée saugrenue qu'il était guéri dès qu'il passait une seule semaine sans s'effondrer. Mais il n'était pas guéri, ne le serait jamais. En l'observant succomber, lui qui était à présent un homme de vingt-cinq ans, à cette maladie incontrôlable, elle se rendit compte qu'elle avait oublié à quel point ces attaques épuisantes étaient effrayantes et horribles pour le corps et l'esprit du souffrant, à quel point elles torturaient ses proches, qui ne pouvaient rien faire hormis demeurer simples spectateurs de sa souffrance et de son indignité.

Tandis que le duc de Roxton se concertait avec les frères Gallet pour décider de la marche à suivre, non seulement à propos de son frère mais également de son neveu, le duc de Kinross retrouva enfin sa femme. Il se fraya un chemin entre les quelques domestiques loyaux rassemblés autour d'eux, la rejoignit sur l'herbe et la prit dans ses bras pour la consoler tandis qu'ils veillaient sur son fils tourmenté.

La situation progressa rapidement quand quatre des huit acolytes employés pour suivre leur maître comme une ombre arrivèrent pour s'occuper de lui. Le valet d'Henri-Antoine, Kyte, et son majordome, Michel Gallet, prirent les choses en main et tous, du duc de Roxton au duc et à la duchesse de Kinross, en passant par les valets de pied qui cachaient Sa Seigneurie aux regards indiscrets, reçurent l'ordre de s'en remettre à leur expertise et de respecter les souhaits de leur maître. Ainsi, la famille, avec réticence néanmoins, prit rapidement la suite des invités qui retournaient sous les chapiteaux, laissant Henri-Antoine à la charge de ses soignants.

Quand Jack voulut s'approcher d'Henri-Antoine, Kyte et Michel Gallet l'en empêchèrent, et ce fut seulement quand Christopher Bryce le prit en main qu'il se laissa enfin faire. Il voulut présenter ses excuses à son oncle Roxton et à la duchesse de Kinross, mais ils n'étaient pas d'humeur clémente. Le duc lui dit d'aller se laver ; il s'était déshonoré ;

il aurait tout le temps de s'expliquer plus tard ce soir-là, dans le calme de la bibliothèque du duc.

Pour Lady Mary, Christopher Bryce et leur famille, la journée toucha à sa fin. Tout le monde se dit qu'il valait mieux que les filles rentrent et se couchent tôt. Et tandis que le duc et la duchesse de Roxton avaient des obligations envers leurs invités, le duc et la duchesse de Kinross préférèrent retourner à Crecy Hall avec leur fille. Ainsi, trois carrosses franchirent le pont principal qui traversait le lac pour parcourir le court trajet le long de l'avenue bordée d'arbres. Les passagers adultes étaient abattus et toujours abasourdis par ce qu'il venait de se passer entre deux jeunes hommes qui étaient meilleurs amis et proches comme des frères depuis seize ans et qui se disputaient très rarement.

Teddy et Lisa restèrent silencieuses pendant leur trajet jusqu'au pavillon d'entrée et quand elles montèrent dans la chambre de Teddy. Aucune d'elles ne voulait souper. Ainsi, après leur bain, on les mit au lit avec une grande tasse de lait chaud chacune. Tandis que Christopher couchait ses fils, Lady Mary s'assit un peu avec les filles. Elle vint les voir avec Sophie-Kate, ce qui réconforta légèrement Teddy, car elle adorait faire des câlins à sa petite sœur. Lisa, malgré son visage qui reprenait des couleurs et son bain qui avait aidé à l'apaiser, restait tellement affectée par les événements qu'elle s'endormit, épuisée, sans même faire ses prières ou dire bonne nuit.

Elle n'avait pas retrouvé l'appétit le lendemain matin, quand elle descendit pour le petit déjeuner ; c'était la dernière à descendre et elle trouva Teddy dans la pièce, qui insista pour qu'elle mange une tranche de pain et boive une tasse de thé. Elle apprit que Mr. Bryce était déjà parti pour la journée avec son fils aîné, David. Ils allaient chasser au faucon avec les autres gentilshommes et les garçons assez vieux pour faire du cheval tout seuls. Oncle Roxton et tante Deb avaient décrété que les hommes passeraient la journée aussi loin de la maison principale que possible et que les ladies et les jeunes filles resteraient à l'intérieur et s'occuperaient avec des activités plus calmes. Elles feraient de la broderie, s'essayeraient à l'aquarelle, se promèneraient dans la grande galerie, assisteraient à un récital et regarderaient les enfants répéter leurs pas de danse et morceaux de musique pour le banquet de mariage. Bien sûr, le couple ducal pouvait difficilement empêcher les commérages à propos du coup de théâtre de la veille, mais pendant le thé qu'elle avait organisé, Deborah resta attentive à la moindre remarque désobligeante ou incendiaire, aidée par la comtesse de Strathsay.

— Et nous allons passer la journée ici et faire ce que nous voulons, dit Teddy avec entrain. Ce sera un changement agréable.

— Vous regrettez de ne pas participer à la chasse au faucon, n'est-ce pas ? demanda Lisa avec un sourire en grignotant son toast.

— Oui, répondit Teddy avec un large sourire. Mais j'ai aussi très envie de passer la journée avec vous, et avec Jack.

— Jack ? N'est-il pas parti chasser ?

— Non. Ce plaisir ne lui a pas été accordé. Il doit vous présenter des excuses pour…

— Oh, Teddy, non. Je vous en prie, l'interrompit Lisa avec une moue gênée. Je ne le supporterais pas. C'est à moi de lui présenter des excuses…

— Balivernes ! Par ailleurs, il m'a écrit la plus merveilleuse des lettres d'excuses, dit Teddy avec un sourire satisfait, avant de lever une feuille pliée au cachet rouge brisé. Je l'ai reçue aux premières lueurs du jour, il a donc dû y passer *toute la nuit*. Avant cela, il a été réprimandé par l'oncle Roxton, qui l'a convoqué dans sa bibliothèque. Apparemment, c'est la pire convocation que quelqu'un puisse recevoir. D'après Jack, ceux qui doivent remonter toute la bibliothèque, entourés de centaines et de centaines de livres qui les regardent de haut telle l'audience d'un tribunal, sentent leur cœur s'emballer d'effroi en avisant le juge – le duc – assis derrière son immense bureau, l'air aigri, attendant de les réprimander pour leur infraction. Il dit aussi que cela ne lui est arrivé qu'une seule fois, mais que c'est une expérience tellement marquante que tous ceux qui la font espèrent ne jamais la revivre !

Lisa battit des paupières.

— Pourtant, Sa Grâce semble être un homme très avenant, et son épouse semble également tout à fait charmante. Inutile d'être en leur compagnie très longtemps pour comprendre qu'ils s'aiment beaucoup et qu'ils adorent également leurs enfants.

Les yeux de Teddy brillèrent.

— Ils font beaucoup de gâteaux dans cette famille, voilà qui est certain !

Lisa poussa une exclamation de surprise, plaqua une main sur sa bouche et ne put s'empêcher de glousser. Quand elle retrouva son souffle, elle dit avec un sourire :

— Je ne connais pas de fille plus diabolique que vous ! Mais je n'en connais pas non plus de plus aimante. Merci de me faire rire.

Teddy leur servit une deuxième tasse de thé.

— Tout le plaisir est pour moi. J'aime vraiment vous voir sourire, Lisa. Et ne vous inquiétez pas. Rien de ce qu'il s'est passé hier n'est votre faute. Jack ne m'a pas révélé ce qu'Harry vous a dit pour le rendre furieux, mais si vous voulez vous confier…

— Merci. Je ne… Je ne veux pas en parler… pas pour le moment, avoua Lisa.

Son sourire disparut et elle tendit la main par-dessus la table. Quand Teddy prit ses doigts dans les siens et lui adressa un sourire compréhensif, Lisa lui sourit en retour et ajouta :

— Buvons d'abord notre thé…

Elle était soulagée que Teddy ne la force pas à parler ouvertement d'Henri-Antoine, car elle était sûre d'être à peine capable d'en parler si elle se lançait ou de se mettre rapidement à pleurer comme un veau. Elle avait désespérément envie de s'assurer qu'il n'était pas gravement blessé, qu'il était en sécurité, de savoir comment s'en sortait Jack, mais elle ne posa pas la question, car une fois encore, tout cela était trop douloureux. Elle préféra demander :

— J'espère que le duc ne s'est pas montré trop sévère avec Jack ?

— Jack a accepté sa réprimande et après avoir expliqué ce qu'il s'était passé à Roxton, ils se sont mis d'accord pour dire que si Jack aurait dû faire preuve de plus de retenue et s'empêcher de frapper Harry, il avait bel et bien été provoqué. Quant à ceci, annonça Teddy en levant de nouveau la lettre avant de l'embrasser et de la ranger dans une poche, il s'agit de la lettre la plus romantique que Jack m'ait jamais écrite. Je ne m'en séparerai jamais. Il m'a tout expliqué, tout est pardonné. À vrai dire, je l'aime maintenant encore plus, si cela est possible, car l'attitude qu'il a adoptée était vraiment chevaleresque.

— Chevaleresque ? Vous l'aimez encore plus ? Il vous a tout expliqué dans sa lettre ?

— Non, bêtasse. C'est de nous qu'il m'a parlé dans sa lettre. Il m'a tout expliqué en personne, ce qui était plus convenable. Il est ici. Nous avons pris le petit déjeuner ensemble avant que père ne parte à la maison principale avec David. Jack est dehors avec Luke, qui était très contrarié d'être trop petit pour aller chasser au faucon avec son grand frère. Jack et Luke jouent avec le chariot : Jack le pousse en haut de la colline, puis lui et Luke montent dedans et redescendent à toute vitesse. Je suis persuadée que cela donne des cheveux gris à mère, même si elle sourit et essaye de paraître insouciante.

— Vous savez, Teddy, en plus d'être très jolie, votre mère est la personne la plus calme que j'aie jamais rencontrée. Je pense que rien ni personne ne peut la faire grincer des dents.

Teddy se releva et rangea sa chaise sous la table. Lisa suivit son exemple.

— Vous avez raison. Oh, à l'exception de grand-mère Strathsay. Mais elle nous fait tous grincer des dents. Mère et ses frères ont reçu une éducation épouvantable, elle dit qu'elle ne laisserait jamais ses enfants être traités de cette manière. (Teddy écarquilla les yeux.) Imaginez, si vous le pouvez, devoir rester assise pendant des heures avec un livre posé sur le haut du crâne dans le seul but d'avoir le dos bien droit et être frappée si le livre glisse. Pas étonnant que mon oncle Dair se soit échappé par la fenêtre de la salle de classe !

— Vous en auriez fait autant à la moindre opportunité !

— Oui. Et j'aurais grimpé dans l'arbre à côté de la fenêtre, dit-elle avec un sourire qui devint suffisant. Je reste celle qui grimpe le mieux aux arbres dans la famille. Venez. Nous avons besoin d'air frais et Jack souhaite vous voir…

Elles se donnèrent le bras, puis Teddy mena Lisa à l'arrière de la maison en passant par la cuisine, où elle embrassa Silvia, puis par le potager, où elle adressa un signe de la main à Carlo, en pleine conversation avec le jardinier qui supervisait une fille de cuisine occupée à ramasser des légumes. Elles sortirent par le portail arrière et se retrouvèrent de l'autre côté du mur en pierre, sur une grande pelouse au pied d'une petite colline qui formait une barrière naturelle pour protéger la vie privée des résidents du Gatehouse Lodge. Du haut de la colline, on avait une bonne vue sur les jardins clos du pavillon d'entrée. De plus, on pouvait voir d'un côté le manoir pittoresque de Crecy Hall, et de l'autre, la maison principale qui dominait le paysage au milieu duquel elle se trouvait.

Teddy et Lisa rejoignirent Lady Mary, qui levait une main devant son bonnet de paille pour protéger un peu plus ses yeux du soleil et qui se tenait près d'un tas de foin avec deux des domestiques extérieurs. Ils accordaient toute leur attention à Jack et au petit Luke, quatre ans, qui étaient installés dans un chariot en bois aux larges roues arrière et aux roues avant plus petites ; il manquait plusieurs rayons à toutes les roues. À en juger par l'état du tas de foin, ce n'était ni la première ni même la troisième fois qu'ils descendaient la pente et s'ils continuaient, il y avait de fortes chances pour que le chariot tombe totalement en morceaux.

Les longues jambes bottées de Jack dépassaient de chaque côté du chariot et Luke était assis en tailleur, le dos confortablement appuyé contre son cousin, ses deux mains tenant fermement la structure en bois. Jack dirigeait la barre d'une main et son autre bras était passé autour de Luke. Ce dernier hocha la tête pour indiquer qu'il était prêt ; Jack planta ses talons dans l'herbe et poussa de toutes ses forces afin que le chariot prenne de la vitesse grâce au poids de son corps. Il descendit la colline, secouant ses passagers qui s'agrippaient avec force. Le vent vint fouetter le visage de Luke et ramena ses boucles noires vers l'arrière tandis que Jack faisait de son mieux pour diriger leur véhicule qui allait à toute vitesse et qu'il contrôlait à peine, pouvant uniquement freiner avec ses pieds.

La chance, plus que les talents de conducteur de Jack, permit au chariot de garder le cap. Une nouvelle fois, il s'arrêta avec un bruit sourd dans le tas de foin partiellement détruit. Les deux passagers, couverts de foin, éclatèrent de rire ; Luke parce qu'il était surexcité, Jack de soulagement après avoir survécu à un autre tour. Il poussa un soupir audible quand Lady Mary confirma qu'il s'agissait bel et bien du dernier tour de chariot de la journée, ignorant les demandes répétées de Luke pour descendre la colline une dernière fois. Sa mère ne céderait pas. Luke devait aller se laver. Avait-il oublié qu'il allait accompagner sa mère, Sophie-Kate, grand-mère Kate et Fran à la maison principale ? Le mieux étant qu'il pourrait aller jouer avec ses cousins, en particulier les jeunes jumeaux, Will et Tony, qui avaient le même âge que lui. Et non, Otto et David ne seraient pas là, car ils étaient partis à la chasse au faucon avec leurs pères, ces deux vauriens ne pourraient donc pas embêter les plus jeunes pendant qu'ils jouaient.

— Je me demande si nous aurons des jumeaux… s'interrogea Jack en observant Luke partir en courant devant sa mère et franchir le portail.

— Des jumeaux ? J'espère que non ! dit Teddy en ricanant d'incrédulité.

— Pourquoi pas ? Oncle Roxton et tante Deb ont eu des jumeaux par deux fois et votre oncle Dair et votre tante Rory en ont eu, eux aussi.

Teddy retira délicatement un brin de foin des cheveux de Jack, mais elle le poussa ensuite d'un geste joueur.

— J'ai peut-être deux tantes qui ont eu des jumeaux, mais cela ne veut pas dire que j'en aurai, ou même que je veux en avoir. Si vous voulez avoir des jumeaux, Sir John, donnez-leur naissance vous-même.

— Si je pouvais vous éviter la souffrance et l'inconfort, je le ferais ! déclara Jack avec véhémence.

Il attira Teddy vers lui et l'embrassa sur le front, puis sur la bouche, avec une timidité inhabituelle, car sa lèvre inférieure était légèrement fendue et gonflée, et donc sensible au toucher.

— Malheureusement, reprit-il, les hommes sont relégués à un rôle mineur dans cet acte dramatique, celui du flan tout tremblotant.

Teddy sourit en regardant Jack dans les yeux ; un bleu apparaissait sur l'un d'eux.

— Mais vous êtes mon flan tout tremblotant à moi…

Reprenant soudain conscience de ce qui les entourait, Jack relâcha Teddy. Ce n'était pas seulement parce que Lisa était là, mais parce que les événements de la veille nécessitaient encore une explication et qu'il restait beaucoup de choses à dire. À l'instant où Jack avait pris Teddy dans ses bras, Lisa s'était détournée et s'était légèrement éloignée, feignant de s'intéresser à la pelouse afin de donner un peu d'intimité au couple. Ils s'approchèrent d'elle et sentant un certain malaise entre eux, Teddy dit à Lisa :

— Ne vous inquiétez pas pour le bleu ou la lèvre fendue de Sir John. Et surtout, ne lui accordez aucune compassion. Il l'a bien cherché.

— Theodora a raison, répondit Jack avec bonhomie en s'inclinant devant Lisa d'un geste plein de courtoisie. Je vous dois des excuses pour mon comportement indigne d'un gentleman. Ma dispute avec Harry n'aurait jamais dû en venir aux poings, surtout pas devant un public, et encore moins devant vous, Miss Crisp. Pourrez-vous me pardonner ?

Lisa prit la main qu'il lui tendait et en baissant les yeux, elle vit que ses jointures étaient égratignées. Elle posa délicatement sa main sur celle de Jack et la tint encore un peu en disant, après avoir dégluti difficilement et en croisant courageusement son regard inquiet :

— Vous avez fait ce que n'importe quel homme qui affirme être un gentleman aurait fait ; vous êtes venu en aide à une femme qu'on agressait verbalement. Quant à votre bagarre…

Elle lâcha sa main et jeta un coup d'œil à Teddy avant de poursuivre avec un sourire attristé :

— Comment auriez-vous pu réagir autrement après une telle provocation ?

— Une provocation ? répéta Teddy, perplexe.

Elle n'eut pas l'opportunité d'en dire plus ; Jack intervint, les yeux brillants :

— C'est exactement ce que j'ai dit à Roxton ! Et je n'ai pas affirmé qu'Harry m'avait provoqué uniquement pour lui attribuer toute la culpabilité. En repensant à cette bagarre et à son élément déclencheur, je suis convaincu qu'Harry a fait en sorte de me rendre fou de rage au point qu'il me soit impossible de ne *pas* le frapper !

— J'y ai pensé aussi, songea Lisa. Encore et encore. À tout ce qu'il s'est passé. Votre réaction physique à ses propos, c'était précisément ce qu'il voulait…

— Et je suis tombé dans le piège ! Quel imbécile !

— Pourquoi Harry aurait-il eu *envie* que vous le frappiez ? s'enquit Teddy, déconcertée. C'est insensé. Je sais qu'il peut être lunatique et exaspérant, et parfois je n'arrive vraiment pas à le comprendre, mais il n'a jamais été odieux au point que Sir John ait envie de le frapper. (Elle se tourna vers Jack.) Vous avez dit qu'il avait fait une remarque très peu courtoise à propos de Lisa et que c'était ce qui vous avait poussé à vous en prendre à lui. (Elle reporta son attention sur Lisa.) Et nous avions l'impression, nous qui étions restés en haut de la colline, que vous étiez en pleine dispute…

Son regard passa de Lisa à Jack, de Jack à Lisa, puis elle posa une main sur le bras de son amie et lui demanda à voix basse :

— A-t-il… ? Vous a-t-il fait des avances déplacées ? Vous vous êtes très bien entendus pendant le dîner, il a peut-être interprété la situation totalement de travers. C'est un séducteur, vous êtes excessivement jolie, et… (Elle se tourna vers Jack.) C'est cela, n'est-ce pas ?

Mais Jack ne regardait pas Teddy. Il échangea un regard avec Lisa, lui indiquant qu'il était bien conscient que l'humeur d'Harry était entièrement liée à elle, mais qu'il ne comptait pas la trahir. Au lieu de cela, il leva une main au ciel d'un geste exaspéré.

— Je ne sais pas précisément ce qui a été dit, mentit-il. Je n'ai tout simplement pas apprécié son ton et son attitude. Il peut être insupportable quand il s'y met, à se pavaner comme seul le fils d'un duc peut se pavaner ! Miss Crisp n'est pas habituée à cet orgueil démesuré et elle ne devrait pas avoir à le tolérer. De plus, Harry a l'habitude de faire le contraire de ce qu'on attend de lui simplement parce qu'il aime quand son interlocuteur ne sait plus où se mettre. Ce qui fonctionne très bien sur ceux qui le connaissent, comme moi ! Et j'ai toujours essayé de me rappeler que son affection joue un rôle dans son…

— La maladie ne doit pas servir d'excuse pour être grossier, l'interrompit Lisa. C'est ce que je répète très souvent aux patients du dispensaire. S'ils veulent qu'on les soigne et qu'on les traite avec la moindre sympathie, ils doivent en être conscients.

— Je suis sûr que vous parvenez à maîtriser les patients de Warner, Miss Crisp, dit Jack avec un sourire qui se transforma en moue quand il ajouta : Mais je n'aurais jamais dû frapper Harry. Jamais. Je crains que cela ait déclenché une de ses crises et…

— Cela n'a pas dû aider, mais ce coup n'était certainement pas à l'origine de sa crise, objecta Lisa. J'y ai bien réfléchi et selon moi – je suis loin d'être une experte, je me base donc sur mon instinct et mes observations –, une crise était de toute façon imminente. La question n'était pas de savoir *si* il allait faire une crise, mais *quand*. Il est donc inutile que vous culpabilisiez, vous n'en êtes pas à l'origine. Je pense qu'il sentait qu'elle arrivait. Vos coups ont sûrement accéléré les choses, mais il aurait fait une crise quoi qu'il en soit. Il vous a honteusement provoqué pour que vous le frappiez. Il vous a poussé à le frapper tout en sachant qu'une crise était imminente, ce qui était inconscient, mais – et vous le connaissez mieux que moi, vous pourrez donc me corriger si je me trompe – ce genre de comportement m'a semblé très inhabituel de sa part.

Jack hocha la tête et ne put empêcher son sourire de s'élargir ; il eut un petit sursaut quand il sentit une soudaine douleur dans sa lèvre, rappel de sa témérité. Il était d'accord avec tout ce qu'elle avait dit ; il savait, tout comme elle, ce qui avait motivé son meilleur ami à agir de façon aussi irrationnelle et autodestructrice. Teddy ne le savait toujours pas, mais elle sentait néanmoins que Jack et Lisa ne lui disaient pas tout.

— Vous êtes tellement intelligente, Lisa, dit-elle d'un ton émerveillé. Quand vous faites de telles observations, je me lamente que les femmes ayant un tel intellect ne puissent pas avoir une carrière professionnelle.

— Oui. Si cela était possible, je pourrais alors espérer prendre soin de moi-même plutôt que de dépendre de la charité de proches qui ne veulent pas de moi et d'amis qui, eux, veulent bien de moi. Ce qui m'amène à votre proposition extrêmement généreuse et pleine d'amour de venir vivre avec vous. Je suis vraiment contente que vous soyez ici tous les deux pour pouvoir vous en parler…

— Nous avons tous les deux eu la même idée séparément. Aucun de nous n'a forcé l'autre. Et il s'agit de quelque chose que nous souhaitons vraiment, tous les deux, lui assura Teddy. N'est-ce pas, Sir John ?

— Tout à fait.

Lisa hocha la tête, mais elle ne put empêcher ses larmes de monter.

— Je ne saurais vous dire à quel point cette proposition a de l'importance à mes yeux. Quand je suis devenue orpheline, je suis aussi devenue un fardeau inutile pour la famille de mon père. C'est vrai, quelque part, n'est-ce pas ? Ils ne me connaissaient pas, comment auraient-ils pu vouloir de moi ? Ainsi, avoir des amis qui veulent que je vive avec eux, que je fasse partie de leur famille, a une immense signification à mes yeux, que je ne saurais expliquer. Mais… dit-elle en s'avançant et en prenant les mains de Teddy avant de leur dire à tous les deux : J'espère que vous comprendrez que si j'accepte votre merveilleuse offre, ce sera parce que j'en aurai moi-même pris la décision, librement…

— Bien sûr ! Notre but n'a jamais été de vous contraindre, Miss Crisp, l'interrompit Jack.

— Je sais bien, Sir John, répondit Lisa avec un sourire. Vous m'avez fait cette proposition avec les meilleures intentions qui soient.

— Mais nous aurions peut-être dû l'annoncer avec plus de délicatesse. Ou ne pas l'annoncer du tout avant de vous en parler… ?

Il lança un coup d'œil à Teddy, mais dit à Lisa :

— Je pense bien que Miss Crisp n'était pas la seule à être stupéfaite de notre annonce hier soir.

Lisa se surprit à rougir.

— Je vois que vous comprenez.

Le regard dérouté de Teddy passa une nouvelle fois de Lisa à Jack.

— Vous ne voulez pas vivre avec nous ?

— Si. C'est juste que…

— Miss Crisp doit prendre cette décision par elle-même, expliqua Jack, sentant la chaleur lui monter au visage quand il la prévint : Mais j'espère… Je compte sur vous pour… Quand vous prendrez votre décision, je compte sur vous pour ne rien accepter qui serait en dessous de ce que vous méritez, Miss Crisp.

Teddy se dit qu'il devait parler du dispensaire Warner.

— Préféreriez-vous continuer à travailler pour les pauvres plutôt que de vivre avec nous ?

— Je vous aime de tout mon cœur, Teddy, et j'aime aussi votre famille, à présent. Je peux vous assurer, à tous les deux, ajouta-t-elle en soutenant le regard de Jack, que quand je prendrai ma décision, ce sera la bonne pour tout le monde. (Elle sourit à Teddy.) Mais *mon* avenir peut attendre que *votre* avenir soit bel et bien assuré, après le banquet de mariage et le bal. Ce qui doit vous préoccuper, dans l'immédiat, c'est d'arranger les choses entre vous, Sir John, et Sa Seigneurie. Et je pense pouvoir aider. Mais je vais avoir besoin que vous me conduisiez jusqu'à Lord Henri-Antoine, Sir John.

— J'aimerais pouvoir vous conduire à lui, mais c'est impossible. Seuls son majordome, son valet et ses acolytes savent où il se trouve.

— Oh ? Il n'est pas à la maison principale ? Je pensais qu'il y avait des appartements…

— Oui, mais il ne s'y trouve pas en ce moment. Et quand bien même ce serait le cas, Gallet, Kyte et les acolytes ne laissent passer personne sans l'autorisation d'Harry. Et je veux bien dire *personne*, insista Jack, contrit. Pas même le duc ou sa mère. Ils ne m'ont jamais laissé passer non plus, alors que je le connais depuis tant d'années. Ces types sont loyaux à l'extrême et vous aurez beau les menacer, ils ne bougeront pas d'un poil. Ils me rappellent les domestiques de son père, qui étaient tout aussi dévoués. Si on leur avait donné le choix, ils auraient préféré ramper sur des charbons ardents plutôt que de trahir leur maître.

— J'aimerais quand même mettre cette assertion à l'épreuve. Voudriez-vous bien m'emmener voir Mr. Gallet ?

— Oui, mais je crains que cela ne vous apporte rien. Après une crise, Harry a en général besoin de quelques jours pour reprendre ses esprits. À chaque fois, il disparaît pendant…

— Quelques jours ? s'exclama Teddy, accablée. Il ne… Nous… nous n'avons pas quelques jours devant nous ! Nous nous marions après-demain.

— Dans ce cas, nous devons voir ce que nous pouvons faire pour nous assurer qu'il puisse assister à la cérémonie, déclara Lisa.

Quand Teddy et Lisa se tournèrent toutes les deux vers Jack, pleines d'espoir, il leva les bras au ciel et hocha la tête.

— Très bien ! Je vous emmène voir Gallet. Mais je vous ai prévenue de l'issue probable, vous ne pourrez pas me dire le contraire.

— Dans ce cas, vous feriez mieux de préparer des charbons ardents, dit Teddy avec véhémence.

Elle ne savait pas du tout ce que Lisa pensait pouvoir faire, ni pourquoi elle voulait s'approcher d'un homme qui l'avait agressée verbalement, mais elle pensait au mariage avant tout. Et si Lisa pouvait faire en sorte qu'Harry soit à l'église en temps et en heure, elle était prête à laisser sa meilleure amie faire ce qu'elle devait faire pour qu'il se retrouve bien auprès de Jack.

— Quoi qu'il en soit, il faudra bien que Gallet révèle à Lisa où se trouve Harry, car je compte bien me marier, avec ou sans vous, Sir John Cavendish !

Jack s'abstint de faire remarquer à sa bien-aimée qu'elle ne pouvait pas se marier s'il était absent. Il préféra faire ce qu'on lui demandait de faire et une heure plus tard, lui et Lisa étaient dans le vestibule en marbre des appartements de Lord Henri-Antoine, dans l'aile nord de la maison principale. En découvrant le visage glacial de Michel Gallet quand un valet de pied les fit entrer dans le salon, il se dit qu'il faudrait peut-être bel et bien qu'il fasse venir un seau de charbons ardents.

VINGT-DEUX

C'ÉTAIT LA PREMIÈRE FOIS QUE LISA ENTRAIT DANS LE PALAIS DU duc de Roxton. Jusque-là, toutes les activités s'étaient déroulées à l'extérieur ou à Crecy Hall. Si la situation n'avait pas dégénéré lors du match de cricket, elle aurait pu dîner dans la grande salle à manger. Mais sa curiosité pour l'intérieur de ce palais devrait attendre. Elle voulait avant tout savoir où se trouvait Henri-Antoine. Elle avait une petite idée de l'endroit où il pouvait être, mais il faudrait que son majordome le confirme. Jack la fit passer par un vrai labyrinthe de larges couloirs en marbre, monter un grand escalier incurvé et traverser une galerie avec du parquet au sol et des tableaux, trop nombreux pour les compter, accrochés aux murs. Ce bref coup d'œil à l'intérieur de la maison principale lui donna une impression générale d'opulence inégalée. Si l'extérieur palladien était à s'en décrocher la mâchoire, l'intérieur était lui presque difficile à croire.

Les appartements de Lord Henri-Antoine ne faisaient pas exception. Quand un valet de pied les fit entrer dans un salon aux meubles recouverts de velours et de soie pourpre, ils furent accueillis par un homme dont la tenue contrastait largement avec le cadre dans lequel il se trouvait. Vêtu d'un costume bleu foncé, il avait essayé, au dispensaire Warner, de persuader Lisa de sortir dans la rue et de monter dans le carrosse de Lord Henri-Antoine. S'il était surpris de la voir, il n'en montra rien. Mais elle était surprise de le voir, elle dit donc en français avant que Jack n'ait le temps de lui demander où se trouvait Harry :

— Vous avez un double à Crecy Hall, n'est-ce pas ?

— En effet, mademoiselle. Mon frère Marc est le majordome de monsieur le duc et madame la duchesse de Kinross.

— Et vous occupez un poste similaire auprès de son fils. Comme c'est pratique.

— Que voulez-vous dire ?

— Je me demandais à travers quels yeux madame la duchesse veillait sur son fils, et à présent je le sais. Elle se sert de vos yeux, n'est-ce pas ?

— Je ne peux ni affirmer ni nier ce que dit mademoiselle. Ce que je peux vous dire, c'est qu'en tant que majordome de Sa Seigneurie, je travaille pour lui et pour personne d'autre.

— Écoutez, Gallet, intervint Jack en sentant qu'il devait contribuer à la conversation. Miss Crisp doit dire un mot à Sa Seigneurie. Si vous vouliez bien la conduire jusqu'à lui, nous pourrions ensuite vous lâcher la grappe.

Michel Gallet s'inclina respectueusement.

— Je regrette, monsieur, mais c'est impossible.

— Vous ne regrettez rien du tout. Vous refusez simplement de vous exécuter !

— Comme vous dites, monsieur, répondit Michel Gallet, qui campait sur ses positions.

Lisa fouilla dans l'une de ses poches et en sortit le plan du domaine qu'on lui avait donné pendant le trajet en carrosse entre Alston et Treat. Elle le montra au majordome, qui l'observa d'un air quelque peu perplexe avant de lancer un coup d'œil à Jack, qui faisait la même chose.

— Si vous voulez bien m'aider un court instant, monsieur Gallet. J'ai bien étudié ce plan pour pouvoir aller me promener sans forcément avoir à le consulter, tout en le gardant dans ma poche au cas où j'en aurais besoin. Savez-vous ce qui m'a le plus surprise ?

— Non, mademoiselle, dit le majordome en secouant la tête. Je ne sais pas.

— J'ai été surprise par le nombre de fabriques et de grottes qui se trouvent à deux pas de la maison principale. Voyez-vous combien il y en a ? Il y en a peut-être d'autres plus loin, mais ne serait-ce que sur cette carte, on en voit huit. Celle sur Swan Island est interdite d'accès, mais j'imagine que les autres sont ouvertes aux invités ainsi qu'aux visiteurs du parc ?

— J'imagine que c'est le cas, en effet, mademoiselle, approuva Michel Gallet.

— Cela m'a assez intriguée pour que je demande au frère de Lady Mary, Mr. Fitzstuart, s'il savait pourquoi il y en avait autant. Il m'a dit que les structures proches du palais avaient toutes été construites par le cinquième duc. Il s'en souvenait tout particulièrement, car avec son frère et sa sœur, ils passaient leurs étés ici, pendant la fabrication de ces petits bâtiments extérieurs…

— Toutes les grandes maisons ont des fabriques et des grottes. Certaines en ont plus que d'autres, l'interrompit le majordome d'une voix monotone. Je peux vous assurer qu'elles n'ont rien de surprenant.

— Ah non ? intervint Jack, soudain aux aguets, car pour la première fois depuis qu'ils étaient entrés dans le salon, Michel Gallet semblait mal à l'aise. Je vous en prie, Miss Crisp, poursuivez, ajouta-t-il en se tournant vers Lisa. J'aimerais savoir ce que mon cousin Charles avait à dire, car j'ai passé mon adolescence ici, à vagabonder sur le domaine avec Sa Seigneurie, et il n'y a pas une fabrique, pas une grotte, que nous n'ayons explorée. (Il toussa dans son poing.) Y compris sur Swan Island.

— C'est la deuxième chose que je me suis dite en étudiant cette carte – que vous, en tant que meilleur ami de Sa Seigneurie, deviez également bien connaître ces fabriques et ces grottes, dit Lisa. Mr. Fitzstuart m'a dit que ces fabriques en particulier – celles qui sont à proximité de la maison principale – ont toutes été construites quand le fils cadet du cinquième duc était un petit garçon et que leur construction a été achevée en quelques années seulement.

— La deuxième chose ? Je vous en prie, que vous êtes-vous dit avant cela ? s'enquit Jack.

Lisa répondit en regardant le majordome :

— Que monsieur le duc de Roxton était un aristocrate visionnaire et plein de compassion, que c'était un père très aimant…

— C'était le cas, Miss Crisp. Et vous êtes arrivée à cette conclusion en observant une carte ? demanda Jack, surpris.

— Oui. Car seul un père aimant qui pense aux besoins de son fils ferait construire ces petits bâtiments à certains endroits de son domaine, s'assurant que tous soient aisément accessibles. Il les a placés à ces endroits pour que son fils puisse quitter la sécurité de la maison principale et explorer le terrain tout en sachant qu'il pourrait toujours se réfugier dans un endroit sûr, loin des regards curieux. Je ne doute pas que ces bâtiments soient intéressants en eux-mêmes et soient visités par la famille, les invités et les visiteurs du parc ; ils permettent de s'asseoir un instant, de profiter du paysage, de faire une pause à l'abri du soleil et de la chaleur, ou de la pluie et du vent. Mais leur fonction première a toujours été de fournir un refuge au fils cadet du duc. N'est-ce pas, monsieur Gallet ?

Jack fixa Lisa d'un air proche de la stupéfaction.

— Par Jupiter, Miss Crisp ! Vous m'avez ouvert les yeux. Je n'y avais jamais vraiment réfléchi. Je les ai toujours simplement vus comme des endroits qu'Harry et moi pouvions explorer. Nous avons même parfois passé la nuit dans quelques-uns de ces bâtiments. J'ai l'impression d'être un vrai nigaud !

Lisa sourit.

— Oh, inutile de vous sentir sot, Sir John. Vous le disiez vous-même, vous avez vécu ici pendant une grande partie de votre vie, vous n'avez donc jamais beaucoup réfléchi à tout cela. Moi, au contraire, je découvre cet endroit, tout me semble donc fascinant et tout me demande beaucoup de réflexion. (Elle leva la carte.) On ne vous a pas donné une de ces cartes, si ?

— Non. Alors ? demanda Jack au majordome. Qu'en est-il ? Miss Crisp a raison, n'est-ce pas ? Dans laquelle de ces fabriques votre maître s'est-il terré ?

Lisa désigna la fabrique italienne sur le plan.

— Je dirais qu'il se terre dans celle-ci, Sir John. Le temple de Vediovis. Mr. Fitzstuart me disait que Vediovis était un dieu guérisseur dans la mythologie romaine. Et il s'agit de la fabrique la plus proche de l'endroit où s'est joué le match de cricket. (Elle regarda le majordome avant de reporter son regard sur la carte.) Par ailleurs, le cartographe a pris la peine d'indiquer la grotte de Neptune, accolée à ce bâtiment, qui renfermerait un bassin selon Mr. Fitzstuart.

— Tout à fait, confirma Jack en hochant la tête. Il est alimenté par le lac. Nous ne nous baignions jamais là-bas. Harry détestait cet endroit, car l'un de ses premiers traitements était d'être jeté dans ce fichu bassin, comme si être submergé dans de l'eau glacée pouvait le guérir ! Apparemment, il a failli se noyer. Sale histoire.

— Voudriez-vous bien m'y emmener ? demanda Lisa.

— Vous pensez qu'il est là-bas, malgré ce que je viens de… ?

— Oui. Même s'il détestait le bassin quand il était petit – et qui pourrait le lui reprocher ? –, maintenant qu'il est adulte, il doit savoir que les bains d'eau froide sont utilisés efficacement dans le traitement de nombreuses maladies.

— Maintenant que j'y pense, il a récemment fait construire une fabrique avec un bassin dans les jardins de sa maison de Bath. L'eau est pompée dans la rivière et rejoint le bassin par une cascade. Je pensais qu'il s'agissait de l'un de ses caprices extravagants.

— Comme sa canne au pommeau incrusté de diamants… ? Inutile, mais lui donnant l'air encore plus important ? Ne vous êtes-vous jamais dit que peut-être, il avait autant besoin de sa canne que de ce bassin ?

Elle lança un coup d'œil au majordome et vit qu'il lui accordait toute son attention.

— Sa canne ? s'enquit Jack, les sourcils froncés. Que voulez-vous dire, Miss Crisp ?

— En plus de l'aider à rester bien droit si jamais les symptômes de son affection devaient soudain l'assaillir, il s'en sert pour indiquer à ses soignants – ses acolytes, comme il les appelle – et à vous, monsieur Gallet, et ce sans avoir à prononcer un seul mot, qu'il a besoin d'aide immédiatement. N'est-ce pas ?

— Parbleu ! Vous le connaissez vraiment bien ! s'exclama Jack, admiratif. Alors, Gallet, dit-il au majordome. Si vous n'emmenez pas Miss Crisp voir Sa Seigneurie, je m'en chargerai.

— Je me dois de préciser qu'il n'y a aucune garantie que Sa Seigneurie acceptera de voir Miss Crisp. Ou que les acolytes la laisseront passer.

— Nous pourrons nous inquiéter de cela quand nous y serons, d'accord ?

Michel Gallet resta figé comme une statue et Lisa retint son souffle, espérant de tout cœur que son intuition ne l'avait pas trompée. Elle ne pouvait pas le savoir, mais le majordome était d'avis que s'il y avait bien une personne que son maître accepterait de voir, c'était la fille qui se tenait devant lui. Quand il s'était rendu au dispensaire Warner avec son maître pour la première fois, il s'était demandé ce qui avait bien pu passer par la tête de Sa Seigneurie pour qu'ils se déplacent dans un tel taudis sanitaire. Puis il l'avait trouvée là, assise dans son coin avec son écritoire, entourée de miséreux sales, malades et en haillons, tel un soleil dans une vie autrement bien terne. Ce n'était pas seulement qu'elle était d'une beauté saisissante ; c'était le cas, mais il avait vu des femmes à la beauté rare au bras de son maître, que ce soit en Angleterre ou sur le continent. C'était surtout que la beauté de Miss Crisp rayonnait de l'intérieur. Il s'agissait de la plus rare forme de beauté, selon son humble avis. Ainsi, après un instant qui lui avait semblé durer plusieurs minutes, se résumant en fait à quelques secondes, Lisa put respirer de nouveau quand le majordome indiqua qu'il était d'accord d'un hochement de tête.

— Mais je ne peux emmener que Miss Crisp, Sir John.

Jack s'éloigna un peu du majordome, indiquant à Lisa de le suivre. Quand elle fut devant lui, il lui dit à voix basse :

— Si vous allez dans la fabrique sans ma protection et qu'on apprend que vous vous y êtes rendue toute seule, je ne pourrai pas vous protéger des commérages – ni d'Harry. C'est avec le plus grand respect pour vous, et pour lui, que je vous dis cela.

— Je le sais. Et je suis profondément touchée que vous vous inquiétiez pour mon bien-être, mais vous devez savoir – surtout vous, en tant que meilleur ami d'Henri-Antoine – ce que nous ressentons l'un pour l'autre.

— Je le sais, maintenant, dit-il avec un petit rire et les joues rouges en touchant la coupure sur sa lèvre avec précaution. Ce que je ne sais pas, c'est ce que l'avenir vous réserve, à tous les deux. Ce que je souhaite ne finira peut-être pas par arriver, car Harry…

— … est le frère du duc de Roxton et le fils d'un duc, termina Lisa en souriant. Ne vous inquiétez pas, Sir John. Je suis peut-être jeune, mais je suis pragmatique. Je sais que si j'écoute mon cœur, il y aura des conséquences, et je l'accepte.

— Quoi qu'il arrive, vous pourrez toujours compter sur Teddy et moi. Ne l'oubliez pas.

Lisa l'embrassa impulsivement sur la joue.

— Merci. Vous êtes le plus gentil des hommes, je comprends pourquoi Teddy vous aime. Maintenant, vous devez retourner auprès d'elle, mais ne lui dites rien de tout cela pour l'instant. Si je dois perdre sa bonne opinion de moi, je préférerais attendre que votre mariage soit passé.

— Très bien, accepta Jack, ajoutant une remarque cryptique dans sa barbe : Ce n'est pas une falaise, mais une fabrique italienne conviendra très bien.

— Je vous ai déjà dit de revenir demain ! Partez !

La soudaine lumière éclatante dans cette pièce autrement sombre l'avait réveillé. Entre sommeil et éveil, il était vaguement conscient des allées et venues à l'étage inférieur, qui avaient quelque chose de réconfortant. Les acolytes lui apportaient à manger, de l'eau propre à boire et du bois pour alimenter la chaudière, nettoyaient la pièce et vidaient ce qui devait être vidé. Et quand ils n'étaient pas en train de s'affairer, Kyte allait et venait ; il récupéra notamment ses vêtements et les remplaça par une tenue propre, ce qui était parfait, car on ne lui avait laissé que sa chemise sur le dos. Mais puisqu'il était recroquevillé dans son lit, il n'avait besoin de rien d'autre…

Toutes ces allées et venues avaient lieu dans la pièce du dessous et personne ne fit irruption dans la pièce dont il se servait comme chambre. Cette fabrique était une rotonde à deux niveaux. Des fenêtres faisaient tout le tour de l'édifice et une double porte menait sur un balcon étroit. Certaines fenêtres donnaient sur la forêt et d'autres offraient une vue sur les jardins entretenus avec soin. Son grand lit à baldaquin était placé au centre de la pièce, sous le toit en dôme. Les rideaux étaient jusque-là tirés sur toutes les fenêtres afin d'obscurcir la pièce, mais quelqu'un venait d'en ouvrir un et de remonter le châssis de la fenêtre afin de faire entrer de l'air frais.

À l'exception d'un décès dans la famille, il ne voyait aucune autre raison pour laquelle un de ses domestiques lui désobéirait en venant l'importuner. Ce fut cette éventualité alarmante qui le poussa à rouler sur le dos. Mais il ne tourna pas la tête sur son oreiller pour faire face à la fenêtre ouverte, car la lumière était trop intense. Il battit des paupières en regardant le plafond voûté, sur lequel était peint un ciel nocturne plein d'étoiles scintillantes. Il leva une main à quelques centimètres seulement au-dessus du couvre-lit, indiquant à l'intrus qu'il pouvait parler.

Quand le silence s'étira, Henri-Antoine se tourna vers la lumière à contrecœur, plissant les yeux, ce qui le fit tressaillir, car son œil gauche était tuméfié. Il devait avoir de la fièvre. Devant lui se dessinait une silhouette féminine. Il cligna des yeux. Il était sûrement en train d'halluciner, mais cette apparition pourrait peut-être, au moins, se montrer raisonnable.

— La lumière me fait mal… Tirez le rideau… C'est mieux. Maintenant, partez.

Il tira les draps sur sa tête, lui tourna le dos et ferma les yeux.

Lisa s'approcha du lit.

— Je vous attendrai en bas. Mais je ne vais pas partir.

Il y eut de l'agitation sous les draps, puis une main en sortit brusquement.

— Non ! Ne…

— « Ne m'attendez pas en bas » ou « ne partez pas » ?

— Ne… ne partez pas… (La main tapota le couvre-lit.) Restez.

Elle s'assit au bord du matelas et prit sa main. Sa froideur la surprit. Mais puisqu'il n'y avait pas de cheminée et que le soleil ne pouvait pas entrer dans la pièce, rien ne pouvait la réchauffer. Il faisait un temps magnifique à l'extérieur, presque trop chaud, mais cette fabrique était reculée au milieu de la verdure, juste à l'orée d'un taillis, elle recevait donc peu de rayons du soleil.

Elle chercha une autre couverture autour d'elle, mais n'en vit aucune près du lit. Elle se releva donc pour en chercher une, mais il resserra ses doigts autour des siens.

— Restez.

— J'en ai l'intention. Mais vous avez froid, il vous faut d'autres couvertures. J'en trouverai peut-être en bas…

— Non, répondit-il d'une voix étouffée avant de baisser lentement le drap jusqu'à son menton et de la regarder en plissant les yeux. Je n'ai pas besoin de… J'ai juste besoin… J'ai seulement besoin de… de vous. Et de dormir.

Elle pinça les lèvres, bouleversée par cet aveu, et hocha la tête en serrant sa main avant de la lâcher. La main disparut sous la couette, puis il se tourna sur le côté et se réinstalla. Sans y réfléchir à deux fois, elle monta sur le lit et s'allongea près de lui sur la couverture. Elle roula sur le côté pour venir se placer contre son dos, retapa l'oreiller et se rallongea. Une main posée sur son épaule, le visage enfoui dans sa nuque et son corps enroulé autour de celui d'Henri-Antoine, qui était enveloppé dans la couverture de la tête aux pieds, elle ferma les yeux. Elle resta allongée ainsi un long moment, satisfaite et heureuse, avant de tomber dans un sommeil profond.

Elle se réveilla plusieurs heures plus tard. Elle ne l'avait pas du tout senti bouger. Elle avait à peine dormi la nuit précédente, elle n'était donc pas surprise de s'être endormie aussi facilement auprès de lui. Il était toujours enroulé dans la couverture, mais celle-ci ne recouvrait plus sa tête. Il avait sorti un bras, posé sur le couvre-lit, et ses cheveux mi-longs retombaient en bataille sur son oreiller. Elle se leva sur un coude pour vérifier discrètement s'il dormait encore et fut surprise, non par la barbe naissante qui formait une ombre sur son menton et le long de sa mâchoire, mais par son œil au beurre noir et par sa lèvre fendue, qui n'était cependant pas aussi gonflée que ce à quoi elle s'était attendue.

Elle se rallongea et frissonna, se rendant compte qu'elle avait froid à présent, ce qui était sa faute, car elle avait laissé la fenêtre entrouverte. Elle voulut se lever pour la fermer, mais elle le réveilla en bougeant.

— Venez sous la couette, lui dit-il d'une voix endormie. Cela nous réchauffera tous les deux.

Quand elle hésita un peu trop longtemps, il se réveilla assez pour tourner la tête et dire :

— Mon état ne me permet certainement pas de vous séduire. Je suis faible… et… quand nous ferons l'amour, je veux… je veux être au meilleur de ma forme… pour vous… Je me dois de vous prévenir – je ne porte qu'une chemise… Et vous allez vite vous rendre compte que j'ai des genoux osseux et des jambes dures et poilues.

Lisa sourit et s'empourpra, mais avant de retirer ses bottines, elle alla rapidement fermer la fenêtre. Chaussée de ses bas, elle arrangea les draps et le couvre-lit afin de pouvoir se glisser aisément dessous. Maintenant que le corps d'Henri-Antoine n'était plus prisonnier des draps, elle était parfaitement consciente de sa silhouette. Elle s'appuya délicatement contre son corps long et courbé, se blottit contre lui et rapidement, leurs jambes furent confortablement enchevêtrées.

Il semblait s'être rendormi, car il resta silencieux un long moment, puis il dit :

— Je dois me reposer si je veux éviter que ma migraine persiste.

— Reposez-vous, alors.

— Vous ne partirez pas… ?

— Non.

— Ce n'est… Ce n'est pas le grand jour de Jack, si ?

— Non. Le mariage a lieu après-demain.

— J'ai cru… commença-t-il avant de soupirer. Bien. Je ne veux pas le rater.

— Il ne veut pas que vous le ratiez non plus.

— Il me pardonne ?

— Oui.

— C'est un homme merveilleux.

— Oui. Et vous aussi.

— Je ne suis pas merveilleux, grommela Henri-Antoine en tirant le bras de Lisa, posé en travers de son corps, afin qu'elle se rapproche de lui et pour s'accrocher à elle. Je suis un scélérat, un imbécile arrogant… Et je suis toujours très en colère contre vous.

Lisa réprima un sourire dans son dos, de peur de se mettre à glousser. Mais elle ne put masquer l'hilarité dans sa voix.

— Oui, j'ai bien vu que vous étiez furieux contre moi quand vous avez provoqué Jack jusqu'à ce qu'il vous frappe.

— Vous vous en moquez, hein ?

— Que vous ayez provoqué Jack, qu'il vous ait frappé et que vous l'ayez frappé en retour ? Je ne m'en moque certainement pas !

— Mais non, *sorcière*. Que je sois en colère contre vous.

— Complètement.

— J'ai essayé de vous prévenir.

Lisa posa sa joue entre ses omoplates.

— C'est vrai. Merci.

Après un long silence, il dit :

— Je suis désolé pour… pour tout… Pour avoir dit ce que j'ai dit… Je n'en pensais rien. J'ai été méprisable… Je suis méprisable… Rester avec moi causera votre perte.

— Je suis déjà perdue, milord.

Quand il entendit cette déclaration, il changea de position pour se retrouver face à elle, exigeant qu'elle s'explique. Pour seule réponse, elle lui adressa un sourire, se demandant comment il faisait pour rester le plus bel homme qu'elle avait jamais vu malgré le fait qu'il n'était pas rasé, qu'il était décoiffé, qu'il avait un œil au beurre noir et qu'il fronçait les sourcils d'un air foudroyant. Il avait beau être autoritaire, arrogant, intransigeant et souvent insondable, elle l'avait aussi découvert généreux, compatissant, loyal et aimant. Somme toute, elle ne connaissait personne de plus complexe que lui, et elle l'aimait. Elle était à présent persuadée qu'elle était tombée amoureuse de lui presque dès leur première rencontre. Elle croyait au destin, ce qu'elle lui avait dit. Elle croyait aussi en l'honnêteté, elle se lança donc et lui dit la vérité, car pourquoi pas ? Elle était là avec lui. Elle avait donné son accord pour être sa maîtresse et elle était impatiente de partager une maison, et un lit, avec lui.

— Car je vous aime, Henri-Antoine.

Il ferma les yeux et tourna la tête sur l'oreiller, regardant, sans les voir, les étoiles parsemées sur le plafond. Il s'accorda quelques précieuses secondes pour savourer sa déclaration. Il eut soudain la tête qui tournait, comme quand elle l'avait embrassé sous le chêne. Il débordait tant de bonheur qu'il afficha un immense sourire. Mais en voyant son sourire, elle fronça les sourcils et se redressa sur un coude pour l'observer de haut.

— Je vous demande pardon si j'ai dit quelque chose qui vous fait sourire comme un imbécile, riposta-t-elle avec une moue, feignant l'indignation. Si c'est ainsi que Sa Seigneurie répond à une déclaration d'amour, alors peut-être que Jack ne vous a pas frappé assez fort, n'a pas remis de l'ordre dans votre esprit comme je l'espérais !

Il gloussa et, revenant à sa langue maternelle, dit en français :

— Mais c'est *vous* l'imbécile… ma belle imbécile à moi. Vous avouez votre amour à un homme qui a fait en sorte que son meilleur ami le frappe afin de vous prouver qu'il est le dernier homme avec qui vous devriez passer votre vie. Et vous le faites quand il est aussi faible qu'un chiot et qu'il a autant de laine dans la tête qu'il y en a sur un mouton, quand il ne peut donc pas vous donner la réponse que vous méritez… Son plus grand souhait est de vous montrer qu'il vous désire, corps et âme… Et vous vous demandez pourquoi je souris tel un fou du roi ?

— Si vous espérez que je vais m'apitoyer sur votre sort…

— Oh, non ! C'est moi qui m'apitoie sur le vôtre !

Elle poussa une exclamation de surprise avant de se mettre à rire avec lui. Quand elle le regarda dans les yeux en souriant, il prit délicatement son visage entre ses longs doigts, l'attira vers lui et l'embrassa tendrement.

— Vous m'avez rendu très heureux, Miss Lisa Crisp.

— Et cela me rend heureuse.

Ils se blottirent de nouveau l'un contre l'autre. Cette fois-ci, il passa son bras autour d'elle et elle posa la tête sur son torse. Ils se contentèrent simplement de rester immobiles et silencieux, et ce pendant si longtemps qu'ils tombèrent dans un état de demi-sommeil. Quand il reprit la parole, Lisa se demanda s'ils avaient dormi, finalement.

— J'aimerais rester ici, avec vous, pour toujours.

— Nous obtiendrions alors notre place dans l'un de ces guides touristiques sur les grands domaines…

— Des guides touristiques ? Sur les grands domaines ? De telles choses existent-elles ?

— Comment les personnes ordinaires pourraient-elles savoir comment vivent leurs supérieurs sans ces guides ?

— Je n'en savais rien.

— C'est parce que vous vivez dans l'un d'eux…

— Dans un guide ?

— Oui.

— Pourquoi nous retrouverions-nous dans un ouvrage aussi captivant ?

— Car si nous restions ici pour toujours, nous finirions par mourir…

— Que vous êtes morbide.

— C'est vous qui avez dit « pour toujours ».

— C'est vrai.

— Et donc, si nous restions ici pour toujours, on finirait par découvrir nos squelettes, en pleine étreinte comme nous sommes en ce moment même. Une telle découverte, assurément, aurait sa place dans n'importe quel guide. Un article édifiant pourrait être écrit pour prévenir les amants – ou, dans notre cas, les futurs amants – qu'il n'est jamais sage de rester au lit à jamais…

— Sage ? Oubliez la sagesse ! Qui, en partageant un lit avec vous, voudrait être sage ?

Lisa soupira, sourit et déposa un baiser sur son torse. Elle devint soudain pensive. C'était peut-être parce qu'ils avaient parlé de la mort, de mourir. Elle voulait en savoir plus sur son père. Elle voulait revenir sur quelque chose qu'il avait dit, puis fait, quand elle s'était occupée de lui dans la maison de ville de Lord Westby. Ils n'étaient pas revenus dessus, mais elle se demandait s'il pourrait lui en parler maintenant, lui parler de son père, l'illustre cinquième duc de Roxton.

— Quand vous étiez malade dans votre enfance, était-ce votre père qui s'occupait de vous ? Car chez Lord Westby, vous…

— Oui. J'ai passé une bonne partie de mon enfance à récupérer sur une méridienne dans les bibliothèques de mon père…

— *Les* bibliothèques ?

— Ici. À Londres. À Paris. Mais ici, surtout.

— Il vous caressait les cheveux…

— Peu importe ce qu'il était en train de faire, il laissait tout tomber pour venir s'asseoir avec moi après une de mes crises… Il me racontait des histoires de sa jeunesse… Sa voix m'apaisait… Je l'entends toujours dans ma tête… Il avait une façon de parler captivante. Lui, il était captivant. Et sa voix… Il est difficile de la décrire, mais si vous l'aviez entendue, vous ne l'auriez jamais oubliée.

— Comme la vôtre.

— Ma voix ? Inoubliable ?

— Non…

— Non ? Mais vous venez de dire…

— Vous avez u-une voix… splendide.

— Splendide ? répéta-t-il avec un immense sourire.

— Vous le savez bien ! Et je vous l'ai déjà dit. Avez-vous oublié ? Quand vous êtes venu me voir au dispensaire et que vous m'avez offert ma merveilleuse écritoire. Je vous avais dit que je pourrais vous écouter parler encore et encore, peu importe dans quelle langue. (Elle esquissa un sourire espiègle.) Et Becky est de mon avis. À vrai dire, c'est elle qui a d'abord mentionné le chocolat chaud…

— Le chocolat chaud ?

— Votre voix. C'est à cela qu'elle ressemble. Votre voix ressemble à du chocolat chaud : veloutée, délicieuse et-et un brin pécheresse.

— Le chocolat chaud, un péché ?

Il poussa un petit éclat de rire guttural, puis il ramena l'oreiller sur sa tête et le maintint en place. Lisa se demandait quel était le problème quand elle sentit tout le corps d'Henri-Antoine trembler, de rire comprit-elle. Elle retira l'oreiller, il la regarda en battant des paupières et, les joues rouges, elle lui lança un regard furieux.

— Je n'exagérais pas, dit-elle sérieusement. Et-et je n'essayais pas d-de vous flatter.

— Que Dieu nous en garde !

Il grimaça de douleur à cause de sa migraine et reprit son oreiller des mains de Lisa, mais il dit avant de le remettre sur sa tête :

— Je riais de bonheur, *sorcière*. Vous me rendez heureux. Arrêtez !

Elle sourit et ils se réinstallèrent tous les deux, silencieux. Il la surprit en avouant :

— Quand vous m'avez caressé les cheveux chez Westby, j'ai cru… Pendant un instant fulgurant, j'ai cru que c'était mon père…

— « Ne vous arrêtez pas, mon cher papa. Dites m'en plus », le cita-t-elle en français.

— Ai-je dit cela ?

— Oui, et maintenant je comprends pourquoi.

— J-j'ai pleurniché comme un enfant !

— Car vous avez compris que ce n'était pas lui. Il ne faut pas avoir honte de ses émotions. Vous aimiez votre père d'un amour incommensurable. Il est tout à fait naturel que vous le pleuriez encore… Et puis, vous étiez jeune quand il est mort, non ?

— Il est tombé malade juste après mon neuvième anniversaire. J'avais douze ans quand il est mort. Je croyais… quand j'étais petit… je croyais que je l'avais contaminé avec ma maladie.

— Oh, non ! J'espère que votre mère, votre frère et les médecins vous ont assuré que ce n'était pas vrai.

— Je n'en ai parlé à personne… mais qu'est-ce qui aurait pu m'empêcher de le penser ? De nombreux médecins que mes parents consultaient à propos de ma maladie, et notamment le médecin personnel de mon père, nous avaient avertis que le mal caduc était contagieux…

— Sottises ! Si cela était le cas, toute votre famille et tout votre personnel l'auraient attrapé et en souffriraient. Personne d'autre dans votre famille ne souffre de cette maladie, si ?

— Non…

— C'est bien ce que je disais ! Oh, à l'exception de votre grand-père maternel. Mais vous ne l'avez pas attrapé de lui, puisqu'il est mort bien avant votre naissance.

— Ah, mais tant que le contraire n'aura pas été prouvé, certains médecins continueront à croire que nous sommes contagieux et à exiger que nous restions en retrait de la société.

— Certains médecins pensent également qu'il s'agit d'une manifestation du mal, d'un signe de folie. Je le sais, car le Dr Warner en a parlé dans l'un de ses discours au petit déjeuner. Il s'oppose ardemment aux postulats selon lesquels le mal caduc serait contagieux ou un signe du mal…

— Raison pour laquelle je vais financer ses recherches et son école d'anatomie.

— … mais il ne rejette pas la théorie selon laquelle, en pleine crise, le souffrant pourrait traverser un moment de folie.

— C'est peut-être vrai. Je n'en sais rien. Je n'en garde aucun souvenir. (Il tourna la tête sur l'oreiller pour venir chercher le regard de Lisa.) Et puisque je n'en sais rien, qui peut affirmer qu'il n'y a pas de monstre dans ma tête… ?

— Je ne vous laisserai pas croire ceci ! s'exclama Lisa avec force, l'embrassant pour le faire taire et souriant quand il tressaillit. Pardonnez-moi. J'avais oublié que votre lèvre était fendue. Mais puisque c'est vous qui l'avez cherché, je n'ai que peu de compassion pour vous. Mais j'ai de la compassion pour le petit garçon en vous, vraiment. La mort d'un parent, surtout d'un parent qu'on aime autant que vous aimiez votre père, est une expérience des plus douloureuses. Dans mon cas, la mort de mon père était une bénédiction cachée. Je me suis peut-être retrouvée orpheline, mais je n'avais plus à subir son ivresse. Je préférais vivre à l'hospice qu'avec lui.

— Je me suis toujours demandé, commenta Henri-Antoine, ne plaisantant qu'à moitié, si les personnes envoyées à l'hospice ressentaient la même chose que ce que j'ai ressenti quand on m'a envoyé à Eton…

— Vous comparez une école réservée aux fils de la noblesse à un-un hospice ? demanda Lisa, atterrée. Si vous êtes sérieux, c'est que vous vivez réellement dans un conte de fées ! Vous n'avez aucune idée de ce à quoi ressemble la vie dans un hospice.

— Non, en effet. Mais vous, ma chère, n'avez aucune idée de ce à quoi ressemble la vie à Eton. C'est un endroit cruel, rempli de brutes. Les garçons qu'on enferme ensemble dans de tels endroits sont des petits monstres… Alors que je me voyais moi-même comme un monstre, j'étais mort de peur. Peu importe que je sois constamment suivi par un médecin, ils s'en prenaient aussi à lui. Sans Jack, je n'aurais pas survécu. J'ai tenu quelques mois, puis mon père est venu me sauver. On voulait voir si je pouvais être comme les autres garçons de mon âge et cette tentative a lamentablement échoué.

— Je n'arrive pas à imaginer que vous ayez pu être comme les autres petits garçons, et ce n'est pas de votre maladie que je parle. De la même manière, vous n'êtes pas comme les autres hommes, et surtout pas comme vos égaux. Quel autre noble pense aux hospices, aux dispensaires pour les pauvres et à l'avancée de la médecine, parraine entièrement une fondation qui œuvre en ce sens et offre des bourses d'études aux étudiants pauvres mais brillants… ?

— « La valeur d'un grand héritage ne se mesure pas à la façon dont il est conservé, mais à la façon dont il est dépensé. » Mon père m'a laissé ce sage conseil dans une lettre que j'ai ouverte le jour où je suis entré en possession de mon héritage, pour mon vingt-et-unième anniversaire… Ma migraine me martèle le crâne. Il faut que je dorme, maintenant. Pendant ce temps, demandez-vous si vous voulez passer votre vie avec un homme qui restera affaibli pour le restant de ses jours. Si, à mon réveil, vous n'êtes plus là, j'accepterai votre décision. Je n'irai pas voir Jack pour lui asséner mon poing sur le nez. Si vous restez… aucun de nous deux ne pourra plus revenir en arrière.

VINGT-TROIS

QUAND IL DESCENDIT L'ESCALIER, L'APRÈS-MIDI TOUCHAIT À SA fin. Il découvrit qu'on avait dressé la petite table à côté de l'une des fenêtres pour le souper. Les portes-fenêtres étaient grandes ouvertes. Juste derrière, à l'endroit où le chemin se séparait en deux, partant à gauche et à droite, les acolytes étaient assis sur des tabourets à l'ombre et jouaient aux cartes. Il reporta son attention sur la table. Deux couverts avaient été mis, ce qui lui donna l'espoir que Lisa avait décidé de rester. Mais elle n'était pas dans la fabrique, qui n'était composée que de cette pièce et de celle du dessus, elle n'avait donc nulle part où se cacher si elle avait décidé de se montrer taquine avec lui. Elle ne pouvait se trouver qu'à un seul autre endroit et le fait que les acolytes avaient choisi de s'installer au croisement des chemins pour empêcher les intrus de passer lui confirma ce qu'il pensait.

Il dégagea ses cheveux de ses yeux et sortit en chemise, les jambes nues. Les acolytes poursuivirent leur jeu de cartes comme s'il n'était pas là. Après tout, ils étaient comme son ombre et il avait rarement besoin d'interagir avec eux. Mais cette fois-ci, il vint directement les voir ; ils se relevèrent d'un bond, mais il leur indiqua de rester assis et demanda :

— Avez-vous alimenté la chaudière ?

— Oui, milord. Elle devrait être moins froide, maintenant.

Henri-Antoine hocha la tête et resta un instant sur place. Pour la première fois de sa vie, il se sentait mal à l'aise avec ses acolytes, ne savait pas quoi leur dire, à eux qui étaient allés partout avec lui et qui connaissaient intimement ses habitudes. Rien de tout cela ne l'avait dérangé par le passé. Mais avec Lisa, c'était différent. Ce fut donc un soulagement quand l'un d'eux dit d'une voix égale :

— Mr. Gallet arrive bientôt avec le souper. Mais on nous a demandé, si nous estimions qu'il avait assez de temps devant lui, d'envoyer milord dans la grotte.

— Et alors, ai-je assez de temps devant moi ?

Les acolytes se regardèrent avant de se tourner vers Henri-Antoine et de hocher la tête. Ce fut seulement quand il s'élança sur le chemin qui serpentait dans le taillis, vers la grotte de Neptune, qu'ils osèrent arborer un immense sourire dans son dos. Ils reprirent leur jeu de cartes.

Il vit la tenue dont elle s'était débarrassée avant de la voir elle. Chaque vêtement était soigneusement plié et la pile était posée au pied d'une statue en marbre représentant une nymphe des mers. Il s'agissait de l'une des filles de Neptune, assise au bord du bassin avec une cruche dont de l'eau jaillissait et retombait dans le bassin. Lisa était partiellement cachée par cette statue, plongée dans l'eau jusqu'au menton et tenant le rebord en pierre d'une main. Il n'aurait pas su dire si c'était par pudeur qu'elle s'était dissimulée ou si elle jouait à cache-cache. Il ne savait pas non plus si elle s'était rendu compte qu'il l'avait vue. Il ne pensait pas que ce soit le cas. Si elle avait été n'importe quelle autre femme avec qui il avait couché dans sa vie, il se serait déshabillé et aurait sauté dans l'eau sans y réfléchir à deux fois.

Il se demanda ce qu'elle avait déjà aperçu, ou non, de l'anatomie masculine en travaillant au dispensaire Warner. Il savait que dans n'importe quel contexte médical, elle ne serait ni prude ni impressionnable. Mais cela valait pour ses patients. Puis il se rappela que les acolytes lui avaient dit qu'ils étaient chargés de l'envoyer dans la grotte. Ainsi, elle l'attendait, nue dans ce bassin. Il ne lui restait plus qu'une chose à faire.

Il s'avança sur le rebord en pierre d'où partaient trois marches qui descendaient dans l'eau, remua ses orteils nus et fit passer sa chemise par-dessus sa tête avant de la laisser tomber près des vêtements de Lisa. Nu, il compta jusqu'à cinq dans sa tête ; ainsi, même si la surprise la faisait battre des paupières, elle serait obligée de le voir dans toute sa gloire, même si à l'instant, elle fermait résolument les yeux, car c'était la première fois qu'elle voyait un homme entièrement nu et de face. Au moins, sa réaction n'avait pas été de crier, de rire ou de glousser. Il espérait qu'elle avait les yeux grands ouverts. Qu'elle l'étudiait attentivement, de ses cheveux en bataille à ses orteils qu'ils remuaient, s'attardant sur ce qui se trouvait entre les deux, et surtout sur ce qui se trouvait entre les deux. Il était assez arrogant pour espérer être le premier homme qu'elle voyait nu, et assez orgueilleux pour savoir qu'il avait un physique remarquable. Les amantes qu'il avait eues dans le passé avaient nourri sa vanité, mais en tant que membre des bains Burke, il avait vu, dans tous les sens du terme, assez d'autres membres pour être bien dans sa peau. Mais sachant que Lisa le regardait, ses aventures passées, Burke et sa vanité n'eurent plus aucune importance ; elle était tout ce qui importait.

Alors qu'il s'apprêtait à descendre dans le bassin, elle sortit lentement de derrière la statue et s'avança vers lui, dans l'eau. Arrivée devant lui, elle posa un pied sur la première marche et se releva. L'eau clapotait au niveau de son nombril et les longues mèches mouillées de ses cheveux, qui lui arrivaient jusqu'aux cuisses, flottaient autour d'elle ou étaient plaquées contre ses jolies courbes telles de longues algues, recouvrant sa nudité de façon affriolante. Elle était l'incarnation vivante de la Vénus de Botticelli. Il resta muet devant sa beauté. Quand elle lui adressa un sourire timide en lui tendant la main pour l'inviter à la rejoindre, il n'eut aucune hésitation.

Les acolytes restèrent vigilants pendant la fin de la journée et toute la suivante, tandis que Lisa et Henri-Antoine partageaient leur temps entre la fabrique et le bassin, s'assurant que les moments qu'ils passaient ensemble n'étaient interrompus par personne. Car certains essayèrent de s'immiscer dans ces moments. Plusieurs fois, des invités de la maison principale, qu'ils soient à pied ou à cheval, furent attirés dans cette partie du domaine par la fumée qui s'échappait de la cheminée de la chaudière. C'était comme si les volutes d'un gris laiteux qui s'élevaient dans le bleu du ciel attiraient tous ceux qui passaient par là, servant d'invitation à l'image de la chaleur d'une cheminée lors d'une nuit glaciale.

Ces invités, qui espéraient visiter la rotonde appelée « temple de Vediovis », admirer la vue du premier étage ou observer par eux-mêmes la chaudière qui réchauffait l'eau du bassin pour qu'on puisse s'y baigner, maintenaient qu'ils avaient la permission du duc en personne pour aller où ils le souhaitaient. Et ce qu'ils souhaitaient, c'était visiter l'intérieur de cette fabrique-ci et entrer dans la grotte de Neptune. Un couple prétexta même qu'ils devaient absolument plonger dans l'eau chaude du bassin, qu'il s'agissait d'une nécessité médicale. L'eau du lac était trop froide malgré la chaleur de cette journée estivale, même si nombreux étaient ceux qui plongeaient dans l'eau près du hangar à bateaux. Le couple n'en démordait pas. On leur suggéra très poliment de retourner à la maison principale, qu'un bain conviendrait parfaitement. Ils partirent avec beaucoup de réticence en prévenant les acolytes qu'ils en toucheraient un mot à Sa Grâce.

Et s'ils avaient un besoin urgent d'utiliser les lieux d'aisance ? Il y avait des latrines extérieures juste derrière la fabrique, entre cette dernière et la grotte, reculées dans la verdure. Il s'agissait de l'un des nombreux lieux d'aisance répartis sur tout le domaine et qui pouvaient être utilisés autant par les visiteurs que par les membres de la famille. Là encore, les acolytes restèrent inflexibles, allant même jusqu'à suggérer que n'importe lequel des milliers d'arbres du domaine pourrait servir d'excellent substitut aux latrines, les gentilshommes pouvant s'y soulager en un instant. Mais pas ici, pas devant ces arbres, pas dans ces latrines.

Les acolytes restèrent de marbre face à toutes sortes de demandes, menaces de poursuites et même une menace de violence. Cette dernière était absurde vu leur taille, leur largeur et la taille de leurs muscles, visibles sur leurs avant-bras et sur leurs mollets. Ils donnaient tous les quatre l'impression de pouvoir soulever chacun une chaise à porteurs avec son passager sans aucun effort.

Puis plusieurs jeunes gentlemen et ladies arrivèrent à cheval et ne purent être convaincus de poursuivre leur chemin. Ils attachèrent leurs montures et insistèrent pour visiter la fabrique et jeter un coup d'œil à la grotte de Neptune, ne serait-ce que pour tremper le bout de leurs doigts dans l'eau chauffée. Quand on leur demanda de partir, poliment mais fermement, ils protestèrent en se pavanant devant les acolytes et en évoquant leurs ancêtres, leur lignée ancienne et leur lien à tous les hommes politiques puissants du royaume. Les acolytes ne dirent pas un mot et restèrent de glace.

Tandis que les acolytes, agacés, étaient distraits par ce noble groupe, trois d'entre eux se glissèrent de l'autre côté de la fabrique en passant par les buissons derrière les latrines. Ils restèrent baissés et se déplacèrent furtivement dans le taillis, descendirent une pente qui les mena sous la fabrique et réapparurent, indemnes et à présent libres de se redresser, sur un chemin qui menait directement à l'entrée de la chaudière, qui se trouvait juste en dessous du bassin.

Les trois se félicitèrent, car ils avaient réussi à passer l'obstacle que représentaient les monolithes d'Henri-Antoine et à se retrouver exactement là où ils avaient espéré arriver.

— Vous entendez ? siffla Bully Knatchbull. Je le savais ! Quelqu'un barbote dans ce bassin !

Ils entendaient en effet le bruit de l'eau que l'on faisait gicler et des rires, suivis de cris aigus féminins, d'autres rires et d'autres éclaboussures.

— Ce n'est pas juste quelqu'un, Bully. C'est Harry. Harry et quelqu'un d'autre, répondit Seb Westby avec un ricanement satisfait. C'est forcément lui. Il ne va nulle part sans ses ours.

— C'était pareil quand nous étions à l'étranger, confirma Bully. Là-bas, il disait qu'ils étaient là pour nous protéger, notamment des étrangers. Et maintenant que j'y pense, c'est vrai qu'ils étaient utiles. Une ou deux fois, ils l'ont aidé à rentrer. Jack disait qu'Harry était ivre. C'est aussi arrivé à Rome... Il ne tient vraiment pas l'alcool, lui... Harry, je veux dire, pas Jack. Mais ici... Pourquoi Harry aurait-il besoin de ces ours à Treat ? Ce n'est pas comme si un Anglais risquait de s'en prendre à lui, si ? (Il renâcla.) Enfin, sauf s'il s'agit de Jack ! Ha, ha, ha !

— Oubliez ces satanés ours et concentrez-vous sur ce qui nous intéresse, Bully !

— Je ne vois vraiment pas pourquoi il ne voudrait pas que les autres membres de la confrérie Batoni viennent s'amuser dans l'eau avec lui. Il fait chaud aujourd'hui, ce serait bien normal.

— Nous vous avons déjà dit pourquoi, Randall, répondit sa sœur Violet, qui était tout aussi exaspérée que Westby, en se tournant vers lui et en levant les yeux au ciel. Il est avec une femme. Et après ce qu'il s'est passé au match de cricket, nous savons comment elle s'appelle...

— Et comment vous, vous vous appelez ! Il vous a traitée de garce, Vi, lui rappela Westby d'une voix traînante en haussant les sourcils. C'est pire que s'il vous avait traitée de putain... Soit il vous déteste plus que ce que je pensais, soit ses sentiments pour la pauvresse sont plus forts que ce que j'imaginais...

— Ce que vous pensez n'a aucune importance, Seb ! Harry ne peut pas traiter ma sœur ainsi et s'en sortir impunément. Et vous non plus...

— Moi, non. Mais lui, oui.

— C'est pour cela que nous sommes ici, Randall, expliqua Violet.

Elle fit la moue, battit des paupières d'un air attristé en regardant son frère – Westby leva les yeux au ciel face à une telle performance – et continua :

— Vous voulez qu'il s'excuse pour ce qu'il m'a dit, non ? Il devrait payer, non ? Vous ne pouvez pas le laisser s'en tirer alors qu'il m'a insultée.

— Bien sûr que non, Vi. Mais... attendez un peu ! Je n'aime pas espionner un de mes semblables quand il se trouve avec une femme. C'est très impoli. Je préférerais aller le voir directement, le frapper de mon gant et le provoquer en duel...

— Nous sommes en quatre-vingt-six, Bully. Nous ne sommes plus dans les années quarante ! répliqua Westby. Harry a peut-être des airs efféminés avec ses vêtements à fleurs, sa canne à pommeau incrusté de diamants et ses satanés ours, mais dans un duel, il vous tuerait. Regardez ce que ses poings ont fait au visage de Jack ! Alors à moins que vous ayez envie de lever les poings…

— Et abîmer ce nez délicat ? dit Bully en renâclant. Jamais de la vie !

Quand sa sœur poussa une exclamation de surprise face à tant de lâcheté, il ajouta d'un air sombre :

— Mais il doit quand même payer pour ce qu'il a dit.

— Dans ce cas, nous allons faire les choses à ma manière, décréta Westby. Nous allons vérifier de nos propres yeux que la femme avec qui il se trouve est bien la pauvre orpheline, et je me chargerai du reste. (Il se tourna vers Violet.) Je vous promets que d'ici la fin du bal, vous aurez votre vengeance, sur lui et sur elle, et moi aussi.

— Vous voulez dire que vous allez faire en sorte qu'il présente ses excuses à Vi pour ce qu'il a dit, n'est-ce pas, Seb ? s'enquit Bully, que le mot « vengeance », qu'il n'aimait pas du tout, rendait nerveux. Et je ne veux pas qu'il arrive quoi que ce soit à cette fille. Elle a l'air sympathique, même si vous affirmez q-que c'est une p-putain.

— C'est une putain, Randall.

— Mais vous n'en avez aucune preuve, Vi, riposta Bully.

— Votre sœur a fréquenté la même école que cette orpheline. Cette fille est plus pauvre que Job. Si elle a le moindre soupçon d'intelligence, et c'est apparemment le cas, pourquoi ne chercherait-elle pas à profiter de ce séjour au maximum ? Il s'agit de sa seule et unique chance de séduire un homme à la bourse bien épaisse.

— Et on ne fait pas plus épais que celle d'Harry…

— Hein ? Comment savez-vous cela, Vi ? demanda Bully en s'empourprant. Seb et moi pouvons le savoir puisque, eh bien, nous avons fait le Grand Tour avec lui et nous avons dormi dans tout un tas d'endroits…

— C'était une façon de parler, espèce de nigaud ! siffla Seb. Et si nous jetons un coup d'œil…

— Ah ! Oui, marmonna Bully, embarrassé.

— … par-dessus ce mur, continua Seb, je parie que nous verrons cette pauvresse en train de découvrir par elle-même la taille de la fortune d'Harry.

— Je veux votre parole que vous ne lui ferez aucun mal, exigea Bully. Je ne participerai à rien de tout cela, je ne regarderai pas par-dessus ce mur, si vous avez l'intention de lui faire du mal…

— Elle est déjà dans le pétrin, nous ne lui causerons pas plus de mal que cela. Vous avez ma parole, lui assura Westby. Mais Harry recevra ce qu'il mérite.

— Bien. Cela me semble équitable.

— Dans ce cas, c'est décidé. Pouvons-nous y aller avant d'être pris sur le fait ou qu'ils ne partent de là ?

Quand Bully hocha la tête, Westby se tourna vers Violet :

— Vous vouliez ouvrir la marche, alors allez-y…

— Il est hors de question que vous regardiez par-dessus ce mur ! prévint Bully.

— Vous êtes vraiment une poule mouillée, Randall Knatchbull, se plaignit Violet en lui tirant la langue.

Une main posée sur son chapeau de paille, elle se baissa et passa entre les buissons pour monter la pente de l'autre côté du bassin.

Ils ressortirent du feuillage juste derrière un muret qui protégeait l'intimité des baigneurs, car le chemin était utilisé par les domestiques qui apportaient du bois pour alimenter le feu. Mais puisqu'ils se tenaient juste à côté du muret, ils pouvaient aisément regarder par-dessus pour voir le bassin. Ils se regardèrent tous les trois, guettèrent le moindre bruit venant de l'autre côté du muret et se mirent d'accord, lors d'une conversation à voix basse, pour dire qu'ils trouvaient étrange ce silence soudain. Ils se demandaient s'ils devaient attendre un peu, jusqu'à ce que les baigneurs soient occupés. Westby, avec un sourire en coin salace, émit l'hypothèse qu'ils étaient peut-être occupés, justement.

Cette remarque les décida. Lui et Bully passèrent immédiatement la tête par-dessus le muret et puisqu'ils ne revinrent pas immédiatement à couvert, Violet en profita pour jeter elle aussi un coup d'œil. Elle prit une soudaine inspiration, comme si elle s'étouffait, mais personne ne l'entendit et personne ne lui prêta donc attention.

— Mon Dieu… On se croirait de retour à Pompéi, marmonna Bully dans sa barbe.

— Êtes-vous perdus ? demanda une voix traînante dans leur dos.

Surpris, ils firent tous les trois volte-face pour se retrouver sous le regard inquisiteur de nul autre que leur hôte, Sa Grâce le très noble duc de Roxton.

Le duc observa les trois intrus remonter le chemin vers la fabrique, escortés par l'un des soignants de son frère, avec une sensation désagréable au creux de son estomac.

Ils avaient tous les trois tenté de justifier de manière confuse leur intrusion, mais il n'y avait rien qu'ils auraient pu dire pour défendre la curiosité lubrique qui les avait poussés à regarder par-dessus le mur de la grotte de Neptune, et ils étaient donc restés silencieux à ce propos. Le duc n'en avait fait aucune mention non plus, c'était donc comme si rien ne s'était passé. Il espérait que son mécontentement et la récente arrivée du père de Seb Westby sur le domaine suffiraient à les faire taire. Le duc d'Oborne tenait les cordons de la bourse de son fils, il avait donc une grande influence sur lui. Roxton n'aurait qu'à glisser un mot à l'oreille d'Oborne ; si ce dernier menaçait de ne plus payer les dettes de Seb Westby, cela suffirait peut-être à faire taire le jeune homme.

Mais on s'échangeait déjà trop de spéculations et d'allusions fantaisistes derrière des éventails agités et autour des tabatières communes afin de déterminer ce qui se cachait derrière les deux incidents dans lesquels son frère avait été impliqué pendant le match de cricket. Si le moindre détail sortait des limites du domaine et se retrouvait dans la presse à scandale londonienne, cela causerait le genre de déshonneur qu'il abhorrait. Il avait passé les seize dernières années à préserver son noble nom de famille des vulgaires commérages et des journaux, et il ne comptait pas le voir traîné dans la boue à cause d'une fille dont les ancêtres avaient mené une vie de servitude.

Si Henri-Antoine était présent dans la chapelle et restait auprès de Jack pendant la cérémonie, cela permettrait d'éteindre les flammes, d'assurer à tous qu'il n'y avait aucune mésentente entre les deux meilleurs amis. Leur échange de coups ne serait plus vu que comme des pitreries entre deux jeunes hommes qui avaient momentanément perdu la tête et utilisé leurs poings pour régler un désaccord. Au moins, personne ne savait exactement ce qui avait déclenché leur bagarre. Mais cet incident-là n'inquiétait pas réellement le duc, car il savait que l'amitié entre Harry et Jack pouvait survivre à quelques bleus.

L'autre incident, en revanche, celui qui impliquait la fille… Son frère s'était disputé avec elle à la vue de tous, suggérant qu'il y avait quelque chose entre eux, quelque chose de fâcheux et d'obscène – cet autre incident l'inquiétait énormément. Qu'allait-il faire à ce sujet ? Qu'allait-il faire d'elle ? Et plus important encore, qu'allait-il faire de son frère ?

Il savait qu'Henri-Antoine n'avait rien d'un saint. De nombreuses femmes de petite vertu étaient passées dans sa vie. Il était connu pour fréquenter des maisons closes de luxe, s'était livré à toutes sortes de vices à l'étranger et il était membre des bains Burke, ce qui consternait Roxton. Selon lui, c'était le sombre passé de leur père qui revenait le hanter. Le passé du cinquième duc était tellement sordide qu'il lui avait collé à la peau pendant toute sa vie, même si pendant ses trente dernières années, il avait été un époux et un père dévoué. Il ne voulait pas que ce genre de réputation soit attachée à jamais à son frère ou à sa famille. Il s'en voulait d'avoir donné plus de latitude à Henri-Antoine pour qu'il se fasse plaisir, dans tous les sens du terme, uniquement à cause de sa maladie. S'il avait été en bonne santé, Roxton n'aurait jamais hésité à exiger qu'il réfrène ses penchants. Mais à la décharge de son frère, il avait si bien dissimulé ses habitudes charnelles que personne de sa connaissance, et surtout pas les journaux, n'avait eu de raison de lui demander des comptes parce qu'il aurait entaché sa réputation.

Et maintenant, il devait affronter cela ! Il n'aurait jamais pu prédire que son frère perdrait la tête pour cette fille, cette Lisa Crisp sans famille, sans fortune et sans relations. Il avait découvert que son bon à rien de père s'était noyé dans la boisson, qu'elle avait vécu dans un hospice et que les membres de sa famille qui reconnaissaient un lien avec elle étaient tous dans le commerce. Et comme si tout cela ne suffisait pas à souligner ses origines modestes, dont il n'y avait pas de quoi se vanter, il avait découvert un lien de parenté encore plus humiliant, celui qui l'inquiétait le plus – la tante de Lisa Crisp était l'ancienne première femme de chambre de sa mère.

Comment son frère avait-il pu tomber aussi bas ? Comment est-ce qu'une fille liée par le sang à une femme de chambre employée par sa propre famille avait-elle pu éveiller ses envies charnelles ? Henri-Antoine avait franchi une limite inacceptable, une limite à ne jamais franchir entre maître et domestique. Et d'après ce qu'on lui avait dit, son frère et cette fille avaient largement dépassé le stade de la simple séduction. À présent, ils étaient enfermés dans une fabrique, au mépris de lui, de sa famille et de leurs invités. Ils faisaient ainsi un pied de nez autant à lui – un pair prééminent du royaume, le chef de la famille – qu'à son autorité – ici, où sa parole faisait loi.

Il fallait faire quelque chose, et sans tarder.

Il n'était pas vraiment sûr de ce qu'il comptait faire. Il envisageait de l'acheter pour qu'elle fasse ses bagages et parte à l'étranger, mais cela pouvait attendre la fin des festivités. Il fallait surtout s'assurer que Jack et Teddy pourraient se marier avec le moins d'ennuis possible et en évitant un scandale. Le premier ordre du jour était donc de renvoyer cette fille au Gatehouse Lodge cet après-midi même et de prétexter qu'elle avait passé la journée et la nuit dernières à Treat. Il avait déjà commencé à semer la rumeur qu'elle était tombée malade et avait été isolée dans la maison par peur qu'elle soit contagieuse, si jamais cela s'avérait être une fièvre. Son médecin et un domestique étaient de mèche.

Quand la jeune fille serait de retour au pavillon d'entrée, son frère pourrait reprendre ses devoirs de garçon d'honneur auprès de Jack. D'après le majordome de son frère, Henri-Antoine s'était parfaitement remis de sa crise et la bagarre ne lui avait laissé qu'un léger œil au beurre noir et une lèvre fendue, il n'avait donc aucune excuse pour ne pas passer la soirée avec les autres jeunes gentilshommes pour préparer le mariage du lendemain.

Gardant tout ceci en tête, il se tourna vers Michel Gallet, qui l'avait accompagné dans cet endroit reculé dans le but formel de le tenir au courant de ce qu'il se passait dans la fabrique ; il lui donna une feuille de papier pliée sur laquelle était apposé son cachet ducal.

— Donnez-lui ceci immédiatement. Interrompez-les s'il le faut. Cela doit être fait aujourd'hui. Il vaut mieux prévoir de la faire rentrer sous couvert d'obscurité.

— Si Sa Grâce insiste.

— Vous anticipez des difficultés ? Si c'est le cas, je peux envoyer des hommes pour vous aider.

— Cela ne sera pas nécessaire, Votre Grâce, mais…

Le duc haussa les sourcils et patienta.

Michel Gallet croisa le regard d'un vert inhabituel du duc.

— Elle… Miss Crisp… elle n'est pas comme toutes les autres.

— En effet. Les autres savaient rester à leur place. Elle, non, car elle n'est à sa place nulle part, et certainement pas ici. Si vous n'avez rien à ajouter…

— Il y a autre chose, Votre Grâce.

Quand le duc resta silencieux, continuant à le fixer, le majordome déglutit et reprit la parole :

— Je travaille pour Sa Seigneurie depuis cinq ans, j'ai donc l'impression d'avoir pu quelque peu jauger l'homme qu'il est…

— Gallet, Lord Henri-Antoine est mon frère depuis vingt-cinq ans, pas depuis cinq ans. Peu importe ce que vous pensez devoir partager avec moi, ce n'est ni utile ni souhaité. J'apprécie votre loyauté envers lui, mais…

— Je suis désolé de vous interrompre, Votre Grâce, mais ma loyauté a toujours été envers la famille, votre famille, et donc envers vous deux. Et je vous causerais du tort, autant à vous qu'à Sa Seigneurie, si je ne vous prévenais pas que séparer de force Miss Crisp et Sa Seigneurie mènerait, selon toute probabilité, à une cassure irréparable entre vous et votre frère.

— Ne soyez pas absurde ! Les frères ne se fâchent pas à cause d'une petite maligne tout droit sortie de la rue !

Michel Gallet se redressa.

— Je vous demande pardon, Votre Grâce, mais je vous conseillerais de ne pas croire les vulgaires commérages que des personnes malveillantes répandent à propos de Miss Crisp.

Le duc fit un pas vers le majordome, son poing ganté serré autour de sa cravache, et baissa son regard noir sur lui.

— Vous… vous *osez* me conseiller… *moi*, à-à propos de cette fille ?

— Oui, Votre Grâce. Miss Crisp est pauvre, c'est incontestable. Mais elle est, selon moi, une jeune femme respectable…

— Respectable ? *Respectable ?* Êtes-vous ivre ou avez-vous perdu la tête, Gallet ? Comment pouvez-vous la défendre après… ? (Le duc pointa sa cravache en direction de la grotte de Neptune.) Après ce qu'il s'est passé là-dedans ? Les jeunes femmes respectables ne se comportent pas ainsi ! Bon sang ! Son comportement est-est… déplorable. Les putains de la pire sorte savent mieux rester à leur place que cette gourgandine !

— C'est ce que ceux qui ne connaissent pas Miss Crisp peuvent se dire.

Le duc laissa retomber le long de son corps la main dans laquelle il tenait la cravache.

— Et vous la connaissez, vous ?

— Mieux que ceux qui cherchent à jeter le discrédit sur elle.

— Par tous les dieux ! Et vous pensez qu'elle a de quoi être discréditée ?

Le duc souffla de scepticisme. Ses joues avaient pris des couleurs ; il trouvait ce sujet de conversation embarrassant à l'extrême.

— Elle aurait dû y réfléchir à deux fois avant de s'embarquer dans cette quête pour prendre mon frère au piège…

— Elle n'a rien fait de tel ! rétorqua Michel Gallet, sentant immédiatement le rouge lui monter aux joues face à un tel faux pas. Pardonnez-moi, Votre Grâce. Mais c'est loin d'être le cas.

— Êtes-vous certain que vous ne vous êtes pas fait avoir par son joli visage ?

— Oui, Votre Grâce, répondit le majordome. Miss Crisp est belle. Mais c'est aussi une belle personne.

En réponse à cela, le duc voulut rire, mais comme le majordome semblait sérieux, il résista à cette envie.

— Ses agissements suggèrent le contraire.

— Ses agissements sont ceux d'une jeune femme amoureuse. Dans son cas, les conséquences n'ont aucune importance.

— Quel romantique vous êtes, Gallet !

— Je ne suis pas de cet avis, Votre Grâce, répondit Michel Gallet en s'inclinant respectueusement devant lui. C'est mon jumeau, le romantique. Je vous donne simplement mes observations en tant que personne qui a appris à connaître Miss Crisp et qui connaît intimement Sa Seigneurie.

— Vraiment, Gallet ?

— Vraiment, Votre Grâce.

Le duc leva un bras au ciel, capitulant. Lui poser la question ne pourrait pas faire de mal.

— Que me conseilleriez-vous ?

— Je vous conseillerais de me laisser gérer la situation, répondit le majordome sans aucune hésitation. Je vais m'assurer que Miss Crisp retourne au Gatehouse Lodge et que Sa Seigneurie retrouve ses appartements en temps et en heure avant la cérémonie de demain.

— Et si je ne vous laisse pas vous en occuper ?

— Dans ce cas, Votre Grâce, je crains de voir apparaître cette cassure entre vous et Sa Seigneurie.

Michel Gallet tendit la note cachetée que le duc lui avait donnée pour son maître. Roxton la regarda, mais ne la prit pas immédiatement. Quand il la récupéra enfin et la remit dans sa poche, le majordome osa pousser un petit soupir.

— Alors, Gallet, dites-moi pourquoi mon frère et moi nous disputerions à cause de cette fille de Soho.

Michel Gallet soutint le regard du duc et lui répondit d'une voix stable et claire :

— Parce que Lord Henri-Antoine est profondément amoureux d'elle.

VINGT-QUATRE

Ils étaient au lit, éclairés par des bougies. Immobiles et silencieux, ils se contentaient de se regarder, installés de part et d'autre du matelas. Lisa était adossée contre la tête de lit, ses cheveux retombant en cascade sur ses épaules, tandis qu'Henri-Antoine était appuyé sur un coude près de la colonne de lit. Un amas de draps et d'oreillers les séparait. Il tenait l'un des pieds nus de Lisa et elle jouait avec une épaisse mèche de ses longs cheveux, qu'elle entortillait autour de son doigt. Il leur était inutile de parler. Ils avaient utilisé d'autres moyens plus essentiels pour communiquer tout ce qui avait besoin d'être dit ou demandé. Les doutes, les hésitations, tout avait disparu, et l'appréhension qu'elle ressentait également. Ils étaient parfaitement à l'aise et follement heureux, ce qui les laissait dans une sorte de stupeur face à ce qu'il venait de se passer. Malgré tout, il ressentait quand même le besoin de lui poser une question indispensable à cette occasion.

Il tira délicatement sur l'un de ses orteils.

— Êtes-vous… heureuse ?

Elle hocha la tête, un immense sourire aux lèvres, et ajouta pour faire bonne mesure :

— Très.

Néanmoins, bien que soulagé et fou de joie en entendant sa réponse, il fronça rapidement les sourcils, soudain mal à l'aise.

— Je n'ai jamais posé cette question auparavant… C'était irréfléchi et arrogant…

— Oh ? J'imagine que vous n'aviez pas besoin de poser cette question à vos précédentes conquêtes. Étais-je censée vous le dire ?

— Me le dire ? (Sa lèvre supérieure tressauta et il embrassa son cou-de-pied.) Mais vous me l'avez déjà dit, chérie, de la meilleure façon possible. Et ce à chaque fois. C'est juste que c'était – dans le sens le plus strict du terme – la première fois que nous faisions l'amour. Et lui, c'était sa première fois avec vous…

Elle le regarda d'un air curieux.

— J'espère qu'il n'a pas été déçu. Vous l'avez fait attendre.

Il lâcha son pied, se redressa et dégagea ses cheveux de ses yeux.

— Dé-*déçu* ? Comment pouvez-vous penser cela ? Il trouve que vous êtes la plus merveilleuse, la plus divine des créatures à qui il a jamais eu le privilège de donner du plaisir. Autant lui que moi, nous ne pourrons sûrement plus jamais nous contenter de quelqu'un d'autre.

— Bien !

Elle se détacha de la tête de lit, rejoignit à quatre pattes le côté où il se trouvait et l'embrassa. Ses yeux bleus pétillaient. Elle entoura le cou d'Henri-Antoine de ses bras et continua :

— Maintenant que vous m'avez montré tous les délicieux ingrédients qui composent un gâteau, je me rends compte que j'aime beaucoup pâtisser avec vous. Et ce qui est sûr, c'est que je ne veux pas que vous – ou lui – pâtissiez un jour avec quelqu'un d'autre !

Il écarta tendrement les cheveux des yeux de Lisa.

— Un gâteau ?

Elle lui expliqua.

L'éclat de rire d'Henri-Antoine s'entendit jusque dans la pièce du dessous.

Michel Gallet était peu disposé à les interrompre, mais il savait qu'il n'avait pas le choix.

Le soleil n'était pas encore levé quand Lisa descendit du carrosse de la duchesse de Roxton et fut menée dans le Gatehouse Lodge par une bonne aux petits yeux qui rallumait les feux de cheminée. Elle monta les marches sur la pointe des pieds et avait atteint le palier quand Lady Mary apparut, vêtue de sa robe de chambre, une chandelle à la main. Elle balaya Lisa du regard et si son expression restait inchangée, Lisa fut parfaitement consciente de son changement d'attitude. Toute chaleur avait disparu de sa voix et elle avait un air assurément glacial.

— Allons-nous célébrer un mariage aujourd'hui, Miss Crisp ?

Lisa fit une révérence et garda les yeux baissés.

— Oui, milady.

— Dans ce cas, vous feriez mieux de vous reposer pendant quelques heures. Une tâche très importante vous attend, celle de vous assurer que ma fille passe la plus belle journée de sa vie.

— Oui, milady. Milady, je…

— Non. Je ne veux rien savoir, je m'en moque. Seul le bonheur de Teddy importe.

— Oui, milady.

Quand Lisa se glissa enfin dans le lit à côté de Teddy, elle resta allongée là, immobile, à fixer le baldaquin et à espérer qu'elle n'avait pas réveillé son amie. Elle se demandait ce qu'elle savait, ce qu'elle allait lui dire. Michel Gallet lui avait indiqué quoi dire et elle était mortifiée à l'idée que le duc de Roxton ait pris la peine de faire croire qu'elle avait été frappée par une fièvre et qu'elle était restée confinée dans la maison principale jusqu'à ce qu'elle aille mieux. S'il avait pris cette peine, cela signifiait qu'il savait tout. Et si le duc était au courant, la mère d'Henri-Antoine l'était aussi… Elle qui voulait rester en retrait, comme ses cousines le lui avaient demandé… Mais à présent, elle ne pouvait plus rien faire pour changer l'opinion qu'elles avaient d'elle, et elle n'avait pas envie de revenir en arrière si cela signifiait qu'elle devait effacer le temps qu'elle avait passé avec Henri-Antoine dans la fabrique. Elle ne regrettait rien. Tout ce qu'on lui demandait maintenant, c'était de terminer son séjour sans causer de scandale et sans faire quoi que ce soit qui pourrait interférer avec le bonheur de Teddy.

— Vous êtes revenue, grommela une Teddy ensommeillée qui glissa dans le lit pour venir se blottir contre Lisa. Vous sentez-vous mieux… ?

— Oui. Oui. Bien mieux.

— Je m'en réjouis. J'aurais été très triste si vous n'aviez pas pu être avec moi en cette journée si particulière.

— Je ne raterais votre mariage pour rien au monde, Teddy. Vous allez être la plus jolie des mariées…

— Et Sir John fera un très beau marié.

— Oui ! Le plus beau ! Maintenant, dormez.

Lisa tourna sa tête sur l'oreiller et essaya de trouver le sommeil.

LA ROBE DE MARIÉE DE TEDDY ÉTAIT EN SOIE BLEUE, LE CORSAGE et le jupon supérieur étaient ornés de délicates ruches en dentelle blanche et des engageantes entouraient ses coudes. Le ras-de-cou en perle qu'elle portait autour de sa gorge lui avait été offert au petit déjeuner par ses parents. Des perles enfilées sur des rubans bleus serpentaient dans ses flamboyants cheveux tressés et des pinces en diamants ainsi que des épingles à tête perlée maintenaient sa coiffure en place. Lisa portait une robe similaire en soie rose nacré. Le tissu de sa robe n'était pas décoré de dentelle, sauf autour des coudes, et la coupe du corsage était tellement plongeante sur sa poitrine qu'un fichu très fin avait été stratégiquement croisé sur son décolleté et attaché en un large nœud dans le creux de son dos. Des rubans roses assortis à sa robe ornaient ses cheveux, coiffés de façon similaire à ceux de Teddy, ses épaisses boucles retombant en cascade par-dessus son épaule.

Les filles et Christopher Bryce furent les derniers à quitter le Gatehouse Lodge pour rejoindre la chapelle familiale de Treat. Quand leur carrosse arriva à la maison principale, la famille et les invités étaient déjà installés et les attendaient. Le marié et les quatre hommes qui l'accompagnaient étaient les plus nerveux de tous. Jack faisait les cent pas devant l'assemblée, serrant et desserrant les poings. Henri-Antoine, loin de le rassurer avec des mots apaisants, taquinait impitoyablement son meilleur ami. Rapidement, les deux se mirent à échanger des plaisanteries comme à leur habitude, faisant rire et sourire leur famille et leurs amis, leurs parents proches étant les plus satisfaits de constater qu'ils s'étaient réconciliés.

Puis Teddy arriva, magnifique mariée qui remonta l'allée centrale au bras de son beau-père, très fier. Elle ne pouvait s'empêcher de sourire, et quand Jack se tourna et l'aperçut, il ne put, à son tour, retenir son sourire. Quand elle fut placée à côté de lui, devant le chapelain du duc, tous deux haussèrent joyeusement les épaules d'un air béat. Quand Christopher Bryce eut rempli son rôle et donné la main de Teddy à Jack, elle confia son bouquet à Lisa le temps de la cérémonie.

Tandis que l'office célébrait l'union de deux jeunes personnes clairement amoureuses, le caractère hautement enviable de ce mariage dynastique n'échappait pas à l'assemblée. Cette union réunissait deux branches de la même famille, renforçant d'autant plus l'arbre généalogique des Roxton. Theodora Charlotte Cavendish, Lady Cavendish à présent, redescendit l'allée centrale au bras de son époux, Sir John George Cavendish, sans jamais avoir à subir le désagrément d'un changement de nom.

Les jeunes mariés quittèrent la chapelle sous une pluie de pétales de roses blanches jetés par poignées par les jeunes filles de la famille vêtues de leurs meilleures soieries, un panier à la main. Lisa suivait le couple et derrière elle se trouvaient les garçons d'honneur, le duc et la duchesse de Roxton, puis la mère et le beau-père de la mariée. Enfin, le reste de l'assemblée se répandit dans la large cour pavée de marbre noir et blanc. Les mariés étaient entourés de proches qui les félicitaient et leur souhaitaient plein de bonheur tandis que les jeunes enfants pouvaient enfin courir dans tous les sens, surveillés par leurs nurses et bonnes, et qu'une armée de valets de pied en livrée portaient des plateaux de boissons et faisaient tout leur possible pour éviter les petits personnages vêtus de tenues similaires à celles de leurs parents.

Dans la bousculade, Lisa se retrouva à l'extérieur de ce cercle de plumes et de parures, et elle recula pour venir se placer près de l'un des énormes vases bordant la cour, dans lesquels des topiaires avaient été plantées. Elle observa les allées et venues des valets de pied en livrée, les petits garçons qui se couraient après en passant entre les adultes, les petites filles rassemblées de l'autre côté de la cour qui tournaient sur elles-mêmes pour que leurs robes en soie se soulèvent, révélant leurs bas blancs, et lançaient les derniers pétales de rose au-dessus de leur tête pour qu'ils retombent dans leurs cheveux, et les petits groupes d'invités aux conversations intarissables, qui riaient et bavardaient entre eux. Au centre de tout cela, Teddy et Jack, radieux, entourés par leur famille et leurs amis qui les aimaient, débordaient de bonheur à l'idée de pouvoir enfin débuter leur vie de jeunes mariés.

Lisa ne s'était jamais sentie aussi seule au milieu d'une foule. Même les rues londoniennes lui semblaient plus chaleureuses. Et s'il était absurde de penser qu'on la mettait délibérément à l'écart, elle avait bien l'impression qu'on l'évitait. Pendant tout le temps où elle resta seule près du vase, elle était parfaitement consciente de la présence d'Henri-Antoine dans sa vision périphérique ; il faisait partie d'un groupe de gentlemen qui discutaient près d'une porte-fenêtre ouverte. Il portait un ensemble rose, avec une redingote et un gilet assortis, recouverts de fils dorés et de sequins. Ses cheveux étaient attachés en arrière par un ruban rose et il s'appuyait légèrement sur le pommeau endiamanté de sa canne. Jack portait une tenue similaire en soie bleue, assortie aux couleurs portées par Teddy, tout comme Henri-Antoine était assorti à Lisa, ce qui ne lui avait pas échappé. Il était fantaisiste de penser que ce choix était délibéré, mais la romantique en elle aimait à se dire que c'était peut-être le cas, ce qui la fit sourire.

Néanmoins, elle n'osait pas regarder dans sa direction de peur d'être incapable de dissimuler ses sentiments. Elle avait de plus en plus l'impression que le temps qu'ils avaient passé dans la fabrique, bien qu'elle se trouve dans un coin reculé du domaine, n'était pas resté aussi privé que ce qu'ils espéraient ; la dernière chose qu'elle voulait, c'était attirer l'attention sur lui, sur elle, ou sur eux deux. Son impression se confirma et un effroi glacial s'empara d'elle quand, entre les rires et les bavardages qui s'élevaient de l'autre côté du grand vase, elle entendit les Horribles mentionner son nom. Elle pouvait prétendre la surdité, continuer à sourire et à observer ce qu'il se passait dans la cour, mais elle les soupçonnait de discuter assez fort pour qu'elle les entende, elle ne put donc éviter de surprendre des bouts de la conversation : « nus tous les deux » ; « putain bas de gamme » ; « juste une autre conquête » ; « croqueuse de diamants » ; « le même scandale qu'à la boutique de Chelsea » ; « fille publique » ; « Roxton la fera partir d'ici demain matin »...

— Miss Crisp, je me disais que vous voudriez peut-être un verre de vin ? Je vous demande pardon, vous ai-je fait peur ?

Lisa se secoua mentalement, regarda autour d'elle et découvrit Jamie Fitzstuart-Banks près d'elle. Il tenait deux verres de vin ; elle en accepta volontiers un et le but avec gratitude. Faisant de son mieux pour ignorer ceux qui se trouvaient de l'autre côté du vase, qui devaient être tout ouïe maintenant que Jamie était venu la voir, elle leur tourna le dos et adressa un sourire éclatant à son interlocuteur.

— Merci. Pas du tout. J'étais à des kilomètres de là. À Londres, à vrai dire.

— Retournez-vous bientôt à Gerrard Street ?

— Oui. Oui. Demain ou après-demain, j'imagine. Quand un carrosse pourra m'emmener prendre la diligence à Alston.

— Je retourne chez les Banks demain matin. Vous voudriez peut-être faire le trajet jusqu'à Londres avec moi et la famille de mon père ?

— C'est très gentil de votre part, mais je voyage avec une amie...

— Nous partons à deux carrosses, et père et moi nous déplaçons toujours à cheval. Il y aurait donc largement assez de place pour vous et votre amie.

— Merci, mais je ne voudrais pas déranger Lord et Lady Strathsay, leurs enfants ou vous-même.

— Cela ne nous dérangerait pas du tout. Au contraire, c'est même mon père qui a suggéré l'idée, et ma belle-mère a donné son accord, admit Jamie avec un sourire gêné, le rouge lui montant aux joues. Vous voyez, dit-il d'un air contrit, votre voyage est arrangé.

— En effet... répondit Lisa.

Elle ne protesta pas plus, mais elle sentit elle aussi le rouge lui monter aux joues quand elle comprit que son retour à Londres avait dû être un sujet de discussion au sein de la famille. Son départ avait été organisé avec un minimum d'histoire, ils s'étaient assurés qu'aucun scandale ne viendrait entacher leur réputation. La séparation entre elle et Henri-Antoine n'aurait jamais lieu assez tôt aux yeux de tous ceux qui étaient concernés.

— Je vous en prie, remerciez vos parents. Je m'assurerai que nos malles soient prêtes ce soir. Si vous pouviez envoyer un domestique les chercher et nous dire pour quelle heure être prêtes demain, je vous en serais très reconnaissante.

Sa mission accomplie, Jamie s'inclina et prit rapidement congé, disparaissant dans la foule. Elle finit son vin et chercha du regard un valet de pied à qui confier son verre vide. Elle revint sur son estimation précédente selon laquelle elle ne s'était jamais sentie aussi seule dans une foule ; c'était encore pire maintenant qu'elle savait qu'on la considérait comme une source d'embarras, qu'on ne voulait pas d'elle parmi ces êtres presque mythiques, dans ce conte de fées. Elle regrettait presque que la duchesse de Kinross ait fait l'effort de la retrouver. Mais elle refoula rapidement ce sentiment, car elle aimait Teddy et elle trouvait cela merveilleux de la voir enfin mariée à « son Jack ». Et elle ne regrettait pas le temps passé avec Henri-Antoine, ni de s'être offerte à lui. Elle chérirait à jamais ces quelques précieux instants passés avec lui. Alors qu'elle sentait les larmes lui monter aux yeux et qu'elle se réprimandait mentalement de s'apitoyer sur son sort, elle sentit des petits doigts se glisser dans sa main. Quand elle se tourna, elle découvrit Elsie, qui la regardait en fronçant les sourcils.

— Êtes-vous triste, Lisa ? demanda gravement la petite fille.

Lisa s'accroupit et l'embrassa sur la joue.

— Merci de venir à mon secours. Je me sentais un peu seule. Mais maintenant que vous êtes là, je me sens bien mieux.

Lisa admira la robe en soie délicatement peinte de la petite et les perles passées dans ses cheveux. Elle replaça doucement une épingle en diamants qui s'était détachée de sa coiffure.

— Voilà. Vous ne perdrez pas votre jolie épingle. Vous êtes très belle dans votre robe, Elsie.

— Vous êtes trop jolie pour être triste, Lisa. J'aime bien vos cheveux coiffés ainsi, avec des rubans dans vos tresses. Henri-Antoine porte du rose, lui aussi. L'avez-vous vu ? Voudriez-vous vous asseoir à ma table pour le banquet ?

— J'aimerais beaucoup, mais vous avez peut-être une place toute particulière à une table toute particulière, non ?

Elsie secoua la tête, puis elle sourit et murmura à l'oreille de Lisa, se cachant derrière sa main :

— Si, et vous êtes placée juste à côté de moi. Mère me l'a promis.

Lisa était sincèrement surprise et ravie.

— Cela me rend très heureuse. Nous allons passer un merveilleux moment toutes les deux.

Elsie rentra la tête dans les épaules et joignit les mains devant son corsage. Elle voulut en dire plus, mais on plaça légèrement une main sur son épaule ; elle leva la tête en cherchant autour d'elle. Il s'agissait de son grand frère, à qui elle dit :

— Julian, voici Lisa, elle va s'asseoir à côté de moi pour le banquet, mère me l'a promis.

— C'est merveilleux, ma petite. Peux-tu nous accorder un instant, à Miss Crisp et moi ? demanda le duc de Roxton en français avec un sourire qui adoucissait ses traits, lui donnait presque un air avenant et exprimait clairement son amour pour sa petite sœur. Tu la reverras, nous allons tous rejoindre la grande salle à manger très bientôt. Elle t'y retrouvera. Tu peux aller trouver mère et lui dire qu'il est presque l'heure. Tu veux bien faire cela pour moi, ma sœur chérie ?

Il attendit que sa petite sœur soit repartie en sautillant dans la foule avant de se tourner vers Lisa et de lui dire, d'un ton cordial mais d'une voix ayant perdu toute chaleur :

— Je suis content que vous ayez accepté la proposition des Strathsay de vous ramener à Londres. Votre voyage dans leur carrosse sera bien plus confortable qu'à l'aller.

— Merci pour votre considération, Votre Grâce, répondit Lisa d'une voix mesurée, espérant avoir l'air plus confiante que ce qu'elle était réellement ; au moins, ses genoux tremblaient en silence. Et merci de m'avoir permis d'assister au mariage de Teddy. Je me suis fait assez de souvenirs pendant mon séjour pour me durer toute une vie.

Le duc haussa un sourcil en entendant cela, mais puisque le regard de Lisa restait inflexible et que rien dans son attitude ne laissait penser qu'elle n'était pas sincère, il ne fit aucun commentaire, inclina la tête et s'éloigna, juste à l'instant où Teddy se jetait sur elle, suivie de près par Jack.

Elle enlaça Lisa, l'embrassa sur la joue, prit sa main et lui dit :

— Sir John et moi ne vous laisserons pas vous cacher derrière une topiaire ! Venez ! Nous rentrons pour le banquet, vous devez vous asseoir avec nous…

— J'aimerais beaucoup, mais j'ai promis à Elsie…

— Oh ? Dans ce cas, vous ne pouvez pas la décevoir. Mais promettez-moi de nous rejoindre pour le dessert. Je suis certaine qu'Elsie vous laissera partir. L'œil de Sir John n'a-t-il pas un bien meilleur aspect aujourd'hui ?

— Bien meilleur, oui. Et Teddy…

Teddy, qui embrassait la joue de son nouvel époux, se tourna vers Lisa et fronça les sourcils en la voyant faire une révérence.

— Lisa ? Non ! Ne me faites pas de révérence…

— Je dois faire la révérence devant Lady Cavendish. N'est-ce pas, Sir John ?

— C'est un geste très attentionné, et c'est vrai que vous êtes Lady Cavendish désormais, mon amour.

— Je m'en tamponne la noix vinaigrée ! s'exclama Teddy avec une moue. Je refuse que ma meilleure amie me fasse la révérence !

— La… la *noix vinaigrée* ?

Jack était surpris. Il n'avait jamais entendu cette expression auparavant.

Lisa rit et leva rapidement une main devant sa bouche avant de dire :

— Oh, Teddy ! Je ne vous ai pas entendu dire ceci depuis Blacklands.

— Je ne vous ai jamais entendu le dire, grommela Jack, qui se sentait exclu de la blague.

Teddy, les yeux brillants, laissa Lisa lui expliquer :

— Teddy utilisait cette expression à l'école pour indiquer qu'elle était mécontente. Cela me faisait toujours rire, car c'est une expression tout à fait innocente, dont nos professeurs ne savaient pas quoi penser.

— Père déteste les noix vinaigrées, expliqua Teddy. Il la connaît. Essayez de la lui dire, vous verrez qu'il rigolera aussi.

— J'essayerai, répondit énergiquement Jack. Je la glisserai nonchalamment dans mon discours.

Il attrapa la main de Teddy, car tout le monde se dirigeait vers les portes-fenêtres, et dit à Lisa :

— Vous nous rejoindrez pour le gâteau, n'est-ce pas, Miss Crisp… ?

— Certainement pas ! renâcla Teddy, tirant Jack par la main avant qu'il ne puisse comprendre ce qu'il se passait.

Lisa observa la foule s'écarter pour laisser les mariés passer par la porte avant eux. Elle se sentait de bien meilleure humeur après ce bref interlude ; Teddy avait toujours le pouvoir de lui remonter le moral, peu importe la situation. À l'instant où elle décida de se joindre à la foule, elle sentit qu'on la touchait de façon presque imperceptible au milieu du dos. Elle n'eut pas besoin de se retourner pour savoir de qui il s'agissait.

— Si seulement nous étions assis côte à côte. Tant pis. Quand le bal commencera, je serai libéré de mes tâches. Je vous trouverai.

Lisa continua à sourire et ne réagit pas, mais elle fit un petit pas en arrière pour que les doigts d'Henri-Antoine soient fermement appuyés contre son dos. Elle tourna légèrement le menton vers son épaule droite et dit :

— J'ai le grand honneur d'être assise à côté de votre sœur.

— Excellent. Elsie prendra soin de vous. Et Roxton se trompe. Les Strathsay partiront sans vous demain.

— Tout a été organisé…

— Il faudra me passer sur le corps ! Vous et moi… nous avons d'autres projets. Embrassez Elsie pour moi…

Fidèle à sa promesse, Henri-Antoine trouva Lisa dans la salle de bal quelques minutes seulement après que l'ensemble de cordes du duc eut commencé à jouer la première danse de la soirée, le menuet. Les mariés s'avancèrent sur la piste, observés par tous, et enchaînèrent les pas complexes sans effort, tel un couple qui maîtriserait l'espace public depuis toujours. Lisa connaissait la vérité ; Teddy, dans son coin reculé des Cotswolds, était un garçon manqué jusqu'au bout des doigts. Mais Lisa savait aussi que le beau-père de Teddy était un danseur très élégant, ce qu'il avait prouvé au Gatehouse Lodge et s'apprêtait à prouver une nouvelle fois, menant Lady Mary sur la piste de danse. C'était lui qui avait appris à Teddy à danser le menuet de façon aussi fluide et élégante que si elle dansait sur un nuage.

Lisa, en revanche, n'avait jamais dansé en public, seulement à l'école. Ainsi, quand les couples se dirigèrent vers la piste et qu'Henri-Antoine s'approcha d'elle, elle crut, terrorisée, qu'il voulait l'inviter à danser. Cette peur devait être inscrite en grosses lettres sur son visage, car il sourit, lui adressa un clin d'œil et se pencha pour lui dire à l'oreille :

— Il n'y a personne sur la terrasse.

— J'ai cru que vous alliez m'inviter à danser, avoua Lisa avec un petit rire de soulagement quand ils arrivèrent à l'extérieur.

Elle avait posé les mains sur la balustrade et regardait le ciel de cette fin d'après-midi. Comme il ne répondait pas, elle se tourna vers lui et découvrit qu'il s'était éloigné d'elle. Il s'inclina et lui tendit la main. Elle secoua la tête.

— Non. Je ne peux pas. Je n'ai pas dansé depuis l'école…

— Je n'accepterai aucune excuse. Nous entendons assez les musiciens et même si la nuit tombe, il y a assez de bougies allumées pour éclairer Saint-Paul. Venez. Prenez ma main.

— Je suis sûre que vous dansez très bien, mais je suis gauche et…

— Vous avez bien dansé l'autre soir avec mon cousin Charles et avec Jack, n'est-ce pas ?

— Oui, mais…

— Si vous avez réussi à danser avec Jack et ses deux pieds gauches, vous pouvez danser avec moi.

— C'était dans l'obscurité d'un salon. Ici, c'est… c'est entièrement différent.

— Je ne vous ai pas emmenée ici pour vous épargner une humiliation publique. Simplement, je vous veux pour moi tout seul.

— C'est ce que je veux, moi aussi.

Quand elle glissa sa main dans la sienne, il osa la lever jusqu'à ses lèvres.

— Dans ce cas, oubliez tout ce qu'il se passe de l'autre côté de ces fenêtres. Écoutez la musique et concentrez-vous sur moi, comme moi je me concentrerai sur vous.

Elle esquissa un sourire tremblotant.

— Je rêve d'oublier tout le reste, et j'en suis capable quand nous sommes seuls tous les deux, parce que… parce qu'à l'exception de Teddy, que j'aime énormément, comme j'aimerais une sœur, vous êtes tout ce qui compte à mes yeux. Mais vous… vous avez une famille, des obligations, des devoirs, et le monde vous observe en murmurant, dans l'expectative. Je ne veux pas être à l'origine du-du moindre… désagrément entre vous et votre frère, ni causer d'embarras à votre famille.

Il s'approcha d'elle, lui tenant toujours la main, et l'inquiétude lui donna un ton sévère :

— De l'embarras ? Vous a-t-on dit quelque chose ? Roxton a-t-il… ?

— Non. Non. Il s'est montré très correct. Je suis persuadée qu'il est au courant pour nous deux, mais il s'est abstenu d'être impoli. Mais d'autres personnes ici sont au courant…

— Qu'ils soient au courant ! répliqua-t-il. Mes affaires ne les regardent pas.

Elle effleura brièvement sa joue.

— C'est une chose de partager une maison à Bath, loin du reste du monde, mais c'en est une autre d'exhiber votre maîtresse sous le nez de vos pairs lors d'un bal. Même le prince de Galles ne se le permet pas avec Mrs. Fitzherbert, et selon la rumeur, ils seraient mariés.

— Le prince est un idiot puéril, déclara Henri-Antoine en la foudroyant du regard. Pensez-vous que je vous vois ainsi ? Comme une Mrs. Fitzherbert ?

— Vous ? Non. Mais je doute qu'elle ait été traitée d-de « putain bas de gamme » et de-de « croqueuse de diamants ». Je ne sais que penser de l'expression « fille publique ».

Henri-Antoine devint parfaitement immobile. Lisa se demanda s'il l'avait entendue tant son regard semblait distant. Quand il prit la parole, sa voix était glaciale :

— Pardonnez-moi. Vous n'auriez jamais dû subir de telles obscénités. Je m'occuperai de cela très rapidement. Mais pour l'instant… (Il chassa sa rage intérieure, sourit et s'inclina derechef devant elle.) la musique nous appelle. Venez. Accordons-nous une allemande…

Elle sourit, fit une révérence et reprit sa main. Après ces formalités, ils joignirent leurs mains et se mirent aussitôt à danser le long de la terrasse. Il dansait de façon exceptionnellement légère et la guidait dans tous les pas complexes tel un expert ; ainsi, si leur premier essai fut ponctué d'erreurs et de faux pas, ce qui les fit tous les deux rire et sourire tandis qu'ils poursuivaient maladroitement, leur deuxième danse fut bien plus fluide et Lisa gagna en confiance à chaque pas, à chaque tour. Rapidement, le sourire aux lèvres, ils furent moins concentrés sur leurs pas que l'un sur l'autre, passant chacun leur tour sous le bras levé de l'autre, dansant dos à dos, puis face à face, gardant toujours leurs doigts entrelacés. Ils partageaient toute l'intimité qu'un couple pouvait partager sur une piste de danse sans s'embrasser. L'harmonie entre eux était telle, ils s'amusaient tellement, que rapidement le petit groupe de personnes qui les regardaient par la fenêtre enfla en une véritable foule.

Ce fut seulement quand ils s'arrêtèrent pour reprendre leur souffle et qu'Henri-Antoine partit à la recherche d'un valet de pied portant un plateau à boissons que la foule pressée contre la fenêtre se dispersa à contrecœur. Lisa se retira à l'autre bout de la terrasse pour attendre le retour d'Henri-Antoine, la brise venant du lac rafraîchissant son visage empourpré par la danse, l'eau scintillant dans la lumière déclinante de cette journée estivale. Danser avec Henri-Antoine avait restauré son assurance et son bonheur. Ainsi, quand elle sentit qu'on tirait sur le nœud qui maintenait son fichu en place dans son dos, elle supposa naturellement qu'il était revenu avec des rafraîchissements et qu'il la prévenait malicieusement de son retour.

Quand on tira une deuxième fois et que le nœud se défit, elle se tourna en fronçant les sourcils d'un air taquin et en l'accusant de la déshabiller. Son fichu s'était ouvert à l'endroit où il était croisé sur sa poitrine et retombait à présent lâchement sur ses épaules. Mais ce n'était pas Henri-Antoine. C'était Lord Westby.

Il était tellement proche d'elle qu'elle pouvait sentir l'alcool dans son haleine, et il se rapprocha encore un peu. Quand elle voulut récupérer son fichu, qu'il tenait entre ses doigts, il serra le poing et tira violemment sur la fine bande de gaze blanche qui recouvrait ses épaules, révélant entièrement sa poitrine maintenant haletante. Elle essaya de calmer la panique qui montait en elle et prit la parole d'une voix ferme.

— Milord, j'ai froid. Je vous en prie, rendez-moi mon fichu.

— Pourquoi ? Vous n'en avez pas besoin. Tout le monde devrait voir vos tétons. Ils sont plutôt parfaits. (Il releva les yeux de sa poitrine et esquissa un sourire lubrique.) À vrai dire, tout le monde devrait tout voir de vous… Moi, j'ai tout vu. Je n'arrête pas d'y penser depuis. Vous êtes une petite chose si expressive. Quel chanceux, ce Harry. À mon tour d'avoir de la chance…

— Je me dois de vous prévenir, Lord Henri-Antoine sera de retour d'un instant à l'autre…

— Je l'attends. L'heure est venue pour lui de me retourner la faveur…

— La faveur ? s'enquit-elle d'une voix qu'elle espérait sincèrement curieuse, se disant que si elle ne pouvait pas le menacer, il fallait qu'elle le fasse parler, qu'Henri-Antoine pourrait ainsi revenir avant que Lord Westby n'ait l'occasion d'écouter les démons qui le poussaient à agir. De quelle faveur parlez-vous, milord ?

— C'est bien normal qu'il vous partage avec moi, puisque j'ai partagé ma maîtresse avec lui…

— Mais je ne souhaite pas être partagée. Là est la différence.

— Vous n'avez pas votre mot à dire, n'est-ce pas ? dit-il d'une voix traînante avec un sourire suffisant.

Il posa les mains sur la balustrade, de chaque côté des hanches de Lisa, la prenant au piège. Il se pencha vers l'avant et essaya de l'embrasser, mais quand elle tourna rapidement la tête, il se contenta de humer son cou et de lui murmurer à l'oreille :

— Si vous agissez comme une putain, cela fait de vous une putain, et les putains reçoivent ce qu'elles méritent.

Lisa fit la grimace et se sentit haleter quand il chatouilla son oreille de sa langue. Elle essaya de le repousser, mais il attrapa ses poignets et serra fort. Malgré la douleur et la peur de ce qu'il pourrait faire ensuite, sa voix resta calme quand elle prit son courage à deux mains pour cracher :

— Je ne suis pas une putain, et même si j'en étais une, je ne serais pas *votre* putain ! Et vous n'avez pas le droit d'imposer vos faveurs à une femme, putain ou non !

Elle se libéra de sa poigne et, de ses deux mains, poussa sur son torse de toutes ses forces. Pris au dépourvu et déstabilisé, Westby trébucha, mais se reprit rapidement et lui sauta dessus. Avant que Lisa n'ait eu le temps de faire plus de deux pas, il attrapa le haut de ses bras, les plaqua le long de son corps et l'attira dans son étreinte.

— Passons un marché. J'oublierai qu'Harry a sauté Peggy si vous vous mettez à genoux pour moi, là dans ces buissons. Et si vous ne jouez pas la putain pour moi, si vous ne faites pas ce que je vous demande de faire, je dirai à Harry que vous l'avez fait quand même. Il accordera sa confiance à un membre de la confrérie Batoni, pas à... *Sainte Marie mère de Dieu !* glapit-il. Que... *que diable !*

Il recula instantanément et s'éloigna en titubant, une main plaquée contre son oreille et lançant une profusion de jurons. À l'évidence, il souffrait énormément. Lisa pouvait seulement le fixer et se demander ce qu'il s'était passé. Elle poussa un long soupir de soulagement.

Son salut était arrivé sous la forme d'un géant d'un mètre quatre-vingt-treize qui était en train de fumer.

VINGT-CINQ

QUAND HENRI-ANTOINE AVAIT QUITTÉ LA TERRASSE POUR revenir dans la salle de bal, il avait trouvé un valet de pied portant un plateau à boissons, subtilisé deux coupes de champagne et presque rejoint la porte-fenêtre quand son frère apparut sur son chemin. Il le regarda en battant des paupières et en se demandant quel était le problème. Roxton donnait peut-être l'impression de naviguer sur une mer paisible avec son sourire serein et sa tabatière ornementée à la main, mais Henri-Antoine n'eut qu'à le regarder brièvement dans les yeux, qui ressemblaient tant à ceux de leur mère et qui, comme les siens, ne pouvaient dissimuler ses sentiments les plus profonds, pour y voir une eau trouble. Il crut donc immédiatement qu'il y avait un problème avec l'un de ses neveux ou l'une de ses nièces.

— Julian ? Qu'y a-t-il ?

Le duc récupéra les coupes des mains de son frère, s'en débarrassa auprès d'un valet de pied et congédia ce dernier.

— Restez à l'intérieur, Harry.

— P-pourquoi ? Que s'est-il passé ?

— Il s'est passé plus qu'assez de choses. Votre petite représentation privée a alimenté le feu que j'avais presque réussi à éteindre. Pensiez-vous que personne ne remarquerait ? La moitié de mes invités étaient collés aux fenêtres.

Quand il entendit le mot « représentation », les yeux d'Henri-Antoine s'assombrirent et sa mâchoire se serra. Il observa son frère parcourir la salle de bal du regard et parler avec un sourire bienveillant.

Ce fut seulement quand il reporta son attention sur lui qu'Henri-Antoine daigna répondre.

— Gardez vos préoccupations pour vous et cessez d'interférer inutilement dans mes affaires.

— Interférer inutilement ? répéta le duc, qui accordait à présent toute son attention à Henri-Antoine. Tout me préoccupe, Harry, en particulier ma famille – vous, ce qu'il se passe ici à…

— Je pars demain et elle vient avec moi. Préoccupez-vous de cela !

Henri-Antoine voulut contourner son frère, mais le duc se remit en travers de son chemin et leurs torses se heurtèrent. Henri-Antoine recula, mais il ne s'éloigna pas.

— Dégagez. De. Mon. Chemin.

Le duc se rapprocha, faisant son possible pour s'assurer que personne ne pourrait surprendre leur conversation. Il baissa la voix, qui se réduit à un murmure sifflant :

— Vous risquez de passer encore plus pour un imbécile si…

— C'est vous l'imbécile si vous ne faites pas confiance à mon jugement.

Le duc souffla d'incrédulité.

— Votre jugement ? s'enquit-il en parcourant son frère du regard. Mais ce n'est pas votre cerveau qui se charge de la réflexion, si ?

Un rictus se dessina sur les lèvres d'Henri-Antoine.

— Vous êtes jaloux, car j'ai pu explorer le menu et choisir mon plat préféré et pas vous, c'est cela ?

— Comment osez-vous… ? Mon Dieu, comment osez-vous me parler… ?

— Ce n'est pas de vous qu'il est question. C'est une question de choix.

— De choix ?

— Mon choix. Celui de vivre comme je l'entends, avec qui je veux.

— Ce n'est pas un choix. C'est simplement se montrer égoïste.

— Oui. Je suis égoïste. J'ai la possibilité de l'être, ajouta Henri-Antoine en regardant son frère avec une certaine compassion. Je suis désolé que vous n'ayez pas pu choisir votre épouse, ni la façon dont vous vouliez mener votre vie.

— Me suis-je jamais défilé face à mes responsabilités ? Ai-je jamais déçu Deb, nos parents, nos enfants, vous ? N'ai-je pas géré au mieux le domaine pour Frederick, pour la postérité ?

— Si, Julian. Vous êtes un duc exemplaire, un époux et un père merveilleux, un bon maître et un politicien avisé et circonspect. Tout ce que vous faites est louable. Personne n'a jamais dit le contraire et je chante moi-même vos louanges.

— Merci. C'est la raison pour laquelle en tant que frère, je me préoccupe de vos aff…

— Et pourtant, si tout disparaissait demain au fond de l'océan – votre mariage, le domaine, le respect et l'estime que la famille, les enfants, que *tous* vous témoignent –, en tant que fils aîné, vous pourriez rejeter toute la faute sur notre père. Westby tient son père pour responsable de tout. Il en a la possibilité, c'est le fils aîné. Ce n'est pas mon cas. Mes choix m'appartiennent. Mes erreurs aussi.

Le duc parcourut derechef ses invités du regard et aperçut sa duchesse qui l'observait de l'autre côté de la pièce. Il sourit, leva les yeux au ciel et reporta son attention sur son frère, à qui il sourit aussi.

— Personne n'est plus fier de vous que moi, Harry. Vous auriez pu dilapider tout l'héritage que notre père vous a laissé, mais vous n'en avez rien fait. Vous l'utilisez à bon escient. Ce que la fondation Fournier a déjà accompli en quelques années seulement pourrait changer la médecine à jamais…

— Oui. Et ce sera le cas. Vous n'êtes jamais intervenu dans cette partie de ma vie, alors abstenez-vous d'interférer dans ma vie privée.

Le duc ouvrit la bouche pour parler, mais il sentit une présence près de lui et se tourna, découvrant que leur mère s'était approchée d'eux avec un sourire éclatant et en agitant un éventail peint à la gouache en direction de son décolleté.

— Julian, j'ai besoin que vous accordiez immédiatement votre attention à quelque chose qui me trouble depuis un moment déjà, annonça-t-elle en français. Cela ne peut pas attendre. Venez avec moi, s'il vous plaît. (Elle prit son bras et celui d'Henri-Antoine.) Vous aussi, mon chou. J'ai besoin de mes deux fils pour régler ce problème.

Ils ne protestèrent pas une seule seconde, elle mena donc vivement ses fils dans une antichambre, quelques mètres derrière eux, réservée aux invités qui voulaient se reposer un peu loin du bruit. Sans surprise, elle était déserte. Antonia s'en était assurée et deux valets de pied montaient la garde devant la porte pour empêcher qui que ce soit d'entrer. Quand on referma la porte sur le vacarme, le bruit que faisait l'orchestre rivalisant avec celui produit par les danseurs et les conversations, le duc se tourna vers sa mère, perplexe.

— Mère, vous avez bien choisi votre moment. Quel est ce problème… ?

— Vous. C'est vous le problème, Julian.

Le visage de Roxton prit une couleur rouge brique. Il arborait la même expression qu'un enfant de quatre ans qu'on aurait surpris avec les doigts dans la confiture de fraise.

— Pourquoi suis-je celui qui vous pose un problème, alors que c'est Henri-Antoine qui… ?

— Ne rejetez pas la faute sur votre frère.

— Mais, mère ! s'exclama le duc en se passant une main sur le visage, exaspéré.

Henri-Antoine sursauta. Sa Grâce venait-elle de pleurnicher tel un petit garçon ? Il regarda sa mère, cette petite femme montée sur talons qui levait la tête pour foudroyer du regard son immense fils de quarante ans au visage crispé, le prévenant ainsi qu'il ne fallait pas la prendre à la légère. Il sentit sa colère s'évaporer face à l'absurdité de la scène. L'hilarité monta en lui jusqu'à ce que ses épaules se mettent à trembloter. À présent, sa mère et son frère le dévisageaient.

— Ce n'est pas… *Tout* n'est pas la faute de Julian, mère, parvint-il enfin à dire.

— Merci, Harry, dit le duc, largement apaisé par cette concession et par la bonne humeur de son frère.

— C'est en grande partie sa faute, mais pas entièrement.

— Harry, si vous n'aviez pas…

— Assez ! Arrêtez, tous les deux ! exigea Antonia en se tournant vers l'un, puis l'autre, et en les désignant du bout de son éventail. Pourquoi ces conversations doivent-elles toujours avoir lieu aux moments les plus inopportuns ? Est-ce que cela ne pouvait pas attendre demain ?

— Apparemment pas. Harry part demain matin.

Antonia haussa les sourcils d'un air surpris et attendit que son fils cadet s'explique.

— Je pars à Bath.

— Dans la maison de Martin ?

— Oui. Mais nous devrions arrêter de l'appeler ainsi, maintenant qu'elle m'appartient.

— Oui. Bien sûr.

— Et plus important encore, parce que Martin est ici maintenant, avec père, à sa place.

— Il part avec cette fille, déclara le duc d'un ton maussade.

— Lisa n'est pas « cette fille », tout comme Martin n'a jamais été « ce domestique », le corrigea Henri-Antoine.

— Vous ne pouvez pas comparer les deux !

— Si, et je ne vais pas m'en priver, répondit Henri-Antoine. Martin était peut-être le valet de notre père, mais il a toujours été bien plus qu'un domestique, non ? Il a été l'ami de nos parents pendant toute leur vie. C'était votre parrain, votre confident. C'était un ami de la famille. Et surtout, c'était un gentleman respectable et honorable. Un aristocrate dans ses opinions, ses paroles et ses actes, à défaut d'en être un de naissance. Nous l'aimions tous.

— Oui. Il était tout cela, approuva Antonia à voix basse. Vous l'avez très bien dit, mon fils chéri. Il était plus honorable et noble que la plupart de ceux qui naissent dans la noblesse. Vous n'avez pas à chercher plus loin que les membres de votre propre famille pour trouver ceux de sang noble qui n'ont pas été à la hauteur de leur potentiel. Mon oncle, le petit-fils d'un roi, était un vaurien.

Roxton regarda son frère.

— Et cette fille… cette Miss Crisp… qu'est-elle pour vous, Harry ?

— Lisa est inestimable, répondit Henri-Antoine sans aucune hésitation.

Un silence effaré s'installa jusqu'à ce que le duc retrouve l'usage de la parole.

— Et vous, mère ? Que pensez-vous de cette f… de Miss Crisp ?

— Oh ? On me demande enfin mon avis ? le taquina Antonia en lançant un clin d'œil à Henri-Antoine, bien que le duc ait toujours l'air gêné et anxieux. Si mon fils considère qu'elle est inestimable, je le crois. Et donc, ajouta-t-elle, son regard passant d'un fils à l'autre, qu'allons-nous faire à propos de mademoiselle Crisp ?

JONATHON, DUC DE KINROSS, COINÇA SON CHEROOT AU COIN DE sa bouche et ramassa le fichu qui avait été jeté sur le carrelage de la terrasse. Il le secoua légèrement et l'inspecta un instant en l'orientant dans tous les sens avant de sourire à Lisa en le soulevant et de lui dire jovialement :

— Remettons-le sur vos épaules, nous pourrons ensuite avoir une petite discussion.

Les bras croisés sur son corsage décolleté, Lisa le fixait du regard. Il s'agissait du père d'Elsie. Lors du banquet, quand elle s'était installée près de la petite, le duc et la duchesse de Kinross avaient été assis de son côté de la table. Elle avait été témoin de l'adoration entre le père et la fille, mais aussi entre le duc et la duchesse. Être assise avec eux était vraiment un honneur. Néanmoins, elle avait été reconnaissante d'avoir Elsie à qui parler, car elle ne se sentait pas à sa place parmi ces gens glorifiés. Ses cousines Crespigny auraient clairement été envieuses, elles ne l'auraient peut-être même pas crue. Mais de toute façon, il n'y avait pas grand-chose à propos de son séjour à Treat qu'elles auraient pu croire. Et après ce dernier épisode – la tentative de séduction de Lord Westby –, elle se sentait sotte et gênée, tant et si bien qu'elle fondit en larmes de soulagement quand Kinross passa un bras réconfortant autour d'elle et lui tapota l'épaule.

— Je me mettrais à pleurer, moi aussi, si un lourdaud comme Westby m'avait tripoté ! Il est ivre, cet abruti ! Venez. Laissez-moi ajuster votre fichu. Je suis un expert des tenues féminines, surtout celles de mademoiselle Yvette et de *Signorina* Simonetta. Elsie pourra en attester, je suis la meilleure femme de chambre de ces deux-là. Voilà qui est mieux ! Vous avez raison de rire. Vous ririez encore plus fort si vous voyiez Elsie et son père boire le thé et bavarder avec ses deux poupées en français, en italien ou les deux !

— J'aimerais beaucoup assister à un thé de ce genre, Votre Grâce, lui assura Lisa avec un reniflement larmoyant.

Elle le laissa ajuster le fichu sur ses épaules, tournant d'un côté puis de l'autre et enfin, quand il fut satisfait de son nœud, elle le remercia et voulut en dire plus, mais il s'éloigna et disparut dans l'obscurité, alerté par une série de gémissements et de menaces proférées à voix basse. Quand elle entendit un nouveau glapissement suivi par des excuses et des promesses, elle eut du mal à en croire ses oreilles, et ses yeux encore moins ; Lord Westby sortit de l'obscurité en titubant et passa devant les portes-fenêtres, courbé en deux, une main plaquée contre son oreille.

Kinross revint auprès de Lisa, tirant sur son cheroot avant d'en souffler la fumée vers le ciel nocturne.

— Il ne vous importunera plus, ni vous ni Harry. Le vilain trou dans son oreille lui servira de rappel efficace. Je l'ai aussi menacé de le châtrer s'il s'approchait encore de vous, ce qui l'a décidé.

Lisa écarquilla les yeux.

— Vous l'avez brûlé du bout de votre cheroot ?

— Je lui ai apposé une marque de bonne conduite. Il lui suffira de la regarder pour se tenir correctement.

Lisa poussa une exclamation de surprise avant de glousser.

— C'est mieux, dit Kinross avec un grand sourire. Vous avez un rire charmant, il vous va très bien. Êtes-vous en état d'avoir cette petite discussion ?

Lisa hocha la tête.

— Oui. Je me sens bien mieux, Votre Grâce. Mais… commença-t-elle en regardant la porte-fenêtre ouverte. Je pensais que Lord Henri-Antoine serait revenu maintenant… Il est parti nous chercher à boire. Je me demande ce qui le retient – ou *qui* le retient…

C'était bien quelqu'un qui le retenait. Kinross le savait. Avant que son attention ne soit détournée par Westby qui était sorti sur la terrasse et avait importuné Lisa, il avait observé Henri-Antoine par la fenêtre. Il l'avait vu avec son frère, puis Antonia avait rejoint ses fils et ils avaient disparu tous les trois. Il n'avait pas besoin de faire jouer son imagination pour savoir de quoi ils parlaient – la fille qui se tenait devant lui. Mais il fit comme s'il ne savait rien et répondit avec un sourire toujours aussi amical :

— Il a peut-être été retenu par un type ou un autre qui voulait lui dire un mot. Vous savez comment se passent les choses pendant ce genre de réception… Mais, maintenant que j'y pense, vous ne devez pas savoir, non… Petite chanceuse ! Faites-moi confiance. Un tas de personnes viennent se plaindre à mon oreille. (Il leva son cheroot.) Raison pour laquelle je suis venu ici. J'ai arrêté de fumer il y a des années, alors ne dites rien à ma femme.

Lisa pencha la tête sur le côté.

— Je ne sais pas pourquoi, mais je soupçonne madame la duchesse d'être au courant de vos subterfuges et habitudes, Votre Grâce.

— Ah ! J'ai su que vous aviez un cerveau efficace dès la première fois où je vous ai vue. C'est écrit en grosses lettres sur votre visage, et vous avez des yeux intelligents, exactement comme mon épouse. Par ailleurs, Elsie s'est entichée de vous. Ma fille n'a peut-être que huit ans et demi, mais elle a une tête âgée sur les épaules. Elle est bien trop petite pour être aussi sérieuse, mais cela lui sera très utile plus tard, comme pour vous. Surtout… (Son sourire devint sentimental.) Surtout pour ce qui est du choix d'un partenaire.

Le sourire de Lisa disparut et elle baissa les yeux. Elle était soulagée qu'ils soient près de la balustrade, et non à côté d'une lumière murale ou d'une bougie qui les aurait éclairés ; elle était persuadée que son visage s'était empourpré.

— L'avantage d'être aimé par une femme intelligente, continua Kinross d'un ton léger, comme s'il n'avait pas remarqué le malaise soudain de Lisa, c'est que je sais que ma femme m'aime comme je suis. Elle est tombée amoureuse d'un type franc, terre à terre et entêté qui ne supporte pas les imbéciles et elle accorde plus d'importance au courage, à la loyauté et à l'amitié d'un homme qu'au genre de couronne qui est coincée sur sa tête. J'ai reçu mon hermine sur le tard et je n'ai aucun mal à vous dire qu'être duc apporte trop d'ennuis pour que cela en vaille la peine. Et mon titre ne valait rien sans ma fortune marchande.

» Mais mon épouse était une duchesse quand je l'ai rencontrée et son fils est un duc, et de l'avis général, le pair le plus puissant du royaume, possédant la moitié de l'Angleterre. Tout ceci a beaucoup d'importance aux yeux de leur famille, de leurs amis et des nombreuses personnes qui les entourent. J'ai donc rejoint l'affaire familiale, si vous voulez. Je me traîne aux réceptions et je joue mon rôle. Je laisse les gens faire des ronds de jambe face à mon duché quand cela m'arrange ou quand j'y suis obligé. Mais je ne perds jamais de vue celui que je suis, et ma femme non plus.

Lisa se demanda où il voulait en venir ; après coup, elle s'en voudrait de ne pas avoir compris, quand il avait fait mention d'un partenaire, que ce discours s'orientait vers Henri-Antoine. Mais fascinée par ce qu'il racontait, elle en avait oublié sa propre situation délicate. Ainsi, quand il finit par mentionner Henri-Antoine dans le même souffle, elle n'aurait pas dû être surprise, mais elle le fut et sentit qu'elle s'empourprait une nouvelle fois. Mais cette fois-ci, elle ne détourna pas les yeux.

— Et puisque vous êtes une fille intelligente, vous ne le prendrez pas mal et ne ferez pas la prude si je vous dis que quand nous ne sommes que tous les deux, nous sommes simplement Jonathon et Antonia, un homme et une femme qui s'aiment et se respectent, qui sont meilleurs amis. L'hermine, les titres et les vieilles lignées n'ont de l'importance que lors d'événements publics, où ils ont leur place, où les perce-oreilles et les lèche-bottes s'amassent telles des mouches sur une charogne, faisant un festin de notre suffisance. L'important, en tant que couple, c'est de vivre comme si ces attributs n'existaient pas ; il faut vivre honnêtement, sans l'influence des intrusions et des attentes familiales. Comprenez-vous, ma chère ?

— Je pense comprendre, mais pour moi…

— Qu'est-ce que je dis ? Bien sûr que vous comprenez ! déclara-t-il, l'interrompant délibérément, car il avait d'autres choses à dire et parce qu'il était bien conscient que leur temps était compté, Henri-Antoine pouvant revenir à tout instant. Ce qui m'amène à la famille que j'ai intégrée par le mariage, reprit-il après avoir tiré sur son cheroot et soufflé la fumée loin d'elle. Je peux vous dire – et je suis certain que vous comprendrez, car vous n'appartenez pas à leur cercle – que ce n'est pas facile de rejoindre ce groupe. Vous devez me trouver désinvolte. Après tout, je suis un duc. Mais le premier époux de ma femme était le vénéré cinquième duc de Roxton. Avez-vous entendu parler de lui ?

— Oui, Votre Grâce. J'en ai entendu parler. Ma tante a été la première femme de chambre de madame la duchesse pendant de nombreuses années…

— C'est vrai ! Gabrielle ! Comment ai-je pu oublier ? Une femme merveilleuse. Nous n'aurions pas pu nous passer d'elle pour la naissance d'Elsie. Et elle était également présente pour la venue au monde des deux garçons. (Il esquissa un sourire timide.) Je suis prêt à parier qu'elle a quelques histoires à raconter sur cet endroit…

— Des histoires, elle en a. Mais aucune n'est inappropriée et elle n'a jamais trahi aucun secret. Elle est et a toujours été circonspecte en les racontant. Elle protège ses souvenirs.

Kinross hocha la tête comme s'il s'agissait d'une évidence et reprit le fil de ses pensées.

— Le cinquième duc était un homme indépendant, Miss Crisp. Et c'est mon cas aussi. Soit les gens m'acceptent comme je suis, soit ils ne m'acceptent pas du tout. Cela plaît beaucoup à ma femme et la famille connaît mon point de vue.

— Je le vois bien. Et dans le cas contraire, madame la duchesse ne serait pas tombée amoureuse de vous et ne vous aurait pas épousé. Et j'imagine qu'elle aurait été très déçue si vous aviez changé pour lui plaire ou pour plaire à sa famille.

— Précisément ! Et cela m'amène à mon beau-fils, Henri-Antoine, bien qu'à l'exception de sa mère, nous l'appelions tous Harry. Il-il est… compliqué, observa Kinross, les yeux apparemment rivés sur son cheroot, mais avec une vive conscience de Lisa et de ses réactions. Non seulement il ressemble à son père, mais sa mère me dit qu'il a aussi hérité de son tempérament. Il ne fait pas partie de ces types qui claironnent leurs sentiments à tout va et il ne montre pas facilement ses émotions, même avec sa famille. Sa maladie l'a rendu égocentrique. Et j'imagine que c'est compréhensible. C'est un sacré inconvénient avec lequel il doit vivre, d'un jour à l'autre il ne sait jamais s'il sera frappé par une crise d'épilepsie ou non. Mais sa mère et moi, nous le soupçonnons d'avoir lui-même provoqué sa dernière crise…

— Votre Grâce, je…

— … et elle était sûrement plus révélatrice de son état émotionnel que de sa santé physique. Mais à l'exception de la distance qu'il met entre lui et les autres et du fait qu'il soit souvent insondable, il est aussi…

— … gentil, généreux, attentionné, timide, immensément discret et-et… aimant, déclara Lisa qui, sentant qu'elle avait le courage de dire ce qu'elle pensait, ajouta également : Et j-je suis amoureuse de lui.

— Oui, c'est bien ce que je pensais.

Elle leva bravement les yeux vers lui avec un faible sourire.

— Je crains d'avoir laissé mon cœur prendre le dessus sur ma vieille tête…

— Puis-je vous donner un conseil ? J'ai envie de vous dire ceci depuis le début.

— J'apprécierai tous les conseils que vous pourrez me donner, Votre Grâce.

— Soyez vous-même. Ne doutez pas de vous. Soit il vous aime comme vous êtes, soit il ne vous aime pas du tout. Et je suis sûr qu'il vous aime, Miss Crisp. Aucun homme ne danse avec une femme comme Harry a dansé avec vous à l'instant sans être amoureux ! Vous vous aimez, c'est évident. Et c'est tout ce qui compte. Pas sa famille. Pas sa mère. Et certainement pas son frère. Quant au reste – les vieux ancêtres, ce tas de pierres, les autres membres de la famille, la société –, au bout du compte, rien de tout cela n'a d'importance, n'est-ce pas ?

— Tout cela n'a aucune importance pour moi, pour ce que je ressens pour lui, voilà qui est sûr. Mais que faire de mon humble situation ? Je n'ai pas honte de ma pauvreté. Ce n'est pas quelque chose que je peux changer, je peux simplement faire de mon mieux pour trouver un travail utile et pour essayer de ne pas être un fardeau pour ma famille. Mais je n'ai aucune relation familiale, certainement pas d'ancêtres qui vaillent la peine d'être mentionnés, et si nous avons jamais eu un tas de pierres, nous n'en avions assurément pas assez pour construire quelque chose d'utile. Je me demande si tout cela n'a aucune importance à ses yeux… ?

— Ah ! J'ai fait fortune sur le sous-continent et tout ce que j'avais quand j'ai commencé, c'était de la confiance en moi-même, la volonté de travailler dur et un cerveau doué pour les affaires. Certaines choses ne peuvent pas être mesurées par l'argent et par l'examen d'un parchemin visant à déterminer sur quelle branche de votre famille vous vous situez. Ce sont souvent les choses intangibles qui ont le plus d'importance – à mes yeux en tout cas. Des choses comme l'honneur, l'intégrité, l'intelligence, l'amour, la gentillesse, la fidélité, la générosité, la loyauté, et je pourrais continuer. Mais je pense avoir fait passer mon message, qu'en pensez-vous ?

— En effet, Votre Grâce. Je vous remercie.

Il sourit et lui tapota l'épaule. En entendant des voix approcher, il se redressa et écrasa la fin de son cheroot sur la semelle de sa chaussure.

— N'oubliez pas, en temps voulu, que je vous ai conseillé de rester vous-même.

Quand il traversa la terrasse pour retourner dans la salle de bal, Lisa se demanda ce qu'il avait voulu dire par « en temps voulu », mais elle n'oublia certainement pas ses paroles, qui lui apporteraient réconfort et force quand elle en aurait le plus besoin. Mais pour l'instant, Teddy et Jack avaient échappé à leurs invités et la rejoignirent sur la terrasse, suivis de près par Henri-Antoine et un valet de pied portant des boissons sur un plateau.

— Vous voilà ! annonça Teddy avec un immense sourire en se précipitant vers Lisa dans un tourbillon de jupons en soie pour la prendre dans ses bras. Nous vous avons cherché partout à l'intérieur, n'est-ce pas, Sir John ?

— Partout. Nous n'avons pas pensé à venir chercher ici, admit Jack. Jusqu'à ce qu'Harry nous dise où vous vous trouviez. Au moins, Kinross vous tenait compagnie. (Il fronça les sourcils.) Il me semblait avoir vu Seb se glisser dehors, mais oncle Charles et moi étions en pleine discussion, nous parlions de ses projets dans les nouveaux États-Unis d'Amérique, je ne pouvais donc pas m'éclipser. J'ai dû me tromper…

Henri-Antoine distribua des coupes de champagne, leva la sienne et adressa un clin d'œil à Lisa.

— Avant que nous ne buvions à la santé des jeunes mariés, je dois d'abord implorer votre pardon pour mon comportement idiot lors du match de cricket, comportement dont les résultats sont toujours nettement visibles…

— Non, Harry. Non ! Pas ce soir, dit fermement Jack. Tout est pardonné et oublié. À vrai dire, tout ceci m'était complètement sorti de la tête jusqu'à ce que Lady Fittleworth me demande comment je m'étais fait mon œil au beurre noir.

— Je lui ai été d'une grande aide, j'ai dit qu'il s'était pris une porte, leur révéla Teddy avec un large sourire.

— Une porte ! Vous auriez mieux fait de leur dire que je m'étais donné un coup avec l'archet de mon alto !

Tous se mirent à rire, à l'exception de Jack. Teddy l'embrassa sur la joue.

— Je m'en souviendrai pour la prochaine fois.

— Il n'y aura pas de prochaine fois. J'ai renoncé à frapper mes meilleurs amis.

— Moi également, Jack. Cela n'arrivera plus jamais. (Henri-Antoine leva son verre.) À Sir John et Lady Cavendish. Je vous souhaite une longue vie, un mariage heureux et une pléthore d'enfants. Vous êtes le meilleur ami que ce meilleur ami puisse avoir.

Les trois autres levèrent à leur tour leur verre en réponse à son toast et tous burent une petite gorgée de champagne.

— Merci, Harry. Et j'aimerais porter un toast à ma meilleure amie, dit Teddy en levant derechef son verre et en souriant à Lisa. À Lisa Crisp. La meilleure amie qu'une fille puisse avoir. Je suis tellement heureuse que vous soyez dans ma… nos vies.

Ils burent tous une nouvelle gorgée.

— Mais vous n'allez pas venir vivre avec nous, n'est-ce pas ? demanda Teddy avec mélancolie, les yeux toujours posés sur Lisa.

Lisa sentit les larmes monter et secoua la tête.

— Non, très chère. Je ne vais pas vivre avec vous. Mais… mais j'espère que vous m'autoriserez à vous rendre visite… à tous les deux…

— Assurément ! Quelles que soient les circonstances, déclara Jack, catégorique, sans un regard pour Henri-Antoine. Nous ne vous éconduirons jamais. Vous serez toujours la bienvenue. Toujours. N'est-ce pas, Theodora ?

— Oui. Quelles que soient les circonstances, répondit tristement Teddy en serrant le bras de Lisa. Toujours…

Elle évitait elle aussi de regarder Henri-Antoine, Lisa se demanda donc si Jack s'était confié à son épouse et, si c'était le cas, ce qu'il lui avait dit précisément. Teddy la regardait comme si elle s'apprêtait à être condamnée à la pendaison ou au billot, ce qui n'était pas de bon augure. Un silence gêné s'installa entre eux quatre pendant un instant, jusqu'à ce qu'Henri-Antoine tousse dans son poing et dise à voix basse :

— C'est votre grand jour Teddy – et Jack –, je ne souhaite donc rien dire de plus ce soir. Mais demain… Demain j'espère avoir quelque chose à vous annoncer à tous les deux.

— Nous serons encore là demain, n'est-ce pas, Sir John ? répondit Teddy, qui était soudain redevenue enjouée et enthousiaste. Nous ne partons pour Bath qu'après-demain. Nous avons toute la journée de demain.

Jack observa Lisa, puis Henri-Antoine, et remarqua qu'ils se donnaient du mal pour ne pas se regarder.

— Oui. C'est bien cela. Toute la journée de demain, et la soirée. Nous passerons aussi la nuit ici. Et après-demain, nous ne partirons qu'en milieu de matinée. Nous avons donc largement le temps…

Teddy et Jack espéraient que l'annonce d'Henri-Antoine serait celle qu'ils attendaient tous les deux en secret, mais qu'ils n'avaient pas osé exprimer à voix haute par crainte que cela n'arrive pas. Lisa n'avait aucune idée de ce que pouvait être la nature de cette annonce. Quand Henri-Antoine éclaira sa lanterne quelques heures plus tard, elle resta sans voix. Ce n'était pas la réaction qu'il avait espérée. Il resta perplexe. Elle se retrouva terriblement malheureuse.

VINGT-SIX

Peu de temps après avoir porté un toast sur la terrasse, Henri-Antoine congédia ses acolytes pour le reste de la soirée. Il prit Lisa par la main et ils s'éclipsèrent du bal pour rejoindre ses appartements. Il la guida dans un labyrinthe de couloirs, d'escaliers de service mal éclairés et de pièces qui semblaient s'étendre à l'infini. La plupart des pièces étaient éclairées d'une façon ou d'une autre ou avaient un feu de cheminée qui brûlait, et s'il n'y avait ni l'un ni l'autre, ils pouvaient toujours trouver un domestique ou une bonne qui vaquaient à leurs occupations dans les parages et qui pouvaient répondre à toutes les demandes d'Henri-Antoine.

— Sommes-nous toujours dans la même maison ou nous sommes-nous introduits chez quelqu'un d'autre ? finit par demander Lisa. Cet endroit ne s'arrête jamais !

— Ceux qui ne savent pas se repérer pourraient y errer à l'infini, en effet. Je prends le chemin le plus court.

— Vos appartements sont donc plus proches de Paris que de Londres ?

— Vous avez peut-être raison. J'ai fait en sorte qu'ils soient le plus loin de tout possible. Il pourrait tout aussi bien se trouver en France. Mes propres domestiques s'en occupent. Ils viennent avec moi de Londres, même mon cuisinier.

— Bien évidemment, marmonna Lisa en essayant de contenir sa surprise. Qui d'autre pourrait cuisiner dans votre propre cuisine si ce n'est votre propre cuisinier… ?

— Précisément, et… (Il fronça les sourcils et s'empourpra.) Est-ce de l'ironie que j'entends dans votre voix, Miss Crisp ?

— Vous avez dû mal entendre, milord.

Il ne dit rien de plus, mais il lui jeta un regard en coin pour lui faire comprendre que son insolence taquine ne lui avait pas échappé. Elle lui demanda de s'arrêter une nouvelle fois alors qu'ils s'apprêtaient à traverser une certaine pièce qui la poussa à se demander s'ils n'étaient pas arrivés par hasard dans un repère de contrebandiers. La pièce scintillait de dorures et de fils métalliques dorés qui ornaient les tissus des meubles. Un mur était recouvert, du sol au plafond, des plus grands miroirs que Lisa avait jamais vus. Mais elle écarquilla surtout les yeux face aux objets qui reflétaient la lumière de la chandelle d'Henri-Antoine quand il passa devant ; elle découvrit un vrai trésor composé de colifichets, boîtes, statues, peintures, meubles, luminaires et bizarreries, le tout empilé en désordre, comme si tous ces objets avaient été pillés, non seulement dans d'autres maisons, mais dans les siècles précédents.

Ce bâtiment monolithique réservait des surprises dans chaque recoin et chaque nouvelle surprise était plus surprenante que la précédente.

— Ma famille appelle cet endroit « la pièce de la culpabilité ancestrale », expliqua Henri-Antoine. Mon neveu Freddy, qui deviendra un jour – dans très longtemps – le septième duc de Roxton, dit toujours à son propos : « Que pouvons-nous faire de tous ces trucs dont personne ne veut, mais qui sont dans la famille depuis des générations ? »

Il fit courir un doigt le long d'un piédestal en marbre qui soutenait une coupe en coquillage poli et en argent. Une inscription y était gravée, mais il ne la lut pas.

— Certains de ces objets datent d'avant le règne de la reine Élisabeth, expliqua-t-il. Certains m'appartiennent. Mon frère a hérité de la plupart d'entre eux de notre père, qui les tenait lui-même de son père. Ma mère possède quelques-uns de ces objets que sa grand-mère, une méchante vieille sorcière, lui a légués. Aucun de nous ne veut de c-ces… *choses*, mais nous ne savons pas quoi en faire.

— Si aucun de vous ne veut de ces objets, pas même votre neveu, vous pourriez peut-être en faire bon usage ? suggéra Lisa en essayant d'appréhender au mieux ce butin.

— C'est-à-dire ?

— Vous pourriez organiser une vente aux enchères…

— Une vente aux enchères ? répéta Henri-Antoine, surpris, mais accordant toute son attention à Lisa. Poursuivez.

— Votre frère, votre mère et d'autres membres de la famille

voudraient peut-être rajouter d'autres objets à la vente, des choses dont ils pourraient se passer…

— Cela inclurait la plupart des objets de cette maison, plaisanta Henri-Antoine avec un sourire. Mais continuez.

— Vous pourriez faire imprimer un catalogue, comme celui qui promouvait la collection de la duchesse de Portland, et y dresser la liste de tous les objets de cette pièce et de tous les autres dons.

— Je sais que Deb, ma belle-sœur, ferait volontiers des dons. Elle veut faire quelque chose de tout cela depuis des années. Mais mon frère est sentimental. Il faudrait réussir à le convaincre.

— Conserver toutes ces choses ici, où personne ne les utilise, semble être du gâchis, surtout si aucun membre de la famille n'en veut. Ces objets pourraient être utilisés à bien meilleur escient, d'autres personnes pourraient en profiter. La collection de Portland a eu de nombreux acheteurs, et la plupart de ces objets devaient sans doute prendre la poussière depuis des années.

— Comme le coquillage d'Elsie.

— Oui. Exactement comme le coquillage d'Elsie. Votre frère serait peut-être plus favorable à cette idée si on apposait le nom de Roxton sur le catalogue ?

— Peut-être, oui.

— Et les bénéfices pourraient servir une cause louable…

— Cet argument ferait sans doute pencher la balance pour lui, sa duchesse et notre mère.

— Et quelle cause est plus louable que celle qui vous tient le plus à cœur, la fondation Fournier pour la recherche médicale ?

Il arbora un grand sourire.

— Vous êtes une voyante.

— Oh ? Je pensais que j'étais une sorcière.

Il posa sa bougie sur la surface la plus proche, attrapa Lisa et prit délicatement son visage entre ses mains. Il l'embrassa.

— Vous êtes tellement intelligente. Pas étonnant que je vous aime. Venez, dit-il en récupérant la chandelle et en prenant la main de Lisa. Pour rejoindre mes appartements, nous n'avons plus qu'à passer cette porte et remonter le couloir.

Lisa le suivit, silencieuse. Elle était étourdie par sa déclaration. Il lui avait déjà dit cela quand ils avaient fait l'amour pour la première fois, mais quand son esprit et son corps avaient refroidi, elle s'était demandé si elle n'avait pas mal entendu. Maintenant qu'il l'avait redit de façon aussi désinvolte, elle était toute déboussolée. Elle décida donc de ne pas y attacher trop d'importance. Et quand ils entrèrent dans ses appartements, elle fut assez distraite pour ne pas s'attarder dessus. En effet, son écritoire en palissandre, toujours enveloppée de tissu, était posée sur sa malle usée, qu'on avait placée sur le tapis près d'un canapé.

— Où est Becky ? demanda Lisa en regardant autour d'elle, comme si elle s'attendait à ce que son amie se trouve près de ses affaires.

— Elle retourne à Londres avec les Strathsay…

— Mais…

— Si vous voulez la récupérer, vous devrez écrire à la veuve Humphreys pour proposer un emploi à sa nièce.

— Vous a-t-elle dit cela ?

— C'est ce qu'elle a dit à mon majordome.

— Sa tante ne la laissera peut-être pas travailler pour quelqu'un comme moi, répondit Lisa, soudain mal à l'aise.

— Quelqu'un comme vous ? s'enquit Henri-Antoine, dérouté. Elle serait bien chanceuse de travailler pour quelqu'un comme vous. La veuve Humphreys pourra dire que sa nièce est la couturière de madame. Cela lui fera une bonne publicité et son chiffre triplera du jour au lendemain.

Il l'attira vers lui, la prit dans ses bras et défit le nœud qui tenait son fichu en place dans son dos.

— Il vous faudra une vraie femme de chambre, murmura-t-il en se penchant pour embrasser le creux de son cou. Quelqu'un qui sait parfaitement prendre soin de la soie et du satin…

Lisa immobilisa ses mains, soudain mal à l'aise, fit un pas en arrière et observa le cadre opulent qui l'entourait, ce qu'elle n'avait pas fait quand elle était venue ici la première fois, pour s'entretenir avec son majordome. Les rideaux en velours, le plafond haut, les tableaux de demeures étrangères dans de lourds cadres dorés, l'épais tapis sous ses pieds, tout était baigné dans la lueur dorée des bougies fabriquées avec la meilleure cire d'abeille qui soit. Elle se sentit sotte quand elle fut parcourue par un frisson de panique en repensant à ce qu'il s'était passé sur la terrasse avec Seb Westby ; elle le chassa rapidement de ses pensées. Elle ne laisserait plus jamais cet épisode et ce débauché ivre faire irruption dans sa vie. Elle attira Henri-Antoine contre elle.

Quand Lisa s'était reculée, il avait immédiatement retiré ses mains et avait lui aussi fait un pas en arrière en s'inclinant légèrement devant elle. Quand elle passa les bras autour de son cou, il dit en fronçant les sourcils d'un air préoccupé et en la regardant dans les yeux :

— Je n'aurais pas dû me permettre… La soirée a été longue… Vous devez être fatiguée.

Par la double porte restée ouverte, elle aperçut une chambre qui contenait un énorme lit à baldaquin et qui était tout aussi somptueuse et grande que la pièce dans laquelle elle se trouvait. Elle releva la tête vers lui avec un sourire et lui dit effrontément :

— Je ne suis pas du tout fatiguée. Mais je me demande ce que Sa Grâce en penserait si je passais la nuit avec vous sous son toit.

— Mes appartements, mon toit. C'est l'accord que nous avons passé. Et c'est là qu'est votre place, avec moi, toujours. C'est tout ce qui compte.

— J'aimerais beaucoup que Sa Seigneurie me montre le reste de ses appartements…

Il embrassa sa paume, prit sa main dans la sienne, la mena dans la chambre et referma la double porte, laissant le reste du monde à l'extérieur.

Elle était dans ses bras, en train de sombrer dans un sommeil béat, quand il bougea assez pour la réveiller. Il retapa les oreillers pour elle, elle se redressa en position assise contre la tête de lit sculptée, puis il se glissa hors des couvertures. Il traversa la pièce, disparut dans celle d'à côté et revint avec son écritoire en palissandre, parfaitement à l'aise dans sa peau. Mais cette scène avait quelque chose qui fit glousser Lisa à n'en plus finir. Ce n'était pas à cause de ses cheveux désordonnés, qui retombaient sur ses yeux au point qu'elle se demandait comment il pouvait voir quoi que ce soit, ni de sa nudité, qu'elle trouvait splendide et fascinante. Elle riait à cause de l'écritoire en palissandre ; elle s'était soudain rappelé le moment où il la lui avait offerte sur Gerrard Street, dans sa tenue magnifique, et l'attitude cérémonieuse qu'il avait adoptée avec elle à cette occasion. Et voilà que quelques semaines plus tard seulement, il se présentait une fois encore devant elle avec cette même écritoire, dans toute sa glorieuse nudité. Qu'était-elle censée faire avec ? Écrire une lettre ? À cette heure-ci ? À qui donc ?

— Sa Seigneurie a-t-elle besoin des services d'une écrivaine publique au milieu de la nuit ?

— Je ne pourrai pas dormir tant que je n'aurai pas eu votre réponse, dit-il en revenant près d'elle sous la couverture, posant l'écritoire entre eux sur le couvre-lit.

Elle avait réussi à réfréner ses gloussements, mais ses yeux bleus brillaient encore d'hilarité.

— Avez-vous l'intention de me dicter cette réponse pour que je l'écrive ?

Il la regarda, haussant le sourcil au-dessus de son œil au beurre noir.

— Comme vous êtes drôle. Pas du tout. Cette écritoire cache des secrets, non ?

Elle comprit immédiatement. Sans avoir besoin de plus d'encouragements, elle ouvrit l'écritoire, qui n'était pas verrouillée, et replia la surface d'écriture en cuir rouge pour révéler les compartiments du dessous. Elle appuya sur le panneau qui cachait les trois petits tiroirs et l'enleva. Elle leva les yeux vers Henri-Antoine.

— Vous m'avez laissé un petit mot ?

— Plusieurs.

Elle poussa une petite exclamation satisfaite.

— Quand ? Comment ? Je ne me souviens pas que vous ayez eu accès à mon écritoire depuis Gerrard Street.

Il esquissa un petit sourire.

— Les voies de Sa Seigneurie sont impénétrables. Mais je sais que vous ne vous contenterez pas de cette réponse, je vais donc tout vous révéler. J'ai écrit les notes. J'ai demandé à Michel de les cacher dans l'écritoire. J'étais autrement occupé par le mariage.

— Elles ont été cachées dedans ce soir ?

— Aujourd'hui, oui.

— Et… quand les avez-vous écrites ?

Henri-Antoine appuya ses épaules contre la montagne d'oreillers en plumes.

— Vous n'êtes pas une sorcière, vous êtes une grande inquisitrice !

Elle gloussa. En vérité, elle était impatiente et inquiète, car il s'agissait des premiers petits mots qu'elle recevait. Elle prit une profonde inspiration et demanda :

— Quel tiroir devrais-je ouvrir en premier ?

Il leva une main au ciel.

— Peu importe. Tout ce qui importe, c'est votre réponse.

Elle tira sur la petite poignée en corne ronde du tiroir de gauche et trouva un papier plié à l'intérieur du petit compartiment. « Essayez le troisième tiroir » y était écrit. Elle replia le bout de papier, le remit à sa place et referma le tiroir en regardant Henri-Antoine entre ses cils. Il arborait un large sourire. Elle suivit donc les instructions du petit papier et ouvrit le tiroir de droite. Elle y trouva un autre petit papier, mais celui-ci était enroulé autour de quelque chose. Lisa l'ouvrit lentement et en découvrant ce qu'il y avait dedans, elle fixa Henri-Antoine avec stupéfaction.

— C'est une bague !

— Merveilleux. Michel a réussi à la mettre dedans sans qu'elle tombe du papier. Il aurait fallu organiser une véritable chasse au trésor pour la retrouver…

— Est-elle réelle ? Est-elle ancienne ?

— Vous voulez savoir si ces diamants et ces saphirs sont faux ? Non. Ce sont de vraies pierres. Et oui, c'est une bague ancienne. Il faudra bien la polir. La dernière personne à l'avoir portée était ma grand-mère, Madeleine Julie Salvan Hesham, marquise d'Alston, fille du comte de Salvan et mère de mon père.

— La mère de votre père ?

— Oui. Elle est morte il y a plus de cinquante ans…

Lisa tint la bague entre son pouce et son index et l'étudia attentivement, la tournant d'un côté puis de l'autre à la lueur de la bougie.

— Votre grand-mère avait des doigts très fins.

Il sourit. Il pouvait compter sur elle pour s'intéresser plus à l'anatomie de sa précédente propriétaire qu'à la valeur des pierres ou, étonnamment, à ce que cette bague représentait.

— Elle est morte à quarante-cinq ans. Bien sûr, il est possible que ses doigts aient été encore plus fins quand elle s'est mariée et que la bague ait été agrandie après. Elle avait tout juste seize ans quand elle s'est enfuie pour épouser mon grand-père.

— Enfuie ? Comment… comment vous êtes-vous retrouvé en possession de cette bague ?

— C'est le retour de la grande inquisitrice, murmura-t-il. Mon père me l'a léguée avec une lettre, expliqua-t-il patiemment. J'ai ouvert cette lettre pour la première fois ce matin, cette bague était dans l'enveloppe.

— Une lettre de votre père ? s'enquit Lisa, intriguée. Il vous a écrit une lettre que vous deviez ouvrir aujourd'hui ?

— Pas aujourd'hui précisément. Je devais ouvrir cette lettre après avoir pris une décision bien spécifique à propos de ma vie.

— Ne vous a-t-il pas aussi laissé une lettre à ouvrir lors de votre vingt-et-unième anniversaire ?

— Si.

— C'était merveilleux et très prévoyant de sa part ! Il vous aimait énormément. (Elle fronça les sourcils, se pencha vers l'avant et l'embrassa sur la bouche avant de le regarder dans les yeux.) J'imagine que la lecture d'une telle lettre a dû être très émouvante pour vous…

Il soutint son regard.

— La semaine entière l'a été.

Elle l'embrassa une nouvelle fois, puis appuya légèrement ses lèvres sur son œil au beurre noir. Elle tendit timidement la bague vers lui.

— Voudriez-vous me la passer au doigt ?

— Avec joie. Mais d'abord, vous devriez jeter un coup d'œil dans le dernier tiroir et me donner votre réponse.

— Oh, oui ! Quelle sotte, j'ai oublié le tiroir du milieu. J'ai été éblouie par ces pierres précieuses !

— Éblouie par la circonférence de l'annulaire de ma grand-mère, oui.

Lisa rit et souriait encore quand elle ouvrit le minuscule tiroir du milieu de son écritoire. Elle ne fut pas surprise de découvrir qu'un troisième petit bout de papier s'y cachait. Elle le sortit rapidement, le déplia et sourit à Henri-Antoine avant même de regarder ce qui y était écrit. Puis elle baissa les yeux sur le papier et vit qu'un cœur y était dessiné et que deux mots étaient inscrits dans le cœur : « Épousez-moi ».

Elle fixa le cœur, les mots, prit une profonde inspiration et crut que le bonheur allait lui couper le souffle. Cette sensation ne dura qu'un instant, puis elle expira, replia le papier avec des doigts tremblants et resta assise là, la tête baissée, ses longs cheveux retombant autour de son visage et sur ses bras nus. Puis les larmes montèrent et se mirent à couler sur le petit papier. Elle ne put les arrêter, n'essaya même pas. Elle était incroyablement heureuse de savoir qu'il l'aimait tellement qu'il voulait l'épouser, mais ineffablement malheureuse, car elle l'aimait tellement qu'elle devait lui dire non.

Quand elle put enfin exprimer ses sentiments, elle lui révéla qu'elle pleurait de bonheur, qu'elle était bouleversée par cette occasion et ce qu'elle signifiait, mais par-dessus tout, qu'elle pleurait, car elle ne pouvait pas lui donner la réponse qu'il espérait. Il resta sous le choc. Il n'était pas en colère, ni triste, ni même déçu. Il était étrangement engourdi. Il la croyait quand elle disait l'aimer. Il la croyait même quand elle affirmait avec assurance qu'elle comptait bien devenir sa maîtresse et vivre ainsi avec lui, qu'ils seraient un couple dans tous les sens du terme. Mais il ne la croyait pas quand elle affirmait qu'il ne pouvait pas l'épouser. Il trouvait cela intéressant qu'elle dise que c'était lui qui ne pouvait pas l'épouser elle, et non l'inverse. Qu'est-ce que cela signifiait, exactement ? Quelle petite bête semait le doute en bourdonnant dans sa tête, et qui l'avait mise là ? Deux et deux ne faisaient plus quatre.

Peut-être qu'une bonne nuit de sommeil leur apporterait un nouveau regard sur la situation, des réponses. Gardant ceci en tête, il retira l'écritoire du lit, posa l'alliance de sa grand-mère sur la table de chevet à côté du bougeoir en argent et trouva un mouchoir blanc propre pour Lisa. Puis il remonta la couverture sur eux deux et souffla la bougie. Blottis l'un contre l'autre, silencieux et immobiles, mais parfaitement conscients l'un de l'autre, ils mirent tous les deux beaucoup de temps à s'endormir.

. . .

Lisa se réveilla seule dans le grand lit. Elle se souvenait qu'elle avait soudain eu froid. Henri-Antoine n'était plus à côté d'elle. C'était le petit matin. Elle entendait des oiseaux chanter et une conversation chuchotée quelque part, loin. Puis la conversation se tut. Elle avait mal dormi pendant toute la nuit. Elle se demandait d'ailleurs si elle s'était vraiment endormie. Elle était épuisée. Elle tomba dans un sommeil profond…

Pendant un court instant, elle crut être de retour dans son lit étroit de Gerrard Street. Mais elle était entourée d'oreillers rembourrés du plus doux des duvets, recouverte de draps du plus beau lin qui soit, le lit était immense, et le baldaquin et les rideaux du lit étaient en velours. On avait ouvert les rideaux des fenêtres et la lumière inondait le tapis. La bague ornée de diamants et saphirs qui avait autrefois appartenue à la marquise d'Alston n'était plus près du bougeoir, et là où son écritoire en palissandre se trouvait auparavant, au bout du lit, était à présent posée l'une des robes de chambre d'Henri-Antoine. Celle-ci était en soie damassée jaune d'or et les manches étaient retroussées.

Lisa écarta les couvertures, enfila la robe de chambre, serra ses bras autour d'elle et suivit la lumière qui venait d'une garde-robe spacieuse, meublée avec une méridienne, une chaise et un cabinet de curiosités. Des piles de livres étaient alignées contre le coussiège. Un feu se consumait dans la cheminée. Enfin, disposée sur le carrelage devant la cheminée, elle découvrit une grande baignoire en cuivre dont le fond était recouvert de lin. Une pile de serviettes et un seau en cuivre se trouvaient à côté du bain. Par une porte ouverte, elle pouvait voir l'intérieur d'une penderie, où de somptueuses redingotes en soie, lin et coton étaient accrochées sur des cintres le long du mur, avec leur gilet assorti, et où se trouvait une rangée d'armoires en acajou.

Elle fut surtout surprise par les vêtements disposés sur la méridienne sous la fenêtre. Ils lui appartenaient. Un caraco en coton à fleurs, des jupons assortis, un léger tablier, des bas propres et une chemise. Elle étudiait cette sélection de vêtements quand un homme aux minces épaules vêtu d'une redingote et d'un haut-de-chausses noirs sortit de la penderie et lui indiqua s'appeler Kyte et être le valet de Sa Seigneurie. Deux domestiques qui portaient des seaux d'eau chaude le suivaient, ainsi qu'une bonne qui gardait les yeux rivés sur le parquet.

— Bonjour, madame, dit gaiement Kyte, comme s'il avait l'habitude de trouver Lisa dans la garde-robe de son maître, avant de s'incliner légèrement devant elle. Rose va vous aider à prendre votre bain, à vous habiller et coiffer vos cheveux de la façon que vous préférez. En attendant, je vais m'assurer que votre petit déjeuner soit disposé dans l'alcôve du salon. J'espère qu'un chocolat chaud, du pain grillé et des œufs vous conviendront. Après le petit déjeuner, les acolytes vous escorteront jusqu'à la bibliothèque de Sa Grâce.

La seule idée de manger lui donnait la nausée. Elle boirait peut-être un peu de chocolat chaud. Mais elle perdit complètement l'appétit en entendant parler de la bibliothèque. Son malaise dû à sa présence dans la garde-robe d'Henri-Antoine disparut, remplacé par l'appréhension, la crainte ; on lui avait parlé de l'effet provoqué par une convocation dans la bibliothèque de Sa Grâce. Mais la mention des acolytes d'Henri-Antoine piqua sa curiosité.

— Les acolytes vont m'y emmener ?

— Monsieur Gallet va vous y emmener. Les acolytes vous serviront d'escorte.

— D'escorte ? répéta Lisa, trouvant que ce mot était de mauvais augure.

— Oui, madame.

Puisque Lisa fronçait toujours les sourcils, Kyte se dit qu'il valait mieux tout lui expliquer. Il confia, sans aucune délicatesse, une serviette, une brosse à cheveux et des épingles à la bonne et l'envoya du côté de la baignoire pour qu'elle supervise le placement d'un paravent, avant de se tourner vers Lisa avec le même sourire plein de réserve.

— Sa Seigneurie vous a assigné deux de ses acolytes. Pour votre protection…

— Pardonnez-moi, Mr. Kyte…

— Kyte, madame. Seulement Kyte.

— Oh ? Pardonnez-moi, Kyte, mais je ne comprends pas de quoi je devrais être protégée ici, dans la demeure de Sa Grâce.

Le sourire figé du valet retomba légèrement. Lisa avait beau être enveloppée dans l'une des robes de chambre de son maître et porter des bas blancs noués au-dessus de ses genoux, il aurait été prêt à parier qu'elle ne portait rien de plus. Avec ses longs cheveux qui retombaient sur ses épaules et dans son dos en une masse désordonnée, elle avait tout l'air d'une amante au réveil. Elle était jeune et belle, il n'était pas étonné que son maître soit fou d'elle. Mais il n'y avait rien de sordide chez elle, ni dans la relation qu'elle entretenait avec son maître. Michel Gallet lui avait parlé des petits mots et de la bague cachés dans l'écritoire en palissandre. Et puisque sa posture était très digne et qu'elle semblait dénuée de tout artifice, il la traita avec le respect qu'il pensait lui devoir et lui dit poliment :

— Sa Seigneurie considère qu'il est nécessaire pour votre bien-être et sa tranquillité d'esprit que vous soyez accompagnée par les acolytes dès que vous sortez de ses appartements. Ainsi, vous pourrez vous déplacer plus librement sans avoir à vous inquiéter d'être abordée par des personnes avec qui vous ne souhaitez ni discuter ni avoir aucun contact. Je vous assure que tout le personnel de Sa Seigneurie est très discret et loyal.

— Je n'en douterais jamais, Kyte.

Le valet s'inclina et s'apprêta à partir, mais Lisa avait une dernière question à lui poser ; elle se demandait où était passé son maître.

— Lord Henri-Antoine s'est levé tôt avec l'intention de faire un tour à cheval. Je l'ai habillé en conséquence. Néanmoins, il ne m'a pas dit ce qu'il comptait faire ensuite, mais monsieur Gallet pourra peut-être répondre à cette question après votre petit déjeuner.

Plus tard, quand le majordome arriva pour l'emmener jusqu'à la bibliothèque, Lisa lui posa la même question. Il lui présenta des excuses ; il ne pouvait pas lui dire où se trouvait Sa Seigneurie en ce moment même. Mais il put lui raconter plus en détail les activités de début de matinée de son maître ; il en fit un compte rendu divertissant à Lisa pendant qu'elle finissait son chocolat chaud.

— Lord Henri-Antoine est bien allé faire du cheval, lui dit Michel. Mais il avait d'abord une affaire à régler dans les écuries. Apparemment, il aurait ordonné hier soir qu'on prépare un carrosse pour un départ dès les premières lueurs du jour et qu'on rassemble les malles et autres possessions de quelques invités. Ces derniers, avec leurs domestiques personnels, devaient être prêts à partir à l'aube. Malheureusement, les invités ont cru que Sa Seigneurie avait donné ces directives pour se moquer d'eux, ils n'y ont donc pas cru. Ainsi, leurs domestiques ont obéi aux ordres et ont rejoint le carrosse avec les malles et les possessions de leurs maîtres comme on le leur avait demandé, mais les invités étaient encore au lit quand ils auraient dû être en route pour les écuries. Sa Seigneurie ne s'est pas découragée et a fait rassembler les invités. Quand ils ont protesté, car il était très tôt, qu'ils ont considéré qu'on les maltraitait terriblement et qu'ils ont refusé de faire ce qu'on leur demandait de faire, Sa Seigneurie a choisi la seule option restante.

— Que… ? Qu'a-t-il fait, monsieur Gallet ? demanda Lisa, sa tasse de chocolat à mi-chemin entre sa soucoupe et ses lèvres entrouvertes.

La bouche du majordome tressaillit.

— Sa Seigneurie a demandé à ses acolytes de les porter jusqu'au carrosse dans leur chemise de nuit. Quand les femmes s'y sont opposées avec beaucoup de véhémence, Sa Seigneurie a ordonné à ses acolytes de les balancer sur l'une de leurs épaules et de les emmener, peu importe à quel point elles se débattaient, jusqu'au carrosse qui les attendait…

— Il y avait aussi des femmes ? demanda Lisa en se redressant.

— Deux gentilshommes et deux femmes. Un frère et une sœur – les Knatchbull –, le bon ami de Mr. Knatchbull, Lord Westby, et l'amie de Miss Knatchbull, une certaine Miss Medway. Ensuite, on les a rapidement fait monter dans le carrosse, on a jeté leurs divers vêtements à l'intérieur et le carrosse, escorté par des éclaireurs, les a conduits jusqu'à l'auberge Swan…

— À Alston ?

Quand il mentionna l'auberge locale où la diligence les avait déposées avec Becky, Lisa commença à comprendre pourquoi Henri-Antoine avait envoyé le carrosse à cet endroit en particulier, et sous escorte.

— Oui, madame. Un certain nombre de diligences traversent la ville pour déposer ou reprendre des passagers, surtout des voyageurs qui empruntent la route reliant Londres à Southampton.

Lisa posa sa tasse et se tamponna la bouche avec sa serviette en lin avant de demander calmement :

— Que s'est-il passé à Alston, monsieur Gallet ?

— Tandis que les Knatchbull, Lord Westby et Miss Medway prenaient des rafraîchissements au Swan, leur carrosse est parti pour Londres sans eux…

— Pour Londres… *sans eux* ?

— Oui, madame. Leurs domestiques et leurs affaires ont pu partir dans le carrosse envoyé par Sa Seigneurie, mais leurs maîtres sont restés sous escorte armée jusqu'à l'arrivée de la diligence.

— Bigre. Je crains qu'ils n'apprécient pas leur voyage à bord de la diligence commune.

— Ils ne l'apprécieront pas, non. Cela dit, selon l'un des acolytes, Mr. Knatchbull était prêt à rire de ce coup d'éclat et a avoué qu'ils méritaient tous le courroux justifié de Sa Seigneurie. Il était prêt à accepter ce désagrément sans broncher. Lord Westby, lui, n'y était pas disposé et a dû être retenu pour éviter qu'il ne s'en prenne à son ami, sur qui il rejetait toute la faute. Quant aux deux femmes… elles se sont apitoyées sur leur sort à gros sanglots et il n'y avait rien que les gentilshommes pouvaient faire ou dire pour les faire taire.

— Je plains ces pauvres gens qui devront partager un véhicule avec eux jusqu'à Londres…

— C'est également pour les autres voyageurs que Lord Henri-Antoine a eu de la compassion. Il a demandé que le carrosse transportant les domestiques et les bagages s'arrête à peine dix kilomètres plus loin et attende l'arrivée de la diligence. Leurs maîtres ont donc pu revenir dans le carrosse pour le reste du trajet les ramenant à leurs demeures de Westminster… Si vous avez fini votre chocolat chaud, madame, il est temps que nous y allions. Nous ne voulons pas faire attendre Sa Grâce.

Lisa eut soudain l'air malade, comme si elle s'apprêtait à monter à l'échafaud. Quand elle suivit Michel Gallet dans un dédale de couloirs et de pièces semblant la mener dans les confins les plus éloignés de cet ensemble de bâtiments palatiaux avec deux acolytes dans son dos, elle se demanda s'ils ne l'escortaient pas pour s'assurer qu'elle ne s'échappait pas ou qu'elle ne partait pas se cacher en courant. Cet endroit devait renfermer un nombre incalculable de cachettes, ce qu'elle avait déduit en se basant uniquement sur ce qu'elle avait vu. Elle se disait qu'il devait y avoir tout un autre monde habité par le personnel et ne put compter tous les valets de pied en livrée qu'ils croisèrent. En revanche, elle n'aperçut aucun autre invité, elle supposa donc qu'on la faisait délibérément passer par un chemin qui évitait les pièces publiques.

Enfin, ils arrivèrent devant une double porte marquetée devant laquelle deux valets de pied montaient la garde. Monsieur Gallet la laissa là avec une révérence et les deux acolytes dans son dos allèrent l'attendre dans une alcôve. L'un des gardes disparut à l'intérieur et y resta pendant plus d'une minute avant de revenir lui annoncer la nouvelle prévisible que le duc était prêt à la recevoir. Une fois à l'intérieur, elle devrait remonter jusqu'à l'autre bout de la pièce sans traîner, en marchant droit et sans faire de détour. Après lui avoir confié ces instructions, on lui ouvrit grand la porte, elle entra et n'eut pas le temps de faire plus de quatre pas avant que la porte ne soit refermée dans son dos.

Sans pour autant musarder, elle ne put résister à l'envie de regarder autour d'elle, fascinée, bouche bée. Elle n'était jamais entrée dans une pièce de ce genre. Elle semblait être aussi immense que la salle de bal, des étagères de livres qui allaient du sol au plafond étaient réparties sur deux étages et on pouvait y accéder par un escalier en colimaçon menant à une étroite passerelle à la rambarde ornementée qui parcourait trois côtés de la pièce. Un ciel bleu, des nuages blancs et des scènes colorées étaient peints sur le plafond voûté, mais elle ne s'arrêta pas pour discerner les scènes et les silhouettes, craignant par ailleurs de se faire un torticolis. Elle baissa les yeux, découvrant des chaises, des tables recouvertes de cartes, de grands livres et des parchemins roulés, des globes terrestres et célestes montés sur piédestaux, des statues et des bustes en marbre dans des alcôves, des tapis d'Orient éparpillés sur le parquet et, occupant toute la longueur d'un mur, des fenêtres séparées par des peintures accrochées au mur. Les rideaux en velours avaient été tirés sur toutes les fenêtres, sauf deux, pour occulter la lumière éblouissante de l'été.

Obéissant aux instructions qu'on lui avait données, elle resta sur le chemin central qui séparait la bibliothèque en deux et avança vers le fond de la pièce. Elle garda le dos bien droit, la tête haute, les coudes plaqués contre son corps et les mains jointes sous sa poitrine. Et puisqu'elle voyait le duc assis derrière son énorme bureau, elle se concentra pour garder les yeux rivés droit devant elle, pour ne pas regarder à droite et à gauche. Les meubles disposés autour d'elle, les étagères de livres et le reste de l'attirail de cette pièce se brouillèrent dans sa vision périphérique en un méli-mélo sans importance et sans intérêt.

Elle avança jusqu'au bureau, son cœur battant la chamade dans sa poitrine, et se baissa en une révérence quand le duc se leva de son fauteuil pour l'accueillir. Elle fut surprise quand il contourna le large bureau pour venir de son côté et l'invita à se joindre à lui près d'une cheminée à côté d'un deuxième escalier en colimaçon qui menait vers l'étroite passerelle et à d'autres étagères. Des bergères confortables étaient disposées là, ainsi que deux banquettes à haut dossier placées dos à dos ; l'une faisait face à la cheminée et l'autre à l'escalier en colimaçon. Le duc indiqua à Lisa de s'asseoir sur la banquette face à la cheminée. Elle s'exécuta et trouva le coussin dur. Elle se dit qu'il devait installer ses enfants sur cette banquette si jamais il devait les réprimander sévèrement sur leur comportement. Elle se demanda pourquoi il ne s'asseyait pas en face d'elle, s'il comptait lui faire un sermon sévère du même genre en restant debout. Puis quelqu'un le rejoignit, ce qui surprit Lisa, car elle n'avait pas remarqué que quelqu'un d'autre se trouvait dans la bibliothèque. C'était la raison pour laquelle il restait debout.

La duchesse de Roxton était venue se placer à côté de son fils. Lisa se releva de la banquette d'un bond et se baissa en une révérence d'un seul mouvement, son cœur battant d'autant plus fort de savoir qu'elle ne serait pas interrogée uniquement par le frère d'Henri-Antoine, mais aussi par sa mère. Elle avait mal au ventre et se sentait tellement nerveuse qu'elle se demanda si elle n'allait pas être malade.

VINGT-SEPT

Un peu plus tôt, tandis qu'on escortait Lisa jusqu'à la bibliothèque, le duc et sa mère y étaient déjà confortablement installés, la mine sombre, inquiets.

— Si nous voulons faire les choses correctement, vous devrez faire ce que je vous dis de faire, avait déclaré le duc en observant sa mère faire les cent pas devant lui.

Antonia avait levé les bras au ciel et continué à arpenter la pièce. Roxton était fatigué, et après le mariage et le bal de la veille, il avait espéré profiter d'une matinée où il n'aurait rien eu à faire à part passer du temps avec sa femme. Mais il fallait gérer cela… Observer sa mère faire des allées et venues devant le bureau l'avait encore plus épuisé. Ne se fatiguait-elle jamais ?

— Mère…

— Oui. Oui. Naturellement, nous gérerons ceci à votre façon, Julian. C'est juste… c'est juste…

— … déplaisant. Pour tout le monde. Mais nous devons d'abord penser à Harry…

— Je ne pense qu'à lui, avait-elle dit en croisant le regard de son fils. Soyez gentil avec elle. Elle est jeune. Et tout ceci… (Elle avait décrit un large arc de cercle de son bras.) Tout ceci est déjà trop pour nos amis, alors imaginez ce que c'est pour une fille qui vient d'où elle vient. Tout cela doit être incompréhensible, non ?

— Je m'efforcerai d'être aussi gentil que possible, étant donné les circonstances.

— C'est exactement ce qui m'inquiète, Julian, avait répondu Antonia, pas convaincue. Les circonstances.

Roxton avait résisté à son envie de lever les yeux au ciel. Il avait détaché ses fesses du rebord de son énorme bureau et s'était redressé.

— Et moi, ce qui m'inquiète, mère, c'est de savoir que vous allez essayer de l'aider à encaisser le coup. Cela ne fonctionnera pas cette fois-ci. Miss Crisp n'est pas un chaton errant qui a besoin d'un bol de crème. Aux dires de tous, elle a une cervelle, et je la pousserai à s'en servir pour qu'elle comprenne la gravité de la situation. Il le faut. Pour notre bien à tous.

Antonia s'était tordu les mains, mais quand elle avait hoché la tête, Roxton avait poussé un soupir de soulagement.

— Vous devrez donc vous empêcher d'interférer…

— D'interférer… ?

— … pour le bien d'Harry. Je vous connais. Vous êtes trop gentille, trop sensible. Vous voulez le bonheur de tout le monde…

— Et c'est mal ?

— Pas le moins du monde. C'est ce que j'aime chez vous. Mais parfois, la gentillesse n'est pas la solution. Je vous en prie, laissez-moi m'en occuper.

— Je ne comprends pas comment vous pouvez être aussi… aussi… *indifférent.*

Roxton avait éclaté de rire et secoué la tête.

— Et c'est une femme qui était mariée à l'aristocrate le plus insondable de son époque qui me dit cela !

Antonia avait fait la moue.

— Mais votre père n'était jamais ainsi avec moi.

— Non, c'est vrai. Mais tout comme lui, c'est à moi, en tant que duc, de remettre de l'ordre dans notre monde. Bien. Vous jouerez votre rôle et ne direz pas un mot ?

Antonia avait de nouveau hoché la tête.

— D'accord. Pour Henri-Antoine. Ce sera difficile, mais je vais le faire.

— Bien. C'est tout ce que je demande. Dans ce cas, tout est vu, avait dit Roxton en regardant la cheminée par-dessus la tête de sa mère. J'espère seulement que vous finirez par me remercier.

— JE VOUS EN PRIE, MISS CRISP, ASSEYEZ-VOUS, DÉCLARA le duc.

Il attendit que sa mère prenne place sur la banquette, puis il releva les basques de sa redingote et s'assit à côté d'elle. Il reprit, les yeux toujours rivés sur Lisa :

— Maintenant que le mariage et le bal sont passés, je me demande quels sont vos projets.

— Mes projets, Votre Grâce ?

— J'imagine que vous devez être impatiente de retrouver Gerrard Street et les tâches que vous accomplissez là-bas. Je suis sûr que votre aide a manqué au Dr Warner. Quant à ses patients qui ont besoin des services d'un scribe, ils doivent faire la queue sur le trottoir en attendant votre retour.

Lisa bougea légèrement sur la banquette, mais garda le dos bien droit. Elle lança un coup d'œil à la duchesse, puis elle se tourna vers le duc, quelque peu surprise.

— Vous savez ce que je fais au dispensaire ?

— Oui, répondit le duc avec un sourire qui n'avait rien de sympathique. Je sais tout ce qu'il y a à savoir sur vous, Miss Crisp.

Lisa pencha la tête sur le côté, curieuse.

— Dans ce cas… Sa Grâce n'a sûrement pas besoin de m'interroger sur mes projets, si ?

Antonia releva immédiatement son éventail devant sa bouche pour dissimuler un sourire, se racla la gorge pour réprimer un éclat de rire et baissa rapidement les yeux. Roxton l'ignora et fit de son mieux pour ignorer également la question de Lisa, même s'il ne la pensait pas impertinente.

— Répondez-moi, Miss Crisp.

— Très bien, Votre Grâce, répondit-elle calmement, bien que ses doigts se serrent sur ses genoux, seul signe révélateur de sa nervosité. En arrivant ici, j'avais la ferme intention de retourner à Gerrard Street et d'y reprendre mes tâches, m-mais… ma situation a changé…

— Et vous n'avez donc plus envie d'aider les malades démunis ou de continuer à écrire des lettres pour les pauvres… ?

— Si, mais j'espère en aider bien plus que ceux qui se rendent au dispensaire Warner en travaillant pour la fondation Fournier…

— Depuis Bath. Pour être précis, depuis un manoir aux abords de Bath ?

— Ou-oui, Votre Grâce.

— La maison de mon frère, plus exactement.

— Oui, Votre Grâce.

— Où vous avez l'intention de vivre et de travailler pour la fondation Fournier ? Comment comptez-vous faire cela depuis Bath, précisément ?

— J-je ne sais pas exactement, Votre Grâce. N-nous n'avons pas encore réglé tous les détails a-avec Sa Seigneurie…

— Mon frère, avec qui vous avez l'intention de partager ce manoir aux abords de Bath ?

Lisa n'osait pas regarder Antonia, mais elle croisa courageusement le regard du duc.

— Oui, Votre Grâce.

— Et vous comptez bien vivre dans le péché avec lui.

— Votre Grâce, j-je… Vous avez peut-être l'impression…

Le duc se pencha vers l'avant.

— Je comprends parfaitement, Miss Crisp. Je suis un homme du monde. Et dans les nobles cercles que je côtoie, c'est quelque chose de fréquent. On vous a offert une vie meilleure, vous avez donc pris la décision pragmatique de changer de vocation, de passer d'assistante d'un dispensaire à prostituée.

Lisa n'aurait pas été plus stupéfaite s'il l'avait frappée au visage. Elle pâlit avant de prendre une teinte cramoisie.

— Une-une *prostituée* ? Non ! Non ! Non, Votre Grâce. Ce n'est pas ainsi…

— Et pourquoi pas ? continua le duc comme si elle n'avait rien dit. Vous êtes très jolie. Pourquoi est-ce qu'une charmante et jolie petite chose comme vous voudrait travailler dur pour aider les pauvres, les malades et les mourants ? Il ne doit pas exister de moyen plus rapide pour perdre sa beauté. Dieu seul sait quelle maladie vous pourriez attraper dans un tel trou à rats ! Et quel autre espoir avez-vous d'échapper à cet endroit si ce n'est par le… hum… parrainage d'un riche gentleman ? Quelle chance vous avez eue de tomber sur mon frère…

— Ce n'est pas ainsi que les choses se sont passées. Je ne suis pas ainsi.

— … que vous avez soigné de vos propres mains délicates, d'après ce que j'ai entendu. Il était reconnaissant de votre aide et bien sûr, en vous revoyant, il n'a pas pu s'empêcher de remarquer votre beauté. Ce n'est qu'un homme, après tout. Est-ce à ce moment-là que vous avez élaboré votre plan pour le piéger ? En apprenant que vous vous rendiez au même mariage ? Vous avez dû avoir l'impression de recevoir d'un coup les cadeaux de Noël de toute une vie.

— Pardonnez-moi, Votre Grâce, mais je n'ai pas du tout *piégé* Sa Seigneurie. Pendant très longtemps, je ne savais même pas qui il était. Je savais seulement que… que le… que c'était le *destin* qui nous avait réunis…

— Le destin ? railla le duc. Voyons, Miss Crisp ! Vous ne vivez pas dans un conte de fées.

— Pardonnez-moi, Votre Grâce, mais Treat semble sortir tout droit d'un conte de fées pour quelqu'un comme moi, et pourtant je suis bien là.

Les traits du duc se durcirent.

— Vous êtes bien là, oui. Quel âge avez-vous, Miss Crisp ?

Lisa prit une profonde inspiration et eut envie de lui répondre qu'il connaissait la réponse à cette question, comme à toutes les autres. Mais elle soupçonnait que ces questions, et tout cet entretien, avaient pour but de l'humilier afin qu'elle y réfléchisse à deux fois avant de devenir la maîtresse d'Henri-Antoine et qu'elle retourne à Gerrard Street. Elle pouvait seulement faire des hypothèses sur ce que la duchesse pensait de tout cela, et d'elle. Mais elle ne voulait pas s'engager sur cette voie, car cela la rendrait encore plus triste que ce qu'elle était déjà. Il valait mieux répondre à ses questions et avec un peu de chance, elle pourrait fuir cette bibliothèque le plus rapidement possible.

— J'ai dix-neuf ans, Votre Grâce.

— Dix-neuf ?

Le duc eut l'air réellement surpris, puis il fit la grimace et osa la parcourir du regard comme si elle était une pouliche primée qu'il envisageait d'acheter.

— Dix-neuf… répéta-t-il. Dans ce cas, je dirais que vous pourrez profiter de cette maison aux abords de Bath pendant quelques années. Mais à votre place, je ne prendrais pas trop mes aises. Si vous voulez mon avis, vous devriez aller vous promener en ville à l'occasion, dans l'idéal quand mon frère sera ici ou à Londres, afin de dénicher des prétendants potentiels pour le remplacer quand…

— Le remplacer ? Je n'ai pas l'intention de…

— Vos intentions n'ont aucune importance, Miss Crisp. Tout ce qui m'importe, c'est mon frère. Il se lassera de vous et il passera à une fille plus jeune et plus fraîche, vous aurez donc intérêt à rester vigilante et à avoir un autre amant qui vous attendra en coulisses. Il est hors de question qu'il dépense un seul penny de trop pour vous. (Il esquissa un bref sourire.) J'imagine qu'une jolie fille comme vous, qui a reçu un semblant d'éducation, n'aura aucun mal à s'attirer un nouvel amant…

Lisa se releva d'un bond. L'expression « semblant d'éducation » fit voler en éclats sa tolérance et sa circonspection. Elle ne pouvait pas défendre l'indéfendable. Le duc pouvait la traiter de prostituée s'il le souhaitait, étant donné les circonstances – elle partageait le lit d'Henri-Antoine et avait accepté de devenir sa maîtresse –, mais elle était fière de son éducation, qui n'avait rien de bâclée. Par ailleurs, elle ne le laisserait pas dénigrer Blacklands devant la personne qui avait grandement contribué à ce qu'elle reçoive cette bonne éducation.

— Avec tout le respect que je vous dois, Votre Grâce, je n'ai pas reçu un « semblant » d'éducation. J'ai reçu une excellente éducation, déclara Lisa avec assurance. Blacklands était – *est* – un très bon établissement scolaire pour jeunes ladies et j'ai entièrement tiré profit de ce qu'on nous proposait. Je vous en prie, madame la duchesse, croyez-moi, osa-t-elle dire à Antonia. Je vous serai éternellement reconnaissante. J'aurais seulement… j'aurais seulement aimé que… que les choses tournent autrement…

— Asseyez-vous, Miss Crisp, demanda le duc avec lassitude. Il est un peu tard pour souhaiter une issue qui ne décevrait pas ma mère, surtout si vous avez la ferme intention de gâcher un peu plus votre éducation en devenant la prostituée d'un noble, peu importe que ce soit avec son fils que vous couchiez…

— Je ne suis pas u-une prostituée, déclara Lisa. Je suis la maîtresse de Sa Seigneurie, c'est différent.

Elle reprit sa place sur la banquette et replaça ses mains sur ses genoux, mais elle ne put se résoudre à regarder le duc et elle n'osait même pas jeter un rapide coup d'œil à la duchesse. Quand le silence s'étira, elle garda le menton baissé et les yeux rivés sur le léger tablier qui recouvrait ses jupons fleuris. Le duc prit enfin la parole et quand elle décela une note de regret dans sa voix, elle sentit les larmes lui monter aux yeux.

— Et pourtant, Miss Crisp, vous vous êtes vu offrir tellement plus…

Cette remarque poussa Lisa à relever les yeux vers le duc. Elle savait qu'il faisait allusion à la demande en mariage d'Henri-Antoine. Elle était surprise qu'il soit déjà au courant. C'était peut-être avec le duc qu'Henri-Antoine était allé faire du cheval ce matin-là, se confiant sans doute à son frère. Apprendre ceci fit déborder ses larmes, qui roulèrent sur ses joues, mais elle les chassa rapidement. C'était peut-être bel et bien du regret qu'elle avait décelé dans sa voix, car elle le vit également dans son regard. Ou alors, peut-être espérait-elle seulement qu'il la considère comme une épouse acceptable pour son frère, ce qui l'aurait vraiment surprise. C'était sans doute parce que le duc avait les mêmes yeux que sa mère, elle avait donc l'impression de voir, dans ses yeux, la compassion qu'on ne pouvait pas rater dans son regard à elle. Elle décida de faire comme si elle ne comprenait pas ce qu'il voulait dire.

— Je vous demande pardon, Votre Grâce ?

— Vous avez refusé la demande en mariage de mon frère.

— En effet, Votre Grâce.

— Puis-je… pouvons-nous savoir pourquoi ?

— Cette proposition m'a été faite sous la contrainte…

— Sous la contrainte ? Vous voulez dire qu'il ne vous aurait pas fait cette demande si vous ne lui aviez pas forcé la main ?

— Non, Votre Grâce. Je n'ai rien fait de la sorte. Il n'aurait pas dû me faire cette demande, c'est tout.

— Et pourtant, il l'a fait… Pourquoi donc, à votre avis ?

Lisa haussa les épaules, les yeux rivés sur son fin tablier. Elle tira sur un fil, déglutit et releva les yeux.

— Parce que c-c'est un gentleman. Parce qu'il est bon, gentil, aimant et honorable à tout point de vue.

— Je ne vais pas vous contredire. Mais cela n'explique pas pourquoi vous lui avez dit non.

Lisa regarda le duc, la duchesse, puis revint sur le duc, et elle esquissa un sourire triste.

— Vous devez assurément connaître la réponse, comme vous connaissiez les réponses à toutes les questions que vous m'avez posées.

— Ah, mais c'est que je ne suis pas entièrement convaincu par la réponse à cette question-ci. J'ai besoin de vous entendre le dire.

Lisa le regarda à travers un voile de larmes.

— C'est parce que j'aime Henri-Antoine, que je l'aime trop, que je ne peux pas l'épouser.

— Je vois… Vous avez dit non à sa demande en mariage pour son bien ?

Lisa hocha la tête, incapable de parler.

— Mais… si ce qu'il veut, c'est vous épouser… ?

— Ce n'est pas ce qu'il veut ! dit-elle précipitamment, avant de renifler. Il veut que nous vivions dans sa maison à la campagne, où nous serons mari et femme à tout point de vue, sauf officiellement. Et je suis prête à accepter ceci car je l'aime et parce que cela nous conviendrait à tous les deux. Et quand nous viendrons à Londres, je séjournerai dans sa maison de ville. Et c'est de là que je pourrai apporter mon aide à la fondation Fournier. Je me déplacerai dans des dispensaires de la part de la fondation et personne n'aura à savoir qui je suis, ni quelle relation j'entretiens avec Sa Seigneurie. Les administrateurs de la fondation restent anonymes, après tout. Par ailleurs, quel pauvre, quel malade se préoccuperait de mes mœurs ? Ils ont des problèmes bien plus pressants qui les inquiètent, comme leur prochain repas ou l'obtention d'un peu d'argent pour payer leur traitement. Quant aux médecins, ils ne se préoccuperont certainement pas des arrangements charnels de Sa Seigneurie – en tout cas, ils ne s'en sont pas préoccupés jusque-là. Je vous demande pardon, ajouta-t-elle avec raideur en entendant qu'on ricanait soudain. Je suis sincère, Votre Grâce.

— Personne ne pourrait vous reprocher le contraire, Miss Crisp.

— Je vous assure qu'en dehors du cadre de la fondation Fournier, je ne serai pas vue en public avec lui. Je resterai très discrète et je ferai tout ce qui est en mon pouvoir pour ne pas lui causer d'embarras, ni à vous ou à votre famille. Mais je vivrai avec lui, le soutiendrai, l'aimerai et serai son épouse à tout point de vue.

Enfin, Antonia ne put rester silencieuse plus longtemps. Ce fut à son tour de s'avancer sur le canapé. Elle parla à voix basse, avec beaucoup de douceur.

— Vous pourriez faire tout ceci et plus encore, ma petite, et sans vous ruiner, en épousant tout simplement mon fils.

— Madame la duchesse, le mariage implique c-certaines… attentes.

— Assurément, ces attentes ne pourraient qu'être à votre avantage, n'est-ce pas, Miss Crisp ? dit le duc. Et si vous vous inquiétez à l'idée qu'il prenne une maîtresse à l'avenir, je peux vous assurer que dans ma famille, les hommes ont plutôt tendance à rester très dévoués à leur femme. Une fois que nous trouvons une partenaire, c'est pour la vie.

— Oh, je vous crois, Votre Grâce. Et j'ai confiance en sa fidélité.

— Ah oui ?

— Oui. Car, commença-t-elle avec un sourire et en s'empourprant, je crois bien qu'il m'aime autant que je l'aime. Et je ne dis pas cela avec suffisance ou parce que c'est ce que je souhaite. J'y crois fermement, de tout mon cœur.

Le duc la fixa d'un air surpris, puis il se surprit lui-même en souriant à son tour.

— Et je vous crois, Miss Crisp. C'est là qu'est mon dilemme. Si vous l'aimez, qu'il vous aime et que vous êtes prête à être sa maîtresse et à vivre avec lui comme si vous étiez mariés, pourquoi ce caprice ?

— Caprice ?

— Pourquoi ne pas laisser mon frère donner à votre union l'importance spirituelle et légale qu'elle mérite ?

— Je vous l'ai déjà dit. Je ne peux pas l'épouser, pour son bien.

— Oui, vous l'avez déjà dit.

Le regard de Lisa, qui fronçait les sourcils, passa de la mère au fils avant de revenir sur la duchesse.

— Je pensais que Teddy… que Teddy se serait peut-être au moins confiée à sa mère et que Lady Mary se serait à son tour confiée à vous, madame la duchesse. Ainsi, Votre Grâce, je pensais que vous auriez peut-être également la réponse à cette question… La simple vérité, c'est que je ne peux pas réellement remplir un rôle d'épouse pour Lord Henri-Antoine.

Pour la première fois depuis que Lisa s'était assise sur la banquette, la mère et le fils se regardèrent, perplexes tous les deux. Ils attendaient que Lisa clarifie ses propos.

— Personne ne nous a rien dit, avoua le duc. Nous pouvons donc en déduire que Teddy a gardé votre secret.

— Je ne le lui avais pas demandé et nous n'avons même pas évoqué ce sujet en profondeur. Mais c'est quelque chose qu'elle sait à mon propos depuis que nous avons fréquenté l'école ensemble. Elle m'a interrogée à ce sujet quand je suis arrivée ici, ce qui est bien naturel, car c'est quelque chose de tout à fait inhabituel pour la plupart des femmes ayant passé un certain âge. Et j'ai confirmé à Teddy que rien n'avait changé depuis l'école. Depuis mon arrivée au dispensaire, j'ai consulté le Dr Warner, qui ne trahirait jamais ma confiance, et je sais donc que je ne suis pas un cas unique. Il y a d'autres femmes comme moi, mais le Dr Warner m'a dit que nous étions rares.

Le duc essayait de démêler tout cela, mais il était complètement décontenancé.

— Qu'est-ce qui est rare, Miss Crisp ?

Il n'existait aucune autre manière de le dire, Lisa dit donc les choses sans détour. Elle n'avait discuté ouvertement de cette bizarrerie qui la caractérisait qu'avec le Dr Warner et elle fut surprise de constater à quel point le dire à voix haute l'affectait.

— Je n'aurai pas d'enfants, Votre Grâce. Ou plutôt, je ne peux pas en concevoir. Je suis stérile et le resterai probablement pour le restant de mes jours.

Le choc du duc était tel qu'il eut l'impression qu'un grand poids venait de tomber sur sa tête, lui embrouillant l'esprit. Il regarda Lisa comme s'il ne la croyait pas et elle lui rendit son regard avec résignation et tristesse. Il était tellement touché qu'il sentit l'émotion monter en lui et dut détourner le regard. Lisa, voyant qu'il était réellement ébranlé, essaya de le rassurer, mais en se tournant vers la duchesse, elle s'aperçut qu'elle était elle aussi au bord des larmes. Lisa ne put en dire plus et dut sortir son mouchoir.

— Maintenant, vous comprenez tous les deux pourquoi je ne peux pas épouser Henri-Antoine. Votre Grâce, plus que n'importe quel homme, vous devez comprendre qu'une telle tare signifie que je ne peux pas devenir sa femme. Il est hors de question que j'épouse votre frère. Je ne pourrais pas lui infliger ceci – l'empêcher de devenir père. J'étais trop bouleversée pour le lui avouer quand il m'a fait sa demande. Mais je vais lui dire. Je vous le promets.

— En êtes-vous certaine ? demanda le duc. Je ne veux pas être indiscret. C'est juste que… mon Dieu. Je ne sais pas quoi dire. Je suis…

— Désolé pour moi ? Je vous en prie, c'est inutile. J'ai fini par me faire à cette défaillance, l'accepter, et je m'en réjouis presque…

— Vous vous en réjouissez ?

Lisa lança un coup d'œil à la duchesse, qui arborait un sourire compréhensif.

— Oui, Votre Grâce. Quand, tous les mois, les autres femmes ont leurs affaires pendant quelques jours et que ce n'est pas mon cas…

— Ah ! Je vois ! Oui. Je comprends…

— Bien sûr, l'interrompit Lisa pour lui éviter plus d'embarras. Quel mari ne comprendrait pas ? Et tandis que certaines de mes camarades maudissaient leurs menstrues, je priais pour les avoir ! Mais ce que je voulais, ce que je souhaitais, ce pour quoi je priais n'est jamais arrivé, et je crains qu'elles n'arrivent jamais.

— Vous n'avez que dix-neuf ans. Ne pensez-vous pas que votre situation changera peut-être un jour ? intervint la duchesse.

— Peut-être, madame la duchesse. Je peux passer ma vie à espérer. Mais cela ne serait pas une vie convenable pour votre fils ou pour n'importe quel époux, n'est-ce pas ? Tous les époux ont le droit de s'attendre à ce qu'un enfant naisse de leur union. Je ne souhaiterais un mariage stérile à personne. Un tel mariage ne peut mener qu'au chagrin, non ? Et vous vous trompez, Votre Grâce, déclara-t-elle en reportant son attention sur le duc. Je ne pense pas qu'Henri-Antoine ait l'intention de se débarrasser de moi sans subvenir à mes besoins. Mais si un jour il décidait qu'il veut des enfants, je respecterais son souhait. Le perdre me briserait le cœur, mais parce que je l'aime, je l'encouragerais à se marier et à fonder une famille. J'espère seulement qu'il me laisserait au moins continuer à travailler pour la fondation, car je soutiens sa cause de tout mon cœur. C'est seulement grâce à l'avancée de la médecine que la vie des gens finira par s'améliorer.

Elle sourit en repensant au duc de Kinross, qui lui avait conseillé de rester elle-même le moment venu. Elle ajouta donc :

— Vous pensez peut-être que mes propos reflètent les attentes saugrenues d'une idéaliste, mais c'est ce que je crois, ce que je ressens et ce que je suis.

— Vos convictions sont loin d'être saugrenues, ma petite, répondit la duchesse en se relevant du canapé, indiquant qu'en ce qui la concernait, cet entretien était terminé.

Le duc se leva et Lisa en fit autant, le sourire aux lèvres et les joues rouges. Elle fit une révérence et s'adressa à eux deux :

— Je ne sais pas si j'aurai de nouveau l'opportunité d'être en votre compagnie, car je crois qu'Henri-Antoine a prévu que nous partions pour Bath dès que possible. Laissez-moi donc vous remercier tous les deux de m'avoir accueillie. J'espère que ma présence ne vous aura pas causé trop d'embarras ou de gêne dans votre cercle. Au moins, cela n'arrivera plus à l'avenir, car je compte bien, comme je vous l'assurais plus tôt, rester excessivement discrète, et je suis sûre qu'il le sera aussi.

Le duc regarda par-dessus son épaule et adressa un signe de tête à un valet de pied qui était au garde-à-vous à mi-chemin de l'entrée de la bibliothèque. Mère et fils observèrent silencieusement Lisa s'éloigner avec son escorte, le dos et les épaules aussi droits que quand elle était entrée dans la pièce. Puis ils restèrent plantés là, ne sachant pas quoi dire. L'entretien ne s'était pas déroulé comme ils l'avaient prévu, et pourtant il avait été au-delà de leurs espérances. Ils étaient toujours sous le choc après la révélation de Lisa. Ils se demandaient tous les deux comment Henri-Antoine allait réagir en apprenant une telle nouvelle. Impatient, le duc se tourna vers la banquette sur laquelle Lisa s'était assise.

— Je suis désolé, Harry. Je ne sais pas ce que je pourrais vous dire pour vous apporter le moindre réconfort.

Henri-Antoine descendit doucement l'escalier en colimaçon. Il embrassa la joue de sa mère, puis il étreignit son frère.

— Inutile de me présenter des excuses. Et merci à vous deux. Miss Crisp vient de sceller son destin, et le mien.

VINGT-HUIT

— La vue d'ici est féerique, dit Lisa sur le ton de la conversation quand Henri-Antoine la rejoignit sur le banc à l'extérieur du mausolée familial. On peut voir jusqu'en France ! En tout cas, j'aime me dire que c'est ce qu'est cette brume bleutée au loin.

— Au moins, vous savez ce que vous regardez, répondit-il sur le même ton. Certains membres de la famille pensent que Londres se trouve dans cette direction, cherchent la cathédrale Saint-Paul et se disputent à ce sujet.

Il tendit les rênes de sa monture à l'un des deux acolytes qui étaient arrivés à cheval avec lui et ce dernier avança sur le chemin avec l'animal pour rejoindre son collègue derrière le bâtiment, à l'ombre. Henri-Antoine retira ses gants et les fourra dans une poche de sa redingote d'équitation tout en gardant un œil sur Lisa, qui l'observait de sous son chapeau de paille à large bord.

C'était la première fois qu'ils se voyaient depuis qu'Henri-Antoine l'avait laissée pour aller faire du cheval, plus tôt ce matin même. Quand Lisa avait quitté la bibliothèque et était revenue dans ses appartements, Michel Gallet lui avait annoncé que Sa Seigneurie voulait la voir ici, au mausolée familial. On avait fait venir un carrosse qui l'avait conduite, avec deux des acolytes, de l'autre côté du lac en passant par le pont en pierre. Là où le chemin se divisait en deux, allant d'un côté vers le Gatehouse Lodge puis Crecy Hall, le carrosse était parti de l'autre côté, montant le long du flanc d'une colline semblant grimper à l'infini. Au sommet de cette colline se trouvait un mausolée de style palladien, au toit en dôme percé d'un oculus en verre.

La porte était grande ouverte, mais Lisa avait attendu sur le banc à l'ombre en admirant la vue. Henri-Antoine l'avait trouvée là un quart d'heure plus tard.

Il s'assit à côté d'elle et observa ce paysage qu'il avait vu tant de fois depuis son enfance qu'il était persuadé de pouvoir en dessiner une carte de mémoire. Mais puisqu'il s'agissait de la première fois qu'il l'admirait en compagnie de Lisa, il accorda l'importance nécessaire à ce moment.

Ils se tinrent la main en silence, voulant tous les deux parler de ce qu'il s'était passé la veille au soir, parfaitement conscients qu'il restait encore beaucoup à dire et qu'il faudrait rapidement dire ces choses. Néanmoins, ils continuèrent à profiter de cette journée estivale, de son ciel bleu, de la chaleur qui retombait sur le paysage comme un voile, et à admirer cette large vue de la campagne, avec la maison principale dominant le premier plan et, au loin, des forêts, une rivière sinueuse et une mosaïque de terres agricoles légèrement ondoyantes. Ils appréciaient tant de rester immobiles, sans rien dire et sans rien faire, leurs doigts entrelacés. Ils étaient heureux en compagnie l'un de l'autre, malgré le malaise sous-jacent et l'incertitude qui tournoyait toujours autour d'eux.

— Puis-je vous parler de deux des jours les plus heureux de ma vie, puis d'un troisième qui, je l'espère, sera ce jour-ci ? dit-il enfin.

Elle hocha la tête et sourit, mais au lieu de dire oui, elle lui demanda :

— Pourquoi aujourd'hui ?

— Je peux vous faire confiance pour faire le choix le plus compliqué ! Non. Je ne veux pas commencer par celui-là.

— Dans ce cas, parlez-moi des deux autres jours.

Il se tourna vers elle.

— Le premier jour le plus heureux de ma vie fut la naissance de mon neveu Frederick – Freddy. J'avais neuf ans. C'était la plus merveilleuse des journées, car cette naissance signifiait que je n'étais plus l'héritier de mon frère. Que si mon père mourait et mon frère aussi, ce ne serait pas moi qui deviendrais duc, mais Freddy. Je ne pourrais même pas vous décrire à quel point je me suis senti soulagé.

— Car vous ne vous sentiez pas digne de ce titre ? Après tout, vous n'étiez qu'un petit garçon.

— Il y avait de cela, bien sûr. Mon père était d'un âge mûr quand Julian est né et déjà un vieil homme quand je suis enfin arrivé. La peur qu'il ne connaisse pas les enfants de mon frère était bien réelle, il n'aurait alors pas su si son duché perdurerait après lui. Puis je suis arrivé, le fils cadet. J'avais toujours l'air malade, on me couvait constamment, j'étais une source d'inquiétude constante pour mes parents et deuxième dans l'ordre de succession du duché… Quand Freddy est arrivé, cela a été un énorme soulagement pour tout le monde, en particulier mon père.

— Et votre deuxième journée la plus heureuse ?

— Le jour où Deb a donné des jumeaux à Julian, deux ans après la venue au monde de Freddy. L'héritier du duché a donné naissance à trois fils en deux ans, assurant incontestablement son avenir, et le fils cadet que vous avez sous les yeux s'est vu libéré de toute obligation…

— Mais vous n'auriez jamais fui devant vos responsabilités et cette obligation si elles vous étaient tombées dessus.

— Merci. En effet. Mais avec trois neveux, je me suis retrouvé libre de suivre ma propre voie, qui n'est plus dictée par les autres, contrairement à mon frère. Me retrouvant à la quatrième place sur la branche de l'arbre généalogique, j'ai pu respirer de nouveau. Je ne peux pas le prouver, mais je suis sûr que la naissance de mes trois neveux a aidé à réduire la fréquence, sinon la sévérité de mes crises.

— Et ce troisième jour le plus heureux ? Aujourd'hui, vous disiez… ?

— Ah, cela dépendra de vous, répondit-il en défaisant le nœud en soie qui retenait son chapeau avant de le poser délicatement sur le banc, de se relever et de tendre la main. Vous n'en aurez pas besoin à l'intérieur. Je veux vous montrer quelque chose… Non ! D'abord, quelques présentations s'imposent.

Ils s'avancèrent vers le mausolée main dans la main. Le portail en fer n'était pas verrouillé et l'un des battants de l'épaisse double porte en cuivre marqueté était ouvert, comme une invitation. Le vestibule était éclairé par deux chandelles allumées dans des chandeliers élaborés et deux vases disposés de chaque côté de l'entrée débordaient de fleurs fraîchement coupées. Il y avait une chaise dans un coin et, juste à côté, une boîte en acajou remplie de bougies.

Une fois dans l'espace caverneux de la pièce principale, Lisa lâcha la main d'Henri-Antoine et s'avança devant lui, fascinée et impatiente d'explorer les lieux. Le sol en marbre italien et une grande partie de l'intérieur étaient étonnamment bien éclairés grâce à la lumière du soleil estival qui venait du dessus, s'infiltrant par l'énorme oculus en verre. La lumière s'étendait jusqu'aux murs peints et aux monuments en marbre à l'effigie d'ancêtres Roxton morts depuis bien longtemps. Le gardien du mausolée avait allumé des bougies dans leurs chandeliers à intervalle régulier autour de la pièce pour préparer la visite de Sa Seigneurie. Ce vieil homme sortit de l'ombre, s'inclina devant eux et retourna sur sa chaise dans le vestibule, où il resterait jusqu'à ce qu'on ait besoin de lui ou qu'il soit l'heure de souffler les bougies au coucher du soleil, quand il fermerait la double porte à clé et attacherait le cadenas autour du portail en fer.

— Le mausolée est ouvert tous les matins quand ma mère est en résidence à Crecy Hall, lui dit Henri-Antoine. Elle rend visite à mon père une fois par semaine. Et parfois, au cours de l'année, il est ouvert pour célébrer des anniversaires, et bien sûr quand un nouveau résident le rejoint.

— C'est un endroit magnifique… et très accueillant…

— Je me disais bien que vous seriez de cet avis. Je suis d'accord. Je viens ici depuis mon adolescence. Au début, je ne le voyais pas comme un endroit heureux, pour des raisons évidentes. Mais passer du temps avec mon père apporte beaucoup de réconfort à ma mère ; il lui a été arraché bien trop tôt dans sa vie. Elle lui apporte des fleurs et Kinross l'accompagne souvent. Et quand je suis en résidence, je m'arrête souvent ici quand je fais du cheval, je viens voir mon père, et maintenant que Martin… que Martin a rejoint mon père, j-je viens le voir, lui aussi…

— Les ducs de Roxton sont-ils tous ici ? demanda Lisa sur le ton de la conversation.

Elle avait entendu la voix d'Henri-Antoine se briser quand il avait mentionné Martin, elle espérait donc que sa question l'aiderait à se remettre.

Elle se tenait juste en dessous de l'oculus en verre, baignée dans la lumière, puis elle se déplaça pour étudier les murs sur lesquels étaient peints des personnages classiques qui portaient des robes blanches et des couronnes, tenaient des instruments de musique et dansaient en une procession infinie qui restait ininterrompue tout le long des murs intérieurs. Le cortège passait dans les alcôves creusées dans les murs, chacune étant encadrée par des chandelles qui se consumaient. Quelques alcôves étaient vides, attendant d'être remplies, tandis que les autres renfermaient une statue en marbre représentant son occupant, parfois un couple. Ces statues étaient étendues sur des plateformes en granite poli sur lesquelles des noms et des dates avaient été gravés et qui étaient posées sur des tombes en pierre renfermant le cercueil qui contenait la dépouille mortelle de l'ancêtre immortalisé dans la pierre.

— Ils sont tous ici, répondit enfin Henri-Antoine, observant Lisa et savourant, à travers ses yeux, cette première découverte de la dernière demeure de ses ancêtres. À l'exception de mon grand-père paternel. Il est mort avant de pouvoir devenir duc, et comme il a vécu en France pendant une grande partie de sa vie et épousé une Française, il est enterré à Paris avec elle.

— Madeleine Julie Salvan Hesham, marquise d'Alston, à qui la bague que vous vouliez me donner appartenait, c'est bien cela ?

— Oui. Et toutes les duchesses sont ici également, continua-t-il. Quand son heure sera venue, ma mère sera enterrée ici elle aussi, auprès de mon père. Et tout comme lui, elle aura un siège dans le mausolée…

— Un siège ?

— Venez, je vais vous montrer.

— Qu'en est-il du duc de Kinross ? demanda Lisa en restant à sa place.

Elle n'aimait pas se dire que le père d'Elsie serait exclu de ce rassemblement familial. Henri-Antoine se rapprocha et baissa la tête vers elle en souriant. Elle fronçait les sourcils. Il comprit immédiatement.

— Mon père est le grand amour de la vie de ma mère, mais dans cette vie-ci, celle qu'elle mène en ce moment, sans lui, Kinross est l'amour de sa vie. Le destin lui a accordé deux grands amours.

— Elle ne mérite rien de moins.

— C'est ce que je pense aussi.

— Et il… le duc de Kinross aura-t-il aussi une place ici avec elle ?

Il décela l'hésitation dans sa voix et son sourire s'élargit.

— Vous êtes une vraie romantique, Lisa Crisp !

— Je n'ai pas honte de vous donner raison, dit-elle avec une moue.

— Et je n'ai pas honte de dire que j'en suis reconnaissant, dit-il en lui donnant une chiquenaude sur la joue.

Elle sourit.

— Alors. Dites-moi. Aura-t-il une place ici avec votre mère ?

— Oui. En partie.

Lisa sursauta, intriguée, comme il l'avait anticipé, par cette réponse énigmatique. Elle se pencha vers lui et murmura :

— En partie ? Oh ! Quelle partie de lui ? Et qu'arrivera-t-il au reste de son corps ?

Henri-Antoine éclata de rire en secouant la tête. Son rire résonna et il plaqua une main sur sa bouche.

— Diantre ! Regardez ce que vous me faites faire !

Elle fit une nouvelle moue, mais ne put réprimer un sourire.

— Vous ne pouvez vous en prendre qu'à vous-même. Vous avez répondu ceci exprès. Ne le niez pas ! Vous saviez que je vous poserais ce genre de questions. Vous ne vous attendiez quand même pas à ce que je fasse semblant d'être révoltée ou dégoûtée, si ?

— Je plaide coupable. Mon père serait très impressionné. Venez. Je veux vous le présenter… Ah ! Mais d'abord, Kinross… Son cœur sera enterré ici, avec ma mère. Le reste de sa dépouille mortelle devra être enterré sur Leven Island, une île qui se trouve au milieu d'un *loch* en

Écosse et qui est la dernière demeure des chefs de son clan et des ducs de Kinross.

— Comme c'est romantique, soupira Lisa, satisfaite de cette conclusion.

— Je me doutais que vous seriez de cet avis. Les autres sont répugnés dès qu'ils entendent parler du cœur…

— Pourquoi donc ? Ce n'est pas comme si on l'ouvrait pour le lui prendre de son vivant ! C'est un geste merveilleusement romantique et je comprends qu'il veuille laisser cette partie de lui ici avec votre mère. Je suis sûre que cela ne dérange pas votre père, qu'il voit même cela d'un bon œil, car Sa Grâce de Kinross aime votre mère autant que lui.

— J'en suis sûr aussi. Venez.

Il prit sa main, puis ils traversèrent la pièce et s'assirent sur un banc en marbre reculé par rapport au mur et disposé juste devant un monument spécifique. On avait placé des vases de roses blanches sur le sol et allumé une rangée de bougies sur le lourd socle inférieur en marbre rouge du monument.

Une statue grandeur nature en marbre blanc représentait un noble assis sur une chaise à haut dossier qui observait le monde. Il portait une redingote et un haut-de-chausses, une plaque de l'ordre de la Jarretière au niveau de la poitrine et, drapée sur ses épaules, une robe ducale sur laquelle il était assis et qui retombait au niveau de ses chaussures à boucle.

Lisa devina immédiatement l'identité de ce noble et sut sans aucun doute que cette sculpture était fidèle à la réalité. Henri-Antoine était tout le portrait de cet aristocrate, de son haut front à ses pommettes en passant par son nez puissant et son menton carré. La ressemblance était troublante. Il existait néanmoins une différence entre eux, au niveau de la bouche. Les fines lèvres du duc étaient figées en un rictus, tandis qu'Henri-Antoine possédait cette bouche ô combien à croquer. Elle l'embrassa d'ailleurs, puis dit avec un sourire insolent :

— Votre père est d'une beauté exceptionnelle.

Henri-Antoine prit sa main et embrassa ses doigts, trop ému pour parler. Elle se demanda si elle l'avait offensé, s'il la trouvait impolie de l'avoir embrassé devant la tombe de son père, n'accordant pas la vénération qu'elle devait au cinquième duc ou à cette occasion. Après tout, c'était la première fois qu'elle se rendait dans un mausolée, celui-ci était la dernière demeure d'une ancienne famille noble et lui était le fils d'un duc qui observait le monde comme s'il lui appartenait tout entier.

— Pardonnez-moi. Je ne voulais pas me montrer irrespectueuse. Je suis simplement heureuse de le rencontrer enfin, de constater que vous êtes bel et bien son portrait craché. Je n'ai pas encore vu les tableaux dans la galerie. Teddy m'a parlé d'une peinture en particulier, qui représente vos parents peu après leur mariage. Elle dit que le duc vous ressemble tellement, ou plutôt que vous ressemblez tellement au duc, qu'elle a la chair de poule à chaque fois qu'elle le voit... Je suis persuadée qu'il se réjouirait de cette ressemblance, mais il aurait été encore plus fier de la façon dont vous vivez votre vie, de ce que vous entreprenez.

— Inutile de vous excuser, murmura-t-il sans lâcher sa main. Il aurait adoré vous rencontrer...

Il se reprit et continua d'une voix plus assurée :

— Il aurait trouvé cela très amusant d'apprendre que son portrait donne la chair de poule aux jeunes femmes. Moi, je trouve que c'est amusant.

Il sourit, puis surprit Lisa en se tournant vers l'effigie de son père et en s'adressant directement à lui, en français :

— Mon père, voici Lisa, la fille dont vous m'avez parlé dans votre lettre. N'est-elle pas exactement comme vous me l'aviez décrite ? Mais même vous, vous n'auriez pas pu prévoir qu'elle serait aussi belle et intelligente...

Lisa leva les yeux vers le cinquième duc, bouche bée.

— Il vous a parlé d-de *moi*... dans une lettre ? demanda-t-elle quand elle retrouva enfin l'usage de la parole. Mais... mais, nous ne nous sommes jamais rencontrés ! Vous n'étiez qu'un petit garçon quand il est mort. Il n'aurait pas pu prévoir mon existence. Comment est-ce possible ?

— Il n'a pas eu besoin de vous rencontrer. Dans sa lettre, il décrivait la femme que j'épouserais, et cette femme, c'est vous.

— Peut-être... peut-être vous a-t-il parlé de la femme qui vous aimerait et avec qui vous partageriez une maison à la campagne ? N'est-ce pas la même chose ?

— Non. Il m'a laissé une lettre que je devais ouvrir dans l'éventualité où j'envisagerais de me marier par amour. Si je m'étais engagé dans une union dynastique n'impliquant pas mes sentiments, cette lettre n'aurait jamais été ouverte et donc jamais lue.

— Et vous avez lu cette lettre hier, avant de demander à monsieur Gallet de glisser les petits mots dans mon écritoire, c'est cela ?

— Oui.

— Et la bague de votre grand-mère se trouvait avec la lettre.

— Son alliance. Oui.

— Mais, si vous n'aviez jamais ouvert cette lettre, son alliance aurait été perdue à jamais !

— Pas à jamais. Un descendant aurait sans doute fini par ouvrir la lettre et trouver la bague. Mais je n'en aurais jamais hérité, en effet.

— Il-il devait être sûr que vous feriez un mariage d'amour.

Henri-Antoine embrassa de nouveau le dos de sa main et sourit.

— Maintenant, vous savez. Je ne lui ressemble pas seulement physiquement, j'ai également hérité de son tempérament. Il s'est marié par amour et pour aucune autre raison. Et c'est la seule raison pour laquelle je pourrais me marier. Et vous ?

— Moi ? J-je n'ai jamais envisagé de me marier… J'en ai rêvé, comme toutes les filles. Et bien sûr, j'ai rêvé de me marier par amour. Mais j'ai aussi rêvé d'épouser un homme qui… qui m'aimerait comme je suis, pour moi, et c'est le genre de chose qui n'existe que dans les rêves, non ?

Henri-Antoine garda une expression parfaitement neutre, mais sa lèvre supérieure tressaillit légèrement quand il demanda :

— Dans ce cas, tous vos rêves ont dû devenir réalité hier soir… ?

Lisa, les yeux baissés et les épaules affaissées, hocha la tête, tellement mélancolique qu'elle ne remarqua pas le petit tressautement de la bouche d'Henri-Antoine. Elle renifla.

— Je ne me suis jamais attendue à ce qu'ils se réalisent. J-j'ai été prise au dépourvu. Je n'ai tellement rien compris que je n'ai même pas soupçonné que la bague pouvait être une alliance. (Elle le regarda entre ses cils.) J-je veux toujours vivre avec vous dans votre maison à la campagne, même si nous vivons dans le péché, même sans alliance.

— Mais je ne veux pas vivre avec vous dans le péché. Je ne peux pas.

— Ah non ? s'enquit Lisa d'une petite voix. Pourquoi pas ? Je pensais… Je pensais que nous avions passé un accord… (Elle releva les yeux vers le cinquième duc.) Est-ce à cause de la lettre de votre père ? Verrait-il tout cela d'un mauvais œil ?

— Non. C'est parce que je vous aime. Voilà. Je l'ai dit encore une fois, et je peux continuer à le dire jusqu'à ce que vous en soyez convaincue. Je vous aime, je veux donc vous épouser, et je vous ai emmenée ici, devant mon père, pour vous convaincre de ma sincérité.

Lisa sourit en le regardant dans les yeux.

— Je vous aime, moi aussi.

— Oui. Et vous me l'avez dit avec sincérité dès le début. C'est moi qui ne comprenais rien. Il m'a fallu un peu plus de temps pour me rendre compte que, comme le dit Jack, j'étais tombé amoureux de vous comme du haut d'une falaise.

Lisa observa leurs doigts entrelacés avant de relever les yeux vers lui.

— Si nous nous aimons, nous pouvons assurément vivre ensemble dans le péché…

— Jusqu'à ce que je décide d'en épouser une autre… ?

Elle se redressa, pleine d'espoir.

— Oui. Cela n'arrivera peut-être jamais et c'est ce que j'espère, mais si j'étais votre maîtresse, vous resteriez libre de vous marier et…

— Ne faites pas l'enfant, Lisa ! l'interrompit-il sévèrement. Je vous aime, je veux vous épouser et je vous offre l'alliance de ma grand-mère, mais vous me renvoyez tout ceci au visage en me disant qu'un jour je vous quitterai et en épouserai une autre ? Pour quel genre d'homme – non, de monstre – me prenez-vous ? Me croyez-vous réellement capable de faire quelque chose d'aussi méprisable ? Si c'est le cas, c'est que vous ne m'aimez pas du tout !

— J-je vous crois ! Je sais que vous ne me quitteriez jamais ! Vous n'êtes pas un monstre. C'est moi ! C'est moi, le monstre, c-car je ne peux pas vous offrir ce que vous êtes en droit d'espérer en tant qu'époux, et pour cette seule raison, vous ne pouvez pas m'épouser.

— Si vous me disiez que vous ne pouviez pas m'épouser car vous ne m'aimez pas, je l'accepterais. Mais si vous êtes sur le point de me dire que vous ne pouvez pas m'épouser car vous vous pensez stérile, il s'agit d'une raison que je ne peux pas accepter. Cela ne fait aucune différence à mes yeux. Je vous aime. Je veux vous épouser, comme vous êtes.

Lisa se tint bien droite, battant des paupières pour chasser les larmes de ses grands yeux bleus, et le fixa, choquée.

— Vous… v-vous êtes au courant ?

— Maintenant, oui. Cette difficulté aurait peut-être fait changer d'avis un autre homme, mais je ne suis pas comme les autres hommes. Et si je suis triste pour vous, cela ne me dérange pas immensément que notre union ne donne jamais naissance à un enfant. Je pense que le destin a d'autres projets pour nous. (Il sourit.) J'ai une vision bien plus grandiose pour l'avenir, et si vous êtes à mes côtés pour m'aider, j'espère accomplir de grandes choses, pas pour une poignée d'enfants, mais pour des milliers d'enfants et pour les enfants de leurs enfants. Je crois qu'en exploitant le pouvoir de la science, nous pourrons faire avancer la médecine, et nous améliorerons ainsi la santé des sujets les plus vulnérables de ce pays. (Il haussa les épaules.) Et puis, il y a un autre détail ; si vous ne m'épousez pas, je ne vous laisserai pas m'aider…

— Êtes-vous en train de me menacer ?

Il leva le menton.

— Oui. C'est mon dernier recours.

Elle lança un coup d'œil au monument du cinquième duc et esquissa un sourire en coin.

— Ce doit être votre dernier recours, en effet. Lui, il ne me fait pas peur.

La mâchoire d'Henri-Antoine se décrocha, puis il rit de bon cœur.

— Mon Dieu. Vous êtes la fille parfaite pour moi !

Elle gloussa, puis lui dit sérieusement :

— Et dans votre famille, qu'en penseront-ils… ?

— Ma mère et mon frère attendent en ce moment même que nous nous joignions à eux pour le déjeuner afin que mon frère puisse faire une annonce officielle à la famille.

— Une annonce ? Votre frère et-et votre *mère* ?

— Vous avez rencontré mon frère. À votre avis, à quel point tient-il à ce que nous nous mariions si l'autre éventualité est que nous vivions dans le péché ? Quand je les ai quittés, ma mère lui faisait écrire une lettre à Moore – l'archevêque de Canterbury – pour lui demander un certificat de mariage spécial. Si tout se passe bien, nous serons mariés avant la fin de la semaine.

— Avant la fin de la semaine ? répéta Lisa, à la fois étourdie, heureuse et complètement perdue.

Elle ne savait pas quoi dire. Ainsi, quand Henri-Antoine fouilla dans l'une de ses poches et en sortit la bague de sa grand-mère, elle le regarda d'un air émerveillé.

— Vous l'avez apportée avec vous, dit-elle.

— Oui. Et à présent, j'aimerais vous passer la bague de ma grand-mère au doigt, devant mon auguste père, pour sceller notre engagement. Nous pourrons ensuite fêter nos fiançailles avec la famille, et avec Teddy et Jack, bien sûr, qui attendent également l'annonce de notre grande nouvelle.

Lisa tendit la main et il glissa l'anneau orné de diamants et de saphirs sur son doigt avant de l'embrasser. Puis elle leva la main, la tournant d'un côté puis de l'autre, admirant cette bague qui allait remarquablement bien à son doigt.

— Est-ce que tout le monde sait que nous sommes ici ? Suis-je la seule que tout cela surprend ?

Il se pencha vers elle et l'embrassa.

— Pour quelqu'un d'une telle intelligence et qui perçoit aussi bien les besoins des autres, vous êtes plutôt lente d'esprit en ce qui concerne vos propres besoins, ma chérie.

— Ce dont j'ai besoin, milord, souffla-t-elle en l'embrassant derechef, c'est que vous m'embrassiez comme il se doit pour conclure notre accord – et alors, je pourrai enfin réellement croire que tout cela m'arrive à moi.

Un peu plus tard, quand ils reprirent leur souffle, il se leva et aida

Lisa à se lever à son tour. Il s'avança, plaça brièvement la main sur la chaussure de la statue avant de reculer et de s'incliner légèrement devant son père. Puis il se tourna vers Lisa avec un sourire et lui tendit la main.

— J'ai un dernier petit quelque chose à vous montrer avant que nous ne rentrions.

Après à peine une demi-douzaine de pas en direction de la double porte, il s'arrêta et se tourna vers une alcôve, le dos tourné à la lumière qui s'infiltrait par l'oculus. Lisa se demanda pourquoi il s'arrêtait devant celle-ci en particulier, car elle ne contenait ni monument ni tombe d'un vieil ancêtre.

— Vous souvenez-vous, dans la fabrique, quand vous m'avez parlé des guides touristiques… ?

— Les guides des grands domaines utilisés par les visiteurs et les voyageurs pour en savoir plus sur les familles et les maisons de la noblesse ? Bien sûr.

— Vous disiez que si nous décidions de rester au lit à jamais, nous finirions par nous transformer en squelettes et nous deviendrions l'une des curiosités de ces guides touristiques.

Lisa gloussa.

— Oh, Seigneur. Ai-je vraiment dit cela ?

— Oui. Vous disiez qu'une telle découverte mériterait une place dans n'importe quel guide.

— Je maintiens mes propos.

— Ceci est bien mieux, dit-il en désignant l'alcôve.

Lisa observa le mur peint et l'intérieur de la niche, assez grande pour accueillir un monument imposant, peut-être même deux. Elle regarda Henri-Antoine, une idée germant dans son esprit, mais elle peinait à y croire, elle le laissa donc lui donner plus d'explications.

— Si vous m'aviez dit non, il s'agissait de mon ultime stratagème – un geste merveilleusement romantique que vous, au moins, auriez apprécié – pour vous convaincre de ma sincérité dans mon souhait de vous épouser. Il s'agira de ma dernière demeure. Quand mon heure sera venue, loin, très loin dans l'avenir je l'espère, je rejoindrai le reste de ma famille ici. Et quand votre heure sera venue, ajouta-t-il en l'attirant près de lui avant de passer un bras autour de sa taille et de l'embrasser au niveau de la tempe, vous me rejoindrez. Lord et Lady Henri-Antoine Hesham, ces grands philanthropes de la médecine, se retrouveront dans les guides touristiques, et non seulement les membres de notre famille viendront nous rendre un dernier hommage, mais avec un peu de chance, nous aurons accompli assez de belles choses de notre vivant pour recevoir la visite occasionnelle d'un ou deux médecins reconnaissants. Quoi qu'il en soit, nous serons ici ensemble et notre monument funéraire servira de symbole matériel de l'amour éternel qui nous unit.

Lisa le regardait à travers un voile de larmes et quand il se tourna vers elle, elle passa les bras autour de son cou. Elle débordait de bonheur.

— Il s'agit en effet d'un geste merveilleusement romantique, et si cela est possible, je vous aime maintenant encore plus qu'avant. J'ai toujours cru que les contes de fées n'étaient que de simples contes, mais vous avez rendu le mien réel.

— Bien entendu, dit-il d'une voix traînante et avec un clin d'œil. Après tout, ma mère est une fée marraine de renom. Venez. Je suis impatient de présenter ma future épouse à la famille…

ÉPILOGUE

TREAT : PALAIS DUCAL DES ROXTON, HAMPSHIRE, ANGLETERRE

L'élégante voiture de ville accompagnée de ses quatre éclaireurs s'arrêta devant le dispensaire Warner, attirant une foule immédiate. Les passants sur le trottoir s'arrêtèrent pour la fixer. Les patients qui entraient dans le dispensaire annoncèrent cette arrivée à ceux qui se trouvaient à l'intérieur et rapidement, les malades et les moins malades se déversèrent dans la rue afin de découvrir qui exactement voyageait dans un véhicule citadin aussi onéreux. Un valet de pied en livrée sauta de sa plateforme à l'arrière du carrosse et après en avoir déplié les marches, ouvrit grand la porte. Deux des quatre éclaireurs descendirent de cheval ; ils étaient tellement grands et larges qu'il leur suffit d'un regard pour faire reculer la foule, sans avoir à prononcer un seul mot.

Un gentleman tout de noir vêtu descendit du carrosse. Il ne se dirigea pas vers l'entrée utilisée par les malades nécessiteux, mais vers celle réservée à l'usage exclusif des patients privés. Il n'eut pas besoin de frapper. La porte était ouverte et le majordome des Warner se tenait sur le seuil, où il attendait d'accueillir, pour eux, les visiteurs distingués de ses maîtres.

Plusieurs personnes s'étaient rassemblées dans le cabinet de consultation afin d'entendre ce qu'ils savaient être une bonne nouvelle. Néanmoins, en dépit du financement que le dispensaire allait recevoir de la fondation Fournier, tout le monde était nerveux, et personne ne l'était plus que ce cher docteur, qui faisait les cent pas avec les mains dans le dos. Trois des assistants du médecin musardaient dans le couloir qui reliait le cabinet de consultation au dispensaire, d'où ils espéraient apercevoir les visiteurs, tandis que les deux médecins consultants du Dr Warner, le professeur d'anatomie, Mrs. Warner et la sœur de cette dernière, Mrs. Cobban, attendaient les invités dans le cabinet.

Moins de deux mois s'étaient écoulés depuis que le dispensaire avait reçu la visite des administrateurs de la fondation Fournier. À cette occasion, on avait prévenu le Dr Warner qu'il ne devait pas s'attendre à recevoir des nouvelles de sa candidature avant la fin de l'automne au plus tôt. Et pourtant, en ces premiers jours d'août, il avait reçu une lettre lui annonçant que sa candidature avait été retenue. Et ce n'était pas tout ; les bienfaiteurs de la fondation, habituellement réticents à divulguer leur identité, étaient impatients de visiter son dispensaire le plus tôt possible, avant leur imminent départ à l'étranger. Le noble couple partait en voyage de noces.

Le Dr Warner, Minette Warner et sa sœur, Henriette Cobban, toute la famille de Crespigny, les employés du dispensaire et ses patients réguliers, tous savaient pourquoi Miss Lisa Crisp n'était pas revenue après le mariage de sa meilleure amie à la campagne. Elle avait écrit à ce bon docteur et à sa femme, ainsi qu'à sa tante de Crespigny, pour leur annoncer qu'elle avait épousé Lord Henri-Antoine Hesham grâce à un certificat spécial dans la chapelle familiale des Roxton, à Treat. Ils n'avaient pas appris de nouvelle plus stupéfiante à propos de la noblesse depuis que la mère veuve de Sa Seigneurie avait soudain épousé un homme de dix ans de moins qu'elle, ce qui était arrivé une décennie plus tôt. Et maintenant, ils apprenaient cela ! Qui aurait pu le prédire ? Certainement pas les sœurs Crespigny. Bien qu'obligées d'accepter à contrecœur que la chance de leur cousine avait tourné, elles faisaient néanmoins tout leur possible pour faire comme s'il ne s'était rien passé. Mais elles ne pouvaient pas ignorer la visite du noble couple, et Lord Henri-Antoine était déterminé à s'assurer qu'elles présenteraient leurs hommages à sa femme.

Michel Gallet revint au carrosse pour annoncer aux passagers que tout était prêt. Tandis que les acolytes s'assuraient que la foule gardait ses distances, Lord Henri-Antoine descendit du carrosse, sa canne à pommeau endiamanté à la main, puis il se tourna pour aider son épouse à rejoindre la terre ferme. Mais à peine avait-elle passé son bras dans le sien pour traverser à pied la courte distance qui les séparait du cabinet de consultation que la foule s'avança brusquement afin d'observer le couple de plus près. Ils s'intéressaient surtout à la jolie jeune lady qui portait une robe redingote en satin à rayures grises, rouges et jaunes, une rangée de perles autour de sa gorge blanche et un chapeau en feutre noir décoré de plumes et de rubans en satin assorti à sa robe et élégamment disposé sur ses boucles relevées. Plusieurs personnes dans la foule n'en crurent pas leurs yeux, mais c'était pourtant bien vrai ; ils reconnaissaient, dans cette chic lady, celle qui avait été leur écrivaine publique dans sa vie précédente. Une acclamation retentit pour les saluer. Puis une deuxième.

Le noble couple s'arrêta. Madame retint son mari pendant qu'elle remerciait les résidents de Gerrard Street et les patients du dispensaire Warner pour leurs bons vœux. Elle adressa des sourires aux visages crasseux et enthousiastes des enfants qui écarquillaient les yeux et aux adultes tout sourires, tous heureux de souhaiter de nombreuses années de bonheur conjugal au couple. Une dernière acclamation se fit entendre quand Henri-Antoine et Lisa disparurent dans le bâtiment, les acolytes dans leur dos montant la garde sur les marches.

À l'intérieur, le Dr Warner salua ses estimés invités en s'inclinant devant eux et en leur souriant, sincèrement heureux pour le couple, mais surtout pour Lisa, qu'il complimenta timidement en lui disant qu'elle était la plus charmante mariée qu'il avait jamais vue. Sa Seigneurie balaya la pièce du regard et remarqua, satisfaite, que les sœurs Crespigny, Mrs. Warner et Mrs. Cobban, réservaient à Lisa l'accueil qu'elle méritait ; elles se baissèrent en une révérence appropriée pour reconnaître le statut élevé de leur cousine en tant qu'épouse du fils cadet d'un duc et belle-sœur du duc de Roxton.

Henri-Antoine sourit, incapable de contenir sa fierté, quand il leur annonça à tous :

— Laissez-moi vous présenter ma femme, Lady Henri-Antoine Hesham, patronnesse de la fondation Fournier…

Explorez les lieux, objets et évènements historiques évoqués dans *Le Fils du satyre* sur Pinterest.
www.pinterest.com/lucindabrant

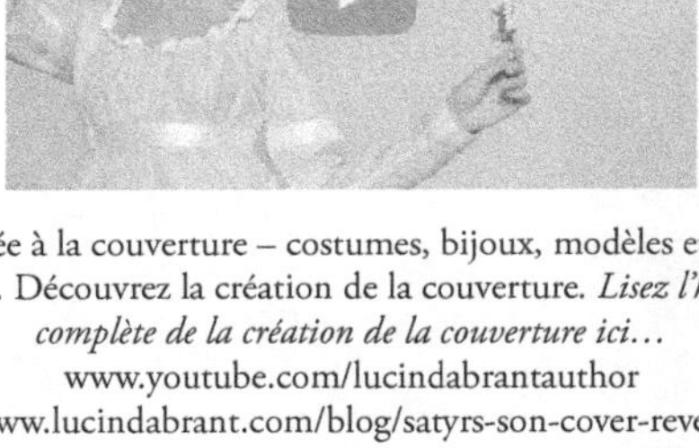

De l'idée à la couverture – costumes, bijoux, modèles et séance photo. Découvrez la création de la couverture. *Lisez l'histoire complète de la création de la couverture ici…*
www.youtube.com/lucindabrantauthor
www.lucindabrant.com/blog/satyrs-son-cover-reveal

CPSIA information can be obtained
at www.ICGtesting.com
Printed in the USA
LVHW040500021222
734355LV00005B/67

9 781925 614954